Terenci Moix
Der Traum der Kleopatra

Terenci Moix

Der Traum der Kleopatra

Roman

Aus dem Spanischen
von Elisabeth Brock

Kabel

Die spanische Originalausgabe erschien 1986 unter dem Titel
»No digas que fue un sueño« bei Planeta in Barcelona.

Die Übersetzerin dankt dem Deutschen
Übersetzerfonds e.V. für die Unterstützung.

ISBN 3-8225-0520-X
© Terenci Moix, 1986
© Editorial Planeta, S.A., 1990
Copyright der deutschsprachigen Ausgabe:
© Kabel Verlag GmbH, München 2001
Gesetzt aus der Aldus
Gesamtherstellung: Pustet, Regensburg
Printed in Germany

Carles Mir Andreu gewidmet, für seine Hilfe.

Mein besonderer Dank gilt:

Nuria Espert, weil ihr Gesicht dem der Kleopatra gleicht.
Monserrat Caballé, weil ihre Stimme der von Kleopatra gleicht.
Antonio Gala wegen des Titels.
Anna Maria Moix wegen der Punkte und Kommata.

Freche Liktorn packen uns an wie Huren; schreiend singt uns
Der Bänkelsänger; aus dem Stegreif stellen
Uns selbst und Alexandriens Gelage
Die lust'gen Spieler. Marc Anton
Tritt auf im Weinrausch;
und ein quäkender Junge
Wird als Kleopatra meine Majestät
In einer Metze Stellung höhnen!

WILLIAM SHAKESPEARE, Antonius und Cleopatra

Wird plötzlich in Mitternachtsstunde gehört
Einzug unsichtbarer Weiheschar
Mit erlesenen Musikern, mit Stimmen –
Um dein Glück, das nun sinkt, um die Taten dein,
Die scheiterten, um deines Lebens Plane,

Die alle als Irrungen ausgingen, klage nicht nutzlos.
Wie ein seit langem Bereiter, wie ein Verwegener,
Grüße zum Abschied Alexandrien, das schwindet.
Vor allem täusche dich nicht, sag nicht, dies war
Ein Traum, dein Ohr verfiel einem Trug:
Also müßigen Hoffnungen schließe den Sinn.
Wie ein seit langem Bereiter, wie ein Verwegener,
Wie dir ansteht, solch einer Stadt du würdig Befundner.
So schreite mit festem Schritt dem Fenster zu
Und hör voll innrer Bewegung, doch ohne
Die Fleh- und Jammergebärden der Feiglinge
Als letztgewährten Genuß die Klänge,
Die erlesnen Flöten des mystischen Weihezuges,
Und grüße zum Abschied Alexandrien, dein verlornes.

KONSTANTIN KAVAFIS, Der Gott verlasse Antonius

ERSTES BUCH

Die Schlange vom Nil

Sie war das letzte Glied eines besonderen und
feinsinnigen Geschlechts. Eine Blume,
die Alexandria erst nach drei Jahrhunderten
hervorbrachte, die jedoch in Ewigkeit nicht
verblüht. Sie öffnete sich einem einfachen,
doch intelligenten römischen Soldaten …

EDWARD MORGAN FORSTER, *Alexandria*

DIE FRAU ABER SPRACH:

»Verdammt sei Amor, der mich umbringt. Färbt schwarz den Nil, todesschwarz. Legt den Wolken Trauer an. Verwandelt Ägypten in ein Grab.«

Und so geschah es. Das Grauen breitete sich den Fluß entlang aus, der Tod richtete sich an seinen Ufern ein, und die Hölle kam über das Universum.

Der ewig wolkenlose Himmel wurde, wie befohlen, mit einer dichten, schwarzen Wolke verhängt. Der außergewöhnliche Anblick erinnerte an den Schleier einer treulosen Göttin, an verdorbenes Blut, das auf die dichten Palmenhaine tropft, auf die Papyruswälder und die einst so fruchtbaren Gemüsefelder und Gärten.

Eine königliche Galeere segelte in majestätischer Ruhe dahin, auf der Suche nach den entferntesten Grenzen des Reichs, wo es sich in Wüsten verliert und über unerforschte Wälder erstreckt, in denen, so erzählt man sich, der heilige Fluß entspringt.

Die Schwärze wurde von Hymnen begleitet, so traurig wie der Tag selbst. Unablässig erklang der schmerzliche Ton von hundert Trommeln, unablässig der Schlag von hundert Rudern auf den Wassern, die so sehr trauerten, daß nun auch sie schwarz waren.

Die Flußufer füllten sich mit Bauern aus den kleinen Dörfern der Umgebung. Sie kamen in einer langen Prozession. In ihren Gesichtern, zerfurcht von der Sonne, stand Verwunderung, aber auch Angst. Sie warfen sich auf die Erde, versteckten den Kopf im Röhricht, schlugen sich mit scharfkantigen Steinen an die Brust und rieben sich die Augen mit Schlamm ein, wie es seit Urzeiten getan wird, wenn ein Herrscher stirbt oder die Natur, weil die Götter unzufrieden sind, von ihrem gewöhnlichen Gang abweicht.

Die schwarze Wolke senkte sich über alle Farben des Landes, die zu Beginn des Monats Athyr, wenn das sengende Licht der Sommerzeit nachläßt, so zart sind. Die Palmenhaine und Weizenfelder, die Sykomorenwälder, Mimosen und Hibiskussträucher, der Efeu, der sich über die Paläste rankte, alles was sich noch gestern in voller Farbenpracht präsentierte, lag nun unter dieser unheimlichen, einfarbigen Decke. Doch die bestürzten Bauern nahmen sie nicht wahr. Auch das Gemisch der Düfte, die von den schwarzen Sklaven des Schiffes im Übermaß in alle Richtungen verbreitet wurden, blieb ihnen verborgen.

Düfte alexandrinischer Nächte! Sandelholz, Moschus und Ambra, Weihrauchessenz, Patschuli und Myrrhe, welche die Sinne dämpft; Wolken von Heliotrop und Lilien, zusammen mit dem öligen Saft, den die Gardenien absondern, wenn sie das Geschlecht einer *nabatäischen* Jungfrau sanft gestreift haben.

Die Düfte erfüllten die Luft mit Trauer. Vergiftete Lüfte kamen über die Bauern wie ein Strafgericht. Eine schreckliche Nacht bemächtigte sich des Tages. Und alle deuteten dies als Zeichen des Weltuntergangs, wie er von den Inschriften der alten Tempel vorhergesagt wurde.

Die Landleute empfingen die Katastrophe mit psalmodierenden Grabgesängen, die sie bei den großen Beerdigungsfeiern gelernt und von einer Generation an die nächste weitergegeben hatten.

Als die Sklaven, die die Düfte verbreiteten, einen Augenblick

innehielten, löste sich die künstliche Wolke auf. Da erschien überraschend, einer Morgendämmerung gleich, wie zum Trost, die vertrauten Wasser des Nils durchschneidend, ein stolzer Schiffsbug in
Form eines Papyrus. Und auf den rotgoldenen Wogen näherte sich
das Schiff der Kleopatra Septima.

Ihre allerhöchste Majestät von Alexandria segelte ins Herzland
Ägyptens!

Da bemerkten die Bauern, daß das berühmte Schiff Trauer trug.
Schwarz waren die Segel, schwarz das Deck, vollkommen schwarz
die riesigen Galionsfiguren, ja sogar die königlichen Standarten.
War dies nicht die Ankündigung eines düsteren Ereignisses? Gestern noch ein prachtvolles Schiff, glänzender als alles Gold aus
den Minen des Sinai, strahlender als alle Farben der Säulen des
Amontempels, gestern noch eine Truhe voller Schätze, war es
heute eine Urne für die Überreste der Verstorbenen. Hatte es einst
die Meere bis hin nach Rom durchpflügt, glich es nun einem alten
Raben, der sich danach sehnt, in der unerforschten Einsamkeit der
Wüste zu sterben.

Welcher Befehl, dort im fernen Alexandria erteilt, hatte die
Anmut dieser Galeere zerstört und sie unter einer Verkleidung
verborgen, einer Verkleidung so schwarz wie die Wolke, die das
Blau des Nils erdrückte?

Ein Schrei Kleopatras war es gewesen, mit erhobenen Armen
ausgestoßen, als riefe sie alle Rachegöttinen an, egal ob griechisch
oder ägyptisch:

»Tod über meinen undankbaren Liebsten! Hüllt meine Galeere
in Trauer, wie sie in Gold gehüllt war, als ich ihm entgegensegelte.
Ägyptens Schätze weckten seine Habgier. Möge Ägyptens Trauer
sein Andenken für immer begraben. Trauer für mein Schiff, ihr
Minister. Trauer für den Himmel. Und Trauer auch für den Nil.«

Da trugen alle den Trauerflor, schwarze Armbinden die Soldaten
und schwarze Tuniken die lieblichsten Damen des Hofes. Und zur
Betonung der leichentraurigen Erscheinung der Galeere war auch
der feierliche Baldachin über dem Thron der Königin schwarz. In
seinem Schatten hatte sie früher, bei glücklicheren Fahrten, das
langsame Vorübergleiten der Ufer betrachtet.

Auf diesem trauerflorverhüllten Thron lag nun ein blaues, von Kleopatra vergessenes Tuch, als deutliches Zeichen ihrer Abwesenheit.

Ein Mann von edler Erscheinung, der vom Deck aus die Leute am Ufer beobachtete, bemerkte es und rief:

»Sie zeigt sich nicht. Sie verbirgt sich vor uns. Vor drei Tagen schon lichteten wir in Alexandria die Anker.«

SO SPRACH EPISTEMUS, mit melodischer Stimme, die den eigentümlichen Beiklang eines Höflings hatte, der zurückhaltend formuliert, um dem politischen Gebot der Vorsicht zu gehorchen.

»Die Königin macht aus ihrem Liebeskummer ein Drama. Wenn sie soviel Aufwand treibt, weil sie verlassen wurde, was will sie erst bei ihrem Tod, den die Götter möglichst lange verzögern mögen, veranstalten?«

Er wandte sich an einen Jüngling mit schönen Gesichtszügen und stolzer Haltung, was ihn, zusammen mit anderen Merkmalen, zum auffallendsten Mitglied der Schiffsbesatzung machte. Denn während diese ausschließlich Schwarz trug, wie es die Trauer der Königin verlangte, waren seine Gewänder von reinem Weiß, wie es Männern zustand, die das Gelübde abgelegt hatten, sich ganz den Angelegenheiten der Seele zu widmen. Sein Kopf war auf die unverkennbare Weise derer rasiert, die geschworen hatten, sich dem Dienst der Götter zu weihen.

Er wies mit ausladender Gebärde auf die tiefschwarze Umgebung und rief:

»All diese Trauer wegen einer simplen Liebelei!«

»Wegen einer Liebe, die alles andere war als simpel, das laß dir sagen. Vortrefflich in allem ist Kleopatra Septima. Sie war es in der Fülle der Liebe und ist es noch mehr in deren Untergang. Die Königin selbst offenbart ihr Geheimnis, indem sie aus dem königlichen Schiff ein öffentliches Zeichen ihrer Untröstlichkeit macht. Wisse, daß dieser Römer, der mit ihr das Lager teilte, dieser Scheinheilige, der sie vor knapp einem Jahr mit den beiden Prinzen schwängerte, dieser Marcus Antonius, den sie vor den großen Heiligtümern als Herrscher und Herr von Alexandria und dann als Alleinherrscher des ganzen Ostens ausrief, dieser Schändliche, dieser elende Wicht, in Rom geheiratet hat.«

»Obwohl Kleopatra die Mutter seiner Kinder ist?«

»Die römischen Gesetze erkennen nur die Kinder an, die Marcus Antonius mit seiner ersten Gattin, der unglücklichen Fulvia hat …«, Epistemus beugte sich vertraulich zu dem Jüngling herab, »und wenn wir schon von Kindern sprechen, müssen wir wohl die hohe Mathematik bemühen, um zu zählen, wie viele Antonius in anderen Städten gezeugt hat, bevor er nach Alexandria kam …!«

Der Diener der Götter war zwar scheu, aber auch neugierig:

»So viele Kinder von einem so elenden Liebhaber?«

»Ein elender Liebhaber vielleicht, ein treuloser Ehemann womöglich, aber auch ein ausgezeichneter Deckhengst. Sind die Tempel tatsächlich so weltabgeschieden, daß euch solche Nachrichten nicht erreichen? Aus Respekt vor deiner Keuschheit erzähle ich dir nicht, in welche Zustände die fleischlichen Exzesse Antonius versetzten. Laß dir nur dies eine sagen: Er meint, von Herkules selbst abzustammen und darüber hinaus mit Bacchus verwandt zu sein! Im Vertrauen: Wenn er in dieser Kombination von Ungestüm und Wildheit alle *Gynäkeien* des Imperiums nicht mit Nachkommen gefüllt hat, müssen sich die Frauen dieses Jahrhunderts schämen, daß sie nicht mehr gebären können, wie es ihre Mütter noch konnten.«

Er beugte nun den ganzen Körper vor und wollte noch vertraulicher werden, stieß aber auf eine ablehnende Miene:

»Du machst dich über mein heiliges Amt lustig, indem du von fremden Göttern sprichst! Wisse, daß ich diese verabscheue und den römischen Geliebten der Königin hasse. Ich hasse was er repräsentiert und alle, die seine Gesinnung teilen.«

Als der Weißgekleidete bei einer etwas zu heftigen Bewegung einen seiner Arme entblößte, sah Epistemus, daß der Arm ebenso rasiert war wie sein Kopf. Da wurde ihm klar, daß er ein Mitglied des heiligen Ordens der Isis vor sich hatte, dessen Anhänger kein einziges Haar an ihrem Körper dulden. Sie glauben, daß Haare unrein sind und die große Mutter zutiefst beleidigen. Um sich sauber zu fühlen und vor Isis' Augen wohlgefällig zu sein, müssen sie den Körper wöchentlich zweimal vollständig rasieren, worüber sich die Gotteslästerer und die Reisenden aus Rom gerne lustig machen.

Der Jüngling kam aus einem Heiligtum der Isis am Oberen Nil, wie er in aller Kürze und mit sparsamen Worten, seinem nüchternen Wesen entsprechend, erzählte. Er heiße Thotmes, sagte er noch, zu Ehren des Gottes Thot. Daraufhin behandelte ihn der Diener von Epistemus wie einen rückständigen Menschen, denn junge Burschen von heute nannten sich lieber Hermes, eine griechische Ableitung des Namens, den früher der ibisköpfige Gott, der Patron der Weisheit, trug. Epistemus wollte der Unhöflichkeit seines Dieners eine lockere Bemerkung hinzufügen, stieß jedoch bei Thotmes auf offene Zurückweisung. Er verweigerte jeden weiteren Kommentar über seine Person und schien sich nur noch für die Leute am Ufer sowie für die Vorgänge in der Kajüte der Königin zu interessieren.

»So viele Liebesschwüre aus dem Mund eines Römers konnten doch nur Trauer und Leid bringen!« bemerkte Epistemus.

»Warum von Antonius sprechen und seinem Mund, wenn heute nur noch das Verlassensein zählt und er bald, sehr bald schon vergessen sein wird. Das ist alles, was ich von dieser Geschichte verstehe und von allen Geschichten, die von einer enttäuschten Liebe handeln. Ich weiß, daß wir letztlich alle vergessen werden und in der Hand eines Willens liegen, der größer ist als die Welt ahnt.«

Plötzlich ging ein Ruck durch die ganze Besatzung.

»Ruhe!« rief Epistemus, »Kleopatra, ihre höchste Majestät, wird vor uns erscheinen.«

Da knieten alle nieder.

WAR ES TATSÄCHLICH Kleopatra Septima, diese gebeugte Gestalt, die sich so mühsam aus ihrer Kajüte die Treppe emporschleppte, wimmernd wie eine Alte im Todeskampf? War dies die bezaubernste Königin der Welt, diese Ansammlung schwarzer Tücher, die sich auf den Arm ihres Ersten Beraters stützte, um ein paar kleine Schritte zu machen?

Ihr Erscheinen, obwohl es herbeigewünscht war, enttäuschte den Hof. Die Priester niederer Ränge warfen Essenzen und Duftstoffe in großer Fülle auf die goldenen Räucherpfannen, und Soldaten, eben noch in recht lässigen Posen über das Deck verstreut, bildeten nun eilig ein Spalier, einer heiligen Straße gleich, und nahmen die einer wichtigen Zeremonie angemessene Haltung ein. Die nubischen Sklaven rückten den Thron mit dem Baldachin zurecht, und die Gruppe der vertrautesten Höflinge plazierte sich in dessen Nähe. In größter Eile wurde der blinde Harfner herbeigeschafft, die Lautenspielerinnen stimmten ihre zarten Instrumente, und auch die Tänzerinnen, Seiltänzer und der Märchenerzähler erschienen.

Doch angesichts dieser vorzeitig gealterten Frau legte sich Totenstille über das ganze weite Deck. Alle Festvorbereitungen wurden eingestellt, ohne daß irgendein Befehl ergangen wäre, denn niemand konnte sich der allgemeinen Enttäuschung entziehen. Zofen, Eunuchen, Gaukler, Tänzerinnen, Sklaven und Matrosen standen unbeweglich da, die Augen fest auf dieses Paar gerichtet. Die beiden glichen Klageweibern, die man anmietet, damit sie bei den Grablegungen des hohen Adels nach Belieben weinen.

Mit dem verschleierten Gesicht, dem verhüllten, gekrümmten Körper, war die arme Frau kaum wiederzuerkennen. Der edle Sosigenes jedoch trat auf wie immer. Er war die gleiche ehrfurchtgebietende Person, die seit den frühen Tagen des Bürgerkriegs, als Kleopatra ihren Gatten und Bruder, den Milchbart Ptolemaios besiegt und sich des ägyptischen Throns bemächtigt hatte, immer an ihrer Seite gestanden hatte. Sosigenes, einst ihr Erzieher und bewährter Berater, diente ihr heute als Stütze und Stab, als Blindenführer, der ihren taumelnden Schritten den Weg wies.

Kleopatra blickte auf ihre Umgebung, ohne etwas wahrzunehmen. Das trauernde Schiff fand seine Entsprechung in den Gruppen der betrübten Menschen, die sich am Ufer versammelten. Doch selbst diese Würdigung ihres Schmerzes berührte Kleopatra nicht.

Schließlich nahm sie auf dem Thron Platz und bemühte sich um die strenge Haltung, mit der sie die ausländischen Botschafter immer so sehr beeindruckt hatte. Der ganze Hofstaat hielt den Atem an und wartete auf ein Zeichen ihrer Majestät. Doch vergeblich: Kleopatras Kopf fiel vornüber auf die Brust, und der treue Berater eilte herbei, um ihn zu stützen. Dann postierte er sich aufrecht neben ihr, wie er es so oft bei anderen, festlichen Gelegenheiten getan hatte. Doch heute mußte er ihr nur helfen zu überleben.

»Ich werde versuchen, Antonius' Körper in anderen Körpern zu vergessen. Egal ob ich den Römern damit recht gebe. Sie haben mich schon verflucht, als Cäsar mich liebte, viel mehr noch werden sie reden, wenn sie sehen, daß ich einem gewöhnlichen Galeerensklaven anhänge. Die Hure des Antonius wird zur Hure aller Männer, selbst des schmutzigsten.« Sie schwieg einen Augenblick. Eine Welle süßer Empfindungen überkam sie. Die Grabgesänge von den Ufern schienen ihr liebevolle Erinnerungen zuzutragen. »Antonius! Dieser Unwürdige, den ich für den größten aller Helden hielt, nannte mich die Schlange vom Nil! Welche Zärtlichkeit lag in seinen ironischen Worten und welche Verachtung in den Worten der anderen Römer! Für sie war ich nur die Schlange. Nicht Königin, nicht Frau, nicht Mutter. Nur die Schlange vom Nil. Ja, die giftige Natter, die sich tückisch in die kostbarsten Blumengärten Roms einschlich, um den Willen des männlichsten aller Römer zu verhexen. Zerstören wollte sie ihn, wird behauptet. Wo ich doch nur versuchte, aus dem Männchen einen Mann zu machen.«

»Die Wut läßt dich übertreiben, meine Königin.«

Kleopatra versuchte zu lächeln. Plötzlich wurde ihre Stimme härter, sarkastisch hart:

»Dann ist dieser Schmerz, der mich umbringt, nur Wut, nichts weiter? Wäre es doch nur so, wie leicht könnte ich sie bekämpfen und einfach durch eine andere Missetat auflösen: Ein gut bezahlter Meuchelmörder trüge meine Rache nach Rom, beseitigte Antonius und damit auch meine Kränkung. In den unterirdischen Gewölben unserer Heiligtümer gibt es Apotheken, in denen Priester die wirksamsten Gifte der Welt herstellen. Wie einfach wäre es, Rache zu nehmen, ohne Spuren zu hinterlassen! Wenn es Wut wäre, Sosigenes, wenn es nur Wut wäre, wie du es nennst …! Schickt sie mir, ihr Götter, damit ich durch einen Tod schneller getröstet werde! Wäre es Wut, müßte ich nicht einmal auf einen geheimen Boten zurückgreifen. Ich bin selbst mutig genug, mich in Rom zu zeigen und den Dolch ins Herz meines verhaßten Gatten zu bohren. Oh, sähe ich ihn doch in seinem Blut zu Füßen seines lammfrommen, römischen Weibes!«

Selbst Sosigenes war auf diesen plötzlichen Ausbruch nicht gefaßt. Er schreckte hoch, eilte zu einem der Soldaten und riß diesem das Schwert so blitzschnell vom Gürtel, daß er ihn nicht daran hindern konnte. Schon war er an der Reling, reckte das Schwert in Richtung Rom und rief:

»Gegen dich, Antonius. Von nun an gegen dich!«

Sie stand vollkommen aufrecht da. In ihrer Erregung hatte sie sich den Schleier vom Gesicht gerissen. Einen kurzen Moment glich sie einer Göttin. Ihre Wangen glühten, und ihr üppiges, glattes Haar flatterte im Wind wie eine Fahne, die von ihrer Größe kündete. Doch nur für einen Augenblick. Dann drückte sie ihre eigene Wut nieder und lieferte sie dem Schmerz aus. Ihr ganzer Körper sackte wieder in sich zusammen.

»Wut ist grausam, so grausam wie die Liebe«, rief sie und wies mit bewaffneter Hand auf ihre Sklavinnen, »Carmiana, Iris, meine Freundinnen, haltet mir die Hand, erlaubt ihr nicht, das Schwert zu umklammern! Es gilt nicht meinem Gatten. Es gilt meinem Herzen, das unfähig war, ihn zu halten. Sollte ich nicht die Größe meiner Vorfahren besitzen? Weiß ich nicht, diesem Leid ein Ende zu setzen?«

Da erinnerte sie sich an ein ganz besonderes Ereignis in ihrem Leben, ein weltbewegendes Ereignis, und ihre Schreie verstummten. Sie dachte an ihren Triumphzug durch Rom, als Gast des großen Julius Cäsar. Als ihre strahlende Jugend die Zeit noch zu besiegen vermochte!

»Ihr, die ihr mich weinen saht, hört mir nun zu. Gegen die jungen Jahre der Römerin setze ich meinen erlauchten Körper. Gegen die Verachtung, die Antonius mir zeigt, den Respekt, den Cäsar mir entgegenbrachte! Ist Antonius, der sich erlaubt, mich zu verschmähen, etwa größer als Cäsar? Das läßt meine königliche Würde nicht zu. Beweint nicht meine Pein, es gibt sie nicht. Wut, ja. Durst nach Rache, ja. Schluß mit diesen Grabgesängen! Schluß mit der Trauer! Schafft Gold für mein Schiff herbei! Rote Segel als Zeichen meiner Freude! Die Welt soll sich erinnern, daß dieses Schiff Cäsar über den Nil trug, und das genügt, um aus ihm einen Palast zu machen …«

Dann wandte sie sich an das Volk am Ufer:

»Ruhe jetzt! Dieser Schmerz verletzt meine Würde. Merkt ihr nicht, wie er mich erniedrigt?«

Doch die Leute erkannten in dieser grotesken Gestalt, die sich an der Reling festkrallte und um Ruhe flehte, nicht die Königin von Ägypten. Der Schmerz hatte sich bereits in der Menge ausgebreitet wie ein unaufhaltsamer Befehl. So nahm an den Ufern das prunkvollste Begräbnis, das je einer lebenden Herrscherin bereitet wurde, seinen Lauf.

Viele Arme waren nötig, um sie von der Reling zu reißen. Ihre Hofdamen weinten, durchbrachen das Protokoll, drückten sie an sich und schluchzten mit ihr. Da sank diese zornige Amazone, die in großen, ihres Ranges unwürdigen Sätzen über das Deck gerannt war, wieder in sich zusammen. Ihr Körper verschwand völlig unter einem Knäuel von Schleiern und verlor sich in dem Labyrinth, das Amor in ihrer Seele angelegt hatte.

MAN BRACHTE SIE in ihre Kajüte. Epistemus blieb noch lange knien. Er streichelte das Tuch, das hellblaue Stückchen Stoff, das so viele Erinnerungen barg, Erinnerungen an Stunden, in denen Kleopatra vor Freude gestrahlt hatte wie ein Topas.

Thotmes jedoch teilte seine Schwärmerei nicht. Während die Hofdamen der Königin die Neugier der Besatzung mit knappen Erklärungen zu befriedigen suchten, überkam den jungen Priester aufs neue der Überdruß, den ihm seine Mitreisenden seit Stunden schon verursachten.

Genug, daß er die Gesellschaft dieser beiden Männer ertrug – überaus würdevoll der eine, von niedrigem Stand und Wesen der andere –, die ihn auf ebenso lästige wie seltsame Weise verfolgten, sobald sie ihn meditierend im abgelegendsten Teil des Vorschiffs entdeckten. Was er an Intimität – seinem allergrößten Schatz – verlor, gewann er ohne Zweifel an Aufklärung über das Leben in Alexandria, das ihm bislang völlig unbekannt war. Und in diesem Austausch von Indiskretionen entrissen sie ihm beinahe das einzige Geheimnis, das ihm gefährlich werden konnte.

»Du bist geizig, guter Thotmes! Mit deinem jugendlichen Charme entlockst du mir alle möglichen Vertraulichkeiten über die Königin, gibst aber selbst nichts preis«, lachte Epistemus lärmend. Es sollte schelmisch klingen, was ihm aber nicht recht gelang. »Entweder nähert sich mein reifes Alter der Senilität wesentlich schneller, als ich immer befürchtet habe, oder du und die Leute deines Gewerbes tragen tatsächlich ein Geheimnis mit sich herum.«

Thotmes war auf der Hut, denn eben hatte er in den lauernden kleinen Augen dieses Mannes die Heimtücke einer Viper gesehen.

»Und was könnte ich dir schon verraten? Ich kenne nur die Geheimnisse meines eigenen Kultes.«

»Ich sage es kurz: das Geheimnis der heutigen Morgendämmerung.«

»Der heutigen Morgendämmerung, Epistemus?«

»Genau. Denn ich wurde Zeuge einer außerordentlichen Begebenheit. Laß mich deinem Gedächtnis nachhelfen, Diener der Isis. Heute früh steuerten wir den Hafen von Panopolis an. Ich konnte wegen der Hitze nicht schlafen und ging an Deck. Ich wunderte mich, daß wir dort anlegten, noch so fern vom Ziel und in einer Stadt, die der Königin nicht verbunden ist. Soviel ich weiß, treiben weder der Handel noch die Trauer sie in diese Stadt. Heute zählt für sie ja nur die Trauer. Nun, Schluß mit den Vermutungen, denn das wirklich Seltsame dieser Zwischenstation ist, daß sie lediglich der Aufnahme eines jungen Isispriesters diente. Allzusehr bemüht, sich im Dunkel zu verstecken, mußte seine Anwesenheit Neugier erregen. Mir jedenfalls fiel die Geheimnistuerei auf.«

Der Diener folgte der Schilderung seines Herrn mit übertriebener, schon ans Groteske reichender Aufmerksamkeit. Epistemus erhoffte sich von seinen Erklärungen durchaus eine bestimmte Wirkung auf Thotmes, doch dessen verschlossenes Gesicht verriet nichts.

»Als du mir vom Hof erzähltest, war dein Stil unterhaltsamer. Lenke nicht ab, Epistemus. Verstehe mich doch, ich weiß so wenig über Kleopatra, daß es Zeitverschwendung wäre, von mir zu sprechen, von mir, der ich nichts bin und nichts sein möchte.«

Die geschickte Argumentation des perfekten Höflings blieb wirkungslos. Man sagt nicht umsonst, die Fähigkeit zu Schweigen sei die beste Lektion, die in den Seminaren den Priestern der ägyptischen Götter erteilt werde. Thotmes beherrschte sie gut, als er zum Ufer deutete und murmelte:

»Das Wehklagen dieses Volkes ist wertvoller als alle Liebeshändel von Alexandria.«

Epistemus nahm das Thema auf. Mit dieser Wendung kam das Gespräch auf seinen Ausgangspunkt zurück. Er war gewitzt, dieser junge Priester. Vielleicht aber auch nur ein armer Naiver, der gewitzt erscheinen wollte.

Er wandte sich wieder den Menschen zu, die der Galeere Kleopatras in langem Zug am Ufer folgten. Sie sangen noch immer, stießen zwei Steine gegeneinander, wie zu Zeiten der großen Pharaonen und trugen den Grabgesang vor, als schleppe die langsame Fahrt des Schiffs einen Teil ihres eigenen Lebens und die letzten Reste der großen Zeit Ägyptens mit sich fort.

Epistemus glaubte an Thotmes Fragmente dieser Zeit zu erkennen. Auf seinen ernsten Zügen lag die Sanftmut eines Mannes, der die Kindheit hinter sich gelassen hatte, wenn auch noch nicht allzu lange. Seine Haut glänzte kupferfarben, seine Haltung war stolz. Sie machte aus jedem Bauern des Niltals einen Prinzen und aus jedem Prinzen ein Gefäß voller Geheimnisse.

Thotmes dachte laut nach:

»Liebesgeschichten bewegen die schlichten Gemüter. Ich verstehe nicht viel von euren politischen Ränken, Epistemus, aber so viel Bestürzung, so viel Schrecken am Nil werden den Ruhm Kleopatras sicher deutlich vermehren.«

»Du bist rührend naiv, wenn du glaubst, das Volk wisse über seine Könige Bescheid. Wer von diesen Bauern hat Kleopatra je persönlich gesehen? Wenn sie früher so weit gesegelt ist, dann geschah dies zur Unterhaltung ihrer römischen Liebhaber. Sie war nur bereit, ihre Galeere zu verlassen, um irgendeinen Tempel zu weihen und damit das Werk ihrer Vorfahren zu krönen. Ansonsten ist ihr Antlitz diesen Elenden so verborgen wie das der Götter, die Kleopatra verkörpert …«

Epistemus schien zu bedauern, sich allzu ernst gezeigt zu haben und stieß ein kleines Lachen aus, das wie eine Okarina klang. Was Thotmes in seiner Meinung bestärkte, daß er eine leichtfertige Person war, auf der Jagd nach Indiskretionen.

»Die Größe Kleopatras zeigt sich in ihren Erfolgen, doch ebenso in ihren Fehlgriffen. O köstliche Widersprüchlichkeit ihrer Majestät! So kann auch die Treue ihrer Untertanen mehrere Seiten haben. Deshalb sage ich dir, daß diese Trauer einem kranken Geist entspringt, und dennoch zolle ich Kleopatra Respekt für die Anordnung der Trauerfeierlichkeiten. Denn ich war bei ihr, als sie beschloß ihre Pein den Göttern ins Gesicht zu schreien.«

Jetzt zeigte sich Thotmes zum ersten Mal interessiert, ließ sich von Epistemus den Arm um die Schulter legen und diskret beiseite nehmen.

EPISTEMUS ERZÄHLTE SEINEM Gefährten von einem Abend, den er kürzlich auf den Terrassen von Kleopatras Palast erlebt hatte. Von den Balustraden aus konnte man die Nymphen in den Wellen und friedlich umherspazierende Pfauen beobachten. An die Terrassen grenzen Felder, die so fruchtbar sind wie jene am Nil. Sie sind jedoch zum Meer, nach Griechenland hin ausgerichtet, wo angeblich Alexander herkam, um im Herzen Ägyptens ein königliches Geschlecht zu gründen, das in Kleopatra seinen Höhepunkt erreichte. Alexandria, wie auch seine Könige, entstanden aus diesem Zusammenwirken zwischen dem Schlamm, der das Tal befruchtet, und dem Salz, das die Felsenküste mit Aquamarin bedeckt.

In den Adern der göttlichen Stadt pulsierte das vermischte Blut beider Welten.

Schon waren die Feuer des Leuchtturms angezündet und wiesen den Seefahrern, die in Alexandria einen sicheren Hafen suchten, den Weg. Schon wurden die Votivlampen vor den Altären der zahlreichen fremden Götter entzündet, die man im Viertel der Herbergen ganz offen verehrte. Die Fackelträger steckten an den Straßenecken lodernde Fackeln auf. Und in den Tavernen, auf dem Grund der grob aus Ton geformten Zisternen schillerten die verschiedensten Sorten Wein, erleuchtet von den brandroten Wolken am Himmel. Der Abendhimmel über Alexandria verglühte, von Leidenschaften erfüllt, blutrot oder geheimnisvoll rosa.

Königin Kleopatra betrachtete den Sonnenuntergang und fühlte zwei Seelen in ihrer Brust. Die griechische Seele stellte sich Helios als blonden Epheben vor, wie er in einem goldenen Wagen den Raum durchmißt. Die andere fühlte ägyptisch und verehrte Ra, den Gott, dessen Barke im Dunkel versinkt, wo er mit den Kräften des Bösen kämpft, Ra, der jeden Tag wieder siegreich ersteht und die Kräfte zur ewigen Wiedergeburt aller Geschöpfe erneuert.

In solchen Stunden wurde das Wesen der Königin von Ägypten eins mit den Veränderungen am Himmel. Wie Wolken und Licht, wie die Sonne selbst, überließ sie sich dem überraschenden Wechselspiel.

Es war dieser besondere Augenblick, in dem die Gelassenheit in Trägheit übergeht und sich plötzlich Erinnerungen einstellen. Zurück blieb ein Tag voller Verpflichtungen, angefüllt mit politischen Geschäften und protokollarischen Anforderungen.

Schließlich hatte Antonius, der nach Rom reisen und dem Begräbnis seiner Gattin beiwohnen mußte, allzuviel Unerledigtes in Alexandria zurückgelassen. So viele Dinge, daß sie die Kräfte jeder anderen Regentin, die nicht die Leidenschaft Kleopatras besaß, überstiegen hätten. Doch die reiferen Jahre hatten sie eine wichtige Wahrheit gelehrt, die seit kurzem auch an den renommiertesten Schulen ihrer göttlichen Stadt verbreitet wurde. Es war folgende: Der am stärksten zur Handlung drängende Geist, muß sich der sanften Muse der Seele überlassen, ihrer Unbestimmtheit, um so ein Gleichgewicht zu gewinnen, das die Kraft für den alltäglichen Kampf erneuert und bereichert.

Die Abenddämmerung förderte die Entspannung. Manchmal schenkte sie absolute Ruhe: den träumerischen Schlummer des Opiums und der Alraune, begleitet von den süßen Klängen, die der blinde Ramose seiner vergoldeten Harfe entlockte – Ramose, der seine Herrin zwar nie gesehen hatte, sie jedoch für die Schönste unter den Sternen hielt. Eine durchaus berechtigte Vorstellung, denn einer der vielen Titel Kleopatras lautete »Stern von Ägypten«. In weniger traumverlorenen Zeiten gingen der Entspannung Aktivitäten voraus, die für das geistige Leben von Alexandria typisch waren: ein Gespräch mit den Astronomen des Palastes, ein Disput mit den Philosophen des *Museions* – dieser stolzen kulturellen Einrichtung, die mit Bedacht von Kleopatra gegründet worden war –, das Studium in den Räumen der Großen Bibliothek oder ein besinnlicher Spaziergang in den üppigen Gärten der *Soma*, wo in einem reich verzierten Sarkophag der tote Alexander ruhte.

Doch an diesem frühen Herbstabend in Alexandria, dem unseligsten aller Abende, gab sich die Königin dem Müßiggang und der belanglosen Konversation mit einigen edlen Personen hin, die dieses Privileg lediglich deshalb genossen, weil sich ihr Triklinium zufällig in der Nähe von dem Kleopatras befand. Die ausländischen Botschafter bewunderten ihren Witz und Scharfsinn, ihre umfassenden Kenntnisse und die Leichtigkeit, mit der sie sich an sieben verschiedene Personen jeweils in deren eigener Sprache wenden konnte.

Das Gespräch ging, begleitet von den Harfenklängen Ramoses, locker hin und her. Der langsame Atem des Müßiggangs verlieh den schlichten Ausführungen über Geographie poetische Akzente. Kleopatra auf ihrem Triklinum seufzte. Sie lag ganz bequem da, mit leicht ermatteten, entspannten Gliedern. Der erste kühlende Hauch, Vorbote der hereinbrechenden Nacht, streifte ihre Haut. Die sanfte Brise war schwer vom Duft der Gardenien. In ihrem Lieblingstee lösten sich Mohnblumenblätter auf. Und das sanfte Murmeln des Seerosenteichs verhieß Glück.

Frohe Botschaft kam über das Meer! Die blonde Carmiana, die an der Balustrade Ausschau hielt, verkündete sie. Eine riesige Galeere näherte sich der neuen Mole. Der großartige Anblick und das flotte Tempo des Schiffs waren Zeichen der Dreistigkeit Roms. An der Spitze des Großmasts flatterte eine rote Kokarde und kündete den Wachen Kleopatras, daß das Schiff Nachrichten brachte.

Neuigkeiten für Kleopatra konnten nur Neuigkeiten von Antonius sein! Von Antonius aus dem römischen Exil.

Sollte einer in der Runde sich wundern, daß sie die Reise des Geliebten als Exil bezeichnete, mußte man sich nur daran erinnern, wie leidenschaftlich Antonius in Alexandria seinen Willen zu vertreten pflegte. Einen Winter lang war dies seine Stadt gewesen, hier waren seine Lieben, in diesen Tempeln gedachte er seiner militärischen Siege, zur Schande der Römer und zur Entrüstung dessen, der sich zum Sprachrohr ihrer beider Bestimmungen aufgeschwungen hatte: Octavianus Augustus, der legitime Erbe Cäsars, der sich mit Antonius das Imperium teilte.

Der dunkle Gedanke an den Mann, der Amtsbruder ihres Geliebten, zugleich aber einer seiner schärfsten Kritiker war, trübte einen Augenblick lang Kleopatras Hoffnungen. Dieser arrogante, unreife Jüngling bedrohte sie selbst noch aus der Ferne! Jedesmal, wenn er auf Antonius' Rückkehr nach Rom pochte, verwandelte sich sein sprichwörtlicher Ernst in Härte: Er nahm Antonius' beste Freunde gegen ihn ein, versuchte, ihm die Liebe seiner Soldaten zu entreißen und stellte ihn vor dem Senat als Säufer hin, der seine Pflichten vernachlässigte, um mit seiner orientalischen Konkubine in Alexandria, der korruptesten Hauptstadt der Welt, in dieser Kloake, zu huren.

Kleopatra fürchtete nicht ohne Grund einen bitteren Beigeschmack der Neuigkeiten aus Rom.

Sie gestattete sich einen Augenblick der Angst. Octavianus war nicht der Auslöser, obwohl es nahegelegen hätte. Die Ursache lag tiefer und war nicht ganz klar. Es war der törichte Schmerz, der Stachel, den alle Liebenden kennen: die Eifersucht, die wieder in ihrem Herzen erwachte. Eine Eifersucht, die verborgen bleiben mußte, weil sie sich gegen eine Tote richtete.

Den Einfluß der toten Fulvia fürchtete sie mehr als die Feind-seligkeit des lebenden Octavianus. Dieser stellte eine Bedrohung dar, die mit einer gut organisierten politischen Strategie zu be-kämpfen war, mit der Erinnerung an Fulvia dagegen war es schwieriger, denn ihr Angriff kam aus dem Jenseits. Was ihr Leib zu Lebzeiten nicht geschafft hatte, erreichte er nun, da er nur noch ein Häufchen Asche auf dem Verbrennungsplatz der Toten war: Antonius von Kleopatras goldenem Lager loszureißen, ihn vom üppigen Prunk Alexandrias zu entfernen, ihn der prächtigen orientalischen Gewänder, die er so gerne trug zu berauben und wieder in das unauffällige Tuch der römischen Toga zu kleiden …

Diese Fulvia, einst von Antonius verlassen, begann ihren Rachezug nun von der Welt der Toten aus.

Kleopatra jedoch war die Tochter eines Landes, das sich seit Jahr-hunderten mit dem Tod befaßte und ihn als eine Erleuchtung und Orientierung für den Lebensweg der Menschen betrachtete. Der Tod blickte sie an aus der Tiefe der Gräber ihrer Ahnen, der Tod hatte seinen Platz in den Anrufungen der großen Götter, er war enthalten im Ablauf der Zeit, selbstverständlicher Teil der wech-selnden Jahreszeiten und Teil des wechselnden Wasserstands vom großen Vater Nil.

Wenn Fulvia sich anschickte, sie von den Höhlen der Finsternis aus anzugreifen, dann würde sie, Kleopatra, Königin, Kriegerin und Amazone, mit der Geschicklichkeit eines Menschen, der die-sen Weg seit Jahrhunderten kennt, sich dort hineinbegeben. Doch sie verfügte noch über weitere Trümpfe, nämlich die des Lebens.

Der erste Trumpf war sie selbst, denn sie konnte den Mantel der Göttin und Herrscherin abwerfen und zu einem wilden Weib wer-den das sich nicht scheute, die Kenntnisse einer Hure einzusetzen, um die allseits bekannten Gelüste ihres Geliebten zu befriedigen. Der zweite war die Stadt Alexandria, die allen den Verstand rau-ben, ihren riesigen Leib öffnen und die wild Verliebten verschlin-gen konnte. Ihre beiden Kinder, die Zwillinge Alexander Helios und Kleopatra Selene, waren der dritte Trumpf. Ihre Bestimmung bestand darin, den Mythos der Dynastie aufrechtzuerhalten.

Antonius war noch vor ihrer Geburt, doch im sicheren Wissen, daß diese in den Gestirnen beschlossen war, nach Rom abgereist. Als die Astronomen die bevorstehende Geburt verkündeten, reagierte er nicht mit dem gewohnten Sarkasmus. Schließlich war Kleopatras Familie – diese weltfremden Ptolomäer mit ihrem Hang zum Fabulieren! – darauf spezialisiert, ihre häuslichen Konflikte in den Himmel zu verlegen. Als Berenike ihr vielgerühmtes Haar verlor, behaupteten die Astronomen, es sei in die Tiefen der Nacht verschwunden und dort, unverrückbar, funkelnd, ins schönste aller Sternbilder verwandelt worden. Und wenn die Ereignisse um eine offenkundig verwirrte Königin den Gang der Sterne beeinflussen konnten, wieviel mehr erst diese Kinder, die aus der Begegnung der beiden fruchtbarsten Ströme, dem römischen und dem ägyptischen, hervorgegangen waren, der Ströme, die sich an den Gestaden Alexandrias leidenschaftlich vermählt hatten?

Diese beiden Kinder waren das Leben. Sie bestätigten, daß der Leib Kleopatras fruchtbar war wie die Ufer des Nils. Fulvia war ein Gespenst, ein Trugbild. Die Zwillinge jedoch mit ihren königlichen Namen sicherten Antonius seinen lang gehegten Traum von der Alleinherrschaft über den Orient. Gleichzeitig repräsentierten sie die ersehnte Kontinuität, worum er alle Götter der Fruchtbarkeit angefleht hatte. Antonius wollte es dem größten Helden, den er je gekannt hatte, gleichtun: Julius Cäsar hatte Jahre zuvor im Schoß dieser hohen Frau den künftigen König der Welt gezeugt, den Prinzen Cäsarion.

Und von diesem sprach man eben auf den Triklinien in der vertrauten Runde um Kleopatra. Sein Name war ein Talisman gegen ihren momentanen Mißmut.

Nichts vermochte bei ihr so viel Anteilnahme auszulösen wie die – noch so beiläufige – Erwähnung ihres Erstgeborenen. Obwohl sie seine Fortschritte in den verschiedenen Disziplinen seiner adligen Erziehung bewunderte, klagte sie über seine Abwesenheit – unvermeidlich, aber dennoch bedauerlich –, die für eben diese Erziehung notwendig war.

Schon wurde das Schiff aus Rom im Hafen vertäut, schon erwartete man das Eintreffen von Antonius' Boten, doch Kleopatras Aufmerksamkeit war abgelenkt, wenn nicht sogar beherrscht von den Kommentaren der Anwesenden über den Prinzen. Sie machte sich weder Gedanken über das Maß ihrer Ehrlichkeit, noch hegte sie den Verdacht, es könnte sich lediglich um höfische Schmeicheleien handeln. Unerschütterlich glaubte sie an Cäsarions Vollkommenheit, und natürlich fand sich auch einer, der seine Schönheit rühmte.

Wie sollte er nicht schön sein, wurde er doch von dem großen Julier mit einer Nachfahrin Alexanders gezeugt!

Die Erziehung des Prinzen in Memphis wurde zum dominierenden Thema, sehr zur Verwunderung der ausländischen Gäste, insbesondere Marcius', des römischen Generals. Denn obgleich dieses Volk von Barbaren von den uralten magischen Handlungen und Riten des Orients fasziniert war, verharrte es in eigensinnigem Rationalismus und weigerte sich, den Glauben und die Überzeugungen der von ihm beherrschten Völker zu verstehen. Deshalb betrachtete es der vernünftige römische General als völligen Unsinn, daß die Priester von Memphis den Prinzen Cäsarion in den Kult der heiligen Stiere einführten. Ihr das zu erklären war aber ein allzu mühsames Unterfangen.

Die geistreiche und gebildete Königin verlor das Interesse am Gespräch, wurde seiner überdrüssig und gab sich wieder ihren Schimären hin. Kleopatra ließ sich lässig auf die üppigen Kissen zurückfallen, atmete den Moschusduft ein und wandte sich erneut dem schwarzen Gespenst der Fulvia zu. Gedämpft hörte sie die Worte ihrer Berater, die sich über die heiligen Stiere unterhielten und die Notwendigkeit, die Weihe von Cäsarion in seiner Ausbildungsstätte durchzuführen, wie auch sie, die Königin, einst im Tempel der kuhköpfigen Göttin Hathor geweiht worden war.

Da verkündete die Sklavin Iris die Ankunft des Boten, den Antonius aus seinem römischen Exil gesandt hatte.

SIE SPRANG VOR aller Augen von ihrem weichen Daunenlager auf. Es war keine gehässige Erfindung des Römers, noch des jüdischen Gesandten, noch des einflußreichen Kaufmanns aus Zypern. Wenn sie später von diesem Ausbruch erzählten, handelte es sich nicht um üble Nachrede. Die Königin, die bei ihren Audienzen so stolz und beherrscht auftrat und bei politischen Entscheidungen so vorsichtig war, machte einen riesigen Satz und brachte dabei den perfekten Faltenwurf ihrer nach griechischer Mode geschnittenen Tunika erheblich durcheinander. Sie rannte dem Boten entgegen, der eben zwischen den beiden Offizieren der Palastwache niedergekniet war.

Alle hörten es, wie die Verliebte keuchend hervorstieß:

»Welche Nachrichten bringst du von Antonius, meinem Herrn? Doch sag mir zuerst: Wann kommt er nach Alexandria zurück? Oder sag mir endlich, daß er sich im Schiff befindet und du der Vorbote seiner guten Ankunft bist. Sag es mir, und ich mache dich zum Gouverneur der besten Provinz meines Reichs.«

Doch der Bote blieb stumm und wagte nicht den Blick zu heben. Da bedrängte ihn Kleopatra:

»Zehn Provinzen sollst du haben, wenn du mir sagst, daß Antonius dir auf dem Fuße folgt. Oder mir bedeutest, in meine Gemächer zu laufen, weil er direkt zu seinen Kindern gegangen ist, um sie endlich in die Arme zu schließen. Doch du schweigst. Dein Schweigen sagt mir, daß Antonius nicht kommt. Welche Botschaft bringst du also? Liebt Antonius seine Königin noch? Oder erkundigt er sich nur nach dem Prinzen und der Prinzessin?«

Grabesstille hatte sich über die Terrasse gelegt. Die Stummheit und Nervosität des Gesandten ließ den Hofstaat der Königin vielsagende Blicke wechseln. Ungeduldig, vielleicht auch ängstlich wie der Bote selbst, beugte sie sich zu ihm herab, packte ihn bei den Schultern und schüttelte ihn heftig, bis er ihr in die Augen blickte.

Dann konnten alle die Worte hören, die später in so vielen Chroniken zu lesen waren:

»Marcus Antonius hat sich in Rom verheiratet.«

Dreimal mußte er die Nachricht wiederholen, so wild rüttelte ihn Kleopatra, so heftig warf sie ihm vor, ihren Geliebten zu verleumden. So schwach werden die Opfer der Liebe! Gibt es doch keine verlassene Geliebte, die gleich versteht, wenn sie von der schlechten Nachricht überrascht wird. Dreimal muß der Nil über die Ufer treten, und viele Male der Mond voll werden, bis Liebende schließlich begreifen, daß es unwiderruflich zu Ende ist. Bis sie die Wahrheit verstanden haben und beschließen, sich den Tod zu geben, wie viele es tun, oder sich dreinfinden, mit ihren offenen Wunden zu leben, wie es die meisten tun.

Kleopatra explodierte vor Zorn. Sie hieß den Boten einen Schurken und Lügner, während dieser ängstlich zurückwich, bis er mit dem Rücken gegen die Rüstungen der Soldaten stieß.

»Wenn deine Nachricht wahr ist, soll Antonius sterben, wie die Skorpione sterben. An seinem eigenen Gift! Das richte ihm aus, wenn du ihn siehst. Doch vorher sag mir, wer ist die glückliche Gattin, die sich nun brüsten kann, die Freuden zu genießen, die meine waren. Wie ist ihr Name?« Und zu ihren Freunden gewandt rief sie: »Sie muß jünger sein als Kleopatra, sonst versteht die Welt es nicht. Sie muß sehr viel schöner sein. Sie muß ihm herrlichere Kinder schenken.«

»Es ist die edle Octavia«, antwortete der Bote.

Die Anwesenden konnten ein halb überraschtes, halb entsetztes Gemurmel nicht unterdrücken. Kleopatra entfuhr ein Aufschrei.

»Die Schwester meines Feindes. Die Schwester von Octavianus«, dann wandte sie sich an Marcius, »war dieses römische Weibstück nicht bereits verheiratet?«

Der General, als Stellvertreter Antonius', wagte kaum zu sprechen. Schließlich murmelte er:

»Sie ist Witwe, Königin.«

Da lachte Kleopatra, spuckte auf den Boden wie eine Wäscherin vom Judenmarkt und strafte damit ihre guten Manieren Lügen.

»Seht, wie billig Antonius seine Männlichkeit verkauft. Auf dem Lager der Königin von Ägypten bildete er sich ein, Herkules zu sein, und heute gibt er sich mit einer gebrauchten Liege zufrieden.« Plötzlich hielt sie inne. Sie konnte ihre Tränen nicht mehr zurückhalten und setzte mit bebender Stimme hinzu: »Seine Liebe war schon immer zwiespältig. Sie galt mir, nachdem sie Cäsar gehört hatte, und bis vor kurzem war ich noch eifersüchtig auf die verstorbene Fulvia, die vor mir seine Liebe hatte. Doch es ist lächerlich, jetzt den Glanz seines Namens zu verdunkeln, habe ich doch vorher meinen verdunkelt, indem ich ihn liebte. Verflucht! Wenn er Fulvia dereinst wegen Kleopatra verlassen hat, war zu erwarten, daß er Kleopatra eines Tages wegen einer neuen Fulvia verlassen würde.« Dann wandte sie sich an Marcius: »Rom hat den Treuebruch zu einem Gewerbe gemacht. Es hat dir nie gefallen, daß mein Volk Tiere anbetet, doch nun sage ich dir: Jedes Tier Ägyptens ist edler als ein Römer.«

Marcius warf sich vor Kleopatras Füße; eine schöne Geste der Huldigung, nicht der Ehrfurcht. Die rauhe Gestalt des kampferprobten, von Wind und Wetter gegerbten Soldaten glich dem letzten Titanen, der sich einer wehrlosen Nymphe ergibt. Sein bereits ergrauter Bart ließ auf den klaren Verstand eines Menschen schließen, der die Wechselfälle der Seele kennt, weil er sie selbst durchlitten und schließlich überwunden hat.

In seiner Geste lag eine letzte Liebeserklärung und die Bekräftigung einer Freundschaft, die keine Mittelsleute nötig hat.

Kleopatra faßte die Geste ganz richtig auf und sagte:

»Deine Treue bedarf keines Beweises, denn ich kenne sie. Wir haben hier gemeinsam viele angenehme Stunden verbracht. Doch heute fehlt uns der, mit dem wir sie geteilt haben, der sie inspirierte. Deshalb bist du frei, Alexandria zu verlassen, wann immer du möchtest. Eile an die Seite deines Freundes und sag ihm, daß du die Königin von Ägypten hast weinen sehen. Niemand, auch er nicht, hat das bis heute gesehen. Niemand wird es je wieder sehen.«

Marcius zauderte. Er richtete sich auf und war nun nicht mehr der Bewunderer ihrer Schönheit, sondern ganz Soldat:

»Ich darf die Garnison hier in Alexandria nicht verlassen … ohne Befehl aus Rom.«

Der Freund verschwand, die bewunderte Weisheit des Alters verflüchtigte sich, zusammen mit Takt und Vernunft. Kleopatra nahm nur noch einzelne Teile seiner goldenen Rüstung und darauf den bedrohlichen Adler wahr:

»Es war keine Freundschaft, ich hätte es wissen müssen! Rom wird sich nicht aus Ägypten zurückziehen, auch wenn es sich Antonius zurückgeholt hat. Die Liebe hat mir die Weitsicht geraubt, so daß ich in der verstorbenen Fulvia meine Feindin sah. Ich habe vergessen, daß Octavianus noch lebt. Meine Liebe hielt Antonius zurück, wie sie auch dich zurückgehalten hat. Doch nur Octavianus kann dir befehlen zu gehen! Bleibe also! Doch nicht als Freund, sondern als Besatzer meines Landes.«

Unter anderen Umständen wären Kleopatras Worte eine Provokation gewesen, deren Wiedergutmachung komplizierte politische Interventionen verlangt hätte. Doch in dieser Stunde der großen Zurückweisung, als die Geliebte Antonius' ein Stück ihres Lebens definitiv hinter sich lassen mußte, konnten ihre Zornausbrüche nicht verletzen, ihre unangemessenen Worte nicht beleidigen. Zum ersten Mal im Leben begegnete dieses königliche Weib einer Tatsache, die sie mehr entehrte als das Verlassenwerden: Ihre Untertanen wichen vor ihrem Zornesausbruch nicht zurück, ihre Sklaven fielen nicht auf die Knie aus Angst vor Peitschenhieben, die Soldaten präsentierten nicht die Waffen, als sie vorüberging. Im Gegenteil: Der junge Hauptmann der Wache unterdrückte mühsam stotternd die Tränen – so jung war er! –, die Höflinge näherten sich, um sie zu trösten und ihre beiden Hofdamen, Iris und Carmiana, umarmten sie, damit sie nicht ohnmächtig wurde.

Sie führten sie ins Gynäkeion. Die schwarzen Sklavinnen, samt der Eunuchen eilten herbei und stellten Carmiana tausend neugierige Fragen. Der blinde Harfner vergoß aus leeren Augen Tränen über seine Königin. Sie war so leichenblaß geworden, und ihre Haut schimmerte so weiß, als habe sie eine Schönheitsmaske mit allzuviel feuchten Lotosblüten aufgetragen.

Dort, hinter Seidenvorhängen verborgen, auf einem weichen Daunenlager, auf dem sich dicke Kissen in den leuchtendsten Farben türmten, schliefen Alexander Helios und Kleopatra Selene.

So göttlich waren die Zwillinge, daß ihre Namen die Urkräfte beschworen, die älter waren als die Welt und bereits lange vor der Geburt der Götter existiert hatten. Alexander war die Sonne, Kleopatra der Mond. Sie strahlten wie diese beiden Gestirne, waren von Farbenpracht umgeben und in kindlich unschuldige Träume versunken. Und in der Kraft, die sie aus ihrem Schlaf schöpften, die ihre Körper erfüllte, wenn sie ihre Knie anzogen oder mit den

Fäustchen in die Luft stießen, in diesem endlosen, fortgesetzten Kampf des neuen Lebens gegen die noch unbekannte Welt, lag bereits die Kühnheit, auf die ihre Namen verwiesen.

Kleopatra hieß so, um die Reihe der sieben Frauen der Dynastie fortzusetzen. Und Alexander war nach dem letzten Gott benannt, der sich herabließ, unter den Menschen zu leben, um sie unsterblich zu machen.

Die Königin wollte sich eben auf die Kinder werfen, da eilten die beiden Ammen herbei – kräftige, gutmütige Frauen aus einem Dorf im Niltal – besorgt und erschrocken zugleich. Denn es war unklar, ob aus der verzweifelten Gebärde der Mutter Liebe sprach oder mörderischer Zorn.

In diesem eigenartigen Kampf zwischen Würde und Liebe obsiegte die Königin in ihr. Sie rang mühsam um Haltung und wandte sich an ihre beiden Lieblingshofdamen:

»Es sage niemand, ich hätte an diesem Tag geweint. Vor allem ihr beide nicht, meine Freundinnen, sonst macht ihr euch einer Indiskretion schuldig. Ihr habt mich in den Qualen der Geburtswehen schreien gehört, als ich mich schwach gezeigt habe. Wenn ihr mich nun in Tränen seht, könntet ihr sie ebenfalls als Schwäche auslegen, wo ich mich doch nur im Haß übe. Ich, die Königin von Ägypten, muß heute nacht lernen, den Elenden zu verabscheuen.«

Sie sahen ihr nach, wie sie in ihre Gemächer ging, ganz allein, mit gebeugtem Rücken, erstmals in ihrem Leben taumelnd und den blauen Schleier hinter sich herziehend. Blau war in Alexandria die Farbe der Zeit.

Nun, da die Mutter nicht mehr bei den Kindern war, konnten die Ammen ruhig schlafen. Denn sie befürchteten, was über Mütter berichtet wird, die wegen einer enttäuschten Liebe außer sich geraten: daß sie zu Schweinen werden, den unreinsten Tieren Ägyptens, die imstande sind, ihre eigenen Jungen zu fressen.

Doch das war es nicht, was Kleopatra in ihrem Schmerz plante. Ihre engsten Vertrauten vernahmen aus den fernen, düsteren Gängen des nördlichen Flügels ein Wehklagen, und alle bedauerten sie.

Ein herzzerreißender Schrei drang durch die Räume, Treppengänge und Flure:

»Sprich mit mir, Antonius! Sprich mit mir, Ruchloser, denn in meiner Seele herrscht eine schreckliche Leere!«

So verging die Nacht, und es war, als wandere der Tod über die Dächer von Alexandria. Die Königin meinte den schwarzen Mantel der Parzen zu sehen und das unheimliche Gebell der jungen Hunde in ihrer Begleitung. Alexandria, die einzigartige Stadt, Ursprung und Krönung der Welt, war zu einem Friedhof geworden, geschmückt mit Steinskulpturen zur Erinnerung an die schönsten Stunden der Liebe!

Wie anders die Dunkelheit des Himmels jener vergangenen Nächte, als fröhlich und hitzig die Orgien und Siege des Geliebten gefeiert wurden! Wie viele Nächte hatten sie gemeinsam verbracht, im Rausch lärmender, endloser Trinkgelage. Was früher die Sinne beflügelt hatte, brachte nun seelenvergiftende Todesbilder hervor. Aus Alexandria, der göttlichen Stadt, war ein gewaltiger Scheiterhaufen geworden, in dessen Flammen die Überreste einer verlorenen Liebe verglühten. Die Lichter, die Lustschreie, der ununterbrochene Lärm der Wagen und die Musik der tausend Tavernen der beiden Häfen bewiesen, daß sich das nächtliche Durcheinander der Stadt nicht verändert hatte. Doch wozu das alles? Marcus Antonius war nicht mehr hier!

Die langgezogenen Klagen Kleopatras verstummten nicht. Böse, unschöne Schreie erfüllten die Gemächer, Bekenntnisse der Hilflosigkeit, die dem Hofstaat in die Seele schnitten. Sie waren in Abständen die ganze Nacht, bis weit in den Morgen hinein zu hören, wie das klagende Geräusch, das der Wind in den Schöpfrädern erzeugt, die sich am *Moeris-See* endlos drehen, und das von den naiven Griechen für die Stimme der Verstorbenen gehalten wird.

Als die Sonne bereits im Zenit stand und der griechische Wind aufkam, der sich beim Zug über den Markt mit Düften aufgeladen hatte, als die Stadt der Unruhe in ihrem Innern bereits überdrüssig war, als sich die goldenen Spitzen der großen Obelisken tausendfach im Marmor der Akademien spiegelten, da erst kam die Königin aus ihrem Alkoven hervor und scharte wiederum die Leute um sich, die ihr im Alptraum der vergangenen Nacht nahe gewesen waren und ihr in ihrem Kummer treu beigestanden hatten.

Sie ließ sich nichts anmerken, sondern zeigte die vornehme Haltung, die sie zu einer gefürchteten Widersacherin machte. Ihr gefaßtes Auftreten sollte beweisen, daß sie imstande war, die ganze Welt zu regieren, selbst wenn sich der Schmerz wie ein Tuch über ihr Haupt gelegt hatte. Einige Nachlässigkeiten erinnerten dennoch an den tödlichen Kampf, den sie durchgestanden hatte: Die Schminke war vom Schweiß aufgelöst, ihre Locken, gestern nach der neuesten Mode aus Athen frisiert, hingen zerzaust, in unordentlichen Strähnen herab, und aus der gestern noch so eleganten Tunika war ein Fetzen geworden.

Kurz darauf begannen hundert Arbeiter damit, Kleopatras Schiff schwarz anzustreichen. Am Hafen versammelten sich die Neugierigen. Die Nachricht von den Ereignissen verbreitete sich in allen Vierteln der Stadt. Auf den Märkten und in den Werkstätten, in den Tempeln und Bibliotheken, in den Tavernen und herrschaftlichen Häusern der Adligen – überall wußte man Bescheid. Und als das Schiff als Zeichen der Verzweiflung die schwarzen Segel gesetzt und die Anker gelichtet hatte, um ins Herzland Ägyptens zu segeln, schufen die Hofdichter der Königin melancholische Epen, die daran erinnerten, wie schön diese vergoldete Barke bei einer früheren Reise gewesen war – vor vielen Jahren, als Antonius und Kleopatra damit nilaufwärts fuhren und den Fluß mit so viel Liebe erfüllten, daß er sich schämte, weil er nicht mehr in sein Bett paßte.

AN BORD DES trauertragenden Schiffs verharrte der junge Isispriester in andächtigem Schweigen, so sehr hatten ihn Epistemus' Erinnerungen beeindruckt. Sie näherten sich nun der Gegend von Theben, in der sich der Fluß am stärksten wand, einen weiten Bogen beschrieb und den Blick auf das rötliche Gestein der fernen Berge freigab, auf die spitzen Felsen, die mineralreichen Täler, in deren Schoß die Überreste der Könige ruhten, die Thebens Ruhm begründet hatten. Damals regierte Theben die Welt, und bis die Macht sich vom Nil ans Meer verlagerte, sollten noch tausend Jahre vergehen – tausend Jahre bis zur Gründung Alexandrias.

34

Als die Berge in Sicht kamen, die von den Einheimischen »Wächter der Ewigkeit« genannt wurden, erschauerte Thotmes. Es war, als entfalte sich vor seinen Augen alle Pracht einer Zeit, die, obwohl er sie nie erlebt hatte, ihn zutiefst berührte: Er gehörte in diese Zeit und in keine andere. Ihm war sehr wohl bekannt, daß die Könige der Familie Kleopatras – fremde Könige! – es gewagt hatten, die Gräber in Theben zu öffnen. Sie wollten die Neugier der Reisenden aus Rom befriedigen, die sich den Überresten der Pharaonen neugierig näherten, um ihre Gier nach Kuriosem, wie sie neureichen Leuten eigen ist, zu stillen. Thotmes hatte das tiefe Gefühl, mit einem rätselhaften Strom verbunden zu sein, der ihn jedoch sicher trug. In jenen uralten Gräbern, in jenen Überresten von vor über tausend Jahren, lag sein Geschick beschlossen.

Erst als Epistemus ihn aufforderte, zur Seite zu treten und dem plötzlich ungewöhnlich regen Leben an Deck nicht im Weg zu stehen, kehrte er in die Wirklichkeit zurück. Nach drei Tagen der Trauer bahnte sich nun ein besonderes Ereignis an. Die vertrautesten Zofen der Königin liefen hin und her, die libyschen Sklaven suchten nach den riesigen Federfächern, und die Lakaien machten die Sänfte bereit, die Kleopatra zu ihrer Fortbewegung benutzte. Thotmes schloß daraus auf eine Veränderung, welche die Monotonie der Reise unterbrechen würde.

Am meisten aber überraschte ihn der andere Klang in Epistemus' Stimme, wenn er über die Königin sprach. Wie er ihn jetzt so sah, plötzlich von Zärtlichkeit erfüllt, merkte Thotmes, wie wenig er über das Wesen dieses Menschen wußte. Es durchfuhr ihn wie ein Blitz und für einen kurzen Moment kamen ihm die vielen Stunden in den Sinn, die er in den düsteren Räumen des Isistempels verbracht hatte. Er sah sich langsam heranwachsen, erst besessen vom göttlichen Fieber, dann vom fieberhaften Drang nach Wissen. In einer einzigen Sekunde sah er all seine Jahre zusammengefaßt. Eine dicke Mauer von Wissen, das dem Rest der Sterblichen verborgen war, hatte ihn als Kind und Jugendlicher umgeben. Doch bevor er am Altar der Gottheit geweiht und damit zum jüngsten Mitglied der Kultgemeinschaft gemacht wurde, enthüllte ihm der Oberste Priester die letzte Wahrheit. Nicht das Geheimnis, das sich hinter dem Schleier der Isis verbirgt, wie das Volk glaubt, sondern die Wahrheit, die hinter dem ersten Schöpfungsblick liegt. Und das Licht dieser Wahrheit strahlte so hell, daß Thotmes' Augen einer göttlichen Verblendung anheimfielen.

Heute wurden seine Augen von einem anderen Feuer geblendet: Epistemus brannte, und seine Flammen kamen nicht vom Himmel. War es ein wärmendes oder ein zerstörendes Feuer? Seine Fragen blieben offen, denn hier handelte es sich um das einzige Fach, das zu lehren seine Vorgesetzten versäumt hatten, nämlich um das unergründliche Mysterium des menschlichen Herzens.

Das von allen Passagieren erwartete Ereignis lenkte Thotmes' Aufmerksamkeit ab und versetzte Epistemus, dessen weingerötete Augen fast aus ihren Höhlen quollen, in große Aufregung.

Es erschien jedoch nicht Kleopatra in ihrer goldschimmernden Majestät, wie erwartet, sondern die bescheidene, dennoch angesehene Carmiana. Ihr blondes Haar, so selten in dieser abgelegenen Ecke des Reichs, hob sich wie eine helle, flatternde Wetterfahne aus Weizenähren vom schwarzen Hintergrund der Segel ab.

»Die schwarzen Göttinnen hausen immer noch in der Kajüte«, rief Epistemus und richtete sich auf. »So verliebt ist Kleopatra Septima, daß die Traurigkeit nicht von ihrer Seite weichen will.«

Auf einen Wink Carmianas kam Apollodoros, der Hauptmann der königlichen Wache herbei, der sich bisher nur darum gekümmert hatte, die Trauerbezeigungen des ländlichen Volks am Flußufer zu überwachen. Carmiana und der Hauptmann wechselten ein paar Worte. Schon näherten sich weitere Soldaten. Sie begleiteten einen Athleten von schönster Gestalt, die besonders eindrucksvoll war, weil er fast vollkommen nackt daherkam. Anstatt eines Lendenschurzes trug er nur ein knappes Leopardenfell eng um die Hüften geschlungen, so daß die kräftigen Schenkel darunter deutlich hervorstachen. Ein Myrtenkranz zierte seine Schläfen, was den Eindruck einer mythischen, allegorischen Gestalt noch verstärkte.

»Ein neuer Herkules, ein neuer Bacchus oder Triton?« rief Epistemus aus und leerte seinen Becher. »Bestimmt gab es unter den Göttern des Olymp nicht so viele Athleten, wie auf diesem Schiff zu finden sind!«

Der Athlet glich in der Tat einem Gott. So außergewöhnlich war er in den Augen des Hofstaats, daß einige bereits über den Preis nachdachten, den er beim Verkauf an irgendeine Gladiatorenschule erzielen würde. Seine Muskeln waren so kräftig entwickelt und schienen wie aus einem Stück Basalt vom Sinai gemeißelt. Sein Körper war ein Lobgesang auf die Schönheit.

Epistemus warf ihm einen seltsamen Blick zu. Lag Haß darin?

»Fehlt ihm nur die üppige Behaarung, um in allem an Marcus Antonius zu erinnern. Obwohl ich zugeben muß, daß er schon recht beleibt war, als ich ihn zum letzten Mal in den Thermen der Via Canopica gesehen habe.«

Thotmes blickte mit unverhohlener Mißbilligung auf den beinahe nackten Athleten und die dürftige Bekleidung, mit der man ihn herausgeputzt hatte. Er wußte, daß der Mann ein Galeerensklave war, der seit zwei Jahren seine Strafe im Bauch des Schiffes abarbeitete. Thotmes stellte sich vor, wie er sein Ruder umklammerte, unablässig sein Los verfluchte und leise die Minuten bis zu seiner Freilassung zählte … oder vielleicht bis zur letzten Freiheit, der des Todes. Er stellte ihn sich angekettet vor, schmutzig, in den eigenen Exkrementen sitzend, Filzläusen und Flöhen ein willkommenes Fressen …

»Kleopatra sucht Trost bei Leibern, die sie an Antonius erinnern. Ihre Rituale sind kein Geheimnis: Mehr als einmal sah man sie sich in der Öffentlichkeit der Liebe hingeben. Weißt du nicht, daß er als Herkules aufzutreten pflegte und sie als Venus-Aphrodite? Selbst beim Geschlechtsakt bewegten sie sich in mythischen Höhen …«

Der Diener, der nun den leeren Becher seines Herrn entgegennahm, lachte so obszön, daß Thotmes an die Grenzen seiner Geduld geriet. Da setzte Epistemus noch eins drauf:

»Es ist bereits der vierte Herkules in den wenigen Tagen der Reise. Bevor du an Bord kamst, hat sich Kleopatra mit drei anderen getröstet. Aber die fleischliche Angelegenheit hat sich offensichtlich als recht mittelmäßig erwiesen. Stillte er doch keineswegs ihr Begehren, sondern hinterließ sie noch leerer als zuvor.«

»Schwätzer, du verblüffst mich schon wieder. Du stellst die Königin auf eine Stufe mit einer Hure. Nennst du das Treue?«

»Haß und Liebe. Bewunderung und Abscheu. Diese Weine reifen im gleichen Schlauch. Deshalb sage ich: Soll Kleopatra mit dem Schmerz in ihrer Seele für den bezahlen, welchen sie anderen zufügt! Dennoch ist es mein heißer Wunsch, sie möge in den Armen dieses Mannes die Qual vergessen, die sie in den Wahnsinn treibt.«

»In den Armen eines schmutzigen Galeerensklaven? Noch nie habe ich von so einem plumpen Begehren gehört.«

Doch Thotmes mußte sich berichtigen, denn man hatte den Körper des Athleten gesalbt und damit über das Menschenmaß erhoben. Die Haut war mit parfümierter Salbe bearbeitet worden und glitzerte daher wie Stahl. Seine tiefschwarzen Locken funkelten wie ein Schwarm Glühwürmchen, so vorzüglich war die Qualität des verwendeten Haaröls, und seine Lippen, üppig wie die Lefzen des Leoparden, lächelten, weil er den Augenblick der Freiheit genoß.

Er zeigte sich überrascht, denn Carmiana und der Hauptmann, die ihn begleiteten, behandelten ihn wie einen Herrscher. Dann stieg er die Treppe zur Kajüte hinab.

Das alles bemerkte der junge Thotmes mit immer größerem Erstaunen. Da lachte Epistemus, und in seinen Augen glänzte ein aggressives Feuer, typisch für einen Höfling und unverwechselbar alexandrinisch. Es lag Gewalttätigkeit darin, versteckt hinter vornehmem Betragen.

»Aus seiner Aufmachung schließe ich, daß sie ihn sogar besser behandelt als dich.«

»Was sollte ich auch mit einer solchen Behandlung anfangen?« erwiderte der Jüngling und richtete den Blick auf seine weißen Gewänder. Dieser unpassende Vergleich kränkte ihn.

Epistemus, so reichlich mit glitzerndem Tand behängt, schüchterte ihn ein.

»Ich weiß doch, daß man dich heute morgen, kaum warst du an Bord, vor die Königin geführt hat, die in diesem Zustand nicht einmal eine Gestalt aus der Unterwelt empfangen würde. Das wollte ich damit sagen, in aller Unschuld.«

Doch damit rührte er an eine noch empfindlichere Saite im Herz des Priesters, der daraufhin erstmals die Fassung verlor und ausrief:

»Was soll dieses Spiel? Sag mir endlich, aus welchem Grund und mit wessen Ermächtigung erlaubst du es dir?«

»Ich darf es ungeniert spielen, weil ich dein Spiel erahne. Ich glaube die Scheinheiligkeit der Priester zu kennen.«

»Ich nehme dich nicht ernst. Du bist betrunken.«

Sein Diener schien der gleichen Meinung zu sein. Er stellte das Weingefäß zur Seite und bemühte sich dann, seinen Herrn zu stützen.

»Männer, die sich Kleopatra nähern, haben einen besonderen Geruch«, kreischte Epistemus. »Deine Haut verströmt ihren Duft. Schwein, warum errötest du? Weil ich dich an Dinge erinnere, an die auch nur zu denken dein heiliges Gewand dir verbietet?«

Thotmes wollte der Fragerei entkommen. Er entfernte sich von Epistemus und mischte sich unter die Gaukler, die in der Nähe des Baldachins immer noch auf das Erscheinen der Königin warteten. Vergeblich. Sein Gegenspieler – und zu dem war Epistemus bereits geworden – packte ihn am Kragen und zog ihn am Handgelenk außer Sichtweite der Leute:

»Bist du ein Priester oder ein gewöhnlicher Stricher?«

Nun klang Thotmes' Stimme wie die eines armen Bittstellers, wie ein klägliches Wimmern:

»Laß mich los! Dein Spiel erniedrigt mich.«

»Hast auch du Kleopatra getröstet? Dein Körper gleicht dem Antonius nicht im entferntesten und noch weniger ähnelst du einem Herkules. Aber du hast eine zarte Figur. Wie die eines Kindes. Wie der Sohn der heiligen Isis. Auch ich kenne meine Götter, Thotmes. Dafür braucht man sich nicht ein Leben lang in einen Tempel einzusperren. Der Sohn der Isis wird uns dargestellt genau wie du: Sein Kopf ist rasiert, sein Körper leicht muskulös, seine Haut sauber und rein und das Geschlecht ohne eine Spur von Behaarung ... Ich wette, daß Kleopatra ein glatt rasiertes Geschlecht zu Ehren der Göttin, deren Stellvertreterin sie ist, zu schätzen weiß!«

Aus Epistemus' Händen waren Krallen geworden, die Thotmes umklammerten und festhielten. Zu dessen Verzweiflung streichelte er zärtlich jedes Körperteil, das er in seinem Wahn benannte.

»Du bist schön, Thotmes, dein Kopf ist glatt und lieblich wie der des Göttlichen Kindes. Hat dich Kleopatra auf ihren Schoß gesetzt, wie Isis ihren Sohn? Hat sie dich eigenhändig ausgezogen oder taten es die Sklavinnen? Sicher hat sie dich selbst entkleidet. Sie ist eine erfahrene Liebhaberin und Mutter. Ich weiß nur nicht, welche Form der Lust sie in einer Nacht der Trauer wählt! Welche auch immer es war, ihre Vorfahren haben sie bereits praktiziert. Haben sie dich in deinem Tempel nicht gelehrt, daß sich die Ptolemäerinnen immer mit ihren Brüdern verheiraten? Haben sich unsere Könige früher nicht zu ihren eigenen Töchtern gelegt? Wundere dich nicht, Thotmes. Auch ein frivoler Höfling, ein Schwätzer, ein Hofnarr der Königin kann ein paar Dinge wissen. Ich würde sogar sagen, ein wenig Verständnis aufbringen. Ja, ich bin gern verständnisvoll. Das geht so weit, daß ich dein Erscheinen hier an Bord begrüße. Mehr noch: Ich halte es für durchaus statthaft, daß Kleopatra versucht, Antonius zu vergessen und dazu eine mystische Hochzeit mit einem Mann feiert, der ihrem Sohn ähnelt. Mehr als statthaft ist das. Schließlich ist sie die große Isis!«

Thotmes sah, wie er sich dem königlichen Baldachin näherte. Er nahm das Tuch, das die Königin tags zuvor auf dem Thron vergessen hatte und führte es an die Lippen.

Er versuchte zu lachen, brachte aber nur ein wildes Heulen hervor, einen verzweifelten Laut, der schließlich erstarb und einer schrecklichen Verkrampfung Platz machte. Und als er sich Thotmes nähern wollte, taumelte er wie ein Fallsüchtiger, stolperte über einen Berg Taue und fiel auf die Knie. Er hielt Kleopatras Tuch noch immer an seine Brust gedrückt.

»Bastard der Isis! So sprich doch endlich! Hat Kleopatra dir das Geheimnis der Liebe enthüllt oder nur das Geheimnis der Lust?«

Da erschien vor seinen tränenfeuchten Augen ein völlig anderer Thotmes. Er lächelte heiter und unschuldig. Seine Stimme war süß und sanft, wie die Töne, die der blinde Ramose seiner Harfe entlockt:

»Epistemus, wer immer du bist, ich sehe, daß du leidest. Ich ahne hinter deinen Worten eine schreckliche Marter. Dennoch kann ich nichts für dich tun. Die Weisheit, die aus deinen Worten spricht, ist mir nicht gegeben. Ich kenne weder die Schatten- noch die Sonnenseiten der Liebe, noch den Wahn, den sie bei den Menschen auslöst. Denn ich habe Keuschheit geschworen vor den Göttern meiner Väter und aller meiner Vorväter, die an den Gestaden des Nils gelebt haben. Ich weiß, daß sich mein Leib weder an einem anderen Leib erfreuen noch fortpflanzen wird.«

Der Höfling schien sich seiner heftigen Anwandlung zu schämen, denn nun streckte er Thotmes die Hand hin, um sich von ihm aufhelfen zu lassen. Von nun an war seine Traurigkeit stiller und in seinen Worten lag Melancholie:

»Wahrlich, mein Spiel ist dumm, es wendet sich jetzt gegen mich und macht aus meinem Verhalten eine absurde Farce. Denn ich kenne den Grund deines Aufenthalts an Bord ganz genau, und nichts von dem, was ich bisher sagte, stimmt. Wahr ist, daß ich zuviel getrunken und dich aus Liebe gehaßt habe, was kein Widerspruch ist, denn die Liebe ist der schlechteste aller Weine. Trink nie diesen Wein in Alexandria! Sie werden dich mit Liebeleien berauschen, und anfangs hast du das Gefühl süßester Verzückung. Ja, süß ist der erste Grad der Trunkenheit, bitter jedoch das Erbrechen danach.«

Es gab für Thotmes kein größeres Geheimnis als diese Weisheiten eines verwundeten Herzens. Er sah es bluten, ohne zu ahnen warum. Der Schmerz war so geheimnisvoll wie Epistemus, diese schillernde Person, selbst. Eben noch ein als Jude verkleideter Alexandriner, ein überspannter, weibischer Schwätzer, hatte er sich plötzlich in einen vornehmen, früh gealterten Herrn verwandelt. Erst jetzt bemerkte Thotmes, daß sein Bart weiß und seine Züge vom Alter gezeichnet waren. Doch dieser Triumph der Jahre, die ihr Recht einforderten, verlieh ihm eine Würde und ein Ansehen, die seltsamerweise eindrucksvoller waren als sein leichtfertiges Auftreten vorhin. Von nun an hatte es Thotmes mit einem Edelmann zu tun, nicht länger mit einem Hanswurst.

Epistemus streichelte immer noch das Tuch der Königin, als sich die Tür von Kleopatras Kajüte öffnete. Noch einmal erschien Carmiana.

»Endlich erfahren wir, ob der Trost, den Herkules spendete, wirksam war«, rief Epistemus und trat auf die Sklavin zu.

Doch Thotmes ergriff seine Hand und versuchte ihn zurückzuhalten, ganz intuitiv, ohne bestimmte Absicht:

»Tu es nicht«, sagte er sanft, »das Herz drängt dich zu einer schlechten Tat.«

Epistemus machte sich von seiner Hand los. Doch dann streichelte er seinen geschorenen Kopf und lächelte ihn liebevoll an:

»Das Herz spricht nicht zu den keuschen Männern. Es ist die Seele, Dummerchen. Und die Seele liebt nur die Götter. So einfältig ist sie.«

Carmiana suchte zwischen den Matrosen, die am Vorschiff beschäftigt waren, eilig nach dem Kapitän des Schiffs. Sie wirkte zerstreut, als wäre sie erschöpft von allzu vielen Aufgaben und beantwortete Epistemus' Fragen ohne große Anteilnahme:

»Die Königin hat einen Aufenthalt in *Tintiris* angeordnet. Sie möchte der Göttin der Liebe ein Opfer darbringen, sich im Tempel vor ihr niederwerfen und um Erleuchtung flehen.«

»Kleopatras Pläne interessieren mich nicht. Erzähle mir von ihrem Körper. Was gefällt ihr an diesem Muskelpaket?«

Da wurde Carmiana zu einer gewöhnlichen Klatschbase, die gerne Gerüchte verbreitet:

»Es war schrecklich, edler Epistemus. Schrecklich.«

»Auch diesmal?« fragte er begierig.

»Es war wieder ein Schlag mit der Faust ins Herz der Königin. Als sich dieser rohe Kerl, hergerichtet wie Antonius bei seinen Trinkgelagen, völlig nackt an ihre Brust drückte, fing Kleopatra an zu brüllen wie eine waidwunde Löwin. Sie hämmerte ihm mit der Faust ins Gesicht, als wollte sie dessen Schönheit zerstören. Im nächsten Moment warf sie sich unter heftigem Schluchzen auf ihr Lager. Sosigenes kümmert sich nun um sie. Und ich bin am Rand der Tränen, weil ich vermute, daß hier eine Gottheit ihre schwarze Hand im Spiel hat, die Kleopatra ihre Schönheit neidet. Vielleicht hat sie Venus-Aphrodite beleidigt, indem sie sich als die Göttin selbst ausgab, um ihren Geliebten zu erregen. Und nun rächt sich Venus-Aphrodite, und zwar mit schlechtem Stil, wenn ich mir diese Bemerkung erlauben darf. Jeder Mann, den die Königin, um Antonius zu vergessen, umarmen möchte, stürzt sie nur immer tiefer in die Verzweiflung.« Plötzlich hielt sie inne, musterte Thotmes mißtrauisch und bemerkte: »Ich weiß nicht, ob ich das vor einem Fremden erzählen sollte …«

»Er ist kein Fremder«, sagte Epistemus, »du wirst noch viel von ihm hören und zwar nur Gutes, da bin ich mir ganz sicher, oder ich verstehe mein Amt schlecht.«

Thotmes war von dieser großmütigen Bemerkung überrascht, denn es gab eigentlich keinen rechten Grund dafür. Er hatte das Gefühl, vom Hof umgarnt zu werden. Und das machte ihm Angst, obwohl die Intrige als Wohltat verkleidet daherkam.

»Was dein Amt angeht, bester Epistemus, sei auf der Hut«, sagte Carmiana und lächelte geziert, »die Königin bittet dich, diese Geschichten nicht dem König Herodes zu erzählen, wenn du wieder in Judäa bist. Sie möchte nicht, daß er erfährt, wie verletzbar eine Feindin sein kann.«

Epistemus zuckte lediglich mit den Schultern und folgte der jungen Frau mit einem melancholischen, doch recht zufriedenen Lächeln. Kleopatras Mißerfolg schien ihn irgendwie siegesgewiß zu machen.

Doch in Thotmes' Seele wuchs der Zweifel. Epistemus' vertraulicher Umgang mit ihm, einem jungen Priester, den er bisher noch nie gesehen hatte, bot Anlaß genug zum Mißtrauen. Seine übertriebene Eifersucht war schon deshalb verdächtig, weil er sich gleich nach diesem Ausbruch so lobend über ihn geäußert hatte. Carmianas letzte Worte steigerten noch die Rätselhaftigkeit, obwohl sie in einem Gespräch unter alten Freunden eigentlich nichts Besonderes waren.

Entschlossen, sich eine Antwort auf die vielen Fragen zu verschaffen, wandte sich der Jüngling direkt an den Diener dieses großen, unbekannten Herrn:

»Was wollte die Zofe der Königin mit den letzten Worten sagen, die sie an deinen Herrn gerichtet hat?« Doch der Sklave antwortete nicht, und Thotmes mußte ihn bedrängen: »Warum hat er von Judäa gesprochen und von König Herodes?«

Nun lag keine plumpe Verschlagenheit mehr im Blick des Dieners wie vorher, im Gegenteil, er betrachtete das Geschehen um sich herum mit großer Gleichgültigkeit. Es war, als befände er sich tausend Jahre vor oder tausend Jahre nach diesen Ereignissen. Da begriff Thotmes, daß er ihm kein einziges Wort würde entlocken können. Denn als er in den Dienst des edlen Epistemus trat, hatte dieser Diener geschworen, alles, was ihm zu Ohren kam, sofort aus seinem Gedächtnis zu löschen.

DIE KÖNIGIN KÄMPFTE mit den prächtigen Tüchern, die ihr Lager schmückten. Iris und Carmiana versuchten vergeblich, sie zu beruhigen. Sie wollte sich aufrichten und mit den Nägeln die Seidenvorhänge zerkratzen. Sie wälzte sich auf den Laken aus Atlas, bis sie völlig zerknittert waren. Ihre Seele jedoch befand sich nach wie vor im Zwiespalt:

»Es ist nicht Liebe, ich schwöre es. Sagt das meinem Volk. Wiederholt es tausendmal. Verkündet es im ganzen Tal, bis hin zur Wüste, und meißelt es in die Stelen ein, die an den Grenzen meines Reiches aufgerichtet sind. Rache ist es! Haß ist es, was ich über das Meer sende!« Sie richtete sich wieder auf und prüfte die Luft wie eine Katze, die nach vertrauten Gerüchen schnuppert, um sich zu orientieren. »Wo ist das Meer? Ich will es über das Meer schreien! Mein Haß soll nach Rom fliegen und dort Antonius niederschmettern, samt seiner feinen Witwe! Geht, erzählt es dem Meer.«

»Wir sind schon viele Tagereisen vom Meer entfernt, meine Königin.«

»Das ist nicht wahr. Ich höre das Brausen des Meeres vor Alexandria. Das Meer und die Stadt verlachen mich. Ja, ich verdiene das Gespött der ganzen Welt … Wer hat mich hintergangen? Was will diese krächzende Schar Raben über meinen Augen?«

»Wir nähern uns Tintiris, wie es dein Wunsch war.«

»Dann ist es also der Nil. Ah, dieser Fluß nährt meine Wurzeln, wie das Meer meine Liebe nährte! Denn ich weiß, daß es Liebe war, Liebe, größer als das Leben, unmäßige Liebe. Wie anders könnte die Königin von Ägypten lieben? Antonius in seinem Brautbett soll es wissen. Keine soll ihn so lieben wie ich. Keine lege das ganze Universum in eine Umarmung, keine verleihe ihm die Weihen des Himmels mit ihrem Blick und alle Kräfte der Natur mit einem Kuß. Ich weiß, daß es Liebe ist. Liebe, die nur im Unendlichen Ruhe findet.«

Dann wurde sie wieder von Schluchzen geschüttelt. Sie weinte hemmungslos, während Iris einen heißen Kräutertrank an ihre Lippen setzte.

»Ist Amor so schädlich, daß die von ihm verursachten Schmerzen mit Drogen behandelt werden müssen? Oder habe ich soviel Zuneigung erworben, daß mir meine Untertanen den Trost des Todes gönnen, ohne darum bitten zu müssen?«

»Trink, liebe Herrin. Es ist der Saft der Alraune, er wird dich beruhigen.«

Die Alraune verhalf ihr keineswegs zu dem sanften Zustand heimlicher Sinnlichkeit, was unglücklich Verliebte, die danach lechzen, die Zuneigung einer spröden Dame zu gewinnen, so sehr an ihr schätzen. Im Gegenteil, die Alraune hatte die durchschlagende Wirkung eines berauschenden Gebräus. Bevor es ihr Bewußtsein vollkommen auslöschte, begriff Kleopatra, daß die treue Iris, die so geschickt bestimmte Formen von Opium herstellen konnte, dem Trank einen Pflanzensaft beigemischt hatte, den die Zauberer Schlafmohn nennen.

Doch die Last, die Amor den wehrlosen Sterblichen aufbürdet, verschwindet nicht im Schlaf, sondern wird im Schlaf noch drückender, weil sie keinem Hindernis begegnet. Die glücklichen Tage der Vergangenheit erscheinen und verstärken die Pein der Gegenwart, die in den Tiefen der Seele lauert.

So war auch der Schlaf Kleopatras voller Erinnerungen an Antonius. Sie nährten nicht ihren Groll, sondern stellten ihn gottgleich dar, mit so noblen Eigenschaften, daß er sogar ihr unerreichbar erschien. Im Drogenwahn vernahm sie eine Stimme, die ihr unermüdlich wiederholte: »Du verdienst ihn nicht. Er ist die Vollkommenheit, du bist ein Wurm. Er ist der Sohn des Herkules. Er ist der auferstandene Bacchus. Bist du Antonius' würdig, der mit der wunderbaren Kraft seiner starken Hände selbst den Löwen von Nemea erwürgt? Bist du seines freundlichen Wesens würdig, seiner unerschöpflichen Fähigkeit, alle Gaben zu genießen, alle Sinne zu beglücken, wie Bacchus, der, umgeben von seinen mutwilligen Faunen, den Menschen Trunkenheit schenkt?«

»Ich liebe dich«, sagte sie wieder und wieder in ihrem Delirium. »Die Götter verlachen mich, aber ich liebe dich.«

Als sie wieder zu Bewußtsein kam, blieben Carmiana und Iris an ihrer Seite. Sie glichen eifrigen kleinen Schutzgeistern, die den Auftrag hatten, die schlimmen Träume der unglücklich Liebenden zu bewachen. Darüber hinaus waren die beiden ihrer Herrin treu ergeben, zwei Freundinnen der besten Freundin der Welt und Königinnen gleich, weil sie die Gunst und Zuneigung der größten Herrscherin des Universums genossen. Sie waren ein mit zwei Köpfen gesegnetes Wesen. Der Körper war Ägypten, anmutig und zart wie die Morgenstunde dieses Landes, die Köpfe entsprachen den zwei Aspekten seiner unermeßlichen Weite: Iris, dunkelhäutig wie die Beduinen der Wüste und ihr Haar, schwarz wie die Nacht über den Dünen, nach alter Sitte frisiert, mit winzigen Korkenzieherlöckchen, üppig mit Lapislazuli verziert. Carmianas Haar dagegen war glatt und bildete eine dichte, goldfarbene Haube, von zarten Locken gekrönt, wie bei den vornehmen Damen von Alexandria, die der griechischen Mode folgten.

Iris und Carmiana legten mit exotischem Parfüm getränkte Tücher auf Kleopatras Stirn und versuchten vergeblich, ihre Glut zu kühlen. Zwei andere Hofdamen fächerten ihr Luft zu, und die Bewegung der Straußenfedern war der einzige erfrischende, belebende Hauch in der stickigen Kajüte. Und am Fußende des Lagers wartete der treue Sosigenes auf Kleopatras Erwachen.

Er betrachtete sie mit gewisser Sorge, woraus sie schloß, daß der Schlaf der Alraune sie offenbar nicht beruhigt hatte.

»Ich kann es nicht länger verheimlichen. Das Volk von Ägypten soll zwar glauben, daß der Stolz seiner Königin stärker ist als das Elend einer unglücklichen Liebe. Doch mein alter Freund, mein Lehrer und Berater, wird teilhaben an der Agonie, die heute für mich beginnt ...« Sie wollte sich aufrichten, schwankte jedoch.

Sosigenes hielt sie fest. Ihre Blicke begegneten sich, und sie sagte: »Ich will eine ehrliche Auskunft, Sosigenes.«

»Du wirst lange leiden«, antwortete der Berater ernst, »und nur die Zeit wird dich heilen.«

»Die Zeit! Das Monster, das ich am meisten fürchte, soll mich retten? Sieh mich an, Sosigenes. Ich bin nicht mehr die junge Frau, die Cäsar betörte. Die Jahre sind über mein Antlitz gegangen. Sieh mir ins ungeschminkte, nackte Gesicht. Erkennst du nicht die schlimmen Spuren der Zeit?«

»Ich sehe nicht das Mädchen, das nach der Weltherrschaft strebte, gewiß. Aber ich sehe die Frau, die sie dank ihrer Gaben erringen kann. Die Zeit hat dich verschönert, meine Königin, nicht die Schönheitspflegemittel.«

»Zeit für Kleopatra! Zur Unzeit kommt sie mir zu Hilfe. Als ich an Antonius' Seite war, wollte ich sie anhalten. Nachts wachte ich auf und bewunderte seinen Körper, so schön, so kraftvoll, ewig jung. Er lächelt im Schlaf wie ein Kind. Da wollte ich den Lauf der Stunden anhalten, den Augenblick der Liebe für meinen einzigartigen Mann festhalten. Doch er schlief weiter, war er doch fast immer betrunken. Wie oft mußte ich ihm den Becher aus der Hand nehmen! Auch der leere Becher trennte unsere Leiber. Manchmal streichelte ich seine Stirn, spielte mit seinen schwarzen Locken und dachte, die Zeit würde uns vergeben. Doch heute weiß ich, daß meine Zeit abgelaufen ist … Wie alt bin ich schon, Sosigenes? Schweig! Sei nicht grausam, sonst richtet sich mein Haß gegen dich anstatt gegen mich allein. Ich weiß sehr wohl wie alt ich bin. Denn dreißigmal stieg der Nil, seit mein Vater meine Geburt an den Altären Alexandrias verkündete.«

»Und das macht dir Sorgen?« fragte die sanfte Iris mit gespielter Leichtigkeit. »Dreiundvierzigmal stieg der Tiber, seit die Götter von Rom die Geburt des Antonius begrüßten.«

Kleopatras Miene verfinsterte: »Schweig, dummes Ding! Bist du eine Frau oder weißt du nicht, daß die Götter die Strafe der Jahre ungerecht verteilten? Je mehr Falten das Antlitz von Antonius aufweist, desto größer das Lob seiner Klugheit. Kleopatras Falten dagegen verdammen sie zu Verlassenheit und Einsamkeit. So ist es von Anbeginn, seit die Götter als zwei gegensätzliche Geschlechter geboren wurden. So ist es auch für Kleopatra.«

Der kurze lichte Moment war vorbei … Die Königin überließ sich wieder der Mutlosigkeit und bedeckte ihr Gesicht mit den Händen. Vielleicht um das Schluchzen zu verbergen, das sie noch immer heimsuchte.

»Selbst der Tod ist mir kein Trost«, rief sie aus. »Ich habe angefangen, mein Grab zu bauen, es wurde für zwei Liebende geplant. Wie einsam werde ich sein, ganz allein in meiner Gruft!«

»Du wirst nicht allein sein, Königin. Alle deine Vorfahren werden dich durch die lange Nacht begleiten und mit dir die Jahre zählen.«

»Welche Worte! Nur einem Ägypter begreiflich. Und nur für Verliebte glaubhaft.«

»Wenn das Grab für immer mit einem Stein verschlossen wird, beginnt für den Verstorbenen die Nacht, die erst mit dem neuen Leben im Reich der Toten endet. Dann fängt er an, die Jahre bis dahin zu zählen.«

»Und ich muß sie ohne Antonius zählen! Ich werde bei Königen und Königinnen ruhen, bei Prinzen und Prinzessinnen, und an der Spitze des erlauchten Zuges wird Alexander sein. Der große Gründer der Dynastie und viele, viele hervorragende Verwandte, deren Anwesenheit mich auf ewig beschämt! Laß die Toten in Frieden, Sosigenes. Gib mir Antonius zurück. Siehst du nicht, daß ich ihn brauche, selbst im Tod? Bei einer unserer Reisen auf dem Nil habe ich ihm die Gräber der Könige von Theben gezeigt. In einem der Gräber nahm ich seine Hand in meine Hände und sagte ihm: ›Du wirst Ägypten lieben, wenn du anfängst, diese Gräber zu lieben. In deiner Heimat werden die Toten verbrannt. In Ägypten geben wir ihnen Wohnungen für die Ewigkeit.‹ Und in der Finsternis dieses seit Jahrhunderten geheiligten Raums küßte er mich zärtlich und sprach: ›In diesem deinem Leben, in dieser langen Nacht des Jahrezählens, möchte ich auch einen Platz haben. Die Ewigkeit sei für uns beide oder aber für keinen.‹«

Nun schwiegen alle. Das Schiff bewegte sich nicht. Es war, als hätte sich der Nil versteinert, um der Trauer endlich Einhalt zu gebieten. Nur die Geräusche vom Deck gemahnten an die Wirklichkeit. Plötzlich wurde an die Tür geklopft. Als Iris öffnete, stand Apollodoros, der Hauptmann, vor ihr. Sie wechselten mit gedämpfter Stimme einige Worte, und die anderen schlossen daraus, daß das Schiff soeben Tintiris erreicht hatte.

»Ich werde mich für einen Besuch des großen Tempels bereit machen«, sagte Kleopatra und versuchte wieder, sich aufzurichten. »Möge die Göttin mich in ihre erhabenen Geheimnisse einweihen und mir die innere Ruhe schenken, die ich so sehr benötige.«

»Sie wird sie dir nicht geben«, warf Sosigenes ernst ein. »Kein Gott kann dich beruhigen. Kein Gott hat diese Macht, weil es keine Götter gibt.«

Hier sprach der geschulte Philosoph, wie Kleopatra sofort feststellte. Sie kannte alle philosophischen Schulen und wußte gleich, zu welchen Gedankengängen er sie hinführen wollte.

»Du kannst deine Priester täuschen, mich aber nicht, denn schließlich habe ich deinen Geist geschult. Deine Freundinnen auch nicht, die dich am Abend entkleiden und zu Beginn des Tages wieder anziehen. Die Waffe zur Bekämpfung der Krankheit liegt nicht in den Händen der Götter, sondern in deinen.«

»Und welche Waffe ist es?«

»Deine eigene Intelligenz. Benutze endlich wieder deinen Verstand, Kleopatra. Du schließt dich in ein unterirdisches, dunkles Heiligtum ein, versenkst dich in die Tiefen der Welt, dabei liegt dein Heilmittel auf der Hand. Schau um dich, und du wirst erleuchtet sein. Die Erklärung lautet: Rom und Ägypten stehen sich als Todfeinde gegenüber. Allen voran der junge Octavianus. Ein selten kluger Kopf, wie man hört. Von großem Ernst und großer Strenge. Er ist's, der uns alle beherrscht.«

»Dies ist nicht der beste Moment, um über Politik zu sprechen, verstehe das bitte.«

»Wäre es der beste Moment, wenn du den Mut hättest anzunehmen, daß Antonius dich noch immer liebt? Seinen Charakter kennend, ist zu vermuten, daß die römische Kargheit ihm die Sinnenfreude nicht ersetzt, mit der du sein Leben erfüllt hast.«

Einen Augenblick lang fühlte sich Kleopatra verraten.

»Es war eine falsche Sinnenfreude, Sosigenes, das weißt du. Ich habe Antonius mit allen Genüssen umgeben, um ihn an meiner Seite zu halten. Ich gab ihm die Lust des Fleisches. Täglich habe ich ihn neu zum Staunen gebracht und seine Sinne mit Reizen betört, die Rom ihm nicht bieten kann: Überfluß, Exotik und Ausschweifungen, auch sexueller Art. Ich wurde seine Priesterin der Leidenschaft. Aber den wachen Verstand habe ich mir behalten.«

»Warum ist er dann jetzt plötzlich eingeschlafen? Warum sagt er dir nicht, daß Antonius dich noch immer wahnsinnig liebt, doch gezwungen war, sich der Staatsräson zu beugen?«

Kleopatra wandte sich wütend ab und schrie:

»Weil ich ihn dann noch mehr verabscheuen würde. Ich kann ihn beweinen, weil er sich in diese römische Witwe verliebt hat und ihn verwünschen, weil er mein Lager entweihte. Sollte ich aber erfahren, daß er so schwach war, einem Befehl des Octavianus zu gehorchen, würde ich ihn offen verachten. Er ist mir nicht ebenbürtig, würde ich denken.«

Da bemerkte Sosigenes mit äußerster Vorsicht:

»Das genau ist die Waffe, die du brauchst, um dich gegen die Liebe zu verteidigen.«

»Eine Waffe, die Antonius' Ruf schädigt, würde mir nur zeigen, daß die Liebe der Königin von Ägypten wertlos ist. Glaubst du, ich weine einem Unwürdigen nach? Hältst du mich für so dumm? Als ich Antonius zum ersten Mal sah, war ich noch ein Kind, anfällig für jede Schwärmerei. Ich kam lange vor Cäsar nach Alexandria, da wußte ich noch nicht, welches Übel die Intervention Roms für Ägypten bedeutete. Noch viel weniger verstand ich, daß mein Vater, der große Auletes, uns für immer an Rom auslieferte, indem er diese Stadt um Hilfe bat. Du hast es mir viel später erzählt, Sosigenes, doch damals war ich noch in der Obhut der Damen meiner Mutter. Alle traten auf den Balkon, als dieser junge Krieger in den Innenhof des Palastes einzog. Seine stolze Erscheinung ließ sie seufzen, und meine älteren Schwestern wagten es, ihm Blumen zuzuwerfen, als hätte er in Olympia tausend Siege errungen. Er war so vortrefflich, so stark, und man erzählte sich so viel von seinen Heldentaten und Skandalen, daß er sich meinem kindlichen

Gemüt als einer der unbesiegbaren Helden einprägte, die in den alten Weisen besungen werden! Es mußte noch viel Zeit vergehen, bis mich dieser fabelhafte Held zum glücklichsten aller Weiber machte. Zuvor mußte ich die Ehe mit meinem eigenen Bruder ertragen, und der war nicht nur jung und bartlos, sondern auch noch dumm. Dann trat Cäsar in mein Leben. Doch endlich kam der heldenhafte Antonius auf mein vergoldetes Schiff, wie ich es mir erhofft hatte: als Herkules gekleidet, umgeben von den fröhlichen Faunen des Dionysos. Und ich streckte ihm meine Arme entgegen wie die Göttin, für die er mich gerne hielt. Ich verkörperte Aphrodite, die Schaumgeborene, die dem Meer von Alexandria entsteigt, um sich ihm zu schenken. Er war mein Heros, Sosigenes. Und wenn ein Heros seines Formats sich einem Dekret des Octavianus beugt, bedeutet das eine gemeine Erniedrigung.«

Sosigenes ergriff ihre Hand und küßte sie:

»Königin von Ägypten, dein Heldenkult ehrt dich, aber er entspricht nicht mehr unserer heutigen Zeit. Während Octavianus danach trachtet, sich mit Hilfe der Vernunft zum Herrn der Welt aufzuschwingen, begnügt sich Antonius damit, dich von seinem Heldentum träumen zu lassen.«

»Genug, Sosigenes. Ich ziehe den Rat der Götter vor. Sie mögen heute nacht durch den Mund der edlen Dictias zu mir sprechen.«

»Du wirst doch nicht beim Aberglauben dieses alten Raubvogels Zuflucht nehmen?«

»Sie besitzt das uralte Wissen unserer Tempel. Außerdem weiß ich, daß sie mich über alle Maßen verehrt.«

Ihr Gesicht wurde von ihrem berühmten Lächeln erhellt. Mit diesem Lächeln hatte sie die Männer erobert, wenn Schläue und Verstand versagten. Es belebte ihr Gesicht, veränderte es und verwandelte sie in die schönste aller Sphingen. Die Welt erlag ihrem einzigartigen, unerklärlichen Zauber. Es verwandelte eine unscheinbare Frau in eine perfekte Schönheit und in die faszinierendste aller Hexenmeisterinnen.

»Dictias soll mich wiedersehen, wie ich in meiner schönsten Blüte war. Wenn Schmerz mein Gesicht zeichnet, bedeckt es mit der Maske der Schönheit. Kleidet meinen Leib in Seide und schmückt ihn mit Edelsteinen, wie gewöhnliche Tänzerinnen es tun. Und du, Iris, spare nicht mit Parfüm. Hülle mich in die stärksten Düfte ein, denn meine Anwesenheit allein soll die Sinne erregen.«

Sosigenes verbeugte sich und deutete damit seinen Rückzug aus der Kajüte an. Abscheu stand ihm deutlich im Gesicht geschrieben:

»Wenn du dich in die Hände des Aberglaubens begibst, so heißt das, daß du meinen Rat nicht benötigst.«

Kleopatra schenkte ihm ihr schmeichelndes Lächeln, das er nur allzugut kannte. Mit diesem Lächeln konnte sie das Universum erobern.

»Der edle Epistemus und der junge Isispriester werden mich ebenfalls begleiten. Ich will, daß sie zusammenfinden.«

Dann wandte sie sich dem Spiegel zu, um sich der Wiederherstellung ihrer Schönheit zu widmen.

ALS IHR KLEINES Gefolge die Stadt Tinitris umgangen hatte, stand ein prächtiger Vollmond am Himmel. Man hörte aus der Ferne den Lärm der Straßen, Geräusche von regem Leben und Treiben, die in dieser Gegend selten waren. Doch die Nähe zum großen Tempel der Hathor, einer Pilgerstätte von alters her, hatte die Bevölkerung reich und aus dem unbedeutenden Nest eine strahlende, überaus kultivierte und mächtige Stadt gemacht.

Der junge Thotmes teilte mit Epistemus eine Sänfte. Er blickte hinaus und betrachtete mit dem Ausdruck höchster Verachtung die fernen Lichter der Stadt. Als er sich seinem Nachbarn zuwandte, begegnete er nicht dem üblichen ironischen Lächeln. Im Gegenteil, Epistemus schien ihn endlich zu verstehen und seine langen Redepausen und meditative Zurückgezogenheit zu respektieren.

Es lag auf der Hand: Für einen jungen Diener der Götter war die Feststellung, daß Religion zu einer Art Handel werden konnte, eine bekannte, deshalb jedoch nicht weniger schmerzliche Erkenntnis. Für Thotmes war dieser Ort heilig. Die Benutzung der Gottheit zum Zwecke des Profits drehte ihm den Magen um und erfüllte ihn mit großem Zorn. Gern wäre er die strafende Hand Gottes gewesen. Dafür gab es ja bereits Beispiele. So ist aus den ältesten Überlieferungen bekannt, daß sich die Götter über die Bosheit des Menschengeschlechts erzürnten und zur Strafe die göttliche Kuh, die liebliche Hathor, auf die Erde schickten. Hathor jedoch fand solche Freude an der Strafaktion, daß sie Blut trank, danach süchtig wurde und sich schließlich fast ununterbrochen schrecklich daran berauschte, bis die Erde beinahe menschenleer war. Thotmes mißbilligte diese Maßnahme nicht gänzlich, denn der Gedanke, daß eben hier in den Gärten, die sie durchquerten, Hathor verehrt wurde und sich einige Leute an der Frömmigkeit anderer bereicherten, war ihm zutiefst verhaßt.

Doch nun näherten sich die Träger bereits dem Großen Tempel, der am Rand des kultivierbaren Landes, fast schon in den Dünen, errichtet war. Obwohl noch nicht ganz fertiggestellt – und Königin Kleopatra war sehr am Baufortschritt interessiert –, war das Heiligtum bereits ein prachtvolles Gebäude von äußerster Eleganz, das wie ein Stück Ewigkeit aus einer fast kahlen Landschaft emporwuchs, einer Landschaft, die plötzlich einem anderen Planeten glich. Der Mond erleuchtete den Himmel gespenstisch hell, was überraschende mystische Erkenntnisse begünstigte. So intensiv war dieses Licht, daß es den Schein der Sterne überstrahlte.

Der Tempel war durch eine Ziegelmauer von der Außenwelt abgeschirmt und dadurch wunderbar ruhig. Nur die Baugerüste der Künstler, die Tausende von Inschriften in die senkrechten Wände meißelten, ließen auf menschliches Leben in diesem Bereich schließen, der den Herrschern des Himmels gehörte.

Während Thotmes tief beeindruckt in den Nebengebäuden umherging, hielt Kleopatras Sänfte vor dem Portikus an, und die Königin stieg heraus. Sie war in einen weiten roten Umhang gehüllt, der ihr die verlorene majestätische Würde zurückgab. Da eilte schon eine Hohepriesterin herbei, begleitet von fünf weiteren, fackeltragenden Priesterinnen.

Kleopatra erkannte in ihnen die jungen Mädchen adliger Familien, Prinzessinnen gar, in weißleinenen Tuniken, die traditionsgemäß ihr Leben dem Dienst der Göttin weihten. Trotz der fortgeschrittenen Stunde waren auf ihren Gesichtern keine Spuren von Müdigkeit zu entdecken, im Gegenteil, sie schienen von einer gewissen Erregung erfüllt zu sein, die weder dem unerwarteten Besuch noch den priesterlichen Verrichtungen zuzuschreiben war. Die Königin lächelte, denn sie wußte sehr wohl, daß es in manchen Nächten in der Klausur der Tempel recht lebhaft zugehen und der Einfluß des Vollmonds die Priesterinnen in den Zustand hitziger Katzen versetzen konnte.

»Warum ist die edle Dictias nicht zu meiner Begrüßung erschienen?« wollte Kleopatra wissen.

Sie wartete nicht, bis man ihr Platz machte. Schon war sie im Vorhof und schritt weiter hinein. Die Priesterin eilte an ihre Seite und stotterte nervös:

»Du hättest deinen Besuch ankündigen sollen.«

»Das hatte die Königin von Ägypten nie nötig. Seit wann diese Anmaßung? Oder schließen mich die Tempel, die auf meinen Befehl hin gebaut wurden, von ihrem Kult aus, wenn ich als bescheidene Bittstellerin der Hathor komme?«

Die Priesterin errötete und wagte nicht, ihr ins Gesicht zu blicken.

»Lege meine Worte nicht falsch aus, ich bitte dich inständig. Nie hätte ich eine solche Andeutung gewagt, wenn nicht ...« Sie schwieg einen kurzen Moment. Kleopatra sah sie aufmerksam an. Nach einer beklemmenden Stille wagte die junge Frau eine Erklärung:

»Du wirst die Hohepriesterin in beklagenswertem Zustand vorfinden, deshalb ...«

»Ist sie krank? Warum hat man mich nicht davon unterrichtet?«

»Es ist viel schlimmer, meine Königin. Die edle Dictias scheint in letzter Zeit den Verstand verloren zu haben. Allnächtlich sperrt sie sich ins innerste Heiligtum ein und befiel den Novizinnen, ihr unaufhörlich je nach Laune Bier oder Wein zu servieren. Manchmal klammert sie sich lange an die Statue der Göttin und weint dabei heftig. Dann lacht sie wieder völlig unkontrolliert. Ihr Heulen erschreckt die jüngeren Mädchen. Sie ist vorzeitig gealtert. Die Last der Jahre fiel plötzlich schwer auf ihre Schultern, selbst ihre

Erinnerungen sind ausgelöscht. Sie sieht seltsame Dinge und spricht andauernd einen Namen aus, der … ich weiß nicht, ob ich es wagen kann, ihn zu nennen …

»Den Namen. Ich befehle es.«

»Kleopatra.«

Sie waren nun am Prozessionsweg angekommen, und für einen Augenblick durchlebte Kleopatra wieder die prachtvollen Zeremonien, an denen sie als kleines Mädchen teilgenommen hatte, gefesselt von ihren Geheimnissen. Sie erinnerte sich, wie die Barke der Göttin auf den Schultern der jungen Priester an den riesigen Säulen vorbeigetragen wurde. Und dieser Weg führte hinaus ins Freie, bis hin zum Nil, wo die Menschen die heilige Barke bejubelten wie in alten Zeiten.

Doch die Erinnerung verblaßte und wurde vom Gefühl der Einsamkeit ersetzt, das sie aus allen Winkeln des eindrucksvollen nächtlichen Tempelbezirks zu bedrohen schien. Aus dem Dunkel tauchte der steinerne Wald der Säulen auf, deren Kapitelle den Kopf der Hathor darstellten, mit den Ohren einer Kuh und dem Lächeln, das ihr als Kind wie eine spöttische Grimasse erschienen war. Die gigantischen Säulen vor dem Tempel der Liebesgöttin waren mit Inschriften bedeckt, die von den Heldentaten oder der Frömmigkeit ihrer berühmten Familie kündeten. Durch die hochgelegenen Fenster fiel das Silberlicht des Mondes auf den Fußboden und in die Ecken des Raums.

In dieser geheimnisvollen, erinnerungsträchtigen Stimmung drangen plötzlich Dictias' Schreie an Kleopatras Ohr. Sie entdeckte sie in Gesellschaft von vier blutjungen Priesterinnen, die hemmungslos lachten und ihre Brüste berührten, während Dictias sie mit geschlossenen Augen verfolgte, wie bei dem bekannten Kinderspiel.

Der Anblick der Hohepriesterin war in der Tat anrührend. Der Mond beschien ihr fahles, gelbliches Gesicht. Ihre Hände glichen einer Ansammlung müder Knochen. Sie war in eine rauhe Tunika gehüllt, unter der hin und wieder ihre Beine zu sehen waren, deren Haut an das faltige Fell eines alten Esels erinnerte.

Als Kleopatra sie in diesem Zustand sah, dachte sie kurz daran, welchen Anblick sie vor wenigen Stunden auf ihrem Schiff geboten hatte, und einen Moment wollte sie vor Scham fast vergehen.

Die Priesterin an ihrer Seite hatte die anderen mit einem Handzeichen auf die Anwesenheit der Königin aufmerksam gemacht. Da wurden sie wieder ernst, ordneten ihre Kleidung, vergaßen Dictias und näherten sich feierlich ihrer Königin.

»Geht nicht weg!« schrie Dictias. »Laßt mich nicht allein. Gleich kommt das Gespenst. Hier ist es schon! Ich sehe es!«

Sie taumelte zurück und griff mit den Händen ins Leere, als suche sie im Finstern einen Halt.

»Laßt mich nicht allein mit ihr. Schützt mich vor ihrem Zauber.«

Sie rannte zwischen den Säulen umher, vollführte unglaubliche Sprünge und machte kratzende Bewegungen, bis sie von der Hauptmauer aufgehalten wurde.

»Was meint sie?« fragte Kleopatra.

»Sie spricht von einem Geist. Dem Geist einer Frau. Immer wenn sie trinkt, erscheint er ihr. Und da sie viel trinkt, ist er ein permanenter Gast im Tempel.«

Die anderen Priesterinnen tauschten wissende Blicke aus und brachen in Gelächter aus. Doch Kleopatra ärgerte sich über das gefühllose Lachen, entriß einem der Mädchen den Fächer und schlug ihm damit heftig ins Gesicht. Worauf die anderen eingeschüchtert verstummten.

»Ich glaube diesen Geist zu kennen. Ich habe Lust, ihm Gestalt zu verleihen«, sagte Kleopatra mit ruhiger, geheimnisvoller Stimme. Ihre Begleiterinnen begriffen nichts.

Sie ließ ihren Umhang fallen und stand im vollen Mondlicht da, das durch die seitlichen Öffnungen in den Raum drang. Unter dem dünnen Leinen, das sie umhüllte, zeichneten sich ihre Glieder ab. Ihre überquellenden Brüste wurden von einem Band aus Edelsteinen umfangen und gestützt.

Nun sammelte sie ihre ganze Verführungskunst und bewegte sich mit altbewährter, dennoch eleganter Koketterie, geschmeidig wie eine professionelle Tänzerin. In ihrem Blick lag die Kraft einer tragischen Heldin.

Sie glich tatsächlich einem Geisterwesen. Dictias erblickte sie so, zwischen Licht und Schatten wandelnd, stieß einen schrecklichen Schrei aus und fiel auf die Knie.

Sie krallte sich an das Relief der Mauer und brüllte:

»Verschwinde endlich, verhaßter Geist! Zerr mich nicht mit dir hinab in die Finsternis!«

Plötzlich erkannte sie Kleopatra. Die Schimäre hatte Gestalt angenommen, war aus Fleisch und Blut und lächelte wie eine Schlange. Und einer Schlange gleich konnte sie die Menschen verhexen.

Dictias hätte sich gern vor diesen dirnenhaft geschminkten Augen versteckt, doch die Mauer ließ sie nicht los. Ihr eigener Schrei schien sie zu verschlingen:

»Laß mich deine Glieder anfassen, damit ich weiß, ob du Kleopatra bist!«

»Und wenn ich Kleopatra wäre, welchen Eindruck machte mir der Anblick meiner Hohenpriesterin, zur Sklavin erniedrigt? Wie ich sehe, ist nicht nur deine Standfestigkeit geringer geworden, sondern auch dein Wille. Hat das Getränk ihn so stark verändert?«

Sie streckte ihr die Hand hin, und Dictias küßte sie mit Inbrunst. Ihre Lippen wanderten den Oberarm hinauf bis zum goldenen Schlangenarmband.

»Du sollst mein Gesicht nicht sehen, Kleopatra. Es wäre eine Begegnung mit dem Alter.« Sie entfernte sich brüsk. »Sieh mich nicht an! Du bist pervers. Du bist grausam. Nicht genug, daß du mich nächtens als Geist in Schrecken versetzt, heute steigst du aus meinem tiefsten Delirium auf und bringst mich doppelt um.«

»Wenn du mich so gern hast, wie du immer behauptest, dann hilf mir.«

»Wie könnte ich dir helfen, bin ich doch selbst hilfsbedürftiger als alle leidenden Kreaturen der Welt? Dein mörderischer Geist macht mir angst. Wenn er mir am Tag erscheint, sehne ich mich nach der Nacht, hoffend, daß er im Schlaf verschwindet und die Nacht mir Ruhe bringt und heiterere Visionen. Doch kommt dann der Schlaf, ist es noch schlimmer, weil das Wahnwesen wieder auftaucht. Ich kann mich nicht dagegen wehren. Und immer bist es du, die königliche Hure. Du machst mich zur zahmsten, zur unwürdigsten Hündin Ägyptens. Wie könnte ich dir denn helfen, ich, die jede Hoffnung aufgegeben hat?«

Sie gab ein Zeichen in die dunkelsten Ecken des Raums. Da schienen die Hieroglyphen lebendig zu werden und sich, mit Wein gefüllte Amphoren tragend, zu nähern. Es waren fleißige Nymphen, fast noch Mädchen. Sie taten lächelnd ihren Dienst und sahen einander dabei freundlich, fast begehrlich an. Schließlich setzte die Hohepriesterin das Gefäß ab, das ihr eine der Nymphen gefüllt hatte, umklammerte ihre Beine und tastete nach der Haut unter dem weißen Leinen.

Doch als sie die Haut fühlte, zuckte sie zurück, wandte sich den Füßen der Königin zu, küßte sie verzweifelt und benetzte sie mit ihren Tränen.

»Ach, Kleopatra. Deine Erscheinung ist grausamer als alle Grausamkeiten. Du hast mir selbst die honigsüßesten Leiber verekelt.«

»Sieh mich an, Dictias. Vor dir steht die Herrscherin Ägyptens, die das Orakel der Liebesgöttin sucht. Wenn du noch Mitleid mit einer verlassenen Frau empfinden kannst, dann vergiß das Protokoll und liebkose diese Haut, deren Lieblichkeit die Dichter besungen haben. Streife mir die Gewänder vom Leib, Dictias, und habe deine Lust an mir. Und wenn es in dieser Welt, in der die Liebe erstarb und alle Sinnenfreude erstickte, ein Vergnügen gibt, dann ist Kleopatra wieder lebendig geworden, wo niemand es vermutet hätte. Nicht einmal sie selbst.«

Dictias kniete noch immer und sah den Körper der Königin aufrecht vor sich stehen, wie eine der stolzen Skulpturen im neuen Stil, die in den besten Werkstätten Alexandrias entstanden. Sie glich einem zart geäderten Marmorblock, einem fast unberührten Marmor, noch ganz rein und soeben vom Atem der Kunst gestreift, einem Traumwesen und nicht irgendeinem Gespenst aus einem Wahn.

Doch die Statue beugte sich unvermittelt zu der Priesterin hinunter, ergriff ihre Hände, zog sie hoch und legte sie fest um ihre Brüste. Dictias umfaßte sie wie zwei vergoldete Früchte, die für die Liebe geschaffen sind und in den elysischen Gärten wachsen, sich aber in Staub verwandeln, wenn die Götter sie allzu lange berühren.

»Ist mein Leib immer noch schön, Dictias?«

»Dein Leib gleicht einem heiligen Schrein, den nur die Göttin öffnen kann. Gestatte, daß ich ihn verehre, Kleopatra. Gestatte es mir.«

Sie legte ihre Wange an den Bauch der Königin und verharrte so einige Augenblicke. Die Zeit schien sich zwischen den hohen Säulen aufzulösen, wo die Geschichten der Liebesaffären der Göttin geschrieben stehen.

»Diesen überirdisch schönen Augenblick werde ich mit noch mehr Schmerzen bezahlen müssen«, flüsterte Dictias.

»Ich will alle Geheimnisse der Liebe kennenlernen, die mir bislang verhüllt waren. Der Ort, den einst Antonius eingenommen hat, soll mit ihrer Lust erfüllt sein. Lösche mit deiner Haut die Erinnerung an die seine aus. Lösche sie mit deinen Lippen von den meinen.«

Der Tempelbezirk füllte sich mit Zärtlichkeit. Die erhabene Hathor schien über dieser liebevollen Hingabe zu wachen. Ein Mondstrahl durchschnitt die Dunkelheit, ein Licht, das die Göttin zwischen den Hörnern trägt, wenn sie in Gestalt einer Kuh erscheint. Die harmonischen Klänge des *Sistrums* durchbrachen die Stille. Ihr heiliger Sohn hatte es in den Händen, zum Ergötzen derer, die sich gerne bei Musik lieben. Mitten in der Nacht wurde die Welt neu geboren, denn alle Tiere des Zodiakus waren bereit, Kleopatras Rückkehr zu ihren Ursprüngen zu beschützen.

Plötzlich richtete sich die Hohepriesterin auf und tat einen wilden Satz. Die Königin versuchte vergeblich, sie zu halten.

»Schluß jetzt! Über diesem Akt liegen allzu viele böse Schatten. Dein Begehren ist ein Leichentuch. Behalte es, und laß mich in Ruhe.«

»Zum zweiten Mal wird mein Begehren zurückgewiesen. O ihr Götter. Der Geliebte, der es mit sich genommen hat, antwortet nicht mehr auf mein Rufen. Sag mir, Dictias, sag es mir: Bin ich zu alt für Sehnsucht und Begehren?«

»Schlange! Das fragst du, obwohl du weißt, daß deine Macht ungebrochen ist …? Wo du weißt, daß sie sich auf mich stürzt und in Ketten legt, trotzdem fragst du?«

»Eine Frau, die geboren hat, sei für immer verändert, heißt es. Ihre Hüften werden breit, die Brüste hängen wie Euter, und ihre Brustknospen werden rissig wie die ausgetrocknete Erde, die seit ewigen Zeiten auf Regen wartet. Hat sich Kleopatras Leib so verändert? Diese Frau, die früher alle bekam, die sie wollte?«

»Es gibt in diesem Tempel kein junges Mädchen mit glatterer Haut, meine Königin. Nicht die jüngste der Jungfrauen, nicht das jungfräulichste der Mädchen. Deine Lippen gleichen den Brüsten eines neugeborenen Gottes ...«

»Meine Lippen sind verdorrt, Dictias. Das hat Antonius angeekelt, ihn von meiner Seite vertrieben.«

»Du weinst?«

»Bis heute habe ich vor Wut geweint. Antonius' Flucht hat mich zornig gemacht. Doch nun läßt der Zorn nach und gibt einem noch schrecklicheren Schmerz Raum. Ich hasse diese Kleopatra, zu der ich nun geworden bin. Ich weiß, daß du mich aus Mitleid liebkost, weil die Jahre nichts übriggelassen haben, was zu liebkosen wäre.«

»Armes Kind. Du bist verloren.«

»Du beschenkst mich mit Mitleid. Auch dein Begehren verschwindet. Ich bemerke in deinen Augen den Ausdruck dieser Reisenden, die aus fernen Ländern kommen, um die Ruinen meines einst so mächtigen Ägypten zu sehen. Sie denken an die vergangene Pracht und seufzen dabei, empfinden jedoch kein Verlangen nach den Schätzen, die die Wüste verschlungen hat. Ich bin nicht mehr dein Kind. Ich bin ein Leichnam.«

»Deine Haut ist so zart wie die jener Prinzessin, die in den Wassern des heiligen Sees gebadet hat. Wie gut ich mich daran erinnere, mein Kind! Jeden Morgen begleiteten dich meine Priesterinnen zum See. Du warst nackt unter deinen weißen Gewändern. Dein Schritt glich dem Fallen eines Rosenblatts. Der launige Wind spielte mit deinem Haar. In deinen verschränkten Armen lag der Fächer der großen Prozessionen wie das Federkleid einer Taube. Am See angekommen, umarmte ich dich vorsichtig, denn ich trug das heilige Gewand der Hathor. Ich hatte das Recht, dich als meine Tochter zu betrachten. So zur Göttin gemacht, stiegst du ins Wasser und zittertest leicht, bis die Seerosen sich an deine Brüste legten und die Lotosblüten dich beschützten. Dann sandte Vater Sonne seine ersten Strahlen auf das Wasser, um dir seine ganze Stärke mitzugeben, damit die Kraft eines neuen Tages deinen Körper erfülle und sich auf alle Dinge erstrecke, um die Schöpfung Hathors zu erneuern. Göttliches Kind! Du warst größer als die Göttin selbst und ich, die dich in meiner Obhut hatte, fühlte mich stärker als sie. So würde es zu allen Zeiten sein, dachte ich. Warum mußtest du wachsen, Kleopatra? Sie haben dich fortgebracht, Kindchen. Die Jahre haben dich von mir entfernt. Und mit deinem Weggang erlosch auch das Licht des Heiligtums.«

»Die Pracht, die du gekannt hast, ist zur Dürre geworden. Dieser Körper ist leer.«

»Dieser Körper hat einen König hervorgebracht.«

»Cäsarion!«

»Ja, Cäsarion. Genügt dir nicht die Kraft dieses Namens?«

»Der kleine Cäsar! Mein Prinz!«

»Du hast das göttlichste aller Kinder geboren und weinst trotzdem Antonius nach? Erhebe dich, Kleopatra. Du bist schon allzu tief gefallen. Du befindest dich in deinem Tempel, nicht in deinem Freudenhaus. Wenn du kamst, um mit der Göttin zu sprechen, warum findest du an ihrem Schweigen Gefallen? Hast du mir nicht vorgeworfen, mich zu einer Sklavin erniedrigt zu haben? Nun, unwürdiger noch ist die Königin von Ägypten, die eine Dienerin anbettelt, sie zu befriedigen. Die Göttin, die dich so erniedrigt sieht, schweigt. Ihre Stimme, die durch Jahrhunderte ertönte, ist verstummt. Nur du kannst sie ihr zurückgeben, Kleopatra. Indem du ganz du selbst bist.«

»Antonius hat mein ganzes Wesen mitgenommen. Mir bleibt nur noch eine schwache Ahnung davon.«

»Welch ein luxuriöses Geschenk für Rom, daß sich die größte aller Töchter Ägyptens nach ihm verzehrt. Muß das Hochzeitsgeschenk, das du dem ehemaligen Objekt deiner Begierde gibst, dein Untergang sein?«

Kleopatra ohrfeigte sie haßerfüllt, und alle Hoheit fiel von ihr ab.

»Sprich mir nicht so über Antonius! Nur ich darf ihn verfluchen, ich allein.«

»So spreche ich über ihn, und so wird die Göttin über ihn sprechen. Und alle Götter Ägyptens werden es wiederholen, weil Kleopatra nicht den Mut dazu besitzt. Oh, genug! Ich habe es satt, Könige an Dinge zu erinnern, die sie nie vergessen sollten. Ein Trunkenbold vermag die größte aller Königinnen zu zerstören! Leben wir am Ende der Zeiten? Mehr konnte dieser Abschaum aus Rom nicht erreichen, geringeres nicht als Ägyptens Glanz zu vernichten. Als Rom entstand, hatten bereits hundert ägyptische Könige die Welt beherrscht. Als kleines Mädchen wußtest du es noch. Jetzt, als Frau, hast du es vergessen.«

»Die hundert ägyptischen Könige konnten mir in meiner Qual nicht helfen.«

»Wenn du den Schmerz nicht überwindest, bist du verflucht. Beachte, daß dich diese Prophezeiung von zwei Seiten erreicht. Vom Orakel der Hathor und von einer wahnsinnig Verliebten.«

»Ich bin auf der Suche nach Liebe zu dir gekommen. Ja, edle Dictias, so ist es. Antonius hat meine Seele entführt, nachdem er in zahllosen Nächten Alexandrias meinen Körper besessen hat. Ich wollte mich in anderen Armen erholen, doch sie stießen mich alle ab. So bin ich zu dir gekommen, in deine Arme. Von alters her sagt man, die Liebe der Frauen sei die vollkommenere, und ich weiß, daß selbst die Göttinnen Frauen lieben. Deine Liebe sollte mir helfen, einen Weg aus meinem Irrgarten zu finden.«

»Du bist grausam, Kleopatra. Warum suchst du bei einer armen Sterbenden Heilung? Du bist aber auch dumm, denn du suchst ein neues, gesundes Leben durch die Liebe, die dich fast umgebracht hat. Das ist der trügerischste aller Träume, ja der übelste Alptraum. Sie hat dich schon einmal zur Sklavin gemacht, warum bietest du dich auf dem gleichen Markt noch einmal feil? Weder die Liebe eines Mannes, noch die einer Frau, nicht einmal die der Göttin wird dir helfen. Eine Liebe ist wie die andere. Eine Grabstätte der Willenskraft und ein Wein, der schon beim Ausschenken sauer wird.«

»Ich spüre diese schreckliche Leere in meiner Seele. Und ich fürchte mich.«

»Bedecke dich, damit du dich nicht auch noch schämen mußt.«

»Du hast recht. Ich bin wieder sittsam und schamhaft wie ein kleines Mädchen. Ach, in diesen Mauern war ich ein Kind. Hör auf, meinen mädchenhaften Körper zu preisen, und erinnere dich an meine Schreckensschreie. In diesem Tempel erhielt ich meine Erziehung zum Prinzen. Meine römischen Geliebten lachten darüber, daß man mir diesen Titel verlieh. Ich war ein Prinz, keine Prinzessin, wie ich König bin, nicht Königin. Der letzte Herrscher vom Stamme Alexanders! Hätte er gezittert in dieser Dunkelheit? Mit den Geschichten über seinen Mut wurde ich zur Tapferkeit erzogen. Man setzte mich den Stürmen aus, um mich abzuhärten. Wenn der Wind durch die kleinen Fenster des heiligen Saales heulte und zwischen den hohen Säulen umherstrich, war es, als stünden alle Toten der Vergangenheit auf, um mich zu bedrohen. Das Mädchen, das Kleopatra einst war, lernte, seine Angst zu bekämpfen. Sie hat so erfolgreich gekämpft und so viele Siege über sich errungen, daß sie auch vor dem großen Julier nicht erzitterte. Im Triumph zog ich in Rom ein, ohne einen Krieg geführt zu haben. Ich war Anführerin einer Armee, die das Forum einnahm, ohne einen einzigen Pfeil abzuschießen. Hier war es, in diesem Gemach sammelte ich meine Kräfte. Hier kämpfte ich gegen die Gespenster, die mich allnächtlich heimsuchten. Schließlich besiegte ich sie, und von da an wußte ich, sie würden mich nie mehr bezwingen. Und dennoch habe ich mich heute gefürchtet. Doch du hast mich nicht vor der Angst beschützt wie früher. Du hast mir nicht diese Sicherheit vermittelt wie damals, in meiner Kindheit, als du zwischen den Säulen hervortratest, angetan mit den geheiligten Insignien, als Personifizierung der Großen Göttin. Heute habe ich begriffen, daß du meine Schrecken nicht bannen kannst, denn du bist nur eine arme Frau, verletzbar wie früher dieses kleine Mädchen.«

»Du siehst, ich kann dir nur die Liebe geben, die du auch von anderen bekommst. Nichts als Qual. Aber du wirst sie ein für allemal überwinden. Wenn es dem Mädchen, das Kleopatra einst war, gelang, in diesem Tempel die Schrecken zu überwinden, so ist die Frau in dir die Hüterin aller Schrecken. Vergiß nicht, daß der Plebs die große Sphinx so bezeichnet. Sie ist tausend Jahre älter als wir und steht immer noch aufrecht da. Deine Kraft muß ihrer würdig sein. Wache heute nacht vor dem Alter der Hathor, und noch vor Sonnenaufgang wird sie dir das große Geheimnis enthüllen, das nur die Eingeweihten kennen dürfen.

»Und wo wirst du sein, Dictias?«

»Du wirst mich nicht wiedersehen. Wenn wir uns begegnen, nachdem du geruht hast, werde ich Hathors Stimme sein. Und, wenn nötig, das Werkzeug ihres Zorns.«

Gab plötzlich ein Wunder ihr die verlorene Würde zurück? War es die verzweifelte Größe einer großartigen Verliererin? Wie auch immer, sie richtete sich auf, bis sie dastand wie eine Königin. Kleopatra beneidete sie, denn ihre eigene Würde war durch die Nacktheit verletzt, mehr aber noch durch das Gefühl, abgewiesen worden zu sein. Während Dictias in die Hände klatschte und ihre Priesterinnen rief, wagte sie die Frage:

»Wird mir die Göttin Visionen von Antonius senden? Ich will ihn sehen. Ich will wissen, was er in diesem Moment tut. Wenn er mich noch liebt, werde ich mich verfluchen, weil ich ihn beleidigt habe. Wenn ich sehe, daß er leidet dort in der Ferne, werde ich ihm verzeihen.«

Dank ihrer wiedergewonnenen Autorität gelang es Dictias, ihrer ehemaligen Schülerin einen verächtlichen Blick zuzuwerfen.

»Törichtes Weib! Willst du etwa die großen Mysterien der Schöpfung mit deinen niederen, unbefriedigten Trieben entweihen? Du bist hier in deinem Tempel, nicht in deinem Freudenhaus, das sagte ich dir bereits. Doch du fällst noch tiefer und verwechselst ihn mit einem Markt, wo man die liederlichen Weibspersonen mit dem scheelen Blick antrifft, die aus der Hand lesen, Matronen, die Tränke mischen für die Jungfrauen und in Kristallkugeln die Bilder der Ehemänner beschwören, die auf Reisen sind. All das und viele andere Zaubereien findest du auf den Märkten, ja sogar auf den Agoren, nicht aber in den Heiligtümern, wo die himmlischen Mysterien verehrt werden.«

Die ägyptische Königin fiel beschämt auf die Knie und konnte sich nur mit der Hilfe zweier Priesterinnen wieder erheben. Sie führten Kleopatra durch ein Labyrinth von Gängen. Es war, als würde man in die Unterwelt eindringen, in eine wilde Ansammlung von Steinen, die sich dann aber ordneten und zu einer Treppe wurden, die zu unterirdischen Krypten führte und dann wieder hoch hinauf, himmelwärts, mit so steilen Stufen, daß sie sich an den Mauern festhalten mußten, um nicht hinunterzustürzen. Nur die Fackeln der Priesterinnen beleuchteten einen kurzen Moment die unendliche Menge der Hieroglyphen ringsum. Es waren Anrufungen der Göttin, an die Mitglieder ihrer Familie, aber auch Anrufungen an sie, Kleopatra.

Sie kamen in einen kleinen Raum mit völlig nackten Wänden. Er war und blieb ganz dunkel, während sich die Luft mit einem seltsam schweren, süßen Dunst füllte. Und in dieser nebelhaften Dunkelheit schlief die Herrin beider Länder ein.

DRAUSSEN VOR DEM Tempel, im großen Innenhof, folgte Epistemus den Schritten des jungen Isispriesters. Er lächelte bei dem Gedanken, daß sie die Rollen wieder einmal getauscht hatten. Wohl hatte sich der Jüngling anfangs ihm angeschlossen, doch dann lenkte er seine Schritte in eine andere Richtung und ging allein umher, gefesselt vom Anblick der Bilder, die seine Augen zum ersten Mal betrachten durften. Er sah der weißgekleideten Gestalt nach, die langsam in den neuen Räumen des Tempels umherging, dachte an die zwei Welten, die sich hier begegneten, und daß er der einzige Zeuge eines großen Wettstreits war. Denn die Gestalt von Thotmes verkörperte die Tradition, während der Tempel von den allerneuesten Strömungen geprägt war.

Hier, im Herzland des Oberen Nil, wollte Kleopatras Familie Mythen verewigen, die ihr, da sie doch fremder Herkunft war, eigentlich nicht zustanden. Doch der unbändige Wille, sie zu überliefern und lebendig zu halten, schloß die Erkenntnis ein, daß es in Ägypten eine Stimme gab, die allen Neuerungen widerstand. Eine Stimme, die noch immer in den ältesten Tempeln erklang, in den Liedern der Bauern und den Vierteln des niederen Volkes von Theben. Es war eine Stimme, die sich dem Einfluß der Griechen, die Mode und Kultur in Alexandria bestimmten, entzogen hatte.

In dieser Nacht schien die Stimme der Vergangenheit aus Thotmes' Mund zu sprechen. Doch sie war zu einem Seufzen geworden und klang schmerzlicher noch als die Liebesklagen Kleopatras.

Als Thotmes ein Relief streichelte, das die Göttin der Liebe bei der Opferung ihres Sohnes darstellte, trat Epistemus neben ihn. Das Relief war neu, und obwohl es sich streng an der Tradition orientierte, verriet es den fremden Einfluß. Deshalb hielt Thotmes inne und schlug wütend mit der Faust auf das Bild ein.

»Was soll aus meinem Volk werden, wenn selbst die Gebete an die Götter schlecht geschrieben sind?«

Dann las er die Inschriften der Mauer laut vor. Doch nicht im ehrfürchtigen Ton einer Anrufung, sondern mit der Strenge eines Meisters, der in jedem Wort seines Jüngers eine Regelverletzung sieht. Epistemus bewunderte ihn, denn es gab in Ägypten nur wenig Menschen, die die alten Hieroglyphen entziffern konnten.

»Man hat mich die Wissenschaft vom Tod gelehrt«, murmelte der Priester, »eine Wissenschaft, die keinen Platz mehr hat in dieser Welt.«

Sie stiegen auf die Terrasse des Tempels. Und weil Thotmes in seiner Traurigkeit verharrte, klimperte Epistemus wieder mit seinen phönizischen Münzen und zeigte so seine Bereitschaft, sich wieder heiteren Dingen zuzuwenden.

»Lieber Thotmes, deine Betrachtungen beschwören soviel Zerfall, daß ich das Ende der Welt nahen fühle …«

»Ist die Zeit, in der zu leben uns beschieden ist, nicht das Weltende?« flüsterte der Jüngling, den Blick nachdenklich auf die Dünen gerichtet. »Man hat mich gelehrt, Ägypten zu lieben, ein von wunderbaren Schatten bevölkertes Ägypten. Jedesmal wenn ich aus meiner Zurückgezogenheit heraustrete und meine Umgebung betrachte, bin ich noch mehr enttäuscht, weil selbst in den Tempeln die Schatten ängstlich verborgen bleiben.«

Epistemus dachte flüchtig an die Vergangenheit und verzog den Mund zu einem melancholischen Lächeln.

Sie nahmen ihren Rundgang wieder auf, in tiefem Schweigen.

Doch plötzlich ging in Thotmes eine Veränderung vor. Er wirkte nervös, zögerlich. Epistemus bemerkte sein Erröten und schloß daraus, daß er eine heikle Frage auf dem Herzen hatte. Schließlich platzte er heraus:

»Ich mische mich zwar nicht gern in die Angelegenheiten anderer Leute, dennoch mache ich mir seit Stunden Gedanken über über die Bedeutung bestimmter Worte, die Carmiana, die Zofe der Königin …« – er mußte seinen ganzen Mut zusammennehmen, um fortzufahren: »Warum hat sie dir geraten, Herodes gegenüber Vorsicht walten zu lassen?«

»Weil Kleopatra nicht möchte, daß ihr Schmerz diesem unbesonnenen Kerl Anlaß zu Klatsch gibt.«

»Du hast wohl meine Frage nicht verstanden …«

»Doch, doch. Oder soll ich dir wiederholen, daß ich Kleopatras Botschafter am Hofe des Herodes bin?« Er fing an zu lachen. »Ist das eine List, um eine Einladung in meine Villa in Judäa zu bekommen?«

Thotmes war überrascht wie leicht er diese Information bekommen hatte.

»Du bist also Botschafter?«

»Ja, das bin ich«, antwortete Epistemus und fügte leise hinzu: »Nun darf auch ich eine vertrauliche Frage stellen. Ich möchte gerne wissen, was an den Gerüchten dran ist, die über dich im Umlauf sind …«

Thotmes nahm wieder seine typische, vorsichtig mißtrauische Haltung ein und sagte:

»Ich befürchte, Epistemus, der Politiker in dir gewinnt wieder die Oberhand über den Freund. Da ich dir bereits Proben meiner Zuneigung und Ehrlichkeit gegeben habe, warum räumst du mir nicht das Recht auf Schweigen ein?«

»Weil ich mehr weiß, als du durch dein Schweigen zu verhüllen glaubst. So zum Beispiel, daß du nicht mehr in dein Heiligtum zurückkehren wirst. Ferner weiß ich, daß deine Vorgesetzten es bedauern werden, weil du sanftmütig und gutherzig bist und der Primus in den Studien des Himmels, wenngleich ein wenig zurückgeblieben im Verständnis der irdischen Dinge. Du siehst, ich bin gut informiert. Ich kann dir sogar sagen, wohin du gehst und wer dich dort erwartet.«

»Das sind keine Gerüchte, das ist Spionage.«

»Eine edle Kunst!« rief Epistemus, »sie dient Kleopatra am Hofe des Herodes am allermeisten. Aber auch dazu, den Menschen zu erkennen, den wir als den Auserwählten bezeichnen.«

»Ich weiß nicht, wovon du sprichst.«

»Ende der Verstellung. Der Auserwählte bist du.«

Thotmes verstummte. Er wollte Geringschätzung signalisieren, was ihm aber nicht so recht gelang, denn er fing an zu zittern.

»Ein in zweifacher Hinsicht Auserwählter. Einer, der dem Thron dienen und gleichzeitig mein Verbündeter sein muß. In beiden Fällen ist es ein Dienst an Ägypten.«

»Laß mich in Ruhe. Du versuchst meine Zunge in eine Richtung zu lenken, die meinem Herzen nicht gefällt.«

»Die Richtung stimmt. Sie weist auf den Prinzen hin.«

Jetzt schien Thotmes völlig zusammenzubrechen.

»Auf den Prinzen, sagst du?«

»Auf Cäsarion«, insistierte Epistemus. »Ich weiß, daß ihr einander noch nicht begegnet seid. Mir ist jedoch bekannt, daß du dich morgen an einem geheimen Ort der Nekropolis von Theben mit ihm treffen wirst. Selbst du darfst keine Einzelheiten wissen. Das Wichtigste ist das Treffen selbst. Denn es wird dir mehr und größere Verantwortung aufbürden als irgendeinem anderen jungen Ägypter. Ihre Majestät Kleopatra, legt die Aufgabe, seine Majestät Cäsarion, auf die Zukunft vorzubereiten, in deine Hände!«

Der Priester blickte äußerst mißtrauisch und wachsam um sich, als fürchte er die Anwesenheit einer Rotte von Spionen. Doch die Terrasse war menschenleer und das Licht des Mondes so hell, daß sich niemand verstecken konnte.

»Fürchte nicht um dein Geheimnis, Thotmes. Es war nie eines … obwohl du es wie ein heiliges Gelübde bewahrt hast. Es war ein Geheimnis, das laut in allen Tempeln Ägyptens verkündet wurde. Der Name des Auserwählten wurde in den düsteren Räumen der Novizen neidvoll genannt, mit Bewunderung in den Aulen, wo zweitklassiger Philosophieunterricht erteilt wird, und mit Argwohn in den abgelegenen Arbeitsräumen, in denen sich die höchsten Priester geschickt ihre theologischen Schwindeleien ausdenken … Du siehst, es war nicht einmal ein gut gehütetes Geheimnis. Zumindest nicht für Leute wie mich, zu deren Geschäft die Intrige gehört und die direkt mit Staatsgeheimnissen zu tun haben.«

»Hier ist aber eine kräftige Dosis Übertreibung beigemischt. Ich bin wohl nicht der einzige Anwärter für den Dienst am Prinzen.«

»Sicher, nie gab es mehr Anwärter für ein einziges Kind. Die klügsten Köpfe befassen sich mit ihm. Die kräftigsten Männer trainieren Cäsarion täglich, damit sein Körper so schön und harmonisch wird, wie der eines Gottes auf Erden. Er ist täglich umgeben von Mathematikern, Astronomen, Philosophen und Literaten, von Reitlehrern und Speerwerfern …«

»Daran siehst du, wie begrenzt meine Aufgabe ist.«

»Muß ich dich ans Gegenteil erinnern? Warum diese falsche Bescheidenheit? Er mag viele Lehrmeister haben, trotzdem behaupte ich, nur einen einzigen Hüter seines Geistes. Oder seiner Seele, um die fruchtlose Debatte über deren Dualität zu berücksichtigen, die in Alexandrias Akademien so heftig geführt wird …«

»Nun weiß ich, daß ich weggehen muß. Denn es ist dir gelungen, die Tragweite meiner Aufgabe zu erraten.«

»Du weist also die Vertraulichkeit zurück …«

»Ich fliehe vor den politischen Ränken. Noch bin ich nicht am Hof, und schon bedrängen sie mich.«

Und wieder versuchte er, sich der Gesellschaft Epistemus' zu entziehen, wie schon so oft im Laufe dieses Tages. Er lenkte seine Schritte auf die Treppe zu, die zum großen Innenhof führte. Da durchzuckte ihn eine Eingebung wie ein Blitz und ließ ihn innehalten. Einmal mehr befielen ihn plötzlich Zweifel über das Leben, das er bislang geführt hatte. All die Stunden im Tempel der Isis, die Jahre in der Klausur, die vielen Verzichte. Und wieder betrachtete er die heilige Reinheit seiner weißen Gewänder und spürte, daß er sie nur als Leihgabe trug.

Er hob den Kopf zu Epistemus auf, und im Mondlicht war die große Angst auf seinem Gesicht zu erkennen. Der Mondschein brannte auf seiner Haut als stamme er von einer getarnten Sonne.

»Epistemus, wer bin ich?« schrie er.

Doch der Botschafter reagierte nicht auf diesen hilflosen Ruf. Er schien ihn erwartet zu haben, ja für angemessen zu halten.

»Du, der du alles zu wissen scheinst, weißt sicher auch, warum gerade ich auserwählt wurde.«

Seine Gestalt und die ganze Aura, die ihn umgab, waren so rein, daß Epistemus ihn gerne an seine Brust gedrückt hätte.

»Wer bin ich?« wiederholte Thotmes. »Wo komme ich her?«

Der Botschafter mußte sein ganzes taktisches Geschick aufbieten, um die Zärtlichkeit, die er plötzlich für den Jüngling empfand, in noch größere Höflichkeit zu verwandeln.

»Glaub nicht, daß diese Begegnung reiner Zufall ist. Viele Schritte haben deinen Schritten den Weg bereitet. Viele und edle Geister haben dich über Jahre hinweg ausgebildet, damit du im geeigneten Moment den größten aller heute lebenden Prinzen geistig formen kannst. Du weißt, daß er einer mythischen Verbindung entsproß, nämlich der Verbindung zwischen Julius Cäsar und der Königin, die vielleicht bald den ganzen Osten beherrscht! Cäsarions Zukunft ist die Zukunft Ägyptens. Mehr noch, auch die Zukunft Roms. Das heißt, daß Orient und Okzident in einem einzigen Kind vereint sind.«

»Was du mir erzählst, ist doch so allgemein bekannt, daß jeder Tagedieb auf den Hafenmolen davon redet. Ich habe dir eine andere Frage gestellt, Epistemus, habe sie herausgeschrien. So antworte mir endlich. Warum wurde gerade ich unter allen Priestern dieses oder irgendeines anderen Kultes auserwählt, den Prinzen zu erziehen …?«

Epistemus beobachtete den beunruhigten Thotmes mit gewissem Humor.

»Bester Thotmes! Unsere Beziehung ist wirklich seltsam. Immer fange ich an zu fragen, und am Ende bist du es, der die Fragen stellt.«

»Ich frage nicht, Epistemus. Ich fordere. Man hieß mich ein Geheimnis wahren, das überhaupt nicht existiert. Man hat mir ein

Leben verordnet, das mir nicht angemessen ist. Wäre es möglich, daß alles, was ich bin und war, einer Intrige zuzuschreiben ist, deren Tragweite ich nicht kenne?«

»Was sagte die Königin, als sie dich gestern abend empfing?«

»Daß ich ihr vom höchsten Priesterrat empfohlen worden sei. Daß sie mich dazu bestimmt, Cäsarion all das zu lehren, was ich über die Vergangenheit unseres Volkes weiß. Mehr hat sie nicht gesagt.«

»Es gibt eine kleine Lüge dabei, aber das ist unwichtig. Sie hat den Zeitpunkt der Aufklärung ganz mir überlassen.«

»Wann ist dieser Zeitpunkt endlich da, Epistemus!«

»Er ist bereits gekommen. Hör zu. Der Rat, der dich erwählt hat, bestand nicht aus Priestern. Es waren die Königin und ich. Vor sieben Jahren.«

»Cäsarion ist sieben. Und ich war damals … zehn, allenfalls …

Er konnte nicht mehr weitersprechen. Ein seltsamer Schwindel erfaßte ihn. Eine Wolke der Verunsicherung trug ihn fort. Sie konnte ihn jeden Moment zur Erde fallen lassen und in einen tiefen, angsteinflößenden Abgrund stürzen.

»Richtig«, fuhr Epistemus fort, »du warst zehn Jahre alt, als die Entscheidung über deine Bestimmung fiel.«

»Aber ich lebte schon viel länger im heiligen Tempel. Meine Vorgesetzten empfanden mich als Veteranen und machten sich manches Mal darüber lustig. Wenn ich sie nach meiner Herkunft fragte, sagten sie, ich sei fast vor dem Altar der Isis geboren …«

Wieder brach er ab, umklammerte spontan Epistemus' Hände und bohrte seine Nägel hinein.

»So viele Erkenntnisse auf einmal, der Kopf will mir zerspringen. Hilf mir doch. Es gibt so vieles, was ich über mein Leben noch nicht weiß, aber endlich erfahren will. Allzu vieles trennt mich von anderen Menschen von Kindheit an. Ich habe keinerlei Erinnerung an mein Leben vor dem Eintritt in den Tempel. Mehr noch: Niemand hat mir gesagt, wer meine Eltern sind, und heute kommst du daher und rufst mir die Tatsache ins Gedächtnis, daß auch ich Eltern hatte. Nun bin ich unsicherer denn je. Warum interessierst du dich für mich? Woher kommt diese Anteilnahme? Vor einem halben Tag haben wir uns noch nicht gekannt, doch als ich dir begegnete, nanntest du mich beim Namen. Du fragtest mich, ob ich eine glückliche Kindheit hatte, hier in dieser Provinz. Ich selbst wußte nicht, daß ich in Theben geboren bin, denn meine Vorgesetzten gestanden es mir erst vor wenigen Wochen. Doch du wußtest darüber Bescheid, sagtest es mir und fügtest hinzu, daß du vor Jahren meinen Eltern begegnet bist! Und um bei mir keinen Verdacht aufkommen zu lassen, hast du dich unbeschwerter verhalten, als dir zumute war.«

»Es ist mir nicht erlaubt, dir mehr zu enthüllen. Der Auserwählte darf keine Vergangenheit haben. Der Thron bestimmt, wer eine haben darf!«

Thotmes erschrak zutiefst und trat einen Schritt zurück.

»Ihr habt aus mir einen Menschen gemacht, passend zu einem Thron!«

»Zu einem Prinzen.«

»Beides ist gleich ungeheuerlich. Wegen dieses Kindes, das ich überhaupt nicht kenne, habt ihr mein Leben manipuliert. Ich bin nicht nach dem Willen der Götter geformt, wie ich immer glaubte. Auch in dieser Sache wurde ich belogen. Ich bin das Ergebnis einer abscheulichen Intrige. Mein ganzer Lebensweg wird von euch bestimmt.«

»Du bist viel mehr als das, Thotmes, von unermeßlicher Größe bist du. Du verkörperst die Ewigkeit Ägyptens.«

Bei diesen Worten richtete sich Epistemus zu voller Körpergröße auf. Seine bis dahin düstere Miene erhellte sich, als leuchte in seinem Innern eine Wahrheit auf, ein starkes, belebendes Licht.

Und mit dem anbrechenden Licht der Morgendämmerung, wurde nun das Leben am Horizont wiedergeboren.

Er führte Thotmes auf das Haupttor, den höchsten Punkt des Tempels, und wies mit ausholender Gebärde über das weite Land. Vom Tempel hinaus in die Wüste. Von den Dünen auf die fruchtbaren Gärten. Von den Palmenhainen auf die Fluten des großen Flusses.

»Sieh den großartigen Aufbau der Welt zu deinen Füßen, bewundere ihn, Thotmes. Denn es gibt eine flüchtige Zeit, die wie ein

Seufzer verklingt und wie ein Traum vergänglich ist, und diese Zeit nennen wir Leben. In ihrer kurzen Lebenszeit geben sich die Menschen Verrücktheiten hin. Sie errichten Zitadellen, die bald wieder zerfallen und glauben sie für die Ewigkeit gebaut. Doch das Leben zerstört sie, weil jedes Leben den Keim der Vernichtung bereits in sich trägt. So entstehen Reiche, so gehen sie unter. Es gibt jedoch eine ewige Zeit, die eingeschrieben ist im innersten Wesen der Dinge, im fortlaufenden Prozeß des Werdens, der sich fortsetzt von Mensch zu Mensch. Und diese Zeit ist viel länger, als die Geschichtsschreiber des Palastes berechnen können und reicht weit über die zukünftigen Menschen hinaus. Dies ist die Zeit, die wir dir übergeben haben, Thotmes. Die ewige Zeit, die du Cäsarion vermitteln sollst.«

»Ein trauriges Los!« rief Thotmes aus. »Ich habe nach Vollendung gestrebt und finde mich nun beschränkt auf den schlichten Stand eines Vermittlers von Vorstellungen.«

»Was kümmert es dich, wo du doch bereit warst, als Priester die Botschaft deiner Götter anderen zu vermitteln? Du wolltest unbekannten Mächten dienen, widme dich also der einzigen Macht, die nie vergeht. Vermittle Cäsarion die Liebe zu seinem Land.«

»Trotzdem bleibt es ein trauriges Los, und trotzdem bleibe ich wie ein Brückenseil zwischen zwei falschen Tatsachen gespannt.«

»Du bist ein Kind, das den Wert von Brücken zu den Seelen noch nicht verstanden hat. Wenn deine Brücke zum Prinzen führt, wirst du die Größe der Schöpfung in einem anderen Menschen erkennen. Erzählen nicht die Priester von Memphis, ihr alter Gott habe den Menschen auf einer Töpferscheibe geformt? Forme du Cäsarion von der Brücke aus, die wir dir ohne dein Wissen errichtet haben. Behaupten nicht die Priester aus dem Großen Süden, ihr Gott mit dem Widderkopf habe den Menschen aus einem riesigen Ei hervorgeholt? Hole du Cäsarion aus dem Dämmer und dem Gefängnis der Unwissenheit seiner jungen Jahre. Eines Tages wird dann dieses Kind für dich sein, was sonst nur den Auserwählten der Liebe zuteil wird. Es wird dir mehr sein als ein Bruder, mehr als ein Vater, Sohn oder Freund. Es wird dein Geschöpf sein. Und deshalb ein Stück deines innersten, tiefsten Wesens.«

Ein leicht ironisches Lächeln erhellte Thotmes' Gesicht als er sagte:

»Es muß im Himmel recht langweilig zugehen, wenn sich die Götter dazu hergeben, mit einem so gewöhnlichen Leben wie dem meinen Würfel zu spielen. Ich habe vor dem heiligen Altar der Isis geschworen, daß sich mein Körper niemals in einem anderen fortpflanzen wird. Nun soll sich mein Geist in einem anderen Geist fortpflanzen.«

»So war es immer. Und so muß es sein. Ein Mensch erschafft andere Menschen. So setzt sich die Reihe fort, sichert den ewigen Bestand der Völker und den Gang der Jahrhunderte.«

Schon dämmerte der Morgen mit seinem Glanz. Die liebliche Nut, deren Leib sich über die Erde streckt, zog ihren Arm zurück, der den weiten, schwarzen Mantel der Nacht ausgebreitet hatte. Am Horizont zeigte sich ein bernsteinfarbener Streif. Und aus den vagen Traumbildern entstanden nun wieder klare, neue, konkrete Formen.

Mit dem ersten Morgenlicht erklang von fern her eine süße Melodie. Ein Chor weiblicher Stimmen wehte sanft wie eine Brise über die mächtigen Steinplatten des Daches zur Terrasse empor.

»Was ist das für eine Musik?« fragte Thotmes entzückt. »Erscheint uns gar Hathors Sohn, der sein göttliches Sistrum erklingen läßt?«

»Nun beginnen für die Königin die heiligen Mysterien. Die Geschichte deines Volks wird einen kurzen Moment lang vor den Augen Kleopatras vorüberziehen.«

Plötzlich verstummten die Gesänge, und es folgte eine Stille, die fast noch bezaubernder war. Thotmes erkannte diese Stille, denn in ihren Tiefen, in ihrem Licht, hatte er seine eigene Erleuchtung erlebt. Es war die Stille des Uranfangs!

Er fiel auf die Knie und hob die Arme zum erhabenen Gewölbe des Himmels, auf dem die Unendlichkeit ruht.

»Das ist die einzige Stille, die spricht«, rief er begeistert. »Die einzige Stille, die voller Worte ist. Die einzig lebendige Stille. Ich erinnere mich, Epistemus, ich erinnere mich daran. Auch mir wurde sie gezeigt. Durch sie bin ich ins Leben gekommen, habe gesehen, wie das Licht die Dunkelheit überwindet und nach dem Sturm die Sonne aufgeht.«

Das Morgenlicht wurde stärker. Das Reich des Lichts brach an. Im Innern des Tempels flehten alle Götter Ägyptens um Erleuchtung für ihre Königin.

DIE GROSSEN MYSTERIEN schickten sich an, ihre Botschaft zu enthüllen!

Umgeben von Priesterinnen, die Masken der Göttin Hathor trugen, schritt Kleopatra den Zeremonialgang entlang. Sie war völlig nackt und trug in der einen Hand das göttliche Sistrum, in der anderen das kreuzförmige Ankh, das Symbol des Lebens.

Nur das üppige Haar, das ihr bis zur Taille ging, beschützte sie. Dennoch bebte sie am ganzen Leib vor Furcht und Schrecken und näherte sich dem Altar der Göttin wie auf einer dicken Wolke, die sich langsam in Dunst auflöste und ihrem Körper das Gefühl der Schwerkraft nahm.

Sie stand unter dem Einfluß eines Tranks, der ihr während der Zeit ihrer geistigen Vorbereitung im Vorraum eingeflößt worden war. Trotz ihres schläfrigen Zustands war ihr bewußt, daß sie Schritte machte und beim Gang durch die lange Säulenreihe von Mädchen und Jungfrauen beobachtet wurde. Sie trugen die gleichen Masken wie die Priesterinnen an ihrer Seite.

Als sie sich vor dem Altar der Hathor niederwarf, bemerkte sie, daß sich auch das Antlitz der edlen Dictias hinter einer Maske verbarg, die den Gesichtszügen der Göttin nachgebildet war.

Obwohl Dictias die Zeremonie leitete, war nicht sie es, die sprach. Die Stimme, die von der Höhe des Altars herab ertönte, nannte man von nun an »DIE STIMME«, denn sie war einzigartig.

»Königin und zugleich König der beiden Länder, als was erscheinst du vor meinem Altar?«

»Als Bittstellerin.«

»Was erbittest du?«

»Die Göttin der Liebe möge ihr Schweigen brechen.«

»Die Göttin wird die Liebe verweigern, die dich zerstört.«

»Ich nehme ihre Verweigerung an.«

»Die Göttin ist Sklavin eines höheren Willens. Dieser wurde vor Jahrtausenden in den ältesten Heiligtümern des Nillandes verkündet. Es gab noch keine Sonne. Es gab noch keinen Mond. Die Welt kam nicht einmal in den Träumen der Götter vor. Denn selbst die Götter gab es noch nicht.«

Die riesige Pupille des göttlichen, immer verborgenen Auges fing an, sich zu erweitern und zu vergrößern, bis sie vage Formen angenommen hatte. Ein feiner Goldstaub wehte durch die Luft, verblaßte und löste sich auf.

Der Raum löschte sich selbst aus. Die Zeit starb ab.

Keine Farbe. Keine Form. Keine Stimme. Kein Raum.

»Ich fühle einen schrecklichen Schwindel«, schrie Kleopatra, »einer Ekstase gleich. Ich fliege!«

»Du fliegst über das Chaos. Du durchquerst das Chaos. Den Uranfang.«

Aus dem ursprünglichen Nichts, aus der vollkommenen Verneinung (deren Name unbekannt blieb), stiegen alsbald glühende Blasen auf, und jeder geplatzten Blase entquoll die Urkraft.

Ursprung, Zeit, Raum, Materie, Energie, Bewegung und am Ende die Kraft.

Die Kraft ergriff Besitz von ihr. Die Kraft überwältigte sie. Die Kraft tobte in ihren Eingeweiden.

Außer sich, im riesigen Chaos des Ursprungs, erschuf die Welt sich selbst. Und Shu, die Luft, küßte Geb, die Erde. Dann vereinigten sie sich in einem feierlichen Beischlaf, aus welchem Nut hervorging, der Himmel, der den Raum zwischen Luft und Erde ausfüllt.

Der Tempelbereich verwandelte sich in ein riesiges blaues Laken, auf dem nach und nach die Sterne erschienen und die Götter, die diese Sterne verkörpern.

»Begrüße die Götter, die dem Urgrund entsteigen«, befahl DIE STIMME.

Da zogen vor Kleopatra in endloser Reihe die göttlichen Gestalten, die großen Herrscher der Millennien vorüber.

»Du kommst aus dem Chaos«, sagte DIE STIMME. »Du bist im Innern der Zeit.«

Der Zug bestand aus Jünglingen und Mädchen. Ihre Oberkörper waren nackt, doch auf ihren Köpfen trugen sie die Masken der göttlichen Tiere. Jede göttliche Gestalt hielt einen Augenblick vor Kleopatra inne und berührte ihre Stirn mit dem Kreuz des Lebens, während der Chor liebliche Melodien einer zweitausendjährigen Tradition anstimmte.

Anubis, der Schakal, schritt vorüber; Thoëris, das Flußpferd; Sachmet, die Löwin; Thot, der Ibis, von Pavianen begleitet; dann Chnum, der Widder und schließlich Hathor, die himmlische Kuh.

»Wie trittst du vor diese göttliche Schar?«

»Als Bittende.«

»Was erbittest du?«

»Daß mir Ägyptens Geheimnis enthüllt wird.«

Die mächtigen Trommeln ertönten. Aus der Dunkelheit trat das einzige Tier hervor, das in dem noblen Zug noch nicht aufgetreten war: Der Falke, prachtvoll, majestätisch, wie die goldene Maske, die den Kopf des kräftigen Athleten bedeckte, der den Falken darstellte.

»Ich bin Horus, der Falke. Ich bin Ägypten. In früheren Zeiten wurde ich vom lebenden Pharao dargestellt, bevor er starb und sich dadurch in meinen großen Vater Osiris verwandelte.«

»Was willst du, Horus?«

»Ich will mich rächen.«

»Wen willst du rächen?«

»Meinen göttlichen Vater, der von den Mächten des Bösen ermordet wurde. Meine göttliche Mutter Isis.«

»So sei es. Es erscheine die heilige Familie Ägyptens. Vater, Mutter und Sohn sollen das Drama des Brudermordes darstellen.«

Da traten zwei neue Maskierte auf, doch diesmal mit menschlichen Attributen. Der Jüngling stellte Osiris dar, in mumifiziertem Zustand, mit bemaltem Gesicht und den Insignien des Königtums ausgestattet.

Die Jungfrau war Isis, mit einem vergoldeten Schuppenpanzer angetan. Sie trug die hohe Federkrone, die sie von anderen Göttinnen unterscheidet.

»Kleopatra, du repräsentierst mich auf Erden. Du hast deinen Bruder geehelicht, wie ich es getan habe. Du bist Mutter eines göttlichen Kindes, wie ich es bin. Du liebst, wie ich liebe.«

Da rief DIE STIMME:

»Heilige Familie, Vater, Mutter und Sohn: Zeigt meiner Bittstellerin die einzige Geschichte, die von Dauer ist. Die Geschichte von der Auferstehung des Fleisches. Schlagt auf das Buch der Geschichte, laßt eine Stimme hören, die menschlicher ist als die meine!«

Nun erschien der älteste aller ägyptischen Priester. Nur er erinnerte sich an diese Gesänge. Die junge Harfenistin, die ihn begleiten durfte, fühlte sich geehrt.

Wie süß erklangen ihre Töne, als die Tierchen erschienen, die Horus bei seinem schweren Kampf zu Hilfe kamen! Doch schrecklich erklangen die Paukenschläge, als aus der Dunkelheit der Mann hervortrat, der den ruchlosen Seth verkörperte, den Herrn der Wüste, in der es kein Leben gibt.

Als die Darsteller bereit waren, deckten mehrere Priesterinnen ein riesiges Wasserbecken auf, das unter einem Teppich verborgen war. Dort erschien das Land des Nils, seine Städte, Wälder und Sümpfe, die Zeugen der gewaltigen Schlacht waren.

Kleopatra stieß einen Freudenschrei aus, denn sie hatte sich in einen Vogel verwandelt, der aus großer Höhe das weite ägyptische Land überblickte.

Da fing der alte Priester an zu erzählen …

DAS GEHEIMNIS DES OSIRIS

Ich besinge das höchste Mysterium vom Triumph des Guten über das Böse. Ich besinge den Brudermord, der die Menschen vom ersten Tag an trennte. Ich besinge die Wiederauferstehung des Lebens und die Überwindung des Todes …

Die Geschichten unserer frühesten Vorfahren berichten, daß der Himmel am Anfang von einer Vielzahl von Göttern bewohnt wurde, die für die Menschen unerreichbar waren. So lebten die Menschen in Unwissenheit und glichen deshalb den Tieren.

Doch ein Göttersohn erbarmte sich der Verlassenheit der Menschen, empfand Mitleid mit ihrem geistlosen Zustand und wollte sie das Wissen der Götter lehren.

Osiris: Ich bin der Gott, der zu den Menschen herabstieg, um unter ihnen zu leben, zu fühlen wie sie und den ganzen Zyklus des Lebens zu erleiden. Ich habe sie die Viehhaltung gelehrt. Ich habe sie gelehrt, die stickigen Sumpfgebiete am Nil trockenzulegen. Ich habe sie gelehrt, die Aussaaten zu regeln und die Heilkräfte der Pflanzen zu studieren.

Isis: Du bist nicht allein herabgestiegen, Bruder und geliebter Gatte. Ich habe dich treu begleitet. Du hast mir die Liebe zu den Menschen vermittelt, durch deine Liebe lernte ich sie lieben. Ich wollte sie in den magischen Künsten unterweisen und sie mit den Gaben der Medizin vertraut machen, damit sie all ihre Leiden heilen können.

Die Eheleute unter den Menschen waren glücklich. Sie liebten sich so sehr, daß selbst die Götter im Himmel sie beneideten, denn nie war ihnen solche Verehrung zuteil geworden.

Schweigt! Meine Augen blicken in den schwarzen Abgrund im Herzen eines Gottes. Schweigt! Es nähert sich die Schlange, die in den Rosenstöcken auf der Lauer liegt, um dort ihr Gift zu hinterlassen und den Duft zu vertreiben.

So entstand der Haß im Herzen eines Bruders. Ja! In der unreinen Seele des Bruders von Osiris verdrängte schlimmster Haß die Liebe. Ja, es haßte Seth, den die Fremden Typhon nennen und die Kinder Dämon.

Seth: Mein Herz ist vertrocknet wie die Wüste, in der ich lebe. Ich hasse Osiris. Die Menschen mögen ihn lieber als mich. Auch die Götter. Da ich seine überragenden Fähigkeiten nicht besitze, werde ich eben ein anderes Talent einsetzen: die Macht des Bösen!

Osiris: Der Brudermörder vierteilte mich und riß mich in tausend Stücke. Die warf er in den Nil, damit sie kein Begräbnis bekommen. Mein Fleisch treibt noch immer auf dem Wasser, vom

Delta, das sich dem Ozean öffnet, bis zu den drei Katarakten, die zum unerforschten Urwald Afrikas führen!

Isis: O verhängnisvolles Verbrechen! O Schmerz beim Anblick meines so vergossenen Blutes! Schmerz der liebenden Gattin und Schwester! Osiris, dein zerstückelter Leib wird kein ewiges Leben haben. Die Macht des Bösen reicht bis über das Grab hinaus!

Nephthys: Ich, Nephthys, Gattin des Seth, Schwester der Isis, verabscheue dieses Verbrechen. Wenn je ein Schatten von Neid über meinem Herzen lag, so hat ihn meine schwesterliche Zuneigung vertrieben. Höre Isis: Ich muß dich auf deiner Suche nach den verstreuten Körperteilen deines Gatten begleiten.

Und so, als heilige Pilgerinnen, durchwandern Isis und Nephthys das Land am Nil. Bald finden sie das Haupt des Gatten, bald einen Arm, Fuß oder den Mund. Als sie alle Teile des Körpers beisammen haben, wendet Isis ihre besondere Kunst an.

Nephthys: Isis, Schwester, was machst du mit den Körperteilen deines Gatten?

Isis: Ich setze sie wieder zusammen, als wären sie noch lebendig. Einmal beisammen, übergieße ich sie mit kostbarem Balsam. Mehr noch: Ich werde die Teile in feinstes Leinen hüllen, damit sie beisammenbleiben und nicht wieder verlorengehen.

Nephthys: Osiris, ich grüße in dir den Gebieter des Jenseits. Dort wirst du regieren, von dort aus wirst du über unsere Schuld urteilen. Dank der Geschicklichkeit meiner Schwester können alle Ägypter wie Osiris sein, wenn ihr Leib einbalsamiert wurde.

Doch das Böse schweift weiter frei in der Welt umher. Es befällt unerbittlich die Ernten. Es bemächtigt sich der Seelen. Verfluchter Seth, abscheulicher Bruder, du mordest und setzt deine schwarze Mission fort!

Isis: Wisset ihr Menschen, daß das Auge des Osiris in meinem Leib denjenigen zeugte, der ihn rächen wird. Der das Gute auf der Erde wiederherstellen wird.

Nephthys: Horus, der Sohn der Sonne!

Horus: Dann folgte der lange Kampf gegen meinen Onkel Seth, dessen Name blutbefleckt ist. Ich habe ihn durch alle Städte verfolgt, die den Fluß der Flüsse säumen. Nie gab es einen mühsameren Kampf. Doch die Ewigkeit soll wissen, daß im langen Streit zwischen dem Licht und der Finsternis das Gute siegte und wieder im Lande Ägypten regiert …

Horus, göttlicher Sohn, erzähle uns nun von all deinen Taten. Erzähle vom Schaden, den du zugefügt hast. Erzähle …

Der betagte Priester sah sich gezwungen, seine Geschichte zu unterbrechen und die Darsteller ihr Spiel. Eine mächtige Stimme übertönte die Schläge der Trommeln:

»Ihr Schwindler! Schluß mit dieser Komödie!«

Es war Kleopatra.

»IHR BETRÜGT MICH!« rief die Königin mit lauter Stimme. »Es gibt nichts, was ich nicht bereits wußte! Ihr erzählt mir ein altes Märchen!«

Sie rannte zu Osiris und riß ihm die Maske herunter. Er war nun nicht mehr grünlich wie der Tod. Er war nurmehr ein junger Priester mit scharfen Gesichtszügen und stechendem Blick. Als sie der Isis die Maske entriß, fand sie dahinter eine der Priesterinnen, die sie beim Spiel mit Dictias überrascht hatte.

»Es gibt keine Götter! Weder Götter noch Ägypten! Es ist nicht einmal ein Traum. Es ist ein gemeiner Betrug.«

Der betagte Priester richtete den Blick zur Decke und hub an, ein Sühnegebet zu sprechen. Das Mädchen mit der Harfe spielte einen falschen Ton. Während die Königin fortfuhr, den Göttern die Masken herunterzureißen, verließ die Hohepriesterin zornerfüllt den Altar und trat auf sie zu:

»Niederträchtiges Weib! Wage es nicht, die Maske der Hathor zu berühren. Ihr Blitzstrahl wird dich ewig verfolgen, bis an die entferntesten Gestaden des Nils, bis in die ewige Finsternis, wo die Kanibalen hausen.«

Als sie vor ihr stand, sah Kleopatra in das vergoldete Gesicht der Göttin, das von einem zweideutigen Lächeln erhellt war. Doch aus den Löchern der Maske funkelten Dictias' böse Augen. Da begriff Kleopatra, daß ihr Zorn echt war.

»Weißt du nicht, daß die Götter im Himmel die Taten der irdischen Menschen nachahmen?«

»Du erzählst mir nichts Neues. Wenn das die großen Mysterien sein sollen, dann sind sie so harmlos wie das, was die Kinder in der ersten Unterrichtsstunde lernen.«

»Hör auf die Stimme des Orakels! Hör auf die Offenbarung, die du nicht verstanden hast, weil du blind bist für alles, was über deine unglückliche Leidenschaft für diesen Hund hinausgeht ...«

Dictias hob ihren Stab und winkte den greisen Priester herbei.

»Du, Ramfis, hast doch gelesen, was geschrieben stand ...«

»Der zerstückelte Leib des Osiris ist Ägypten. Eine übermächtige, böse Gewalt hat das Land in tausend Stücke gerissen.«

»Wer ist dieses Böse, Ramfis? Welche Macht zerstörte Ägypten, wie der gemeine Seth seinen heiligen Bruder?«

»Rom ist das Böse. Rom ist der niederträchtige Bruder, der seinen Arm gegen das Land am Nil erhob. Rom zerstückelt Ägypten in tausend Teile. Rom ist das Verbrechen. O gäbe es nur eine große Mutter, die dem Land das ewige Leben wiedergeben könnte ...!«

»Wo ist die göttliche Mutter, Ramfis?«

»Kleopatra-Isis ist die göttliche Mutter. Ihr Leib brachte den Rächer hervor, ihm entsprang der göttliche Held.«

»Wer ist Horus der Rächer, Ramfis?«

»Der Rächer Ägyptens heißt Cäsarion. Ptolemaios Cäsarion ist das Göttliche Kind.«

Da ließ ein Donnerschlag die Mauern des Tempels erzittern. Er grollte so laut und rollte so lange nach, daß alle auf die Knie fielen.

»Cäsarion!« rief Kleopatra, »Cäsarion ist Horus der Rächer!«

»Er ist deine Antwort«, verkündete Dictias-Hathor, »tausend Trompeten sollen es am Nil verkünden! Die Götter im Himmel sollen es singen!«

Da versammelten sich alle Götterfiguren zu einer feierlichen Proklamation. Der Schakal und der Widder, die Kuh und der Skarabäus, die Schlange und das Flußpferd, alle stimmten diesen Gesang an:

»Ruhm und Ehre dem Rächer Ägyptens! Ptolemaios Cäsarion soll die verstreuten Teile des Landes Ägypten wieder zusammenführen, so steht es geschrieben im Lauf der Gestirne. Er wird sich an Rom rächen. In Ptolemaios Cäsarion wird die frühere Macht des Pharao, Horus' Stellvertreter auf Erden, wiedergeboren. Er wird die Linie des Blutes seiner Mutter fortsetzten und Rache nehmen. Ägypten wird wieder aufblühen nach der langen Nacht des Niedergangs.«

Da verstummten die himmlischen Stimmen, die Priesterinnen zogen sich langsam zurück, die Maskierten verschwanden, der Raum leerte sich, und innerhalb kürzester Zeit war der Tempel wieder wie immer, und Kleopatra stand da, wo sie sich vor Stunden eingefunden hatte: vor Dictias und dem Altar der Göttin. Die Priesterin hielt die goldene Maske Hathors in der Hand, als Zeichen für die Bittstellerin, daß das große Mysterium nicht nur im Traum, sondern tatsächlich stattgefunden hatte.

»Du kannst gehen, Kleopatra. Geh schon. Als du kamst, sahst du aus wie eine unwürdige Tänzerin. Doch du gehst verändert, glaube mir.«

»Ich weiß«, sagte Kleopatra. »Als ich kam, war ich erfüllt von Antonius. Nun gehe ich, erfüllt von Cäsarion. Es ist als würde ich ihn wieder unter meinem Herzen tragen. Ich bin erfüllt von seiner verheißungsvollen Zukunft.«

»Sie hängt von anderen ab. Vergiß das nicht.«

Kleopatra verbeugte sich vor dem Altar, ergriff ihren roten Umhang und verschwand zwischen dem Säulenwald des großen Zeremoniengangs. Währenddessen stimmte die edle Dictias einen Bittgesang zu ihrer Erleuchtung an.

Im großen Innenhof war Thotmes noch immer völlig in die Lektüre einiger Hieroglyphen versunken, die älter waren als die anderen. Epistemus näherte sich ihm mit ernster, trauriger Miene.

»Woran denkst du?« fragte der Jüngling.

»An die Verbrechen der Liebe, Thotmes. Die du ja nicht kennst.«

»Sollte ich eines Tages die Liebe kennenlernen, wird sie ein großer Segen sein, sicherlich kein Verbrechen. Ich weiß, daß sie der Ursprung des Lebens sein wird.«

»Diese Art Liebe kennst du bereits. Doch ich meinte nicht die vergeistigte Liebe, sondern die andere, elementare und sinnliche Liebe, die die Menschen fesselt. In diesem Tempel haben mehrere Liebesgeschichten stattgefunden, die du überhaupt nicht bemerkt hast. Doch die Liebe blieb unerwidert, die Zurückweisung verursachte den Betroffenen Schmerzen. Die Liebenden werden sich nie finden. Ja selbst die Götter können nicht so viele Wege zusammenführen.«

Sie verließen den heiligen Bereich und gingen in den dichten Palmenhain. Sie durchquerten die Felder, gingen am Röhricht vorüber und erreichten schließlich das königliche Schiff. Epistemus eilte hinzu und half der Königin aus der Sänfte.

Frisch wie ein neuer Tag, hätte man sie für eine andere Frau halten können. Die Sonne betonte die gewagten Farben ihrer Schminke. Die Augen waren wieder lebendig, ihre Lippen glühten, die Haut war zart. Ihre ganze majestätische Gestalt genoß die warmen Strahlen der Morgensonne. Und in ihrer Stimme lag wieder das kokette Zwitschern eines Paradiesvogels.

»Was ist mit meinem Tuch, Epistemus? Interessiert es dich nicht mehr?«

»Ich habe es der edlen Dictias übergeben, wenn ich mich recht erinnere.«

»Das war großzügig, aber ungeschickt. Besitzt sie eines meiner Kleidungstücke, das sie allnächtlich liebkosen kann, wird sie sich nie von ihren Wahnvorstellungen befreien.«

»Dieser Gefahr sind alle deine Bewunderer ausgesetzt.«

»Ich möchte dich für deinen Dienst am Thron und für alles, was du für mich getan hast, belohnen. Hör gut zu: Wenn wir die Anker lichten, erwarte ich dich auf meinem Lager. Ich werde dir gestatten, dich an meinem Leib zu ergötzen.«

»Weder dein Leib noch der meine werden sich an dieser Begegnung ergötzen. Unser beider Geist ist allzusehr an Qual und Pein gewöhnt. Außerdem möchte ich nicht immer wieder sterben müssen. Was aber nur mit einem Mittel zu erreichen ist: indem ich der Liebe aus dem Weg gehe.«

»In deinen Worten liegt Wahrheit. Die Liebe bringt die Dichter in Mißkredit. Sie besingen ihre Vorzüge, dabei tötet sie uns.«

Die Königin von Ägypten richtete den Blick ans andere Ufer. So klar wie zu dieser frühen Morgenstunde waren die hohen Silhouetten der Totentempel von Theben selten zu sehen. Nie erstrahlten sie in hellerem Rot.

»Obwohl du dich erdreistest, meinen Körper zurückzuweisen, komm dennoch in meine Kajüte. Ich bin wieder in der Lage, mich für die Probleme anderer zu interessieren. Sobald wir Theben erreicht haben, reiten wir unverzüglich zur Totenstadt der alten Pharaonen. Der Prinz, Cäsarion, wird uns dort erwarten. Ich möchte, daß er endlich unseren Auserwählten kennenlernt.«

»Ich wußte es, Majestät.«

Jetzt gelang ihr sogar wieder ein schelmisches Lächeln.

»Du weißt alles, Epistemus.«

»Genau wie Ihr, meine Königin.«

Für einen Augenblick teilten sie den Spaß an einer Intrige. Kleopatra war wieder zur spielfreudigen Katze geworden.

»Ich habe mal etwas gewußt, Epistemus, früher.«

Man sah sie die Rampe hinaufsteigen, ohne einen Blick zurück, hochaufgerichtet, in stolzer Haltung, das Antlitz der Sonne zugewandt. Ihr Gesicht war ganz in Licht getaucht wie die Masken der großen Göttinnen im flackernden Schein des geweihten Feuers. Als sie den Fuß auf das Deck setzte, sanft geleitet von den Armen ihrer Hofdamen, ließ sie den roten Umhang fallen. Sie war nackt, herrlich nackt wie die erhabenen Töchter der Liebe.

Diese Herrlichkeit überzeugte die Landleute, daß sie tatsächlich die Königin Ägyptens war. Sie legten alle wie auf Kommando ihre Arbeit nieder und versammelten sich zu einem triumphalen Begleitzug, der dem Schiff bis nach Theben folgte.

WÄHREND SICH KLEOPATRA das Gesicht schminken ließ, sagte sie zu ihren Damen:

»Wir müssen den Schmerz wie eine Lehrzeit ertragen und sei es mit einem gekünstelten Lachen. Vielleicht ist das der beste Weg, Trauer und Ungereimtheiten des menschlichen Lebens zu bewältigen. Was sonst war die Trauer dieses Schiffes? Wir färben die Diamanten, die unser Gedächtnis ansammelt, dunkel ein. Ist das Gedächtnis nun ein Segen, der uns hilft zu überleben, oder eine Strategie unserer eigenen Schwäche? Ich weiß es nicht. Möge es die Erschütterung der Leidenschaft in angenehme Erinnerungen verwandeln! Denn ein Leben, mit den funkelnden Diamanten immer vor Augen, Tag für Tag, Jahr für Jahr, wäre in seiner Eintönigkeit schrecklicher als der Tod.«

Sie trank mit großem Vergnügen einen Becher myrrhegewürzten Weines, und die Galeere setzte ihre Fahrt Richtung Theben, zur Gedenkstätte des ruhmreichen Todes, fort.

THEBEN, STADT DER hundert Tore!

Das Schiff lag am gegenüberliegenden Ufer vor Anker, Thotmes war vom Anblick der berühmtesten aller Städte tief beeindruckt. Theben! Es schien aus den Nebeln aufzutauchen wie das Phantom einer gestrandeten Fähre. Selbst jetzt, da ihr Glanz von einst verblaßte, setzte diese Stadt Pilger von Geist in Erstaunen. Dichter, Künstler und Mystiker verneigten sich ehrfürchtig vor den Überresten ihrer Tempel, den eindrucksvollen Obelisken, den mächtigen Bildnissen ihrer Könige.

Allzu viele Feinde waren über die einst so riesigen Gebäude hergefallen. Amun, der hier besonders verehrte Gott, war in seinem Ansehen gesunken und wurde nun vom gemeinen Volk angerufen. Sein ausgedehntes Heiligtum war früher eine Stadt in der Stadt Theben gewesen, eine autonome Macht innerhalb des weitreichenden Herrschaftsbereichs der großen Pharaonen. Doch nun fielen die Dächer zusammen, und in der Überschwemmungszeit drang das Nilwasser ins Innere der riesigen Säulenhallen ein. Es vernichtete die Pracht und hinterließ den modrigen Geruch der Vergänglichkeit. Die Zeit vollendete das Werk der Zerstörung. Amun und Theben wurden gleichermaßen vom diesem vernichtenden Sog erfaßt, gegen den selbst die Götter machtlos sind.

»Der Nil fließt vorüber«, dachte Thotmes, »doch nie ist er für immer dahingegangen. Der Mensch jedoch ist vergänglich. Auch die Götter sind es. Wer hat wen erschaffen? Die Antwort ist nicht wichtig. Nur die Vergänglichkeit existiert. Menschen und Götter sind dahingegangen, der Nil fließt immer noch vorbei. Gibt es eine Macht, größer als der Nil, die solche Widersprüche hervorbringt …?«

Merkwürdige Fragen, die ihn seit den jüngsten Ereignissen noch stärker bedrängten.

Theben! Die Stadt seiner Geburt. Die Stadt seiner Kindheit … Seine Vorgesetzten hatten dies angedeutet, aber womöglich war auch das eine Lüge. Es war jedenfalls eine allzu kurze Zeit, die keine Erinnerung hinterließ, denn er wurde Theben zu früh entrissen, noch bevor der Same aufgehen und Früchte tragen konnte. Wenn er versuchte, einer weit zurückliegenden Erinnerung nachzuspüren – einem Geschmack, einem Duft, einer Gasse –, stellte er fest, daß er nur über Erinnerungen verfügte, die von anderen überliefert waren. Später erinnerte er sich an das, was Isis ihn lehrte.

Vergebliche Fragen. Fragen der Verzweiflung, auf die es nur eine entmutigende Antwort gab: die vernachlässigten Heiligtümer Thebens, gestern noch voller Leben, der Zerfall der Bauten einer Stadt, die einst das Zentrum der Welt war, die vereinsamten Hafenanlagen, wo in ihrer Blütezeit der ganze Schiffsverkehr des Nils abgewickelt wurde.

Er und die Stadt Theben befanden sich in dem gleichen beklagenswerten Zustand!

Während sich Alexandria triumphierend dem Mittelmeer öffnete, ruhte sich Theben auf den Lorbeeren seiner ruhmreichen Vergangenheit aus. Von den neuen Verbindungswegen abgeschnitten, blieb es mit seinen Ruinen allein und beschäftigte sich ausschließlich mit sich selbst. Nicht verwunderlich, daß sich die Stadt und ihre Umgebung fremden Einflüssen rigoros verschlossen hatten und mehr als andere in der Tradition verwurzelt waren. Deshalb und dank dieses Umstands vernahm Thotmes heute die Stimme, die ihn auf seinen mystischen Ursprung verwies. Er trug Theben im Herzen, jenseits von Zeit und Raum.

Und das Herz von Theben, das innerste Wesen dieser für die Ewigkeit angelegten Stadt jubelte, als Kleopatra Septima, Herrscherin griechischen Geblüts, an Deck ihres Schiffes erschien und dabei das Gewand der kriegerischen Pharaonen trug, die dem Gott Amun dienten.

Sie trug den goldenen Harnisch und den blauen Helm, die dem Volk nur noch von den Reliefs der alten Tempel her bekannt waren. Sie war eine Reinkarnation jener großen Eroberer, die mit ihrer mächtigen Faust Völker unterwarfen, die längst im Dunkel der Geschichte verschwunden sind. Die heiligen Mauern Thebens führten den Kindern der heutigen Zeit vor Augen, daß auch mächtige Nationen, die sich unbesiegbar wähnten, untergehen können. Babylon, *Mitanni* und *Punt* gab es nicht mehr. Andere Völker herrschten in der Heimat der *Hethiter*, der *Hurriter* und der *Khabirer*. Ihr Alltagsleben, die Siege, mit denen sie sich brüsteten, standen als leblose Worte auf riesige Mauern geschrieben, die bald auch vergessen sein würden.

»Wir sind nichts anderes als Vergessen und liegen in der Hand eines Willens, der stärker ist, als die Welt ahnt«, hatte der junge Priester der Isis tags zuvor gesagt. Theben bestätigte dies heute, während die von Liebeskummer verblendete Königin verzweifelt gegen den Fluch der Jahrhunderte ankämpfte und dem Volk den Glanz vergangener Tage vor Augen hielt.

Der Jubel der Menschenmenge schwoll an. Kleopatra bestieg ihren goldenen, dem Modell der Pharaonen nachgebauten Wagen, und das Volk glaubte in ihr ein Abbild des großes Ramses zu sehen. Sie pflanzte den Stab ihrer Macht auf und äußerte einige laute Worte im Dialekt von Theben. Das Volk tobte. Seit drei Jahrhunderten war es gewohnt, daß sich die königliche Familie von Alexandria der griechischen Sprache bediente, wenn sie zum Volk redete. Heute kam eine wahre Tochter des Nils zurück! War sie womöglich eine geheimnisvolle Nachfahrin jener Könige, die in den Tälern der rosenfarbenen Berge begraben lagen? War sie gar die Reinkarnation jener anderen legendären Königin, deren Obelisken noch in den kläglichen Resten der Heiligtümer des Amun standen?

Doch die neue Pharaonin, die goldglänzende Kriegerin, wies mit dem Zepter nicht auf diesen Gott, sondern in die entgegengesetzte Richtung: zum anderen Ufer des Nils, zu den Gräbern der Könige. Sie nahm aus den Händen eines schwarzen Soldaten die Zügel entgegen, ihre Pferde verfielen in Trab, und der ganze Hofstaat folgte ihr nach.

In eine Staubwolke gehüllt, die das Volk für ein neues Wunder hielt, strebte Kleopatra in schneller Fahrt dem Totenreich entgegen und durchquerte die fruchtbaren Weidegründe am Fluß. Als sie die beiden riesigen Steinkolosse erreichte, die griechische Reisende für eine Darstellung des Sohns der Aurora hielten, hob sie den königlichen Stab wieder in die Höhe. Es war der Gruß einer Herrscherin an einen anderen Herrscher. Denn sie wußte, ungeachtet der heute erzählten Geschichten, daß diese beiden Kolosse an einen großen König erinnerten, dessen Tempel im Lauf der Jahrhunderte verschwunden war.

Sie ließen die Totenstadt der Adligen und die ausgebrannten Ruinen der Arbeiterviertel hinter sich. In dieser Gegend hatten Menschen über zwei Jahrtausende daran gearbeitet, die Pracht und das Glück der Nächte von Theben in die große Nacht der Ewigkeit hinein zu verlängern. Schließlich hielt Kleopatra den Wagen vor einem schmalen, tief in den Berg einschneidenden Pfad an.

»Ist Prinz Cäsarion bereits angekommen?«

Apollodoros, der neben dem königlichen Wagen einherritt, wies eifrig auf eine pyramidenförmige Bergspitze, die aus einem anderen Tal aufragte. Dahinter verbarg sich die Sonne, das Reich des Tages neigte sich dem Ende zu. Der Hauptmann erinnerte Kleopatra an die Bedingung der Priester, daß das Treffen zwischen Thotmes und dem Prinzen erst stattfinden soll, wenn die Barke der Sonne ins Reich der Nacht versinkt. Nicht früher und nicht später.

Thotmes, der mit Epistemus einen der königlichen Wagen teilte, war von der geheimnisvollen Stimmung dieses Orts und der Erhabenheit des Sonnenuntergangs tief beeindruckt. Daß ein Diplomat den Streitwagen so überaus geschickt und kraftvoll lenken konnte, war ihm kein Gedanke wert.

»Ein seltsames Zeremoniell«, murmelte Thotmes, »und ein seltsamer Ort.«

»Unsere Vorfahren nannten ihn ›Sitz der Schönheit‹. In diesem Tal liegen die großen Herrscherinnen Thebens sowie die Prinzen, die nicht den Thron bestiegen, begraben.

»Nun verstehe ich. Kleopatra ist Königin, Cäsarion der Prinz ...«

»Und dies ist die Stunde, in der Ra in die Dunkelheit eindringt, die Toten in den Bergen umherschweifen und seinen Kampf gegen die Dämonen der Nacht verkünden.«

Die Barke Ras verschwand. Es war als lege sich ein zartblauer Schleier über die eben noch rosenfarbenen Steine. In der Ferne heulte ein Schakal, was aber niemanden erschreckte, denn ganz Ägypten weiß von alters her, daß dieses Heulen der Gesang des Gottes Anubis ist, der allnächtlich zum Schutz der Verstorbenen herbeieilt.

Sie suchten sich zwischen den Felsen, die den Eingang des Tals verschlossen, ihren Weg. Die Wagen kamen nur unter großen Schwierigkeiten voran. Endlich fanden sie die Ritualstraße, die früher als Fahrbahn diente. Hier hatten die Beerdigungsprozessionen der großen Herrscherinnen Ägyptens stattgefunden! Heute war die Gegend öde und verlassen: eine Ansammlung gigantischer Steinblöcke, rauher Felsen und gefährlicher Bergflanken.

Dazwischen, wie durstige Münder, die Eingänge vieler Grabstätten.

Nur ein Tor war offen.

Aus dem Innern drang das unruhige Licht mehrerer Fackeln. Ein Trupp Soldaten stand davor Wache. Ein Stück weiter warteten zwei Priester des Gottes Ptah neben vier Wagen, die mit der Fahne der Stadt Memphis geschmückt waren. Thotmes konnte bei diesem Anblick ein Lächeln nicht unterdrücken. Priester der großen Hauptstadt des Nordens, die gezwungen waren, ein Staatsproblem in der alten Hauptstadt des Südens zu lösen! Ober- und Unterägypten zerstritten über eine Frage der Ehre, die zweifellos bereits im Vorfeld in der eigentlichen Hauptstadt, in Alexandria nämlich, entschieden worden war.

Doch es gab durchaus plausible Erklärungen. Während der Klerus des Amun schon vor Generationen seinen kriegerischen Status eingebüßt hatte, bewahrten die Priester von Memphis, die dem Stiergott Apis huldigten, ihr hohes Ansehen. Die Stadt war zu einem kosmopolitischen Zentrum geworden, das wegen seiner Religion Denker und Intellektuelle aller Länder anzog. Die Reisenden aus Griechenland besangen die Stadt häufig in ihren Schriften, verstießen dabei allerdings gegen die Tradition, indem sie die Namen hellenisierten, weil sie alles nach dem Gehör schrieben.

Beim Gedanken daran verdüsterte sich Thotmes' Gesicht. Doch er hegte noch eine andere, womöglich ernstere Befürchtung. Wenn der Prinz in dieser Umgebung aufgewachsen war, hatte das seine Geisteshaltung und äußere Erscheinung sicher geprägt. Er kleidete sich vermutlich in griechische Gewänder, wie seine Mutter sie zu tragen pflegte. Oder, schlimmer noch, im Stil römischer Kinder, um seinen berühmten Erzeuger nicht zu verleugnen …

Der Sohn von Julius Cäsar, dem Unterdrücker Ägyptens, im Grabmal einer seiner bedeutendsten Königinnen!

Doch als er den engen Grabgang zur Totenkammer betrat, merkte er, daß es sich nicht um das Grab einer Königin, sondern eines Prinzen handelte. Es war ein kleines Kind, das wiederholt an den Wänden dargestellt war, flankiert von den Schutzgöttern über Leben und Tod. Starb ein Prinz im frühen Kindesalter, war es früher üblich, daß ihm der eigene Vater, der König, den Weg ins Jenseits wies.

Alles war darauf ausgerichtet, in der ewigen Heimstatt des kleinen Prinzen das Gefühl zärtlicher Zuwendung auszudrücken und festzuhalten.

Es lächelten die Götter, es lächelte der imposante Pharao, ja selbst die bösen Geister lächelten. Das Kind aber war das schönste, das Thotmes je gesehen hatte. Es wirkte androgyn – nur die Breite der Schultern ließ auf einen Knaben schließen – und trug Kleider nach Art der Adligen, die keiner Arbeit nachgingen: gefälteter, langer Rock, ein wunderschönes Halsband aus Lapislazuli auf der nackten Brust, dazu Sandalen aus Pantherfell. Sein Haupt war geschoren, nur auf der linken Seite des Kopfs baumelte ein Zopf, das Symbol der Kindheit.

Abgesehen davon war das Grab leer. Es war, wie so viele andere, schon vor vielen Generationen von Grabräubern heimgesucht worden. Das ewige Leben des kleinen Prinzen, selbst sein mumifizierter Körper, war zu Schmuggelware verkommen.

Doch plötzlich wurde Thotmes Zeuge eines Wunders:

Der Prinz stand von den Toten auf! Er kam aus den bildlichen Darstellungen hervor und war wieder lebendig!

Er trat aus der Wand heraus. Oder war es nur eine Wahnvorstellung, die der tiefen Liebe des jungen Priesters für die Vergangenheit entsprang?

Nein, es handelte sich um keine Sinnestäuschung. Der edle Verstorbene lächelte und fing an zu gehen. Schon breitete das Kind die Arme aus und ließ sich von Kleopatra liebevoll umfangen. Sie drückte es mit aller Kraft an sich, ungeachtet der Gefahr, ihn mit dem Harnisch zu verletzen. Auf die Umarmung folgten Küsse, fröhliches Lachen, ja es wurde sogar eine mütterliche Träne vergossen.

Da begriff Thotmes, daß es Prinz Cäsarion war, Julius Cäsars Sohn, der aus einem anderen Kind hervorging, das vor tausend Jahren gemalt worden war. Die gleiche Ausstattung, der gleiche Zopf, die gleichen Sandalen und das nämliche Lächeln, mit dem er sich vom Arm der Mutter aus ihm zuwandte!

Die zu seinem Schutz abgestellten Soldaten verneigten sich. Die Königin bedachte sie mit einer wohlwollenden Geste, doch ihr Lächeln galt Thotmes.

»Diener der Isis: Um dieses Augenblicks willen haben wir uns erlaubt, dich deiner Vergangenheit zu berauben. Nur wegen diesem Moment haben wir dir deine Eltern vorenthalten, deine Stadt, deine möglichen Geliebten. Nur für dieses Kind.«

Darauf sagte Cäsarion:

»Mutter, sprich nicht so laut. Die Priester des Ptah, die sich bis heute um mich gekümmert haben, könnten sich gestört fühlen. Du übergibst mich einem anderen, mit ihrem rivalisierenden Kult.«

Das Kind sprach ägyptisch, was Thotmes überraschte. Im Dialekt von Memphis, nicht in dem von Theben, doch in der echten, geliebten ägyptischen Sprache.

»Die Vereinigung Ägyptens wird schwierig werden, wenn sich schon die Götter untereinander streiten«, bemerkte Epistemus lachend aus der Tiefe des Grabes.

Als Cäsarion ihn entdeckte, rannte er auf ihn zu, warf sich in seine Arme, tätschelte sein Gesicht, lachte und plauderte. Woraus Thotmes schloß, daß er ihn kannte und liebte.

»Gehen wir hinaus«, befahl Kleopatra mit einer entschuldigenden Handbewegung an alle Anwesenden. »Ich wollte, daß das Treffen wegen der hohen Symbolik hier in diesem Grab stattfindet. Doch wir sind am Leben. Und das ist gut so.«

»Gehen wir, denn dieses Grab ist wirklich sehr traurig«, sagte Cäsarion zu Epistemus. »Und dieser Prinz war es auch. Das arme Kind!«

Er fuhr mit dem Finger die alten Hieroglyphen nach und las laut vor:

»Ich, Prinz Apkatotef, werde nicht zum Mann. Ich werde die Schwester meines Herzens nicht erkennen. Ich werde den goldenen Thron nicht einnehmen, zum Leidwesen des Königs, meines Vaters. Von nun an werde ich allein sein in der langen Nacht und die Jahre zählen …«

Da ging ein bewunderndes Raunen durch die Menge der Anwesenden, was auf Cäsarions Gesicht ein kleines stolzes Lächeln auslöste. Der junge Isispriester jedoch machte, im Gegensatz zu den Lobreden der anderen, nicht die geringste Bemerkung und blickte äußerst ernst drein, was den Prinzen störte.

Doch es war nicht Strenge, die Thotmes stumm bleiben ließ. Im tiefsten Winkel seines Herzens erwachte in Thotmes ein Gefühl wie das Weinen eines Neugeborenen. Eine unerklärliche Beklemmung, ein überraschender Drang, wie ein Knoten, der sich lösen wollte. Kein Hindernis sollte ihn von diesem Kind trennen, von dem Kind, das eben der Wandmalerei entstiegen war und die heiligen Worte der Ahnen las … Worte, die die Ägypter bereits vergessen hatten!

Er fiel vor Cäsarion auf die Knie, wagte nicht, ihn anzublicken, ergriff aber seine Hände und umklammerte sie, als hinge sein Heil daran.

Er küßte seine Füße und sagte:

»Mein Prinz!«

So verharrte er einen langen Augenblick, währenddessen sich der Knabe überlegen konnte, ob ihm der neue Kerkermeister gefiel. Schließlich rief er aus:

»Mutter, nun weiß ich, daß die Priester des Ptah recht haben mit ihrer Behauptung, die Priester der Isis wären ein wenig verrückt, weil sie in Klausur leben.«

Epistemus half Thotmes beim Aufstehen, denn der befand sich immer noch in Ekstase. Zwar hatte Epistemus das vorausgeahnt, war nun aber doch vom Zustand des Priesters beeindruckt.

»Aber ein Verrückter, der mir gefallen wird«, sagte der kleine Cäsar und fügte hinzu: »Ich bin mir sicher, daß er irgendein Spiel kennt, von dem die Vernünftigen nichts wissen.«

Kleopatra trat vor ihren Sohn. Ihre kriegerische Gestalt verströmte große Zärtlichkeit – ein Kontrast, der auch das unermeßlich große ägyptische Reich prägte.

»Geh mit ihm, mein Sohn. Denke daran, daß lange vor ihm eine andere Verrückte deinen Weg gekreuzt hat. Sie steht vor dir: deine Mutter, die Herrscherin.«

Thotmes und Cäsarion gingen hinaus und nahmen in den Wagen der Priester von Memphis ihre Plätze ein. Sie würden damit bis *El Faijum* reisen, während Epistemus seine Gebieterin auf ihrem Weg zurück nach Alexandria auf dem Nil begleitete.

Am dunklen Himmel über der Totenstadt standen zahllose Sterne. Immer noch heulten die Schakale. Der Wind pfiff um die Felsen. Einer der Posten hatte Angst, denn er meinte, Klagelaute der in diesem Tal begrabenen Königinnen zu hören.

Doch heller als alle Sterne strahlte das Antlitz von Thotmes, als er sich vor der ägyptischen Königin verneigte:

»Herrin, ich danke dir, daß du mir meine Vergangenheit geraubt hast, denn eben hast du die Zukunft in meine Hände gelegt.«

Bevor sie die Zügel in die Hand nahm, wandte sich die Königin dem jungen Mann zu und berührte mit dem Zepter zärtlich seine Wange:

»Ich übergebe dir die Zukunft, damit du sie mit all der Schönheit füllst, die dir auf mein Geheiß gelehrt wurde. Übergib ihr die liebliche Morgenstunde und die Einsamkeit der Abenddämmerung. Lege den Duft des Frühlings und die sanfte Traurigkeit des Winters in sie hinein. Gib ihr die Sterne und ihre Bedeutung, den Nil mit all seinen Gaben und das Meer mit seinen Abenteuern. Geize nicht mit Ländern, und seien sie noch so weit entfernt. Zeige ihr die Berge und Wälder, die Wüsten und Oasen, die Völker, die in eisigen Gegenden und die, welche in den großen Städten leben. Übergib der Zukunft die Welt, Thotmes, denn damit übergibst du ihr Ägypten. Und so ist die Königin viel mehr von dir abhängig geworden als von der größten Liebe ihres Lebens.«

Sie lenkte die Pferde zum Ausgang des Tals und verschwand in einer Staubwolke, die sich deutlich gegen das Dunkel der Nacht abzeichnete. Doch in Wirklichkeit war es ein Windhauch, der aus dem Atem aller ägyptischen Königinnen bestand, die je in den Gräbern des Sitzes der Schönheit nach ewigem Leben gesucht haben.

ZURÜCK IN ALEXANDRIA rief die Königin den Hofstaat zusammen, um ihm ihre Entscheidungen mitzuteilen. Die Kammerdiener hatten große Mühe, alle Minister, Hofdamen und Beamten aufzutreiben, denn der angenehme Nachmittag lud zu Ausflügen ein, wenn nicht gar zur einen oder anderen Ausschweifung. Ungeachtet des Schmerzes der Königin, ungeachtet der Abwesenheit des obersten Bacchanten – des Römers Antonius –, streckte Alexandria weiterhin seine Fangarme aus, denen kaum ein Vergnügungssüchtiger widerstand.

Endlich waren der Hofstaat Kleopatras und alle, die zu ihrer Regierung oder ihrem engsten Kreis gehörten, benachrichtigt. Als bekannt wurde, daß die Königin ihre Trauer gelockert hatte, holten die Höflinge ihre besten Gewänder hervor, und im großen Thronsaal entfaltete sich, einem Festzug gleich, der Glanz des Orients. Man feierte die Rückkehr der Freude … Kostbare Tuniken, goldene Umhänge, üppige Federfächer, silberne Amtsstäbe, Halsbänder aus Smaragd, mit jeder Art von Edelsteinen geschmückte Perücken, nichts fehlte bei diesem festlichen Empfang, der trotzdem schlicht und bescheiden genannt wurde …!

Die Königin erschien oben auf der großen Freitreppe. Für diejenigen, die sie in den Tagen ihrer Trauer gesehen hatten, glich ihr Auftreten einem Wunder. Von Kopf bis Fuß in Gold gekleidet, die Arme vor der Brust gekreuzt, die Zepter der Macht in den Händen, war sie weniger eine Inkarnation der Königswürde als eine Verkörperung der Göttlichkeit. Sie kam in Gestalt der Isis und verkündete, sie werde von nun an bei den Audienzen und hohen Festen immer in diesem Gewand auftreten.

In ihrem Gefolge befanden sich ihre Berater – Sosigenes und Epistemus in erster Reihe – und in kurzem Abstand dahinter schritt der Hauptmann, der schöne Apollodoros. Dann kamen ihre Damen in weißen Leinengewändern wie die Jungfrauen oder Priesterinnen. Den Höhepunkt bildeten die beiden königlichen Ammen. Sie trugen die beiden Kinder Antonius' auf dem Arm, die Zwillinge Alexander Helios und Kleopatra Selene, Prinz und Prinzessin von Ägypten.

Alle Augen richteten sich auf Kleopatra, die sich mit ruhigem, gemessenen Schritt dem goldenen Thron näherte, als gehorche sie den Klängen der verschiedenen Harfner, die der blinde Ramose anführte.

Nie klang ihre Stimme gefaßter, nie waren Herkunft und Rechte Kleopatra Septimas deutlicher.

»Es spricht der König von Ägypten zu seinem Hofstaat und zu seinen Freunden. Nehmen wir nach der Reise zum Abgrund des Todes den Faden des Lebens wieder auf. Schluß mit einer Trauer, die nie hätte stattfinden sollen. Alexandria soll wieder Farbe und Leben haben! Tragt die Kunde bis an die Grenzen der Welt. Von den fernen Küsten Hispaniens, wo die Meeresungeheuer hausen, bis zu den Bergen Chinas, wo die jadefarbenen Flüsse entspringen. Der König fürchtet den Tod nicht mehr. Weder den Tod noch die

Ungeheuer, vor denen sich die Römer grausen, noch die Flüsse in seltsamen Farben. Das hat eine einzige Ursache: Heute, im lieblichen Monat Athyr, soll die glorreichste Epoche der Geschichte Alexandrias beginnen.«

Dann rief sie Apollodoros herbei. Der Hauptmann kniete vor ihr nieder. Mehr als einer Dame entrang sich bei diesem Anblick ein Seufzer.

»Erinnere ich recht, daß ich in meinem Wahn dem treuen Apollodoros einen allzu weitreichenden Befehl erteilt habe?«

»Du hast meinen Männern befohlen, alle Statuen, die Marcus Antonius darstellen, zu zerstören und seinen Namen aus allen Inschriften zu löschen.«

»Dieser Befehl wird aufgehoben.«

»O meine Königin!« brach es aus Apollodoros hervor. Er war so bestürzt, daß er die falsche Anrede gebrauchte.

»Ich wäre dieses Titels nicht würdig, machte ich aus meiner Wut als verlassene Frau ein staatliches Dekret. Das Volk soll mich nicht weinen, seinen Monarchen nicht als schwaches Wesen sehen und auch nicht von seinem barbarischen Zerstörungsdrang erfahren. Die Römer verdrehen unsere Geschichte und manipulieren sie nach ihren Interessen. Wir kennen die Geschichte Ägyptens zu wenig, deshalb sollte der König die jüngste Vergangenheit nicht auslöschen! Wenn der Name Marcus Antonius' verschwinden soll, dann wegen seiner eigenen Sünden. Der Zorn des Königs trage nicht dazu bei. Dieses Vermächtnis will er den Prinzen von Ägypten nicht hinterlassen.«

»Werden die Kinder des Antonius die gleiche Behandlung erfahren wie Cäsars Sohn?« fragte Sosigenes und verneigte sich vor dem Thron.

»Sind sie nicht die Kinder Kleopatras?«

Damit hatte sie alles gesagt. Mit ihrer Entscheidung legitimierte sie die beiden Kinder, die für viele ein Symbol der Schande waren.

»Göttliches Weib!« flüsterte Epistemus, was Kleopatra von ihrem erhöhten Platz aus von seinen Lippen ablesen konnte.

»Heute abend feiern wir ein Bankett zu deinen Ehren, Epistemus. Es wird nicht so üppig sein wie zu früheren Zeiten, denn die sind vergangen. Doch es wird ein nobler Abschied sein für einen, der uns früher verläßt als gewünscht.«

Epistemus war überrascht und trat ein paar Schritte vor. Kleopatra erstickte jede Äußerung im Keim, und erlaubte weder ein Wort der Zustimmung noch der Ablehnung.

»Schon morgen gehst du auf die lange Reise nach Judäa. Allzu viele Wochen sind Herodes' Intrigen bereits ohne Erwiderung meinerseits geblieben. Du wirst morgen also früh aufbrechen.«

Es war eine lange Sitzung. Es kamen die Gouverneure der Provinzen, die Botschafter anderer Länder, die Händler auf der Suche nach Genehmigungen und die Beamten, um sich für irgendwelche Pfründe zu bedanken. Als schließlich alle vorübergezogen waren und das Angesicht der Königin noch immer keine Spuren von Müdigkeit aufwies, kam der Moment, um mit Rom zu sprechen. Rom, vor der Welt an erster Stelle, an letzter vor Ägyptens Thron!

General Marcius verneigte sich wie alle anderen. Dann legte er die Probleme des Staatsvertrags zwischen Rom und Ägypten dar.

»Verständlich, daß Rom mehr haben möchte«, sagte Kleopatra, »du mußt aber auch verstehen, daß Ägypten möglichst wenig geben will. Der heute gültige Vertrag wurde unter Bedingungen besiegelt, die ich als besonders günstig bezeichnen möchte.« Dem stimmte Marcius nickend zu. »Die persönlichen Umstände des Königs von Ägypten mögen dazu beigetragen haben, daß der Triumvir Marcus Antonius Zugeständnisse machte, die dem Senat dieses edlen Volkes womöglich zu weit gingen. Man behauptet gar, Ägypten habe seine Privilegien dem Lager Kleopatras zu verdanken«, fuhr sie fort.

Jetzt erhob sich ein entrüstetes Murmeln unter den Anwesenden, ja selbst der derbe Marcius genierte sich.

»Das wollte ich keinesfalls sagen, mein Herr.«

»Die Zeiten haben sich geändert, Marcius. Ob mit oder ohne Lager, Rom kann von Ägypten kein Entgegenkommen mehr erwarten. Denn der Staatsvertrag hat eine anhaltende Plünderung ausgelöst. Mehr als die Hälfte der Ernte unserer Bauern geht dahin. Die römischen Schiffe durchpflügen, mit ägyptischem Weizen beladen, die Meere. Logisch, daß wir ein wenig mehr als ein Almosen behalten möchten ...«

»Gestatte, großer Herr, dich daran zu erinnern, daß dein Vater ...«

»Mein Vater hat Rom gebeten einzugreifen, und Rom ist es gewohnt, sich in die Angelegenheiten fremder Länder einzumischen. Allzu sehr gewohnt, würde ich sagen. Wie auch immer, diese Hilfe kommt uns teuer zu stehen. Nicht nur wegen der Zahlungen, sondern weil Rom sich herausnimmt, uns in die Regierunggeschäfte dreinzureden. Das zeigt mir, daß wir hart durchgreifen müssen. Ägypten wird so lange keinen Weizen mehr liefern, bis der Vertrag revidiert ist. Und zwar bald revidiert.«

»Ich werde diese Woche noch abreisen, um den großen Octavianus davon zu unterrichten«, antwortete Marcius zähneknirschend und richtete sich stolz auf.

Er wandte sich zum Gehen, doch die zornige Stimme der Königin hielt ihn zurück:

»Warte. Ohne meine Erlaubnis zieht sich niemand zurück. Und die habe ich noch nicht erteilt ... Deinen Worten entnehme ich, daß wir von nun an mit Octavianus Verträge schließen werden.«

»Mit wem sonst?«

»Deine Frage ist berechtigt. Mit wem sonst könnte der König von Ägypten die Dinge regeln?«

Sie verließ den Audienzsaal, umgeben von den Federfächern ihrer Damen. Die Harfenklänge des blinden Ramose begleiteten ihren hoheitsvollen Abgang.

WÄHREND IRIS UND Carmiana hinter einem Wandschirm die Königin entkleideten, sammelte Sosigenes die Dokumente zusammen, die er für seinen morgigen Auftrag studieren mußte. Doch innerlich war er woanders. Unzufrieden schüttelte er den Kopf. Kleopatra hörte ihn murren und fing an zu lachen.

»Kleopatra sollte wissen, daß diese Hochstimmung nicht echt

ist«, sagte der Weise. »Schließlich hat jede Krankheit ihre bestimmte Genesungszeit, so steht es geschrieben.«

»Meine Zeit wird kurz sein, wie bei allen Sterblichen«, erwiderte sie. »Ich habe nicht das Recht, sie zu verschwenden. Cäsarion verbietet es mir. Aus seiner sicher glanzvollen Zukunft scheint er mir zuzurufen: ›Warum hast du diese Tage vertan, dumme Mutter?‹ Dann werde ich die verschwendete Zeit bereuen und vergeblich versuchen, sie nachzuholen. Denn deine Kollegen, die Philosophen, behaupten, daß auch die Zeit selbst nicht über mehr Augenblicke verfügt als ihr zugemessen sind.«

»Du kannst aber die Zeit der Liebe nicht beschleunigen, Kleopatra! Weine, lache, verzweifle, betrinke dich, springe und hüpfe … es wird vergeblich sein. Die Zeit der Liebe muß sich erfüllen, unerbittlich.«

Sie kam hinter dem Wandschirm hervor. Ihre strenge Erscheinung wurde von einer durchsichtigen, elegant gefälteten Tunika gemildert. Ihre Arme waren nackt, das Haar trug sie offen.

»Ich werde die Fristen der Liebe einhalten und auf das Vergessen warten. Ich könnte die Jahre, die die Krankheit dauert, in meinem Schmerz eingeschlossen verbringen. Ich könnte lebendig sterben. Doch das wäre Resignation, keine Trauer. Und Resignation ist das einzige Gefühl, das sich Kleopatra nicht erlauben wird! Ich werde keinen Versuch machen, die Kräfte der Zeit zu beschleunigen, denn ich weiß, daß sie ihre eigene Logik hat. Doch ich werde den Schmerz in meine Nächte verlegen. Die Tage werden voll sein mit Aktivitäten, die die Welt von meiner hohen Stellung erwartet. Alexandria bietet sie mir mit vollen Händen an! Ich werde Ägypten regieren, wie es seit den fernen Tagen des großen Ramses nicht mehr regiert worden ist. Ich werde meine freie Zeit dem Studium und der Lektüre widmen, wie es seit Platons glorreichen Tagen nicht mehr getan wurde. Ich werde mir die großen Fragen des Lebens vornehmen und sie ergründen. Meine Aktivitäten werden so umfassend sein, daß niemand glauben wird, daß ich leide. Nicht einmal du, guter Berater. Nicht einmal meine Damen.«

Ihr Antlitz verwandelte sich in die Maske der großen Sphinx, zum Spiegel aller Geheimnisse und aller Rätsel. Sie lächelte wie die anderen, kleineren Sphingen in den Tempeln der Griechen. Es war ein angedeutetes, rätselhaftes, zwischen Schmerz und Ironie schwankendes Lächeln.

»Eines Tages werde ich vergessen haben, und dann wird man sagen können: Kleopatra hat die Zeit bezwungen und sie zu ihrer Dienerin gemacht.«

Langsamen Schrittes ging sie auf die Terrasse hinaus. Alexandria, das zu ihren Füßen lag, war nun nicht mehr der Ort der Leidenschaften, die der verlorene Geliebte entzündet hatte; die Stadt der großen Liebschaften, der stürmischen Sexualität, der exotischen Düfte und geheimnisvollen Zufälle blieb den römischen Reisenden vorbehalten, die das Landestypische suchen. Für Kleopatra war sie wieder die Stadt der hochfliegenden Pläne, die Alexander bei ihrer Gründung gehegt hatte. Alexandria, Wiege der Zivilisation! Schmelztiegel der Ideen. Ort der Gelehrsamkeit. Alexandria, das die Geschicke der Welt zu lenken verstand.

Kleopatras Seelenlage glich nun dem Gemütszustand anderer berühmter Frauen ihrer Stellung, die nicht selten dem Wahnsinn nahe waren: Arsinoe, Berenike, Kleopatra … Unglückbringende, unselige Königinnen, ja, aber auch entschiedene, selbstbewußte Königinnen. Frauen, die Grenzen zu überschreiten wußten. Manchmal gedemütigt, oftmals bedrängt. Doch nie besiegt.

Sie reckte der Stadt die Faust entgegen und machte sie zu ihrer Stadt. Sie richtete den Blick aufs Meer. Der Wind wühlte in ihrem Haar, daß es flatterte wie eine Fahne, und trug ihre Worte nach Rom:

»Ich will vergessen, Marcus Antonius! Und ich werde vergessen.«

ZWEITES BUCH

Octavia

Wenn Schönheit, Sitt' und Weisheit fesseln können
Das Herz Antons, dann ist Octavia ihm
Ein segensreiches Los.

WILLIAM SHAKESPEARE, *Antonius und Cleopatra*

OCTAVIA WÜRDE DIE Nacht, in der sie Antonius' Tochter gebar, so schnell nicht vergessen. Nicht weil die Geburt besonders schwierig war, denn das Mädchen kam mit der gleichen bewundernswerten Gelassenheit zur Welt, die auch Octavia an den Tag legte und die ihr die Achtung ihrer Mitbürgerinnen und Mitbürger eingebracht hatte. Auch nicht wegen des Gewitters, das sich über Athen entlud, so daß die marmornen Agoren Funken sprühten und heller erleuchtet waren als am Tag. Weder die Schmerzen der Geburt noch der Zorn der entfesselten Elemente waren schuld, daß diese Nacht zu einem Alptraum wurde, den sie nicht vergessen würde … niemals.

Sie war allein in diesem Alptraum, ihr beschwörender Schrei nach Liebe ging ins Leere und blieb auch diesmal ohne Antwort.

»Wo ist Antonius?« rief sie, »wo ist der Vater meiner Tochter?«

Dieser Schmerz war neu. Was hatten die anderen Schmerzen schon für eine Bedeutung? Wie ihr erlauchter Bruder, war auch sie im allerstriktesten Stoizismus erzogen worden. Nicht einmal der Tod ihres ersten Gatten, dieses hervorragenden Mannes, den sie seiner Tugenden wegen verehrte, nicht einmal dieser unersetzliche

Verlust erschütterte ihre Haltung. Sie widerstand den Wechselfällen des Schicksals mit der inneren Größe, die ihr Gewißheit verlieh, die höchsten Tugenden der römischen Tradition zu verkörpern. Kein Unglück konnte diese Verpflichtung einschränken.

Die Niederkunft ihres ersten Kindes hatte sie gelehrt, den Schmerz wie eine Last unter vielen anderen Lasten zu erdulden, die ihre Abstammung ihr auferlegten. Sie hielt ihm stand, ohne zu zeigen, daß sie standhielt, was ihr die Bewunderung der Frauen eintrug, die ihr Beistand leisteten und den Respekt einer gewissen schwatzhaften Hebamme, die in allen wichtigen Häusern Roms von Octavias stoischer Haltung erzählte.

In der Nacht, als sie Antonius' Tochter zur Welt brachte, war Octavias Größe bereits allgemein bekannt, nicht aber ihre Einsamkeit. Als sie sich in Wehen krümmte, als ein Donner noch schrecklicher dröhnte als der andere und die Frauen an ihrer Seite erzitterten, hatte sie immer noch ein freundliches Lächeln und flüsterte dem Sklaven Adonis ins Ohr, wo Marcus Antonius zu finden sei:

»Suche ihn im Haus der Hetäre Aspasia. Sag ihm, er soll dieses Lager verlassen. Denn auf seinem Lager wird ein Kind geboren.«

Die Helferinnen, schwarz gekleidet wie alle Alten der attischen Halbinsel, wechselten schnell ein paar Worte mit der Hebamme. Die Schmerzen würden noch stärker werden. Octavia biß die Zähne zusammen, um sich nicht zu verraten.

Sie hob einen Arm dem Gewitter entgegen und flehte mit ausgestreckter Handfläche um den Beistand der Geister, die für eine glückliche Geburt zuständig waren. Dann schrie sie wieder:

»Antonius! Mein Gemahl!«

Es antworteten aber nur die zornigen Stimmen des Gewitters. Kein nahestehender Mensch war bei ihr. Nur die Alten im Trauergewand, die der Hebamme bei ihrer Arbeit halfen. Nur griechische Dienerinnen, nur mürrische, fremde Gesichter. Vor ihr gähnte der Abgrund der Einsamkeit, sie war allein in einem finsteren Palast, fern ihrer Familie, fern ihrer Heimat. Da vergaß sie jede Vorsicht und stieß eine Verwünschung aus, während man ihr die Geburt eines Mädchens verkündete.

Als die Hebamme die kleine Antonia mit leichten Schlägen zum

Weinen brachte, erlaubte sich die Mutter einen Augenblick der Ohnmacht. Eine kleine Konzession an den Schmerz, dann war Octavia wieder Herrin ihrer selbst und ihrer Kräfte.

Als sie aus ihrer Ohnmacht erwachte, war der Sklave Adonis bereits wieder zurück. Die Hebamme wollte ihn vom Lager fernhalten, aber Octavia winkte ihn herbei. Der Ephebe näherte sich mit gewisser Vorsicht, weil man weiß, daß eine allzu heftige Bewegung oder eine laute Stimme bei einer jungen Mutter schwere innere Erschütterungen auslösen können.

Die Griechen kannten Octavia nicht, doch dieser zarte Jüngling erspürte ihr Wesen. Seine Art, mit ihr zu sprechen, war voller Hingabe, und seine feine Haltung drückte große Zuneigung aus.

»Mein Herr befindet sich nicht in dem Haus, das du mir freundlicherweise genannt hast«, und seine Wangen röteten sich, als er hinzufügte, »die großzügige Aspasia hat mir Honigwein eingeschenkt, wie ihren besten Kunden, und gesagt, Antonius, mein Herr, befinde sich in diesen frühen Morgenstunden meist in anderen Häusern.«

»Kennst du diese Häuser?« fragte Octavia und richtete sich mühsam auf.

»Ich habe sie nie aufgesucht, weil ich meinem Freund Phaidros, dem Gärtner treu bin, der deine Gärten und meine Seele verschönt. Das solltest du wissen, wo du uns doch immer beschützt hast und wir dir deshalb große Dankbarkeit entgegenbringen. So schwer es mir fällt, meinen Freund mit dem Besuch eines Bordells zu kränken, so schwer fällt es mir, dir Schmerz zuzufügen, indem ich dir sage, welche Art Häuser mein Herr Antonius zu dieser Stunde aufsucht.«

»Verwirre mich nicht mit griechischer Rhetorik, treuer Adonis. Nun ist der Schaden schon passiert. Mein Gatte hält sich also an Orten auf, die noch unter dem Salon der Aspasia stehen.«

Das kränkte den Epheben so, als verletze die Stimme Roms den Stolz aller Athener.

»Es ist noch viel schlimmer, Herrin. Denn Aspasia ist eine feine Dame, die in der Tradition der früher so angesehenen Hetären steht. Sie nennt sich Aspasia zu Ehren jener anderen Aspasia von

Milet, die in den ruhmreichen Zeiten dieser Stadt dem unsterblichen Alkibiades als Beraterin diente und ihm Gedichte vorlas, während sie seinen üppigen Körper befriedigte. So erzählt man sich zumindest.«

Octavia lächelte ein wenig. Die Eleganz und Anmut ihres Lieblingssklaven trösteten sie.

»Du hast die Gabe, aus jeder Frage eine Rhetoriklektion zu machen. Findest du das passend für eine Wöchnerin? Los, sag mir endlich, wo sich mein Herr vergnügt. Dann geh und suche ihn.«

»Es ist ein weiter Weg. Denn er ist in einem Bordell in Piräus, wo alle schmutzig und armselig sind.«

Als er merkte, daß seine Worte Octavia tief getroffen hatten, wollte er sich verbessern. Vergeblich, denn schon klagte sie:

»Je höher die Ehre, die seinem Haus zuteil wird, desto niedriger das Vergnügen, das Antonius sucht. Doch die immer schon vermutete Wahrheit, schmerzt nicht stärker, wenn sie sich bestätigt. So ist das eben.«

»Du willst mich doch nicht in diese Lasterhöhlen schicken? Mein Freund wird mich verprügeln, wenn er erfährt, daß ich bei diesen Huren war.«

»Dann werde ich ihm meinen Schutz entziehen, denn ich will keinen Schläger als Gärtner. Doch nun bin ich müde, Adonis. Bitte, laß mich allein. Reite nach Piräus und teile meinem Mann mit, daß er eine Tochter bekommen hat. Sag ihm, daß sie Antonia heißt, wie er es bei einer früheren Gelegenheit bestimmt hat.« Sie hielt einen Moment inne und unterdrückte eine Träne. »Sag ihm, daß meine Tochter und ich nicht vorhaben, ihm den Spaß zu verderben. Er möge kommen, wann immer er will.«

Der Sklave bemerkte, daß sich hinter ihrer Müdigkeit ein tieferer Schmerz verbarg. Als er sah, wie sie sich aufrichtete, um ihre Tochter entgegenzunehmen, bewunderte er sie.

»Ich gehe schon«, rief er, »doch vorher laß dir sagen, daß du die schönste Mutter bist, die meine Augen je sahen, göttliche Octavia.«

»Ich bin menschlich, einfach menschlich. Das ist genug der Last«, dachte sie.

Als sie mit den griechischen Dienerinnen allein war, spürte Octavia, wie das Unwetter, das die Welt heimsuchte, sie zutiefst erschütterte. Die kleine Antonia in ihren Armen zappelte wie wild, was sie als Zurückweisung deutete. Sie gab sie an eine der Frauen zurück, während ihr eine andere das Lager richtete. Octavia aber wollte aufrecht im Bett sitzen. So verweilte sie lange, den Blick starr in den Gewittersturm gerichtet, der gespenstische Schatten über die Dächer von Athen warf.

Doch sie widerstand allen Stürmen – diesem und anderen – mit der Besonnenheit, die aus der römischen Matrone eine Institution gemacht hatte. Sie war und blieb in jeder Lebenslage ruhig und gefaßt. Diese Haltung war das Leitmotiv ihres Lebens.

Auch früher in der Schule war sie gelassen, beim Spiel mit den gleichaltrigen Mädchen, bei der Hausarbeit und bei den ersten Schritten jener einmaligen Erfahrung – damals noch aus der Ferne bewundert –, welche die Dichter erste Liebe nennen. Mit Gelassenheit, die strahlendes Glück erahnen ließ, nahm sie den Antrag von Cajus Claudius Marcellus an. Er, der freundliche Konsul, hatte es verstanden, sie auf den Weg einer ruhigen Zufriedenheit zu führen, ohne heftige Schwankungen, zart und fein wie die Jungfräulichkeit, die sie ihm anvertraute und die kostbarer war als jede Mitgift. Die Geburt des kleinen Marcus Claudius festigte ihre klare innere Haltung, und so konnte sie seine ersten Schritte auf den Pfad der Würde und der Gelassenheit lenken, wie es dem Nachkommen aus zwei noblen Familien angemessen ist.

Sie war immer und unter allen Umständen gefaßt. Sie trieb diese Tugend bis an den Rand ihrer Kräfte, als sie vor dem brennenden Scheiterhaufen ihres verstorbenen Gatten erschien und ohne eine einzige Träne dem schnellen Werk der Flammen zusah, die den geliebten Leib verschlangen, den geachteten Menschen, das Antlitz, das ihr immer mit einem Lächeln begegnet war, den Körper, der sich ihr immer voller Respekt genähert hatte.

Doch in der Nacht, als sie Antonius' Tochter gebar, verwandelte sich ihre Gefaßtheit in Resignation. Die Schmerzen der Geburt konnte sie beherrschen, doch nicht die beklemmende Apathie. Ihr leerer Blick wanderte im Zimmer umher und streifte alle Gegenstände, ohne sie wirklich wahrzunehmen. Sie fand sich allein in einem geisterhaften Museum, das zu einem goldenen Käfig geworden war. Allein zwischen Skulpturen, die Antonius aus den Palästen Athens, aus den Tempeln von Delphi und Olympia und von den Friedhöfen der griechischen Inseln geholt und sich angeeignet hatte.

Er war ein übereifriger Sammler und hatte aus dem Schlafgemach eine Musterausstellung der Kultur gemacht, die ihn faszinierte, eine Illustration der großen Mythen, von denen er seine Abstammung herleitete! Octavia, von ihrer ersten Ehe her an häusliche Schlichtheit gewohnt, hatte das Gefühl, daß all diese Skulpturen spöttisch auf sie herabblickten und sich über ihre Niederkunft lustig machten. Alle Götter des Olymp, in edelstem Material ausgeführt, schienen schallend über sie zu lachen. Rächten sie sich an Rom für sämtliche Beleidigungen, die ihnen Roms Sieg zugefügt hatte? Venus, Bacchus, Juno, Jupiter, zusammen mit einer wilden Schar von Faunen, Nymphen, Satyren und Amoretten spuckten ihr den Namen des Bordells ins Gesicht, in dem sich ihr Gatte ergötzte. Von ihrem Olymp blickten sie mit Verachtung auf das Neugeborene herab, dem es nicht gelungen war, seinen Vater den Armen der Dirnen und den Quellen seiner Weinseligkeit zu entreißen.

Doch sie widerstand den Beleidigungen seiner Götter und nahm langsam wieder eine entspanntere Haltung ein. Die Pflicht, sich erneut dem Alltag zuzuwenden, schien ihr wichtiger als ihre Abhängigkeit von Antonius oder irgendeinem anderen Mann. Schließlich und endlich war es eine besondere Nacht gewesen. Neun Monate lang hatte jede Bewegung, jede kleinste Regung dieses Wesens ihr allein gehört. Nur sie hatte den Herzschlag in ihrem Innern bemerkt. Nur sie hatte das höllische Brennen gespürt, als das ungeborene Wesen vorzeitig anfing, sich auf die Welt zu kämpfen, und nur sie hatte ihren Leib geöffnet, um dem Leben freie Bahn zu geben, das Kind herauszupressen und der Welt zu schenken.

Doch Antonius wollte sie es nicht schenken, beschloß sie. Nicht Antonius und seinen Dirnen! Nicht diesem Vater, der sich damit zufriedengab, einmal seinen Samen einzupflanzen, um ihn dann seinem Schicksal zu überlassen und nicht einmal zur wunderbaren Ernte herbeizueilen.

Sie hatte sich bereits wieder aufgesetzt, als ihr die Sklaven einen Besuch ankündigten. Marcus Antonius war es nicht. Mit verächtlichem Lächeln registrierte sie, daß jeder, auch ein fernstehender Besucher, noch vor ihrem Gatten bei ihr erscheinen konnte, noch vor dem Mann, der sie zur Braut erwählt und damit zur am meisten beneideten Frau Roms gemacht hatte. Die am höchsten geachtete Frau war sie bereits gewesen. Da war es schon seltsam und fast eine Ironie des Schicksals, daß ihr während der schweren Stunden der Geburt ihrer gemeinsamen Tochter der Respekt des Volkes große Kräfte verliehen hatte, während ihr von der Liebe, die für so mächtig gehalten wird, keinerlei Hilfe zugewachsen war. Ich habe die Nacht ganz allein durchlitten, dachte sie wieder.

Als die Besucherin eintrat, gingen, wohl um das Ereignis noch zu betonen, ganz in der Nähe mehrere Blitze gleichzeitig nieder und erleuchteten den Raum. Sie legte den Umhang ab, und da erschien, in strahlendem Licht, das immer noch schöne Gesicht der Calpurnia Piso, der Witwe des Julius Cäsar.

»ICH KÖNNTE KÖNIG des Orients sein!« brüllte der betrunkene General im Innern des Bordells.

In dieser Gewitternacht erschien das Haus noch heruntergekommener als in anderen Nächten. Es war einstöckig und besaß eine kleine, morsche Tür. Die Mauern hatten im Laufe der Jahre unter den Salzablagerungen des Meeres und dem Urin der unzähligen vagabundierenden Hunde schwer gelitten. Der Geruch nach verfaultem Fisch, Berge von Abfall an der Ecke. Und das ganze Elend des Hafenviertels im Innern.

Als Adonis in großer Eile den Vorraum betrat und einige Tropfen des Regens abschüttelte, der ihn völlig durchnäßt hatte, hörte er die unverwechselbare Stimme seines Herrn aus einem der inneren Zimmer:

»Ich war nahe daran, König des Orients zu werden! Glaubt es mir, ihr Schweine! Ich hielt den Orient in meinen Händen!« dröhnte er so laut, daß sein Kummer durch sämtliche Mauern zu hören war. Er hatte zuviel Wein getrunken, und seine Rede wurde von Rülpsern unterbrochen. Adonis, der bei seinem Ritt nach Piräus im Gewitter vor Angst gezittert hatte, zitterte nun vor Empörung. Er dachte an die Einsamkeit Octavias, seiner Herrin, und die Wohltaten, die sie ihm und seinem Freund immer angedeihen ließ. Marcus Antonius' lautstarkes Bramarbasieren erschien ihm nicht nur als ein Schlag gegen die Ehre, sondern ebenso gegen die Liebe.

Im Vorraum hockten drei ältere Soldaten, Veteranen, die erst Cäsar, dann Antonius bei allen seinen Feldzügen begleitet hatten. Sie saßen, den Rücken an die Wand gelehnt, auf den Steinbänken und warteten auf Antonius. Ihre Hände ruhten auf den Brüsten von rundlichen Prostituierten – auch sie Veteranen, wenngleich anderer Kriege, deren Siege nur den Lorbeer des Überdrusses eintragen. So boten die Professionellen der Liebe und die Professionellen des Krieges ein Bild müden Scheiterns, das Adonis, in der Blüte seiner Jugend stehend, mitleidig anrührte.

Kaum schickte er sich an, den Vorraum zu durchqueren, da richtete sich einer der Soldaten träge auf und packte ihn ohne viel Federlesens am Kragen. »Raus hier, Kleiner«, brüllte er, »heute werden keine Kunden bedient. Hau ab! Dieses Haus steht unter besonderem Schutz.«

Auf dem engelsgleichen Gesicht des Sklaven malte sich Empörung:

»Ein Kunde, ich, der sanfte Adonis, der Lieblingsdiener meiner eleganten Herrin und meines mächtigen Besitzers? Wisse, roher Knecht des Mars, daß du mich aus zweierlei Gründen beleidigst. Erstens: Weil du mich für einen Kunden hältst, schreibst du mir Geld zu. Da ich aber keines besitzte, schäme ich mich nun. Zweitens: Du meinst, ich hätte Geld und würde es hier ausgeben, womit du mich für einen Idioten hältst. Und ein Idiot wäre ich, würfe ich Münzen in den unehrenhaften Schoß dieser Weiber, wo ich doch neue Saiten für meine Laute kaufen muß oder den kleinen Rechen, den mein edler Freund, der Gärtner, zum Setzen der Blumenknollen so sehr benötigt, was wiederum …«

Eine der Prostituierten erhob sich erschrocken:

»Was sagt dieser Kerl? Ist er verrückt geworden?«

»Was redet er von Knollen!« schrie der Soldat, »diese hier sind von der römischen Miliz beschlagnahmt …«

»Meine Knolle schmerzt nicht wenig. Seit der letzten Staatstrauer, als unser Haus geschlossen wurde, hat sie sich nicht mehr so gelangweilt! So ist das also mit der löblichen römischen Miliz? Ein einziger Kunde, und das ganze Hurenvolk von Piräus folgt seinen Launen. Oder hört sich sein Gerede an, was in diesem Fall aufs gleiche rauskommt.«

Da ertönte wieder Antonius' Kriegsgeschrei:

»Ich sage euch, König des Orients könnte ich sein! Von Ägypten bis Syrien, von Petra bis Catai, alles hätte mein sein können!«

Da wurde ein zerschlissener grauer Vorhang zur Seite gezogen, der den Vorraum vom Hauptraum trennte, und ein Mädchen, jünger als die anderen, erschien. Sie stützte ihre Brüste mit den Händen, denn ihr Oberkörper war nackt. Ihr Haar war in Unordnung und am Hals hatte sie die untrügliche Spur von Lippen, die allzu leidenschaftlich zugebissen hatten.

»Ich habe deinen General mit seiner Angeberei satt!« rief sie und ließ sich neben die anderen auf eine Steinbank fallen. »Jede Nacht das gleiche Lied. Und danach kotzt er auch noch!«

»Von wegen Angeberei!« protestierte der Soldat, der Sixtus hieß. »Er ist so ehrlich wie das Tageslicht. Vor Jahren, bei den *Luperkalien*, überreichte er mit eigenen Händen Cäsar eine Krone, doch dann brachte er es noch viel weiter, denn es boten sich ihm hundert Königreiche an, eins an jedem Tag unseres Aufenthalts in Alexandria.« Dann wandte er sich dem anderen Soldaten zu und sagte: »Du hast in der gleichen Legion gedient, Glaucus. Sag, daß ich kein Spinner bin und unser General kein Angeber ist.«

Der andere gähnte. Unrasiert wie er war, mit schmutzigem Haar und einer riesigen eitrigen Beule auf der Stirn, schien er das süße Stadium der Gleichgültigkeit gegenüber allem und jedem erreicht zu haben. Er hatte wohl schon allzu viel im Leben gesehen.

»Laß gut sein«, stammelte er, »die königlichen Angelegenheiten gehen nicht in die Birne einer billigen Nutte rein.«

Adonis stand immer noch an der Tür, bei halb geöffnetem Vorhang. Sixtus hielt ihn mit seinen behaarten Pranken am Arm fest. Der fröhliche Lärm aus dem anderen Raum übertönte selbst das Krachen des Gewitters.

Er war in einer seltsamen, wenn nicht gar komischen Lage. Sie kümmerten sich nicht um ihn, ließen ihn aber auch nicht eintreten. Das plötzlich aufgekommene Streitgespräch schien wesentlich wichtiger zu sein als er. War das Ansehen Roms von ihm als Ehrengast abhängig?

Da mischte sich eine Prostituierte ein, Circena, die bisher in einer Ecke neben einem jüngeren Soldaten gelegen hatte, der aber keineswegs gepflegter war als die anderen.

»Was der Alte sagt, stimmt«, meinte Circena. »Ich habe damals in Alexandria gearbeitet, in einem Haus am früheren Hafen. Da sah ich diesen General vorbeifahren, in einem goldenen Wagen, neben der leibhaftigen Kleopatra. Sie strahlten und leuchteten, daß man sie für zwei Götter hätte halten können.«

»Ja, mit Gold gepanzert waren beide. Ich schwöre bei meinen Verstorbenen, daß dieser Antonius, den ihr hier betrunken seht und taumelnd, dieser Antonius, der brüllt wie ein Verrückter, der göttlichsten aller Königinnen eine Stütze war. Und für die Alexandriner war er auch göttlich. Heute aber langweilt er sogar ein leichtes Mädchen wie mich, die man an diesem goldenen Hof nicht mal als Scheuerfrau arbeiten ließe.«

Die Angesprochene bedeckte ihre Blöße mit einem groben Schal, der früher einmal viele Fransen besessen hatte. Jetzt war nur noch eine Hälfte vorhanden, die andere war im Laufe seines bewegten Lebens verlorengegangen.

»Viel Gold, viel Königin, viel dicke Lippe riskieren!« kreischte sie. »Seinen Glanz hat er wohl in Ägypten gelassen und nach Athen nur den Kot gebracht. Wenn er der Ägypterin den gleichen Quatsch erzählte wie uns, wäre sie ihm vor Langeweile mitten im Beischlaf eingenickt.«

»Was weißt du schon von Königinnen, du liederliches Weibstück?«

»Schließlich bin ich selber eine: Königin des Reichs zwischen den Oberschenkeln, du Ziegenbock. Darin unterscheide ich mich nicht von der Ägypterin, auch nicht in unserer Kriegsuniform, und die sieht so aus.« Dabei lachte sie ordinär und entblößte sich, zum Mißfallen von Adonis und entgegen allen Richtlinien des guten Geschmacks. »Damit arbeitet sie, die Königin der Huren, genauso wie ich. Aber die Ägypterin erhält für ihren Einsatz Königreiche, mir dagegen bleiben nur ein paar lumpige Sesterzen. Und das auch nur, wenn mir Escancia, das Miststück – die Götter mögen sie bestrafen – nicht den schmutzigen Strohsack bezahlen läßt, den sie frecherweise ein Feldbett nennt. Diese Kleopatra hat ein Bett aus Gold, wir sehen von Gold keinen Schimmer, nur darin unterscheiden wir uns.«

Plötzlich wurde Adonis von der kräftigen Hand einer eindrucksvollen, rundlichen Frau von der Tür weggeschoben. Sie kam aus dem Hauptraum heraus und tat sich schrecklich wichtig:

»Was sagst du da über mein Haus, du Mißgeburt?«

Obwohl sie festlich gekleidet war, um trotz ihrer Gewöhnlichkeit einen gewissen Status zu zeigen, stemmte diese große Frau die Arme in die Hüften wie ein Marktweib und schnitt eine solche Grimasse, daß ihr die Schminke zerlief.

»Seit wann nennt man in Athen Schweineställe Häuser?« rief die streitbare Prostituierte.

»Nicht Schweineställe, Hospitäler nennen wir sie, und zwar seit darin heruntergekommene Dirnen Zuflucht finden, deren Venusberg leprös geworden ist. Suche keinen Streit, du Luder, sonst schickte ich dich hinaus in den Sturm!«

Der Streit zwischen der Bordellbesitzerin und ihrer Angestellten ging weiter. Adonis, der sich bereits an die Umgebung gewöhnt und vergessen hatte, was sie ihm zugemutet hatten, stand mit verschränkten Armen in einer Ecke und dachte kaum noch an seinen Auftrag. Es ging plötzlich so lebhaft zu! Die Hausherrin schrie eine Reihe von Namen, worauf noch mehr Frauen und ein paar Knaben erschienen, kaum oder nur mit schmierigen, stinkenden Klamotten bekleidet. Adonis, der Sklave, fühlte sich im Vergleich zu ihnen wie ein Prinz.

Die Hausherrin klatschte in die Hände:

»Los, los! Macht die Truppe fertig und sucht die Kostüme zusammen, der General ist sonst zu benebelt. Kleidet euch nach seinem Geschmack. Oder zieht euch aus, je nachdem.« Sie lief von einer Ecke in die andere und rief: »Die Lustknaben! Her mit ihnen. Sie sollen Faune sein.«

»Faune für den General!« schrie einer der Knaben. »Schon kurios, daß wir ihm jede Nacht ein anderes Theater bieten müssen. Hat er nicht begriffen, daß er hier nichts zu sagen hat? Wenn du denkst, daß du deine Sache gut machst, fängt er an, hochtrabende Reden zu schwingen und den Salon in ein Forum zu verwandeln. Und wenn du dich daran gewöhnt hast, seine Geschichten über den Orient auszuhalten – und so einfach ist das nicht, ob wahre Geschichten oder erfundene –, sollst du dich in einen Komödianten verwandeln und ihm etwas vorspielen.«

»Gib Ruhe!« sagte Glaucus. »Du magst dich noch so sehr bemühen, Kleopatra ist und bleibt die bessere Schauspielerin. Sixtus, erinnerst du dich an ihre Glanzvorstellungen?«

»Sie waren einmalig. Als Königin Kleopatra diesem General, den ihr heute betrunken seht, den Kopf verdrehte, hat sie ihm Theatervorstellungen zum Thema Sexualität organisiert. Sie suchte die schönsten Frauen für ihn aus, die stattlichsten Männer im mittleren Alter, Jünglinge, ja sogar Kinder. Sie selbst verfaßte die Texte, die immer von den tausend verschiedenen Möglichkeiten handelten, mit denen Eros die Sterblichen unterhält. Antonius war von diesen szenisch dargestellten Sexphantasien völlig gebannt. Er stürzte sich nackt zwischen die Najaden. Ihre Majestät, Kleopatra, lenkte alles von ihrem Lager aus, das die Form eines Schwans hatte. So willfährig war er ihr. So sehr verwöhnte sie ihn.«

Da seufzten die Frauen und Epheben vor Neid, auch die Soldaten und selbst die üppige, wortgewaltige Hausherrin. Adonis aber dachte bei sich: »Arme Octavia! Arme Herrin! Dieser Kampf ist von vornherein verloren!«

»Was wird die Königin von Ägypten schon haben, was ich nicht bieten kann?« rief einer der Epheben, während er sich als Faun verkleidete.

»Sie kennt viele Tricks, sagt man«, bemerkte Chloe, die jüngste der Huren. »Ohne Tricks ist es nicht denkbar.«

»Irgend etwas wird sie haben, sonst wäre es ihr nicht gelungen, erst Julius Cäsar, dann dem General den Kopf zu verdrehen. Er mag sich im Suff zum Idioten machen, doch niemand kann sagen, er sähe schlecht aus. Eine stattliche Erscheinung, in nüchternem Zustand ein vielbegehrter Mann. Die Königin von Ägypten muß, wie gesagt, irgend etwas Besonderes haben, daß er sie und keine andere wählte.«

»Es heißt, daß sie während des Geschlechtsakts in Ohnmacht fällt.«

»Und das erregt die Männer? Ein gerissenes Luder, diese Herrscherin. Oder ein Leichtfuß, dieser Mann, der große Länder erobert und sich dann wie ein Täubchen der nächstbesten Verehrerin ergibt, die ihm ein Kraut in den Wein tut.«

»Man erzählt sich ferner, daß sie eine Falle zwischen den Beinen hat, wie alle Orientalinnen. Das weiß ich von einer Kollegin, die in *Smyrna* arbeitete. Sie sagt, daß die mandeläugigen Chinesinnen ihr Geschlechtsteil eng machen können, just in dem Augenblick, in dem der Mann zur Ekstase kommt. Und daß der Mann, wenn er ein rechter Mann ist, dabei ein unbeschreibliches Vergnügen empfindet.«

Die zerfressenen Haarkleider der Faune, die künstlichen Blumen der Girlanden der Nymphen, die rauhen Hufe der Satyren … alles schien einer Requisitenkammer entnommen, in welcher die Sachen seit ewigen Zeiten zum Fraß der Motten, Läuse, Wanzen und Kakerlaken lagerten.

Nun ertönte von der anderen Seite des Vorhangs wiederum Antonius' Stimme:

»Her mit meinen Faunen! Der Hofstaat des Königs des Orients soll endlich auftreten.«

Plötzlich wurde Adonis schrecklich übel. Die schlecht geweißten Wände, der feuchte Boden, der verschüttete Wein und die neben die Zisterne geworfenen Essensreste lösten in ihm ein unerträgliches Gefühl der Schwäche aus. Er rief sich das liebliche Bild seiner Herrin Octavia vor das innere Auge und faßte den Entschluß zu gehen, ohne seine wunderbare Botschaft zu überbringen. Denn hier wußte sie keiner zu würdigen, da war er sich ganz sicher.

Er entfernte sich diskret von seinen lärmenden Begleitern und schlich sich vorsichtig zum Ausgang. Doch bevor er die Tür erreicht hatte, ertönte die herrische Stimme der Hausbesitzerin:

»Na du, hübscher kleiner Junge, suchst du jemanden oder bist du einer von der Truppe?«

Adonis blieb sofort stehen und versuchte ein süßes Lächeln:

»Ich suchte eine Apotheke, Verehrteste.«

»Eine Apotheke zu dieser Stunde?« rief die prächtig herausgeputzte Escancia. »Willst du dich über mich lustig machen, milchgesichtiger Straßenjunge?«

Doch Adonis hatte sich schon auf sein Pferd geschwungen und lenkte es in vollem Galopp direkt in den Gewittersturm hinein.

DIE WITWE CÄSARS war eine noble Erscheinung und wirkte neben den gewichtigen Göttern aus Marmor, die das Ruhelager ihrer Freundin umgaben, herausfordernd wie die Macht Roms.

Sie war standesgemäß schlicht gekleidet und doch auch ein klein wenig gewagt, wie man es bei einer Dame von Welt erwartet. Tunika und Toga waren einfarbig kobaltblau, aber mit einem kleinen Goldrand verziert. Als sie den Umhang ablegte, der ihr Haupt vor dem Regen geschützt hatte, kam eine herrliche silberne Haarmähne zum Vorschein, mit ein paar blond gefärbten Strähnen ganz nach der neuesten römischen Mode. Eine Kamee mit dem Bildnis der Juno, der würdevollsten Göttin, war ihr einziger Schmuck.

Der Witwenstand hatte aus Calpurnia Piso eine unermüdlich Reisende und ihr hohes Ansehen sie zu einem äußerst begehrten Gast gemacht. Sie absolvierte die klassische Rundreise, die jeder gebildete – oder zumindest jeder vornehme – Römer unternahm. Eine Reise zu einigen Orten im Nahen Osten, wo die römischen Legionen für eine gewisse Sicherheit sorgten, aber vor allen Dingen eine sentimentale Pilgerfahrt zu den Altertümern Griechenlands. Es gab allerdings Patrioten, die eine solche Reise für überflüssig hielten, weil alle Reichtümer Griechenlands schließlich doch in den Palästen Roms landen würden, andere jedoch zogen eine Reise zu den Orten ihrer Entstehung vor, um sich ganz in deren Geist zu vertiefen. Calpurnia Piso verbrachte deshalb einen ganzen Winter in Athen. Oder womöglich nur um des Fortgangs der Erzählung willen?

»Auf meinem Weg hierher, verfolgt von tausend Blitzen, dachte ich bei mir: ›Was haben dieses Mädchen und ich nicht alles gesehen. So viele Dinge‹ …« Sie seufzte wehmütig, fast ein wenig pathetisch.

Doch dann bewunderte sie die neuen Skulpturen im Schlafgemach, eine nach der anderen, und kommentierte jede einzelne lobend:

»Schön. Elegant. Sehr gut getroffen.«

»Daß du zu so später Stunde noch kommst …! Deine Anteilnahme ist wirklich übertrieben.«

Calpurnia hielt sich einerseits strikt an die Formen der Höflichkeit, kam aber auch aus Zuneigung. Ferner ist der Schlaf ein Gast, der sich bei Damen eines gewissen Alters rar macht, während ein Besuch zum richtigen Zeitpunkt – eine kleine »Aufmerksamkeit« wie sie sagte – immer geschätzt wird.

Sie nahm neben dem Kohlenbecken Platz, das Octavias Konvaleszenz unterstützen sollte. Das Dröhnen eines weiteren Donnerschlags ließ sie wehmütig an ein anderes Ereignis in ihrem Leben denken. An einen anderen bedrohlich verdunkelten Himmel.

»So war auch die Nacht vor Cäsars Ermordung«, murmelte Calpurnia und rückte noch näher an das Kohlenbecken. »Rom wurde von einem Gewitter heimgesucht, wie es seit Jahren keines mehr gegeben hatte. Am Himmel war die Hölle los, und auf der Erde gab es die seltsamsten Vorzeichen. Überall tauchten Männer mit zwei Köpfen auf, aus dem Zirkus entkamen zwei Löwinnen, eine davon brachte zu Füßen der Statue des Pompejus ein Junges zur Welt. Und vor der gleichen Statue, im Innern des Kapitols, wurde am nächsten Tag mein Gatte erdolcht. Als hätten die Toten sich schließlich doch noch gerächt!«

»Große Calpurnia, deine klare Urteilskraft ist berühmter als die meine und älter. Sagt sie dir nicht, daß es klüger wäre, jetzt nicht in schmerzlichen Erinnerungen zu graben?«

»Wenn sich bereits Chronisten damit befassen, schmerzen die Erinnerungen nicht mehr. Ich bin mir nicht einmal sicher, ob sie mir gehören. Mein Gatte wurde zum Wohle Roms ermordet, sagten die Verschwörer. Danach haben dein Bruder, dein Gatte und der gerechte Lepidus die Verschwörer vernichtet, ebenfalls zum Wohle der Allgemeinheit. Im Grunde hatte jeder von ihnen recht, denn alles Gute geschieht zugunsten Roms und jeder Fehler auch, so steht es in den Akten und Annalen des Kapitols geschrieben. Dort ist der Schmerz aufbewahrt, nicht in mir. Ich darf mich an ihn erinnern wie an einen Zeugen, dessen Stimme durch andere, klügere Stimmen ersetzt wurde, welche die Ereignisse besser zu erzählen wissen.« Und beiläufig fügte sie hinzu: »Ich will dich nicht beunruhigen. Wenn ich von jener Unglücksnacht sprach, dann um festzustellen, daß bestimmte Vorzeichen unterschiedlich gedeutet werden, je nachdem, welcher Wahrsager sie betrachtet. Eine Nacht wie diese kann den Tod einer Göttin in Karthago bedeuten, aber auch die Geburt eines Prinzen für die Phönizier. Was ich damit sagen will: So viel Donner, so viele Blitze und solche Windstöße kündigen für die Zukunft deines Kindes große Dinge an. Schließlich ist sie ja kein gewöhnliches Mädchen.«

Sie bemerkte den geistesabwesenden Ausdruck auf Octavias Gesicht, ahnte ihren Kummer und wollte sie mit dieser Lobrede ein wenig trösten.

»Kein gewöhnliches Kind, sagst du?« fragte diese mit belegter Stimme nach.

»Antonius' Tochter und Octavianus' Nichte! Kann es heutzutage eine bessere Verbindung geben? Dieses Geschöpf verknüpft zwei Familien, vereint aber auch zwei Rivalen.« Und mit äußerster Vorsicht setzte sie hinzu: »Denn trotz ihres freundlichen Umgangs sind dein Bruder und dein Gatte … nun, du verstehst.«

»Nur allzu gut. Schon vor drei Jahren haben sie mich ins Zentrum dieses Umgangs gesetzt, wie du die Sache bezeichnest. Ich erkenne die Situation sehr wohl, spielt sie sich doch in meinem Haus ab. Fast könnte man sagen, daß ich mein Leben lang nur damit beschäftigt bin, Unstimmigkeiten zwischen Octavianus und Antonius zu verhindern.« Octavia schwieg. Calpurnias forschender Blick war ihr schier unerträglich. Schließlich setzte sie hinzu: »Sei unbesorgt, ich kenne meine Pflicht in dieser Sache. Doch wenn meine Tochter nur zu diesem Zweck geboren wurde, zöge ich es vor …«

Sie verstummte wieder. In ihrem Schweigen lag ein so großer Ernst, daß Calpurnia erschrak.

»Aber, aber. Warum so traurig? In dieser Nacht der Freude solltest du von Musikanten umgeben sein.« Sie versuchte eine fröhliche Handbewegung. »Von Lauten und Schalmeien, die den Segen über diesem Haus feiern!«

Octavias fester Blick ließ keine Lügen zu. Keine barmherzigen Schmeicheleien. Keine oberflächliche Freundlichkeit.

»Wenn du von diesem Haus sprichst, meinst du den traurigsten Palast in Athen. Ein zwangsenteigneter Palast, Calpurnia. Nichts gehört mir hier. Hunderte von Kunstwerken, ebenfalls alle enteignet. Es herrscht hier eine große Leere.«

»Du selbst sprichst die Leere an, deshalb kann ich nach Antonius fragen. Er sollte an deiner Seite sein.«

Und wieder war Octavias Blick äußerst beredsam. Er drückte ohne Worte aus, was auszusprechen unter ihrer Würde war.

»Ich verstehe«, sagte Calpurnia schlicht.

»Ich kann nicht sagen, daß ich die Ehe unter falschen Voraussetzungen eingegangen bin. Antonius mit seinen Dirnen, seinen Saufkumpanen … all das wußte ich vor unserer Hochzeit. Ich hoffte nicht, ihn zu verändern. Nur ihn die eine oder andere Nacht bei mir zu haben. Schließlich müssen auch die leichten Mädchen einmal ausruhen! Ein bescheidener Trost, ein unmöglicher dazu. Der freie Tag aller Huren Griechenlands nützte mir wenig. Ist Antonius nicht bei ihnen, betrinkt er sich mit seinen Soldaten. Sie lieben ihn, und zwar aus gutem Grund. Fühlt er sich ihnen doch viel inniger verbunden als seiner Frau.«

Plötzlich erinnerte sich Octavia an die Witze über die sexuellen Gewohnheiten des großen Cäsar, die man sich eine Zeitlang in den vornehmsten römischen Salons erzählte. Er sei der Gatte aller Ehefrauen und die Ehefrau aller Gatten, hieß es.

»Verzeih, Calpurnia. Ich versichere dir, daß ich keine verletzende Anspielung machen wollte.«

Calpurnia schwieg und ordnete ruhig ihre Stola.

»Du sorgst dich heute ganz besonders um meine Verletzungen. Ich habe Cäsars Tod verwunden, warum sollten mich die Liebschaften, die er zu seinen Lebzeiten hatte, schmerzen? Im Vertrauen gesagt, meine Liebe: Zu diesem Zeitpunkt der Komödie – du siehst, ich nenne das Leben nicht eine Tragödie, denn das verliehe ihm ein zu großes Gewicht – zu diesem Zeitpunkt, wie gesagt, kann ich über Julius Cäsars Liebschaften beinahe lachen. Laß uns ehrlich sein. Dein Bruder mag ihn zu einem Gott erheben, und Antonius' Tagträume mögen in die gleiche Richtung gehen, ich aber hatte ihn auf meinem Lager und kann dir sagen, daß er zuletzt ein wenig lächerlich war.«

»Calpurnia, Calpurnia, diese Dinge solltest du mir nicht erzählen.«

»Im Gegenteil, es ist meine Pflicht. Wenn unser Schicksal ein leichteres gewesen wäre … als Gattinnen gewöhnlicher Senatoren etwa, Ehefrau irgendeines Advokaten vielleicht … Doch wir waren zu einem Leben mit den Herrschern der Welt verdammt. Zu einem Leben mit Männern, deren Statuen die Foren des ganzen Reichs schmücken! Wobei die Abbilder in vielen Fällen lügen. Cäsar, um ein Beispiel zu nennen, hat sich bei einer bestimmten Gelegenheit größer und viel muskulöser darstellen lassen, als er in Wirklichkeit war. Er posierte völlig nackt, abgesehen von einem Weinblatt, das schamhaft sein Geschlecht bedeckte. Nun, ich muß dir sagen, nie habe ich ein riesigeres Blatt für die Teile gesehen, die er damit verbarg.«

Da lachte Octavia herzlich, trotz ihres Zustands.

»Es ist dir gelungen, mich zu erheitern, Calpurnia. Soll ich dir nun danken oder dich ermahnen, nicht so leichtfertig über den göttlichen Cäsar zu sprechen?«

»Du bist noch so jung, Octavia. In meinem Alter, wirst du Antonius aus so großer Ferne betrachten, daß er dir winzig erscheint.

Nicht kleiner als andere Männer, das nicht, aber klein im Verhältnis zur Größe, die du ihm heute einräumst. So sehe ich Cäsar heute, vom Standpunkt meines hohen Alters aus, was der einzig wirklich souveräne Standpunkt ist. Was soll ich dir über den Göttlichen sagen? Daß er im Schlafgemach keine Heldentaten vollbrachte? Wenn er etwas von der Welt draußen hereinbrachte, dann waren es seine Grillen … Gewiß verstehen deine ungebildeten Weiber hier was wir sagen, oder sind sie so griechisch, daß sie nur griechisch sprechen?« Octavia bedeutete, daß Calpurnia ungehemmt weitersprechen könne, weil diese Frauen sie nicht verstünden. »Wovon sprach ich eben? Von Cäsars Göttlichkeit sicher nicht … ach ja, von seinen Grillen. Weißt du, daß er sich alle Körperhaare depilierte und richtig hysterisch wurde, wenn sie ihm nachwuchsen?« Sie lachte boshaft wie eine Harpyie. »Wenn der Senat das wüßte! Wobei ihn seine Glatze noch sehr viel mehr beschäftigte. Wie komisch Männer doch sind, auch wenn sie Cäsar heißen und sich für die Herren der Welt halten. So eine heftige Abneigung gegen Körperbehaarung und dann dieser Horror vor einem kahlen Kopf.«

»Calpurnia, Calpurnia, du bist respektlos geworden mit den Jahren.«

»In meinem Alter, ich wiederhole mich, ist Schluß mit dem Respekt, endgültig Schluß damit. Laß dir also verraten, daß mein Gatte von zwei Themen besessen war: Er wollte zum König von Rom gekrönt werden, weshalb er aus der Hand der Verschwörer den Tod empfing, und seinen Haarausfall kurieren, was nicht wenige Quacksalber und Scharlatane reich gemacht hat. Alle modebewußten jungen Männer Roms imitierten seine Frisur, ohne zu wissen, daß der große Cäsar nur deshalb sein Haar nach vorn kämmte, um seine Glatze zu verbergen! Und wenn man dir erzählt, daß er den Wind haßte, weil er ihn für ein schlechtes Omen hielt, dann glaube es nicht. Calpurnia und alle, die ihm nahestanden wissen, daß er den Wind mied, weil er seine Glatze offenlegte.«

Octavia merkte, daß die große Calpurnia mit diesen Geschichten wacker versuchte, sie von ihrem Kummer abzulenken. Sie nahm deren noble Hand zwischen ihre Hände und lächelte sie überaus freundlich an:

»Dein Interesse bei diesem Besuch galt wohl nicht nur meiner Tochter und meiner körperlichen Gesundheit. Das weiß ich nun und bedanke mich dafür.«

»Die Indiskretion, meine Liebe, einmal passiert, gleicht den Pfeilen des Cupido, die nur die Brust des Getroffenen aufhält. Ich war Cäsars Frau und kann mir deshalb vorstellen, wie es ist, Antonius' Gattin zu sein, oder auch Gattin des Octavianus, des Lepidus oder des Agrippa. Was bleibt mir zu sagen? Dein Antonius ist der Ehemann aller Soldaten und der Geliebte aller Prostituierten. Schlimmeres muß dein Stolz nicht ertragen. Nicht die Demütigung der armen Pompeja, die hören mußte, wie über die Liebschaften Cäsars mit diesem Barbarenkönig – Nikomedes hieß er wohl – Gassenhauer gesungen wurden. Schließlich hielt Cäsar für jede seiner Gattinnen eine bestimmte Überraschung bereit … Die mir zugedachte Überraschung war keineswegs gering … doch kann ich mit Stolz versichern, daß er während unserer Ehezeit seinen göttlichen Körper von keinem Orientalen nach Männerart befriedigen ließ. Auf die ägyptische Hure hat er wie ein Mann reagiert. Und wie ein Gott machte er ihr ein Kind. Ich habe nur eine Klage, Octavia, nur eine. Da ich ihm keine Kinder schenken konnte – und Cäsar keine Kinder schenken heißt Rom keine Kinder schenken –, hätte es mich weniger verletzt, wenn er eine Römerin geschwängert und eine Römerin ihm seinen Prinzen geboren hätte …«

»Dann wäre das Kind kein Prinz …«, murmelte Octavia äußerst taktvoll, weil sie merkte, daß sie an einer Wunde rührte, die auch nach dieser langen Zeit noch nicht verheilt war.

»Gewiß. Es mußte eine Königin sein. Und solche Gelegenheiten gibt es nur noch im Orient, wo das Volk so unzivilisiert ist, daß es sich selbst von einer Hure regieren läßt.«

Orient! Wieder dieses Wort, das die Gespräche durchzog und großartige Visionen von Glanz, Barbarei und Dekadenz beschwor. Von unerforschten Ländern, irgendwann vor Urzeiten gegründet. Von fremdartige Zeremonien, faszinierenden Zaubereien und unergründlichen Geheimnissen. Orient! Prächtige Stoffe, berauschende Düfte, kostbare Metalle. Alles, was eine Römerin für exotisch, aber auch verboten halten mochte: Die Ausschweifungen der großen Könige, die ihre luxuriöse Hofhaltung dem Aberglauben des Volkes verdankten, pervertierte Sexualität, inzestuöse Sexualität, kriminelle Sexualität. Orient. Immer der Orient!

Doch Octavia erwiderte:

»Es ist nicht recht, so von Kleopatra zu sprechen.«

»So spricht Rom.«

»Die Römer verachten alles was sie nicht kennen. Je mehr Länder Rom erobert, desto größer wird seine Verachtung. Und je mehr es verachtet, desto mehr zerstört es. Betrachte nur diesen Raum voller Meisterwerke der Vergangenheit. Geh dann durch den Palast, und du wirst erkennen, daß einer der edelsten Söhne Roms seinen Geschmack bildet, indem er den Völkern, die er mit seiner Truppen erobert, ihr Bestes raubt! Und dennoch liebt er den Orient mit ganzer Kraft …«

»Aus gutem Grund«, sagte Calpurnia und fügte bissig hinzu: »Er wurde in Ägypten sehr gut behandelt.«

»Das war böse, Calpurnia.«

»Ich war nur deutlich. Alle bewundern deine Gutherzigkeit, Octavia, vielleicht solltest du weniger bewundert werden und dafür etwas böser sein. Daß du diese Schlange vom Nil noch loben kannst, betrübt mich. Jeden Augenblick – verstehst du? – jeden Augenblick kann sie aufs neue angreifen. Und ihr Biß ist tödlich.«

Dabei klopfte die große Calpurnia auf Holz. Auf das kostbare Holz der Libanonzeder.

»Kleopatra ist die Mutter der Kinder meines Gatten«, entgegnete Octavia. »Das genügt, um ihren Namen in allen meinen Häusern mit Respekt zu nennen. Zudem kennt man sie als eine überaus intelligente Frau, sehr viel gebildeter als einige unserer sogenannten Intellektuellen. Doch damit nicht genug, sie ist Herrscherin eines Landes, dessen jahrtausendealtes Wissen die Grundlage für einen großen Teil unserer Wissenschaften und unserer Kultur bildet.«

»Dieses Land wird bald zu Rom gehören. Verlaß dich auf deinen Bruder.«

»Das täte mir leid für Ägypten. Traurig genug, die Weizenkammer Roms zu sein, geradezu tragisch aber, seine Kloake zu werden.«

Calpurnia schien empört. Ihre Augen weiteten sich, und sie rief: »Machen sich nun alle Götter hier drin über mich lustig oder bin ich schon so alt, daß ich verrückte Bedeutungen in die Worte lege? Höre ich Octavia sprechen? Höre ich eine Römerin?«

»Weil ich Octavia heiße und eine Römerin bin, achte ich auf die Fehler meines Heimatlandes, denn die lassen mich seine Größe stärker vermissen. So sehr wünsche ich ihm Größe, daß ich mich an Cäsars Ruhm erinnere, nicht an seine Kahlheit und lieber glaube, daß Brutus und seine Mordgesellen nicht von Ehrgeiz, sondern von noblem Geist geleitet waren. Und weil ich Octavia heiße und Römerin bin, schätze ich auch das Gute an Ägypten und das Gute in seiner Königin. Wenn sie meine Feindin ist, darf ich mir gratulieren, gegen einen Menschen dieser Größe zu kämpfen. Je edler der Feind, desto höher das Verdienst des Sieges. Oder auch nur des Kampfes.«

Calpurnia wurde traurig. Das Gewitter hatte sich verzogen, doch der Schein der Blitze erhellte noch immer ihr faltiges Gesicht.

»Du vergißt, daß auch ich gegen sie kämpfen mußte, gute Octavia. Du vergißt ferner, daß ich damals im Nachteil war. Die Jahre sind vergangen, und vielleicht ist dies die einzige Wunde, die die Zeit nicht zu heilen vermochte. Ich war steril, und sie trat mit der ganzen Fruchtbarkeit ihrer Jugend in Cäsars Leben. Sie hat ihm einen Stammhalter geschenkt, und er ließ sie dafür mit übertriebenem Pomp in Rom einziehen ...«

»Er war keineswegs übertrieben. Er stand ihr zu. Wie sollte sich eine Königin anders präsentieren?« Calpurnia gestand ihren Fehler mit einer zustimmenden Handbewegung ein, und Octavia fuhr fort: »Ich erinnere mich ganz genau an diesen Tag. Ich stand mit meiner Mutter auf einem der erhöhten Plätze des Forums. Da erschien die Königin von Ägypten, hoch oben auf dieser riesigen Sphinx, umgeben von Sklaven und Hofdamen, alle in so prächtigen Gewändern, wie man sie in unseren Straßen nicht einmal als Kostüme bei den *Saturnalien* sieht ...«

»Ein herrliches Schauspiel für das Volk, sicher. Doch ich war eine der Akteurinnen. Erinnerst du dich vielleicht nicht? Ich mußte mich beim Anblick ihrer Majestät als Zeichen der Huldigung erheben. Vor der Geliebten meines Gatten … Diese Demütigung! Noch schmachvoller aber war es zu dulden, daß sie während ihres gesamten Aufenthalts in Rom Gast auf einem seiner Güter war. Sie muß ihm viel Vergnügen bereitet haben, damit er sie im Gegenzug so großzügig beschenkte. Hatte sie womöglich eine Arznei gegen die Kahlköpfigkeit?«

Octavia ließ ihren Kopf zurück in die Kissen fallen und lachte wieder herzlich:

»Die Erinnerungen machen dich blind, Calpurnia. Sie lassen alle erblinden, die denken, Kleopatra böte den Männern etwas Besonderes. Ist sie vielleicht eine Zauberin? Eine Göttin? Verabreicht sie ihnen Liebestränke? Oder Gift? Nein, Calpurnia. Es ist etwas, das wir nicht verstehen. Wir wurden dazu erzogen, den Stolz Roms zu verkörpern, doch der wird von Männern definiert. Wir setzen unser Geschlecht nur bei den häuslichen Kämpfen als Waffe ein. Wenn Kleopatra entdeckt hat, daß diese Waffe zu höheren Zwecken dienen kann, so beneide ich sie.«

»Die Waffe einer Hure, vergiß das nicht.«

»Möglich. Aber ist es Kleopatras Schuld, wenn die Männer sich lieber mit Huren abgeben? Oder zumindest jene Männer, die sich gern als ›Säulen der Welt‹ bezeichnen.« Nun verflüchtigte sich der Optimismus, den ihr Calpurnia eingeflößt hatte, und sie bemerkte im Selbstgespräch: »Glückliche Kleopatra, der es gelang, die Männer mit der Waffe zu schlagen, die sie selbst in ihre Hände legten!«

Calpurnias Hände suchten die Wärme des Kohlenbeckens und zitterten vor Erregung, ganz entgegen ihrer üblichen Gefaßtheit:

»Wenn es mir gelang, dich abzulenken, zahlst du mir mit schlechter Münze zurück. Ich bin empört! Du möchtest doch nicht etwa die Freundin einer Frau wie Kleopatra sein?«

»Nein, aber vielleicht ihre Schülerin.«

»Octavia!«

»Um nie wieder eine Nacht wie diese zu erleben«, erklärte sie entschieden. »Aber keine Angst, Calpurnia, die Bekanntschaft mit der Sittenverderbnis kommt zu spät, weil ich dazu erzogen wurde, mich mit kühlem Lächeln der Verderbnis fernzuhalten. Weil ich nur ein Name bin in einem politischen Pakt. Und weil niemand mehr sein kann als das eigene Leitbild. Und ich, Octavia, bin eine Römerin.«

Da atmete Calpurnia Piso, Julius Cäsars berühmte und beliebte Witwe, erleichtert auf.

DER ENTSCHLUSS, MARCUS Antonius nicht zu seinem Vorbild zu machen, fiel dem jungen Soldaten leicht. Antonius sollte ihm weder Mentor noch Richtschnur seines Verhaltens werden.

»Dummer Hanswurst!« rief er, »Schandfleck Roms! Hohn unserer Armee!«

»Wenn du ihn nur früher gekannt hättest!« schluchzte Sixtus, nun schon betrunken.

Da trat Antonius auf, als König der Faune verkleidet, als Herr über eine elende Komparserie, über verkommenes Volk und schmutziges Elend.

»*Evoe!*« brüllte er. »Seht mich an. Ich bin Dionysos, ich bin Herkules, ich bin göttlich!«

Er stellte sich in eine vermeintlich elegante Pose und zeigte unvermittelt seine Nacktheit. Dann balancierte er mit erstaunlicher Geschicklichkeit hoch auf zwei nebeneinander stehenden Bierfässern. Alle beobachteten ihn gespannt. Seine Beine bildeten ein Tor, und die Betrunkenen gingen hindurch.

Mit breit gespreizten Beinen, die Arme in die Hüften gestemmt und hoch erhobenem Haupt glich er für einen Moment dem mythischen Koloß, der in gleicher Haltung den Hafeneingang von Rhodos überragte. Doch der Eindruck währte nur kurz. Der Wein war stärker als der Mythos. Antonius verlor das Gleichgewicht und fiel zwischen die Masse der Leiber, die sich zu seinen Füßen wälzte.

Sie halfen ihm unter Lachen und Späßen wieder auf und küßten ihn im Scherz, ja spuckten ihn sogar an. Er kroch zwischen den Leibern hindurch, klammerte sich an irgendeinem fest, bedankte sich für die Pfiffe und Buhrufe und erbrach sich über den schmutzigen Girlanden und unechten Lorbeerkränzen.

»Faun, komm her. Ich kotze dir Marsalawein über deine behaarten Ohren.«

»Ihre Hoheit wird sich hüten. Nimm mich als Faun, wofür ich bezahlt werde und verwende den Mund deiner edlen Mutter als Latrine.«

Er stieß den Kleinen weit von sich, so daß dieser zwischen runzliger Haut und stinkenden Münden landete.

»Und dieser Hanswurst will Octavianus stürzen?« kreischte der junge Soldat.

Antonius taumelte von einer Seite zur anderen. Er ruderte mit den Armen in der Luft wie ein ungeschickter Blinder mit seinem Stock. Seine Hände wirkten nur lebendig, wenn sie die Brüste der Huren umfingen:

»Bist du Jungfrau, Daphne? Sag ja!«

»Jungfrau, von wegen, Dionysos, mein Herr«, keifte die Angesprochene, lachte ordinär und stieß Antonius weg.

»Wo sind die Jungfrauen?« schrie er und tastete nach jedem erreichbaren nackten Stück Haut. »Heute kennt keine mehr Dionysos' heimliche Wünsche! Nur sie kannte und befriedigte sie …! Nur sie!«

Er fiel auf die Knie und rief, von heftigem Schluchzen geschüttelt, nach Kleopatra. Er wühlte in den billigen Papierblumen herum, als hoffe er, dort einen Schatz zu finden. Die jungen Faune schlugen ihm ihre Schwänze ins Gesicht, und eine der nackten Najaden kletterte auf seinen Rücken und legte ihm eine Girlande um den Hals wie einen Zügel.

»Los, lauf, du Ziegenbock! Reite mit mir in deinen Zauberwald!«

»Königin Kleopatra hat das getan, erzählt man sich. Sie hat ihn geritten wie einen Klepper.«

»Wie einen Esel«, dröhnte der junge Soldat, »wie einen alten Esel!«

»Schweig«, brüllte Sixtus, »Königin Kleopatra hat ihn vergöttert. Sie hat ihn geliebt!«

»So sicher wie das Mondlicht über den Oasen!« heulte Antonius. Er richtete sich schwankend auf und boxte mit den Ellbogen nach hinten, um die Hure abzuschütteln. »Weg mit dir, dreckige Hündin! Nur sie durfte mich reiten … Nur ihr war es gestattet. Wo bist du nun, geliebte Königin? Ihr solltet euch geehrt fühlen! Ein Gott ist's, der eure Gesellschaft sucht! Sie fühlte sich geehrt … obwohl sie eine Königin war! Doch selbst eine Herrscherin verneigt sich vor Marcus Antonius' Größe, wenn er den Dionysos spielt. Sie hat sich gedemütigt und wußte es zu genießen. Ein einzigartiges, tolles Weib, diese Ägypterin!«

Er umklammerte verzweifelt die Trinkbecher und Weinkrüge, den nächstbesten Weinschlauch. Er tauchte das Gesicht in den Bottich mit Wein, und der rann ihm am Körper hinunter und verklebte sein verschmutzes Zeug noch mehr.

»Ihr sollt endlich erfahren, wie sich Kleopatra vor mir gedemütigt hat! Ihr ganzes vornehmes Wesen lag mir zu Füßen! All ihr Luxus, wie wertloser Abfall!«

Als diese heftigen Worte aus Antonius hervorbrachen, verstummte die ganze Gesellschaft und vergaß ihre ausgelassenen Possen. Er schien den Verstand verloren zu haben. Die Leidenschaft des Fleisches schien einem überwältigenden Zerstörungsdrang Platz gemacht zu haben, der ihn zwang, jede Freude der Liebe und allen Glanz der Leidenschaft Stück für Stück in den Schmutz zu ziehen.

Ein Sturzbach übelster Äußerungen entquoll seinem Mund, er schrie die abstoßendsten Einzelheiten und die niederträchtigsten Beschreibungen heraus. Kleopatras Leib wurde so lächerlich dargestellt, daß sich auch die Prostituierten lächerlich gemacht fühlten. Er legte ihre sexuellen Vorlieben so schonungslos offen, daß sich selbst die Prostituierten schämten, weil auch sie schon einige dieser Praktiken angewandt hatten. Die Prahlerei des Betrunkenen bewirkte schließlich etwas sehr Seltsames: Respekt vor der Person der fernen Geliebten und nicht das Gegenteil.

»Was würde die ägyptische Königin wohl sagen, wenn sie ihn auf ihre Kosten vor der versammelten Hurenschaft Piräus angeben hörte?«

»Es würde ihr nicht gefallen. Eine Königin ist eine Königin, auch wenn sie die Krone absetzt und sich der Lust hingibt.«

»Schließlich sind die Bettgeheimnisse einer Frau so heilig wie das Orakel eines altehrwürdigen Gottes.«

Diese leidenschaftlichen Nächte! Als eine Leidenschaft die vorige noch übertraf! Der Wein jener Nächte unterschied sich von dem eben erbrochenen und löste eine andere Erregung aus. So war Antonius. So verrückt. Doch unvermittelt brach er in Schluchzen aus und erinnerte sich mit ergreifender Zärtlichkeit an die Geliebte:

»Herrliche Ägypterin! Ich versichere euch, sie konnte die zärtlichste Mutter sein … Für Dionysos' Sohn war ihr kein Geschenk zu kostbar! Habt ihr schon einmal von den Perlen gehört, die in den Meeren Indiens ruhen? Sie sind reiner als der Schnee auf den Bergen des Mondes, kostbarer als der Thron der Königin von Saba. Es gibt auf der Welt nur wenig Perlen die schöner sind und die befinden sich im Besitz orientalischer Tyrannen …! Und weil es kein größeres gibt, hat die große Mutter Kleopatra dieses Geschenk dem niedrigen Antonius vermacht!«

»Das wird dir in diesem Haus nicht widerfahren, General«, meinte eine der Prostituierten.

Aber die anderen hießen sie schweigen, denn Antonius weinte vor Schmerz. Das wirkte ansteckend, und schon fühlte sich die ganze Gesellschaft den Tränen nahe.

»Fahr fort, Antonius, mein Herr«, sagte der Soldat, der Glaucus hieß, »ich behaupte aber, daß dein Lebenswerk nicht nur eine Perle, sondern eine ganze Kette dieser Kostbarkeiten verdient …«

»Mag sein! Doch ihre Verdienste sind unübertroffen, auch in der Kunst des Schenkens … Ach, Kleopatra! Wer käme ihr gleich? In ihrem Bestreben, mir etwas ganz Einmaliges zu bieten, ging sie bis an die Grenze des Absurden und verlangte einen Becher mit Essig. Darin löste sie diese Kostbarkeit auf, sie schmolz dahin wie Schnee, der nur auf den Gipfeln der Berge schön ist und zu häßlichem Schmutz wird, sobald er von den Bewohnern der großen Städte betreten wird …«

»Das nennt man Liebe. Alles andere ist ein Abglanz«, sagte die Bordellbesitzerin bewundernd.

»Siebentausend Sesterzen war diese Perle wert«, bemerkte Sixtus, »am Tag darauf sprach ganz Alexandria darüber.«

Da richtete sich der General überraschend würdevoll auf, bewegte sich vor aller Augen geschmeidig in den Hüften und vollführte mit den Händen grazile Gesten.

»Ich bin Kleopatra«, murmelte er geziert, wie es die jungen Frauen des Bordells nicht hätten besser machen können. »Ich bin die Königin von Ägypten und mich verlangt nach meinem Antonius, nur nach ihm!«

»Die Königin von Ägypten ist reichlich behaart!« schrie einer der jungen Faune.

»Schweigt!« rief Glaucus, »merkt ihr nicht, daß sich sein Geist in Alexandria befindet?«

»Alexandria!« seufzte Antonius und wiegte sich in den Hüften wie eine Frau. »Befindet sich nicht dort mein Königreich? Bin ich nicht Kleopatra Septima, die von allen Frauen Antonius' am meisten geliebte?«

»Wie arglistig ist doch das Gedächtnis, plötzlich macht es sich bemerkbar!« rief Sixtus. »Das war das Spiel der beiden Liebenden in Alexandria. Die göttliche Kleopatra pflegte ihn als Hofdame zu verkleiden. Sie schminkte ihm Lippen und Augen mit der ganzen Kunst, die nur sie beherrscht. Und in dieser Aufmachung, wie eine Nymphe, nur eben bärtig, mischte sich mein General unter die Menschenmenge, ohne Begleitung, ohne den Schutz eines bewaffneten Soldaten, nur die als Soldat verkleidete Kleopatra an seiner Seite. So hatten sie ihren Spaß. So verrückt sind in Alexandria die Liebenden.«

»Alexandria«, brach es aus Antonius hervor, »hatte ich nicht dort mein Reich?«

»Ein schönes Reich, so groß wie ein Bordell«, tönte der junge Soldat. »Eine seltsame Königin, die sich als Mann ausgibt und ein seltsamer Mann, der sich ziert wie ein Mädchen.«

Antonius preßte die Lider fest zusammen, von Erinnerungen überwältigt, und rief nach dem Meer. Dem Meer jenseits der

Mauern! Er hob mit der Sicherheit eines Argonauten den Arm und wies auf den zerschlissenen Vorhang, zum Vorraum, zum Haus hinaus, auf die schmutzigen Wellen des Hafens.

»Alexandria«, rief er, »meine Stadt, mein Traum.«

Er ließ sich nicht zurückhalten. Mit weit ausgebreiteten Armen rannte Antonius hinaus und hielt auch nicht inne, als er mit dem Kopf gegen den Türsturz knallte. Er schrie den magischen Namen des Traums, den ihm die Trunkenheit wieder geschenkt hatte:

»Alexandria, göttliche Stadt! Hauptstadt des Orients, der beinahe mir gehört hätte!«

Die Soldaten rannten vergeblich hinter ihm her. Er ignorierte Regen und Sturm. Von Blitzen umzuckt, prasselten Hagelkörner und schwere Tropfen auf seinen entblößten Leib, seine schmutzige Haut, sein schmieriges Haar. Der göttliche Dionysos hatte sich die geflügelten Sandalen Merkurs entliehen, um dem Sturm zu entfliehen, die Ozeane zu überqueren und sich als Schutzgott in Alexandria, der Stadt seiner Träume, niederzulassen!

Er hüpfte über die Felsen, grub die nackten Füße in den Sand, und als er schließlich die Wellen an seine Brust schlagen fühlte, lebte er endlich ganz in der Erinnerung.

In der unberechenbaren Erinnerung an Alexandria!

DIE STADT, KLEOPATRA, die Zeit …

… verstreute Bruchstücke einer Liebe, einer Liebe aus verschiedenen Komponenten, die sich schließlich zu seinem Traum zusammenfanden. Kleopatra, die Zeit, Alexandria! Alles wovon er in den Armen der goldglänzenden Königin träumte, alles was er der göttlichen Stadt zu geben gedachte, alles was die Zeit unwiederbringlich mit sich riß, nicht in die Öde des Vergessens, sondern in die Öde der Resignation. Die glühende Haut Kleopatras, das prächtige Vlies, das ihr Geschlecht umgab, der köstliche Klang ihrer Stimme, wenn sie ihn um Mitternacht weckte, seine Umarmung suchte und seinen Körper begehrte wie eine verliebte Katze. Die bunten Straßen der Stadt, das verwirrende Gemisch der Düfte, die berauschende Üppigkeit, die von den Lastern des Orients kündeten. Die Stadt Kleopatras! Die Liebe und ihre höchste irdische Erfüllung, die Liebe und ihre unergründlichen Geheimnisse, die Liebe und ihre unvergleichlichen Glückszustände. »Kleopatra!« rief er. »Die Liebe, die Zeiten überwindet. Die Lust, der die Jahre nichts anhaben können! Die ewige Jugend der Sinne!«

Nun meldeten sich die Sinne zurück, die von fremden Reizen betäubt, vom Wein überdeckt, von der Lethargie eines alltäglichen Glücks abgestumpft worden waren. Alles Täuschung! Jetzt erwachten die Sinne; sie regten sich bei der bloßen Nennung des Namens Alexandria.

»Dort ist Alexandria!« rief er und wies mit ausholender Geste über das griechische Meer.

Nun gab es für die Prostituierten keinen Zweifel mehr: Dieser General stammte von Herkules ab und war mit Dionysos verwandt. Ja, Neptun selbst, dort in seinem Wasserhaus, lieh ihm seinen Dreizack aus.

Er achtete nicht auf die Soldaten, die ihm seinen Umhang umlegen wollten, sondern rannte los wie wild. Nun glich er wieder jenem Marcus Antonius, der einst bei den Luperkalien als ein strahlender Jüngling bei Julius Cäsar hoch in der Gunst stand. Sein Wettlauf gegen den Sturm überwand die Zeit. Die Sanduhren blieben stehen. Die Wasseruhren trockneten aus. Er war der Antonius, der vor fünfzehn Jahren an den Zirkusspielen teilnahm, alle anderen Athleten übertraf und beim Gang an Cäsars Tribüne vorbei den Leib der großen Calpurnia streichelte, weil jede unfruchtbare Frau fruchtbar wird, wenn sie von der schweißnassen Hand eines Siegers der Spiele berührt wird.

Sie blieb damals unverändert unfruchtbar, die große Calpurnia, aber Marcus Antonius war nach dem Sturm, der seine Sehnsucht nach Alexandria wieder erweckt hatte, nicht mehr derselbe. Er sprang mit einem gewaltigen Satz auf den Führersitz der Quadriga. Die Huren und Stricher, die ihn eben noch wegen seiner Schwächen verspottet hatten, schrien vor Begeisterung. Die Soldaten seiner Leibwache schwangen sich auf die Pferde. Das schmutzige Meeresufer blieb zurück, zusammen mit dem ganzen Unrat des Hafens. Strahlende Horizonte taten sich vor ihm auf, die das Leuchten der Blitze noch übertrafen.

Das Heldenepos begann!

Heldenhaft war seine Fahrt die Küste entlang, heldenhafter noch sein Einzug durch die jahrhundertealte Mauer, die Athen von Piräus trennt, wirklich heldenhaft sein kräftezehrender Trab über die Steinplatten der Hauptstraßen. Die Blitze erhellten einen Giganten. Er war nicht nur Dionysos, sondern ein Zyklop, ein Zentaur. Er war der wiederauferstandene Mars.

So erreichte er schließlich das Feldlager. Er glich einem Helden der Vergangenheit, der die größte Ruhmestat der Neuzeit plant. Als sie ihn sahen, riefen alle seine Männer: »Marcus Antonius ist wieder da, der König des Orients.«

Das Heldenepos begann.

ALS MARCUS ANTONIUS im Feldlager zwischen seinen Soldaten erwachte, begriff er, noch vom Wein umnebelt, daß er ein Gefangener des Gestern war und das in doppelter Hinsicht. Auf der einen Seite die Gedanken an Kleopatra, auf der anderen die Neigung, sich zu seinen Männern ans Lagerfeuer zu setzen und von früheren Heldentaten, verlorenem Ruhm und utopischen Plänen zu erzählen.

Nun war er wieder unter seinen Soldaten und lauschte den unverwechselbaren Geräuschen des militärischen Lebens. Das brodelnde Leben – der Lageralltag –, die typischen Abläufe und Gegenstände brachten ihm sein früheres Dasein nachdrücklich in Erinnerung. Das Getrappel der Pferde, das Knarren und Quietschen der Kriegsmaschinen, das Klirren der Schwerter beim Auftreffen auf die Schutzschilde, die Flüche der Offiziere, die Klagen der Rekruten ... Ein Zusammenklang bekannter Geräusche, der ihm sagte, daß er wieder zu Hause war.

Als er sich auf seinem Feldbett aufrichtete, erschien ihm alles wohlbekannt. Als wäre er nie woanders gewesen, seit jenem fernen Tag, als er ins Militär eingetreten war, so voller Glauben, so jung, so hoffnungsstark, daß er nicht an die Zukunft denken, viel weniger noch sich vorstellen konnte, daß er einmal vierzig Jahre alt sein würde. Das Alter, in dem die Seele ihre Ideale verliert. Das Alter der vorläufigen Leere.

Der muntere Enobarbus war bei ihm, als er erwachte. Er schien über Antonius' Befinden so gut Bescheid zu wissen, daß es fast schon an Frechheit grenzte. Hatte er doch seinen Schlaf beobachten und, was noch schlimmer war, vielleicht kompromittierende Schlüsse daraus ziehen können.

Zum Glück für Antonius' Privatsphäre war er jedoch ganz der altbekannte Enobarbus: sein Stellvertreter und zugleich bester Freund. Sein Kamerad in vielen Schlachten, aber auch sein Vertrauter bei vielen Niederlagen in der Liebe. Enobarbus verließ sich auf diese beiden Tatsachen und wagte ohne Umschweife die direkte Frage:

»In deiner Trunkenheit hast du nach Kleopatra geschrien. Das heißt, daß du noch immer an sie denkst … Ist ihr Traumbild unvermindert mächtig?«

»Wie sollte ich nicht an sie denken?« seufzte Antonius. »Sie hat mich zur belagerten Stadt gemacht. Kleopatra setzt all ihre Strategie daran, mich wieder einzunehmen! Sie überfällt mich. Sie kreist mich ein. Sie greift mit größerer Kraft an als alle Elefanten Hannibals zusammen.«

»Sie ist keine Geliebte. Sie ist ein Katapult.«

»Stimmt. Und voll mit siedendem Öl«, lachten beide. »So kocht mein Blut, wenn ich an jene Nächte in Alexandria denke!«

»Weißt du, daß du einer der am meisten beneideten Männer Roms bist?«

»Weil Kleopatra mich liebte?«

»Weil du Octavia geheiratet hast.«

Antonius murrte und versetzte seinem Kameraden einen scherzhaften Schlag auf den Kopf, wie er das früher oft getan hatte.

»Du sprichst von Octavia! Die Perfektion erweckt den Neid der Mitmenschen … Der Mann, der mit ihr lebt, ist aber keineswegs beneidenswert. Octavia! Einem vernünftigen Mann könnte nichts Besseres passieren.«

»Viele Leute halten Octavia für schöner als Kleopatra.«

»Das ist sie zweifellos … wenn wir uns an den allgemeinen Regeln der Schönheit orientieren. Und nicht nur Octavia ist schöner als sie. Es gibt an Kleopatras Hof viele junge Frauen, die sie an Schönheit weit übertreffen. Das beunruhigt sie jedoch in keiner Weise. Davon hängt ihre Macht nicht ab …« Er schwieg einen Augenblick. Doch nicht um die Erinnerung zu verdrängen, sondern um die Gegenwart zu befragen: »Wie sie wohl heute aussehen mag?«

»Ihr Bild auf den neuesten Münzen aus Ägypten ist nicht besonders vorteilhaft …«

Antonius streckte begierig die Hand aus. Enobarbus legte eine Goldmünze hinein, die der groben Hand des Soldaten einen Schimmer ägyptischer Eleganz verlieh. Kleopatra war im Profil dargestellt, mit im Nacken zusammengebundenen Korkenzieherlocken und leicht ironischem Lächeln als wolle sie sagen: »Geld reist schneller als die Liebenden.«

»Sie trägt ihr Haar auf griechische Art«, murmelte Antonius und ballte die Hand zur Faust. »So erkenne ich sie kaum. Sie schaut völlig fremd aus. Lügt nun das Herz oder lügt die Kunst?«

»Die Kunst zweifellos. Denn dein bedrängtes Herz kennt das Gesicht seines Feindes bestimmt.«

»Dein Herz vielleicht. Das meine jedenfalls nicht.«

»Was suchst du, Antonius?«

»Ich weiß es nicht. Was immer ich bislang gesucht haben mag, ich suchte es am falschen Ort. Erst heute morgen, in dieser verrückten Umgebung, im Reich der Unvernunft, erkannte ich einen Weg. Er führte mich hierher. Und wenn hier das Nest wäre, das ich nie hätte verlassen sollen? Das Feldlager mit seinen Unbequemlichkeiten und seinen Freuden, meine Männer mit ihren Hoffnungen und Ängsten. Nur hier fühle ich mich sicher.«

»Wenn du mich nach meiner ehrlichen Meinung fragtest, habe ich sie immer frei geäußert. Heute biete ich sie dir ungefragt an … Antonius, du verlierst hier in Athen nur Zeit.«

»Mehr als Zeit. Ich verliere das Leben.«

»Octavianus stärkt seine Position in Rom, während sich deine Lage im Orient nicht verbessert hat.«

Antonius stieß einen tiefen Seufzer aus und faßte sich an den Kopf. Die Adern an seinen Schläfen pochten, ein Zeichen des heftigen inneren Konflikts.

»Anfangs schien mir Octavianus' Angebot verlockend. Nach Athen zurückkehren hieß, an die glücklichsten Jahre meiner Jugend anzuknüpfen. Vielleicht habe ich den Schachzug nicht ganz durchschaut. Schließlich wog das Heimweh schwerer als die Last des Amtes.«

»Seltsam, welchen Einfluß Städte auf dich haben …«

»Nur zwei Städte, Athen und Alexandria. Die eine birgt die verlorenen Träume meiner Jugend, die andere den Wahnsinn, den ich in reifen Jahren brauche, um mich lebendig zu fühlen.«

»Und in jeder Stadt eine Frau. Octavia in Athen, Kleopatra in Alexandria.«

»Zwei so ähnliche und gleichzeitig zu unterschiedliche Frauen. Octavia ist wie Athen: von klassischer Strenge, geistiger Überlegenheit und Vollkommenheit. Diese Vorstellungen haben einst meine Persönlichkeit geformt. Doch heute wendet sich mein Geist Kleopatra und Alexandria zu: der Verführung, dem Luxus, der Spannung, nicht zu wissen, was im nächsten Moment passieren wird …«

Enobarbus blickte ihm direkt in die Augen. Er wußte, daß sein Ehrgeiz eine Saite hatte, die er anschlagen und zum Klingen bringen konnte.

»Zwei Städte! Nur zwei! Früher waren deine Vorstellungen vom Orient nicht so begrenzt.«

»Du bist schlau, Enobarbus. Du suchst nach dem Schlüsselwort, das mein politisches Interesse weckt.«

»Das Wort, das dir aufhelfen könnte.«

»Ich stehe aufrecht, Enobarbus, und habe wieder Boden unter den Füßen.«

»Nur so kannst du dich an den großen Cäsar erinnern.«

Er wurde mit jedem Wort noch lauter und feierlicher. Jeder Satz saß und traf sein Gegenüber genau. Enobarbus lächelte Antonius mit schiefem Mund an. Antonius antwortete, indem er zwischen Kinn- und Schnauzbart ein paar kräftige Zähne entblößte, bereit, sich die köstlichen Bissen zu schnappen, die er sich bislang hatte entgehen lassen.

»Erinnere dich an Cäsar.«

»Als ich die Totengebete für ihn sprach?«

»Als du ihn von Sieg zu Sieg begleitet hast.«

»Er hat immer nur gesiegt.«

»Du unterschlägst, daß ihm ein Sieg versagt blieb. Hast du Angst vor diesem Gedanken?«

»Der Krieg gegen die Parther.«

»Genau. Er bleibt ein Stachel im Fleische Roms … und in deinem.«

»Crassus hat vor Jahren diesen Krieg verloren. Cäsar kam zu spät und konnte ihn nicht wieder aufnehmen. Ich selbst habe diesen Plan lange im Herzen gehegt. Selbst Kleopatra hat mich darin bestärkt.«

»Kleopatra kannte ihren Antonius.«

»Athen hat mich schließlich davon abgebracht, was mir niemand verübeln kann. Ich habe mich der Süße dieses Landes und den Annehmlichkeiten der Liebe Octavias hingegeben. Wer hätte ihr widerstanden?«

»Der Antonius von früher. Cäsars Freund. Der Sieger von Philippi. Der hätte begriffen, daß der Sieg über die Parther sein Trumpf gegen Octavianus' Anmaßung ist. Das sage ich in vollem Ernst und mit großem Nachdruck! Jeder Römer würde einen Einmarsch in Parthien nur begrüßen. Selbst deine erbittertsten Feinde im Senat würden dir zujubeln. Ein Sieg über die Parther würde die Niederlage rächen, die Rom beigebracht wurde, als sie Crassus schlugen.«

»Du sprichst über Politik. Überlaß das Octavianus. Verhilf mir wieder zu Taten, Enobarbus. Reiche mir eine Landkarte, und ich werde wieder vom Orient träumen …«

Da erwachte ihn ihm der leidenschaftliche Stratege, der Spaß daran hat, mit seinen Offizieren die auf Tierhäute gezeichneten Landkarten zu studieren, welche aufgespannt wurden und auf sein Geheiß die Geheimnisse aller Länder und Wege preisgaben. Und hier, auf einer seiner eigenen Landkarten, war das Reich der

Arsakiden, das begehrte Parthien, verzeichnet. Hier, zwischen dem Indus und dem Kaspischen Meer, lag das Land, dessen Eroberung und Besitz für Rom zu einer Legende geworden war.

»Das ist der Weg, der mir heute morgen in den Sinn kam. Mein Arm wies nach Alexandria, doch vorher muß ich einen Umweg machen. Das ist der Weg, Enobarbus!«

Für einen kurzen Augenblick stellte er sich vor, er stünde vor dem Kapitol, schwinge die heilige Kriegslanze und ziele in die Richtung des Feindes, wie es der Brauch ist.

Doch plötzlich wurde die Kühnheit des Kriegers von den Bedenken des Verwalters abgelöst. Antonius' Begeisterung sank wie sein Oberkörper, der auf den Tisch auf seine Fäuste sackte. Enobarbus lachte auf.

»Wer weiß, ob ich Unterstützung bekomme für meine Truppen? Denn unsere Kassen sind leer. Das ist auch dir bekannt.«

»Du bist in Rom immer noch sehr populär. Ob so respektiert wie Octavianus weiß ich nicht, sicher aber beliebter.«

»Wir würden eine Armee ausrüsten müssen …«

»Die beste aller Armeen.«

»Die Händler überzeugen, die Politiker … endlose Debatten im Senat! Allein der Gedanke daran langweilt mich.«

»Das ist der Unmut eines Mannes, der die Kriegskunst versteht! Vielleicht könnte eine Künstlerin der Liebe diesen Unmut zerstreuen …«

»Ich verstehe. Für ein so gewaltiges Unternehmen wie ich es plane, brauche ich die Hilfe eines reichen Landes …«

»Ich dachte ganz konkret an die Reichtümer Ägyptens.«

»Du dachtest an Kleopatra. Sie hat Schiffe, Soldaten, Wagen und, was am wichtigsten ist, Gold im Überfluß. Aber sie hat auch noch etwas anderes: ihren Haß auf Antonius.«

»Aus Haß kann Liebe werden, wenn die Liebe so groß war, wie behauptet wird.«

Antonius schlug mit der Faust auf die Landkarten. War es ein Zufall, daß sie direkt auf Alexandria niedersauste?

»Der Traum ist so gewaltig, daß darüber nicht mit leerem Magen in einem Feldlager voller herumschreiender Soldaten entschieden werden kann. Auch nicht im täglichen Streitgespräch mit einer Gattin, die andere Menschen mit dem Maß ihrer eigenen Perfektion mißt. Ich muß nachdenken, Enobarbus, und werde dafür zu meinen Wurzeln zurückgehen. Vielleicht kann ich sie ausgraben, ohne allzu tief im Erdreich zu wühlen. Am besten wär es, ich eilte himmelwärts! Nach Delphi!«

»Ans Ende der Welt.«

»Zum Dach der Welt. In klassischen Zeiten war Delphi ein ausgezeichneter Ort zum Nachdenken. Er war es auch für mich. In jungen Jahren befragte ich das Orakel von Apollo. Es blieb stumm, aber das war mir egal, denn so konnte ich besser nachdenken. Heute werde ich den Faden wieder aufnehmen. Der Entschluß ist gefaßt. Morgen reise ich ab nach Delphi und komme erst zurück, wenn ich über die Strategie gegen Octavianus und den Krieg gegen Parthien entschieden habe.«

Sie gingen hinaus ins Freie. Die Herbstsonne war schwach und blendete ihre Augen schon nicht mehr.

Von frischer Begeisterung getragen, nahm Antonius einem Rekruten die Lanze ab und schleuderte sie in Richtung Orient. Es war ein beachtlicher Wurf, der ihm die Bewunderung der jungen Soldaten eintrug und ihm half, sich als einer von ihnen zu fühlen.

»Und was ist mit Kleopatra …?« fragte Enobarbus vorsichtig.

»Kleopatra!« flüsterte Antonius, »sie war immer ein Teil meines Traums, Enobarbus. Obwohl das Bild auf der Münze ihr nicht eben schmeichelt, bleibt sie einfach göttlich.«

VOR SEINER ABREISE nach Delphi erkannte Marcus Antonius die kleine Antonia an. Er nahm sie auf den Arm und hob sie gen Himmel, wie Brauch und Gesetz es vorschrieben. Und als Octavia sich erholt hatte und ihre Wangen wieder gerötet waren, kam er wieder in ihr Bett, und sie nahm das Geschenk seiner Potenz an, so daß sie wieder schwanger wurde.

Welch ein Gesprächsstoff für die Reise! Antonius brüstete sich gern vor seinen Soldaten mit den Wundertaten, die sein männliches Glied mit Herkules' Beistand vollbringen konnte. Schließlich war Herkules sein zweiter Schutzgott und direkter Vorfahre. So kam es, daß sich die Soldaten mehr denn je an intimen Einzelheiten des Sexuallebens der Patrizier ergötzen konnten und sich alle darüber einig waren, daß es keinen besseren General gebe als Marcus Antonius, der so einfach und bescheiden war, daß er sogar die Gattin mit seiner Soldateska teilte. Natürlich verehrten sie ihn deshalb. Octavia lebte inzwischen in dem enteigneten Palast traurig dahin. Die schönen Seiten des Lebens berührten sie nicht. Die Zeichen einer erneuten Schwangerschaft erregten keine der verschiedenen Varianten der Freude in ihrem Herzen. Im Gegenteil, ihre Erscheinung verdüsterte sich, ihr Blick ging immer häufiger ins Leere, und ihre Hände wurden seltsam blaß, was den ersten Frösten zugeschrieben wurde.

Doch vergeblich rückte man das Kohlenbecken näher an ihren Lieblingsplatz und legte im Kaldarium im Keller mehr Holz nach. Keine noch so heiße Glut vermochte die kalte Seele zu erwärmen, keine Landschaft konnte ihren Blick beleben, der nur traurig im bereits herbstlich entlaubten Garten umherirrte. Mangels anderer Anregungen blieb ihr Auge an dem dicken Laubteppich haften, den Phaidros, der Gärtner und junge Freund des Sklaven Adonis, Tag für Tag mit dem Besen zusammenkehrte.

Als die beiden ihr eine Chrysantheme überreichten, den letzten Blütengruß des Jahres, rang sich Octavia ein Lächeln ab.

Manchmal bekam sie Briefe aus Rom. Dann flogen ihre Gedanken zu den Stätten ihrer Kindheit, zu den seligen Gefilden ihrer frühen Jugend oder zu den Festen, die sie später, als sie bereits Cajus Marcellus' Gattin war und ein reges Gesellschaftsleben pflegte, gerne besucht hatte.

Ihre Freundin Clodia verschönerte ihr den wenig erfreulichen Herbst in Athen mit regelmäßigen, unterhaltsamen Briefen. Doch das letzte Schreiben ging über schlichte Unterhaltsamkeit und die üblichen Indiskretionen hinaus. Es erinnerte sie an ein Ereignis, das mit Marcus Antonius zu tun hatte. Ein Ereignis, das sie am liebsten aus ihrem Gedächtnis gestrichen hätte, und an das sie sich ungern erinnerte.

Clodia begann ihren Brief wie immer mit Anmerkungen zum Leben in der Stadt. Sie berichtete meist über irgendein Bankett, das von einer bekannten Persönlichkeit veranstaltet wurde, von den Zirkusspielen, von der Begegnung mit einer gemeinsamen Freundin im Tempel der Vestalinnen und darüber, wie glänzend der Hochzeitszug einer Freundin, oder einfach irgendeiner Bekannten, ausgefallen war. Kurz, die Klatschgeschichten der guten Gesellschaft.

Doch diesmal wollte Clodias Brief mehr sein als das. Nach der üblichen Einführung kam sie direkt zur Sache.

Wäre Clodia Marcus Antonius' Gattin und nicht Octavia, würde sie ohne Zögern folgendes sagen: »Betrunkener, Schwätzer, eingebildeter Geck, Tagedieb, Nichtsnutz. Rom legt dir seine Liebe zu Füßen, und du nimmst sie nicht auf, sondern mißachtest sie. Octavianus mag sich um die Liebe des Volkes noch so sehr bemühen, dich schätzt es mehr. Wenn du also Vernunft annehmen würdest, hättest du alle auf deiner Seite.« So würde ich zu ihm sprechen, meine Freundin, und nun muß ich dich um Verzeihung bitten, weil ich den Ruhm deines Bruders schmälerte. Unnötig zu versichern, daß dies nicht meine Absicht war. Doch du kennst seine Fehler und Tugenden besser als ich. Und auch das Volk kennt sie. Man hält ihn für zu streng, zu unerbittlich, zu hart. Manche behaupten, er würde, bei passender Gelegenheit, keine Schonung kennen. Agrippa jedoch, der wohl schon bald als Regent nach Gallien gehen wird, ist kein Feind, den dein Gatte fürchten muß. Er ist allzu häßlich, was schlichte Gemüter gegen ihn einnimmt. Das mag uns, die wir, der Göttin Vesta sein Dank, in höheren Sphären erzogen wurden, unglaublich erscheinen. Doch hat Octavianus genau in diesen Sphären seine Anhänger. Er wird respektiert, und man hört auf ihn. Antonius wird zwar geliebt, aber ich frage mich, ob es im Kampf um die Macht nicht günstiger ist, Respekt und Furcht einzuflößen.

Was ist mit deinem Mann passiert? Alle erinnern sich an ihn als tapfersten aller Krieger. Manche haben aber auch schlechtere Erinnerungen an ihn – das nur nebenbei. Nun muß ich jedoch auf den

Tod Ciceros zu sprechen kommen, der für alle ein harter Schlag war, insbesondere für uns, die wir Antonius lieben. Als er seine Ermordung in Auftrag gab, hatte er zweifellos gute Gründe dafür, die wir nicht kennen, dennoch hat sich dieser Tod den Intellektuellen tief ins Gedächtnis eingegraben. Leider aber auch ins Gedächtnis der ehrbaren Terencia, seiner Witwe, die ich gestern getroffen habe. (Es gibt, nebenbei gesagt, recht unbelehrbare Frauen. Obwohl Cicero sie nach fünfunddreißigjähriger Ehe verstoßen hat, trauert sie um ihn wie eine Witwe. Soll ich Terencia nun für sehr großherzig halten oder für sehr dumm?)

Ich war auf dem Weg zu den neuen Märkten, weil ich von Pomponia wußte, daß wunderbare, von mauretanischen Nomadinnen hergestellte Seidenstoffe eingetroffen waren, als ich auf dem Forum der edlen Terencia begegnete. Sie war in Trauergewänder gehüllt, was manche für übertrieben halten, mir jedoch angemessen erscheint, denn ich denke mit Verehrung an Cicero.

Ich erfuhr, daß sie täglich die Stätte der öffentlichen Schande aufsucht, wo auf Marcus Antonius' Befehl der Kopf des großen Philosophen ausgestellt wurde. Und immer wenn mir jemand diese traurige Geschichte erzählt, fügt ein anderer hinzu, daß dein Gatte in dieser Sache das Maß überschritten hat. Sicher, Cicero hat ihn in seinen Texten offen kritisiert – und wir alle haben uns beim Lesen amüsiert –, doch einen Mordbefehl zu erteilen wegen einer Kritik, so hart sie auch gewesen sein mag, erscheint vielen noch immer überzogen. Vor allem deshalb, weil unter den gebildeten Römern der Respekt für andere Ideen und das Bewußtsein wächst, daß die eigenen Ideen durch Streitgespräche, nie jedoch mit dem Schwert verbreitet werden sollen. (Noch schlimmer allerdings war die Zeit, als die abscheuliche Fulvia Ciceros Zunge mit ihrer Nadel durchbohrte, aus Wut über seine Kritik an ihrem Mann.)

Ich begegnete, wie gesagt, der edlen Terencia. Der Respekt, den mir Ciceros Schriften noch heute abnötigt – obwohl er, ehrlich gesagt, recht kleinlich und eingebildet war –, veranlaßte mich, ihm in der Person seiner Witwe die Achtung zu bezeigen. Ich trat auf sie zu und bedeckte den Kopf mit meiner Stola, denn die Weisheit ist für mich ein heiliges Gut. Nachdem ich die noble Terencia begrüßt und eingeladen hatte, an einem Tag der kommenden Woche bei mir zu Abend zu essen – was längst geschehen ist, wenn du diesen Brief in Händen hältst – und als die wortreichen Begrüßungen vorüber waren, fragte sie nach dir. Ich erzählte ihr von deinen letzten Briefen, ohne die Traurigkeit zu erwähnen, die ich ihnen entnehme (du siehst, ich bin keine dieser schlechten Freundinnen).

Ciceros Witwe war durch irgendwelche griechischen Briefeschreiber, Freunde des Verstorbenen, über dich informiert. Durch diese hatte sie zu ihrer Freude erfahren, daß du die Achtung und das Herz der Bevölkerung Athens gewonnen hast und heute in Griechenland ebenso bewundert wirst wie einst in Rom.

Doch dann sprach die edle Terencia von deinem Mann, und ihr Antlitz verdüsterte sich. Sie hatte durch die gleichen Briefeschreiber erfahren, daß er sich zum Gespött Athens gemacht hat und mit seinen Saufgelagen und Orgien den Namen Roms im Ausland beschmutzt.

An diesem Punkt des Gesprächs wurde sie zur Furie. Sie bezichtigte die Briefeschreiber der Lüge, oder zumindest des Irrtums im Datum, denn der Name des Marcus Antonius sei bereits lange vor den Exzessen in Athen befleckt gewesen, nämlich seitdem er den Befehl zur Ermordung Ciceros gegeben hatte. Das werde sie nie vergessen, und weder Rom noch Athen, noch die ganze Welt sollten es je vergessen. Du solltest dir dessen so bald wie möglich bewußt werden, weil du ein besseres Schicksal verdient hättest.

Dann fügte sie noch hinzu, daß Cicero wegen seiner Schriften immer verehrt werden würde, man sich an ihn, Antonius, jedoch nur wegen seiner Liebschaft mit einer orientalischen Hure erinnern werde.

Ich verdamme Marcus Antonius für diese Tat, gehe aber nicht so weit wie die edle Terencia, die als Witwe des Cicero von der Sache stärker betroffen ist. Ich glaube noch immer, daß Marcus Antonius ein bedeutsamer Platz in Roms Geschichte gebührt und er sich nur endlich dafür entscheiden muß. Wie ich dir bereits eingangs schrieb, wenn Clodia Octavia wäre, würde sie ihm sagen: »Noch ist es möglich, Octavianus zu besiegen.« Verzeih mir, daß ich deinem Bruder gegenüber einmal mehr so streng bin, doch ich fühle

mich sicher vor deinem Zorn, weil ich weiß, daß auch du seine
Schwächen kennst und dies mit deinen unablässigen Versuchen,
die beiden zu versöhnen, auch beweist. Ich hoffe, das gelingt dir
eines Tages, denn ein Zusammenstoß dieser beiden Männer
könnte das Ende der Welt bedeuten.

NACH DER LEKTÜRE der Briefe wurde es einsam um sie. Octavia
hatte sich sehr davor gefürchtet und sich ihre Einsamkeit wohl viel
aufsehenerregender vorgestellt. Schließlich teilte sie das Schicksal
eines Mannes, der einer der wichtigsten Eckpfeiler der Welt war.

Ihr war entfallen, daß sich das Wort Einsamkeit, die ganz alltäg-
liche Einsamkeit, mit kleinen Buchstaben schreibt, und daß sie unbedeutend, ja beschämend ist. Sie eignet sich nicht zum großen
Auftritt, noch feiert sie lautstark ihre Siege. Sie ist grau, sieht
grämlich aus, ihr Blick ist leer. Sie ist eine verzagte Begleiterin, die
im Laufe des Lebens alles verloren hat. Nicht einmal Freundinnen
blieben ihr: Alle starben am Alleinsein.

So unspektakulär, verschwiegen und durchschnittlich war diese
Einsamkeit, daß sie sich heimlich, ohne Anmeldung bei den Sklaven, durch die Küchentüren einschlich. Octavia entdeckte sie eines
Nachts neben dem Kohlenbecken sitzend, stumm wie der Tod. Sie
war nicht sonderlich schön und in keiner Weise attraktiv. Sie war
vornehm, ohne den geringsten Anflug von Phantasie. Sie war die
strengste aller römischen Matronen, die mürrischste und vielleicht
kritiksüchtigste.

In ihrer grauen Toga erschien sie Octavia wie eine Todesahnung.
Und da täuschte sie sich nicht. Seit sie in den Palast eingezogen
war, starben alle Pflanzen im Garten. Adonis lachte nicht mehr.
Die kleine Antonia plapperte nicht mehr.

Die graue Dame stellte sich Octavia vor, gewandt und höflich,
wie es von einer Patrizierin zu erwarten war. »Ich bin deine Einsamkeit«, sagte sie. Dann Stille. Eine Besucherin aus Stein, die
nicht auf Rache sann, die keine Anschuldigungen vorbrachte oder
Vorwürfe äußerte. Ihr Auftrag war eindeutig: Sie sollte Octavias

Schatten sein, aber ohne die Anmut und Schönheit ihres persönlichen Schattens.

Die beiden saßen einander gegenüber, und so verstrich Stunde um Stunde. Sie bot ihr weder ein Gespräch noch ihre Gesellschaft an.

Sie aß nicht, sie trank nicht, sie hatte keinerlei Bedürfnisse. Sie war so bescheiden, daß sich auch Octavia streng kasteite. Sie fand Gefallen an Dingen, die Octavia unterließ, nie an dem, was sie tat. Eine Hehlerin des Negativen, ergötzte sie sich an den schwarzen Tagen ihrer Herrin, als wäre sie der Tod. Und fast alle Tage waren schwarz.

Sie brachte Octavia soweit, daß sie die Musik verabscheute, Lektüre, Blumen, ja sogar ihre eigene Tochter. Sie sollte ihr einfach gegenübersitzen, schweigend, und zur Decke schauen, denn wenn sie sich angeblickt hätten, wäre das bereits eine Tat gewesen, ein Entschluß. Sie mochte es, Octavia so zu sehen, Stunde um Stunde, bis sie beim Schließen der Augen nicht einmal mehr den tröstlichen schwarzen Abgrund des absoluten Nichts vor sich hatte, sondern die weißliche Farbe dieser Decke, deren Anblick sich in ihre Netzhaut eingebrannt hatte.

Um ihren Gast nicht zu beleidigen, machte Octavia aus ihren Tagen eine Kette von Negationen, die ganz ihren verkümmerten Sinnen entsprach: Bücher, die sie nicht las; Melodien, die zu hören sie sich weigerte; Landschaften, die sie nicht erleben wollte; vernachlässigte Freunde; das Meer, dessen Farbe sie langsam vergaß ...

Die graue Dame führte direkt ins Reich der Toten, soviel war sicher. Als Octavia das erkannte, weinte sie bitterlich. Denn sie ahnte natürlich, daß sie auch dort allein sein würde.

DER ERSTE SCHNEE krönte den Parnaß und bedeckte nach ein paar Tagen bereits seine Flanken. Ein eisiger Wind fegte ununterbrochen um Apollos Heiligtümer. Da beendete Marcus Antonius seinen meditativen Rückzug und brach auf nach Athen.

Octavia gab eben ihrer Dienerschaft Anweisungen, als Adonis, der Ephebe, völlig aufgelöst eintrat. Er rang nach Atem, hatte die Arme erhoben und legte seinen ganzen natürlichen Überschwang in die Botschaft: Marcus Antonius' Quadridga sei soeben bei den Ställen eingetroffen. Dann holte er eilends Octavias wollene Stola herbei, und sie dankte ihm die Aufmerksamkeit mit einem Lächeln.

Sie traten vor das Hauptportal. Marcus Antonius verabschiedete seine Begleiter in der Nähe des Rosengartens. Von Octavias Standpunkt aus betrachtet war er immer noch ein schöner Krieger, unberührt vom trostlosen Zustand eines schlecht geführten Heeres. Der Garten kündete von der Strenge des Winters. Die Rosensträucher zeigten nur noch Dornen, die Weinstöcke waren entlaubt, und die kahlen Ranken des Efeus wanden sich wie Schlangen um die Säulen des Belvedere.

Nur die Zypressen triumphierten über den Tod. Vielleicht weil sie den Tod symbolisierten?

Der einfühlsame Adonis, der Octavias Kummer begriff und das Ungestüm des Ankömmlings bemerkte, wies auf einen dieser Bäume und sagte:

»Weißt du, verehrte Herrin, daß wir in Griechenland die Entstehung der Zypressen einer Liebelei des Gottes Apollo zuschreiben?«

»Das ist wohl eine deiner Lügengeschichten …«, flüsterte sie und beobachtete dabei unverwandt die Ankunft des Antonius.

»Nein, nein, ich schwindle nicht, verehrte Herrin. Dieser erhabene Gott liebte das amouröse Spiel mit den Epheben, wenn ich so sagen darf. Als er eines Tages den reizenden Kyparissos sah, verliebte er sich heftig und begehrte ihn. Jedoch vergeblich. Kyparissos wies ihn ab, und er verwandelte ihn in diesen Baum hier.«

Doch Octavia blieb zerstreut. Sie las in Antonius' Gesicht unmißverständlich, daß ihre Zukunft unsicher war.

»Dann entflammte Apollo aber auch für den sehr jungen Hyazinthus. Auch der wies ihn ab. Er sehnte sich nach ihm und litt, weil Hyazinthus gefallsüchtig war wie er und sich leider allzu vielen älteren Männern hingab, wodurch dem göttlichen Apollo etwas anderes auf den Kopf gesetzt wurde als sein gewohnter Lorbeerkranz. Weißt du, was er dann tat?« Octavia schüttelte traurig den

Kopf. »Er schoß einen seiner Pfeile auf ihn, und aus dem Blut des koketten Burschen entsproß jene Blume, die dieses Jammertal schmückt, sobald die Märzfröste nachlassen. So kommt es, daß sich, dank des Leidens des schönsten aller Götter, deine Augen ergötzen können.«

»Im März«, murmelte Octavia, »wenn ich dann noch hier bin, Adonis. Wenn ich dann noch hier bin …«

»Aber sicher«, flüsterte er bewegt. »Was wäre Athen ohne seinen Frühling? Ich weiß nicht, ob er so schön ist wie der römische, der von so vielen Dichtern besungen wird, aber er bringt ganz sicher günstige Winde, die den Menschen guttun und sie besänftigen.«

»Was weiß ein guter Junge wie du schon von den Menschen? Woher könntest du ahnen, daß Gutherzigkeit so verbrecherisch sein kann wie die Bosheit, oder vielleicht noch schlimmer, weil sie unbewußt handelt?«

»Herrin, meine Herrin, ich bin ein Sklave. Ein Haus- und Luxussklave vielleicht, doch schließlich und endlich immer ein Sklave. Als Kind schon habe ich gelernt, Gutherzigkeit zu erkennen, wo immer sie mir begegnete. Wenn ich mit Achtung behandelt werde, achte auch ich. Wenn ich Rücksicht erfahre, danke ich es, und zahle gegebenenfalls in größerer Münze zurück. Wenn mein Wohltäter leidet, leide auch ich. Ich gehe sogar noch weiter und lasse meine Laune an meinen Freund, dem Gärtner aus. Dann leidet er und rächt sich an den Blumen, weshalb es schneller Winter wird.«

»Der Vergleich ist recht weit hergeholt«, lächelte Octavia. »Denke noch mal darüber nach und erzähle ihn mir dann neu. Ich will mit Antonius allein sein, nach den vielen Tagen seiner Abwesenheit.«

Adonis wagte ihre Hand zu küssen. Sie fühlte sich zwar lebendig an, war aber kalt wie die der steinernen Statuen.

»Ich gehe, weil du mich wegschickst, Octavia. Du weißt, wie neugierig ich bin und daß ich diese Begegnung, um aller Athleten von Sparta willen, nur allzugern erleben würde. Doch bevor ich gehe, wie es einem Sklaven ansteht, möchte ich dir mit einem wichtigen Lehrsatz danken. Dieser lautet: Wenn es schon dem überaus schönen und göttlichen Apollo nicht gelang, von eitlen und dümmlichen Kindern, die ihm nicht das Wasser reichen können, geliebt zu werden, sollten wir Sterblichen erfolgreicher sein?« Und als er sah, daß das Lächeln seiner Herrin noch trauriger wurde, fügte er hinzu: »Du hast mich nicht recht verstanden. Ich wollte sagen ...«

»Ich habe dich perfekt verstanden«, unterbrach ihn Octavia. »Geh jetzt endlich, sonst ziehst du dir noch den Zorn deines Herrn zu, der dich eh für einen Tagedieb und ein Klatschmaul hält ...«

Da entfernte sich Adonis und pfiff dabei eine Hirtenmelodie. Seine lebhaft geröteten Wangen spotteten der Todeskälte der Gärten.

Als er an Antonius vorbeiging, verneigte er sich, doch der würdigte ihn kaum eines Blickes. Fast ein Wunder, daß der Ephebe nicht spöttisch rief: »Salve, König des Orients«. Er tat es jedoch im stillen in aller Feierlichkeit.

Antonius hatte einen Teil seiner früheren Stattlichkeit wiedergewonnen, das mußte er zugeben, obwohl er eine instinktive Abneigung gegen seinen Herrn hegte. Lag es an seiner Uniform, die er nach langer Zeit endlich wieder einmal angelegt hatte? Er trug den herrlichen goldenen Harnisch, wie auf der Höhe seiner Macht. Wie oft wurde seine Wirkung von lächerlichen Situationen, in die ihn die Trunksucht brachte, beeinträchtigt! Außerdem hatte er es sich angewöhnt, im Haus den schlichten griechischen Chiton zu tragen und darüber meist schwere orientalische Tuniken oder sommers leichtere aus ägyptischer Baumwolle. Zu besonderen Gelegenheiten legte er, seinem Amt und seiner Stellung gemäß, die Toga der römischen Statthalter an.

Doch dieser Antonius, der vom heiligen Delphi zurückkam, war eine Inkarnation des martialischen Rom. Als er den Helm abnahm, um seine Gattin zu begrüßen, stellte Adonis fest, daß er das Haar nach Art der Athleten seiner griechischen Wahlheimat mit einem Band zusammengebunden hatte.

Er konnte weder seine noch Octavias Worte hören. Viele schienen es nicht zu sein, dazu mit gezwungenem Lächeln ausgesprochen. Und wo blieb der leidenschaftliche Kuß, der von einem Geliebten nach langer Abwesenheit erwartet werden konnte? Seltsam. Dieser Geliebte ließ es mit einem einfachen Kuß auf die Stirn der Frau, die so sehr auf ihn gewartet hatte, bewenden, und das war schon das Ende der Begrüßung.

Das bestätigte Adonis in dem, was er seit jener Bordellnacht in Piräus wußte: Octavias Schicksal war bereits entschieden. Und das wußte auch sie.

IN DIESER NACHT gingen Adonis' Lieder ins Leere. Octavia lag auf einem der Ruhebetten, während die griechischen Frauen das Essen abtrugen. Sie gaben vor, die Reste der Mahlzeit zu entfernen, obwohl sie nicht angerührt worden war. Nur der Wein war weniger geworden, besonders in Antonius' Becher. Alle anderen Gerichte – darunter ein Damhirsch nach griechischer Art gebraten und ein paar Igel in Honig getaucht – waren von den Herrschaften keines Blicks gewürdigt worden.

Adonis sang sein Lied vor teilnahmslosem Publikum. Es waren keine besonderen Melodien, kein kecker, neuer Text, ganz im Gegenteil: Sie handelten von altbekannten Gefühlen, angenehmen Themen – Lieder, die der Ephebe seit langem in seinem Repertoire hatte:

Wenn du Amor begegnest, wie er herumirrt
auf irgendeinem Weg, so halte ihn fest:
Er ist der Sklave, der mir entlaufen ist …

Diesmal rührte das bekannte Gedicht Octavias Herz nicht an. Wie Amor, so irrte auch ihr Blick umher und streifte über ein Wandbild, das die Abenteuer des Odysseus auf der Insel der Lotophagen darstellte. Die blassen Farben, von einem sensiblen Künstler gut gewählt, wirkten angenehm beruhigend auf das Auge. Nicht jedoch auf das Bewußtsein. Dort rumorte schon seit Stunden der Verdruß und suchte sich Luft zu machen.

Antonius wartete: den Ellbogen auf dem Knie, den Kopf in die eine Hand gestützt, die andere umkrallte den Becher. Eine vulgäre Haltung, schien dem feinsinnigen Adonis. Dann rülpste er auch noch! Eine verblüffende Angewohnheit bei so einem berühmten, hochgestellten Herrn!

Schließlich wurde das Schweigen unerträglich, das Lied langweilig, und Antonius entschloß sich zum Angriff:

»Ich bin mit einer Entscheidung aus Delphi zurückgekommen.«

Da brach Octavia ihr Schweigen und sagte ernst:

»Wenn du gestattest, Antonius, mein Herr, ich hoffe, es ist eine klügere als die, welche ich bisher von dir gewohnt bin.«

»Sie ist zumindest schlau. Ich habe vor, gegen die Parther ins Feld zu ziehen.«

Adonis' Laute gab einen falschen Ton von sich, und seine Lippen öffneten sich vor Schreck.

»Es wird also Krieg geben?« fragte Octavia.

»Weit weg von unseren Grenzen allerdings.«

»Wie alle Kriege Roms. Die römischen Mütter müßten ihren Generälen zutiefst dankbar sein. Sie schicken den Krieg weit weg in andere Länder. Wie sicher würden wir uns fühlen, wenn wir den Krieg eines Tages innerhalb der Mauern Roms hätten?«

Adonis schien dieser Einwand äußerst treffend. Nicht umsonst war er der Sohn eines eroberten Volkes. Für Antonius war er Ausdruck einer verbitterten, ja unangenehmen Geisteshaltung. Nicht umsonst war er ein Eroberer.

»Wir können auf deine Musik verzichten, Junge«, rief er ihm zu.

Adonis nahm seine Laute und wollte verschwinden.

»Du hast sehr gut gespielt«, sagte Octavia freundlich und leichthin, »und jeden Tag singst du besser.«

Als sie dann mit ihrem Mann allein war, trat wieder Stille ein. Einsamkeit und Leere umgab die beiden. Die Worte wollten nicht über die Lippen, aus Angst vor dem Schaden, den sie anrichten könnten. Unausgesprochene Kränkungen, lauernde Beschuldigungen. Ihr Atem ging schneller als bei den Gladiatoren, die ihren Gegner abschätzen und den richtigen Moment zum Angriff abpassen.

Da versuchte Antonius einen feierlichen Ton anzuschlagen:

»Ich weiß, was dich an Kriegen stört«, rief er lachend, »es sind die Geschichten, die man hinterher erzählt.«

Octavia versagte ihm die Zustimmung; sie war wie betäubt.

»Zugegeben, wir Männer können recht lästig sein, wenn wir von unseren geschlagenen Schlachten erzählen. Wenn es nach den Gattinnen ginge, herrschte immer Friede, da bin ich mir ganz sicher.«

»Das glaubst du von deiner Gattin? Traurig, daß nur ein Krieg dich veranlassen könnte, sie ein wenig zu achten.«

»Ich wollte deine Würde nicht verletzen. Eigentlich möchte ich dir meine Bewunderung ausdrücken. Doch was ich auch sage, zu welchem Thema auch immer, du hältst mich für herzlos. Das gleiche war es mit …«

Der Name hing in der Luft, bedrohlich, schicksalhaft. Doch Octavia wußte, was sie ihrem Ruf schuldig war und ergänzte mit unveränderter Stimme, ohne das Gesicht zu verziehen:

»Mit Kleopatra, nehme ich an …«

Er nickte und wich ihrem durchdringenden Blick ängstlich aus.

»Diese Herrscherin ist in der glücklichen Lage, über genügend Mittel zu verfügen, ihre eigenen Schlachten auszurichten. So ist sie nicht auf die Tischgespräche anderer angewiesen.«

»Du weißt, wie sehr ich deine Tugenden schätze.«

»Womit du mich noch tiefer verletzt, denn obwohl du sie schätzt, erlaubst du mir nicht sie anzuwenden.«

»Wende sie an, zu gegebener Zeit, Octavia, nur quäle mich nicht, indem du meinen Worten einen Sinn zuschreibst, den sie nicht enthalten.«

»Die Worte vielleicht nicht, die Taten wohl. Von deinen drei offiziellen Frauen – die anderen hätten in diesem Palast nicht alle Platz – bin ich die einzige, die sich damit zufrieden gibt, daß sie von deinen Angelegenheiten beim Tischgespräch erfährt. Besonders wenn Freunde eingeladen sind. Wenn wir allein sind, gibt es nicht einmal ein Gespräch über Kriege. Nur dieses herzbeklemmende Schweigen. Logisch, daß ich Kleopatra beneide. Mehr noch: Ich beneide sogar die unglückliche Fulvia. Als sie sich mit ihrem Bruder verbündete und beide anfingen Intrigen zu spinnen, hat sie sich dabei sicher gut unterhalten. Das hatte sie zweifellos nötig.«

»Soll das heißen, daß du sie beschuldigst, zu meinen Gunsten gegen Octavianus konspiriert zu haben?«

»Manchmal bist du sehr platt, Antonius. Wenn du meinen Klagen nichts anderes entnimmst, verdienst du es nicht, sie zu kennen.«

»Octavia, Octavia! Wieder stehe ich entwaffnet vor dir. Von den vielen Vorzügen, die du besitzt, erschreckt mich die Ehrlichkeit am meisten. Ich kann nichts sagen, ohne daß dein vorwurfsvoller Blick mich trifft. Ich kann nichts tun, ohne daß du mich strafend anlächelst.«

»Königin Kleopatra war zweifellos toleranter. Du hast mir immer erzählt, daß sie dir keinen Wunsch abschlug.«

»Niemals.«

»Sie war schlauer als ich, sie konnte es sich erlauben. Ich jedoch nie. Erziehung und Charakter verbieten es mir. Vielleicht weil ich Octavia heiße und Römerin bin. Das mag zwar bedeutsam sein, bequem ist es keineswegs.«

»Du bist die respektierteste Ehefrau, die sich ein Römer erträumen kann. Der Respekt, der dir entgegengebracht wird, ist wirklich verdient. Ich kenne keinen vollkommeneren Menschen, ob Mann oder Frau. Du bist so bewundernswert, daß ich dir, wären wir nicht verheiratet und ich träfe dich eines Tages beim Spaziergang, umgeben von meinen lärmenden Freunden, wie es in meinen Jugendjahren oft der Fall war, folgendes Kompliment machen würde: ›Welch eine große Frau! Eine perfekte Dame!‹«

»Das Kompliment gleicht eher einer Strafe. Es zeigt mir, daß du mich nach Rom zurückschicken möchtest.«

Wieder trat Stille ein. Die Pause war endlos, bedrückt von der grausamen Tatsache.

»Gedenkst du, mich wieder nach Rom zurückzuschicken, Marcus Antonius?«

»Es tut mir leid«, sagte der General schließlich.

»Dann willst du mich also verstoßen.«

»Nein.«

»Willst du die Scheidung?«

»Nein.«

»Ich verstehe. Antonius flüchtet sich wieder in die Bequemlichkeit. Du verstößt mich nicht, du läßt dich nicht scheiden. Du wirfst mich ganz einfach raus.«

»Octavia, du wirst einem Mann begegnen, der dich eher verdient als ich. Einem besseren. Einem ebenbürtigen.«

»Marcus Antonius, du sprichst in Gemeinplätzen. Ich gehe oft genug ins Theater, um das Repertoire zu kennen. Ich werde einem begegnen, der mich verdient, obwohl ich deine Ehefrau bleibe. Weder verheiratet noch verstoßen! Der Mann, der mich nähme, würde mich niemals verdienen.«

»Was soll ich dir antworten? Ich versuche doch nur die Situation zu erleichtern ...«

»Eine schwierige Situation ist nicht zu erleichtern.«

»Du machst dich lustig über mich!«

»Nein, Marcus Antonius. Ich folge dir. Eigentlich folge ich dir seit drei Jahren ... ohne mich vom Platz zu rühren. Aber der bislang eingenommene Platz steht mir nun nicht mehr zu. Schicke mich nach Rom zurück. Ich selbst bitte dich darum. Weder verstoßen noch geschieden, aber frei. Und wage es nicht, mir irgendwelche Nachfolger anzutragen. Wage es nicht, mir einen Mann zu wünschen, der besser ist als du! Denn Antonius ist gut und ehrlich, mutig und stolz. Doch wenn der Preis für einen tugendsamen Antonius und eine so perfekte Octavia darin besteht, solche Situationen zu erleben, gebe ich mich lieber mit weniger Perfektion zufrieden und bewahre meine Würde. Und die ist groß.«

»Wie könnte ich daran zweifeln?« rief er.

Doch plötzlich fing er an zu weinen. Eindrucksvolle Tränen, die weder seiner Würde noch seinem Ansehen Abbruch taten.

Octavia schrieb das Schluchzen dem Wein zu. Irrtümlicherweise. Jedenfalls erhob sie sich vom Tisch, wandte sich zum Gehen und warf ihm an den Kopf:

»Antonius, Octavias Peiniger, weint. Und Octavia, die Antonius Opfer ist, geht türenschlagend ab. Wenn sich ein Komödienschreiber von einer solchen Szene nicht inspirieren läßt, wird er beim Theater schwerlich Erfolg haben.«

Der General warf sich mit dem ganzen Oberkörper über den Tisch und schrie voll ehrlicher Entrüstung:

»Wie kannst du von Theater reden, wenn sich dein Schicksal entscheidet?«

»Ich spreche von Theater, weil du andauernd schauspielerst. Dein Schweigen, deine Prahlerei, deine Abwehr und deine Entscheidungen, alles Theater. Hätte dir Rom nicht ein Schwert in die Hand gegeben, wäre ein großer Mime aus dir geworden!«

»Mit dem Schwert in der Hand könnte ich mich gegen dich wehren. Mit Worten brauche ich es gar nicht erst zu versuchen.«

»Gegen mich wehren, sagst du?«

»So ist es, Octavia.«

»Du übertreibst maßlos. Ich werde es dir nicht gleichtun. Meine Erziehung läßt mich die Haltung bewahren. Als Cajus Leib auf dem Scheiterhaufen brannte, hatte ich das Gefühl, die Welt gehe unter. Ich wollte mit ihm sterben und mich zu ihm in die Flammen werfen. Doch die Augen von Rom waren fest auf mich gerichtet. So habe ich mich denn beherrscht und gefaßt. Ich ertrug den langen Rückweg mit erhobenem Haupt, den Blick ins Leere gerichtet. Zu Hause angekommen, konnte ich dann ohnmächtig werden. Es war eine mehrere Stunden anhaltende Ohnmacht! Du brauchst dir also um mein Schicksal keine Sorgen zu machen. Ich kann die Reaktion auf den Schmerz, den du mir zufügst, bis zu meiner Rückkehr nach Rom verschieben. Dann bist du bereits nicht mehr an meiner Seite, und mein Kummer kann dich nicht mehr belästigen.«

Da fühlte er sich plötzlich unbehaglich und beklommen wie ein Mörder, der lustlos tötet und sich vor der Schuld fürchtet.

»Ich will dir keinen Schmerz zufügen, Octavia. Ich suche nur meinen Frieden.«

Die irdenen Füße des Titanen waren dem Gewicht seiner Verwirrung nicht gewachsen. Sie entstand durch die bittere Erkenntnis, daß sein Friede einem anderen Wesen, das er schätzte, wenn auch nicht liebte, Leiden verursachte. Daß sein Lachen eng mit den Tränen eines anderen Wesens verbunden war. Die Verwirrung und die irdenen Füße machten, daß er in sich zusammensank wie eine

Marionette. Jetzt war er auf ein menschlicheres Maß reduziert, und so konnte ihn die edle Octavia besser ertragen:

»Ich weiß, daß du mir keinen Schmerz zufügen willst, Antonius. Aber auch das ist nur eine Redensart. Wenn ich dir aber versichere, daß ich deine beste Freundin bin, so ist das keine. Du brauchst dich meiner nicht zu erwehren, weil ich immer auf deiner Seite sein werde, komme was da wolle. Gib mir nun nicht irgendeine dumme Antwort, denn das verdiene ich wirklich nicht.«

Ihre Finger verloren sich in den schwarzen Locken ihres Gatten. Sie lächelte erleichtert, weil die Situation, so grausam sie sich in der Erinnerung auch darstellen mochte, bereits gemeistert war.

»Hör gut zu: Wenn du mich nach Rom zurückschickst wie geplant, sei dir des Risikos bewußt. Du fügst Octavianus eine Kränkung zu, die er dir nie verzeihen wird.«

»Auch darin bist du vortrefflich, Octavia, auch in deinem Streben nach Versöhnung.«

»Ich konnte nützlich sein, und das genügt mir. Dir jedoch nicht, wie ich feststelle, du strebst nun wieder nach Höherem. Ich weiß, daß du einen größeren Freiraum brauchst, als dir das aktuelle Bündnis mit Octavianus bieten kann. Doch hüte dich vor ihm, mein Freund. Er ist realistischer als du. Nicht einmal als Kind erlaubte er sich Träume.«

»Immer dieser Octavianus! Seit Cäsars Tod stellt er sich mir pausenlos in den Weg. Mit welchem Recht? Cäsar verlieh ihm aus einer Laune heraus ein paar Privilegien. Ich besaß aber mehr davon als dein Bruder. Ich spreche nicht von denen, die ich erwarb, weil ich immer an seiner Seite war. Die sind aller Welt bekannt. Zudem entstammt meine Mutter dem Geschlecht der Julier. War dieses Privileg nicht ausreichend? Soll ich dich auch noch an jene erinnern, die ich auf den Schlachtfeldern erworben habe? Als wir in Philippi den Verschwörern begegneten, erkrankte Octavianus. Ich war es, der die Soldaten zum Sieg führte, weshalb man sagen könnte, daß ich Cäsars Tod gerächt habe. Doch als sein Testament eröffnet wurde, stellte sich heraus, daß er diesen obskuren Neffen, diesen unbedeutenden Grünschnabel zum Universalerben eingesetzt hatte. Nur er hat das Recht, den Namen Cäsar zu tragen, während sich Antonius von den Brosamen seines Ruhms ernährt! Immer stellt sich Octavianus zwischen Antonius und seine Träume!«

Er hörte nicht auf zu weinen, doch nun wie ein beschämtes Kind. Die edle Octavia erbarmte sich dieses Kindes und entschied sich ihm mit Milde zu begegnen:

»Welcher Traum entfernt Antonius so weit von Octavia? Ist es die Königin von Ägypten?«

»Sie mag ein Teil davon sein, füllt ihn jedoch nicht ganz aus. Mein Traum ist gewaltig! Er beschränkt sich nicht auf Ägypten, sondern reicht bis zu den entferntesten Grenzen des Orients. Er ist größer als das Leben. Beim bloßen Gedanken an diesen Traum eröffnen sich Wege, die Ozeane weiten sich, die Wälder und Urwälder breiten sich aus und erfreuen sich des neuen Entwicklungsraums. Sagenhafte Städte, unvorstellbare Schätze, Götter, deren Namen wir nicht einmal kennen. Unmöglich, das Ausmaß meines Traums zu erfassen! Es ist der Traum, den Julius Cäsar und vor ihm Alexander hegte. Doch die Götter verließen sie. Antonius aber steht unter dem Schutz von Dionysos, der ihn sein ganzes Leben lang nicht verlassen wird. Er wird dafür sorgen, daß aus dem Traum tatsächlich ein Weltreich wird.«

»Kann dieses Weltreich von Rom aus regiert werden?«

»Von Alexandria aus! Dem neuen Rom des Orients!«

»Das wird Octavianus nie und nimmer dulden. Ich warne dich noch einmal, Antonius. Sieh zu, daß dein Traum Octavianus nicht reizt. Du magst ihn auf dem Schlachtfeld verwirklichen können, doch er wird dafür sorgen, daß er sich im Senat verflüchtigt.«

»Alexander würde die römischen Senatoren verlachen!«

»Alexander vielleicht. Doch in Rom haben heute nicht mehr die großen Helden, sondern Politiker das Sagen. Und die halten Träume von Ruhm für reine Zeitverschwendung … Gestatte nun, daß ich mich zurückziehe. Es war zwar kein besonders langer, aber ein außergewöhnlicher Tag. Ich muß darüber nachdenken.«

Antonius, überreizt und noch unter dem Einfluß der Heftigkeit seiner Visionen, trat auf sie zu und wollte sie küssen. Doch Octavia wandte schnell ihre Wange ab.

»Einen Kuß? Jetzt erst? Mach dir keine Mühe, und spar dir den Versuch. Ich bin deine Freundin, vielleicht deine Schwester, keinesfalls deine Geliebte. Ich werde für dein Kind sorgen und es mit den meinen aufziehen, wie ich es bisher auch gehalten habe. Ich werde deine Sache vor meinem Bruder verteidigen. Mehr kannst du nicht von mir erwarten.«

»Warum tust du das für mich? Wie kannst du mir das Schlechte mit Gutem vergelten?«

Sie lächelte, traurig, aber ein wenig ironisch:

»Weil ich Octavia heiße und Römerin bin.«

WEIL SIE OCTAVIA war und Römerin, weinte sie nicht, als die Sklaven die letzten griechischen Antiken verpackten, die Skulpturen und Tongefäße, die in den vergangenen drei Jahren in dem beschlagnahmten Palast ihre einzige Gesellschaft gewesen waren. Sie weinte weder über ihre Erinnerungen, noch darüber, daß sie die Blüte der Pflanzen, die in ihrem Garten bereits austrieben, nicht mehr erleben würde. Sie betrachtete ein letztes Mal die Dächer von Athen, die Giebel der berühmten Tempel, die Säulen der entweihten Agoren. Schließlich nimmt sich die Zeit nur das, was ihr eh bereits gehört, sagte sie sich.

Antonius' Antiken wurden nicht nach Rom, sondern nach Alexandria geschickt. Octavia stellte sich einen Augenblick lang die Freude der gebildeten Kleopatra vor, wenn man ihr Stück für Stück die Meisterwerke zeigte, die der Gattin ihres Geliebten in ihrer Einsamkeit Gesellschaft geleistet hatten. Zweifellos würden sie eines Tages die prunkvollen alexandrinischen Nächte schmücken. Doch sie ließ sich nicht soweit herab, Kleopatra zu beneiden. Das war gegen ihre Ehre. Der Gedanke, daß Antonius bei diesen Abbildern griechischer Götter gute Anregungen für die Verkleidungen fände, die er für die endlosen Trinkgelage in seiner geliebten Stadt brauchte, amüsierte sie sogar ein wenig.

Daran dachte sie und lächelte, als der schöne Adonis in Begleitung seines Freundes Phaidros eintraf. Adonis war mit seiner Herrin sehr vertraut, was Phaidros erlaubt hätte, sich ungezwungen und spontan zu verhalten, dennoch machte der arme Gärtner einen völlig verschüchterten Eindruck, starrte auf den Boden und wagte nicht, den Blick zu heben. Er sah aus wie ein Hirte, und seine graue Tunika stand in starkem Gegensatz zum bunten Aufputz seines Freundes.

»Welch ein Glück, die allseits hochgeschätzte Octavia wieder lächeln zu sehen. Mögen die Götter ihr …«

Octavia unterbrach ihn eilends – wahrscheinlich wollte er ein ausführliches Loblied auf ihre Tugenden anstimmen –, nahm ein Pergament vom Tisch, das mit einem scharlachroten Band verschnürt war und drückte es Adonis in die Hand.

»Verschone mich mit deiner Redekunst, ich kenne sie. Das ist meine letzte Nacht in diesem Haus, und die will ich nicht mit deinem albernen Geschwätz zubringen.« Sie wies mit energischer Geste auf das Pergament. »Lies es, und dann sprich.«

Adonis sah sie an wie ein mutwilliges Kind.

»Ich brauche es nicht zu lesen, wir kennen den Inhalt bereits.«

Octavia war verblüfft.

»Du kennst eine so große Überraschung schon im voraus … eine Sache, die nicht jeden Tag vorkommt?«

»Sicher kommt es nicht jeden Tag vor, daß eine römische Dame zwei armen Sklaven die Freiheit schenkt, es kommt jedoch jeden Tag vor, daß sich diese Dame als wunderbar erweist, denn sie heißt Octavia, und ferner kommt es jede Stunde vor, daß ich gerne klatsche, wie du weißt, und weswegen du mich schon oft gerügt hast. Es trifft allerdings auch zu, daß ich diesen unbedeutenden Fehler kompensiere, denn ich bin blitzsauber und reinlich, weiß mich auszudrücken, spiele die Laute ganz göttlich und kann Vorlesen, mit guter lateinischer und ausgezeichneter griechischer Aussprache. Außerdem bin ich flink und kann …«

»Genug. Willst du den Rest des Tages mit der Aufzählung deiner Tugenden verbringen?«

»Ich kann nicht immer die deinen besingen. Irgendwann bin ich dran.«

»An deiner losen Zunge merkt man, daß du frei bist. Sag mir

endlich, woher du weißt, daß ich euch freilasse. Mach es aber kurz, dann ist es doppelt gut.«

»Kürzer unmöglich: Der Schreiber, dem du das Dokument diktiert hast, erzählte es dem Hausverwalter vom Dienst, der Hausverwalter vom Dienst erzählte es der Köchin, die Köchin ist noch klatschsüchtiger als ich und erzählte es dem Eselstreiber, der wiederum traf meinen Freund bei der Gartenarbeit und erzählte es ihm. Und Phaidros, der hier neben mir steht, rannte zu mir, weinte wie eine *Niobe* beim Verlust ihrer Kinder und erzählte es mir, worauf auch ich anfing zu weinen, aber eher wie *Phaidra*, als *Hippolytos* sie zurückwies. Wir vergossen so viele Tränen, daß die Fische im Teich zuviel davon abbekamen und verendeten.«

So redete er fort und fort, bis die edle Octavia das Lachen nicht mehr unterdrücken konnte und in den Jubel ihrer Freunde einstimmte.

»Ich habe recht getan, wie ich sehe, denn du bist verrückt vor Freude.«

»Und ich sehe, daß in diesem Haus wieder Freude herrscht, seit Marcus Antonius, mein Herr, endlich in den Krieg zog. Und weil wir gerne möchten, daß die Freude mit dir nach Rom reist, wollen wir dir einen Vorschlag machen. Warum lachst du, edle Octavia?«

»Weil es noch gestern eine Bitte gewesen wäre. Doch wenn du dich in der Position wähnst, mir einen Handel vorschlagen zu können, nur zu.«

Adonis wechselte einen vielsagenden Blick mit dem derben Phaidros.

»Mein Freund hier sagt nichts, denn er ist schüchtern wie ein verwaistes Kamel und hat sich an die neue Situation noch nicht gewöhnt. Doch ich spreche in unser beider Namen und womöglich im Namen von tausend anderen. Weil ich weiß, daß wir dir die Freude verdorben haben, uns zu überraschen, möchten wir dir dafür eine noch größere Überraschung bereiten: Wir wollen uns nicht von dir trennen. Genauer gesagt, ich will mich nicht von dir trennen, und Phaidros wiederum will nicht von meiner Seite weichen, was im Grunde bedeutet, daß er nicht von der deinen weichen möchte, weil ich mit dir verbunden bin. Kannst du mir folgen?«

»Nein, aber das macht nichts. Fahre fort.«

»Wir wollen frei sein, sicher. Ich bin zwar ein Klatschmaul und etwas zu redselig, und mein Freund stottert ein wenig, aber dumm sind wir nicht. Deshalb bieten wir an, daß du uns, wenn wir dann frei sind, mit nach Rom nimmst, und zwar als bezahlte Arbeiter – das heißt zu einem Taglohn, der keineswegs üppig sein muß, aber dennoch so bemessen, daß er uns, wenngleich keinen Luxus, so doch ein bequemes Auskommen verschafft, denn wir lieben dich und können nicht fern von dir leben, wie ich bereits sagte und es dir gern wiederhole.« Octavia winkte hastig ab, und Adonis fuhr fort: »Wenn dann diese Glückstage eingetreten sind, werden wir unsere besten Sachen anziehen, uns bei der Hand nehmen und allen freudig verkünden: ›Wir gehen den Lohn abholen, den uns die edle Octavia bezahlt.‹ «

Zärtlichkeit überkam die noble Dame, gleichzeitig schämte sie sich jedoch, daß sie nicht selbst auf diese Lösung gekommen war.

»Du bist wirklich keck. Ihr wollt eure Dienste bezahlt haben, obwohl du zwei linke Hände hast und dein Freund ein Stotterer ist?«

»Dein Argument greift zu kurz«, erwiderte Adonis. »Erstens, weil du den armen Phaidros beleidigt hast, den du höher schätzen würdest, wenn du sein liebenswürdiges Wesen kenntest. Zweitens, weil du unsere Berufe durcheinanderbringst, was ich – weil ich dich bewundere – nie von dir gedacht hätte. Warum Äpfel mit Birnen vergleichen? Mein Freund stottert, aber du brauchst ihn ja nicht, damit er dir die Verse des unsterblichen Homer rezitiert, sondern damit er deinem Garten zur vollen Pracht verhilft. Was soll das mit seinem Stottern zu tun haben? Ich mag zwei linke Hände haben, du stellst mich aber nicht an, um im Garten zu arbeiten, sondern um dir die Verse des unsterblichen Homer vorzulesen, inwiefern sollte dich meine Ungeschicklichkeit stören? Genau betrachtet sind Phaidros und ich zwei Perlen. Nimm uns beide und du machst ein Schnäppchen. Mehr noch: Griechische Epheben sind für jede feine Dame von unschätzbarem Wert. Phaidros ist zwar ein wenig ungeschliffen und liebt die Spiele der *Palästra*, ich jedoch bin in Sachen Mode sehr bewandert und kann dich beraten, welche Tunika zu deinem Festschleier paßt, welcher

Zierkamm zu den Ohrgehängen oder welche Farbe und Breite die Augenbrauen haben sollten … Du siehst, du magst zwei Sklaven verlieren, gewinnst aber viel. Mein Wort darauf.«

»Bereits zuviel gesagt. Du bist zum Gähnen langweilig. Nehmt endlich eure Freiheit, und laßt mich in Ruhe. Ich habe vor meiner Abreise noch viele Anordnungen zu treffen.«

Sie raffte die Falten ihrer Tunika und wollte eben weg, in die inneren Gemächer gehen, da wurde sie von einem unerwarteten Ausbruch des jungen Gärtners zurückgehalten. Sie blieb starr neben dem Tisch stehen, denn Phaidros, der bisher geschwiegen hatte, Phaidros, der bisher nicht einmal gewagt hatte, sie anzu-sehen, warf sich ihr zu Füßen, nahm ihre Hand und bedeckte sie mit Küssen. In seinem Gesicht stand heftige Gemütsbewegung und Zärtlichkeit.

»Wir l-l-lieben dich«, sagte er. »Wir l-l-lieben dich.«

Da trat Adonis vor und legte schützend eine Hand auf die Schul-ter des Freundes.

»Verzeih ihm, edle Octavia. Es ist seine Art, das auszudrücken, was ich dir blumiger zu sagen versuchte. Niemand hat uns je so gut behandelt wie du in den letzten Jahren.«

»Niemand, Adonis?«

»Phaidros hat nur seine Gartenwerkzeuge und mich. Ich habe nur meine armselige Harfe und Phaidros. Wir hatten mal einen schwarz-weiß gefleckten Hund, doch er starb an Altersschwäche, und wir waren wieder allein.«

Was weder der brennende Leichnam ihres geliebten Gatten auf dem Scheiterhaufen, noch ihre neugeborenen Kinder vermocht hatten, erreichten zwei griechische junge Männer, die ihr zu Füßen lagen. Ja, die edle Octavia weinte. Ihre anerkannte Autorität, ihre Fama, ihr Nimbus brach vor diesem ungleichen, ungewöhnlichen Paar zusammen. Ein blonder, schöner Ephebe mit feinen Manieren der eine, ein einfacher Bursche der andere, schön auch er, doch von einer Schönheit, die an ein rauhes Gebirge erinnerte.

Als sie sich wieder beruhigt hatte, entschloß sich Octavia, die beiden nach Rom mitzunehmen, worauf sich die jungen Männer umarmten und, ungeachtet der vornehmen Umgebung, ausgelassen herumhüpften. Schon bald würden sie den Palast weit hinter sich lassen.

Wohl etwas beschämt von ihrer Gemütsbewegung, vielleicht auch im Versuch, ihre Autorität wiederherzustellen, scherzte Octavia:

»Mit sechs Kindern im Haus werdet ihr genügend Arbeit haben, sollte es meinem Gatten nicht gefallen mir noch sechs weitere zu machen, wenn er von seinen Eroberungen zurückkehrt …«

»Es wird keine besser versorgten Kinder geben. Was euren Garten in Rom betrifft, so wird Phaidros einen Tempel der Göttin Flora daraus machen.«

So verliefen die letzten Stunden Octavias in dem Palast, den Marcus Antonius, Prokonsul Roms in Athen, konfisziert hatte. Jede Ecke barg Erinnerungen. Octavia ging umher und blickte sich lange in den Räumen um: die Nischen der Schutzgöttinnen, die eleganten Säulen des Atriums und die nie benutzten Ruhelager des Saales für die Festmahle. Die Mägde löschten die Öllampen, eine nach der anderen, und bald senkte sich Dunkelheit über die weitläufigen Gemächer.

Als die Nacht zu Ende ging und die Hähne krähten, begann der Auszug.

Während Octavia und die Frauen die Kinder für die lange Reise vorbereiteten, packten Phaidros und Adonis sorgfältig ihre Habseligkeiten zusammen: ein paar Gartengeräte und eine hochbetagte Harfe, dazu einen Knochen aus Holz, den der geschickte Phaidros dem schwarz-weiß gefleckten Hund zum Spielen geschnitzt hatte.

Sie waren bereits unterwegs, da zeigte Adonis den Knochen seiner verwunderten Herrin:

»Man soll von dem, was man geliebt hat, immer ein Andenken behalten, edle Octavia. Denn das Gedächtnis ist verräterisch, heißt es, und verbündet sich mit der Zeit, die alles auslöscht.«

Sie holten Phaidros aus dem Garten. Der junge Mann hatte den Wunsch geäußert, einige griechische Samen mitzunehmen, um sie im Garten der Familie Octavias, im günstigen Klima von Rom zum Blühen zu bringen. Da stand er mit gesenktem Kopf, ein Säckchen in der Hand. Er weinte, weil er die Blüte der Blumen, die er gepflanzt hatte, nicht mehr sehen würde.

Auch Adonis war gerührt, als er sich von der elenden Hütte verabschiedete, die sie mit dem Hund geteilt hatten. Dabei wurde ihm erstmals bewußt, daß der Mensch im Laufe seines Lebens Bruchstücke an Stellen hinterläßt, wo er geliebt hat, die am Ende, beim letzten großen Rückblick, von der Erinnerung wieder zusammengesetzt werden.

Doch Octavia blickte nicht zurück. Für sie war der Garten tot, der Palast schmerzlich leer, Athen ins Nichts getaucht. Nur ihre drei Kinder erschienen ihr lebendig, ihre zwei Freunde, die Frauen und die Soldaten, die ihr Marcus Antonius als Eskorte gelassen hatte. Nur sie selbst war lebendig und die Menschen, die ihr nach Rom folgten.

Sie standen noch im Portikus und warteten auf die Wagen und Sänften, da bemerkte Adonis, daß seine Herrin Phaidros mit seltsam strahlendem Blick ansah. Als sich der Jüngling nach ihren Gedanken erkundigte, antwortete sie:

»Ich wurde im Kult der Perfektion erzogen, deshalb verstehe ich bestimmte Dinge nicht …«

»Und welche Dinge sind das, edle Octavia?«

»Ich weiß nicht, wie ich es sagen soll. Außerdem möchte ich niemanden brüskieren … Liebst du Phaidros tatsächlich?«

»Mehr als mein Leben.«

»Er stottert aber.«

»Würde er nicht stottern, wäre er nicht Phaidros.«

»Das Geheimnis der Liebe besteht also darin, einen Menschen trotz seiner Mängel zu lieben …«

»Wie dem auch sei, Phaidros' Wert ist nicht von seinem Stottern abhängig. Verstehst du, edle Octavia?«

Die Wagen verließen Athen, und in den unwegsamen Bergen vor Korinth schien die griechische Wintersonne überraschend mild. Viele Tagereisen, viele Steine und Mondwechsel trennten sie noch von zu Hause. Staub legte sich auf ihre Gesichter und Läuse setzten sich in ihre Kleider. Dennoch sah man die edle Octavia nie häufiger lächeln, hörte man den schlichten Phaidros nie flüssiger sprechen und Adonis' Harfe nie vollkommener klingen. Adonis fand im Laufe der Reise die Worte wieder, die in alten Zeiten die Größe dieses Landes ausgemacht hatten und zum Kennzeichen seiner Kultur geworden waren …

> *Wenn du Amor begegnest, wie er herumirrt*
> *auf irgendeinem Weg, so halte ihn fest:*
> *Er ist der Sklave, der mir entlaufen ist …*

Unsterbliche griechische Worte!

Adonis erweckte sie wieder zum Leben, zum Ergötzen und zur Erquickung der edelsten aller Frauen:

Sie hieß Octavia und war Römerin.

DRITTES BUCH

Cäsarion

... Du kamst mit deinem geheimnisvollen Liebreiz. Nur wenige
Zeilen sind in der Geschichte über dich zu finden ...
[...]
ich habe dich schön und sinnlich dargestellt
und deinem Antlitz
die anziehende Schönheit eines Traums verliehen.
[...]

KONSTANTIN KAVAFIS, Cäsarion

ALS ALLE DACHTEN, es sei nun genug Zeit vergangen und die Sache
vergessen, traf in Alexandria ein Bote ein, der umgehend von der
Königin empfangen werden wollte. Nachdem der Kammerherr
festgestellt hatte, daß es sich um einen römischen Soldaten handelte, vermutete er eine Nachricht von Octavianus, und die hielt
Kleopatra sicher für dringlich. (»Mit wem sollte er sonst ver-
handeln, wenn nicht mit mir?« hatte sie selbst vor drei Jahren
gesagt.)

Doch die Botschaft kam von Marcus Antonius und weder aus
Rom noch aus Athen, sondern aus Antiochia im fernen Syrien, wo
der Prokonsul, den neuesten Informationen zufolge, einen Feldzug
gegen die Parther vorbereitete.

»Eine Botschaft von Antonius, welche auch immer, kann bis in
die Ewigkeit warten«, sagte die Königin und versuchte, unbewegt
zu erscheinen. »Er wird Bier brauchen, wie immer.« Dreieinhalb

Jahre hatte er sie mißachtet und zurückgewiesen, da würde es in der Tat keinen guten Eindruck machen, wenn sich die ägyptische Königin nun beeilte, ihm einen Wunsch zu erfüllen.

Kleopatra bemalte die Wangen eines Wachskopfs, der ihre Züge trug, mit kühnen Farben. Das tat sie keineswegs zum ersten Mal. Sie wußte um den Stellenwert der Schönheit im Umgang mit den Abgesandten der großen Welt und hatte gelernt, sie notfalls künstlich herzustellen. Erzogen in der zweihundertjährigen Tradition alexandrinischen Geistes, wußte sie neben der Praxis aber auch Theorien zu schätzen. Deshalb notierte ein junger Schreiber ihre Einfälle, während im Hintergrund Ramose eine zarte Melodie auf der Harfe spielte. Sie verband sich mit den Worten der Königin und wurde zu einem Lied auf die Schönheit.

Kleopatras Werkstatt war ihr intimstes Gemach, zu dem nur ausgewählte Personen Zutritt hatten. Eigentlich nur ihre Zofen und eine kleine Gruppe von Spezialisten für Duftwässer und Kosmetik. Gemeinsam experimentierten sie mit vielen verschiedenen Salben, Cremes und Schminkutensilien: mit zarten Pasten, exotischen Arzneien, feinen Pülverchen und außergewöhnlichen Farben, die sie auf Masken und Wachsköpfe auftrugen. Sie suchten nach neuen Ergebnissen, hielten Erfolge fest und verwarfen die weniger überzeugenden Resultate. Wissenschaftliche Genauigkeit und künstlerische Eingebung ließen auf den Wachsmodellen Kunstwerke entstehen, die dann, auf Kleopatras Gesicht übertragen, ihre faszinierende Wirkung entfalteten.

Kein Wunder, daß einige dieser Experimente in den Kosmetikratgebern auftauchten, die bei den römischen Damen so großen Erfolg hatten. Sie gierten nach den Geheimnissen der Ägypterin, obwohl sie nicht zögerten, sie in der Öffentlichkeit als die verabscheuungswürdigste aller Huren zu schmähen. So dankten es die scheinheiligen Matronen Kleopatra, daß sie die tausendjährigen Erfahrungen in Sachen Schönheit, das kostbare Erbe aller Königinnen am Nil, mit ihnen teilte!

An jenem Nachmittag, als Antonius' Bote eintraf – ein Nachmittag, der an einen anderen, weit zurückliegenden erinnerte –, unterbrach Kleopatra ihre gewohnte Beschäftigung und schloß sich in ihre Privatgemächer ein. Sie befürchtete, die Erinnerung an den unvergessenen Geliebten könnte sie noch immer verletzen.

Doch ihre Damen erzählten sich später, daß sie im Gegenteil völlig gelassen blieb und von einem starken Gefühl des Stolzes erfüllt zu sein schien. Unter allen Wundern der menschlichen Natur gibt es auch jenes, mit Gleichmut auf Dinge reagieren zu können, die einst das Herz zutiefst bewegt haben. Sie nahm diese Tatsache erleichtert zur Kenntnis und lobte sich für ihre innere Ruhe.

Daraufhin hielt sie die Geduldsprobe für bestanden. Warum sollte sie den Boten unnötig beleidigen? Sie räumte ihm eine Audienz ein, allerdings erst ein paar Stunden später, weil sie ihre Freizeitplanung nicht ändern wollte.

Ihre Freizeit war wie immer äußerst interessant. Die Königin widmete sie der Beobachtung der außerordentlichen Fortschritte des Prinzen Cäsarion, der in ihrem Herzen den Platz von Antonius eingenommen hatte.

»Elf Jahre bereits!« rief sie aus, während sie die Berichte der verschiedenen Lehrmeister ihres Sohnes überprüfte. An Sosigenes gewandt fügte sie mit traurigem Lächeln hinzu: »Die drei letzten Jahre sind so vergangen, wie du vorhergesagt hast. Im Flug, einem kurzen Seufzer gleich.«

»Die Zeit ist unerbittlich, kennt aber auch Mitleid. Als Entschädigung für ihre Unannehmlichkeiten läßt sie das Böse eines Tages ebenso verschwinden, wie das Gute verschwunden ist.«

»Wenn du dein Konzept von der anderen Seite her betrachtest, ist es längst nicht mehr so tröstlich. Du kannst es auch so sehen: Wenn sich der Schmerz vergessen läßt, heftig wie er ist, was mag dann erst mit der armen Freude geschehen, flüchtig wie sie ist?«

Sie vergnügten sich mit Wortspielen und gaben der Redekunst die Ehre, denn sie gilt als unabdingbare Begleiterin der Intelligenz. Sie tauschten Syllogismen aus, spielten mit Umschreibungen, ergründeten den Sinn einer Metapher … Da stellten die weißen Mauern der Stadt lächelnd fest, daß ihr Geist und ihr Witz noch lebendig waren.

Doch mitten in der Unterhaltung stieß Kleopatra einen abgrundtiefen Seufzer aus:

»Als man mich von der Ankunft dieses Boten unterrichtete, erfaßte mich ein kurzes Zittern, denn ich fürchtete eine Nachricht von Octavianus …«

»Wäre es nicht logischer gewesen zu zittern, als du erfuhrst, daß sie von Antonius kommt?«

»Armer Antonius! Er ist nur noch eine Erinnerung, die zu bekämpfen ich gelernt habe, Octavianus dagegen eine anhaltende Bedrohung …« Sie raufte sich die Haare, als stiege eine lang unterdrückte Angst plötzlich an die Oberfläche. »Oh, Sosigenes! Solange Octavianus lebt, ist mein Sohn in Gefahr.«

»Wer in ganz Alexandria würde es wagen, ihm Schaden zuzufügen?«

»Ein Abgesandter von Octavianus zum Beispiel. Dieser Alptraum hat mich in vielen Nächten gequält. Ich sehe Cäsarion vor der riesigen Statue des Serapis beten. Auf einmal wird sie von einer geheimnisvollen Hand angestoßen, sie fällt mit ihrem ganzen Gewicht auf meinen Sohn und erdrückt ihn. Ich habe mich mit meinen Wahrsagern beraten, und alle sind übereinstimmend der Meinung, daß es die Hand Octavianus' ist.«

»Um zu diesem Schluß zu kommen, mußt du keine Traumdeuter bemühen, noch sollte dich Octavianus' Zorn verwundern. Schließlich betrachtet er sich als Cäsars Sohn, während du vor aller Welt darauf bestehst, daß selbstverständlich dein Sohn der wahre Erbe Cäsars ist.«

»Worauf ich auch immer beharren werde. Du kanntest Cäsars Pläne. Er hegte einen Wunsch, den Marcus Antonius später verwirklichen wollte. Sein Ziel war, daß Rom seine Herrschaft über den ganzen Orient ausdehnt und unser Sohn, der wahre, der vor allen Göttern legale Sohn, dieses riesige Reich von Ägyptens Thron, von Alexandria aus regiere. Von diesem Neffen, der sich jetzt Cäsar Octavianus nennt, hat er nie gesprochen!«

»Logisch. Cäsar sprach nur von sich selbst. Er dachte wohl an keine andere Person, wenn er sich mit diesem großen Vorhaben befaßte. Hat er diesen Ehrgeiz nicht mit dem Tod bezahlt? Er wollte König von Rom sein. Später wollte er eine Dynastie begründen, bestehend aus den Juliern und den Ptolemäern. Er, immer

er an vorderster Stelle! Erst dann folgte der Teil, den er dir zuge-
dacht hatte. Nie sprach er von Rom, nie erwähnte er Ägypten.«

»An deinen Worten mag durchaus etwas Wahres sein. Trotzdem
habe ich ehrgeizige Pläne für Cäsarion. Wenn die Angst diese
Pläne nicht in Frage stellen kann, wie sollte dies einem Fehler
Cäsars gelingen? Sollte Octavianus es wagen, meinem Sohn zu
schaden, werde ich mich des Rufs, den ich bei seinen Mitbürgern
habe, würdig erweisen. Denn ich werde zur Schlange vom Nil,
wenn man mich angreift, das versichere ich dir … Soll er sich doch
Cäsar Augustus nennen lassen, wenn das seiner Eitelkeit schmeichelt, und sich als solcher an einen Senat von bestochenen Patriziern wenden! Mein Sohn jedoch besitzt wirkliche Größe, weil er
gleich zwei bedeutende Namen trägt. Für Rom ist er der kleine
Cäsar, für Ägypten ein Ptolemäer.«

Doch nach dieser leidenschaftlichen Erklärung wurde sie plötzlich von Schaudern geschüttelt.

»Trotzdem fürchte ich mich, Sosigenes. Um mich habe ich nie
gefürchtet, doch nun verzehrt mich die Angst um meinen Sohn.«

Nun traten ein paar Zofen ein, und sie versuchte, gefaßt zu erscheinen. Fröhliches Hin und Her erfüllte jetzt den Raum. Lachen
vermischte sich mit dem zarten Rascheln des Leinens der Tuniken,
dem Geklingel der Halsketten und den leisen Geräuschen edler,
harmonisch abgestimmter Gewänder. Jede Bewegung der Damen
löste gleichsam eine Melodie aus.

Da trat Ramose ein, der Meister der Melodien, und ließ sich in
einigem Abstand, an einem entfernten Ende des Raumes nieder,
um niemand mit seiner Musik zu stören, die nur eine liebliche,
unaufdringliche Begleitung sein sollte.

Carmiana spürte die Sorge, die auf der Königin von Ägypten
lastete, weshalb sie auf eine der Terrassen auf der Rückseite des
Palastes eilte und von dort aus Kleopatra zurief:

»Herrin! Kommt den Prinzen betrachten. Er ist im Waffenhof.«

Kleopatra half Sosigenes auf die Beine. Sie gingen auf die Terrasse und lehnten sich an das massive Geländer.

Cäsarion ritt auf einem schwarzen Fohlen, dessen Zügel vom
diensthabenden Rittmeister gehalten wurden. Er erklärte ihm eben

den Unterschied zwischen rhythmischem und schwungvollem Galopp.

Doch die Aufmerksamkeit des Prinzen richtete sich auf die Hürden. Sie schienen ihn zu reizen, seine Augen schweiften zu dem Holzbalken, den die Sklaven ein gutes Stück über dem Boden befestigten. Die Versuchung, sich in Gefahr zu begeben, stand ihm strahlend ins Gesicht geschrieben, und die Sonne schien ihm auf den nackten Rücken. Er war auf traditionelle Weise gekleidet, dem heißen alexandrinischen Sommer entsprechend, und trug den in Falten gelegten Rock, mehr nicht. Wieder überkam Kleopatra heftige Furcht:

»Dieses arme Kind ist Octavianus' Todfeind, nicht ich!«

Als Sosigenes merkte, daß sich ihre Angst ins Unermeßliche steigerte, strich er ihr liebevoll übers Haar. Das hatte er auch früher, als sie noch ein Kind war, oft getan, wenn sie vor einer weittragenden Entscheidung zitterte, die ihre Stellung ihr abverlangte.

»Aus diesem armen Kind wird ein großer Prinz werden«, flüsterte der Alte mit unendlicher Zärtlichkeit.

»Sicherlich. Es gibt in ganz Ägypten keinen schöneren Knaben. Er ist für sein Alter bereits ein richtiger Athlet. Hast du gesehen, mit welcher Kraft er den Speer wirft? Du solltest ihn erst den Kriegswagen lenken sehen! Wetten, daß du keinen schnelleren und geschickteren Wagenlenker findest …«

»Und ich wette, daß du mir keine blindere Liebe nennen kannst als die Mutterliebe …«

»Jetzt erweist du dich als richtiger Mann. Ihr rückt die Liebe einer Mutter gern in die Nähe der Dummheit. Ich kenne jedoch Väter, die so dumm sind, daß die Liebe einer Mutter im Vergleich dazu die reine Logik ist.«

»Die Königin von Ägypten ist nicht gerade eine Verkörperung mütterlicher Vernunft. Eben erzähltest du, daß du nachts erschrocken auffährst, weil du dich um deinen Sohn ängstigst. Das hindert dich aber nicht daran, ihm die gefährlichsten Übungen zu erlauben.«

»Ich glaube nicht, daß das Reiten oder der Kampf mit einem Jungen seines Alters auf der Palästra gefährlicher ist als die Übun-

gen, denen sich früher Prinzen in seinem Alter unterziehen mußten. Bislang hat er nicht den Wunsch geäußert, Löwen oder Nilpferde zu jagen.«

Kleopatra zog sich auf eine der oberen Terrassen zurück. Über
eine Balustrade gelehnt beobachtete auch ein junger Mann die
Aktivitäten des Prinzen. Er war bekannt, weil er immer präsent
war, und beliebt wegen seiner grenzenlosen Hingabe. Diese Gestalt, die sich immer bescheiden und sittsam im Hintergrund hielt,
war Cäsarions Schatten. Sie war aber auch sein guter Geist, der
seine Schritte lenkte und im entscheidenden Moment mit der
eigenen Brust jeden Angriff abwehren würde.

Seine Erscheinung war immer die gleiche: rasierter Kopf, ernste
Miene, sanfter Blick und ein verständnisvolles, menschenfreund-
liches Lächeln, das jedoch vor allem dem Prinzen galt.

Sosigenes hörte nicht auf mit seinen altbekannten Klagen. Viele
waren ihrer bereits überdrüssig und schrieben sie seinem hohen
Alter zu. Kleopatra betrachtete sie als einen weiteren liebenswer-
ten Zug des Mannes, dem sie viel zu verdanken hatte.

»Manchmal frage ich mich, ob der Prinz nicht allzuviel Zeit mit
sportlichen Aktivitäten zubringt und die geistigen Disziplinen ver-
nachlässigt«, sagte der Alte, wobei ihn einer seiner Hustenanfälle
überfiel.

Kleopatra wies auf die Terrasse wo Thotmes stand:

»Du bist nicht allein mit diesem Gedanken. Unser braver Isispriester sieht heute recht unglücklich aus. Es wäre ihm zweifellos
lieber, Cäsarion säße am Tisch über den Rechenaufgaben.«

Als der Name Thotmes fiel, fingen die Damen der Königin
schelmisch an zu lachen. Sie flüsterten einander Bemerkungen ins
Ohr, und Kleopatra wollte eine schon rügen, weil sie ein kostbares
Kleid aus Straußenfedern fallen gelassen hatte.

»Dieser Priester ist wirklich ein Langweiler!« bemerkte Iris
während sie die verschiedenen Kämme ordnete, was eine ihrer
Aufgaben bei Hofe war.

»Langweilig vielleicht, aber auch sehr hübsch.«

»Sag das nicht vor Balkis. Die Frauen ihres Stammes sind wild
wie Panther.«

Balkis hörte die Bemerkung und warf ihnen einen übermütigen Blick zu. Keine Röte stieg in ihre Wangen, die so auffallend geschminkt waren wie die von Kleopatra selbst. Ihre Schönheit war so hinreißend, ihr Blick so wild wie ein über die Ufer getretener Fluß.

Dieser Fluß richtete seine ganze Kraft auf Thotmes. Sein Wasser strömte zur Terrasse, um ihn hineinzuziehen. Doch das Verhalten des jungen Priesters, der völlig versunken war in die Betrachtung seines Prinzen, verwandelte den Fluß in ein stehendes Gewässer.

»Was ist mit Balkis los?« interessierte sich Kleopatra, wobei sie Sosigenes den Arm bot, damit er sie in ihre Gemächer zurückgeleite. »Sie ist in letzter Zeit so unruhig.«

»Liebesgeschichten«, antwortete Iris noch immer lachend.

»Sicher wegen Apollodoros«, meinte die Königin, »auch er ist in sie verliebt. Jedesmal wenn er sie sieht, seufzt er.«

Die Zofen flüsterten und kicherten vertraulich miteinander. Doch keine wagte es, die Königin aufzuklären. Vielleicht würde sich Kleopatra ja verständnisvoll und großzügig zeigen? Schließlich war bekannt, daß der schöne Hauptmann mehr als einmal ihr Lager geteilt und sie getröstet hatte.

»Liebesgeschichten!« rief Sosigenes, als er in der Privatbibliothek Kleopatras Platz nahm. »Seit wann interessiert sich die Königin von Ägypten mehr für die Frivolitäten einer phönizischen Zofe als für die Erziehung ihres eigenen Sohnes?«

»Seit die Berater, einst nützlich und effektiv, zu einem Alptraum geworden sind, der Kleopatras Träume heimsucht wie Octavianus es tut, um ihr Vorwürfe über Vorwürfe zu machen. Eben sagtest du, Cäsarion widme dem Sport allzuviel Zeit …«

»So ist es, und dadurch kommen seine Studierzeiten zu kurz. Ich darf dich daran erinnern, daß die weisen Gedanken der Schriftgelehrten den geistigen Standard unseres Landes ausmachen, nicht die strotzende Kraft der Gladiatoren …«

»Muß ich, deine geringe Schülerin, dich an die Geschichte erinnern, guter Sosigenes? Wenn die Bücher der Großen Bibliothek nicht lügen – und sollten sie lügen, taten Cäsars Barbaren gut daran, einige zu verbrennen –, wenn die Skulpturen unserer Ahnen die Wahrheit darstellen und nicht nur Angeberei sind, gab es in der Vergangenheit einen Pharao, der genau wegen seiner sportlichen Fähigkeiten sehr bewundert wurde. Kräftige Arme, breite Brust, ein ausgezeichneter Reiter und exzellenter Wagenlenker. Deine Schriftgelehrten haben seinen Ruhm über die Millennien hinweg bewahrt, doch was damals im fernen Theben jenes Jahrhunderts die Bewunderung des Volkes erregte, war ein stattlicher Körper und seine heldenhaften Taten. Deshalb sage ich dir, die Erziehung Cäsarions zu einem Ausbund an Kraft und Haltung ist ein politischer Schachzug, so notwendig wie die Förderung seiner Kultur und Intelligenz.

»Wieviel Fremdes deinen Vorstellungen anhaftet!«

»Und wenn es so wäre … Ist nicht Cäsarion ein Fremder? Was bin ich anderes? Griechisches Blut bis zum letzten Tropfen, fremdes Blut, das auch in Alexandrias Adern pulsiert. Aber all dies wurde Teil Ägyptens … unerwartet, auch für das Land selbst. Wie konnte dieses Land davon ahnen in den Jahrtausenden der Isolation, die ihm seine Kraft verliehen und seinen Charakter formten? Unser Ägypten, Sosigenes, ist das Land der Mischkultur, ein Land der Bastardnatur, das Land der ewig wurzellosen Menschen. Und im Falle Cäsarions mischte sich das Blut noch mehr, weil er Cäsars Blut in sich trägt. Vergiß das nicht.«

»Alle, die Lehrer, Berater, Priester, ja selbst die Künstler kämpfen darum, diesen fremden Anteil im Blut des Prinzen aufzulösen …«

»Ja, es kämpfen die Bücher, es streiten die Ideen, die wir ihm vermitteln möchten, doch wir dürfen uns nicht verwirren lassen: Das Blut strömt zum Herzen und nährt es, es verstopft nicht das Gehirn, sondern dient diesem. Es kommen neue Zeiten, und auf die werden sich Cäsarions Gedanken richten. Zeiten, die sich nicht auf ein kleines Dorf am Nil beschränken, mögen die Traditionen dort noch so verwurzelt sein. Zeiten, die eine Öffnung zur Welt verlangen …«

»Wie meinst du das, Kleopatra? Böse Zungen haben den Mitgliedern deiner Familie oft vorgeworfen, sie hätten bei ihrer Herrschaft über Ägypten den Fehler gemacht, sich in Alexandria wie Griechen und am Oberen Nil wie Pharaonen zu verhalten …«

»Ägypten mag das Zentrum der Welt sein, doch Ägypten kann nicht mehr isoliert existieren. Wenn wir uns an vergangenen Ruhm klammern, vergessen wir die Gegenwart. Wir besingen Ägyptens Ruhm, seine Siege über andere Völker und vergessen dabei, daß viele dieser Völker untergegangen und die Länder nicht einmal mehr auf unseren Landkarten verzeichnet sind. Ich will nicht, daß der Geist der Vergangenheit, und mag er noch so angesehen sein, die Schritte meines Prinzen bestimmt!«

»Alexandria ist ganz und gar der modernen Zeit hingegeben und dem Genuß des Augenblicks verhaftet. Der Rest Ägyptens lebt fest verankert in den Traditionen, die schon alt waren, als die Pyramiden gebaut wurden. Ein Zusammenstoß dieser völlig entgegengesetzten Welten könnte zu einem schrecklichen Ende führen.«

»Im Gegenteil, ein Zusammenstoß wäre nur heilsam. Ein Ägypten, das sich zwar der neuen Zeit verschreibt, dabei jedoch das Beste der alten Zeiten bewahrt! Frisches Blut, das aufnimmt, was uns seit Jahrhunderten trägt und stützt! Kann sich ein großer Prinz, oder einfach ein junger Mann, eine schönere Aufgabe wünschen?«

Der Lobpreis einer fortschrittsgläubigen Jugend traf Sosigenes schwer. Der Alte fühlte sich besiegt und vergoß eine Träne über die vielen verlorenen Stunden, die vielen unwiederbringlichen Augenblicke. Er betrachtete die Kunstgegenstände, welche die Königin in diesem Raum zusammengetragen hatte, an denen sie sich erfreute. Dabei spürte er ganz deutlich, daß es ihn zu jenem Ort im Meer der Zeit hinzog, von dem es keine Wiederkehr gibt.

»Ich weiß nicht, ob ich dir zustimmen soll, Kleopatra, zeigst du doch ein Dilemma auf, das auch das meine ist. Ich bin alt und habe viele Dinge gesehen, doch keines half mir die Welt zu verstehen, wie ich es mir in meinen Jugendtagen gewünscht habe. Vielleicht bin auch ich ein zwiespältiges Wesen. Ich spreche von der Vergangenheit meines Volkes, bin aber so alexandrinisch, daß ich mich dabei der griechischen Sprache bediene. Auch meine Kleidung ist nichts weiter als ein Hinweis auf einen falschen Kosmopolitismus …«

Kleopatra sah sich selbst halb als Griechin, halb als Ägypterin, als zwei Seiten einer Goldmünze, die auf der ganzen Welt zirkulieren sollte, ohne ihr Wesen aufzugeben. Sie seufzte wehmütig bei dem Gedanken an eine Ganzheit, die ihr nie beschieden sein würde …

»Ich wollte deine Gefühle nicht verletzen, treuer Sosigenes, und dich an Dinge erinnern, die dich schmerzen. Indem du dich beschriebst, hast du auch ein Bild von mir gezeichnet. Wir wollten Alexandria preisen und haben es eigentlich beklagt. Wir gehören einer aussterbenden Spezies an. Unsere Seele möchte in den alten Heiligtümern des Nil verweilen, doch unser Kopf polemisiert gern auf den Agoren von Athen. Darüber schwebt, bedrohlich, der römische Adler …«

Sie schwieg lange, und die Stimmung wurde zunehmend melancholisch. Schließlich unterbrach Sosigenes die Stille und wagte an die Tyrannei der Pflichten zu erinnern:

»Im Thronsaal erwartet dich die Welt, die ein alter Freund dieses Palastes zu gestalten sich anschickt …«

Kleopatra zuckte zusammen, wie von einer plötzlichen Offenbarung erhellt.

»Der Abgesandte des Antonius! Ist er schon eingetroffen?«

»Die vereinbarte Zeit ist da. Wirst du ihm eine offizielle Audienz gewähren?«

»Er ist Römer, es bleibt also keine andere Wahl. Antonius war der letzte dieses Volkes, der meine Privatgemächer betreten hat. Der letzte, der mich locker sah, als Frau, nicht als Göttin. Nachdem er mich verlassen hat, soll mich kein Römer ohne den Harnisch der großen Mutter Isis sehen.«

Sie befahl ihren Damen, das Zeremonialgewand bereitzuhalten. Bevor sie sich entfernte nahm Sosigenes seinen ganzen Mut zusammen und fragte sie:

»Denkst du noch an Antonius?«

Kleopatra zuckte betont gleichmütig mit den Schultern.

»Ich denke nicht mehr an ihn, aber ich erinnere mich.«

Beim Aussprechen der Worte überkam sie ein seltsames Gefühl. Vergleichen doch die alexandrinischen Dichter die Erinnerung ganz richtig mit einem Wegelagerer, der sich hinter einem Gebüsch duckt und dem wehrlosen Passanten auflauert, um ihn zu überfallen.

AMOR IN SEINER verspielten Art hatte sich einen äußerst kühnen Streich ausgedacht: Er zwang die Zeit, sich wieder zurückzudrehen und die Feuer der Erinnerung eines nach dem anderen neu zu entzünden. Da tauchte ein bestimmtes Gesicht auf und jener typische, weizenfarbene Bart …

Als der Römer, der da zu ihren Füßen kniete, aufblickte und anhub zu sprechen, erkannte ihn die Königin sofort. Es war Enobarbus. Und wieder verdammte sie die Begegnung mit einer Person – egal welcher –, die von den vergangenen Liebesstunden mit Antonius wußte, weil das den fatalen Zwang auslöste, sich zu erinnern.

Personen, genau wie Orte, besaßen diese Eigenschaft … diese unselige Eigenschaft. Sie erweckten den Widerhall einer Stimme, die zwar verborgen war, aber nicht tot – einer bedrohlichen Stimme, die ohne Vorwarnung von einem Augenblick zum andern ertönen konnte. Es traf sie völlig unvorbereitet und deshalb um so schmerzlicher.

Denn so ist die Erinnerung an eine verlorene Liebe: Sie scheint sich verflüchtigt zu haben, doch sie kommt zurück. Sie scheint vergeben zu haben, doch sie bestraft.

Enobarbus, der gute, treue Freund, erinnerte sie an Marcus Antonius' beste Seiten. Dabei war es ihr gelungen, ihn zu vergessen, indem sie an seine verabscheuungswürdigen Eigenschaften dachte. Deshalb zwang sie sich zu denken: »Sie soll mich nicht wieder heimsuchen, die Freundlichkeit des Geliebten, sein bezauberndes Wesen bleibe mir fern. Weg mit dir, Zärtlichkeit! Fort mit der Zuneigung! Ich will mich nur an den untreuen Säufer erinnern, an den Despoten, an den Mann, der zur feigen, alten Memme geworden ist.«

Sie begrüßte Enobarbus mit einer geistesabwesenden Geste, zur

Maske erstarrt. Als er sich vor ihrem Thron aufrichtete, bemerkte sie sarkastisch:

»Antonius erweist uns eine große Ehre, indem er seinen besten Freund schickt. Er will damit zweifellos an einen wichtigen Jahrestag erinnern …«

»Von welchem sprichst du?«

»Vom Jahrestag seiner treulosen Abreise. Dem Julianischen Kalender nach – du siehst, selbst darin hänge ich Cäsar an – sind drei Jahre und sieben Monate vergangen, seit Antonius nach Rom aufbrach und versprach, eilends zurückzukommen. Seit diesem Tag hielt er es nicht mehr für nötig, sich daran zu erinnern, daß es auf der Welt eine Stadt namens Alexandria gibt. In der man ihn, wie man mir berichtet, nicht eben schlecht behandelt hat.«

»Er verzehrt sich nach dieser Stadt.«

»Dann erinnert er sich also. Gern irre ich mich in diesem Punkt. Gehässige Stimmen erzählen sich jedoch, Antonius habe in dieser Stadt zwei Kinder hinterlassen … für die er nicht das geringste Interesse zeigte.«

»Meine Königin …«

»Ich trage den Königstitel. Vergiß das nicht.«

Nun erschrak der Abgesandte. Er wußte, daß eine spöttisch mutwillige Kleopatra ebenso gefährlich war wie eine wütende Kleopatra.

»Ich kann dich nicht in männlicher Form anreden!«

»Dann ist mein angelerntes Latein besser als dein muttersprachliches. Nun gut, ich werde dich nicht zwingen, vor Ägyptens Thron Sprachübungen zu machen. Rede mich an, wie du möchtest. Ich liege mit Antonius im Streit, nicht mit dir.«

»Antonius, mein Freund und Gebieter, wünscht keinen Streit. Er ruft dich zu sich, mehr nicht. Verstehst du, Kleopatra? Er ruft dich!«

»Will er auch mein Gebieter sein, nicht nur der deine? Ich sollte dich auspeitschen lassen für diese Andeutung.«

»Das kannst du nicht tun. Schließlich bin ich ein Bürger der Stadt Rom, kein Sklave deines Hofes.«

»Die Sklaven am Hofe Kleopatras sind freier als jeder Bürger der

Stadt Rom unter Octavianus … Und wenn wir schon von Octavianus sprechen: Was würde wohl dieser cholerische junge Mann sagen, wenn er wüßte, daß der kriegerische Antonius wieder der ägyptischen Hure in die Hände gefallen ist?«

Die Zweideutigkeit der Antworten brachte den sonst so besonnenen Römer aus der Fassung. In Alexandria widerfuhr ihm immer das gleiche! Die Leute hier waren unfähig, eine Frage direkt zu formulieren oder eine eindeutig negative Antwort zu geben. Immerfort spielten sie mit den Worten, verdrehten die Gedanken und schmückten Begriffe bis zur Unverständlichkeit aus.

»Ich weiß nicht, warum du Octavianus erwähnst«, sagte Enobarbus, »Antonius ist selbst Herr seiner Geschicke.«

»Antonius ist Octavianus' Hund. Immer folgt er seinen Befehlen. Er wartet nur darauf, um ihnen mit freudigem Schwanzwedeln nachzukommen.«

»Wie dem auch sei, aus seinem Bellen wurde Klagen.«

»Und die edle Octavia tröstet ihn nicht?«

»Er hat sie schon vor langer Zeit nach Rom zurückgeschickt.«

Da geriet die Unerschütterlichkeit der Königin plötzlich ins Wanken. Sosigenes, der sich rühmte sie zu kennen, bemerkte es sofort. Dem arglosen Römer jedoch entging diese Veränderung. Da gewann Kleopatra auch schon wieder ihre Haltung zurück. Die Anwandlung war ebenso heftig wie flüchtig gewesen.

»Er hat sie nach Rom zurückgeschickt sagst du, und Rom ist weit weg von Syrien, das stimmt. Antonius, dein Herr, weiß sich jedoch Nachschub zu verschaffen.«

»Schließlich ist er Soldat«, erwiderte der andere und blickte verwirrt.

»Du verstehst meine Anspielung nicht, wie ich sehe, und darin bist du mehr Soldat als Antonius selbst. Ich wollte sagen, daß Antonius womöglich wieder Kleopatras überdrüssig wird und irgendeine syrische Octavia findet. Dein Herr macht die Dinge gern nur halb. So hielt er es auch mit den kulinarischen Genüssen. Er aß gern und viel, doch nie vom selben Gericht. Er mußte gleichzeitig verschiedene zu seiner Verfügung haben.«

»Du setzt deine Hoheit mit einer Speise gleich?«

»Ich könnte mich mit der auserlesensten Speise gleichsetzen, aber das ist es nicht, was ich dir zu verstehen geben wollte. Ich wollte damit sagen, daß sich die große Kleopatra nur einmal demütigen ließ und ein drittrangiges Gericht sein mußte. Weder Kleopatra noch Ägypten können dies ein zweites Mal dulden.«

Die Miene des Soldaten verdüsterte sich. Er wollte die dringliche Botschaft übermitteln, die ihm aufgetragen war, doch die goldglänzende Königin stellte sich ihm wie eine unüberwindliche Mauer entgegen. Sie blickte nicht nur von ihrer hohen Stellung aus auf ihn herab, sondern bediente sich auch noch eines ungewöhnlichem Humors.

»Antonius, mein Herr, drückte sich so aus: ›Sage Kleopatra, daß ich mich verzweifelt nach ihr sehne.‹«

»Er sehnt sich nach meinen Schiffen, meinem Gold und meinem Heer.«

»Er sagte: ›Sie soll wissen, daß die Nächte leer sind ohne sie …‹«

Die ungerührte Sphinx geriet einen Augenblick ins Wanken.

»Setzte er noch etwas hinzu?«

»Er setzte hinzu: ›Ohne sie sind meine Tage sinnlos.‹«

»In welchem Ton sagte er dies?« fragte die Königin, nun schon interessiert.

»Es klang wie ein Bellen, wie du es bezeichnen würdest, er jaulte wie ein Hund, der seinen Herrn verloren hat.«

»Dann braucht er mich also …«

Sie wandte sich schnell ab, um die Wirkung, die ihre eben ausgesprochenen Worte auf sie selbst hatte, vor dem Soldaten zu verbergen und sträubte sich mit aller Kraft gegen eine ganz neue Seite ihrer Persönlichkeit. Niemand, auch nicht Sosigenes, sollte Zeuge dieser Veränderung sein. Es war, als spürte sie einen Moment lang erneut Antonius' Wärme, und ein Zittern erfaßte ihren ganzen Körper.

War es möglich, nach so langer Zeit wieder das Verlangen zu spüren? In den fast vier Jahren, die Kleopatra von den letzten Liebesnächten trennten, hatte Antonius' Leib all seine Sonderrechte verloren, vielleicht aber auch seine Bedrohlichkeit. Sein Körper war schön, das ja, äußerst maskulin, zweifellos, aber keinesfalls einmalig. Jeder Offizier der Palastwache könnte ihr heute den gleichen Reiz und das gleiche gefällige Äußere bieten, das sie in jenen fernen Tagen so geblendet hatte.

»Kleopatra, wenn ich dich an die Freundschaft erinnern darf, die du mir früher entgegengebracht hast, höre auf meine Bitte: Kehre zu Antonius zurück!«

»Willst du einen Fels bewegen?«

Sosigenes sah sie ungläubig an.

»Ihr wart so glücklich zusammen. Erinnerst du dich nicht mehr?«

»Ich erinnere mich so sehr, daß ich dafür bestraft werden sollte. Ich habe ihn so sehr vergessen, daß ich mich nun nach der Zeit sehne als ich mich noch deutlicher erinnerte. Ich habe ihn so sehr geliebt, daß ich ihn unmöglich wieder lieben kann wie früher …«

Sie setzte sich auf den Thron und legte vor Sosigenes entsetzten Augen die Insignien ihrer Königswürde zur Seite. Dann nahm sie mit eigenen Händen die Doppelkrone ab, ohne die Hilfe ihrer Damen abzuwarten.

Ihr Haar fiel auf das goldene Kleid herunter. Ihre Arme ruhten auf den Lehnen des ebenfalls goldenen Thrones. Über ihrem Haupt entfaltete Horus, der göttliche Falke, die Flügel und übergoß sie mit noch mehr Gold.

»Die Erinnerung ermüdet mehr als die Politik«, murmelte sie versonnen. »Besprächen wir eine Staatsangelegenheit, würdest du mich gerade aufgerichtet sehen, gebieterisch, dominierend. Goldene Königin und Göttin in einer Person! Doch die Erinnerung stürzt mich in einen vagen, allzu süßen Schmerz. Was soll ich sagen, was du nicht bereits in deiner Botschaft gesagt hast? ›Antonius ruft dich, Antonius braucht dich.‹ Ich kann nur antworten: Was wünscht Antonius heute, das ihm seine Königin nicht bereits im Überfluß gegeben hat?«

»Er bittet dich, er fleht dich an, zu ihm nach Antiochia zu kommen.«

»Ich soll ihm nachlaufen?« lachte die Königin. »Das ist wirklich spaßig.«

»Laufe nicht, Königin. Segle einfach.«

Kleopatra und der Soldat wechselten einen vielsagenden Blick, und Sosigenes stellte zufrieden fest, daß sich römischer und alexandrinischer Humor endlich an einem Punkt getroffen hatten.

»Nach Syrien segeln! Was ist daran besonders? Andere tun es aus Lust und zum Vergnügen …«

»Die Lust solltest du nicht ausschließen … haben wir es doch mit Antonius zu tun …«

Enobarbus lachte so dröhnend, daß sich Sosigenes gezwungen sah, einzugreifen.

»Du befindest dich vor Ägyptens Thron, nicht in einer römischen Taverne, vergiß das nicht.«

»Laß ihn, Sosigenes. Laßt mich, ihr beide.« Sie wollte gehen und Enobarbus ohne Antwort lassen. Doch bevor sie die große Freitreppe erreichte, fügte sie hinzu: »Noch einmal die Lust, die ihm nur die Hure von Ägypten verschaffen kann? Ach, Enobarbus! Ich dachte, Antonius hätte mit zunehmenden Jahren gelernt, anspruchsvoller zu sein. Ich für mein Teil beklage mich nicht. Ich bin dabei zu lernen, von den Menschen kein göttliches Verhalten zu erwarten, sondern von den Göttern, die Antonius beschützen, vom Gott des Trankes und dem Gott der Kraft … Soll ich unter dem besonderen Schutz der Göttin der Schönheit reisen? Ist das sein Wunsch?«

»Er wünscht sich Kleopatra herbei«, rief der Römer, nun bereits ungeduldig.

»Kleopatra wird zu ihm reisen, das versichere ich dir. Sag aber Antonius, daß er in der Zeit des Wartens folgende Botschaft auswendig lernen soll: ›Die Leidenschaft ist unwiederholbar, das Begehren flüchtig wie es die Jugend ist. Antonius und Kleopatra sind nicht mehr jung. Was können sie einander geben in dieser langen Abenddämmerung?‹«

»Ich werde ihm deine Worte wiederholen und die gleiche Traurigkeit hineinlegen. Doch meine Augen werden leuchten vor Freude – denn die gehorchen mir nicht – und dein Kommen verkünden.«

Als die Audienz zu Ende war, bat Kleopatra Sosigenes, sie in die Große Bibliothek zu begleiten. Sie wollte es bei ihren Nachfor-

schungen bequemer haben, deshalb legte sie zuvor ihre Prunk-
gewänder ab. Dann gab sie Apollodoros, ihrem Hauptmann, einen
recht außergewöhnlichen Auftrag:

»Suche nach einer gewissen Trifena, die man auch die Bithy-
nierin nennt, und führe sie sofort zu mir …«

»Aber meine Königin«, protestierte Apollodoros und errötete
gar, »diese Frau ist eine …«

»Das weiß ich sehr wohl. Eine Dirne mit dem Ruf, ihre Kunst
vollendet zu beherrschen. Führe sie zu mir, folge meinem Auftrag …«

Auf dem sonst gefaßten Gesicht von Sosigenes stand blankes
Entsetzen. Seine Hände waren plötzlich so unbeholfen, daß sie in
den Dokumenten nicht mit der gewohnten Geschicklichkeit blät-
terten.

»Apollodoros, wir wollen vermeiden, daß sich der gute Sosigenes im Namen des Thrones schämen muß. Sie soll im Gewand
einer Büßerin kommen, sag das der Dirne. Das wird jedes Gerede
zum Verstummen bringen.«

Als sie schließlich allein waren, sagte der gute Berater mit
äußerstem Pathos:

»Du bist zweifellos von einem verrückten Affen gebissen, oder
die Sonne hat dein Gehirn so ausgetrocknet wie die Feigen an den
Verkaufsständen der Juden …«

»Affen hasse ich, und mein Gehirn ist in bestem Zustand. Was
ich von dem des Antonius nicht mit Sicherheit sagen kann. Deshalb muß ich mich wappnen.«

»Mit den Waffen einer Dirne?«

»Nur die stehen mir zur Verfügung, wenn aus meinem Feind
ein gewöhnlicher Satyr geworden ist.«

Sie legte große Entschiedenheit in ihre Worte, obwohl sie traurig klangen. Schließlich mußte selbst *Omphale* ihr Gehirn durch
ihr Geschlecht ersetzen, um den mächtigen Herkules halten zu
können.

»Begleite mich, Sosigenes. Ich muß wissen, wie es heute um
Antonius steht und welchen Platz er einnimmt in der Welt.«

WÄHREND SICH KLEOPATRA auf die Pfade ihrer Vergangenheit begab, trösteten ihre Zofen die schöne Balkis, deren Herz an einer unglücklichen Liebe litt. Tiefe Seufzer erfüllten das königliche Gynäkeion, die nicht wie Liebesklagen klangen, sondern eher haßerfüllte Schreie waren.

Ramose dachte laut darüber nach, begleitet von seiner goldenen Harfe:

»In der Tat wahnsinnig ist die Leidenschaft, die verliebte Frauen auf diese Abwege bringt und so kopflos macht. Denn eine große und höchst ungesunde Verwirrung legt sich auf die Augen derjenigen, die die Begierde zur Schutzgöttin ihrer Wege machen.«

»Das sagst du, weil du nicht sehen kannst«, meinte Carmiana. »Weil du nie erfahren hast, was Liebe ist.«

»Vielleicht sieht ein Blinder mehr als ihr, denn manchmal sehen offene Augen nicht klar, mögen sie noch so sehr schauen. Deshalb sage ich euch, ich mag zwar blind geboren sein, aber viele gelehrte Männer haben mir von der Schönheit der Dinge erzählt, die von den Dichtern beschrieben wurden und die ich mit meiner Harfe preise. Auch die Düfte Alexandrias haben mich belehrt. Deshalb weiß ich, daß Balkis schöner und begehrenswerter ist als alle Göttinnen ihres Landes. Ferner weiß ich, daß ihr feuerrotes Haar den Willen eines jeden stolzen Hauptmanns an diesem Hofe brechen kann. Wobei es genügte, einen einzigen Namen zu nennen, nämlich den des Apollodoros. Er wäre glücklich, sie ›Schwester meines Herzens‹ nennen zu dürfen, wie es die Liebenden in den alten Liedern tun, um die ihr mich immer wieder bittet.«

»Sing uns das Lied der Dame, deren Brüste sich in Lotosblüten verwandelten, um den Händen ihres Verehrers noch mehr zu gefallen«, bat die jüngste der Damen.

»Das wäre wahrlich nicht günstig«, sagte Ramose. »Die ungestüme Balkis befindet sich in einem Zustand, in dem die Poesie wie eines dieser Duftöle wirkt, die mehr schaden als nützen. Sie schüren das Feuer, lassen die Flammen höher schlagen und entwickeln dabei doch nur Aschengeruch. Facht ihre Liebe nicht noch mehr an, denn ihr Leiden braucht den kühlen Schnee der Berge ihrer Heimat.«

Doch Balkis trank kein Schneewasser, sondern stand in einem Flammenregen. Ihr Herz brannte so sehr, daß sie Thotmes aufsuchte und die Abwesenheit des Prinzen nutzte, um ihn ohne Umschweife anzusprechen.

»Diener der Isis«, sagte sie, »hast du nicht einen Trost für eine heimgesuchte Frau?«

»Isis hat einen«, antwortete er und wich dem stechenden Blick dieser grünen Augen aus, der ihn wie ein Pfeil durchbohrte. »Sie ist es, die die Heimgesuchten tröstet und die Urheber bestraft.«

»Ich habe gehört, daß die Götter heutzutage sehr beschäftigt sind und deshalb ihre Arbeit an bestimmte Diener abgegeben haben. Ferner weiß ich, daß diese sich große Mühe geben, verzweifelten Frauen zu helfen, wenn man sich ihnen erkenntlich zeigt, weil das vor den Augen der Götter wohlgefällig ist.«

»Es bleibt dem Scharfsinn der Diener überlassen, zwischen der Heimsuchung eines Menschen und den niedrigen Gelüsten von Hofdamen zu unterscheiden.«

»Hast du je um die Liebe einer Frau geweint, Thotmes?«

»Ja, ich habe geweint, aber um eine noch größere Liebe.«

»Hast du je die Tränen einer Frau geküßt, die sie aus Liebe zu dir vergossen hat?«

»Ich habe die Tränen geküßt, welche von Isis, der großen Mutter vergossen wurden, als sie den zerstückelten Leib des Osiris auf der heiligen Insel Philae fand. Ich habe sie geküßt, denn dank dieser Tränen steigt der Nil alljährlich an, weshalb es Tränen des Lebens sind und nicht Tränen des Todes, wie die der Frauen, die vor Begierde weinen und Schande in ihrem Innern tragen.«

Balkis fühlte sich wieder einmal abgewiesen und zog sich in ihre Gemächer zurück. Doch Thotmes' Geringschätzung fachte ihre Leidenschaft für ihn nur noch mehr an. In der Nacht öffnete sie ihr Geschlecht den Strahlen des Mondes und spürte dabei, daß sich ihre Lebenskraft erneuerte wie die Blumen in den königlichen Gärten, wie das Kraut, das im Schlamm der Wege wächst.

Sie erkannte, daß sie das Opfer einer unseligen Leidenschaft geworden war. Einer Leidenschaft, die sie zur Verbrecherin machen könnte.

DIE KÖNIGIN LIESS die weißen Mauern der langen Gänge hinter sich, die die privaten Nebengebäude des Palastes mit der Großen Bibliothek verbanden, ging durch einen der kleineren Säle und erreichte schließlich durch ein Labyrinth weißer Korridore das Staatsarchiv.

Sosigenes war unschlüssig, wenn nicht gar verärgert. Er versuchte ihrem eiligen Schritt zu folgen, mußte aber hin und wieder stehenbleiben – die Gicht, diese Plage der Götter, erzwang es –, und Kleopatra tat es ihm freundlicherweise nach, obwohl sie nicht alle Anzeichen der Aufregung unterdrücken konnte. Doch zwischen den beiden entspann sich ein stummer Dialog, bei dem es selbstverständlich um Marcus Antonius ging. Sein Name tauchte nun wieder auf in diesem Palast, in dem er nicht mehr erwähnt worden war. Sein Name drohte wieder. Jeder der von Kleopatra täglich konsultierten Wahrsager warnte von diesem Zeitpunkt an vor bevorstehendem Unheil. Obwohl Sosigenes keinesfalls bereit war, sich die betrügerischen Worte anzuhören – viel weniger noch sie zu beachten –, wünschte er innigst, einer dieser Toren möge herbeieilen, seine Zaubereien einsetzen und verhindern, daß die Königin womöglich einen schweren Fehler beging.

Seltsame Weisheit der Alexandriner! Auf Vernunft gegründet, dem klaren Urteil verpflichtet, gestattete sie dennoch gewissen unvernünftigen Elementen, sich ungehindert auszubreiten.

Nur so war es zu erklären, daß in diesem großen Reich des Wissens, in der Bibliothek, wo die wichtigsten Erkenntnisse des menschlichen Denkens aufbewahrt lagen, ein weiser, in der Lektüre des Aristoteles bewanderter Berater verzweifelt auf die Beschwörungen einiger schwarzer Zauberer wartete, von denen man wußte, daß sie mit verhexten Messern das Herz der Feinde der Liebe durchbohrten.

Als Sosigenes bei einer der Pausen, zu denen ihn der mühselige Gang des Alters zwang, das Thema Marcus Antonius offen ansprach, lächelte die Königin wie eine Sphinx – das heißt, sie lächelte nicht – und bemerkte lediglich:

»Ein Glück, daß die Chronisten nicht dem Diktat des Herzens folgen. Hätten sie sich ins Vergessen geflüchtet, wie es die ägyptische Königin tat, entbehrten wir heute der benötigten Information.«

Sosigenes beobachtete erstaunt und erschrocken das Auf und Ab dieses Herzens, das schließlich nicht mehr jung genug war, um sich dergleichen zu erlauben.

Bevor Sosigenes den großen Lesesaal betrat, verneigte er sich mit äußerstem Respekt – und nicht weniger Mühe – vor einer muschelförmigen Nische mit der Büste eines milde lächelnden alten Mannes, aus dessen Augen die Weisheit blitzte. Es war Zenodot, der erste Bibliothekar dieser gewaltigen Einrichtung. Der Mann, dem Alexandria den Ruhm verdankte, die beiden großen Heldendichtungen Homers systematisiert und so dem modernen Leser zugänglich gemacht zu haben.

»Die Götter der Weisheit sind trunken wie Dionysos, der Marcus Antonius beschützen möge«, dachte Sosigenes mit wehmütiger Sehnsucht nach den guten alten Zeiten. »Diese Säle, in denen vor Jahren die erste griechische Grammatik entstand, dienen heute nur noch den Frauen, die hier Licht in ihre Herzensangelegenheiten bringen wollen. Kurz, der Unvernunft.«

Doch Kleopatra Septima hatte andere Absichten. Oder zumindest auch andere, was der diskrete Sosigenes sicher wußte.

Einige Jugendliche, damit beschäftigt, die Geographiewerke einzuordnen – einer der großen Schwerpunkte der Einrichtung –, verneigten sich respektvoll, als die Königin und ihr Berater vorbeigingen. Vor Überraschung verstieg sich einer der jungen Männer zu einer tiefen Verbeugung, wie es früher üblich war.

Doch Kleopatra hatte keine Lust, sich mit Höflichkeitsbezeigungen aufzuhalten. Entschlossen lenkte sie ihre Schritte zu den Sälen, in denen die Annalen und Chroniken der zeitgenössischen Geschichte aufbewahrt wurden.

Sie wollte eine genaue Beschreibung der Ereignisse im Leben des Marcus Antonius in den letzten vier Jahren. Der Archivar suchte in den zahlreichen Alabasternischen, in welchen die Dokumente in ihren Lederhüllen aufbewahrt wurden, nach den gewünschten Informationen.

Als Sosigenes wieder allein mit Kleopatra war, bemerkte er:

»Wenn die Königin bei der bloßen Erwähnung des Römers die Fassung verliert, dann stehen uns schlechte Zeiten ins Haus.«

»Im Gegenteil, blühende Zeiten«, erwiderte sie trocken.

»Daß du mich anlügst, stört mich nicht weiter … aber daß du dir gestattest, dich selbst zu belügen, das ist bedauerlich.«

»Er braucht mich, und dieses Wort ist neu bei Antonius.«

»Als du ihn brauchtest, kam er dir nicht zu Hilfe. Dabei war dieses Wort auch bei Kleopatra neu.«

»Alles was die Liebe betrifft ist neu und zugleich uralt, mein guter Sosigenes. Wir können von der Liebe immer lernen, denn sie zeigt nie das gleiche Gesicht. Ihre Lehren sind unerschöpflich. Als ich von Antonius geliebt wurde, meinte ich sie alle zu kennen. Ein großer Irrtum! Den wahren Sinn der Liebe lernte ich erst kennen, als Antonius mich verließ. Wobei es äußerst seltsam ist, daß ich ihn dank des Schmerzes erfaßte und nicht dank der Freuden.«

»Erinnere dich an die unsäglichen Stunden des Kummers, Kleopatra.«

»Stimmt, ich habe sie durchlebt, doch womöglich nicht bis zur Neige ausgeschöpft. Es war eine so herzzerreißende Erfahrung, eine so intensive Qual, wie ich mir keine schlimmere vorstellen konnte. Doch mein Denken entsprang nur dem verzweifelten Versuch, aus diesem abgrundtiefen Loch herauszukommen. Heute weiß ich, daß ich den wirklichen Grund noch nicht erreicht hatte und der Kelch des Leidens nie endgültig gefüllt ist, mögen wir ihn noch so vollschenken.«

Da stolperte der Archivar daher – komisch aufgeregt und offensichtlich in höchster Eile –, wobei er wegen seiner geringen Körpergröße fast hinter den riesigen Lederhüllen verschwand. Als er die gewünschten Pergamente endlich vor ihr auf dem großen, quadratischen Marmortisch ausgebreitet hatte, seufzte er erleichtert.

Doch die Erleichterung war von kurzer Dauer; schon mußte er einer neuen, dringenden Anfrage nachkommen und wieder in die Archive enteilen.

»Bringe mir nun die neuesten Berichte über den Mann, der sich Cäsar Octavianus Augustus nennen läßt.«

Mit Sosigenes allein, wurde die Königin wieder ernst. Ihre

Miene verriet keine Gefühle mehr, sie wirkte sachlich wie eines der Dokumente.

»Vergiß alles bisher Gesagte, guter Sosigenes. Denn von nun an beschränkt sich mein Interesse für Antonius auf die Fakten in diesen Chroniken. Und während sie mit betonter Nachlässigkeit in den Seiten blätterte, fügte sie hinzu: »Ein Mensch, eingeschlossen in eine lederne Hülle! Wird die Summe unseres Lebens am Ende nichts weiter sein als ein mehr oder weniger gut archiviertes Dokument?«

»Im besten Fall. Meist ist es nicht einmal eine Nummer.«

»Schon beim Umblättern einer Seite fühle ich die Größe und das Elend dieses Mannes, dessentwillen ich so gelitten habe. Hier stehen alle Daten: wann er Tribun war, wann er die Mörder Cäsars verfolgte, wann er sich mit Octavianus und Lepidus zum Triumvirat zusammenschloß.«

»Das noch nicht abgelaufen ist, meine Königin.«

»Ich weiß. Diese Abschnitte habe ich mit voller Absicht ausgelassen, denn sie enthalten meine eigene Geschichte: der Tag, an dem Antonius Kleopatra begegnete!«

Sie überflog die Seiten mit oberflächlichem Interesse. Vor ihrem inneren Auge erschien die glückliche Zeit, die ewig hätte andauern können. Als die Königin auf das Datum der Hochzeit Antonius' mit Octavia stieß, setzte sie sich und las die Zeilen ganz genau. Dann dachte sie darüber nach und bat Sosigenes, sie zu lesen, um seine Meinung zu hören. Doch die Augen des Greises waren schon sehr schwach und das Licht dieser Abendstunde nicht allzu günstig.

Er beschränkte sich auf den Ausruf:

»Diese römische Straßendirne!«

»Ihr Männer, ob Kinder, Jugendliche oder Alte, habt die schlechte Angewohnheit, den Feind herabzuwürdigen ohne zu merken, daß ihr euch selbst damit erniedrigt. Laß dir sagen, daß eine Gegnerin ihres eigenen Kalibers der Königin von Ägypten angemessener ist als eine gewöhnliche Straßendirne. Überlassen wir Antonius diese Niederungen. Wir, seine Frauen, sind von edlerer Gesinnung. Was Octavia anbelangt, so beneide ich sie nicht. Sie ist schön, gebildet und intelligent. Doch was tut Rom? Es setzt sie nicht für irgendeine gute Sache ein, sondern läßt sie nur bei Familienkriegen vermittelnd wirken. Sagte ich Kriege? Zwistigkeiten sind es, Belanglosigkeiten ohne jede Tragweite.«

Der Name Octavia tauchte in den Dokumenten über Antonius immer wieder auf, doch die Königin von Ägypten empfand keine Eifersucht, wie es vor wenigen Jahren noch der Fall gewesen wäre.

»Arme Frau!« rief sie aus. »Antonius hat ihr ein weiteres Kind gezeugt, bevor er sie nach Rom zurückschickte. Dreimal wurde sie eines politischen Bündnisses wegen geschwängert. Käme mir, ihrer Gegenspielerin, diese würdevolle Haltung nicht so gelegen, hielte ich sie einfach für dumm.«

Hier war Octavia, festgehalten in ein paar angeblich objektiven Texten … wenn es denn objektive Texte überhaupt gibt. Sie erschien wie ein fernes Standbild, versteinert und zu würdiger Haltung verdammt, verpflichtet, sich allzeit bewunderungswürdig zu zeigen und deshalb regungslos.

Dennoch brach der starre Panzer um ihre menschlichen Züge gelegentlich auf, und dank ihrer Vermittlung nahm manche Angelegenheit, mancher Handel eine gute Wendung und wurde zu einer großen moralischen Lektion.

Ihre letzte Intervention meisterte sie äußerst geschickt.

Antonius, der kurz vor einer neuen Attacke gegen die Parther stand, fühlte sich von bestimmten Anschuldigungen, die Octavianus verbreitete, verleumdet. Entschlossen, sich tatkräftig zu verteidigen, ließ er dreihundert Schiffe zurüsten, um nach Italien zu reisen. Octavia flehte ihren Gatten an, sie in diesem Konflikt vermitteln zu lassen, und das obwohl sie schwanger war. Sie besprach sich mit ihrem Bruder, der nach Tarent unterwegs war, wo Antonius' Heer stand. Ganz Rom hatte seine Augen auf diese Begegnung gerichtet. Octavia, so wird berichtet, weinte bitterlich, weil das Schicksal es wollte, daß von den beiden Männern, die sich die Weltherrschaft teilten, der eine ihr Bruder und der andere ihr Gatte war. Sie sprach:

»Wenn die schlechtesten Vorhersagen eintreten und Krieg ausbricht, ist unsicher, wer als Sieger und wer als Besiegter daraus hervorgehen wird. Doch in beiden Fällen erwartet mich ein elendes Los.«

Diese Worte vermochten Octavianus zu rühren und Antonius' Zorn zu besänftigen. Die für den Krieg gerüsteten Schiffe am Strand von Tarent boten das schöne Bild friedlicher Versöhnung. Die Generäle und ihre jeweiligen Verbündeten tauschten Zeichen der Freundschaft aus und überließen sich gegenseitig – was unter praktischen Gesichtspunkten noch wichtiger war – große Mengen an Kriegsgerät.

So trennten sie sich. Octavianus bereitete seine Kriegszüge gegen Pompejus vor, der ihn von Sizilien aus fortwährend bedrohte, und Antonius begab sich wieder an die asiatische Küste. Vorher gab er jedoch seine drei Kinder und die Kinder, die er mit Fulvia gehabt hatte, in Octavias Hände.

Als Kleopatra darüber las, pries sie Octavia in den höchsten Tönen. Sie begriff, daß ihr guter Ruf wirklich verdient war, obgleich sie ihr Verhalten nicht nachvollziehen konnte. Aus welchem Stoff waren diese Römerinnen gemacht, daß ihr Pflichtbewußtsein sie zu solchen Extremen zu treiben vermochte?

»Es muß etwas sein, was über die Liebe hinausgeht, denn die Liebe ist der Charakterfestigkeit nicht zuträglich, im Gegenteil, sie verhindert deren Entwicklung. Ich könnte mich nicht so verhalten. Als Antonius mich verließ, um sich mit Octavia zu verheiraten, wünschte ich ihm den Tod. Erinnerst du dich, Sosigenes? Und sollte ich ihn je von neuem lieben, so würde ich es sicher wieder tun.«

Im Grunde ihrer Seele verspürte sie einen gewissen Neid auf das edle Verhalten ihrer römischen Feindin. Doch dieses Gefühl wollte sie nicht zulassen, weshalb sie diese Dokumente mit gespieltem Gleichmut zur Seite legte. Doch der Neid wuchs und sollte sie nie mehr verlassen.

»Wir waren bei Antonius in Asien angelangt«, bemerkte sie betont gelassen. »Bevor ihn Octavianus mit seinen Beschuldigungen verärgerte, war er auf dem Weg, seinen in Athen verspielten guten Ruf wiederzugewinnen.« Sie las aufmerksam und fuhr fort: »Ich sehe hier den ersten Sieg über die Parther. Antonius war so klug, das Kommando dem Ventidius Basus zu übertragen, der ein hervorragender Stratege ist … Das würde bestätigen, was selbst die Römer über Antonius, ja sogar über Octavianus sagen: Daß sie erfolgreicher sind, wenn sie ihre Kriegszüge nicht selbst leiten, sondern anderen anvertrauen …«

Sie gestattete sich eine abfällige Handbewegung und Sosigenes eine gelangweilte Miene.

»Das wußten wir bereits alles«, murmelte der Alte.

»Etwas ist mir neu, vielleicht wollte ich es in meinem Drang, Antonius zu vergessen, auch nur nicht wahrhaben. Er traf sich am Kap Misenum mit Octavianus und Sextus Pompejus, wo sie einen Vertrag unterzeichneten, der letzterem einige Rechte an der Mittelmeerküste einräumte unter der Bedingung, Rom vor den Piraten zu schützen. Das läßt auf enge Beziehungen zwischen diesem liederlichen jungen Mann und dem Lumpenpack der Meere schließen.«

»Ich sehe nicht, in welcher Weise diese Ereignisse Ägypten betreffen könnten.«

»Was immer in Rom geschieht, betrifft die Welt, denn Rom strebt nach der Weltherrschaft. Doch in diesem Fall sind wir noch stärker betroffen, denn der Sieg über die Parther wird Antonius in Rom bestimmt sehr beliebt machen und seine Stellung festigen. Solltest du ihm noch größeres Gewicht beimessen wollen, um meine Entscheidung, mich mit ihm zu vereinen, rechtfertigen zu können, so beachte bitte folgenden Umstand: Octavianus hat sich die Herrschaft über Italien, Gallien und Hispanien gesichert und Antonius den Orient überlassen. Der hat im Moment zwar nur sechs Provinzen, doch ist sein Posten auf erheblich mehr angelegt …«

In Kleopatras bislang unentschlossenem Blick lag plötzlich ein heller Glanz, den Sosigenes von anderen Gelegenheiten her kannte und sogleich als Ehrgeiz deutete. Nie zuvor war ihm dieser Blick herzlicher willkommen, ersetzte er doch den sehr viel verwundbareren Ausdruck einer wiederaufkeimenden Liebe – einer so verhängnisvollen Liebe.

Da erschien der Archivar mit den Dokumenten über Octavianus.

Obwohl er sie sehr geschickt neben den anderen ausbreitete, blieb Kleopatras Blick nicht an ihnen haften, richtete sich vielmehr in die Ferne, wo eine alte Schimäre wieder auftauchte.

»Dieser Antonius, den ich einst so geliebt habe, ist nichts weiter als die Dungkugel, die der heilige Skarabäus des Ra vor sich herrollt. Wer sie anschiebt, bestimmt ihren Weg.«

»Und wie heißt dieser Weg, Kleopatra?« fragte der Berater ängstlich.

»Er heißt Orient. Ein Weg, der Antonius' Träume immer wieder beschäftigt, aber auch für die Ausdehnung Ägyptens notwendig ist. Wir brauchen ihn so sehr wie er uns. Wir sollten die Lektionen beherzigen, die uns Rom erteilt: ›Teile und herrsche‹, guter Sosigenes. Deshalb ist es für unsere Sicherheit von lebenswichtiger Bedeutung, daß sich Antonius und Octavianus bis aufs Blut bekämpfen. Sollten sie je zu einer Einigung kommen, wird Ägypten zu einer römischen Provinz.«

Sie schlug mit der Hand heftig auf den Tisch und wischte damit über Octavianus' Leben hinweg. Ihr Blick, bislang in vage Fernen gerichtet, ruhte nun bereits an der syrischen Küste.

»Octavianus bescheide sich mit Rom!« rief sie. »Er strecke seine Tentakeln nach dem Okzident aus! Je weiter, desto besser. Indessen werde ich nach Syrien reisen, um dort Ägyptens Interessen zu vertreten, und Antonius' Wünsche auf Wege richten, die von den Stiefeln Roms noch nicht begangen worden sind.«

»Eines Tages werden sie es tun. Wer kann sie aufhalten?«

»Ein Krieger und eine Königin«, sagte sie entschieden.

»Das heißt, zwei Liebende.«

Sie richtete sich auf. Ihre Entscheidung stand unverrückbar fest. Ihre Tatkraft war ungebrochen.

»Ein Schwert und ein kluger Kopf. Der ehrgeizige Plan und die Hand, die ihn verwirklicht. Untrennbar miteinander verbunden. Eines Tages wird in den Geschichtsbüchern geschrieben stehen, daß Rom nur vor dem Heere Hannibals erzitterte … und vor einer Schlange vom Nil.«

»VERHASSTE STADT«, PFLEGTE Thotmes still für sich zu sagen, »Alexandria, Wiege aller Greuel. Alexandria, Schmelztiegel aller schamlosen Völker. Wer immer dich gegründet hat, es konnte kein Ägypter sein. Wer dich lieben kann, wird immer heimatlos bleiben auf Erden.«

Alexandria bei Ägypten, nicht in Ägypten. Nur »nahe bei«, im Bewußtsein der Zeitgenossen. Eine Stadt, die dem Land, an welches sie angrenzte, völlig fremd war. Eine allzu moderne Erfindung, das Erbe einer besonderen Familie. Zweifelhaftes Vermächtnis einer Dynastie makedonischen Geblüts, die orientalische Eigenheiten aufgriff und korrumpierte.

Thotmes, der auf dem Weg zurück zum Palast die Gärten des Serapis durchquerte, hatte einmal mehr Angst. Er fürchtete sich vor diesem Gott, den die Ptolemäer erfunden hatten, indem sie einzelne Eigenschaften griechischer Gottheiten mit denen ursprünglich ägyptischer Gottheiten vermischten. Er fürchtete sich, weil alles in Alexandria zwischen zwei verschiedenen, oft widerstreitenden Welten hin und her schwankte. Weil er sich im tiefsten Innern abgestoßen fühlte von den Straßen, die zum Meer führten, den gespenstisch weißen Palästen und den makellos sauberen, riesigen Prachtstraßen, die so viel breiter waren als die Hauptstraßen der Städte am oberen Nil.

Doch all diese Erwägungen wurden von dem Schrecken übertroffen, den ihm das Meer einflößte. Unwille überkam ihn bei dem Gedanken, daß ein junger Kerl, und sei es Alexander der Große, einfach eine Stadt hatte gründen können, die dazu verdammt war, immerfort von den Wellen umspielt zu werden, über den dunklen Abgründen wogend, in deren Tiefen kein ägyptischer Gott zu wohnen wagte.

Um seine Angst zu überwinden, rief Thotmes, der in Alexandria eigentlich ein Fremder war, oft Apis an, den freundlichen Schutzgott des Nils, den Hermaphroditen. Auf den alten Reliefs machte er den großen Pharaonen herrliche Früchte zum Geschenk, die nur dem großen Fluß zu verdanken waren.

In seiner Abneigung gegen das Meer erwies sich Thotmes als echter Ägypter, und in seiner heftigen Abscheu vor dem Kosmopolitismus Alexandrias bestätigte sich seine tiefe Verwurzelung im Land am Nil. Insbesondere an diesem Morgen, als er im Tempelviertel plötzlich von der dichten Menschenmenge des Markts der Götterbilder umgeben war. Dort wurden Abbilder jeder Art verkauft, und zwar nicht nur der Haupt-, sondern auch der Nebengötter. Denn schließlich ist die Frömmigkeit des Volkes unberechenbar.

Als sich Thotmes unter die Menge mischte, die wie Ebbe und Flut gefährlich hin und her wogte, wurde ihm klar, warum er sich an das städtische Leben nicht gewöhnen konnte, an die schädliche Vermischung von Syrern und Armeniern, Juden und Arabern, Griechen und Römern, Wüstennomaden und schwarzen Nubiern, Libyern und Damaszenern, Galliern und Somaliern. Die schauderhafte Vermischung von Priestern und Seemännern, Schlangenbeschwörern und Teppichhändlern, Landvolk und Pfandleihern, Kamelverkäufern und Gewürzhändlern, Philosophiestudenten und Damen auf der Suche nach Liebesabenteuern …

Thotmes verabscheute Alexandria, doch nicht nur wegen des Meeres, wie jeder anständige Ägypter, der etwas auf sich hält, nicht weil der Nil so weit weg war. Er verabscheute Alexandria, weil ihm die Stadt das Gefühl vermittelte, überall gleichzeitig und nirgends zu sein, keinen Gott zu verehren, obwohl ihm hier alle Götter, die Menschen je ersonnen hatten, zur Verfügung standen, niemandem anzugehören, obwohl ihn die Stadt bedrängte, ihr anzugehören … wie sie selbst allen gehörte.

»Nur zu Ägypten gehört sie nicht«, entschied der Priester. »Alexandria liegt nahe bei Ägypten, am Rande Ägyptens, doch weit entfernt von seinem Herzen.«

Er seufzte beim Gedanken, eines Tages wieder den leichten Wind des Nils auf dem Gesicht zu spüren und den durchdringenden Geruch des Schlamms zu atmen, den seine Wogen alljährlich, wenn der Wasserstand wieder sinkt, zurückläßt.

AN JENEM MORGEN mischte sich Thotmes, nachdem er sein tägliches Trankopfer im Tempel der Isis dargebracht und im Raum daneben sein Körperhaar entfernt hatte, unter die gewaltige Menschenmenge, die wie gewöhnlich den Markt der Götterbilder füllte. Nach langem Suchen kehrte er mit einer Basaltstele in den Palast zurück, die so schwer war, daß er den Entschluß bereute, seine amtliche Sänfte zurückgeschickt und sich für einen Spaziergang entschieden zu haben.

Doch im Grunde opferte er sich gern, denn die Stele war ein Geschenk für seinen Prinzen. Eigentlich mehr als ein Geschenk, nämlich ein Talisman, der ihm vielleicht sogar einmal das Leben retten würde.

Die Zofen der Königin hielten seinen Diensteifer für übertrieben und machten sich heimlich sogar über ihn lustig. Doch alle mußten zugeben, daß tags zuvor ein Skorpion am Bett des Prinzen aufgetaucht war. Sein Biß ist zwar nicht tödlich, verursacht aber dieses fürchterliche Fieber und diese entsetzliche Schwellung, wie sie die Pest auslöst bei Menschen, die von den Göttern geschlagen werden.

Deshalb griff Thotmes eilends auf die uralte Weisheit der Mütter des Nils zurück und suchte nach einem unfehlbaren Zaubermittel, dem einzig wirksamen Schutz gegen den Biß von Skorpionen, Nattern, Ratten und selbst von Krokodilen. Auf dem schwarzen Stein, den Thotmes unter größten Mühen durch die eleganten Straßen Alexandrias schleppte, war der Sieg des göttlichen Horus über diese gefährlichen Tiere dargestellt.

Als er ihn eben unter die Bettkissen Cäsarions plazierte, hörte er die Stimme des Knaben in seinem Rücken:

»Böser Thotmes! Du bist wütend, weil ich mehr Zeit mit meinen Pferden verbringe als mit dir, und nun rächst du dich, indem du ein todbringendes Zauberding in mein Bett legst. Wie hast du es geschafft, die Sicherheitswachen meiner Mutter zu täuschen?«

»Ich gehöre doch selbst dazu, mein Prinz. Ich beschütze von nun an deinen Schlaf und dein Leben.«

Cäsarion nahm die Kissen weg. Darunter lag die zauberkräftige Stele.

»Aber Thotmes, wie soll ich mit diesem dicken Stein unter dem Kopf schlafen?«

»Du bist unehrerbietig und verdienst die Strafe des göttlichen Horus. Er, der die Krokodile unter seinen Füßen zertritt, könnte dieses Zaubermittel verlassen und dich ihnen zum Fraß vorwerfen.«

Auf dem Stein war der tausendjährige Falke als Horusknabe dargestellt, der die Krokodile der Gewässer vernichtet, mit seinen Händen die Schlangen erwürgt, die durch die Gitterstäbe ins Haus kommen, und die Skorpione tötet, die sich in den Mauern verstecken.

»Das kümmert mich nicht«, sagte Cäsarion, »denn schließlich ist das Krokodil ein göttliches Tier, und da auch ich von göttlichem Wesen bin, würde ich, wenn es mich fräße, in seinem Bauch ein großes Wunder bewirken.«

»Wenn du so sprichst, muß ich dich zurechtweisen. Und immer wenn ich das tue, fühle ich mich wie ein alter Wüterich.«

»Das bist du wirklich, guter Thotmes, und außerdem viel zu sehr mit nutzlosen Dingen beschäftigt. Wie kann mich dieses Kind auf der Stele vor Bissen beschützen, wenn ich doch selbst dieses Kind bin? Vor ein paar Wochen habe ich dafür Modell gestanden.«

»Wahrlich, niemand übertrifft meinen Prinzen an Eitelkeit und Unaufrichtigkeit. Denn dieses Kind hier ist schön wie ein Gott, du aber bist häßlich und abscheulich wie eine sonnenverbrannte Eidechse.«

Doch Thotmes war sich seiner Lüge bewußt. Denn aus dem Kind, das man ihm eines Nachts in jenem Grab bei Theben übergeben hatte, war ein frühreifer Jüngling geworden, dessen natürliche Vorzüge durch sportliche Übungen und eine verblüffende Selbstsicherheit, deren Quelle selbst Thotmes nicht bestimmen konnte, noch unterstrichen wurde. Vor einem Jahr war er noch ein pausbäckiges, eher dickliches Kind, als plötzlich ein Wandel einsetzte, der seine Züge nach und nach verfeinerte und eine perfekte Schönheit vorausahnen ließ. Er hatte das schwarze, lockige und dichte Haar seiner Mutter, wenngleich er auf der Stele mit kahlrasiertem Schädel und dem vorgeschriebenen Kinderzopf dargestellt war.

»Weißt du, was meine Lehrer über dich sagen?«

»Schlimme Sachen wahrscheinlich. Denn es ist menschlich, anderen das Glück zu neiden, und ich bin vor allen anderen vom Glück begünstigt, weil ich meinem Prinzen am nächsten bin.«

»Sie nennen dich einen weißen Raben.«

»Es gibt keinen solchen Vogel.«

»Ich weiß. Es gibt nur weiße Tauben. Doch als ich Eukleides befragte, den Philosophen, lächelte er ein wenig boshaft und sagte, diese Vogelart habe sich erstmals in deiner Person inkarniert, denn deine Stellung am Palast macht dich von außen weiß und von innen schwarz.«

Bei dieser Anspielung auf sein heiliges Gewand lächelte Thotmes bitter, denn er wußte, daß ihm seine privilegierte Stellung in nächster Nähe des zukünftigen Königs von Ägypten auch Feinde gemacht hatte.

»Und du glaubst das Gerede?« fragte er zaghaft.

»Nie würde ich das von meinem besten Freund glauben«, erwiderte Cäsarion mit großem Nachdruck. »Das schlechteste, was ich von dir denke ist, mit Verlaub, daß du kreuzlangweilig bist.«

»Das sagst du, weil ich dich zum Studieren anhalte.«

»Das sage ich, weil ich dich früher für einen hoffnungslosen, aber immerhin unterhaltsamen Spinner hielt.«

»Wir begegneten uns zum ersten Mal in jenem Grab, im Sitz der Schönheit. Erinnerst du dich?«

»Selbstverständlich! Du hast dich so lächerlich benommen. Du küßtest mir die Füße, mir, deinem Freund!«

»Damals war ich es noch nicht. Ich war dein Untertan wie alle anderen Ägypter.«

»Was bist du heute, Thotmes?«

»Der Auserwählte, noch immer. Dein Mentor eben«, erwiderte er mit wehmütigem Lächeln und streichelte dabei die Stele des Horus-Harpokrates. »Doch mit den Jahren stellte ich fest, daß man mich eigentlich den Glücklichen nennen müßte.«

»Du sprichst nie über dein Leben vor jener Nacht.«

»Ich weiß nicht, ob es tatsächlich ein Leben war.«

»Dann sprich von deiner Kindheit.«

Thotmes schwieg einige Augenblicke. Die große Leere stellte sich wieder ein, die Abwesenheit von Erinnerungen, das Gedächtnis ohne Wurzeln.

»Ich hatte keine Kindheit, was ich aber erst bemerkte, als ich deine miterlebte. Ich war nur Kind, als du ein Kind warst. Ein Jüngling werde ich wohl erst sein, wenn du einer bist.«

Cäsarion ließ sich anstecken und gab sich ebenfalls dem Strom der Erinnerungen hin. Ein neues, überraschendes Gefühl stellte sich ein, das ihn vergangene Zeiten, früher bereiste Landschaften und endgültig abgelegte Spielsachen mit liebevollerem Blick betrachten ließ. Es glich einem leichten, süßen, gleichwohl tiefgehenden Schmerz, einem neuen Spiel, das er von Kindern anderer Länder gelernt und sich nun für immer angeeignet hatte. Dieser kleine süße Schmerz der Erinnerung war wie ein Spielzeug, das einzige, von dem er sich niemals trennen würde.

»Erinnerst du dich, mein Prinz, wie gern ich dich mit diesen Holztieren spielen sah? Ich beneidete dich glühend.«

»Einmal habe ich dich dabei ertappt, wie du einen meiner Wagen gestreichelt hast.«

»Ich erinnere mich gut. Es war die Nachbildung einer römischen Quadriga, und du sagtest, sie sei die Quadriga deines Vaters, des großen Juliers. Ich mußte sie in meiner Hand spüren, weil der Wagen eines der Dinge war, die ich nie besessen hatte; eine Erinnerung, die mir vorenthalten wurde. In jener Nacht habe ich heftig geweint, weil mir klar wurde, daß es Dinge gibt im Leben, die unwiederbringlich sind …«

»Auch ich weine so manche Nacht, Thotmes, weil ich spüre, daß ich erwachsen werde und gewisse Dinge endgültig hinter mir lassen muß. Nichts wird bleiben, wie es ist, mag auch alles besser werden.«

Nun verstand Thotmes, daß auch für dieses Kind die Zeit vergangen war, für dieses Kind, das eines längst vergangenen Tages einem Grabbild in Theben entstiegen war, um ihm alle Süßigkeit der Kindheit schmecken zu lassen. Er begriff, daß es vor seinen Augen und an seinen Geistesgaben gewachsen war. Das Kind hatte ein Stück von ihm in sich aufgenommen, wie es ihm eines ebenso längst vergangenen Tages von Epistemus auf der großen Terrasse des Hathortempels prophezeit worden war.

Er kam aus dem Staunen nicht heraus. Er, der sich immer so fern gehalten hatte von den Erschütterungen des menschlichen Herzens, war dem zärtlichsten aller Herzen begegnet und hatte von ihm gelernt zu fühlen. So zart war dieses Herz, daß es vom Rad der Zeit schon bei den ersten Umdrehungen verletzt werden würde.

Das Herz eines Kindes.

War es nur ein Herz oder womöglich eine Falle, um seine Zuneigung für immer gefangenzuhalten? Als er daran dachte, war es bereits zu spät. Es gab kein Zurück mehr. Denn so wie sich das Rad der Tage dreht, drehte sich auch Cäsarions Herz. Es glich den Wasserrädern der Nilbauern, die mit mehreren Eimern bestückt sind, welche sich mit Wasser füllen und in die Bewässerungskanäle entleeren, den Feldern zur Nahrung. Und je mehr das Kind durch seine tägliche Erfahrung aufnahm, desto mehr gab es in Thotmes Hände zurück und machte ihn zum Hüter eines einzigartigen Schatzes.

Doch nun verschwendete der Heranwachsende seine Perlen auf eine Weise, die nicht einmal für seinen Mentor vorhersehbar gewesen war.

»Sag mir, Thotmes, hast du dich seit deiner Ankunft in Alexandria mit vielen Zofen vergnügt?«

Bei dieser Frage fiel der Hüter des Schatzes beinahe in Ohnmacht, so daß Cäsarion weiter drängen mußte:

»Du schweigst wie ein Scheinheiliger. Dabei könntest du mir einiges erzählen, denn ich weiß sehr wohl, was die Damen meiner Mutter von dir halten.«

»Ich habe dir nichts zu verbergen, mein Prinz. An mir ist nichts, was das Interesse der schönen Zofen erwecken könnte.«

»Du bist allzu bescheiden, guter Thotmes. Vielleicht bist du aber auch so blind wie der arme Ramose. Wisse, daß ich vor dem Treffen mit dir im Gynäkeion war, weil ich gerne zusehe, wenn die Frauen meine Geschwister baden. Und siehe da, alle fragten mich nach Thotmes. Sie tuschelten miteinander und nannten dich schmuck und verführerisch.«

»Prinz, mein Prinz, sollten wir nicht endlich über Zahlen sprechen? Dein Mathematiklehrer hat dir heute Aufgaben gestellt, die äußerste Konzentration erfordern.«

»Machen wir die Rechnerei ein wenig unterhaltsamer. Rechnen wir nach, wie viele Frauen der gute Thotmes gehabt hat.«

»Ich hatte nie eine Frau.«

»Thotmes, du behandelst mich noch immer wie ein Kind.«

»Du bist ja auch noch ein Kind, trotzdem habe ich dich nie so behandelt.«

»Das trifft eher auf die Zofen meiner Mutter zu, denn sie halten mit ihrer Meinung nicht hinterm Berg, auch wenn ich in ihrer Nähe bin. Und das gefällt mir, denn sie sind feuriger als wir denken. Deshalb kann ich dir mit Sicherheit sagen, daß wenigstens fünf von ihnen gern dein Lager teilen und dich Bruder nennen würden, wie in Ramoses alten Gesängen.«

»In Gewitternächten könnten sie es nicht mit mir teilen, denn da würden sie dich in meinem Bett antreffen, an meiner Seite zusammengerollt. Du bist nämlich trotz deiner Pferde und deiner sportlichen Aktivitäten äußerst schreckhaft, fürchtest dich vor dem Blitz und stirbst vor Angst, wenn es donnert.«

»Ich würde gehen und der Schwester deines Herzens Platz machen.«

»Das wäre auch gut so. Denn dann würdest du hinterher nicht von diesen Dingen sprechen und deinen Rang ausnützen, um einen Freund in Verlegenheit zu bringen.«

»Thotmes, das Kind bist du, nicht ich. Wenn ich eine etwa gleichaltrige Schwester hätte, wäre ich bereits mit ihr verheiratet, vergiß das nicht.«

»Das ist ein religiöses Gebot.«

»Mag sein. Aber wenn ich meiner Gattin ein Kind zeugen muß, kommt nicht der göttliche Horus herbei um meinen Platz einzunehmen ...«

Ja, er war groß geworden, schmerzlich schnell, allzu schnell vielleicht. Der unvergleichliche kindliche Liebreiz war einer gewissen frühreifen Autorität gewichen, die leicht gekünstelt wirkte. Sie erinnerte Thotmes an die unangenehmen Kinder einiger hochstehender Familien, die allzu früh das Verhalten und Benehmen ihrer Eltern nachahmten. Das nährte seine Befürchtung, Cäsarions Entwicklung könnte eine schlimme, alle Gesetze der Natur herausfordernde Wendung nehmen.

Und dennoch verströmte sein Lächeln noch immer Liebreiz, Anmut und Unschuld. Es glich einer jungfräulichen, noch von keinem Sonnenstrahl berührten Quelle. Man hatte ihn mit Wissen vollgestopft und seinen Körper nach allen Regeln der Kraft und Schönheit geformt, dennoch war alles an ihm so anziehend wie ein schöner Traum, der erst in Umrissen erkennbar ist.

Schätze des Kindes Cäsarion, auf ewig aufbewahrt im Gedächtnis des Priesters, der selbst keine Kindheit gehabt hatte: Was dieses Kind war und bald schon nicht mehr sein würde. Was es lernte und wieder ablegte, weil es fortlaufend Neues lernte. Kleinigkeiten, die das Kind begeisterten und schlimme Dinge, die es zum Weinen brachten. Tausend tiefe Geheimnisse, die Grundlagen so vieler verschiedener Dinge. Pläne, Pflichten, Träume, Schimären, Schmerzen und Freuden, die Thotmes teilen durfte dank eines Wesens, das so rein war wie sein eigenes und sich beständig an der unendlichen Vielfalt der Welt ergötzte.

Thotmes lebte in Cäsarion und Cäsarion in Thotmes. Eine unzerstörbare Einheit. Eine permanente Herausforderung der Gesetze des Vergessens. Eine Verbindung, die selbst eine Stadt wie Alexandria nicht zu planen gewagt hätte.

»TRIFENA, O TRIFENA, einst sah man dich in Schmutz und Elend, heute von Prunk und Pracht umgeben!«

Das dachte die berühmteste Hure Alexandrias, als Iris und Carmiana sie in Kleopatras Privatgemächer führten. Diese allerprivatesten Räume bargen jeden Luxus, den die Bequemlichkeit verlangt, alle Dinge, die zu jeder Ausschweifung benötigt werden und jeden Gegenstand, den eine empfindsame Seele braucht, um sich dem Jenseits und dem versprochenen Paradies näher zu fühlen.

Einen Augenblick lang fühlte sich Trifena von dem Luxus ringsum befangen. Ihre üppige, jedoch keineswegs gepflegte Schönheit wirkte in dieser durch Jahrhunderte der Zivilisation extrem verfeinerten, ja gekünstelten Umgebung fremd und aufgesetzt.

»Bist du noch nie in einem Palast gewesen?« fragte Iris.

»Doch, in vielen, aber dieser hier ist unvergleichlich. Eine käufliche Frau kennt alle Häuser von innen, verweilt aber in keinem, das ist allgemein bekannt. Trotzdem hätte ich von einem solchen Palast nie zu träumen gewagt. Fühlt sich die ägyptische Königin inmitten all dieser wunderbaren Dinge nicht einsam?«

Die Zofen lachten, und einige machten sich sogar lustig über Trifena. Doch die Besucherin fühlte sich in dem Kleid mit den strengen Farben, das ihr die königliche Kammerfrau geschickt hatte, über jeden Spott erhaben. Es war so sittsam, daß sie sich darin wie eine Priesterin vorkam.

Trifena blieb vor der riesigen Badewanne Kleopatras stehen. Sie glich einer Bucht, direkt an dem Punkt plaziert, an dem sich alles Licht der Welt bündelte. Die Helligkeit strömte durch die gewaltigen Oberlichte und die riesigen Fenster und verlieh dem Wasser den wunderbaren Farbton von Elfenbein.

Doch es war kein Wasser, sondern Milch. Milch, so weiß wie Schnee, der schmilzt, wenn ihn ein Jüngling berührt, der das erste Begehren erlebt. Auf der durchsichtigen Oberfläche schwammen diverse Spielsachen, die jedes Bad, besonders ein ausgedehntes, unterhaltsam gestalten. Kleine Galeeren, Nachbildungen der bekannten Boote, segelten dahin; es gab Spieltiere in Form von Krokodilen und Nilpferden, die, vom Finger der Königin angeschubst, umkippten und sich wieder aufrichteten …

Die Milch verströmte einen besonderen Duft, einen beruhigenden Wohlgeruch, der die Prostituierte in eine Art Trance versetzte. Iris erzählte ihr beiläufig, daß die Königin der Milch Fliederextrakt zusetzte, Kamille, Brennessel und einen bestimmten Lindenblütensud. Doch Trifena hatte eine praktische Frage:

»Wie viele Eselinnen braucht man, um eine so große Badewanne zu füllen?«

»Die Königin mißt die Schönheit nicht nach der Anzahl der zur Verfügung stehenden Eselinnen, das wirst du verstehen«, erwiderte Iris mit leicht verächtlichem Unterton.

Trifena schlenderte zwischen all den prächtigen Dingen umher und erreichte schließlich eine riesige, mit rosa Marmor ausgelegte Plattform, wo auf kunstvoll gearbeiteten Sockeln herrliche Spiegel in den unterschiedlichsten Formen standen.

Doch ihr Verlangen galt weder den hellenistischen Spiegeln, noch den Tiegeln aus Lapislazuli, auch nicht den herrlichen, aus Dufthölzern geschnitzten Kämmen. Nein, ihr Blick fiel direkt auf einen kleinen Korb mit Erdbeeren, eine köstliche kulinarische Verlockung.

Sie wollte eben eine Erdbeere nehmen, da ließ sie ein Schrei Carmianas innehalten:

»Faß sie nicht an! Sie sind für eine Maske ihrer Majestät bestimmt!«

»Du hältst mich wohl für blöd!«

»Sie läßt dich auspeitschen, wenn sie es bemerkt. Erdbeeren sind um diese Jahreszeit nicht leicht zu bekommen. Die Händler aus *Byblos* beliefern Kleopatra damit.«

»Und ich soll glauben, daß sie sich die Erdbeeren aufs Gesicht legt, anstatt sie zu essen?«

»Wie es auch früher die Königinnen taten. Flora stellt ihre Gaben in den Dienst der kostbaren Haut Kleopatras. Sieh her, hier ist Weizenextrakt, Sesamöl, Hamameliswasser, ja sogar ein Topf mit wildem Kümmel.«

Da ertönte eine herrische Stimme, die sich bemühte freundlich zu klingen. Es war Kleopatra.

»Einer unschönen Frau könnten alle Gärten Ägyptens keine Schönheit verleihen. Doch braucht es viele Gärten, damit die vorhandene Schönheit nicht vorzeitig verblüht.«

Alle verneigten sich, doch einige Sklavinnen hörten nicht auf zu kichern.

»Iß eine Erdbeere, Trifena«, sprach die Königin, »doch denk daran, daß eine kleine Stelle auf dem Gesicht Kleopatras heute keine Nahrung bekommt.«

Trifena verzichtete mit verdrossener Miene.

»Nach dieser Bemerkung käme ich mir schlecht vor.«

Sie wurde in das angrenzende Gemach geführt. Dort standen einige Sitzmöbel, und Trifena ließ sich auf einen Diwan fallen, noch bevor die Königin Platz genommen hatte. Der Fehler wurde ihr verziehen, vielleicht aber auch absichtlich übersehen.

»Du wirst dich fragen, warum ich dich rufen ließ.«

»Diese Nachfrage wurde mir bereits ärgerlich verboten. Es sei nicht meine Sache. Was mich wundert, denn wessen Sache sollte es sonst sein.«

»Kleopatras Sache«, meinte die Königin freundlich.

»Götter! Möge sich die Königin erbarmen, sollte ich einen Fehler begangen haben.«

»Schon gut. Fehler, die in den Bordellen begangen werden, dringen nicht bis vor den Thron … Meine Bitte bringt die Königin von Ägypten etwas in Verlegenheit, oder besser gesagt, die arme Frau, die sich hinter diesem Titel verbirgt.«

»Fürchtet Ihr meine Schwatzhaftigkeit?«

»Nicht im geringsten. Wenn es ein wichtiges Geheimnis wäre, könnte sie dir den Kopf kosten. Nun ist es aber so, daß du nicht mehr erzählen kannst, als was eh bereits in aller Leute Munde ist … Nun schau mir in die Augen und versuche nicht zu lügen: Bezeichnet das Volk seine Königin als brünstiges Weibchen?«

»Herrin! Wie könnte das Volk so etwas sagen?«

»Ich weiß doch Bescheid. Hör auf zu lügen und zu schmeicheln, sonst lasse ich dir den Kopf abschneiden, als hättest du mir alle Erdbeeren gestohlen.«

Trifena überlegte einen Moment. Dann nahm sie allen Mut zusammen und antwortete:

»Das Volk bezeichnet Euch mit den Worten, die Ihr eben ausgesprochen habt.«

»Nur so?«

»Nun, es sagt, Ihr wäret äußerst brünstig.«

»Und weiter nichts? Lüge nicht!«

»Wenn Ihr darauf besteht … Na gut, man behauptet Ihr seid eine Straßendirne.«

»Gehe nicht zu weit!« Sie spielte mit einem kostbaren Messer aus Obsidian. Ein bedrohlicher Anblick. Ruhig setzte sie hinzu: »Wenn sie mich eine Straßendirne nennen, schreiben sie mir Liebhaber zu …«

Trifena war nun etwas vorsichtiger:

»Das habe ich noch nie gehört.«

»Die Wahrheit, du Luder!«

»Die Wahrheit, Herrin, ist, daß Ihr mich in eine Zwickmühle gebracht habt. Wenn ich Euch anlüge, laßt Ihr mich köpfen, sage ich die Wahrheit, werde ich lediglich ausgepeitscht. Deshalb sage ich Euch, daß Euch mehr Liebhaber zugeschrieben werden als Sterne am Himmel stehen. Macht nun mit mir was Ihr wollt, ich weiß mir keinen Ausweg.«

Kleopatra fing an zu lachen. Sie bot ihrer Gefährtin eine Frucht an und befahl ihr mit scharfem Blick, sie anzunehmen.

»Es gibt einen Ausweg, der sogar mit einer Belohnung verbunden ist. Mach mich zur Expertin, Trifena.«

»Was könnte die arme Trifena Euch lehren?«

»Die Künste, die du anwendest. Lüge nur nicht. Ich habe mich gründlich informiert und weiß, daß keine andere Prostituierte in Alexandria die Liebeskünste besser beherrscht als du.«

»Und darum bittet Ihr mich – Ihr, von der man sich diesbezüglich so viele Wunder erzählt?«

»Meine Wunder sind aus der Mode gekommen, liebe Trifena. Wer sie damals erlebt hat, könnte sich drei Jahre später damit langweilen. Ich muß ihn immer wieder überraschen und seinen Körper fordern, bis ihm die Sinne vergehen.«

»Euer Geliebter verwechselt die Liebe offensichtlich mit Zirkusspielen.«

»Und bei Gelegenheit vermischt er beides. Deshalb bitte ich dich: Berichte mir alle Neuheiten, die in den Bordellen Alexandrias Mode sind. Unterweise mich in diesen Künsten. Dann bist du all den großen Meistern gleichgestellt, die je die Ehre hatten, Ägyptens Thron zu belehren.«

Die Prostituierte, immer noch verblüfft, erzählte der Königin ein paar frivole Anekdoten, die langsam ins Obszöne abglitten. Sie war auf ein erfahrenes Weib gefaßt gewesen, sah sich nun aber einer völlig kühlen Frau gegenüber, die ihren Worten aufmerksam lauschte. Hätte Trifena je die Versammlungen und Vorlesungen der Akademie besucht, hätte sie gewußt, daß die Königin so aufmerksam und respektvoll zuhörte wie eine Studentin der Naturwissenschaften.

Dem Schluß der Ausführungen lauschte Kleopatra mit der Miene eines Mathematikers, der seine Erfahrungen in einer schlüssigen Analyse zusammenfaßt.

»So, so«, sagte die Königin nachdenklich, »das ist also der Logos der Lust.«

»So was Komisches habe ich nicht gesagt«, protestierte Trifena erschrocken. »Ich sagte lediglich, daß, wenn der Mann aufrecht steht und sich die Frau unter ihn legt ...«

»Du brauchst mir keine Zusammenfassung zu liefern, ich habe bereits alle Lektionen verstanden ...«

Kleopatra erhob sich, doch Trifena rührte sich nicht. Schon eilten die Zofen herbei, um ihre Herrin für eine Privataudienz anzukleiden.

»Du bleibst hier im Palast«, sagte Kleopatra knapp und überließ ihr Haar Carmianas feinem Kamm.

Plötzlich schoß Trifena wie angestochen in die Höhe und rief:

»Bin ich eine Gefangene?«

»Deiner selbst vielleicht«, erwiderte Kleopatra vergnügt.

Da stimmten alle ihre Damen in ihr Lachen ein und wickelten sie in eine leichte blaue Leinentoga.

»Gebt ihr Erdbeeren ... auch wenn sie alle aufißt. Badet sie dann in meiner Wanne ... und paßt auf, daß sie die Milch nicht trinkt«, sagte sie und, an Trifena gerichtet:

»Morgen beginnen wir mit dem Unterricht. Hoffentlich bist du in den praktischen Dingen der Lust so geschickt, wie du dich in der Theorie gezeigt hast.«

»Es ist mir eine Freude, eine so edle Frau zu unterrichten ...«

»Ich hoffe, es wird eine Freude sein, das Gelernte anzuwenden, in Antiochia, einem so edlen Herrn zur Wonne ...«

Während Carmiana ihre Arme mit Reifen aus Gold und Türkisen schmückte, seufzte sie aus tiefstem Herzen: »Sei verdammt, Marcus Antonius, und verdammt sei auch deine Dummheit. Amor käme in Seidengewänder gehüllt zu dir, du jedoch empfängst ihn lieber in häßlichen Fetzen …«

AMOR KONNTE NUR schlecht und lumpig gekleidet den Appetit des Römers reizen, die Sexualität jedoch erschien Kleopatra in prächtigem Gewand und ließ sie die kupferfarbenen Schenkel des ägyptischen Hauptmanns auf ihrer Haut genießen. Sie gab sich ihm hin ohne viel Nachdenken, ohne Arglist, Ränkespiel und Verstellung: völlig nackt, wie die Welt am Schöpfungsmorgen, offen wie eine frische Quelle, überrascht wie eine Jungfrau, die ihre Unberührtheit immer wieder erneuert.

Sie genoß ihren Hauptmann, und er genoß seine Königin, ohne Hoffnung auf eine Fortsetzung, ohne Verpflichtung für die Zukunft. So wurde die Begierde durch ihre Direktheit zu einer besonderen Art der Keuschheit. Die Stimme der Natur meldete sich in ihrer Brust, in schlichter, auf das Allernotwendigste beschränkter Sprache. Das war schon bei ihrer ersten intimen Begegnung vor zwei Jahren so gewesen.

Etwas so Einfaches wie der heftige Trieb eines Tieres! Der begehrte Körper zur Befriedigung einer Begierde, Lippen, die gesucht werden, um einen Mund zu trösten und einen ekstatischen Taumel auszulösen. Ein kostbares Instrument, ein praktisches Werkzeug, ein Schatz, der im Wert stieg, all das war der Hauptmann in den Armen der Königin. Und all das war sie in seinen Armen.

In dieser Nacht jedoch, wie bereits in den Nächten zuvor, seufzte er schwer, und seine Aufmerksamkeit schien abgelenkt. Er war innerlich so weit weg, daß er vom Ziel abkam. Deshalb grub die Königin von Ägypten nicht ihre Fingernägel lustvoll in sein Fleisch, sondern fing an mitfühlend zu lachen.

»Worüber amüsierst du dich, meine Herrin? Bin ich heute nacht so ungeschickt?«

Sie strich ihm mit großer Zärtlichkeit übers Haar.

»Wie könnte ich dich verlachen, kenne ich doch die Ursache deiner Zerstreutheit. Und ist mir doch selbst ähnliches in der Vergangenheit widerfahren. Aber selbst wenn es nicht so wäre, würde ich es nie wagen, mich über deine Mannhaftigkeit und deinen stattlichen Körper lustig zu machen. Das wäre nicht recht. Nur Dumme verlachen die Schönheit und vergessen, daß sie ein Wert an sich ist. Nur Niederträchtige erwidern die freundliche Aufmerksamkeit, die ihnen entgegengebracht wird, mit Geringschätzung. Deshalb versichere ich dir, daß dich mein Lachen nicht beleidigt, sondern ehrt.«

»Es macht deinen Hauptmann lächerlich. Ich möchte weinen, doch das wäre allzu kindisch. Allein der Gedanke daran verbietet sich …«

»Er macht dich menschlich, lieber Apollodoros, und noch schöner. Deine Männlichkeit zeigt sich menschlich, ohne sich zu schämen. Weine also, wenn du Lust dazu hast.«

»Lust sagst du zu dieser Qual?«

Nun, der Hauptmann weinte nicht in den Armen seiner flüchtigen Geliebten. Doch auf dem markanten, männlichen Gesicht mit den perfekten Zügen einer Skulptur, zeichnete sich ein großer Schmerz ab, und das war ergreifender als ein Schluchzen.

»Es wäre an mir, zu weinen«, meinte Kleopatra, nun nicht mehr lachend, sondern in zärtlichem Ton, »denn deine Tränen gelten nicht mir, das weiß ich sehr wohl. Eigentlich sollte mich deine heftige Gemütsbewegung kränken. Nach so vielen Liebesnächten in deinen Armen, nach so vielen Reisen über das Meer der Ekstase, teile ich dir mit, daß ich mich mit meinem früheren Geliebten vereinen werde. Du jedoch weinst einem grünen Augenpaar nach, das nicht das meine ist. Du ziehst ein feuerrotes Haar dem Haar deiner Herrin vor, von dem du immer sagtest, es gäbe an der ganzen Seidenstraße kein schöneres.«

»Ja, ein Undankbarer bin ich, denn du hast mir deine Gunst geschenkt, und ich vergelte es dir, indem ich einer anderen Frau nachweine, die sie mir versagt.«

»Du bist allzu streng mit dir, Apollodoros. Gut, ich habe dir einen Gefallen getan, aber du hast mir im Übermaß zurückgegeben. So ist das mit der Lust, wenn es gerecht zugeht. Und wenn die Götter die Liebe so nicht kennen, dann deshalb, weil sie keine feinen Sitten haben. Du hast dich also belohnt gefühlt und ich mich gut bedient«, seufzte sie und verlieh damit der dramatischen Situation ihres Liebhabers eine humorvolle Note. »Das ist bemerkenswert und verdienstvoll, denn im Bett einer Königin haben die Männer nicht mit den Dingen Erfolg, womit sie hinterher in den Kasernen prahlen.«

Apollodoros zögerte, doch dann, von der Offenheit der Königin ermutigt, sagte er schließlich:

»Das Vertrauen, das du mir entgegenbringst, zwingt mich, dir zu verraten, welche Frau meinen Schmerz verursacht.«

»Im gleichen Vertrauen gesagt: Ich weiß es bereits. Und weil ich dir dankbar bin, werde ich einschreiten, damit du zum Ziel kommst.«

»Ein trauriges Ziel, denn ein anderer hat es bereits erreicht.«

»Du irrst. Habe ich doch selbst gesehen, wie die junge Frau, nach der du dich verzehrst, nach dir seufzt …«

»Balkis ist es, die Phönizierin, und sie ist nicht frei.«

»Sie wird frei sein, wenn ich es verfüge. Denn erstens ist sie keine Sklavin, sondern eine meiner Zofen, zweitens, hat sie ihr Vater, der edle Krieger Thirkos, an meinen Hof gebracht und mir erlaubt, einen Mann für sie auszuwählen. Und drittens, in meinen Augen jedoch erstens, weil du sie vergötterst und sie dich liebt.«

Die Königin äußerte sich so sicher, daß Apollodoros' dunkle Augen etwas verwirrt dreinblickten.

»Du hast nicht richtig verstanden, als ich von ihrer Freiheit sprach. Selbst wenn sie eine Sklavin wäre, müßte ich dich nur um sie bitten, dann wäre sie mein. Doch aus ihrer schwierigen Lage kannst nicht einmal du sie befreien. Sie ist Gefangene einer ruchlosen Leidenschaft.«

»Wie das?«

»Sie ist in den weisen Lehrmeister deines göttlichen Sohnes verliebt. Nach ihm sehnt sie sich so schmerzlich wie ich mich nach ihr. Das ist kein Leben oder nur ein verfluchtes Leben. So lautet die bittere Wahrheit.«

Die Nachricht kam so überraschend, daß jeder Herrscher an der Effektivität seiner Spionagemethoden gezweifelt hätte.

»In Thotmes sagtest du?« rief Kleopatra aus. Sie war verblüfft, aber auch beleidigt, weil ihr bekannter Spürsinn sie im Stich gelassen hatte. Nach einem Augenblick des Nachdenkens setzte sie hinzu: »Die schöne Balkis ist in der Tat dumm und kühn zugleich. Sie hat ihre Augen auf das Heilige geworfen, und gegen dieses Hindernis ist der Wille des Menschen machtlos, und Thotmes zu begehren ist kühn.«

»Sie ist Mörderin und Selbstmörderin in einer Person. Ihre Geringschätzung bringt mich um, und die Geringschätzung, die der Priester für sie empfindet, wirkt tödlich auf sie. So leiden zwei wegen eines Mannes, der zu allem Übel auch noch ewige Keuschheit geschworen hat.«

Nun standen Kleopatra alle Fährnisse der Liebe wieder klar vor Augen, und ein eigenartiger, heftiger Schwindel erfaßte sie.

»O elendes Gefühl, das wir Liebe nennen, weil uns keine andere, abfälligere Bezeichnung in den Sinn kommt! Seit Jahren weiß ich, daß sie trügerisch ist und kannte ihre zerstörende Wirkung, so daß ich den Tod herbeisehnte wie Balsam. Ich suchte bei anderen Menschen und hoffte, einen tieferen Sinn zu finden und getröstet zu werden. Und was fand ich: überall enttäuschte Liebe, überall nicht erwidertes Verlangen. Doch eines Tages hörte ich deine Seufzer und verglich sie mit denen der Phönizierin. Endlich eine Liebe, die erwidert wird, dachte ich. Das war mir völlig neu, und ich beschloß, euch zu helfen.« Sie streichelte anerkennend die Brust des Hauptmanns und fuhr fort: »Keine könnte dich Balkis besser empfehlen als ich, die deine Geschicklichkeit kennt und Gelegenheit hatte, deine unendliche Zärtlichkeit schätzen zu lernen. Gut, du hast mein Lager geteilt und bist nicht mehr unschuldig, aber welcher Mann ist das noch, wenn er schließlich mit der Frau schläft, die er liebt? Ich wollte dir heute nacht folgende Überraschung bereiten: Die Königin von Ägypten als Kupplerin für zwei Menschen, die sich nacheinander sehnen und nicht wagen, sich ihre Liebe zu gestehen. Aber auch diese Befriedigung haben die Götter verhindert!«

»Einer ihrer Diener verhindert sie!« rief Apollodoros mit unverhüllter Wut. »Ein verdammter Heuchler, der seine Geilheit unter dem Mantel der Keuschheit versteckt!«

»Hör auf damit, Apollodoros, oder du lernst Kleopatras Zorn kennen. Hast du vielleicht Beweise, daß sich sein Mantel hob, um Balkis Gelüste zu befriedigen?«

»Keinen einzigen. Ich schäme mich meiner Anschuldigung. Mach mit mir, was du willst.«

»Küssen will ich dich, schöner Freund, und die Berührung deiner Lippen fühlen, was deiner Geliebten nie vergönnt sein wird. Ich pflücke deinen Kuß und nenne sie wieder dumm, weil sie dich ansah und nicht erkannte. Doch gleichzeitig bemitleide ich sie, denn sie hat die Blitze ihrer Augen auf einen Blitz gerichtet, an dem sie erblinden kann.«

Sie versuchte, diesem begehrten Körper wieder Leidenschaft einzuflößen und wünschte auch selbst wieder entflammt zu werden. Nie fühlte sie sich mehr erleichtert darüber, daß sie nicht verliebt war.

»Fortuna belohnt die Menschen mit Augenblicken wie diesem: Wenn Begehren den Raum füllt, der zwei Leiber voneinander trennt. Ein Begehren, das nicht belastet, das nicht versklavt. Mögen dir unzählige Frauen Lust verschaffen, wenn du diese Verrückte mit ihrem roten Haar einmal vergessen hast.« Sie stieß einen leicht frivolen Seufzer aus und fügte hinzu: »Das übrigens gefärbt ist, falls dir das hilft, dich von ihr zu lösen …«

Sie klammerte sich an den Körper des Mannes und drückte sich wie eine verspielte Katze in seine starken Arme. Doch ihre Gedanken weilten bereits in Antiochia.

»Wer kann mir helfen, mich von Antonius zu lösen und ihn zu verachten, wenn es dem stattlichsten Anführer aller Heere nicht gelingt? Wenn er mit seiner strahlenden Jugendlichkeit es nicht vermag, diesen heftigen Drang nach einer Begegnung mit Antonius zu dämpfen, wer sonst? Glücklicher du, mein flüchtiger Geliebter, glücklich ja, weil du eine Frau liebst, die dich nie lieben wird! Unglückliche ich, deine Ersatzgeliebte, unglücklich ja, weil ich nicht weiß, ob ich den Mann noch liebe, der mich nun plötzlich wieder liebt! Verflucht sei Amor in beiden Fällen, weil er sich zwischen meinen Willen und meine Begierde stellt. So umarmst du mich, ohne meinen Körper zu fühlen, und ich umarme dich, ohne deine Wut zu spüren. Verflucht sei Amor! Er ist schuld, daß dieser wunderbare Augenblick zu einer verpaßten Gelegenheit wird. Denn es gibt nicht mehr viele weibliche Wesen wie mich, und Männer deiner Statur sind ebenfalls rar …«

Sie gab sich Apollodoros' Männlichkeit hin, einmal, zweimal, dreimal noch, bevor sie in See stach in Richtung der syrischen Küste.

DIE BOTEN, DIE in vollem Galopp über die fruchtbare Ebene von Antiochia jagten, schienen den Verstand verloren zu haben. Ihre Schreie durchdrangen die Mauern, trafen auf die Wächter und erreichten schließlich das gemeine Volk, das die Kunde dann auf dem ganzen Markt verbreitete. Obwohl Antiochia einige Meilen vom Meer entfernt lag, erfuhren alle ohne Ausnahme von dem Wunder.

»Gold auf dem Wasser! Das Meer ist verrückt geworden!«

»Eine Schatztruhe schwimmt auf den Wellen!«

Bald wußte die ganze Stadt, daß sich eine außergewöhnlich stolze Galeere ihrer Küste näherte. Die Hafenwachen hatten sie soeben erspäht, sie war in der Ferne aufgetaucht, eine neue Erscheinung am sonst immer gleichförmigen Horizont. Obwohl die Bewohner Antiochias an Prachtentfaltung gewohnt und kaum zu beeindrucken waren – denn ihre Stadt pflegte enge Verbindungen zu aller Welt –, wurde die Nachricht zu einer Sensation, denn es verlieh einem allzu gleichförmigen Sommer eine leidenschaftliche Note.

Adlige und Plebejer, Syrer und Fremde, Männer und Frauen, schmückten ihre Rösser und richteten ihre Sänften her. Die meisten luden noch Verwandte und Freunde auf ihre Wagen. Schließlich ließen alle die Mauern hinter sich und zogen Richtung Küste. Die Nachricht hatte so eingeschlagen, daß die Stadt menschenleer

war. Die Leute standen am Hafen oder auf den Felsen und beobachteten mit großen Augen den langsamen Ruderschlag der
ägyptischen Galeere auf der Suche nach dem Prokonsul Roms und
des Orients.

Marcus Antonius, in seinem Palast am Meer, rief den Namen
Kleopatras. Sein Flehen war erhört worden. Eine gewisse ägyptische Göttin – ihr Name war ihm entfallen –, an die zu glauben sie
ihn gelehrt hatte, erwies sich mächtiger als alle Gottheiten des
römischen Pantheons. Unter einem Himmel, so klar wie schon
lange nicht mehr, auf den Wellen des Meeres, so durchsichtig, wie
Antiochia es schon viele Monde nicht mehr erlebt hatte, erschien
Kleopatras vergoldete Galeere, hinreißend schön und offensichtlich bestrebt, großen Eindruck zu machen.

Das herrliche orientalische Schauspiel erregte auf allen Meeren
Bewunderung!

Antonius, an seinem günstig gelegenen Ausguck, ließ seiner Begeisterung freien Lauf. Neben ihm, die Weinbecher in der Hand,
standen mit blitzenden Augen seine Offiziere.

»Sie ist schlau«, murmelte Fontejus Capitus, »sie versteht es,
sich die Bewunderung eines Prokonsuls, der sich langweilt, zu
sichern.«

»Bewunderung sagst du?« seufzte Marcus Antonius schwer,
»allein das Wissen um ihre Ankunft weckt meine Leidenschaft,
facht mein Begehren an und verleiht mir Schwung wie am aller-
ersten Tag.«

»Nie habe ich den unersättlichsten Deckhengst des Okzidents
hingebungsvoller sprechen hören.«

Da lachte Antonius sehnsüchtig und leerte einen Becher Faler-
ner Wein in einem Zug.

»Weil diese kleine ägyptische Stute einmalig ist, deshalb. Das
habe ich lange nicht kapiert, aber jetzt weiß ich, daß sie mir weit
überlegen und noch verrückter ist als ich.«

Die Galeere auf den Wogen schien zu brennen. Der Bug war aus
Gold, die Segel purpurfarben, die Masten aus Elfenbein. Die Sklaven verspritzten solche Mengen Parfüm, daß der Wind eine rosen-
duftgesättigte Botschaft in die Stadt trug.

Der Schlag der silbernen Ruder glich dem Ton von tausend herrlich melodischen Flöten. Sie trieben das Boot schneller durchs Wasser, als eilten auch sie dem Geliebten entgegen.

Die Erscheinung Kleopatras stellte die Schönheit all ihrer Hofdamen in den Schatten. Sie glich einer Reinkarnation der Venus. Unter ihrem Baldachin aus Goldbrokat hatte man eine Liegestatt aus Kalkstein gestellt, die sich bei der leichtesten Berührung durch die Sonne rosa färbte wie die Berge von Theben. Auf Pantherfellen ruhte die Schöne, ihre Nacktheit von einem Hauch Seide kaum bedeckt, umgeben von Kindern, die als Amoretten verkleidet waren, und von herkulischen Sklaven, die ihr Kühlung zufächelten.

Einige ihrer Damen stellten Meernymphen dar, andere Sirenen. Sie weckten mit ihren Reizen die Begehrlichkeit der Seeleute und ergänzten das üppige Bild mit anmutigen Bewegungen. Eine von ihnen, ganz oben auf dem Steuerruder plaziert, völlig nackt und mit Seegras aus Bronze gekrönt, gab vor, mit hoch erhobenen Armen die Fahrt des Schiffes zu dirigieren. Das ganze Segelwerk blähte sich und folgte diesem anmutigen Diktat. Die Masten waren mit Girlanden aus Wildblumen geschmückt, die man in diesen Breiten nicht kannte. Von der Mole aus stürzten sich die geschicktesten Jünglinge Antiochias ins Wasser, um mit den Lippen die Blumen zu erhaschen, die Sklaven, hoch oben an die Masten geklammert, herunterwarfen. Das Ufer füllte sich mit dem Duft des Parfüms, das von hundert äthiopischen, in leuchtend roten Samt gehüllten Sklaven versprizt wurde. Diesmal färbten sie die Luft nicht schwarz mit Trauertüchern, sondern tönten sie in sinnlichen Rosenfarben.

»Wenn dies die Pracht des Orients ist, verstehe ich Antonius' Eroberungsdrang«, rief der derbe Fontejus Capitus und nahm einen gierigen Schluck.

»Reist sie immer so leicht bekleidet, oder ist es die syrische Hitze?«

»Die syrische Hitze setzt Antonius' Befinden schwer zu. Ein heftiges Fieber scheint ihn ergriffen zu haben, findest du nicht auch?«

Machten sie sich über ihn lustig, oder weckte der Neid ihre

Spottlust? Wie auch immer, er mußte sich den ungeschriebenen Gesetzen der Kameradschaftlichkeit beugen und Anspielungen, Schulterklopfen und anzügliche Bemerkungen über die Königin von Ägypten und ihre erste syrische Nacht mit dem Prokonsul von Rom ertragen. Danach war Antonius' Geduld erschöpft, und erstmals in seinem Leben beschloß er, seine amourösen Ambitionen für sich zu behalten und mit niemandem zu teilen.

»Genug jetzt!« brüllte er, »schickt einen Eilboten mit einer Einladung zum Abendessen zu ihr. Holt auch meinen Sklaven Eros herbei. Dieser Palast soll einer Herrscherin würdig hergerichtet werden.«

Enobarbus ergriff die Hand seines Kameraden. Die Freude am Spott schien seinen weizenfarbenen Bart noch heller strahlen zu lassen.

»Gestatte, daß ich lache, denn ich stelle fest, daß sich die Geschichte so oft wiederholt, wie es ihr paßt.«

»Die Liebe wiederholt sich, das ist etwas ganz anderes.«

»Die Geschichte, Antonius. Ich wette mein bestes Pferd darauf, das den Pferden des Achilles nicht nachsteht, daß die Königin von Ägypten deine Einladung zurückweist. Sie wird nicht in deinen Palast kommen wollen, sondern verlangen, daß du dich auf ihr Terrain begibst.«

»Worauf gründest du diese Vermutung?«

»Auf das Wissen, daß deine Dame eine Kunst beherrscht, die dir fremd ist. Du glaubst, die Liebe findet im Bett statt. Kleopatra hat bereits die Sinne erobert, bevor sie das Lager besteigt … Um ihre Fähigkeit, am Meeresstrand prächtige Schauspiele zu inszenieren, wissen wir bereits. Oder hast du eure erste Begegnung vergessen?«

»Als sie nach *Tarsus* kam, um mich kennenzulernen! Stimmt. Sie war genau so prächtig ausgestattet und reiste mit einer goldenen Galeere.«

»Kleopatra erneuert den Traum der Vergangenheit, um ihren Geliebten einzululllen. Damals hast du sie in deinen Palast zum Abendessen eingeladen, sie aber schlug vor, das Mahl an Bord ihrer Galeere einzunehmen.«

»Göttliche Nacht, Vorspiel noch göttlicherer Tage! Nach einem

Fest, wie es einem römischen General noch nie ausgerichtet wurde, erwachte ich in ihren Armen und erblickte in ihren Augen eine so große Liebe, daß ich mich entschloß, mit ihr nach Alexandria zu gehen. Nie war mein Gemüt heftiger bewegt. Nie mehr danach fühlte ich dieses Entzücken. Nie zuvor hatte eine Frau meine Einladung ausgeschlagen. Ihre Weigerung fachte meine bereits glühende Leidenschaft noch mehr an. Als ich ihre Absage erhielt, wurde mir klar, daß ich diese Frau zähmen mußte.«

»Fast hat sie dich gezähmt, mein General. Die Königin von Ägypten weiß ihre Effekte äußerst geschickt einzusetzen, deshalb frage ich mich, was würdest du tun, wenn sie auf deine Einladung wieder so reagieren würde wie damals?«

»Ich käme nicht. Antonius wird nicht noch einmal wie ein Hündchen einem launenhaften Weib hinterherlaufen.«

Der General wurde durch das viele Hin und Her der Vorbereitungen für ein der Königin von Ägypten würdiges Bankett abgelenkt und merkte nicht, wie die Stunden vergingen, bis sich die Dämmerung auf die weißen Kuppeln der Stadt senkte. Während Eros anderen Sklaven Befehle zurief, sie dann wieder zurücknahm und veränderte – die Hausverwalter der hohen Militärs sind nämlich nicht sehr tüchtig –, traf endlich der Bote mit Kleopatras Antwort ein.

»Was hat sie dir gesagt?«

»Sie hat mich verblüfft, mein Herr.«

»Kommt sie womöglich nicht?« fragte Antonius nervös.

»Noch schlimmer! Sie redet wie ein Mann: ›Sag Antonius, deinem Herrn, daß der König von Ägypten dies, daß der König von Ägypten jenes …‹ Du kennst sie, deshalb frage ich dich, ist sie womöglich ein Mann, der sich als Frau verkleidet hat?«

Antonius war nahe daran, den Verrückten mit einem der Schilde, die an der Wand hingen, zu erschlagen. Enobarbus hielt ihn gerade noch zurück. Er kannte diese Reizbarkeit, hatte diese Aufgeregtheit bereits erlebt und wußte damit umzugehen. Der Bote jedoch bekam von Eros einen Tritt in den Hintern.

»Gut, sie kommt nicht …«, setzte der arme Mann eilig hinzu, »das heißt jedoch nicht, daß das Bankett nicht stattfindet. Nur, daß der König oder die Königin von Ägypten, wie auch immer, verlangt, daß du auf das Schiff kommst und ihr Gast bist.«

Antonius ließ ihn nicht zu Ende sprechen. Er schlug mit der Faust so heftig auf den Schild, daß eilig ein paar Sklaven herbeirannten, denn so dringlich waren sie noch nie gerufen worden.

Enobarbus aber fragte lächelnd:

»Nun, welche Antwort soll der Bote überbringen?«

Antonius richtete seinen feurigen Blick vom Ausguck über die Küste hinweg aufs Meer, bis er schließlich sein Ziel fand und die goldene Galeere Kleopatras im Visier hatte. Er ballte die Fäuste mit aller Kraft und sagte:

»Ich werde kommen. Die ägyptische Stute muß gezähmt werden.«

DOCH DER KRIEGER, an edelste Getränke gewöhnt, ließ sich vom köstlichen Gift seiner ägyptischen Natter einmal mehr die Sinne verwirren.

»Goldglänzende Königin! Du bist hier, du meine Liebe, mein Glück und zugleich meine Strafe und meine Schmach.«

»Hier bin ich, mein Herr, mein Gebieter, mein Tyrann, geliebter Peiniger und zugleich verabscheuter Sklave.«

Nie gab es ein luxuriöseres Lager für zwei leidenschaftlich entflammte Leiber. Sie verschmolzen auf glänzenden Fellen, umgeben vom exquisitem, sinnlichen Jasminblütenduft und umarmten sich auf purpurfarbenen Tüchern. Sie rieben sich mit Dildos aus Silber und verloren sich unter einer Wolke von Ibisfedern.

Das Haar der Frau war mit arabischem Öl benetzt; sie wischte damit den Schweiß vom Körper des Geliebten. Der Mann verglich ihre Brüste, die ihn zärtlich berührten, mit Granatäpfeln aus den Gärten von *Tyros* … und Amor vervielfachte sie in unzähligen vergoldeten Spiegeln und überschüttete sie mit Edelsteinen.

Es regnete Smaragde, damit sie den begehrten Leib in grünem Licht betrachten konnten, in der Farbe der Täler des Libanon. Es regnete Opale, Perlen, Onyxe, Rubine, Saphire, Türkise und Aquamarine. Ihr verzücktes Spiel spiegelte sich in Gläsern, die in weißes indisches Elfenbein eingelegt waren. Es glich einer mit Düften angefüllten Truhe, wobei die Düfte aus sechzehn Substanzen zusammengesetzt waren, dem betäubenden Parfüm zum Beispiel, das Kyphi heißt und nur den ägyptischen Priestern bekannt ist. Die Ekstase glich dem heftigen Zusammenstoß von Planeten, für immer in feinstes, über die Seidenstraße herbeigeschafftes Tuch eingeprägt.

Sie hinterließ den Krieger erschöpft auf einem von den Schiffen des Wahnsinns durchpflügten Ozean.

Als die Geliebte ihn betrachtete, wie er keuchend auf dem edelsteingeschmückten Lager ruhte, seine Haut von Düften gestreichelt, stellte sie fest, daß er sich verändert hatte. Sie seufzte schwer, blickte auf diesen gealterten Körper und dachte wehmütig zurück an die Zeit, als der ungestüme Liebhaber sie umarmt und den Augenblick in einen köstlichen Vorgeschmack auf die Ewigkeit verwandelt hatte.

»Die Jahre sind vergangen, Marcus Antonius. Es stimmt, daß die Zeit nicht verzeiht. Es stimmt, daß sie eine Mörderin ist.«

Er versuchte, sich auf die Ellbogen gestützt aufzurichten und dabei den Kontakt mit den Brüsten seiner Geliebten nicht zu verlieren. Dabei blitzte in seinen Augen das naive Erstaunen der Jugend auf, allerdings mit einem Schuß Frechheit und einem Hauch von Brutalität.

Er fragte die Königin, ob sie etwa nicht ganz befriedigt sei – etwas anderes fiel ihm nicht ein – und fügte eilig hinzu, seine Schuld wäre es nicht.

»Marcus Antonius!« lachte sie, »deine Künste sind noch immer plump und deine Fragen dumm.«

Sie sehnte sich nach den heißen Gefühlen von früher, wollte sich im gleichen Feuer verbrennen und in der Ekstase eines Augenblicks vergehen. Doch die derben Worte des Geliebten verhinderten dies. Welch ein Unterschied zu ihren Liebesträumen!

»Du bist schöner als die Huren Syriens, brünstiger als die Kurtisanen Armeniens und geschickter als eine Straßendirne aus Karthago.«

Eine weite Reise der Lust durch verschiedene Länder in einem Moment, in dem die Lust schon nicht mehr existierte! Ehrentitel, nur mit einem flüchtigen, geistesabwesenden Kuß erworben!

Kleopatra verharrte kniend neben dem erschöpften Leib ihres Geliebten. Antonius versuchte die Haltung eines ruhenden Titanen nach der Schlacht einzunehmen: auf dem Rücken liegend, die Arme ausgebreitet, die Beine von sich gestreckt. Die Königin ging mit einem Finger, so zart wie die Tempeltauben, auf seinen Muskeln spazieren.

»Geliebter …«, flüsterte sie in zärtlicher Erinnerung, »ich habe so sehr auf dich gewartet, Antonius! Als ich dich heute abend kommen sah, mit deinem griechischen Gewand, dem schneidigen Bart und dem entschlossenen Gang eines Athleten, dachte ich, die Zeit sei stehengeblieben, wie ich es mir vor vielen Jahren gewünscht habe. Daß wir die Zeit anhalten, Antonius, und noch einmal alle Tage des Lebens in einer einzigen Umarmung zusammenfassen würden …«

»Was hat sich verändert?«

»Amor? Kleopatra? Ich weiß es nicht. Du vielleicht, obwohl du so sehr auf deine Schutzgötter vertraust, daß dir dieser Gedanke überhaupt nicht kommt.«

Der langsame Weg ihrer Finger über Antonius Körper begegnete bei jedem Schritt Spuren eines vorzeitigen Herbstes. Sie hätte diesen Körper herzlicher geliebt und ihm all ihre Zärtlichkeit gewidmet, wenn er sich nur bemüht hätte, ihn zu erhalten.

»Wie habe ich diesen Körper geliebt …«, dachte sie. »Wie begehrte ich seine Haut, wie verlangte mich nach seinen Muskeln. Kein Haar, das je meine Haut berührt hat, erregte mich mehr und ließ mich sehnsüchtiger erschauern. Doch dein Körper verfällt, Antonius. Was du als Muskeln bezeichnest, ist Fett. Was du für Nerven hältst, müßtest du Krampfadern nennen. Dein dichtes Brusthaar ist ergraut, und wenn ich meinen Arm um deine Hüfte lege, trifft er auf lächerliche Fettpolster. Ein Gefangener der Zeit, auch du! Was wird Kleopatra beschieden sein?«

Doch Amors unbeständiges Hin und Her hatte in Verbindung mit dem Regiment der Zeit etwas Eigenartiges bewirkt: Dieser aufgedunsene, zur Fettleibigkeit neigende Krieger, dieser von übermäßigem Weingenuß und Völlerei deformierte Herkules, sah sich einer Frau gegenüber, die mit den Jahren harmonischer geworden war, vollendeter, wie bestimmte Früchte, die kurz vor dem Punkt ihrer vollen Reife einen prächtigen Goldton annehmen und eine weiche, samtartige Schale entwickeln.

Der Krieger jedoch wollte seiner süßen Feindin das ganze Ausmaß seiner Kräfte demonstrieren, wie ein Redner, der noch geschwind einen brillanten Diskurs hält bevor er endgültig verstummt. Er riß sie unvermittelt in seine Arme:

»Du, nur du allein kannst mich befriedigen, meine Schlange vom Nil! Entfache das Feuer zwischen meinen Schenkeln von neuem.«

Sie befreite sich energisch aus seiner Umarmung:

»Schmutziger Narr!« schrie sie, »glaubst du wirklich, du kannst die Königin von Ägypten zu Marcus Antonius' Hure machen?«

Da kniete der Mann vor ihr nieder, umschlang ihre Beine und wimmerte wie ein unerfahrenes Kind. Nicht wegen ihres Wutausbruchs, nicht wegen ihres unbeugsamen Stolzes, den er bereits kannte und sogar schätzte, sondern weil er merkte, daß die Leidenschaft aus dem Gesicht seiner Geliebten gewichen war, daß ihre Küsse, ihre Zärtlichkeiten, das ganze Ritual verführerischer Sexualität nur ein perfekt einstudiertes und präzise eingesetztes Theater waren, mehr nicht. Deshalb nahm er zu den Methoden Zuflucht, die sie früher erregt hatten, küßte langsam ihren Hals, suchte mit der Zunge ihre erregbarsten Stellen und versuchte ihren Körper zu besitzen, als könne er so auch ihre Seele wieder in Besitz nehmen.

Doch sie lachte nur, und Herkules hatte das Gefühl, sein ganzes Universum fiele in sich zusammen. Die Verzückung, eben noch so intensiv, schien sich in eine gigantische Sinnestäuschung zu verkehren.

»Ja, es ist tatsächlich viel Zeit vergangen«, sagte Antonius, »denn heute wehrst du meine Wünsche ab, während du früher bereit warst, eine Perle in Wein aufzulösen, nur um mir eine Freude zu machen.«

»Armer Antonius!« rief sie ein wenig verächtlich, »du bist wie ein Kind, das sich nur freuen kann, wenn es bekommt, was andere Kinder nicht haben. Doch ich habe mich verändert, und meine Kindheit liegt lange zurück. Antonius fragt nach Perlen zum Spielen, während Kleopatra nur auf eine Geste von ihm wartete, um sich in eine reife Frau zu verwandeln!«

»Dein Leib ist so reif wie der Leib der besten Kurtisane von …«

»Vom besten Ort der Welt wolltest du sagen, und ich spucke auf deine Worte! Du verstehst nichts, Marcus Antonius. Mein Reden ist vergeblich. Vergeblich führe ich dir jeden einzelnen Tag meines Schmerzes vor Augen, vergeblich zeige ich dir die Wunden meines Herzens, du siehst an dieser Stelle nur den Busen.«

»Ich habe oft von deinem Körper geträumt. Erst vor wenigen Stunden lagst du zitternd in meinen Armen, und ich merkte, daß auch du mich nicht vergessen konntest.«

»Der Antonius, den ich einst geliebt habe, ist für immer verschwunden. Ein anderer, unbekannter erschien. Wer weiß, ob ich den lieben kann?«

»Du verblüffst mich, Königin. Vielleicht bin ich aber auch über mich selbst erstaunt, denn ich stelle fest, daß ich nicht mehr jung bin. Dieser Gedanke ist mir völlig neu.«

Er wollte sich aufrichten und setzte zu einer verächtlichen Geste an. Kleopatra jedoch bemerkte den großen Schmerz, der darin lag.

»Wenn du glaubst, deine Geliebte hätte sich nur in Jugendlichkeit verliebt, kennst du sie schlecht … Im Gegenteil, Marcus Antonius! Ich wäre gerne alt und blickte mit einer gewissen Ironie zurück. Antonius und Kleopatra haben den Höhepunkt der Liebe erreicht, sie haben sich oft gestritten und tausend Versöhnungen gefeiert! Doch mit abgekühlteren Gefühlen, den Tod vor Augen, könnten wir feststellen, daß selbst die Zeit unserer Verbindung nichts anhaben konnte …«

»Entweder gibt es eine Ewigkeit für uns beide oder für keinen von uns, das sagte ich dir schon vor Jahren.«

»Und ich nahm dich beim Wort, Antonius. Heute nacht, als du mich liebtest, hatte ich einen Augenblick lang das Gefühl, mit dir zusammen in die Ewigkeit zu entschweben. Es war nur ein ganz kurzer Moment, weit entfernt von deinen Erwartungen …«

»Ich erwartete dich, Kleopatra, mein ein und alles.«

»Ich glaubte Antonius zu suchen, weil ich davon ausging, daß Amor nur ein Gesicht hat. Dem Antonius von gestern bin ich nicht begegnet, doch einen Moment lang fühlte ich mich in die höheren Sphären des Universums versetzt. Ich habe gemerkt, daß ich dich nicht liebe, Marcus Antonius, doch ich weiß, daß sich meine Liebe zu dir steigern und über die Liebe, wie wir sie von früher her kennen, hinausgehen kann.«

Die Königin von Ägypten entfernte mit zarter Hand die Smaragde, Rubine, Türkise und Saphire. Sie preßte die Lider zusammen und sprach dreimal den Namen des Geliebten aus. Dann drückte sie einen Kuß auf seine Lippen, der fast einem Seufzer glich.

»Streitbare Königin!« murmelte er bitter, »erwartetst du, daß ich mich freue, in der Niederlage geliebt zu werden?«

»In deinem Innern streiten sich der General und der Geliebte …! Möge Amor dabei keinen Schaden nehmen!«

Und wieder gab sie sich ihm hin, mit erprobter, künstlicher Intensität.

DER EINEN LIEBESNACHT folgten viele weitere. Doch die sinnliche Erregung trat hinter anderen, nicht weniger bewegenden Formen der Unterhaltung zurück:

»Gestern habe ich dir gesagt, daß in deinem Innern der General gegen den Geliebten kämpft. Heute sage ich dir dazu: Möge der Politiker dabei keinen Schaden nehmen.«

Sie hielten sich umarmt, und ihre nackten Leiber bebten noch.

Da setzte Kleopatra unvermittelt dem von ihr selbst erzeugten Überschwang ein Ende. Sie kniete in ihrer gewohnten Art neben dem ausgestreckten Körper des Geliebten nieder und wurde ganz ernst, als ginge es um einen Krieg:

»Marcus Antonius, hüte dich vor Octavianus. Noch ist es Zeit.«

»Schweig, Weib! Wird aus der göttlichsten aller Konkubinen die langweiligste aller Gattinnen? Ich hatte bereits zwei Frauen dieser

Sorte, beide Römerinnen, beide gleich langweilig. Tappe du nicht in die gleiche Falle.«

»Kleopatras Vernunft langweilt Antonius! Meine Sklavinnen haben offenbar recht, wenn sie sagen: Jeder Mann ist eine eigene Welt, aber jede Welt eine andere Form der Dummheit. Cäsars Liebe habe ich errungen, weil ich meinen Verstand und meine Intelligenz einsetzte und ihm ebenbürtig war. Antonius' Liebe läßt sich anscheinend auf diese Weise nicht erringen! Du willst wie Cäsar sein, ohne aber von seiner Größe zu lernen …«

Er packte sie am Handgelenk, zog sie an seine Brust, wie er es früher oft getan hatte, und versuchte sie zu küssen. Doch sie befreite sich geschickt aus seinen Pranken und nahm wieder ihre aufrechte, ernste, richterliche Haltung ein.

Ihre listige Flucht ließ ihn aufstöhnen:

»Erfinde mir die Liebe immer wieder neu!«

»Ich könnte dir etwas besseres erfinden, wenn du willst: Einen Thron, der seinen Schatten über dreißig Länder wirft!«

»Einen Thron, sagst du? Tausend Liebeslager mit dir, das ist's was ich will.«

»Ja, Marcus Antonius, einen Thron, der so groß ist, daß viele darauf Platz haben, nicht nur wir beide. Auch unsere Kinder und Kindeskinder. Einen Thron, so sicher, daß er dem mächtigen Rom standhält und den Gang der Zeiten überdauert …«

»Schenk mir Vergessen durch deine Liebe!«

»Die Liebe kann ich dir schenken, das Vergessen nicht. Sollte aus Antonius ein vergeßlicher Geck werden, so nimmt ihn sich die ägyptische Königin zum Hofnarr, niemals zum Geliebten …«

Antonius blickte verwirrt auf die Frau, die sich nicht von ihm beherrschen ließ. Nicht das Land der Vernunft suchte er bei ihr, sondern das Reich des Rausches.

»Verhaßter Antonius«, schrie die Königin, »ich werde mich nicht noch einmal in den Netzen der Liebe verfangen! Meinen Leib überlasse ich dir, ganz nach deinem Wunsch. Es wird in deinem Bett keine geschicktere Dirne geben, auf den Bällen keine sinnlichere Tänzerin, bei den Banketten keine Kurtisane, die eher bereit wäre sich mit dir zu betrinken. Auf dem Thron von Ägypten jedoch werde ich eine Königin sein und das Amt streng von der Liebe zu trennen wissen!«

»Antonius pfeift auf Königinnen. Er hat sie alle in seinem Bett gehabt, wo sie darum flehten von ihm befriedigt zu werden. Wie könnten sie ihm also Respekt einflößen?«

»Deine Angeberei zeigt mir ganz klar meinen Platz. Aber du irrst dich in mir, Antonius. Ich muß nicht im Thronsaal sitzen um zu regieren. Denn ich bin von edlem Geblüt und eine Frau, die weiß, was es heißt, eine Frau zu sein in einer Welt, die von Männern beherrscht wird, von Männern, die es nur dem Namen nach sind.«

»Götter, je mehr du dich erregst, desto schöner wirst du!«

»Ich versichere dir bei den Göttern, den deinen und den meinen, daß ich weder Göttin bin, noch erregt. Du wirst meinen Überlegungen folgen, auch wenn es dir schwerfällt, dummer Römer. Denn ich kenne meinen Platz und der unterscheidet sich von dem dieser brünstigen Königinnen, die um deine Gunst buhlen.«

Sie richtete sich auf, ohne ihm Zeit für eine Erwiderung zu lassen, ergriff mit Schwung ihren roten Umhang und brachte mit diesem einfachen Trick ihren Geliebten vom Traum wieder in die Wirklichkeit zurück. Und die traf und erschütterte ihn wie ein Blitz.

»Die Königin von Ägypten will, daß du ihr folgst!«

Sie forderte ihn auf, eine seiner exotischen Tuniken anzulegen. Schon hatten sie das Schlafgemach, samt seinen Erinnerungen verlassen und befanden sich in einem kleinen Raum, der der Königin als provisorisches Arbeitszimmer diente. Im Gegensatz zu ihrem äußerst luxuriös und prachtvoll ausgestatten Alkoven glich diese karg eingerichtete Studierstube einem Tempel der reinen Vernunft.

»Bist du ruhig und gefaßt?« fragte Kleopatra und trat hinter einen großen, eisernen, mit vielen Dokumenten bedeckten Tisch.

»Wie nur, wo ich dich doch liebe?«

»Ich kann es sein, obwohl ich dich liebe. Sprechen wir von Mann zu Mann.«

Ihr Geliebter konnte seine Überraschung nicht verhehlen:

224

»Wie ist diese Metapher zu verstehen?«

»Als das einzige Mittel, mir Antonius' Respekt zu sichern. Antonius nimmt nur einen Mann ernst, das zu wissen braucht es keine großen Geistesgaben. Schließlich hat er die kluge, mutige, wunderbare Fulvia verlassen und dann Octavia, die sie an Schönheit, Jugendlichkeit, Intelligenz und Mut bei weitem übertraf. Mag Kleopatra diese Eigenschaften alle auch und in noch höherem Maße besitzen, muß sie sich dennoch als Mann und König darstellen, um von Antonius nicht wie eine seiner Straßendirnen behandelt zu werden.«

»Welche Bedingungen stellt der König von Ägypten, um wieder Frau in Antonius' Armen zu sein?«

»Daß er diese Frau vor den Augen der Welt legitimiert.«

»Die ganze Welt beneidet Antonius, weil er Kleopatras Geliebter ist.«

»Rom aber nicht, und weil Rom die Welt bedeutet, wirst du dich von Octavia scheiden lassen und mich zur legitimen Gattin machen.«

»Da haben wir also einen König, der wie die Frau eines gewöhnlichen Tuchhändlers spricht! Fürchtest du, als nicht legitimierte Gattin auch nicht zu erben?«

»Der General ist allzu plump. Ich bin vor mir selbst legitimiert, das würde mir genügen. Ich muß es aber auch in den Augen meines Volkes sein und besonders in den Augen Octavianus'.«

»Wenn ich deine Liebe habe, was schert mich dann Octavianus, Rom, die Welt.«

Antonius gähnte, und seine Gleichgültigkeit steigerte ihre Erregung.

»Auch unsere Liebe ist von Octavianus abhängig. Siehst du das nicht, bist du so blind? Glaubst du, dieser ehrgeizige Politiker duldet, daß sich seine zwei Feinde in aller Ruhe lieben und mit einer goldenen Galeere die Meere befahren? Unsere Liebesverbindung stellt eine doppelte Bedrohung für ihn dar. Er wird uns so lange verfolgen, bis er uns vernichtet hat.«

Sie blickte ihrem Geliebten ins Gesicht und bemerkte einmal mehr, wie sich die Altersfalten glätteten und die grimmige, männliche Miene dem verwirrten Ausdruck eines Kindes wich, das sich auf dem Weg nach Hause verlaufen hat. Da fühlte Kleopatra wieder Zärtlichkeit in ihr Herz einziehen, wie es auch bei der großen Mutter Isis geschieht, wenn sie das Göttliche Kind liebkost.

»Antonius«, brach es leidenschaftlich aus ihr heraus, »weder für Ägypten bitte ich dich, noch für Rom, nicht einmal für meinen Sohn ... Ich bitte dich um unserer Liebe willen! Für das Recht, uns unbeschwert zu lieben ohne den bedrohlichen Schatten Octavianus' ...!«

Plötzlich hielt sie mitten im Ausbruch inne. Er war wie ein Blitz über sie gekommen, und sie hatte sich spontan, unvorsichtig, selbstmörderisch verhalten. Sie fand zu ihrer hoheitsvollen Haltung zurück, starrte auf den Tisch und fuhr fort:

»Vergiß, was ich eben sagte. Ich bitte dich nur um deiner selbst willen. Denn um dich wieder lieben zu können, muß ich dich zuerst achten. Und diese Achtung ist an Bedingungen geknüpft.«

Antonius ließ die Arme kraftlos herunterhängen, ein Bild totaler Kapitulation. In Liebesdingen waren es Kleopatras Reize, die ihn fesselten, im politischen Spiel ihr Verstand. Endlich begriff er die Besonderheit ihrer seltsamen Liaison: Er, der unbesiegbare Feldherr, Kleopatra die Staatspolitikerin, der niemand zu widersprechen wagte. Deshalb sagte er:

»Ich werde deiner Bitte nachkommen und die Liebe vergessen, *König* von Ägypten. Von Mann zu Mann bitte ich dich, Kleopatra meinen Entschluß mitzuteilen, daß ich sie vor aller Welt zu meiner legitimen Gattin machen werde, sobald ich von der edlen Octavia geschieden bin.«

Da lachte Kleopatra:

»Du bist nicht nur ein ausgezeichneter Soldat, in dir steckt auch ein großartiger Schauspieler, mein guter Antonius!«

»Seltsam. Octavia hat mir vor Zeiten etwas Ähnliches gesagt.«

»So seltsam auch wieder nicht. Octavia ist zweifellos eine großartige Frau. Schade, daß sie geopfert werden muß ... aber schließlich geht es um die Macht. Sie verlangt Opfer, die dem Gemeinwohl zugute kommen. Es sei. Krieg dem Octavianus!«

»Mit welchen Waffen?«

»Mit den Waffen, die ich dir in die Hand geben werde: Gib du die Territorien in meine Hände zurück, die Ägypten gehörten, bevor Rom den schlechten Entschluß faßte, uns zu Hilfe zu eilen. Die Hilfe ist zu einem Joch geworden. Das ist meine Waffe!«

»Ich sehe mich außerstande, dir etwas zu geben, was nicht mir gehört. Da ist auch die Liebe machtlos.«

»Ganz richtig, es gehört nicht dir … sondern mir. Mach von deinem Amt als Prokonsul des Orients Gebrauch, und gib mir das Land zurück.« Sie reichte ihm ein Dokument, das sie schon eine ganze Weile aufmerksam studiert hatte und fügte hinzu: »Du mußt nur noch unterschreiben. Dieser Namenszug besiegelt Octavianus' erste Niederlage.«

Antonius las das Pergament mit steigender Verwunderung. Nicht Kleopatras geschliffenes Latein verblüffte ihn, denn als Soldat waren ihm solche Feinheiten nicht der Beachtung wert, sondern die Tatsache, daß sie ein so großes Territorium verlangte. Damit läge der Nahe Osten in den Händen Ägyptens.

Das Gesuch war eine direkte Herausforderung des römischen Senats. Es verlangte die Übergabe folgender Territorien an Ägypten: die Anrainerländer des Jordan, Armenien, Phönizien, das nabatäische Arabien, die Halbinsel Sinai sowie die Inseln Zypern und Kreta.

Nachdem er es mehrmals gelesen und dabei mechanisch den Kopf geschüttelt hatte, trug er es schließlich laut vor. Seine Bestürzung brachte Kleopatra keineswegs aus der Fassung. Sie fügte völlig selbstsicher hinzu:

»Und einen Teil von Judäa. Oder kannst du deine eigene Sprache nicht lesen?«

»Das Land um Jericho, das am dichtesten bewaldet ist! Ich habe es absichtlich ausgelassen …« Beim Sprechen wurde seine Stimme immer lauter und erregter: »Das werde ich auch weiterhin tun, weil diese Schenkung den König Herodes, meinen Freund und Verbündeten, gegen mich aufbringen würde!«

»Mein Verbündeter ist er nicht, Antonius. Schon vor langer Zeit habe ich gemerkt – zu meinem Glück oder Unglück, das sei dahingestellt –, daß ich nur einen Verbündeten habe und der heißt

Ägypten. Das auch zu deinem Verbündeten werden kann, wenn du die wahre Bedeutung meines Ansuchens schließlich erkennst.«

»Bist du eine Königin oder ein gewöhnliches Hökerweib? Ziehe deine Stirn nicht kraus. Ich bin derb, ich weiß, und kann noch derber sein, wenn man mich herausfordert. Und das tust du. Du willst, daß ich mich gegen alle Welt stelle.«

»Armer Dummkopf! Ich bringe dich deinem alten Traum näher, mehr nicht. Oder hast du ihn womöglich vergessen? Es war unser beider Traum, Antonius, wie ich ihn zuvor schon mit Cäsar geträumt habe. Er ist das Erbe Alexanders und aller Herrscher meiner Familie.«

»Mein Traum. Der Weg in den Orient. Oder nur der Traum von der Liebe, um die ich dich noch bis vor kurzem vergeblich bat?«

»Die Königin von Ägypten wird in beiden Fällen an deiner Seite sein.«

Da siegte die Frau über die Königin, sie vergaß sich völlig und warf sich, angetrieben von ihrem wunderbaren Traum, schutzsuchend in Antonius' Arme.

»Marcus Antonius, ich lege meine ganze Kraft dir zu Füßen. Nimm sie, befreie mich von ihr, denn ich bin ihrer überdrüssig! Stark zu sein ist nicht leicht. Der Zwang, mutig zu sein erschöpft wie die Steine, welche die Sklaven in den Steinbrüchen von Elephantine schleppen. Nimm meine Kraft für eine Weile von mir, damit die Königin von Ägypten wieder lieben kann, ohne sich vor dem stolzen Hauptmann zu schämen, der bereit schien, die ganze Welt mit seinen schönen weißen Zähnen zu verschlingen.«

Er bedeckte sie mit Küssen und spürte dabei, wie der Traum Gestalt annahm. Die Liebe würde den bequemen Thron nahe am Meer in ein Zepter verwandeln, das alle Throne der Erde regiert.

»Streitbare Königin! Verlangt unser Traum noch mehr?«

»Du mußt Cäsarion zum König von Ägypten krönen.«

»Römisches Blut auf dem Thron der Pharaonen! Welche Ironie. Langsam erfasse ich deine ehrgeizigen Ziele. Die ägyptische Seite Cäsarions wird dann wohl den Thron von Rom anstreben.«

»Nie und nimmer. Cäsarion muß andere Rechte bekommen. Die Römer werden keinen König akzeptieren. Dieser Ehrgeiz hat Cäsar das Leben gekostet. Vergiß das nicht, wenn du ehrgeizige Pläne schmiedest. Stellen wir uns gegen die Regierung Roms, doch so, daß uns das Volk dafür nicht haßt.«

Langsam kehrte die Kraft zurück in die Arme, die Kleopatras schlanken Leib umfingen. Sie hatte sie schon verloren geglaubt. Ihr Kopf lehnte an seiner Brust, wo ein noch immer ungezähmtes Herz schlug. Dem kräftigen Hals entstieg ein lautes, stolzes Lachen, das nicht vom Wein beeinflußt war. Sie hatte das Gefühl, daß der Geliebte sie endlich von ihrer Kraft befreite.

»Ich setze mein Leben auf eine einzige Karte!« tönte Antonius. »Möge unser Traum in Erfüllung gehen!«

DIE MONATE GINGEN über die vergoldeten Kuppeln Antiochias hinweg. Die vor den Stadtmauern lagernden Soldaten wußten, daß ihr General vorerst keine Aktionen plante. Die Eroberung von Parthien mußte warten, weil die Schlange vom Nil zurückgekehrt war.

Während sich die Eichenwälder dunkel färbten und schwarze Wolken am Himmel die lange Regenperiode ankündigten, füllte sich Antonius' Palast mit dem bunten Angebot eines offenen Marktplatzes. Kleopatra wachte persönlich darüber, daß die Sinne immer neue Anregungen bekamen. Sie wußte, daß nicht nur der Erhalt der Schönheit unablässiger Bemühungen bedurfte, sondern auch die Sinne von ihrer Umgebung positiv beeinflußt und belebt werden.

Durch sie fand der Geliebte wieder Geschmack an feiner Lebensart und Luxus. Pracht und Fülle wecken die Begierde! Erst wird das Auge gereizt, dann reagiert das Geschlecht. Die Königin präsentierte sich auf Teppichen in auffallenden Farben mit Tierdarstellungen aus dem Reich der Sagen – Greifen, Drachen, Phönixe – oder mit besonders exquisiten geometrischen, äußerst kunstvollen Mustern. Sie lagerte sich auf phantasievoll geformten, aus Metall und den kostbarsten Hölzern Asiens gebauten Ruhebetten und sorgte dafür, daß der Römer nur mit erlesenen, möglichst ausgefallenen Gegenständen in Berührung kam. Sie ließ ihm die besten Weine kredenzen, und zwar in eleganten, farbigen Gläsern, den geflügelten Sphingen nachgebildet, die in längst versunkenen Kulturen verehrt wurden. Zum Auffangen des Erbrochenen nach den endlosen Trinkgelagen stellte sie die prächtigsten Gefäße aus blauem Porzellan bereit. Die Türen seines Studierzimmers ließ sie mit Perlmutteinlagen, seinen Lesestuhl mit Karfunkel verzieren, den Boden seiner Badewanne vergolden und die Ränder seines Schuhwerks mit Silber vom Sinai versehen. Auf dem großen Landkartentisch, an dem er sich stundenlang aufhielt und nachdachte, standen natürlich Schreibzeug aus getriebenem Kupfer bereit, edle damaszierte Vasen, ja sogar Lampen aus Elfenbein.

Über allem lag der intensive Duft von Parfümen und Essenzen, zur Freude ihres Geliebten und zum Unwillen seiner Offiziere.

Die ganze Umgebung Marcus Antonius' – die Möbel, Schmuckgegenstände, Teppiche und Draperien – sollte ihn ununterbrochen an den Lockruf des Orients erinnern. Obwohl Antiochia eines der lebhaftesten Zentren des Hellenismus war, gelang es Kleopatras Scharfsinn, die Situation in ihrem Sinn zu nutzen. So wurde aus Antiochia die letzte griechisch geprägte Stadt und die erste mit indischem Flair.

Der Reiz des Orients war immer und überall gegenwärtig. Sein hartnäckiger Ruf reichte über den Arbeitstisch hinaus, auch über das Lagerleben der Truppen, und drang in die intimsten Gefilde der Lust ein. Jeder Genuß, der Antonius zuteil wurde, ward zum Vorboten tausend weiterer, erregender, exotisch gefärbter Genüsse.

Kleopatra selbst verwandelte sich in eine lebende – höchst begehrenswerte – Werbung für das Ziel, das es zu erreichen galt.

Entschlossen, ihren Geliebten immer wieder zu überraschen, veränderte sie mehrmals täglich ihr Aussehen und erinnerte ihn bald an die Frau, die er geliebt hatte, bald an tausend unbekannte Frauen. Sie trug abwechselnd griechische Mode und klassisch ägyptische Kleidung, doch dann erschien sie plötzlich vor Antonius und seinen Offizieren im Gewand einer Wüstenbewohnerin oder, wenn sie aufreizender wirken wollte, halbnackt wie eine

Odaliske. Ihr offenes, nach Barbarenart zerzaustes Haar war mit Fransen und Tüchern in den buntesten Farben geschmückt. Oft trug sie einen mit feinstem Goldfaden bestickten Turban oder über und über mit Edelsteinen besetzte Kappen.

Da die Stadt Korinth außerordentlich günstig an der Seidenstraße lag, ließ sie aus Seidenstoff Flügel schneidern, die sich, am Körper der Königin befestigt, im Takt ihrer zierlichen Schritte bewegten. Schleier, Tuniken, Tücher, Schals, Mieder, all die verschiedenen Attribute zur Betonung weiblicher Schönheit, waren aus Seide gefertigt – in Blau, Grün, Rot, Gelb –, damit sie immer von verführerischem Rascheln umgeben war.

Die Seide wurde schließlich zur zweiten Haut der Königin. Ihr Geliebter befühlte sie zwischen den Fingern und ergötzte sich an diesem Vorgeschmack auf andere sinnliche Genüsse.

Schon wenige Tage nach ihrer Ankunft in Antiochia mußte Kleopatra zu Trifenas Lektionen Zuflucht nehmen. Obwohl ihr Geliebter sie eigentlich beide als ebenbürtig erklärt hatte, kümmerte er sich um die beste Kriegstaktik gegen die Parther, und sie widmete sich der sexuellen Strategie: Immer neue Überraschungen bot sie ihrem Geliebten, der schnell gelangweilt war.

So verging der ganze Herbst, und so gelang es Kleopatra, die Pracht, den fröhlichen Lärm und die Verrücktheiten eines schon lange zurückliegenden Winters in Alexandria wiederherzustellen und neu zu beleben. Alles für Antonius.

Sie verkörperte jeden Frauentyp, den der Römer zum Ausleben seiner Phantasien brauchte und war nacheinander das Püppchen und das lockere Mädchen, die fröhliche und die weinerliche, die hitzige und die schüchterne Frau, die zurückhaltende und die freigebige, die Königin und die Sklavin. Im Grunde jedoch war sie nichts anderes als die große Mutter, die sich um ihren allzu launenhaften Sohn kümmert.

Das Kind ließ sich täuschen, meinte jedoch selbst zu täuschen. Antonius verfing sich in den Fallstricken der Lust und war der Meinung, er hätte sie ausgelegt. Er hielt sich für den Beherrscher, war in Wirklichkeit jedoch selbst der Beherrschte.

Unter allen Frauen hatte sich nur Kleopatra würdig erwiesen, den goldenen Wagen, den Dionysos ihm lieh, mit ihm zu teilen und damit die grünen Ländereien der Sinnenfreude und die paradiesischen Gärten der Liebeslust zu bereisen. Sie allein hatte sich das Recht erworben, seine Priesterin zu sein. Nur sie durfte an seiner Seite den rituellen Ruf »Evoe, Evoe!« ausstoßen, der den erlesensten Festgelagen vorbehalten war. Sie glich einer dem Herzen des Mythos entstiegenen Schimäre.

Sie hatte ihm einen diamantbesetzen Steg geboten, damit er an Bord ihrer goldene Barke steigen konnte, er reichte ihr seine starke Hand, damit sie in seinen dionysischen Wagen hüpfen konnte. Sie war die Begleiterin des Gottes auf Erden, die einzige. Das Volk sah sie auf den Straßen Antiochias an der Spitze einer mythologischen Prozession, der schönsten seit vielen Jahren.

Dem Zug voran ritt eine Gruppe prachtvoll gekleideter Faune. Ein Regen vergoldeter Blumen ging auf diese wunderschönen Wesen nieder, während sie ihren Füllhörnern betörende Melodien entlockten. Wenn sie die Hörner dann von den Lippen absetzten, ergoß sich eine Lawine von Geschenken über die Menschenmenge, die sich mit Ellbogenstößen und auf dem Boden wälzend darum balgte. Antonius in seinem Wagen hüllte sich in edelste Tiger- und Gepardenfelle, schmückte sich die ergrauten Schläfen mit versilberten Trauben, und sein vorzüglich im griechischen Stil geschnittener Bart war mit Gold bestäubt, wodurch er aussah wie ein dichter Wald, dessen Bäume nicht beschneit, sondern von Asiens heißer Sonne beschienen waren.

Neben Dionysos fuhr Kleopatra als Amazone verkleidet, mit dem Brustpanzer aus goldenen Schuppen. Ihr Haar flatterte im Wind, einer wilden Furie gleich. Sie hob ihre Lanze und grüßte das Volk, das zwar nicht das ihre war, dessen Wohlwollen sie jedoch errungen hatte. Die Kunde von Pracht und Luxus breitete sich wie eine wundersame Wolke über dem ganzen Orient aus. Schließlich wußte man in allen Provinzen, daß der römische Dionysos eine Königin an seiner Seite hatte, die alle anderen bekannten Herrscherinnen in den Schatten stellte, eine Göttin, die mehr Wunder wirkte auf Erden als alle Göttinnen des Himmels in ihren Heiligtümern.

Kleopatras Prachtentfaltung steigerte ihre Berühmtheit. Was veranstaltete sie nicht alles für Antonius in Antiochia: Jagden in unwegsamen Hainen, Wettfischen in reißenden Flüssen, Ringkämpfe mit den stärksten Athleten aus zwölf Königreichen, Bälle mit Tänzerinnen von unbeschreiblicher Schönheit und Regatten mit Booten, die als exotische Fische ausstaffiert waren. Alle Sportarten, alle möglichen Darbietungen waren in diesem Herbst vertreten, welcher in der Erinnerung der beiden Liebenden jenen längst vergangenen Winter in Alexandria, die Stadt nach der sie sich noch immer sehnten, übertraf.

Kleopatra zauberte für Antonius auch die ausgezeichnetste Küche herbei.

Sie rief die *»Gesellschaft derer vom unnachahmlichen Leben«* wieder zusammen, die Antonius vor vielen Jahren, in jenem sagenhaften Winter gegründet hatte. Diese Gesellschaft hatte die erlesendsten, aber auch gierigsten Herrschaften zu den Festmahlen im großen Palast von Alexandria versammelt. Als sie im Palast von Antiochia wieder aktiv wurde, gab es die wunderlichsten Exzesse, an denen sorgfältig ausgewählte Gäste teilnahmen: Man sah einen Hirsch, aus dessen Bauch eine Gazelle herauskam, aus deren Brust wiederum ein Fasan, in dem sich eine Taube befand, deren Lungen mit Austern und einer saftigen Entenlebermischung gefüllt waren. Es wurden ganze Rehe verschlungen, Meeresfrüchte ungeheurer Ausmaße und Kraken mit Tentakeln, so groß, daß sie einen schmiedeeisernen Tisch ganz bedeckten.

Die gastronomischen Exzesse der »Gesellschaft derer vom unnachahmlichen Leben« gaben damals in Alexandria, zu den abenteuerlichsten Vermutungen Anlaß. Ein außergewöhnlicher Zeuge, der Arzt Philotas von Amphissa, hatte Gelegenheit, deren Wahrheitsgehalt zu überprüfen. Er war mit einem Gehilfen der königlichen Küche befreundet, und der verschaffte ihm Gelegenheit, die Räumlichkeiten zu besuchen. Neben vielen anderen Gerichten entdeckte der Arzt dort fünf gewaltige Wildschweine, die von Sklaven an nicht minder riesigen Spießen gebraten wurden. Als er seiner Verwunderung über die große Zahl der Gäste zum Ausdruck brachte, lachte der Gehilfe und sagte: »Es ist kein sehr großes Festessen, nur ein Dutzend ist geladen. Jedes Gericht muß jedoch genau zum richtigen Zeitpunkt serviert werden, beileibe nicht verkocht. Antonius mag das Essen bestellen, doch plötzlich hat er einen anderen Einfall oder möchte sich dem Trunk hingeben und schiebt deshalb den Teller zur Seite. Dann hat ein anderes Gericht fertig zu sein, das ihm serviert werden kann, wenn es ihn danach gelüstet. Du verstehst, daß verschiedene Abendessen gleichzeitig vorbereitet sein müssen, denn seine Launen sind völlig unberechenbar ...«

In Antiochia waren Antonius' Launen noch ausgeprägter und ausgeprägter war auch Kleopatras Bestreben, sie alle zu befriedigen. Wegen ihrer prunkvollen Feste, ihrer Orgien, ihrer Extravanganz wurde diese Stadt die Unvergleichliche genannt, denn in keiner anderen pflegte man einen auch nur annähernd vergleichbaren eleganten Lebensstil.

In den frühen Morgenstunden entkleidete die Königin ihren Geliebten dann mit eigenen Händen, wohnte ihm bei und legte ihre Wange an seine graubehaarte Brust. Sie hörte seine gemurmelten Worten, die von jenseits der Trunkenheit an ihr Ohr drangen. Ihre Gedanken wanderten zu den schroffen Felsenküsten und unwegsamen Klippen, die sie von dem Land trennten, das Antonius zuerst erobern mußte, um sodann den ganzen Orient zu beherrschen. Sie fragte sich mit gewisser Besorgnis, ob sich ihre alte Liebe zu Antonius durch diese zur Gewohnheit gewordenen Lust erneuern würde. Oder mußte er ihr erst das eroberte Land – sie dachte dabei an Parthien – und den Siegerlorbeer zu Füßen legen?

Keiner ihrer Wahrsager konnte ihre Zweifel zum Schweigen bringen. Doch sobald sie an die Möglichkeit von Liebe dachte und sich vorstellte, dieses Paradies von neuem zu betreten, dessen kostbare und duftende Bäume so viele Dornen hatten, durchrieselte ein leichter Schauder ihren Körper.

Als sie merkte, daß sie schwanger war, dachte sie jedoch weder an die Liebe noch an ein Paradies, sondern nur daran, daß sie ein strategisch wichtiges Kind gebären würde.

ANTONIUS HATTE EINE Unterredung mit seinen Offizieren, da wurde ihm gemeldet, daß der König von Ägypten eine protokollarische Audienz wünsche. Da lachte Enobarbus, denn er erinnerte sich an seine Bedrängnis, als Kleopatra ihn in Alexandria empfangen und auf dieser Anrede bestanden hatte.

»Sicher handelt es sich um Regierungsgeschäfte«, murmelte Antonius.

Er legte den silbernen Zeigestock beiseite, mit dem er auf einer Landkarte, die zwischen zwei Säulen aufgehängt war, das Territorium der Parther ausgewiesen hatte.

»Die Staatsgeschäfte des ägyptischen Königs behindern einmal mehr die Kriegsvorbereitungen des römischen Generals«, beschwerte sich ein alter Offizier namens Demetrius. »Die Parther können in aller Ruhe an den Türen ihrer Häuser stehen und abwarten, denn der Krieg geht an ihnen vorbei und verzieht sich vor ihren Augen auf das Liebeslager, um dort zu verkümmern.«

Antonius brach in schallendes Gelächter aus, während ihm der Sklave Ionides beim Anlegen seiner kostbarsten orientalischen Tunika half.

»Nie hat der König von Ägypten das Liebeslager mit mir geteilt. Das ist und bleibt der bewundernswürdigen Sirene von Alexandria vorbehalten. Laß dir sagen, Demetrius, daß es sich, wenn mich Kleopatra besucht und dabei auf ihren Krönungstitel zurückgreift, um eine politische Mission handelt, nicht um eine amouröse. Und bei diesem Feldzug ist die Politik so wichtig wie der Krieg selbst.«

»Wäre Antonius ein Politiker, träfe dies zu«, beharrte Demetrius unter den mißtrauischen Blicken der anderen Offiziere, »doch Antonius ist ein Krieger, und zwar der beste in diesem Handwerk. Ein Handwerk, das er, entgegen mehrfacher Ankündigungen, auszuüben sich weigert. Seit Monaten schon langweilen sich seine Soldaten im Lager. Sie haben das dauernde Üben satt und wollen den Ernstfall erleben. Sie fragen sich: Wozu diese vielen Märsche, das sinnlose Ausheben von Schützengräben, dieses Abstauben der Katapulte und Rammböcke, deren Scharniere schon fast Rost ansetzen …«

Antonius' jovialer Ton war nicht die richtige Reaktion auf den großen Ernst, den Demetrius und die anderen Offiziere an den Tag legten. Er lachte einfach weiter und ging Kleopatra holen.

Der König von Ägypten erwartete ihn im großen Saal des Palastes. Er war hochoffiziell gekleidet und wirkte sehr ernst. Ernster noch als die römischen Offiziere.

Doch Antonius war guter Laune, weil die Morgensonne schien und er vom Wein des Vorabends noch angeregt war. Deshalb stürzte er mit ausgebreiteten Armen und einem schelmischen Funkeln in den Augen auf die Geliebte zu.

»Der König Ägyptens ist schöner denn je!« rief er und rannte die Treppe hinab.

Doch Kleopatra, die eine mehr oder weniger wertvolle Nachbildung der offiziellen Krone auf dem Kopf trug, blieb reglos stehen, die Arme vor der Brust verschränkt. Sie hatte die Reisekrone aufgesetzt, wie ihre Zofen respektlos sagten, wenn sie sie wieder in der Ebenholzschatulle verstauten, die mit dem Krönungnamen Kleopatras geschmückt war.

Der zeremonielle Aufwand beschränkte sich nicht auf das Gewand. Ihre Majestät war von einer stattlichen Anzahl von Höflingen und Zofen umgeben, die sie auf dieser Reise begleiteten. Ihre ernsten Mienen ließen darauf schließen, daß sie als Zeugen eines überaus bedeutsamen Ereignisses fungierten.

Kleopatra wandte sich in gefaßtem, abgehacktem Tonfall an Antonius, als hätte sie ihre Rede lang geübt:

»Der König von Ägypten an Marcus Antonius, Prokonsul Roms im Orient. Der König von Ägypten vor seinem ganzen Hofstaat. Der König von Ägypten vor der ganzen Welt … verkündet hiermit offiziell, daß die Ärzte eine Schwangerschaft festgestellt haben.«

Marcus Antonius war von der feierlichen Form der Ankündigung, die allem Anschein nach einem göttlichen Gebot entsprach, wenig beeindruckt. Er blieb bei seinem jovialen Tonfall und antwortete:

»Antonius, Nachfahre des Gottes Herkules, Antonius, Schützling des Dionysos, nimmt die Nachricht offiziell entgegen. Sie erfüllt ihn mit Stolz, weil sie seine Göttlichkeit bestätigt. Denn einem leibhaftigen König ein Kind zu zeugen, ist selbst Jupiter nicht gelungen.«

Die Höflinge blieben unbewegt. Wieder einmal trafen ägyptischer und römischer Humor nicht zusammen. Doch Kleopatras Sinn für Humor war offensichtlich anpassungsfähig, denn sie erwiderte mit einem reizenden Lächeln:

»Das Verdienst des Königs von Ägypten in dieser Sache ist jedenfalls größer als das des Prokonsuls von Rom.«

»Schreibst du ihm da nicht allzu viele Tugenden zu?« gab Antonius ihr vergnügt zurück.

»Möge der Prokonsul versuchen, dem König Herodes ein Kind zu zeugen. Es wäre interessant zu sehen, ob seine Bemühungen Erfolg hätten.«

Antonius entdeckte im Lächeln seiner Geliebten ein sonderbares, geheimes Einverständnis, eine pulsierende Verbindung zwischen ihnen, die weit über die sonderbare Zeremonie, die sie organisiert hatte, hinausging.

»Bevor mir der König von Ägypten diese undankbare Aufgabe zuweist – denn Herodes war eigentlich nie ein lebendes Abbild des Apollo –, wird er dem Prokonsul Gelegenheit geben, seine Schwangerschaft persönlich zu bestätigen.«

Mit diesen Worten umarmte er sie stürmisch, zum großen Schrecken des ganzen Hofstaats. Die Krone in Form einer Mitra fiel zu Boden, ihr langes schwarzes Haar löste sich, und sie lag lachend in Antonius' Armen.

Sie zogen sich in ihre Gemächer zurück, er bettete sie auf das fellbedeckte Lager und streckte sich an ihrer Seite aus. Er küßte sie verzückt, und sie wehrte ihn zwischen Lachen und Gestammel ab. Dabei warf sie den Kopf zurück und bot ihren Hals seinen Lippen dar.

»Du bist immer für eine Überraschung gut. Deshalb hast du also diese lächerliche Zeremonie veranstaltet.«

»Ich wollte erreichen, daß du deinen künftigen dritten Sprößling offiziell anerkennst«, erwiderte sie und setzte kokett hinzu: »Den dritten mit mir. Die anderen zu zählen fehlt mir die Geduld.«

»Kleopatra und das Offizielle! Hast du keine bessere Beschäftigung in diesen Tagen?«

»Es ist die einzige Möglichkeit zu verhindern, daß unsere Liebe und das was aus ihr hervorgeht, nicht bloß zu einem Gesprächsthema gelangweilter Nachbarinnen herabsinkt. Oder, noch schlimmer, zum Schwachpunkt wird, den der römische Senat gegen uns verwendet. Die fehlende offizielle Anerkennung ist unsere Achillesferse.«

»Langweile mich nicht, Königin! Achilles hatte neben der Ferse noch andere Attribute, und ich werde dir zeigen, daß auch ich noch andere besitze.«

»Antonius' Attribute sind mir nur allzu bekannt, sie könnten mich langweilen.«

Dann liebten sie sich, doch dabei empfand Kleopatra wiederum diese Leere. Ihre Schreie waren gekünstelt und ihre Lust nur vorgespielt.

Als sie sich erholt hatten und auf den Fellen liegend ein paar herbstliche Früchte verspeisten, fing Kleopatras Kopf wieder an zu arbeiten.

»Antonius, laß dich daran erinnern, daß du deine Stellung im Orient festigen mußt.«

»Das habe ich nicht vergessen«, sagte er versonnen.

Und nun schien er zum ersten Mal seit Monaten tatsächlich darüber nachzudenken.

»Übergib mir die erbetenen Länder, und erkenne Cäsarion als König von Ägypten an.«

»Das würde mich mit Rom in Konflikt bringen.«

»Nur mit Octavianus. Aber wenn du als Sieger über die Parther in Rom einziehst, wird das Volk vom Glanz deines Ruhms geblendet sein. Und wenn man dir vorwirft, ein paar eroberte Gebiete mir überlassen zu haben, kannst du dich damit rechtfertigen, daß du dem Volk andere schenkst.«

»Immer mischt sich die Politik in unsere Liebesangelegenheiten ein!« protestierte Antonius und versuchte sie zu umarmen, denn das Feuer in seinen Adern loderte wieder auf.

»Unsere Unabhängigkeit bewahren wir uns nur mit politischem Geschick.«

Kleopatras Hartnäckigkeit dämpfte seine Lust. Langsam überzeugten ihn ihre oft wiederholten Argumente. Als der Abend kam, gab er sich geschlagen.

»Ich werde einen Feldzug gegen die Parther führen, und zwar so überlegt wie keinen anderen zuvor. Doch es wird notwendig sein, daß du nach Alexandria zurückkehrst.«

»Ich denke nicht daran. Du brauchst mich an deiner Seite.«

»Auch wenn ich dich noch so sehr brauche, unvorstellbar notwendig brauche, muß ich auf dich verzichten, um unser beider willen, um Ägyptens, unserer bereits geborenen Kinder und des kommenden Kindes willen.«

Er streichelte Kleopatras Bauch mit großer Zärtlichkeit.

»Erwarte mich in Alexandria als Mutter, und ich werde dafür sorgen, daß du mich als Königin mit Stolz empfangen kannst. Antonius hat seine letzte Schlacht noch nicht geschlagen. Sein Leben beginnt erst jetzt. Alles bisherige waren nur ein paar einfache Scharmützel. Mag ich meine Jugend in nutzlosen Feuern verbrannt haben, so gibt mir vielleicht die Reife des Alters die nötige Weisheit. Ich ahne, daß meine Reife in deinen Händen liegt, meine Königin, wie das ehrwürdige alte Ägypten in den Händen des Nilgottes.«

ANTONIUS GEWANN NACH und nach seine ernsthafte Haltung zurück. Daß er damit den besten Trumpf zur Wiedereroberung von Kleopatras Zuneigung in der Hand hielt, war ihm gar nicht bewußt. Von Stund an wurde die Zahl der Feste verringert, der Wein auf seinem Arbeitstisch spärlicher, und die Spitze seines silbernen Zeigestabs deutete so oft auf die Landkarte Parthiens, daß auf dem Leder ein Riß entstand, weshalb sie erneuert werden mußte. Schon nach wenigen Tagen kannte Antonius alle Fakten auswendig: Die engen Schluchten, die dem Feind als Hinterhalt dienen konnten; die befestigten Städte, die den Einsatz von Kriegsmaschinen notwendig machen würden; die windgeschützten Ebenen, die sich für die Errichtung von Zeltlagern eigneten.

Alle Offiziere wurden von der Begeisterung ihres Anführers

angesteckt. Sie hielten eine Attacke mitten im Frühjahr für günstig, denn zu dieser Jahreszeit mußte man keine Naturgewalten befürchten, die manchmal größere Zerstörungen anrichten als Waffen. Die Soldaten bejubelten diese Entscheidung, denn sie hatten den monatelangen Müßiggang satt.

Während der große Traum vom Orient praktische Formen annahm und den Alltag des Generals ausfüllte, bereitete Kleopatra ihre Rückkehr nach Alexandria vor. Obwohl ihr kein anderer Ort auf der Erde größeres Heimweh verursachte als ihre Stadt, spürte sie beim Gedanken an den Abschied von ihrem Geliebten unvermutet leise Wehmut, eine vage Traurigkeit. Liebe war es nicht, eher ein Gefühl der Zärtlichkeit, dieser ideale, köstliche Ersatz für die Liebe.

Melancholische Bilder, kurze Augenblicke ohne tiefere Bedeutung, Alltäglichkeiten, alles, was sich normalerweise nicht ins Gedächtnis grub, wurde ihr nun auf fast schmerzliche, geradezu tückische Weise bewußt. Denn das Gedächtnis war unberechenbar: Es trat ungefragt in Aktion, ohne sich auch nur im geringsten um die Bedürfnisse der Seele zu kümmern.

»Vielleicht besteht das Wesen der Liebe in dieser Flüchtigkeit der Augenblicke«, dachte Kleopatra, als sie versuchte, das Unerklärbare zu erklären. »Vielleicht lag die Fülle der Liebe in der flüchtigen Begegnung unserer Blicke, in einem Ereignis, an welches ich mich erst nach Jahren erinnern werde. Wie köstlich das sein wird, wie vielfältig dieses Vergnügen!«

Sie lächelte bei dem Gedanken, daß sie dabei war, sich in eine Theoretikerin der Gefühle zu verwandeln, während Antonius, Schritt für Schritt, seine Rolle als Theoretiker des Krieges wieder aufnahm. Wenn sie ihn gedankenschwer umhergehen sah oder beobachtete, wie er die Wege, die er vorher auf der Landkarte aufgezeigt hatte, in den Sand am Meerufer malte und nervös auf der Terrasse auf und ab ging, verwirrten sie ihre so widersprüchlichen Gefühle und gegensätzlichen Wünsche. Sie wunderte sich selbst über deren Komplexität und Vielfalt.

Kleopatra zuliebe eroberte sich Antonius seine frühere Stattlichkeit zurück. Er unterzog sich härtesten sportlichen Übungen, und sein Körper wurde wieder so geschickt und geschmeidig, wie ein Krieg es erforderte, bei dem Fettleibigkeit und Plumpheit nicht nur ästhetische Probleme einer anspruchsvollen alexandrinischen Prinzessin waren.

Kleopatra hielt sich gern im Gymnasium auf, um in Begleitung ihrer Damen den Übungen und Spielen des Generals als Zuschauerin beizuwohnen. Er und seine Kameraden präsentierten sich dabei nach griechischer Art, das heißt, vollkommen nackt, so daß die Zofen der Königin froh waren, nicht im alten Olympia zu leben, dessen Trainierbereiche heilig und für Frauen verboten waren. In Antiochia hingegen war ihre Anwesenheit durchaus willkommen, und einer von Antonius' Generälen, der einer weniger zurückhaltenden Zofe Kleopatras angenehm aufgefallen war, wurde in den letzten Wochen vor der Abreise zu ihrem eifrigen Liebhaber.

In dieser spannungsgeladenen Atmosphäre reichten sich Herkules und Eros in schöner Eintracht die Hand, was schließlich und endlich nicht so ungewöhnlich war, wie es in den Augen schamhafter Besucher scheinen mochte. Eros erwachte im Geiste Kleopatras und schenkte ihr schönere, geradezu künstlerische Bilder von Antonius, bessere jedenfalls als die seiner Saufgelage. So wurde Eros zu einem Alexandriner.

Der Herbst in Antiochia, die herrlich geschmückte Natur, stand ganz im Zeichen des sich erneuernden Lebens. Die Königin betrachtete mit Vergnügen, wie sich die Bäume, gleich einer verführerischen Odaliske, nach und nach entblätterten. In den fruchtbaren Gärten von Antiochia erschienen mit den fallenden Blättern eine Reihe von kahlen Baumskeletten, die für eine Tochter des Nils neu und deshalb interessant waren. Eichen mit kräftigen Stämmen voller Wulste und Höcker, schlanke Birken, deren Zweige hoch hinauf wuchsen und sich in der Krone verwirrten, Kastanienbäume mit eindrucksvollen Höhlen in ihrem Stamm, die bis tief in die Erde zu reichen schienen … alles sprach zu Kleopatra von der unendlichen Vielfalt der Dinge, sobald sie nur ihren Blick von dem begehrten Körper und von Alexandria abwandte.

Doch ihre Gedanken wanderten immer wieder in diese Stadt

zurück. Die überaus vornehmen Straßen kamen ihr in den Sinn, sie waren ein unvergeßlicher, unverzichtbarer Teil ihrer eigenen Person. Schließlich machten nicht nur die typischen Wahrzeichen Alexandria zu einer ganz besonderen Stadt, dort lebte auch Cäsarion, der in der Schatzkammer ihres Herzens den ersten Platz einnahm.

Cäsarion, das frühere Kind, war nun zu einem Projekt geworden, zu einem Projekt, das seine schwachen Kräfte überstieg. Cäsarion, der die schwere Krone beider Länder tragen sollte, das kaiserliche Diadem, wie es die Dichter gerne nennen. Ja, zwei Länder waren es, Ober- und Unterägypten, doch nur eine Stimme, die den ganzen Orient beherrschen würde. Und sollten Cäsarions Kräfte dafür nicht ausreichen, würde sie hinter seinem Thron stehen und ihm ihre Kräfte einflößen, wie die Götter des Windes es taten. Neben ihr würde Antonius stehen, der vielgerühmte Eroberer eines Reiches, wie es keiner seiner Vorgänger je gekannt hatte.

Die Liebe brachte ihr auch in diesem Fall keine Ruhe, sondern ließ sie tausend Gefahren für Cäsarion fürchten. So wurde die Liebe zu einer weiteren Last.

An einem dieser frühen Abende in Antiochia, als die blasse Sonne ihre Wangen streifte, schlief Kleopatra ein und träumte wieder, Cäsarion sei in Gefahr. Und wieder fühlte sie in ihrem Fleisch die nie verheilende Wunde.

Der Alptraum war ihr schon vertraut, und diesmal hatte sich die Zahl der Angreifer sogar noch vermehrt. Nicht nur Octavianus trachtete dem geliebten Sohn nach dem Leben. Aus allen Ecken und Enden des Universums tauchten Scharen von Dämonen auf, deren mißgestaltete Leiber mit mehr Waffen ausgerüstet waren als jedes Zeughaus und jede Waffenkammer. Böse Geister, bereit, das Herz des Göttlichen Kindes mit vergifteten Lanzenspitzen zu durchbohren, mit Kriegspfeilen und Harpunen, mit denen man riesige Nilpferde töten konnte.

Doch selbst beim Eintauchen in die Welt der Mythen bewahrte Kleopatra ihren Sinn für Humor. Sie sagte im Traum:

»Mein Sohn! Wärst du wirklich Horus und deine Mutter die große Isis, dann könnten wir beide beruhigt sein!«

Doch an diesem Abend in ihrer letzten Woche in Antiochia wurde der gewohnte Alptraum von Cäsarion durch eine ihrer Damen unterbrochen, die die Ankunft eines Offiziers ihrer alexandrinischen Palastwache ankündigte. Er brachte eilige Briefe von Sosigenes.

»Aus Alexandria kommt er? Er trete sofort ein, wenn er den Morgenwind mit sich bringt, den Blumenduft der Oasen, wenn ganz Alexandria aus seinen Blicken spricht! Wie dem auch sei, er trete ein.«

Ungeachtet der Dringlichkeit der Briefe betrachtete Kleopatra die Erscheinung des edlen Herrn mit großer Aufmerksamkeit. Er war ein typischer Vertreter der neuen alexandrinischen Gesellschaft: von dunkler Hautfarbe, die scharfen Gesichtszüge der Ägypter vom oberen Nil, im Gegensatz dazu eine Uniform nach Art der Griechen. Sie lächelte ihn an, dankbar für seine Schönheit und dachte kurz an Apollodoros. Sie vermißte seine Zärtlichkeit.

»Wie geht es deinem Herrn?« fragte sie mit liebevollem Blick.

»Mein Herr ist verzweifelt. Nicht aus Liebeskummer wie gewohnt, sondern wegen der traurigen Ereignisse, die auf diesen Blättern hier berichtet werden.«

Kleopatra schreckte hoch. Waren etwa ihre schlimmsten Träume an einem fernen Ort wahr geworden?

»Ist meinem Sohn etwas zugestoßen?« fragte sie schnell. »Ich befehle dir, mir nichts zu verheimlichen. Mehr noch, ich flehe dich an, die Wahrheit zu sagen.«

»Dem Prinzen geht es göttlich ... wie es seiner Doppelnatur entspricht. Die traurigen, unseligen Ereignisse, die in Alexandria bereits in aller Munde sind, haben mit deiner phönizischen Zofe zu tun, der mit dem feuerroten Haar und den seltsamen Augen, wie sie die Statuen der heiligen Katzen haben.«

»Sprichst du von Balkis? Ich verstehe nicht. Ist diese Verrückte einen Eilbrief wert?«

Doch bei der Lektüre von Sosigenes Berichten erblaßte sie. Amor verfügte offenbar über mehr Verkleidungen und Masken, als ihr bislang bekannt waren.

243

EINE GEWALTIGE HITZE lastete auf Alexandria, und die Ausdünstungen der nahen Seen mischten sich mit dem drückenden Wüstenwind. Eine Feuerwand durchzog die ganze Stadt. Ja, selbst das Meer fing an zu brennen und blies den Menschen einen heißen Höllenhauch zu.

In den Mauern ihrer Kammer, Mauern, die vor Hitze glühten, entzündete die schöne Balkis Räucherwerk vor dem Bild der Göttin mit den unzähligen Brüsten. Sie ist auch heute noch die Schutzgöttin der Phönizier.

Ihre Gebete waren vergebens. Ebenso vergebens wie die bittenden Blicke, die sie Thotmes zuwarf, wenn sie ihm in den Räumen des königlichen Palastes begegnete. In ihrer Not, angesichts der Fruchtlosigkeit ihres Bemühens, entschloß sich die Schöne, zu den Zauberern zu gehen.

Sie ließ die weißen Gebäude der Neustadt hinter sich: die marmornen Tempel, die kostbaren Villen der Reichen, die harmonischen Säulenreihen der Akademien. Dann durchquerte sie die Viertel des niedrigen Volkes, die engen Straßen mit den Herbergen, Tavernen und Märkten. Sie bewegte sich zwischen Griechen, Juden, Armeniern, Arabern, Schwarzen, kurz, sämtlichen Menschenrassen, die das Meer von allen Küsten jenseits des Leuchtturms angespült hatte. Als sie schließlich die Stadtmauer hinter sich gelassen und den Rand der Wüste erreicht hatte, ging sie auf eine Hütte aus Säcken und Zuckerrohr zu, die zwischen den Säulen eines alten pharaonischen Heiligtums stand.

Aus dem Dunkel trat Fruna heraus, die Zauberin. Ihre Haut, dunkel auch sie, war von seltsamen, mit Erdfarben aufgetragenen Zeichen bedeckt. Die zahlreichen verschiedenen Amulette und die vielen bunten Metallblättchen, die ihre hagere Gestalt bedeckten, ließen auf ihre Herkunft aus dem fernen Nubien schließen, dem Land, das Ägypten schon immer die besten Zauberer geliefert hatte.

»Der Vollmond erweckt die Dinge im Leib der Erde zum Leben. Der Vollmond befruchtet die Pflanzen und belebt sie. Er gleicht dem Kopf deines Geliebten: weiß und blank wie die Taubeneier in den Tempeln.«

»Ja, so ist der Kopf des Mannes, der mich quält.«

»Der Mond wird sich dir geneigt zeigen, wenn es ihm gefällt. Doch sei auf der Hut, denn es ist ein ruchloser Mond. Siehst du nicht, daß er fett wird wie eine Kuh, und zwar vom Blut der Verliebten?«

Die Zauberin reichte ihr ein Wachspüppchen, das Thotmes nachgebildet war. Es hatte einen rasierten Kopf, das weiße Gewand war aufgemalt und eine goldene Nadel steckte genau an der Stelle, wo der Phallus sein sollte.

»Zwei Nächte muß der Mond sie baden, dann bade sie zwei Nächte in deinem Urin. Daraufhin wird an der Stelle, wo dein Peiniger sein männliches Glied trägt, eine Blume erscheinen. Doch sei auf der Hut, Balkis, denn der Mond kann auch Böses vorhersagen. Wenn sich eine schwarze Blume zeigt, nimm Abstand von deinem Plan, denn das Verbrechen wird auf Alexandria zurückfallen. Beherrsche dich in diesem Fall, und laß den Priester in Frieden, sonst verlangt der Mond Tote, anstatt einen Liebhaber zu schenken.«

Balkis ging zum Palast zurück und führte mit größter Sorgfalt durch, was die Zauberin angeordnet hatte. Das Figürchen wurde dem Mondlicht ausgesetzt und vergrößerte sich mit zunehmendem Mond, bis schließlich, kurz vor dem Vollmond, Thotmes' geheimes Körperteil erschien.

Balkis zuckte erschrocken zurück, denn das gewisse Glied des Geliebten war eine kleine schwarze Blume, schwarz wie das Blut der Dämonen. Einen Augenblick lang überkam sie die Angst. Doch sie gab sich nicht geschlagen, nahm die mißgebildete Figur und drückte sie ans Herz.

»Der Mond ist jetzt ein Sultan, der Sklaven haben will. Tote will er, der doch vor kurzem noch mit Sklaven zufrieden war! Das Blut ließ ihn noch weiter anschwellen! Warum muß sich dieser eisige Gott von Blut ernähren? Ich werde so tun, als gälten meine Trankopfer dir, unheilvoller Herr … doch sie sind für Thotmes allein bestimmt. O Gott! Sende einen Lichtstrahl in diese Düsternis, damit er mich sehen kann. Ich rufe dich an, Prinz des Todes, verstärke die Pein dessen, der mein Herz verletzt hat … Ach Thotmes! Sieh mich an aus deinem Gefängnis der Keuschheit!

Erhebe deine Augen zu Balkis! Dich kann ich nicht belügen. Was meine Wut erregt, ist nicht der Mond. Tausendmal haben mich seine Strahlen sanft berührt, ohne mir weh zu tun. Thotmes! Thotmes! Nur heute nacht wirkt der Mond das Wunder und schickt mir Lava, nicht Schmelzwasser. Derselbe Mond, der deinen keuschen Leib berührt, wird auch meine Haut zärtlich streicheln! Warum löst deine Keuschheit mein Begehren aus? Deine Keuschheit bereitet mir mehr und schrecklichere Qualen als alle Blutopfer, die von Priestern den marmornen Götterbildern dargebracht werden. Das Herz in meiner Brust schlägt nur für dich, es gleicht einem Amethyst und lechzt nach dir. Mein ganzer Leib verzehrt sich nach deiner Gestalt, wie nie zuvor nach einem Mann. Warum hat bislang kein anderer Mann mein Begehren geweckt? Ich war kalt wie der Mond, Thotmes, und imstande zu töten, wie er. Ach, ich habe das schwarze Land am endlosen Nil bereist und im Schatten der unerforschlichen Sphingen den schönen, von der Sonne gebräunten Leib des Beduinen kennengelernt – in dieser Gegend wird die Sonne als Gott verehrt – , doch nach keinem dürstete mich, keiner hat mich verwundet. Ich war wie Schnee, der ziellos auf dem Wasser treibt, in das die Tränen deiner großen Mutter Isis fließen, nichts weiter. Ich besuchte die Amphitheater der fruchtbaren Insel Kreta, wo nackte Athleten auf dem Rücken des wilden Minotaurus tanzen, doch ihre mit kostbarem Öl gesalbten Muskeln langweilten mich und bereiteten mir nur Überdruß. Ich lernte den Zauber der Epheben aus Syrien kennen, die sich beiden Geschlechtern hingeben, fand bei ihnen jedoch nur den Geschmack von Wein, dessen Reifezeit zu kurz bemessen war. Ich suchte die Lust bei den stattlichen römischen Zenturionen, bei den Jünglingen, die in den grünen Gewässern arabischer Oasen schwimmen, ließ mich von den kräftigen Armen der hochgewachsenen Fischer am Euphrat umarmen und preßte meinen Busen gegen die goldenen Brustpanzer der mächtigen Feldherrn Judäas. Kein wilder Krieger, kein purpurgekleideter Ephebe brach mein Eis, Thotmes. Kein Krieger, kein Ephebe, kein Priester, kein Levit. Ich habe in Babylonien und Memphis, in Karthago und Bithynien gesucht. Doch der Mond verweigerte seine Hilfe. Und das bis heute,

Thotmes, bis zu dieser Nacht. Er macht aus der Leidenschaft ein Verbrechen. Nie mußte ich gegen die Schranke des Heiligen ankämpfen. Dein gottgeweihter Leib soll mir gehören. Ich will das Geschlecht küssen, das bislang wohl nur eine Gottheit zärtlich berührt hat. Ich will dieses Heiligtum entweihen. Ich will deine Heiligkeit in Besitz nehmen, über den Tod hinaus. Thotmes! Deine Heiligkeit ist die Schranke, die zwischen meiner Leidenschaft und dem Paradies der Liebe aufgerichtet ist. Du bist ein Verbrecher, wie der Mond einer ist, Thotmes. Du bist mein Peiniger, denn der Leidenschaft Schranken zu setzen ist das größte aller Verbrechen. Deine Heiligkeit beleidigt die Natur; sie hat Strafe verdient … Ich bin zum Angriff bereit. Der Mond hat schon meine Kleider, mein ganzes Geschmeide in sein Licht getaucht. Der Mond hat eben seinen wichtigsten Befehl erteilt … gegen dich, Thotmes! Dir gilt mein Zauber und meine Pein!«

Sie verweigerte sich dem Arkanum, hörte nicht auf seine gerechte Stimme und stach drei goldene Nadeln in Thotmes' Herz. Dann wartete sie auf den Morgen, um ihn aufzusuchen.

AM NÄCHSTEN MORGEN, schon sehr früh, ging Thotmes in den Isistempel und Balkis folgte ihm. Sie mischte sich unter die Gläubigen und wartete das Ende der Zeremonien ab, um mit ihm allein zu sein. Die Gläubigen machten ihr respektvoll Platz, denn ihr Gewand aus echtem Leinen und der Schmuck ließen auf ihren hohen Rang im Königspalast schließen.

Alle waren schon gegangen, nur Thotmes bot weiter seine Trankopfer dar. Als er schließlich fertig war, begab er sich in einen Nebenraum, in dem die Opfergaben aufbewahrt wurden. Er griff zur Klinge und zum Becken, um sich die unreinen Stellen seines Körpers zu rasieren, wie es das Ritual seit Jahrhunderten vorschreibt. Er hatte sich bereits völlig entkleidet und betete zu Isis um ihren Segen, da überraschten ihn ein Paar Augen, grün wie Smaragde, doch glühend wie das Feuer der Rubine.

Es war die schöne Balkis. Ihr langes dichtes Haar war zerzaust, und ihre Lippen hatte sie in der Wartezeit der vergangenen Nacht vor Wut zerbissen.

»Was tust du hier?« protestierte Thotmes zutiefst erschrocken. »Du wagst es, in den Bereich einzudringen, der den Priestern vorbehalten ist?«

Er versuchte vergeblich seine Nacktheit zu bedecken, denn Balkis packte seine beiden Hände und drückte sie heiß und heftig.

»Auch ich bin eine Priesterin, Thotmes. Ich diene der Liebe, und mein Gott ist ein junger Mann, der mit seinen Gnadengaben allzu sehr geizt. Trotzdem bin ich hergekommen, denn ich brenne vor Verlangen nach dem Anblick deines Leibes, und schon lange dringen meine Blicke durch deine weißen Gewänder und ruhen auf deiner Haut, um sie in Besitz zu nehmen ...« Sie stieß ein nervöses Lachen aus, konnte sich nicht beruhigen und lachte und lachte. »Jetzt, da ich dich tatsächlich nackt sehe, laß dir sagen, daß deine Schönheit meine Erwartungen noch übertrifft.«

Sie öffnete ihre Tunika und zeigte ihren Körper, nackt auch er, bis auf ein winziges Diamantband über dem Venushügel. Im Halbdunkel erkannte Thotmes ihre Brüste, heiß wie die Mittagsstunde über den Häusern am Strand, und ihre goldbraune Haut, die dem Holz exotischer Bäume glich.

Er hatte Angst. Die Nacktheit Balkis' mochte Glut und paradiesische Wonnen versprechen, doch ihm brach der kalte Schweiß aus, wie einem Opfer der Winterkrankheit. Er knirschte mit den Zähnen und preßte sie so heftig zusammen, daß sein Mund wie ein Vulkan zu explodieren drohte.

Balkis führte die Hand des Priesters an ihr Geschlecht und sagte mit gefährlichem Lächeln:

»Weine nicht, Bruder, im Gegenteil, jauchze, denn dein Leib schlief und ist nun zum Leben erwacht.«

»Kein Schwein, das wir nicht essen und kein Kot, den wir nicht berühren dürfen, ist so unrein vor den Augen der Göttin wie deine Handlung. Verschwinde nun, samt der Schar deiner Dämonen!«

»Ich gehe, obwohl du es im Grunde nicht wünschst. Die Dämonen aber bleiben bei dir, werden mich dann aber heute nacht besuchen. Sie werden in meinen Leib eindringen, denn selbst deine

Keuschheit kann dem Liebeszauber, den der trunkene Mond auf die Sterblichen ausübt, nicht widerstehen.«

So kam es, daß Thotmes die ersten Stürme der Begierde kennenlernte. Sie setzten sich in seinem Innern fest und ließen ihm den ganzen Tag keine Ruhe. Sie gestatteten keinen anderen Gedanken als jenen an den bezaubernden Leib von Balkis, den Schwung ihrer roten Haare und den grünen Glanz ihres durchdringenden Blicks.

Als es Nacht wurde, erfüllte sich Balkis' Prophezeiung: Der Mond wurde ganz rund, er goß Liebeszauber über die Menschen aus und stachelte ihre Lust an. Die Luft war von Lustschreien erfüllt, die Pflanzen richteten sich auf, die heiligen Tiere paarten sich zwischen den Säulen der großen Tempel. Und Thotmes, in seinem Zimmer eingeschlossen, schlang die Arme um seinen Leib und drückte ihn so fest, daß er kaum noch atmen konnte.

»Balkis, Schwester«, ächzte der Priester und preßte den Bauch gegen den Marmorboden. »Meine Angebetete, so komm doch endlich! Komm, denn ich bin zum Platzen voll wie der Mond!«

Doch plötzlich erschrak er vor seiner Schwäche und rannte durch die Gänge weg von den Gemächern der Frauen. Er brauchte einen Freund, der ihm half, diesen Zustand zu überwinden. Er brauchte Ablenkung von diesen Gedanken, von seinem Körper und vom Mond.

So gelangte er zu Cäsarions Räumen. Er trat an sein Lager und riß mit einem Griff die Vorhänge auseinander, die als Mückenschutz dienten.

Verzweifelt schluchzend versuchte er den Prinzen zu wecken, schüttelte ihn und blies ihm auf die Lider.

»Beschütze mich, mein Prinz. Beschütze mich, denn ich habe die Versuchung gespürt. Sie wühlt noch immer in meinem Leib, obwohl ich versucht habe, sie auszumerzen.«

Er rüttelte den Knaben, grub die Nägel in seine nackten Schultern und brüllte ihm Verwünschungen in die Ohren, bis Cäsarion erwachte und ihn mit erstaunten Augen anblickte.

»Stell mir eine Frage, mein Prinz. Nein, frage mich tausend Dinge, schnell, schnell, zweitausend Fragen bis zum Morgen. Rede, damit ich den Zauber des Mondes vergessen kann. Frag mich nach dem Körperbau der Bienen. Frag mich nach den Atemorganen der Langusten. Vor wenigen Tagen hast du dich dafür interessiert. Frage mich jetzt, ich flehe dich an!«

»Du weckst mich, um über Insekten zu sprechen? Bist du verrückt geworden?«

Cäsarion versuchte ihn wegzustoßen, aber Thotmes hörte nicht auf, sich schluchzend an ihn zu klammern:

»Bitte mich um eine Geschichte. Kennst du die von den zwei Brüdern? Nein, nein, die habe ich dir schon mehrmals erzählt. Die Geschichte vom Schiffbruch kennst du noch nicht. Soll ich sie dir jetzt erzählen? Siehst du nicht, daß ich Hilfe brauche? Bist du nicht mein einziger Freund?«

Doch Cäsarion kniete sich auf das Bett, und seine Augen blitzten zornig. Er verschränkte die Arme in gebieterischer Pose vor der Brust und befahl:

»Hör endlich auf, du Bastard! Ich will schlafen und nicht deine Dummheiten anhören. Hast du Fieber? Dann wende dich an die Hausärzte!« Und in noch strengerem Ton setzte er hinzu: »Wenn du meinem Befehl nicht gehorchst, lasse ich dich auspeitschen.«

Thotmes wich vor dieser ersten Manifestation der Herrschergewalt zurück und begriff, daß er ganz allein gegen den Mond ankämpfen mußte.

»Ich beklage mich nicht, mein Prinz. Schließlich habe ich dich erzogen und gelehrt, deiner hohen Stellung gemäß zu handeln. Doch wer hätte gedacht, daß ich das erste Opfer dieses Verhaltens sein würde? Es erhebt dich hoch über mich, und nun zwingt mich das Schicksal zu entscheiden: Bringe ich andere um oder mich selbst.«

Er trat wieder hinaus auf die Terrasse. Die Nacht war so heiß als schürte der Mondschein tausend irdische Feueröfen. In der Ferne strahlte die marmorne Stadt Alexandria, grabweiß wie immer.

Aus der Tiefe der Stadt erklang eine Stimme und übertönte alle anderen mit einer tröstlichen Botschaft. Es war kein dröhnender Lärm aus den Tavernen, keine aufgeregte Melodie aus den Freudenhäusern, sondern ein lieblicher Psalm, der aus dem Isistempel zu ihm emporstieg, um ihn zu beglücken oder zu sich zu rufen.

Er verließ den Palast und rannte durch die vornehmen Viertel bis hinter das Gymnasium und das Museion. Er durchquerte den Palmenhain, ließ die Mimosen- und Akaziengärten hinter sich und erreichte schließlich die Türen des Heiligtums.

Lange wurde ihm nicht geöffnet, obwohl seine Schläge gegen die Eisentür im Innern wie tausend Kriegstrommeln dröhnen mußten. Endlich erschien ein Novize, der ihn höchst überrascht anblickte. Er war verwundert über den Besuch an sich, mehr aber noch über Thotmes' Aussehen, denn dieser glich einem Abgesandten aus den Höhlen von Abukir, wo die armen Irren eingeschlossen leben mußten.

Der Novize ließ ihn ein und bat ihn zu warten, bis er den Oberpriester Pentauer verständigt hatte. Thotmes sah ihm hinterher und merkte, daß der Novize torkelte. War seine Rede für die späte Nachtstunde nicht auch allzu lebhaft gewesen?

Das seltsame Betragen des Jünglings war ihm aufgefallen, doch das Auftreten des Hohepriesters verblüffte ihn zutiefst: Er war so betrunken, daß er sich auf die Schultern seiner ebenfalls besoffenen Akolythen stützen mußte. Sie hatten die heiligen Gewänder der Isis abgelegt und trugen allesamt nur winzige weiße Lendenschurze, die allerdings von vielen Wein-, Fett- und Speiseölflecken verfärbt waren.

Trotz seiner völligen Betrunkenheit bemerkte der Hohepriester Thotmes' Tränen, erbarmte sich seiner und äußerte seine Bereitschaft, ihm zu helfen, sollte der Prinz ihm seine Gunst entzogen, oder, was wahrscheinlicher war, ein Matrose aus Smyrna ihn am Hafen überfallen haben, wo sich die jungen Priester auf der Suche nach verbotenen Vergnügen gern herumtreiben.

Nachdem er Thotmes' Geschichte angehört hatte, hielt er verwundert inne, blickte ihm fest in die Augen und fragte, ob er tatsächlich so naiv sei, wie seine Worte es nahelegten oder sich nur so gab. Als sich Thotmes auf sein Keuschheitsgelübde berief und dabei jedes einzelne Wort fromm betonte, fingen alle an zu lachen, und der jüngste Priester erbrach sich über eine kleine Statue des Kindgottes Horus.

»Du übertreibst es wirklich«, meinte der Hohepriester immer

noch lachend. »Denn es ist ein Unterschied, ob man ein Geweihter der Götter ist oder eine gute Gelegenheit nicht beim Schopfe packt. Ich will damit sagen, daß Heiligkeit gut und edel ist, doch blöd und direkt ungesund wird sie, wenn sie einen vom Leben fernhält, wie es bei dir der Fall ist. Oh, mein Sohn! Der Klerus hat genug damit zu tun, die Botschaft der Götter zu verbreiten, er muß nicht auch noch mit gutem Beispiel vorangehen, das wäre ja noch schöner. Schließlich ist dem Priesterstand die Heiligkeit garantiert, von Urzeiten an, er braucht sich nicht mehr darum zu bemühen. Wirklich heilige Priester könnten ja sonst überheblich werden. Ob das in den Augen der Götter eine Sünde ist, weiß ich nicht, zumindest wäre es eine Dummheit in den Augen der Gelehrten.«

Thotmes ließ die Arme herunterhängen. Er fühlte, wie der Tempel unter seinen Füßen versank und sich in den Untiefen der Hölle tausend Dämonen um seine Seele stritten.

Obwohl ihn seine Kollegen einluden, an ihrem Gelage teilzunehmen, obwohl sie ihn damit zu locken versuchten, daß gleich einige Priesterinnen der Göttin Arabiens eintreffen würden, floh Thotmes zum Ausgang und rannte verwirrt hinaus in die Gassen Alexandrias. Er war so verschreckt, daß ihm die Leute auswichen, weil sie ihn für toll hielten.

Und wahrlich, er wirkte wie von einer Ratte der Cloaca Maxima gebissen.

Wieder zu Hause in seinem Quartier fiel er auf die Knie, schob die Hände unter seine Tunika und grub sich die Fingernägel ins Fleisch, bis es anfing zu bluten.

»Balkis, verdammte Hündin! Was ist das für eine Schönheit, die mich in solche Qualen stürzt?«

In seinem Wahn fiel sein Blick auf eine kleine Figur der Isis, die ihn aus einer schmalen Nische in der Wand neben seinem Bett spöttisch anzusehen schien. Er griff nach ihr, packte sie mit aller Kraft und schleuderte sie auf den Boden, so daß die Göttin in tausend Stücke zerbrach. Die größte Scherbe glich dem spitzen Messer der Priester von Memphis, mit dem sie beim zeremoniellen Einbalsamieren die Eingeweide der heiligen Stiere aufbrechen.

Er stach sich mit dem spitzen Stein in die Brust und zwar gleich so tief, daß eine große Wunde entstand, so groß wie sein Begehren. Dann grub er sich den Stein in die Seiten und die Schenkel, dann in den Arm und heulte bei jedem Stich auf wie ein verwundeter Kojote. Schließlich sank er erschöpft nieder in sein Blut.

Da öffnete sich plötzlich die Tür, das strahlende Licht des Mond schien tief in seine Wunden und trank daraus.

Im Zentrum dieser blendenden Helle erschien Balkis, die Phönizierin. Er sah sie völlig nackt da stehen: Das rote Haar klebte auf ihrer Haut und diese war von einem leichten, ganz besonderen, magnolienbalsamgleichen Schweiß überzogen.

»Ich bin krank vor Sehnsucht nach dir«, wimmerte Balkis, »dein Fieber hat mich angesteckt. Verflucht sei deine Verblendung, die mir das Heilmittel verweigert.«

»Mein Fieber ist tödlich. Mögen mich die Götter mit einem Tod ohne Begräbnis bestrafen, denn ich bin verflucht ...«

Balkis kniete sich neben den übel zugerichteten Körper und fing an, die Wunden zu streicheln, jede einzelne. Er wehrte sich nicht. Dann küßte sie die Wunden und trank im Schein des vollen Mondes von deren Blut.

»Nimm mich schon«, sagte Thotmes. »Zerstöre mich mit deiner Grausamkeit, denn es steht geschrieben, daß aller Widerstand vergeblich ist, wenn der Himmel den verzweifelten Bitten der Heiligen seine Ohren verschließt.«

Dreimal eroberte Balkis ihr Opfer, und dreimal erfüllten Schreie den Palast, die Lustschreien glichen, in Wirklichkeit aber Verzweiflungsschreie waren. Nie glich eine Ekstase mehr der Agonie als Thotmes' blutbefleckte Lust.

Als er wieder zu sich kam, lag die schöne Balkis an seiner Seite und streichelte ihm mit großer Zärtlichkeit die Brust. Ihre Stimme klang süß, und ihre Worte waren voller Liebe.

Als der Mond sich langsam zurückzog, sein Licht blasser wurde und die Kraft seiner Strahlen abnahm, sagte Balkis zu Thotmes:

»Mein Herz hatte recht, als es mir sagte, daß du mein Bruder bist. Mein Leib ist glückselig, weil er von dieser Nacht an nie mehr allein sein wird.«

»Er wird nicht allein sein, Balkis, denn mein Haß wird ihn alle

Tage seines Lebens begleiten. In Nächten wie dieser feiern die Bauern das Erscheinen des Mondes mit einem Schweineopfer an Osiris. Du hast mich geopfert und damit dein Opfer wirklich gut gewählt, denn meine Götter verabscheuen mich nun bestimmt mehr als alle Schweine Ägyptens zusammen. Du hast mich zu einem Schwein erniedrigt, und deshalb werde ich versuchen, dir zu schaden wo immer ich kann, damit du jeden Tag den kommenden Tag verfluchst.«

»Schweig, Thotmes, du tust mir grausam weh. Schweig, denn du verweigerst dich der Liebe, und das verletzt mich mehr als die Verweigerung deiner Lust.«

»Du hast sie dir genommen auf meinem Blut. Doch noch viel mehr werden deine Augen bluten, denn was du bekommen hast, ist nichts im Vergleich zu dem, was du niemals erlangen wirst. Du hast mir eine Waffe in die Hand gegeben, mit der ich dich langsam umbringen kann. Die Liebe ist die Waffe, mit der ich deine Seele in Stücke schneiden und dein Herz ausbluten kann bis auf den letzten Tropfen. Dann, erst dann, hat der Mond seine Rache vollendet.«

Die schöne Balkis richtete sich auf, und Entsetzen stand ihr im Gesicht. Sie warf ihr Haar zurück und löste sich von der Brust des Geliebten.

»Du bist abartig, Thotmes«, seufzte sie gequält. »Abartig warst du, als du mir deinen Leib und dich der Natur verweigert hast. Abartig bist du jetzt in deinem Vorsatz, mich mit meinen eigenen Waffen zu schlagen.«

»Hänge dich auf, dich und deine Liebe. Im Garten der Königin stehen Bäume, die deiner Schönheit und noblen Abstammung würdig sind. Vollende dort deine Tat, denn sie war von Anfang an gegen dich gerichtet. Was immer ich dir zufügen werde, hast du dir selbst zuzuschreiben.«

Balkis stieß einen fürchterlichen Schrei aus und rannte weg, hin zum Gynäkeion. Doch am Tag darauf schworen die Frauen, daß sie Balkis weder kommen noch gehen sahen. Alle Winkel des Palastes wurden nach einer Spur ihrer Anwesenheit oder ihrer Flucht abgesucht.

Man sprach dann von einem Sturz, vermutete einen plötzlichen Schwindel, dachte an einen Räuber. Doch so verschieden die Meinungen waren, alle beweinten das traurige Los und den Zustand ihres Körpers, der vor wenigen Stunden noch so schön gewesen war. Er wurde zerschmettert am Fuße der Felsen gefunden, auf dem die äußere Mauer des Palasts der Kleopatra errichtet war. Die Wellen beleckten die nackte Gestalt, die denen, die sie fanden, noch immer Bewunderung abrang.

Doch die Krebse hatten ihr Gesicht angefressen, und als Apollodoros ihre Lippen suchte, die zu küssen ihm nie vergönnt war, fand er nur ein unförmiges, schreckliches Loch vor, das an die nicht einbalsamierten Leichen erinnerte, die im Wüstensand verwesten. Da weinte der Hauptmann blutige Tränen, als hätte nicht Balkis, sondern er Thotmes' gepeinigten Leib besessen.

Als dieser die Nachricht bekam, weilte sein einziger Freund, Prinz Cäsarion an seiner Seite. Er war sofort herbeigeeilt, als ihm die Ärzte von Thotmes' beklagenswertem Zustand berichtet hatten.

Auch der Knabe weinte, weil er dachte, seine häufigen Scherze über die Jungfräulichkeit seines Lehrers hätten diese traurigen Ereignisse ausgelöst. Doch schon bald wurde ihm klar, daß jeder für sein Handeln selbst verantwortlich ist und nicht derjenige die Schuld trägt, der den Samen aussät, sondern der, der ihn aufgehen sieht und die Pflanze dann anbindet oder stutzt. Und mit dieser Lektion in Weisheit ließ Prinz Cäsarion seine Kindheit hinter sich.

Mit seiner frisch erworbenen Reife versuchte er seinen Freund, den wahnsinnigen Priester zu trösten.

»Du bist wirklich vom Glück begünstigt, denn endlich hast du die Freuden der Liebe kennengelernt …«

»Ich habe Angst, mein Prinz, große Angst.«

»Wovor, Thotmes? Sag es deinem Freund, damit er dich verteidigen kann.«

»Vor mir selbst, denn nun weiß ich, daß ich morden kann, ohne ein Mörder zu sein. Weil ich sehe, daß dieser Fluch auf allen Sterblichen lastet. Ich wollte mich verteidigen und habe Unheil angerichtet. Als ich dich um Hilfe anflehte, wolltest du schlafen und hast mir damit geschadet. Dann haben mich die Priester meines

Kultes umgebracht, dieselben, die mich zu dem gemacht haben, was ich bin. Dann habe ich Balkis umgebracht, und ihr Tod zerstört wiederum das Leben von Apollodoros. Deshalb bin ich verzweifelt und strecke die Waffen vor den Göttern der Zerstörung. Denn jede Tat des Menschen an einem anderen Menschen ist Glied einer Kette, die unweigerlich zum Tode führt ...«

»Aber Thotmes, du und deine Priester haben mir wiederholt und bis zum Überdruß gesagt, daß der Tod nicht existiert.«

»Er existiert nicht in der Ewigkeit, im Leben schon.«

So erfuhr Prinz Cäsarion, daß sich in der Seele des besten Menschen, den er kannte die schwarzen Göttinnen der Verzweiflung und des Hasses eingenistet hatten.

ALS DIE KÖNIGIN alle Einzelheiten dieses alexandrinischen Dramas erfahren hatte, rief sie:

»Die Götter haben wirklich keinen Anstand mehr! Sie lassen zu, daß sich die Lust dermaßen lächerlich macht. Und das alles wegen einer allzu heißblütigen Fremden und eines armen, naiven Wirrkopfs, dem seine sterile Keuschheit wichtiger ist als die Freuden des Lebens.«

Sie wandte sich an Marcus Antonius, der sich mit ein paar neuen Landkarten näherte.

»Die Nachrichten aus Alexandria haben dich in schlechte Stimmung versetzt ...«

»Ich hielt diese unglückselige Balkis schon immer für töricht. Töricht ist, wer das Glück in Reichweite hat und es nicht bemerkt. Das Glück ist kostbar, lieber Antonius, es auszuschlagen ein Verbrechen.«

Sie erinnerte sich an Apollodoros' Vorzüge und Tugenden und sein langes Leiden unter den Zurückweisungen der schönen Balkis. Da kam ihr plötzlich die Erkenntnis, daß ihr schmucker Gefährte vieler Nächte das Glück war und Balkis die Verschwenderin, die es nicht zu ergreifen wußte. Doch ihre Überlegungen blieben vage, sie hatten sich zufällig eingestellt, ohne zu einer verbindlichen

Regel zu werden. Wenn das Glück eine so einfache Sache wäre, müßte nicht so viel darüber theoretisiert werden.

»Ich sollte ihr Schicksal wirklich nicht beweinen. Sie ist Thotmes auf allzu egoistische Weise nachgerannt, ohne auf den Schaden zu achten, den sie bei zweien meiner liebsten Diener anrichtete. Sie nahm, was ihr nicht zustand und tastete das Unantastbare an.«

»Meine Königin übertreibt«, erwiderte Antonius scherzend.

»Sie hat sich an meinem armen Priester vergriffen, und zwar auf eine Weise, die früher üblich gewesen sein mag. Geschichten wie die der Balkis wurden mir als Kind in den Gemächern meiner Mutter vorgelesen. Sie sind aus dem Mund der Bettler an den Ecken irgendeines Dorfes am Nil zu hören. Immer kommen darin widernatürliche Frauen vor, deren heiße Brüste keusche junge Menschen vom rechten Weg abbringen. Zu Balkis' Unglück ist mein Priester unbeirrbarer als alle verführerischen, hurenhaften Phönizierinnen.«

Antonius hielt den Priester für den eigentlichen Dummen, aber das sagte er nicht laut. In seinem Innern dachte er: Die Leidenschaft ist für Männer und Frauen jeweils anders. Sie beherrscht die Frau, meint der Mann, sie beherrscht ihn, meint die Frau. In jedem Fall setzt sich die Tragödie fort, denn, glaubt man den Weisen, eine erzwungene Liebe ist immer eine flüchtige Liebe.

Kleopatra beendete das Gespräch, denn über das Thema Liebe wollte sie mit Antonius lieber nicht reden. Er merkte es und wurde traurig.

»Ich weiß, daß du die Emissäre des Herodes empfangen hast …«

»Dein Spionagenetz funktioniert in Syrien so gut wie in Ägypten«, lachte er. »Aber du hast recht, wie immer. Herodes ist besorgt wegen deiner Entscheidung, ihm auf deinem Rückweg nach Alexandria einen Besuch abzustatten.«

»Nicht ohne Grund. Er weiß, daß ich immer seine Gegner unterstützen werde, auch wenn ich ihm gegenüber Freundschaft heuchle.«

»Deine Machenschaften sind so durchtrieben, daß sie mein Verständnis übersteigen …«

»Dabei ist die Sache doch so einfach zu verstehen. Herodes

besitzt zwar die Macht, nicht aber die Herzen seiner Untertanen. Diese wissen, daß er sich dem Golde Roms verkauft hat.«

»Welch eine Neuigkeit!« rief Antonius. »Habe ich doch selbst den Senat von Rom dazu überredet, Herodes auf den Thron von Judäa zu setzen.«

»Auch das ist in bezug auf Rom nichts Neues. Wenn ihr ein Volk nicht erobern könnt, setzt ihr eine Marionette auf den Thron, die eure Interessen vertritt. Herodes tut dies ausgezeichnet und ohne allzu große Hindernisse, seit du die Enthauptung des mutigen Antigonos befohlen hast. Das war keine edle Tat, Antonius, auch wenn sie im Interesse Roms begangen wurde. Neben anderen Gründen auch deshalb, weil Antigonos' Familie den Kampf nicht aufgegeben hat. Ich mag dem Herodes Freundschaft heucheln, sicher ist aber, daß jede Intervention Ägyptens in Judäa zugunsten des Prinzen Aristobulos erfolgen wird.«

Antonius betrachtete sie mit nachdenklicher Miene. Hier wurden geheimnisvolle Intrigen gesponnen. Er wünschte sich ein Schwert, um sie alle zu zerschlagen.

»Herodes ist vollkommen romanisiert«, fuhr die Königin fort. »Ich kann nicht verhindern, daß er sich zu einer bezahlten Marionette macht. Doch ich will dir sagen, daß der ägyptische Thron kein Interesse daran hat, die Römer auf der anderen Seite des Sinai zu wissen.«

»Deine Beziehungen zu Rom werden mir immer ein Geheimnis bleiben«, rief er. »Auf der einen Seite umwirbst du Rom, auf der anderen unterstützt du heimlich alles, was Roms Macht untergraben könnte.«

»Wir schwachen Völker können uns kein sauberes Spiel erlauben. Insbesondere deshalb, weil ihr starken Völker so schmutzig seid. Andererseits hat ein Politiker die Pflicht, zu wissen, auf welchem Boden er sich bewegt. Und ich weiß, daß Ägyptens Boden nicht so sicher ist, wie es scheint …« Sie lächelte bitter. »Keines der Reiche, die Alexander seinen Erben hinterlassen hat, war je wirklich sicher. Du weißt, was aus vielen Ländern geworden ist … Jede unserer Initiativen muß von deren Gefährdung und Zerbrechlichkeit ausgehen! Deshalb würde es mir nicht im verrücktesten

258

Traum einfallen, Rom direkt zu attackieren. Doch nicht umsonst nennt man mich die Schlange vom Nil. Möglichkeiten wie eine Schlange vorzugehen, kenne ich zur Genüge.«

Antonius betrachtete einige Kunstgegenstände, mit denen die Galerie der Königin geschmückt war. Altehrwürdige Erinnerungen an Zivilisationen, deren Pracht im verhängnisvollen Meer der Zeit versunken war. Ein eigenartiger Schwindel erfaßte ihn bei dem Gedanken, daß die Reste dieser Zivilisation- wenn es denn welche gab – unter den luxuriösen Bauten, mächtigen Befestigungen und klotzigen Heiligtümern des modernen Orients ruhten.

Was würde von seiner jetzigen Umgebung wohl übrigbleiben? In den Händen welcher Königin, welches Priesters, welches großen Hauptmanns würden die Dinge seiner Welt sich in tausend Jahren befinden? Oder vielleicht in weniger als tausend Jahren, denn manchmal wartet die Zerstörung der Zeit nicht und duldet keinen Aufschub.

»Verlorene Reiche!« murmelte Kleopatra. »Wie alt wir geworden sind, Antonius, schon zehren wir vom Tod anderer.«

»Rom wartet nicht einmal den natürlichen Gang der Dinge ab.«

»Ich weiß. Rom gleicht einem ungeduldigen Kind. Es dehnt sein Territorium aus, wie es ihm gefällt. Keines unserer Reiche, und sei es noch so alt und ehrwürdig, kann Rom frontal angreifen. Wir könnten uns womöglich nicht einmal verteidigen. Wenn wir zwischen uns jedoch Verbindungen herstellen, starke Verbindungen, wird es Rom schwerfallen, sie mit einem Schlag zu zerstören …«

Jedes Wort Kleopatras war eine Aufforderung zum Kampf, und Antonius war sich dessen bewußt, obwohl er ihre Rede nicht mit Begeisterung aufnehmen konnte.

»Wenn ich mir deine Pläne zu eigen mache, bin ich gezwungen, mich gegen Rom zu stellen.«

Kleopatra stieß einen tiefen Seufzer aus. Sie hatte in den traurigen Augen ihres Geliebten die Zukunft gesehen.

»Noch ist dieser Zeitpunkt nicht gekommen«, stellte er mit gespielter Unbekümmertheit fest. »Denken wir an die Liebe. Die Politik soll ein paar Tage lang ruhen!«

Sie unterdrückte ein Gähnen.

»Es sei, wie du sagst. Doch Liebe und Politik sind nicht voneinander zu trennen, wenn du dein Schicksal mit dem meinen verbinden willst … und mit dem von Ägypten.«

»Was ich im Moment nicht trennen kann, ist meine Eifersucht …«

»Eifersucht, sagst du?«

»Schreckliche, furchtbare Eifersucht. Wie ich sie bislang nicht kannte. Sie tut sehr weh.«

»Auf wen mag der engherzige Antonius wohl eifersüchtig sein?«

»Auf Herodes.«

Sie brach in schallendes Gelächter aus und machte kein Hehl aus ihrer Verachtung.

»Götter, warum bist du nicht auf die Wolken eifersüchtig?«

»Er spricht von deinem nächsten Besuch mit großem Interesse. Bei mehr als einem großen Fest hat er lauthals deine Schönheit gerühmt und sich damit gebrüstet, deine Gunst erringen zu können.«

»Er ist dumm in zweifacher Hinsicht. Zum einen weil er glaubt, sie erringen zu können, zum andern weil er mit einer Sache protzt, die er schon jetzt verloren hat. Beruhige dich also. Mag Herodes protzen soviel er mag. Zu deiner Beruhigung sei gesagt, daß es Kräuter gibt, die das Begehren von Königen anregen, aber ebenso welche, die es völlig zum Erliegen bringen.«

»Sehr verdienstvoll, göttliche, tugendhafte Königin!«

Sie legte ihm die Arme um den Hals und bemühte sich mit aller Macht, Liebe in ihren Blick zu legen.

»Es ist nicht Verdienst meiner Tugend, sondern Verdienst meiner Kräuterkundigen.«

Während sie sich dem Ungestüm des Mannes hingab dachte sie, wie dumm Eifersucht sein kann. Wie sie sich irren konnte. Denn auch wenn keine Frau einen begehrlichen Gedanken an Herodes verschwendete, gab es doch in Judäa diesen jungen Prinzen, Aristobulos, der schöner und begehrenswerter war als alle wohlgehüteten Tempelschätze zusammen.

So schön war Aristobulos, daß ihn die Dichter besangen.

VIERTES BUCH

Der Gott verläßt Antonius

...
Vor allem täusche dich nicht, sag nicht, dies war
Ein Traum, dein Ohr verfiel einem Trug:
Also müßigen Hoffnungen schließe den Sinn.
Wie ein seit langem Bereiter, wie ein Verwegener,
Wie dir ansteht, solch einer Stadt du würdig Befundner.
...
Und grüße zum Abschied Alexandrien, dein verlornes.

KONSTANTIN KAVAFIS

DIE EDLE OCTAVIA erwachte sehr früh, jedoch weder von einem schlechten Traum geweckt, noch weil sie größere Sorgen hatte als gewöhnlich. Sie wurde vom Geschrei der Dienerschaft im Atrium und dem durchdringenden Geräusch eines sich entfernenden Wagens geweckt.

Aus dem Quietschen dieser Räder, das den Verkehrslärm, der die Römer jener Tage so sehr störte, deutlich übertönte, schloß die edle Octavia, daß soeben jemand eine wichtige, womöglich außergewöhnliche Nachricht überbracht hatte. Ein spannendes Ereignis in diesen überaus langweiligen Wochen, die nur von den Streitgesprächen mit ihrem nunmehr Augustus genannten Bruder und den Spielen der Kinder ein wenig belebt wurden!

Sie begab sich sogleich ins Speisezimmer, angemessen gekleidet – das heißt mit strenger Eleganz – und von ihrem Hauspersonal umgeben. Wie so oft wagten diejenigen in der Dienerschaft, die eben die Nachricht noch herausposaunt hatten, nun angesichts ihrer Herrin kein Wort mehr zu sagen. So mußte sich Octavia an ihren Vertrauensmann – wie er sich selbst gern nannte – wenden, um endlich über die Ursache der großen Aufregung informiert zu werden.

Der hübsche Adonis, mit seinem kurzgeschürzten, himmelblauen Chiton, der am Morgen immer so fröhlich war, trat aus der Reihe der Dienstboten heraus und sagte:

»Wappne dich, verehrte Herrin, denn mein Herr Marcus Antonius wurde in Asien vernichtend geschlagen.«

Octavia krallte die Fingernägel in ihre Hüften, um jegliche Regung zu unterdrücken. Doch Adonis, der ihre Gefühle erahnte, setzte hinzu:

»Du merkst, ich teilte es dir ohne rhetorische Umschweife mit, was angesichts des Ausmaßes der Katastrophe auch passend ist.«

»Das war die Nachricht, die der Soldat aus Parthien soeben gebracht hat«, fügte die Amme ihrer Kinder hinzu.

»Wißt ihr, wohin er nun geht?« fragte Octavia.

»Zum Haus deines Bruders natürlich. Er fühlte sich ein wenig schuldig, denn eigentlich wäre er verpflichtet gewesen, ihn zuerst zu informieren. Doch seine Gattin hatte ihm gesagt, daß in solchen Fällen die Frauen am meisten leiden. Sie sind es doch, die zum Tempel der vestalischen Jungfrauen eilen, um Weihrauch zu entzünden.«

Octavia traf schnell und ohne groß zu überlegen die notwendige Entscheidung. Auf die Schulter ihres Lieblingsdieners gestützt, befahl sie:

»Bester Adonis, laß sofort meine Sänfte bereitstellen. Ich will in die Stadt, denn ich muß das Haus meines Bruders zur gleichen Zeit erreichen wie der Bote.«

Die Sklaven kümmerten sich eilig um die Sänfte, und Adonis suchte geschwind nach ihrer elegantesten, das heißt der unauffälligsten Stola. Octavia jedoch empfand eine gewisse Wehmut, weil sie diese Stola bei ihrer letzten Begegnung mit Antonius in Rom getragen hatte. Noch immer schmerzte der Gedanke an diesen ganz besonders grausamen Tag, dessen Folgen in den häufigen Streitgesprächen mit ihrem Bruder noch immer gegenwärtig waren.

Wie sie selbst, so war auch ihre Erinnerung noch immer gespalten; ihr Gedächtnis segelte unter zweierlei Flaggen. Während Octavianus sie davon zu überzeugen versuchte, daß sie Antonius' Haus verlassen mußte, in dem ihre Anwesenheit sinnlos, wenn nicht gar lächerlich war, schweifte die Erinnerung an ihn frei umher. Sie glich einem verrückten Piraten, der sich allen Gesetzen der Vernunft widersetzte.

Octavia hatte Antonius seit der Geburt ihres dritten Kindes nicht mehr gesehen (des Kindes, das »zu allem zu spät kam«, wie der indiskrete Adonis meinte). An dieses Ereignis erinnerte sie sich mit besonderer Zärtlichkeit – oder zumindest mit Freundlichkeit –, weil Antonius dabei eine Seite seiner Persönlichkeit gezeigt hatte, die sie besonders liebte. Sie erinnerte sich an den naiven Stolz, mit dem er das Neugeborene ins Zivilregister eintragen ließ. Wie er mit seiner Geburt prahlte, als wäre sie die heroische Tat eines Sterblichen, der die Götter noch übertrifft und dem Land mehr Nachkommen schenkt, als die Wüste Sandkörner hat.

Wie Wüstensand verweht war die Erinnerung an seinen letzten Besuch. Eine Erinnerung unter vielen anderen, ein Wind, weder gut noch schlecht, einfach ein Wehen. Ein Amulett zum Schutz vor den Unbilden der Welt am Halse des Kindes. Die Pflichterfüllung eines römischen Vaters, der sich dann aber verabschiedet, um irgendwo im Orient seine ehelichen Gefühle auszuleben.

Obwohl das eine Tatsache war, hatte es an jenem Morgen, als Octavia von der Niederlage Antonius' erfuhr, keinen Einfluß auf ihre Entscheidung.

Wieder einmal schickte sie sich an, den Gatten gegen den Zorn des Bruders zu verteidigen. Sie wappnete sich zwar gegen seine unerbittliche Strenge, im Grunde aber konnte er sie keineswegs einschüchtern. Schließlich verfügte sie über einen geheimen Vorteil: Sie war der einzige Mensch, der Octavianus die verhärtete Maske vom Gesicht reißen konnte, hinter der sich Liebe verbarg, große Liebe.

Octavianus liebte sie innig, was eigentlich nicht zu seinem frostigen, jedem Überschwang abholden Wesen paßte. Ihre Tugenden weckten in ihm das einzig echte Gefühl der Zuneigung, das er je aufgebracht hatte. Oder war es vielleicht doch nicht das einzige? In irgendeinem Winkel seines Herzens, zweifellos sehr gut versteckt, gab es ein kleines, freundliches Gefühl für seinen bestgehaßten Feind: für Marcus Antonius.

Kalte Seelen bergen oftmals solche Überraschungen, die einem warmherzigen, offenen Menschen unbegreiflich sind. So war aus dem Haß zwischen den beiden Männern, die sich gegenseitig die Weltherrschaft streitig machten, echte Liebe geworden. Sie gründete nicht auf gemeinsame Siege, sondern auf gemeinsam verbrachte Freizeit. Es war eine Kameradschaft, die größere Eifersucht auszulösen vermochte als die Liebe berühmter Paare der klassischen Lyrik. Befragte Octavianus seinen sonst so klaren analytischen Verstand nach den Wurzeln dieser Liebe, dieses Gefühls, das er mit dem Kopf nicht erfassen konnte, stieß er unweigerlich auf den Charme seines früheren Freundes. Wenn er an die vielen Dinge dachte, die er von Antonius gelernt hatte, wurde dieser wieder zu dem bewunderten Helden und ließ ihn für einige Augenblicke den eitlen Gecken vergessen, der ihn heute so erzürnte.

Aufgrund dieses Wissens kam Octavia zu folgendem Schluß: Wenn ein betrunkener Antonius Octavianus' Zorn heraufbeschwören und ein siegreicher Antonius seine Eifersucht auslösen konnte, würde ein geschlagener Antonius womöglich nicht vergebens an die Türen jenes Gefühls, jener Zuneigung klopfen, die nur ihr bekannt waren.

Doch als Octavianus sie in seinem Arbeitszimmer empfing, fühlte sie sich unerwünscht. Erwünscht war Agrippa, der tapfere Krieger und allzeit urteilssichere Bürger, erwünschter noch die Anwesenheit des soeben aus Asien eingetroffenen Soldaten. Octavia jedoch störte. Was sie bewog, dagegen anzukämpfen und ihren Platz zu behaupten. So und nicht anders handeln außergewöhnliche Frauen in der Politik!

»Da es sich um eine Niederlage dieser Größenordnung handelt, muß sie für Rom vielleicht ein Geheimnis bleiben«, sagte Octavianus.

»Deshalb wäre es ein schwerer Verstoß gegen meine hohe Stellung, würdest du mich wegschicken und im Ungewissen lassen. Hielte mich mein Bruder doch für eine Bürgerin, die unwürdig ist, von Roms Niederlage zu erfahren, einer Niederlage, die auch ihr beigebracht wird. Meine Abwesenheit wäre aus zweierlei Gründen schmachvoll. Einmal, weil mir das Recht einer Gattin streitig gemacht wird, zum anderen das Recht einer Römerin.«

Ihr Bruder verzog keine Miene, lud Octavia jedoch mit einer knappen, freundlichen Geste zum Sitzen ein.

Als sich Lucius, der Soldat, schließlich erholt hatte und der Wein seine von Falten umkränzten Äuglein lebhaft aufblitzen ließ, fing er an zu erzählen:

»Tag der Trauer!« rief er aus, im Klageton eines Histrionen. »Schmerzlicher Tag, an dem das größte Heer der Welt der Hinterlist des grausamsten aller Feinde, des rohesten aller Gegner erlag …!«

»Halte deine Zunge im Zaum«, gebot Octavianus trocken und bedachte den Mann mit jenem Blick, der alle einzuschüchtern pflegte. »Ich will präzise Angaben und exakte Zahlen. Wie viele Männer hat Antonius verloren?«

»Fünfundzwanzigtausend in etwa, unter den Legionären und Reitern …«

»Götter, das ist keine geringe Zahl«, murmelte Octavianus. Seine Hände umklammerten die Armlehnen seines Sessels.

»Und zwar in einer einzigen Schlacht …«, fuhr der Soldat mit leiser Stimme fort und fügte schüchtern hinzu, »dann kam der Winter … der Winter, der alles frißt, was man ihm vorwirft, wie du weißt. Weitere achttausend Mann liegen unter dem Schnee Armeniens begraben …«

Die bedrückende Stille wurde dem Boten unerträglich. Die Gesichter von Bruder und Schwester blieben unbewegt und verbargen ihre wahren Gefühle, doch auf Agrippas von jahrelanger Erfahrung gezeichneten Zügen war das Ausmaß der Katastrophe abzulesen.

265

»Er ist wohl verrückt geworden!« rief er. »Wollte er mit dem Feldzug nicht bis zum Frühjahr abwarten?« Der Soldat nickte. »Warum hat er ihn nur früher begonnen?«

»Sicher ist«, sagte Octavianus, »daß selbst der unfähigste Stratege keinen Angriff wagt, wenn sich die Elemente gegen ihn richten. Welche Gründe haben ihn dazu veranlaßt?« Ironisch seufzend setzte er hinzu: »Manchmal, geliebte Octavia, nimmt dein Gatte die Dinge auf die allzu leichte Schulter.«

Octavia antwortete nicht. Sie blieb in aufrechter Haltung sitzen, den Blick in die Ferne gerichtet.

»Das Unglück verfolgte ihn wegen Kleopatra, der ägyptischen Königin«, rief der Soldat stammelnd. »Wobei ich die edle Octavia um Verzeihung bitte für meine Worte ...«

Der frostige Octavianus zeigte eine seiner seltenen Gesten der Zuneigung, indem er die Hand seiner Schwester drückte. Was zumindest so aussah wie eine Gefühlsregung. Da bewunderte ihn der Soldat für einen Augenblick und dachte: So kalt, wie ihn seine Feinde einschätzen, ist er wohl doch nicht.

»In seinem Streben, den Winter in Alexandria an der Seite dieser perversen Königin zu verbringen, zog Antonius verfrüht in die Schlacht. Nach der Katastrophe sagten die Männer seines engsten Kreises, habe er völlig verwirrt gehandelt und sei nicht ganz bei Verstand gewesen. Wenn er eine Ansprache hielt, sei es um uns anzufeuern, sei es um uns zu trösten, konnten es alle Soldaten feststellen. Er schien unter dem Einfluß irgendeiner Droge oder eines seltsamen Zaubers zu stehen ...«

»Kein Zauber«, murmelte Octavia so leise und wohlklingend, als spräche sie aus weiter Ferne. »Kein seltsamer Zauber ... keine Droge.«

»Er habe nur an die Königin gedacht, sagten sie. Er rühmte sie Tag und Nacht und hatte es so eilig, sich mit ihr in Alexandria zu vereinen, daß er diesem Ziel alles andere unterordnete. Er mußte seine Feinde so schnell wie möglich unterwerfen, um zu Kleopatra eilen und mit ihr den Sieg feiern zu können.«

Als dieser Name fiel, konnte Octavianus seinen Zorn nicht mehr bändigen. Er fuhr von seinem Sitz hoch.

»Armer Narr!« rief er. »Alle Karten hielt er in der Hand und spielte sie vorzeitig aus für das Bett einer Hure. Entschuldige meine Wut, liebe Octavia, du weißt, daß ich deinen Gatten mag, trotz unserer Gegensätze. Ich bin kein Spieler, der eine Partie geschenkt bekommen möchte, ich will sie gewinnen.«

»Dieses Heer war einmalig, er wird nie mehr ein vergleichbares bekommen!« klagte Agrippa und wanderte im Zimmer auf und ab. »Ganz Asien erzitterte unter dem Galopp der Reiterscharen! Siebzigtausend Infanteristen, weitere zehntausend Iberer und Kelten, sechstausend Reiter des persischen Königs und dreißigtausend von anderen Verbündeten …! Ich zittere beim Gedanken an das Ende dieser ungeheuren Streitmacht! Ich zittere beim Gedanken an Antonius' weiteres Schicksal …«

»Er blieb bei den Resten unserer dezimierten Armee. In Antiochia, soviel ich weiß. Verzweifelt … und allein.«

»Allein, sagtest du?« rief Octavianus in sarkastischem Ton. »Du hast allzu großes Vertrauen in deinen General. Er wird wohl von seinen Tänzerinnen umgeben sein, seinen Gauklern und Faunen … Allein wird er nie sein.«

»Sicher nicht«, fiel Octavia ein, stand auf und stellte sich neben ihren Bruder. Sie sprach: »Octavia und alles, was sie repräsentiert, wird an Antonius' Seite sein.« Und dabei verwandelte sich ihre ganze Trauer in kraftvolle Autorität.

»Wo bleibt dein Stolz, Octavia? Ist er wirklich so leicht zu brechen?«

»Ich bin stolz, Antonius' Gattin und stolz, Octavianus' Schwester zu sein. Und es wäre kein Stolz, sondern nicht mehr als jugendliche Eitelkeit, wenn ihn das Unglück eines dieser beiden Männer brechen könnte.«

Agrippa, ihr bewährter, vorsichtiger und ehrlicher Freund, trat an sie heran und sagte:

»Dein Bruder hat recht, edle Octavia. Antonius' Lage ist schwierig, und das erleichtert ihm den Zugang zu den Herzen der Frauen. Welche Frau würde angesichts seiner Niederlage in jenem fernen Land nicht Mitleid empfinden? Du jedoch besitzt einen Charakter und einen Stolz, der erprobt und reichlich bewiesen, ja bewundert wurde. Ich appelliere an deinen Stand, ich appelliere an deinen Namen und sage dir, du darfst über all den Verdruß, den Antonius dir bereitet hat, nicht einfach hinweggehen.«

»Edler Agrippa, dieser Charakter, dieser ganze Stolz verhindern nicht, daß ich mich in einer äußerst heiklen Lage befinde, eingeklemmt zwischen den beiden Männern, die um die Weltherrschaft ringen. Ich wiederhole was ich dir bei anderer Gelegenheit bereits sagte und mir seither immer neu vor Augen halte: Sollten sich die düstersten Prophezeiungen erfüllen und ein Krieg ausbrechen, ist unsicher, wer als Sieger und wer als Besiegter daraus hervorgehen wird. In jedem Fall jedoch wird mein Schicksal ein elendes sein …«

Octavianus war von diesen Worten, wenngleich nicht erschüttert, so doch beeindruckt. Einmal mehr bewunderte er an seiner Schwester das Beste jener römischen Tradition, die er allen aufzwingen wollte … und sei es mit Feuer und Schwert.

Doch nach diesem Anflug uneingeschränkter Bewunderung, der über die oft gezeigte brüderliche Zuneigung hinausging, meldete sich sein grenzenloses Machtstreben, das alle anderen Gefühle auf die hinteren Plätze verwies. Agrippa entging diese Veränderung nicht, denn er kannte die Fähigkeit dieses seltsamen jungen Mannes, seine Gefühle wie ein Chamäleon den verschiedenen Anforderungen anzupassen.

»Ich bitte dich um die Erlaubnis, ihm zu Hilfe eilen zu dürfen«, sagte Octavia. »Was allerdings Rom angeht, so verlange ich die Erlaubnis, denn mein Plan dient dem Wohle Roms.«

»Dem Wohle aller hoffentlich«, meinte Octavianus und lächelte bereits. »Dieser Soldat wird deinen Schritten vorauseilen und Antonius die Nachricht bringen, daß du zu ihm kommen möchtest.«

»Ich werde ihn in Athen erwarten, denn es wäre der Gattin Antonius' unwürdig, ihn bei seinen Truppen abzuholen wie eine gewöhnliche Soldatenbraut. Du siehst, lieber Bruder, Octavia weiß ihren Stolz zu wahren. Sie weiß ihn so sehr zu wahren, daß sie dich bittet, nicht einen gewöhnlichen Soldaten mit der Botschaft zu betrauen, sondern einen von Antonius' Freunden, einen, der sein ganzes Vertrauen hat …«

Dann fragte sie den Soldaten, welche Hilfe Antonius jetzt nach seiner Niederlage benötige. Als Lucius die dringendsten Maßnahmen aufgezählt hatte, fuhr sie fort:

»Gib mir zweitausend Soldaten, aufs beste ausgerüstet und bewaffnet als prätorianische Kohorte, um Antonius, meinem Herrn, zu zeigen, wie sehr Rom ihn liebt …«

Darauf erwiderte Octavianus, unverändert lächelnd:

»Einverstanden. Schließlich gewährt Rom die Hilfe einem seiner erlauchtesten Söhne.«

»Ferner reichlich Kleidung für die Soldaten, Geld und Geschenke für die Offiziere und Antonius' Freunde.«

Octavianus lächelte noch immer!

»Du sollst deinen Willen haben. Möge sein übel zugerichtetes Heer in der Niederlage glänzen, als hätte es den größten Sieg errungen. Antonius' Offiziere werden dich preisen, denn keine Dame von Rang kommt ohne Geschenke für die Geladenen zu einer Hochzeit oder einer Beerdigung … Obwohl ich befürchte, daß, langfristig gesehen, der wichtigste Gast bei diesem großen Fest der Tod sein wird.«

Agrippa bot Octavia den Arm. Beide wandten sich zum Gehen und ließen den jungen Cäsar allein zurück. Octavianus wußte, daß sich ihre Träume nicht erfüllen würden. Da stellte er dem Soldaten noch schnell eine Frage:

»Weiß die Königin von Ägypten von diesen traurigen Ereignissen?«

»Das ist anzunehmen. Heutzutage verbreiten sich die Neuigkeiten in Windeseile. Was heute in Rom passiert, weiß man innerhalb von vierzehn Tagen in Alexandria! Außerdem, edler Herr, ist es wohl logisch, daß die Königin von Ägypten als erste von Antonius hört …«

»Weil sie seine Geliebte ist?«

»Weil sie ihm ein weiteres Kind geboren hat.«

Octavianus lachte schallend, was den Soldaten wunderte.

»Herkules ist also weiter darum bemüht, das Universum mit seiner privilegierten Sippe zu bevölkern! Dazu hat er nun sicher mehr Zeit. Wenn sie schon zwischen Sieg und Sieg ausreichte, so viele Nachkommen zu zeugen, wie mag das erst in der langen und langweiligen Zeit zwischen zwei Niederlagen aussehen …«

»Entschuldige, Cäsar, aber bis jetzt hat Antonius nur eine Niederlage einstecken müssen.«

»Stimmt. Nur eine … bis jetzt! Hier, nimm dies als Dank dafür, daß du mich daran erinnert hast …«

Er überreichte ihm einen Beutel mit Münzen, den der Soldat mit einem dümmlichem Gesichtsausdruck entgegennahm.

»Danke, Cäsar …«

»Warum redest du mich mit diesem Titel an?«

»Alle Welt weiß, daß du der Erbe des großen Juliers bist.«

»Wird das auch im Heer gesagt?«

»Ja, selbst im Volk.«

»Es gibt aber auch Leute, die sagen, Cäsars wahrer Erbe sei der Sohn, den er mit Kleopatra hat«, rief Octavianus und tat, als schmerze ihn dies.

»Kein wahrer Römer würde es wagen so etwas zu äußern, mein Herr. Er ist ein Bastard, ein Monster, entstanden aus einer fehlgeleiteten Verbindung zwischen der kapitolinischen Wölfin und einem Basilisken vom Nil …«

»Eine gute Definition, Soldat. So gut, daß *dein Cäsar* sie zu übernehmen gedenkt, um seine Freunde damit zu unterhalten …«

Doch auch er unterhielt sich gut, als er dann allein war und alle Karten dieses Spiels vor seinem inneren Auge ausbreitete. Sie waren zwar unklar, kamen ihm aber doch recht bekannt vor.

»Ohne es zu wissen, spielst du mir in die Hände, edle Octavia, nicht deinem Gatten. Du eilst ihm zu Hilfe, ohne zu ahnen, daß er dich einmal mehr zurückweisen wird. Während deine Tugend ihn in Athen erwartet, steuert sein Schiff Alexandria an … ich müßte mich denn schwer irren. Doch nur zu. Renne ihm hinterher, demütige dich, während die Zeit für mich arbeitet. Wenn das Volk dich erniedrigt sieht, wenn es merkt, daß die edelste aller Römerinnen durch die lasterhafteste aller Ägypterinnen ersetzt wurde, wird es dich bemitleiden und rächen wollen. Indem du auf deinen Stolz verzichtest, gibst du dem Stolz Roms neue Nahrung. Das Volk wird dann das letzte Wort haben, wie es einer Republik ansteht, die hochgesteckte Ziele hat. Das Volk ist der Souverän, es wird seine Stimme erheben, und diese Stimme wird weise sprechen, weil sie sich an dem orientiert, was Octavianus Cäsar Augustus sagt.«

Dann schloß er die Augen. Er war äußerst betrübt, denn er hielt seine Stimme zwar für auserwählt, dennoch schien sie ihm unbedeutend.

ANTONIUS' NIEDERLAGE IM Lande der Parther wurde in Alexandria und Rom unterschiedlich beurteilt. Dort sahen die einen, hier die anderen Gefahren. Für Octavianus, den Stützpfeiler der Welt, waren die konkreten Zahlen über die Verluste wichtig, um sie vor dem Senat ins Feld zu führen. Für die Schlange vom Nil waren die Zahlen lediglich eine Größe, die Fremde betraf (wie schon das Volk sagt: Nur ein toter Römer ist ein guter Römer). Für die Schlange vom Nil existierte ein Land der Parther gar nicht (sie hatte das Interesse Roms an einem so unbedeutenden Stückchen Land nie verstanden). Für sie zählte das Scheitern an sich. Eine Niederlage war eben ein schlechter Auftakt für den Traum vom Weltreich.

Der Abgesandte des vom Schicksal geschlagenen Antonius stand vor ihr in ihren privaten Gemächern. Er war zwar ein Römer, sie jedoch sah in ihm hauptsächlich eine Verbindung zu Antonius' Träumen.

»Herrin, ich bin Berufssoldat und muß Euch sagen, daß ich noch nie eine solche Katastrophe erlebt habe. Ich erinnere mich an kein vergleichbares Unglück unserer Zeit und weiß von niemand, der sich an eines erinnern kann, seit Troja in die Hände der Griechen fiel, wie in den Gesängen erzählt wird, die manchmal bei Banketten in den Feldlagern und Kasernen vorgetragen werden. Ich weiß nicht, wie ich es sagen soll, ungebildet wie ich bin. Mein Vater war Bäcker und meine Mutter Wäscherin im Testaccio-Viertel. Ich habe also keine Bildung, besitze aber Augen und ein fühlendes Herz. Wie kommt es, daß diese Augen nicht erblindet sind und das Herz noch schlägt? Da es mir aber an Verstand nicht fehlt, denke ich, daß der Kriegsgott Mars Antonius seinen Schutz entzogen hat, weil er sich allzu sehr um seinen Schutzpatron Dionysos kümmert. Daß die Götter untereinander eifersüchtig sind und sich oft in die Haare geraten, weiß man seit ihrem Streit um Troja ...«

Da bekam die Königin einen Wutanfall und warf sich über den Tisch:

»Was redest du da, Dummkopf?« schrie sie. »Was interessieren mich Troja und die Götter? Sag mir endlich, wer Antonius besiegt hat!«

»Zum einen der König der Parther, dieser Phraates, der Rom feindlich gegenübersteht. Doch der Winter gab ihm den Rest, wie ich bereits sagte.«

»Ist der Winter auch ein römischer Gott? Wenn du weiter dummes Zeug erzählst, lasse ich dich auspeitschen.«

»Ach, Herrin. Der Winter, der alle heimsucht – mögen die Götter Alexandria weiterhin davon verschonen –, fiel über die Berge Armeniens her, nachdem uns die Parther besiegt hatten.«

»Armenien sagst du? Was hattet ihr in Armenien zu suchen? War der Krieg nicht in Parthien?«

»Wir waren auf dem Rückzug, weil sich der Krieg in Parthien zu einer gewaltigen Katastrophe entwickelt hatte.«

»Du lügst, du Hund. Antonius hatte eine ausgezeichnete Strategie geplant. Er wollte die Parther von einer ganz neuen Seite her angreifen und sie damit überraschen. Hat er das nicht getan?«

»Doch, Herrin. Aber sein Plan ging nicht auf. Griffen wir die Parther einmal überraschend an, zahlten sie es uns fünfzehnfach heim. Ein schlechter Handel, wie du siehst. Kennst du dieses Land? Es ist unwegsam, gefährlich, verkarstet und voller natürlicher Schluchten, wie geschaffen für den Wohnsitz von Dämonen. Überall Hohlwege, die von mächtigen Felsen blockiert sind, Gratwege, Steilwände, die über einen hereinzubrechen scheinen, Engpässe, so schmal, daß ein Legionär mit seiner Ausrüstung manchmal nicht durchkam und wir uns abwechseln mußten. Im Vergleich mit dem Land der Parther ist Persephones Unterwelt ausgedehnt wie die römischen Fluren und weit wie Eure Wüsten.«

»Und die Maschinen? Antonius wollte doch riesige Apparate

mit sich führen. Katapulte, Angriffstürme und einen gewaltigen Rammbock, der die dicksten Mauern durchbrechen kann.«

»So viele Maschinen für so wenig anzugreifende Städte! Anfangs waren sie der Stolz aller Legionäre, doch dann wurden sie mehr und mehr zu einer Last. Wie sollte man solch unförmige Kriegsmaschinen durch Schluchten schaffen, die so eng waren, daß selbst ein Mann nicht durchkam? Wozu waren die Katapulte gut, wenn uns plötzlich die parthischen Bogenschützen angriffen, die als die besten Asiens galten? Man mußte das Heer teilen: in Menschen und Maschinen. Immer wenn wir wieder zusammentrafen, war es bereits zu spät. Wir waren in einen Hinterhalt geraten und befanden uns in einem sehr engen Hohlweg. Oben standen die Bogenschützen und ließen die Pfeile auf uns herabregnen. Wenn es nicht in einer Schlucht geschah, dann auf einer Ebene, wo wir uns vom ewigen Felsenklettern erholen wollten. Dann wurde Alarm geschlagen, weil in der Ferne die Truppen des Partherkönigs auftauchten. Worauf wir uns versammelten und einen schützenden Ring um die Truppe bildeten, wie ein Schildkrötenpanzer. Das ist die unfehlbare Strategie der römischen Truppen in jedem Krieg. Doch selbst dieses Manöver schlug fehl, denn während wir noch unsere Schilde aufstellten, war die feindliche Reiterei schon über uns und durchbohrte uns mit ihren Lanzen die Brust und schlug uns mit den Keulen den Schädel ein. Und das Tag für Tag. Die Moral schwand dahin wie der abnehmende Mond, und niemand glaubte mehr an das Siegesgeschrei, zu dem sich Antonius nach wie vor zwang. Zu seiner Ehrenrettung und zur Mehrung seines wohlverdienten Ruhms sei gesagt, daß er selbst dann noch Ansprachen hielt, wenn er geistig abwesend erschien, mit erschöpftem Gesicht und müdem Gang daherkam. Er erinnerte uns daran, daß wir mit der Eroberung von Parthien die Schande tilgen würden, die Rom zugefügt wurde, als Parthien sich früher erfolgreich gewehrt hatte. Es gab keinen Legionär, den Antonius damit nicht stärkte. Je müder er sich fühlte, desto mehr kümmerte er sich um uns, das muß man anerkennen. Und diese Haltung wird noch verdienstvoller, wenn man weiß, daß er an Selbstmord dachte während er uns Mut zusprach.«

»Was sagst du da, du Hund?« rief Kleopatra. »Du wagst es, die Götter herauszufordern?«

»Herrin, meine Herrin, ich wiederhole nur, was ich aus sicherer Quelle gehört habe, von Leuten aus seiner unmittelbaren Nähe. Antonius rief einen Soldaten seiner Leibgarde zu sich, einen freigelassenen Sklaven namens Ramen, und ließ ihn schwören, ihm auf seinen Befehl hin den Kopf abzuschneiden, weil er nicht lebend in die Hände seiner Feinde geraten wollte. Und im Falle seines Todes sollten sie seinen Leichnam nicht erkennen. So sehr beschämte ihn der Gedanke an die Niederlage.«

Kleopatra schlug sich trauernd die Hände vors Gesicht:

»Und welche Scham läßt mich noch immer die Tränen zurückhalten? Elende Scham, die mir verbietet aufzuschreien wie das unglücklichste aller Weiber …!« Sie umklammerte die Hände ihrer Damen: »Carmiana, Iris. Welches Gefühl überkommt mich da? Es macht mir angst, denn es ist viel stärker als alles, was ich bisher fühlte.«

Der Soldat setzte seinen Bericht fort:

»Doch diese Niederlagen waren nur der Anfang von noch schlimmeren Ereignissen. Es schien, als hätte sich der rächende Mars diesmal spielerisch mit den unfairen Parzen verbündet. Antonius hatte schon alles verloren gegeben, ja er kleidete sich bereits in einen schwarzen Leibrock, um uns Ehrfurcht einzuflößen, wenn er uns eine Standpauke hielt. So verloren war unsere Sache, wie gesagt, daß wir den Befehl zum Rückzug erhielten. Und der ging ohne Ordnung, ohne Abstimmung, ohne Bedacht und Überlegung vonstatten. Dann setzte der Hunger ein, den Ihr, verehrte Königin, nie kennenlernen möget, denn nur wer ihn kennt weiß, mit welchen Messern er die Eingeweide zerschneidet. Dann setzte der Durst ein, und das war noch schlimmer, denn er attackierte uns zeitgleich mit den Parthern, so daß wir unsere schweren Schwerter mit ausgetrockneter Kehle gegen sie erheben mußten. Zwei Tage hatten wir nichts getrunken. Doch plötzlich gab es Quellen, und die Soldaten durchbrachen die Reihen, um sie und alle anderen erreichbaren Wasserstellen der Welt leer zu trinken. Denn statt Speichel hatten wir Stroh im Mund, wir hatten Streifen auf der

Zunge und Feuer in den Eingeweiden. Doch die Rache der Götter versagte uns selbst den Trost der Quellen! Wohl erschien das Wasser frisch und sauber, doch wenn man davon trank, bekam man schreckliche Schmerzen, dazu Leibkrämpfe und jenen Schaum vor dem Mund, den die schlimmste aller epidemischen Krankheiten auslöst. Und von dieser Art waren alle Quellen, die wir in diesem verdammten Land fanden. So starben also unsere Männer, zu Hunderten, später zu Tausenden, wie vergiftet, ob durch das Wasser oder weil es in Parthien finstere Götter gibt, die den Römern ewigen Haß geschworen haben.«

»Gibt es noch ein schlimmeres Ereignis, von dem du mir berichten kannst, als dieses blutige Desaster?«

»Ja, den Winter.«

»Vorhin hat mich deine Beharrlichkeit erzürnt. Nun zittere ich, weil ich denke, daß die letzte Plage die schlimmste sein wird. Da kam der Winter, sagtest du …«

»In Armenien bereits, meine Herrin, als wir alles verloren gaben und die schon ganz Verzweifelten sagten, Antonius habe sich den Tod gegeben. Hätte mein armer General es nur getan, wieviel Elend wäre ihm erspart geblieben! So kam der Winter über die Berge, eine wahre Winterhölle. Ich werde diese Jahreszeit für immer hassen. Ich werde den Schnee für immer hassen. Ich werde die Kälte hassen, so sehr ich sie mir an einem glutheißen Sommerabend in meinem stickigen Viertel in Rom auch herbeiwünschen mag …«

»Was geht dein Haß mich an? Sprich von Antonius!«

»Er befahl den Rückzug aus dem Territorium, weil zu all den Widrigkeiten hin, dem großen Hunger und dem verunreinigten Wasser, die Parther uns mit ihren Scharmützeln quälten. Wir machten uns also auf den Weg in Richtung Armenien, das, wie du weißt, ein befreundetes Land ist, oder zumindest vorgibt es zu sein. Gibt es im Falle eines Krieges überhaupt noch Freundschaft? Ich bin mir nicht mehr sicher, denn der Krieg macht die Männer verrückt.

Das Heer, durch die schreckliche Zahl der Gefallenen mittlerweile äußerst dezimiert, schickte sich nun an, Berge zu besteigen,

Schluchten zu überqueren und die Ebenen und Flußbetten hinter sich zu lassen. Da wurde der Himmel plötzlich schwarz, der Wind schneidend scharf, und mit dem einsetzenden Regen kam der Schlamm. Dann fiel der Schnee und brachte die Kälte. Wir kamen nur mühsam voran, niedergedrückt vor Erschöpfung, niedergedrückt vom Gepäck, den Waffen, dem Schild und all den Ausrüstungsgegenständen, die schon immer das tragbare Heim und der Stolz der Legionäre gewesen sind. Doch was einst unser ganzer Stolz war, wurde nun zur Last! Die Ausrüstung behinderte unser Vorwärtskommen, die Schwerter wogen schwer wie Blei, und die Schilde waren nutzlos geworden. Ihr hättet sehen sollen, wie wir all die Dinge, mit denen wir einst die Welt erobern wollten, von uns warfen! Nur der Helm tat uns gute Dienste, indem er uns vor den Stürmen schützte, und der Umhang, den wir verzweifelt um unsere Leiber schlangen. Ein wenig nützten uns auch die Sandalen, obwohl sie stellenwiese offen waren und den Schnee nicht abhielten, der sich in unsere Füße bohrte wie Nägel durch die Hand eines Gekreuzigten. Deshalb rannten wir herbei, wenn einer unserer Kameraden starb, entrissen ihm den wollenen Umhang, schnitten ihn in Teile und polsterten damit unsere Sandalen aus. So schleppten wir uns Meile für Meile weiter, auf irgendeinen Berg zu, in der Hoffnung dahinter endlich dem Frühling zu begegnen. Doch je mehr Berge wir bezwangen, desto mehr Schnee und Eis legte sich auf unsere Knochen und färbte unsere Gesichter dunkelviolett. An unseren Nasen hing der Schleim wie bei den Hunden und die Lippen waren dick von geronnenem Blut. Dabei kann ich versichern, daß ich, der Soldat, der Euch dies berichtet, nie sehr kälteempfindlich war.

Ägypten, wo selbst die kältesten Nächte noch lau sind, hat leicht lachen über den Winter, doch ich habe den Todeskampf meiner Männer erlebt und kann Euch sagen, daß ich keinen ärgeren Feind und keinen überraschenderen Angriff erlebt habe. Ich habe junge Rekruten gesehen, unter dem Schnee erstarrt, und erlebt, wie der Leichnam meines Freundes hart wurde wie Eis und die Pferde dastanden wie gelähmt, vollkommen weiß, wie verschneite Steinhaufen. Was soll ich Euch sonst noch erzählen, verehrte Königin?

Daß die glorreichste aller Armeen einem Zug von Bettlern glich, abgerissen, halb verhungert, mit erfrorenen Händen, erstarrten Gesichtern, die Füße voller aufgeplatzer Frostbeulen. Soll ich noch mehr berichten, Königin eines warmen Landes? Wenn wir einschliefen, wachten wir schneebedeckt wieder auf, weshalb das ganze Feldlager durch den nächtlichen Schneefall von Hügeln und Gräbern übersät war. Wir erwachten unter der weißen Decke, schüttelten sie ab und stellten fest, daß es andere gab, die gestorben waren oder freiwillig liegen blieben. Wenn man sie zu wecken versuchte, flüsterten sie mit schwacher Stimme: ›Weckt mich nicht auf, laßt mich unter dem Schnee, haltet mich für tot, denn wenn ich hierbleibe, werde ich bald gestorben sein, und mein Leiden hat ein Ende.‹ So verloren wir viele unserer Kameraden. Doch je weiter wir kamen, desto größer wurde der Hunger. Wir fingen an, die Pferde zu essen, ja wir hätten sogar die Leichen der Legionäre verzehrt, wenn wir nicht endlich Armenien hinter uns gelassen hätten …«

»Und Antonius?«

Nun klang die Stimme des Mannes wärmer, ja begeistert:

»Antonius ist Roms größte Zierde. Er stammt nicht von den Göttern ab, die er uns nennt, sondern von irgendeinem Gott der übergroßen Güte, der bislang noch nicht bekannt ist. Ein äußerst schlechter Stratege, darüber sind sich alle einig, doch der nobelste General, den je die heilige Wölfin säugte. Was seine Männer erleiden mußten, erlitt er in noch höherem Maße. Wenn hundert Soldaten erschöpft waren, litt er wie zweihundert. Wenn hundert fasten mußten, teilte er sein Essen mit zweihundert Männern. Wenn tausend weinten, hätte er sich am liebsten brennende Fackeln in die Augen gestoßen, um seinen Schmerz zu vergrößern. Mit der ganzen Enttäuschung der Niederlage auf seinen Schultern stieg er von seinem Generalspodest herab und mischte sich unter die marschierenden Soldaten. Er verströmte Trost, Mut, Schwung und Kraft. Er wuchs über das Unglück hinaus.«

»Wo ist er nun?«

»In Antiochia, in Erwartung deiner Befehle.«

»Götter, ich kann ihm nur eine Bitte schicken. Sag ihm das.«

»Ich verstehe Euch nicht, Herrin. Wer schickt hier ein Bittgesuch?«

»Die Königin von Ägypten ihrem siegreichen General.«

»Siegreich, sagt Ihr?« fragte der Mann verwundert.

Dann blickte er hilfesuchend zu den Zofen, doch die erstaunten ihn noch mehr, weil sie von der Reaktion der Königin so sehr gerührt waren, daß sie vor Mitgefühl weinten.

»Sag es meinem ungeschliffenen General mit schlichten Worten. Sag ihm: ›Alexandria erwartet dich.‹ Sag ihm weiter: ›Die Liebe ist in Alexandria.‹ Berichte ihm von dem wunderbaren Klima hier, von der Mimosenblüte. Sag ihm, daß in den Räumen, wo seine drei Kinder leben, täglich frische Blumen stehen.«

»Wenn er das versteht, dann ist er nicht nur gut in Taten, sondern auch gut im Raten.«

Doch Kleopatra hörte nicht mehr hin. In ihrem Innern starb etwas ab, und ein neues Gefühl stellte sich ein, das nur noch Antonius hieß.

»GEH JETZT«, BEFAHL Kleopatra dem Legionär. »Geh und nimm den armenischen Winter mit dir. Die Götter wissen, daß meine Augen in einer so entscheidenden Stunde den Frühling des Lebens sehen müssen!«

Apollodoros' Männer führten den Soldaten hinaus, und die Zofen näherten sich der Königin, um ihr beizustehen. Doch sie wurden energisch, wenn auch nicht ärgerlich abgewiesen. Carmiana und Iris, die sich viel darauf zugute hielten, die Königin besser zu kennen als alle anderen, beobachteten auf ihrem Gesicht einen Glanz, den sie nur aus Zeiten kannten, in denen sie verliebt war ... oder verliebt zu sein glaubte.

»Vor einigen Jahren glaubte ich verliebt zu sein«, murmelte sie und schob ihre Zofen fast liebevoll hinaus. »Ich hielt diese Verwirrung, diesen Aufruhr der Sinne tatsächlich für Liebe ...«

Da ertönte Sosigenes' Stimme an der Tür:

»Antonius geschlagen!« rief der Greis und trat ein. »Jetzt bist du im Vorteil.«

Es war als hätte diese Nachricht all seine Gebrechen geheilt, so lebhaft waren seine Bewegungen, so flink sein Schritt.

»Antonius geschlagen«, flüsterte Kleopatra. »Antonius gestürzt. Ein Gigant, der das Gleichgewicht verloren hat.«

»Das legt ihn in deine Hände ...«

»Was sagst du da?«

»Er ist abhängig von dir, Kleopatra. Er ist besiegt!«

Die Augen der Königin blitzten wütend auf:

»Deine Worte bringen den Winter zurück in mein Haus. Bist du noch schlimmer als die Parther? Du freust dich über die erste Niederlage meines Helden? Armer Antonius! Wenn die Freunde deiner Geliebten seinen Schicksalsschlag feiern, was werden erst diejenigen sagen, die ihn wirklich hassen? Geh doch zu Octavianus, der teilt deine Freude bestimmt. Komm damit nicht zu Kleopatra! Nicht zu Antonius' Frau ...«

Sie spürte in ihrem Innern ein neues Glücksgefühl, und eine große Zärtlichkeit, die keinerlei Ähnlichkeit hatte mit der Leidenschaft ihrer frühen Jugend, erfüllte ihre Seele. Doch gleichzeitig fühlte sie sich plötzlich wieder so jung wie das jungfräuliche Mädchen, das auf die Terrasse hinausrannte, weil ihre Damen das Eintreffen des stattlichsten Hauptmanns von Rom angekündigt hatten.

Mehr als zwanzig Jahre waren seither vergangen. Wie damals stürzte Kleopatra auf die Terrasse ihres Hauses, als trüge sie nicht die schwere Krone der beiden Länder, sondern als schmückte eine Girlande aus winzigen weißen Lilien ihren Busen.

»Besiegter Antonius!« schrie sie, »geliebter Antonius!«

Sie erreichte die Balustrade und spürte auf ihren Wangen den Wind aus Griechenland, der ihr einen sanften Kuß schickte, überraschend und unverhofft. Sie legte beide Arme um einen der riesigen Krüge aus rotem Granit und hatte dabei das Gefühl, eine Schimäre zu umarmen, etwas nicht Faßbares, das sich nichtsdestotrotz ihrer Seele bemächtigte und sie erhob. Da brach sie in Tränen aus.

279

Komm endlich zurück, dachte sie. Komm, Geliebter, denn meine Seele singt eine neue Melodie, mit bisher unbekannten Tönen, neu auch für dich, obwohl sie dir gewidmet ist. Nie fühlte ich solche Harmonie, nie hörte ich solche Klänge. Wie soll ich sie nur benennen? Sie können nicht mehr Antonius heißen, sie gehören nicht mehr zu Kleopatra. Sie gelten einem Wesen, das aus einer anderen Welt zu mir kommt. Doch was gibt mir mein Wahnsinn da ein? Zeit und Raum haben sich vermischt, weil Antonius kommen wird. Antonius, wie er war und wie er ist, Antonius, wo er war und wo er ist. All seine verschiedenen Gesichter im Laufe der Jahre, seine Schönheit und sein Alter, seine Kraft und seine Müdigkeit. Antonius, siegreich im Triumphwagen, Antonius, gescheitert auf einem alten Maultier. Der ganze Antonius, der geliebte Antonius!

Sie spürte den warmen Kontakt einer freundlichen Hand und mußte sich nicht umwenden um zu wissen, daß es Sosigenes war.

»Wonach suchst du auf dem Meer, meine Königin?«

»Nach dem siegreichen Antonius.«

»Zu welcher neuen Verrücktheit treibt dich dieser Name?«

»Zu einer Verrücktheit, die vielleicht klüger ist als die Vernunft all deiner Philosophen. Denn sie zeigt mir, daß ich bislang nicht geliebt habe und alle Formen der Liebe nur Versuche waren. Denn ich war verrückt nach einem triumphierenden Antonius, ein verachteter Antonius zerstörte mich. Denn ich starb vor Schmerz, während ich ihn zu vergessen suchte. Schließlich ging ich zurück zu ihm, und meine Seele blieb gleichgültig. Ich meinte ihn so sehr zu lieben, auf so verschiedene Weisen, daß ich einem Irrtum unterlag. Denn in Wirklichkeit liebte ich nur das, was er in meinem Innern auslöste, den Liebeswahn, die Verachtung, den Haß, den Schmerz, ja selbst die Gleichgültigkeit. Doch erst heute liebe ich Antonius wirklich, weil er mir heute nur seine Niederlage anbieten kann. Weil er nackt zu mir kommt, ohne Waffen, ohne Gepäck. Selbst ohne Vergangenheit – die Niederlage hat sie ausgelöscht.«

»Du redest und redest über die Liebe, daß ich nicht mehr weiß, was ich sagen soll. Wenn ich weine, bin ich im Irrtum, weil du liebst, lache ich, bin ich im Unrecht, weil du haßt. Was geht in diesem Herzen vor, Kleopatra? Welche Verwirrung herrscht dort, welche seltsamen Dinge kommen da zum Vorschein?«

»Mein Herz hat sich lange im Kreis gedreht. Bis heute. Es birgt nichts, was es von anderen Herzen unterscheidet, sondern fühlt sich heute ganz erneuert.«

Sie wies mit einem Finger voller Ringe zum fernen Horizont, und ihre silberfarbenen Nägel blitzten in der Sonne:

»Als ich klein war, hast du mir vom mythischen Ursprung Alexandrias erzählt ... und warum unser Hafen ›Gute Heimkehr‹ heißt. Wegen des Seemanns Eunostos, sagtest du, wegen irgendeines Helden ..., ich weiß nicht mehr, ich verwechsle etwas und möchte nicht, daß du es mir jetzt erklärst. Mein Gehirn ist vollgestopft mit Fakten, die fehlenden Fakten über mein Herz jedoch wird mir das Gehirn nicht liefern. Blicke nun mit mir zum Horizont und rufe mit mir ›Eunostos‹. Antonius in seinem Schmerz wird uns hören und wissen, daß ihm eine gute Heimkehr bevorsteht ...«

»Deine Reife hat im Hirn einer Ameise Platz, liebe Königin.«

»Irgendwann sagte ich einmal zu dir: ›Erinnere mich nicht an mein Alter, ich könnte dich dafür hassen.‹ Heute sage ich dir: ›Sprich von meinem Alter, von meinen vierunddreißig Jahren.‹ Ich sage weiter, daß sie mir keine Angst einjagen, denn es sind vierunddreißig Diademe, die ich mit Stolz tragen werde, zu Ehren des siegreichen Marcus Antonius.«

»Es sei ein Sieg, wenn du es sagst. Verschließ nur die Augen, wie es dir paßt. Ich bin zu alt für solche Spiele. Doch laß dir versichern, daß dir die Reife blendend zu Gesicht steht und du sie mehr genießen könntest als die goldenen Jahre deiner Jugend. Willst du sie verschwenden und einem Verlierer zu Füßen legen?«

»Meine Reife kommt genau im richtigen Moment. Sie rät mir, so zu handeln und nicht anders. Ist es Liebe? Oder eine ihrer Manifestationen? Ich weiß es nicht, denn dieses Gefühl ist mir neu, ich bin ungeübt darin und habe keinen Vergleich. Wen könnte ich fragen? Laß dir jedoch sagen, wenn es dem Wissen um Antonius' Niederlage entspringt, wenn es aufkommt beim Gedanken, daß er ein ganz gewöhnlicher Mann ist, dann heißt das wohl, daß es aus der großherzigsten Quelle des Lebens gespeist wird und nur die Reife mir erlaubt, es auszukosten. Wäre mir dieses Gefühl in jüngeren Tagen begegnet, hätte ich es wohl nicht erkannt. Deshalb segne ich all die vergangenen Jahre und hoffe auf die kommenden. Denn die heutige Gewißheit ist wertvoller als alle Spielereien der Jugend.«

»Und wenn Antonius nicht imstande ist, die unvernünftigen Geschenke zu würdigen, die du ihm anbietest?«

»Ein überflüssiger Gedanke. Was kümmert mich Antonius' Reaktion, ist das Gefühl doch das meine. Je heftiger es ihm entgegenströmt, desto gestärkter kommt es zurück.«

»Nun gut«, seufzte Sosigenes mit deutlicher Skepsis. »Siehe da, die Liebe ist in dieses Haus zurückgekehrt. Möge das Gehirn nicht unter ihrer berauschenden Wiederkunft leiden.«

»Wie dem auch sei, ich werde sie nicht zu dämpfen suchen.«

Sie wandte das Gesicht ab und blickte lange Zeit zum Horizont, eine Ewigkeit für den Berater, für sie nur ein flüchtiger Moment.

»Steh mir bei, Sosigenes! Schrei Antonius' Namen über das Meer, damit sein Echo ihn nach Alexandria zurückbringt.«

Ihre Stimme verlor sich über dem Meer wie das verzauberte Kind, das auf dem Rücken eines buntschillernden Delphins die Wogen durchpflügt.

AUSWURF WAR ER, ein schwacher Abglanz seiner früheren Würde. Die übertriebene Fürsorge, die ihm seine Männer angedeihen ließen, bestätigten ihn in der Überzeugung, daß er nur noch Mitleid erregte.

Antonius sah vor seinen Augen die Küsten Asiens vorüberziehen. Sein Blick war verloren, die Augen lagen in tiefen Höhlen des von Tränen gezeichneten Gesichts. Die Tränenspuren schmerzten, denn eisig und heftig blies der Sturm über das Meer.

Er verweilte stundenlang an Deck und rief sich jedes einzelne bittere Bild seiner Niederlage vor Augen. Das Geräusch des Windes hörte er nicht. In seinem Kopf klangen die Schreie seiner

Männer im Todeskampf wider, ihre verzweifelten Rufe nach den Göttern, ja selbst das Wiehern der Pferde, deren Beine vor Kälte gelähmt waren. Er fühlte am eigenen Leib die eisige Todesstarre der Niederlage, während die Küsten Asiens vor seinen Augen auftauchten und gleich wieder verschwanden, als wären sie Halluzinationen.

Die Sonne glitt über die Klippen und versank in den dunklen Wellen, als suche sie in der Meerestiefe nach göttlichen Geheimnissen.

Doch dieses Meer, diese Küsten, waren nicht länger die wunderbaren Gegenden voller Leben, die seine geliebten Griechen besungen hatten. Im Gegenteil, der Ozean war gefährlich, teuflisch und todbringend, wie ihn die Ägypter fürchteten.

Da wurde er sich bewußt, wie sehr seine Seele gespalten war. Vorbei die typisch römische Sicherheit, daß die Welt einen bestimmten Anfang und ein Ende hatte. Alle patriotischen Gefühle seiner Seele, der unerschütterliche Glaube an große Ideale, der bislang sein Leben getragen hatte, genügten ihm nun nicht mehr. Es gab keinen Triumphator mehr. Nein! In seiner Seele spiegelten sich zwei unterschiedliche Seiten, die dennoch zu einem gemeinsamen Wesen verschmolzen. Auf der einen Seite die hellenistische Welt, deren Mythen seine Jugend geprägt hatten, auf der anderen die geheimnisvolle, unbekannte Welt, die ihn mit aller Macht zu den Ufern des Nils zog.

Kleopatra, dem Geschöpf beider Welten, war es gelungen, auch ihn in den Sog von Widersprüchen zu verwickeln, der die Stadt Alexandria kennzeichnete. Ein Sog, der ihn immer mehr von seinen Ursprüngen entfernte. Dabei stellte er fest, daß sich in seinem Innern keine Leere auftat, sondern lediglich eine Welt durch andere, vielfältigere, womöglich wertvollere Welten ersetzt worden war.

Auf einmal gab es eine Verbindung zwischen seiner Niederlage und seiner Liebe zu Kleopatra. Er mußte ununterbrochen an sie denken. Er würde mit leeren, ja wie mit abgehackten Händen vor ihrer Herrlichkeit stehen. Nun näherte er sich ihrer Glorie ohne den Ruhm, der ihn früher umstrahlt, mit dem er in der Vergangenheit geblendet hatte. Ein Bettler war aus ihm geworden, der nur noch auf das Mitleid einer Göttin hoffen konnte.

Die Stunden vergingen, die Tage, und das Meer blieb dunkel, der Himmel bleischwer. Der General aß kaum, so sehr ihn seine Offiziere auch dazu nötigten. Er verharrte seit der Abreise aus Antiochia unerschütterlich in der gleichen Haltung: Von Kopf bis Fuß in einen groben Wollumhang gehüllt, starrte er unverwandt auf das Meer. Der schneidende Wind und die wild peitschenden Böen gruben neue Spuren in sein Gesicht.

»Göttliche Königin!« raunte er, »hab Mitleid mit diesem Bettler. Verstoß ihn nicht von deiner Seite.«

Er verglich sein Leben mit den winzigen Inseln, die hin und wieder auftauchten. Es war ein flüchtiger Eindruck, denn die Inseln verschwanden wieder in der Ferne, als verschlucke sie das Meer und nicht, als ließe das Schiff sie hinter sich. Das Schiff schien stillzustehen, in einem zeitlosen Raum, der sich nicht veränderte. So passierten sie kleine Inselgruppen, gewaltige Steilküsten und Strände, so unendlich wie die Einsamkeit seiner Seele. Immer noch war das Meer von Felsen, die den Menschen gefährlich werden konnten, dunkel gefärbt, und die Abgründe unter Wasser glichen Steilküsten, die eine gewaltige Kraft geformt und brutal ins Meer geworfen hatte.

»Ich werde dein Sklave sein!« murmelte er unter dem Sternenhimmel. »Ich werde sein, was immer du befiehlst. Doch nimm mich in deine Arme, Königin der Liebe. Erbarme dich des Marcus Antonius.«

Die Sterne wachten über den Ausdruck seines Schmerzes und wiesen zugleich dem Schiff den Kurs zu der erträumten Küste. Er sah unablässig zu den Sternen auf, sprach sogar mit ihnen und befragte sie nach seinem Schicksal. Er wollte wissen, welcher der Stern Ägyptens war und entdeckte das Antlitz Kleopatras in all dem Gefunkel.

Bis das Meer eines Tages seine dunkle Farbe verlor und das Wasser durchsichtig und klar wurde. Es glänzte in der Sonne, die über die weiten Wüsten Afrikas gewandert war und über der Küste aufging. Dann verlor das Wasser seine glasklare, stählernde Reinheit und füllte sich mit Obstschalen und Abfall; Ölflecke und Essensreste kamen dazu. Die Schiffswache verkündete, man durchquere nun die riesigen Kloaken Alexandrias. Antonius sah auch darin wieder ein Abbild seines eigenen Verfalls.

Da tauchte unvermittelt der Leuchtturm auf, das eindrucksvolle Zeichen der Fürsorge dieser Stadt für alle umherirrenden Seelen, alle vom Leben Vergessenen, alle seelischen Bettelleute. Der Leuchtturm, das Weltwunder, erinnerte ihn daran, daß er in Alexandria zu Hause war. Die vielen Lichter schienen wieder und wieder zu verkünden: »Das ist Eunostos, der Hafen der Guten Heimkehr. Das ist die gastfreundliche Stadt, das Paradies des Vergessens, der Ort, der von alters her Seeleuten den Weg durch die schwierigsten Passagen und riskantesten Fährten wies. Das ist Eunostos, Trost der bedrängten Seelen.«

Die besondere Lage Alexandrias, auf völlig ebenem Land erbaut, ließ den Hafen erst im letzten Augenblick erkennen. Dessenungeachtet kamen die Seeleute eilends an Deck und tanzten und hüpften. Die fiebrige Unruhe, die von der Stadt zu ihnen herüberwehte, hatte sie verrückt gemacht. Da flehte der Sklave Orion Antonius an, sich um sein schrecklich vernachlässigtes Äußeres zu kümmern. Tagelang hatte er sich nicht gewaschen, seine Augen waren gerötet, und der ungepflegte Bart wies mehr weiße Haare auf als sonst.

Doch Antonius hörte nicht auf den Rat des Sklaven und hielt den Blick unverwandt in die Ferne gerichtet, wo langsam die beiden Häfen auftauchten und dahinter die Silhouette der Stadt. Mit einem flehentlichen, wilden Schrei rief er den Wind an, denn endlich war Alexandria erreicht.

Alexandria zeigte sich so schön, stolz und strahlend, wie er es in Erinnerung hatte! Die zahlreichen Paläste aus weißem Marmor mit ihren eleganten Freitreppen, die einen dichtbelaubten Park mit dem anderen verbanden, die beeindruckenden, würdevollen Tempel. Da lag Alexandria, ein Zwitterwesen wie seine Geschichte und gewaltig wie der Stolz seiner Herrscher! Im strahlenden Glanz der Sonne glich die ganze Stadt einer Siegeshymne.

Der Wind trug fröhliche Klänge vom Hafen herüber. Die Stadt

feierte ein Fest! Sie gab sich ganz einer erlesenen Zeremonie zum Empfang der Flotte hin.

Eine gewaltige, festlich gekleidete Menschenmenge hatte sich zum neuen Hafen begeben und füllte ihn bis zum letzten Winkel. Wer dort keinen Platz fand, drängte sich auf den Stufen der Paläste, klammerte sich an die Fassaden der Großen Bibliothek oder hing sich an die schlanken Obelisken, die wie dazu geschaffen waren, die Sonnenstrahlen zu bündeln und auf Antonius' Schiff hinzulenken.

Die römischen Offiziere blieben völlig überrascht an Deck stehen. Einer meinte, man habe sich entweder in der Stadt geirrt, oder aber die Alexandriner im Schiff.

»Ein seltsamer Empfang für die Geschlagenen«, bemerkte Enobarbus.

Doch Antonius antwortete nicht. Dort in der Menge, herausleuchtend schön und strahlender als je eine Frau gewesen war, stand Kleopatra.

Kleopatra, endlich! Der Stern am Ende seines Weges.

Sie trug kein Zeremonialgewand. Sie trat weder als Isis auf, noch als eine der anderen offiziellen Gottheiten, die sonst jeden Festakt schmücken. Sie trug einen blauen Umhang, über ihren Kopf gezogen, wie man es von den keuschen Gattinnen her kannte, die sich anschickten, einen sterbenden Krieger in ihren Schoß zu betten. Von weitem glich sie Penelope, die für ein paar Stunden ihren Webstuhl verlassen hatte.

Als sich Antonius der Königin näherte, bemerkte er, daß sie von ihren engsten Vertrauten umgeben war. Auch sie waren nicht festlich gekleidet. Weiter weg, neben dem treuen Sosigenes, stand der Thronfolger, Cäsarion, mit seinen dichten, schwarzen Locken, wie sie auch Antonius hatte. Neben dem Jüngling befand sich ein junger Isispriester, wie aus seinem kahlgeschorenen Schädel zu schließen war. Trotz des Aufruhrs in seinem Innern kam Marcus Antonius der Gedanke: Das muß der Vergewaltigte sein. Doch da entdeckte er auch schon seine eigenen Kinder, die Zwillinge, und daneben eine stämmige Amme, die das Kleinste auf dem Arm trug: den neugeborenen Ptolemaios Philadelphos.

Und dann, endlich, stand er vor ihr selbst. Endlich ihre unergründlichen Augen, ihre vollen Lippen, voller, als er sie von Augenblicken höchster Ekstase her kannte. Ihr Antlitz spiegelte grenzenlose Hingabe, und ihr Lächeln machte sie zur Verkörperung der Gelassenheit.

Antonius schämte sich seines Aussehens. Er fühlte sich schmutzig, elend, gealtert und war sich dessen so deutlich bewußt, daß er die Augen schloß und die Lider zusammenpreßte. Am liebsten hätte er sich vor Scham verkrochen. Doch als er die Augen wieder öffnete sah er, daß sich Kleopatra Septima, die Tochter der Isis, Herrin beider Länder, niedergekniet und den Umhang abgelegt hatte. Sie breitete ihr üppiges Haar zärtlich auf seinen Füßen aus, um damit den Staub seiner langen Reise abzuwischen.

»Willkommen im Hafen Eunostos, Marcus Antonius. Willkommen im Hafen der Guten Heimkehr.«

Das Volk brach in Jubelschreie aus, die Trompeten schmetterten, und die Priester stimmten einen Dankespsalm an. Da traten endlich Tränen in Antonius' gerötete Augen.

»Ich bin sehr müde«, murmelte er so leise, daß es nur Kleopatra hören konnte. »Ich bin wie abgestorben.«

Kleopatra richtete sich auf. Ja, er glich einem lebendigen Toten. Doch sie packte entschlossen seine Hand und rief mit kühner, kräftiger Stimme:

»Du bist nach Hause gekommen, Liebster. Für immer, das weiß ich. Endlich zu Hause und bei deiner Liebsten, es gibt nichts mehr zu fürchten.«

Sie ergriff Antonius' Arm, hob ihn hoch und versuchte, ihn mit ihrer Hand die ganze Kraft ihres Entschlusses, aber auch die ganze Zärtlichkeit einer erneuerten Liebe spüren zu lassen. Dann rief sie der Menge zu:

»Danke den Göttern, Volk von Ägypten, denn ein Freund ist zurückgekehrt. Man schreibe es in alle Tempel, an alle Obelisken und in eure Herzen ein. Marcus Antonius, der Freund Ägyptens, hat Alexandria das Glück zurückgebracht.«

Dann betrat sie an der Hand ihres Geliebten den Serapistempel, um einen Dankgottesdienst zu feiern, der bis zum kommenden Vollmond dauern sollte.

»KLEOPATRA, ICH KOMME als Bettler zu dir.«

»Schon manchmal ist aus dem Bettelstand eines Augenblicks eine unsterbliche Liebe entstanden …«

Marcus Antonius befand sich auf der Terrasse der Königin und war wieder neu beeindruckt von all dem Luxus. Die Schwärze, die in den letzten Monaten seine Augen erfüllt hatte, wurde nun von Licht durchdrungen. Die Marmorbänke, die bunten Mosaiken, die Mauern, die ihn an idyllische Augenblicke erinnerten, vermittelten ihm das Gefühl, die Schönheit wiedergefunden zu haben. Der Gedanke, daß er sich beinahe an ein Leben gewöhnt hatte, in dem er nicht von schönen Dingen umgeben war, ließ ihn erschaudern.

Kleopatra breitete die Arme aus und gab sich ihm ganz hin. Wenn sie einst seinen Hochmut bewundert hatte, war sie heute von seinem Fall betört. Sie war sich klar darüber und ging auf ihn zu, seiner Grenzen bewußt und in der Gewißheit, daß er niemals so sein würde, wie sie es sich erträumt hatte. Sein müdes Aussehen, sein unbeholfener Gang, seine behäbigen Gesten vermittelten ihr ein seltsames Gefühl. Es enthielt wohl Mitleid, wurde dann aber zu grenzenlosem Begehren und vollkommener Hingabe.

»Ruh dich aus, Marcus Antonius. Tu es in meinem Schoß, denn dorthin bist du zurückgekehrt, ohne zu wissen, daß er dich geboren hat.«

Sie führte ihn zum weichen Daunenlager, mit Blick auf die herrliche Terrasse. Von hier aus konnte man den Sonnenuntergang über dem Meer gut beobachten. Antonius streckte sich auf dem Lager aus, den Kopf in ihren Schoß gebettet, den Blick in die vorbeiziehenden, azaleenfarbenen Wolken gerichtet.

»Bald schon wird dein Haar ganz weiß sein, und ich werde es noch mehr lieben. Ich fürchte mich nicht davor, Antonius.«

»Ich bin schmutzig, meine Königin.«

»Dein Schmutz reinigt meine Seele!«

»Ich komme als Besiegter.«

»Deshalb fühle ich mich als Siegerin! Bleibe doch für immer in Alexandria, Marcus Antonius. Denn du wirst wieder rein sein und dann diesen wunderbaren Augenblick mit Siegen krönen.«

Sie küßte ihn auf die Stirn. All die verschiedenen Welten in ihrem Innern, die sich über Jahre hinweg unmerklich angesammelt hatten, begegneten sich nun auf wunderbarste Weise und wetteiferten mit den Gestirnen der magischen Nacht des Osiris.

»Ich lasse dir zu trinken bringen. Erinnerst du dich nicht, daß am Hofe der Kleopatra selbst der Wein parfümiert ist? Doch dir zur Freude werde ich noch mehr tun: Im Wein werden kostbare Perlen schwimmen, Smaragde, Topase und Aquamarine, für dich allein …«

»Nicht doch, Kleopatra. Diese Zeit ist vorbei.«

»Kommt Antonius etwa nicht nur als Bettler, sondern als Sterbender zu Kleopatra zurück?«

Er schloß die Augen. Die silberglänzenden Fingernägel der Königin strichen über seine stark geröteten Lider und tasteten zärtlich die winzigen Falten ab.

Die Vergangenheit meldete sich. Die stolze Vergangenheit. Und mit ihr die Schmerzen.

»Du warst so voller Phantasie«, flüsterte Antonius. »Als du meinen Leib umschlungen hieltest und mir die ungewöhnlichsten Stellungen für die Liebe ins Ohr geflüstert hast. Als du deinen Sklaven befahlst, sie vor unseren Augen auszuführen, während ich dich liebte. Als du ein Gelage organisiertest, meine Weine auswähltest, als wir uns verkleidet unter das Volk am Hafen mischten … Welche Frau kennt mich besser? Welche Frau kenne ich weniger?«

»Und doch war ich an deiner Seite, war hinter den Verkleidungen, die du wünschtest, ganz ich selbst …«

»In den bitteren Tagen der Niederlage kam mir immer wieder Kleopatra in Trauergewändern in den Sinn. Sie war schöner als bei den Festmahlen, begehrenswerter als auf dem weichen Lager, und ich liebte sie mehr als in den intensiven Momenten der Lust. Ich fragte mich: Welchen Platz kann Antonius inmitten all dieser Schönheit einnehmen …«

»Alle Plätze. Und nun meinen Schoß.«

»Deinen Schoß!« lächelte er und versuchte mühsam sich aufzurichten. »Ist Antonius so klein geworden, daß er sich unversehens in der Kindheit wiederfindet?«

»Kinder, Irre und Weise sind die Lieblinge der großen Mutter Isis. Ich repräsentiere sie auf Erden, Antonius …«

»Nie hatte eine Mutter, als Frau oder als Göttin, ein so altes Kind.«

Jetzt nahm er sie in die Arme, drückte ihre zarten Wangen an seinen ledernen, wettergegerbten, rissigen Brustharnisch, der die Spuren der Niederlage trug.

»Ich habe dir einmal gesagt, daß ich dich für ebenbürtig halte, doch das ist jetzt unmöglich, weil ich als Besiegter zu dir komme und du die Siegerin bist. Laß die Tage vergehen. Laß mich wieder Alexandrias Luft atmen. Dann werden wir uns dem Vorhaben zuwenden, das unsere Gleichheit wiederherstellt. Ich werde Ägypten seine Ländereien in Asien zurückgeben, wie ich es versprochen habe. Und wenn der Nil seinen höchsten Stand erreicht hat, wird Cäsarion König von Ägypten sein.«

»Und von dem Moment an werden wir keinen Augenblick mehr Ruhe haben.«

Er seufzte bestätigend.

»Wir sind zweifellos für den Kampf geschaffen, meine Königin. Für den ewigen Kampf zwischen uns beiden, weil wir uns lieben und den ewigen Kampf gegen die Welt, die uns trennen will.«

»Gegen Octavianus …«, murmelte sie, nun schon etwas angriffslustiger.

Da lachte Antonius:

»Octavianus möge erzittern! Weil ich dich an meiner Seite habe, als Ebenbürtige. Weil deine Liebe mich unverwundbar macht. Weil ich beim Berühren des Schwertes weiß, daß ich eigentlich dich berühre. Mit dir als Schild und Schwert hat der Orient keine Tore, haben die Städte keine Mauern mehr, selbst die Zeit liegt uns demütig zu Füßen und vergeht nur so schnell, wie wir es ihr erlauben.«

Er sank erschöpft auf das Lager zurück. Die Königin von Ägypten deckte ihn sorgfältig mit ihrem blauen Mantel zu und versüßte seinen Schlaf mit einem alten Lied, das die Liebe zwischen zwei Kindern besang.

ANTONIUS VERBRACHTE SEINE ersten Wochen in Alexandria damit, dem Thron von Ägypten Ländereien zu vermachen und insbesondere mit den Vorbereitungen für die Krönungsfeierlichkeiten von Kleopatras edler Nachkommenschaft. Hatten doch alle vier Kinder römische Väter und waren deshalb etwas ganz Besonderes.

Die Beobachter belächelten dieses hochstaplerische Spiel und wohnten der Krönung mit Geringschätzung bei. Welcher echte Ägypter konnte sie gutheißen? Ein Jüngling und drei Kinder strebten nach dem Thron der Pharaonen, und keine einzige vernünftige Stimme erinnerte sie daran, daß ihre Vorfahren der letzten fünfhundert Jahre keine ägyptischen Pharaonen gewesen waren. Ein Jüngling und drei Kinder, in deren Adern das Blut einer Königin floß, die keinen einzigen ägyptischen Ahnen aufweisen konnte. An den Gestaden des Nil schickte sich die Geschichte zu einem überraschenden Spiel an. Alles Übertreibung, alles Schein, wie die Beobachter fanden.

»Sollen makedonisches und römisches Blut Ägyptens Erde befruchten?« fragten die strengsten Traditionalisten.

Die anderen zuckten nur mit den Achseln. Sie waren so hellenisiert, daß ihnen das Schicksal eines autochthonen Ägypten gleichgültig war. Für sie bestand Ägypten nur aus der wunderbaren Mischkultur Alexandrias.

In diesem Spiel der Kreuzungen und Vermischungen zeigten sich die Statthalter des Antonius aus ganz verschiedenen Gründen sehr besorgt. Sie fürchteten, daß in Rom, vor dem Senat, der ägyptische Anteil der gekrönten Prinzen schwerer wiegen könnte als ihr römisches Blut. Mochte diese Tatsache den Kindern des

Antonius leicht zu vergeben sein, spitzte sich die Frage aufs äußerste zu, wenn der Sohn von Julius Cäsar ins Spiel kam. Denn dieser Prinz, Cäsarion, rührte an einen noch empfindlicheren Stolz als den des Senats und des römischen Volks zusammengenommen: Er verletzte den Stolz von Cäsar Octavianus Augustus selbst, denn Cäsarion stand seinen Interessen entgegen und stellte seine Legitimität in Frage.

Wogen diese Fragen bereits schwer, so wog die Übergabe der von Kleopatra unablässig eingeforderten Territorien an Ägypten noch viel schwerer. Für Antonius' treueste Freunde, Enobarbus und Cajus Marcius unter anderen, war dieses Ansinnen und dann die Schenkung ein Alptraum, der ihnen den Schlaf raubte.

Es ging ihnen wie dem Bauern, den allnächtlich die hohen Summen seiner Schulden im Schlaf heimsuchen. Ein hartnäckig immer wieder auftauchendes Bild, jeder Name eines der strittigen Territorien ein unablässig hämmernder Trommelschlag: das Land am Jordanufer, Armenien, Phönizien, die Halbinsel Sinai, die Inseln Zypern und Kreta und ein Teil des nabatäischen Königreichs Petra, der in die Felsen gehauenen Stadt, dort auf der Arabischen Halbinsel. (Die delikate Frage der Ansprüche Kleopatras auf einen Teil Judäas wurde anläßlich ihres Besuchs bei Herodes auf einigermaßen taktvolle Weise bereinigt. Sie überließ ihm dieses Gebiet gegen die Zahlung von jährlich zweitausendfünfhundert *Talenten*. Worauf jemand in spöttischem Ton bemerkte, die Königin von Ägypten halte sich wohl schon für die Herrin des Orients, wenn sie für Ländereien, die ihr noch gar nicht gehörten, bereits Mieten verlange.)

Enobarbus stellte fest, daß sich Antonius der politischen Tragweite seiner Handlungen nicht ausreichend bewußt war. Hatte er sich im Krieg gegen die Parther doch bereits als mittelmäßiger – um nicht zu sagen miserabler – Stratege erwiesen, durfte er in den Auseinandersetzungen mit dem römischen Senat nun keine falsche Entscheidung und keinen übereilten Schritt riskieren. Die Hälfte des Ostreichs Kleopatra in die Hände zu legen war aber genau dies: falsch und übereilt, besonders im Hinblick auf die öffentliche Meinung über den sentimentalen Hintergrund dieser Entscheidung.

Antonius begegnete den entsprechenden Einwänden mit äußerster Gelassenheit:

»Roms Größe besteht aus dem, was es hergibt, weniger aus dem, was es nimmt.«

Dabei applaudierte ihm der ägyptische Hofstaat vehement, während ihn die römischen Offiziere mit gerunzelter Stirn beobachteten.

Selbst die wohlwollendsten Beobachter mußten zugeben, daß er sich schon wieder recht leichtfertig verhielt, was auch Octavianus jedem erklärte, der es hören wollte. Und dieser Kreis vergrößerte sich stetig, denn in der Zeit der Abwesenheit von Antonius und seines einnehmenden Wesens hatte Octavianus seinen Status festigen können … Viele betrachteten seine Abneigung gegen Antonius als eine Maske, hinter der sich geballte Vorsicht, Ernst, Urteilskraft und Klugheit verbarg. Das konnte jeder römische Bürger leicht mit der Zuverlässigkeit und Beständigkeit der staatlichen Institutionen in Verbindung bringen.

In der Zwischenzeit veräußerte Antonius Teile des Imperiums im Namen des »gewaltigen Orientprojekts«, wie er es zu nennen pflegte. Denn mittlerweile sprach er nicht mehr von einem Traum, weil ihn dieser Begriff allzusehr an eine Zeit in seinem Leben erinnerte, die er um jeden Preis vergessen wollte. Das Wort Traum gemahnte an seine frühere Unreife, und das Wort Projekt bezog sich auf die Zukunft, eine Zukunft, die von Autorität, fester Hand und Klarsicht bestimmt sein würde.

Das Orientprojekt wurde in Angriff genommen!

Und Kleopatra war mit dabei, Kleopatra hatte die Befehlsgewalt, besser gesagt. Das war es, was die Statthalter des Prokonsuls so verunsicherte. Was auch immer die letztgültige Absicht dieses Projekts sein mochte, es war offensichtlich, daß Antonius mehr auf die Interessen Ägyptens achtete als auf seine eigenen, von den Interessen Roms ganz zu schweigen. Dadurch war die Angelegenheit noch schwieriger zu rechtfertigen als die Krönung eines Prinzen, der halb makedonischer, halb römischer Abstammung war.

Daß die Territorien, die jetzt Kleopatra überlassen wurden, vorher entweder von Pompejus oder von Cäsar erobert worden waren, zählte nun wenig. Rom hatte sie sich im Laufe der Zeit angeeignet und betrachtete sie stillschweigend aus Gewohnheitsrecht als Eigentum. Die unterworfenen Völker hatten kaum eine Möglichkeit, sich zu wehren. Wer konnte Rom sagen, es habe gegen die Gesetze verstoßen und sich die Territorien widerrechtlich zu eigen gemacht?

Doch nun war die Weltordnung durcheinandergeraten. Von einem dekadenten Palast in einer zwielichtigen Stadt aus, die weder griechisch, noch ägyptisch, noch römisch war, versuchten ein versoffener General und eine orientalische Hure den Senat von Rom unter ein neues, bisher noch nie dagewesenes Gesetz zu zwingen.

Deshalb waren die Freunde des Marcus Antonius von Angst überwältigt, und zwar zu einem Zeitpunkt, den sie eigentlich bejubeln sollten. Schließlich war im tiefsten Innern ihres Generals, trotz der Niederlage und ihrer Abgründe, wieder der entschlossene Eroberer erwacht. Die ihn ehrlich liebten, wußten: Es war im Grunde unwichtig, was dieses Wunder ausgelöst hatte. Ob Antonius' Auferstehung nun Rom zu verdanken war oder Kleopatra, diese Frage sollte nur müßige Klatschweiber beschäftigen. Sein Schritt war nun wieder fest, sein Blick stolz, sein Lächeln hinreißend, und das allein zählte. Einigen erschien er leicht gealtert. Möglich. Es war wohl seine machtvolle Stellung, die ihn Jahre älter und Jahrhunderte weiser erscheinen ließ.

Er verwandte seine ganze Kraft darauf, die Thronfolge Ägyptens festzulegen – oder die heilige Bettfolge Alexandrias, wie die ewigen Spötter sagten. Die Dynastie blieb gesichert, und er selbst sorgte dafür, indem er den Titel des Autokrators, das heißt des absoluten Herrschers für sich beanspruchte. Er sah sich als rechte Hand der Königin, und nach einer angemessenen Zeit würden sie gemeinsam das Land im Namen Cäsarions, des zukünftigen Königs der Könige, regieren.

Nur in einem Punkt atmeten Antonius' Freunde erleichtert auf:

»Zumindest hat er nicht sich selbst zum König gekrönt«, tönten sie. »Sollte es unangenehme Folgen geben, hat der Thronfolger sie auszubaden.«

Womit sie Cäsarions Zukunft vorausgesehen hatten.

JEDE SIEGESFEIER, DIE Antonius organisierte, jeder festliche Umzug, jede prächtige Prozession festigte den Ruf Alexandrias als prunksüchtige Stadt und brachte sie in Widerspruch zu ihrem Prestige als kulturelles Zentrum. Aus der großen Vermischung hob ein goldenes Ungeheuer sein Haupt, dessen Tentakel bis ins ferne Rom reichten und bei den nobelsten Seelen und den edelsten Geistern Neugier weckte. Die Wurzeln der alexandrinischen Gedankenwelt lagen im okzidentalischen und griechischen Denken, die Prunksucht der Stadt hingegen war Ausdruck orientalischer Gebräuche, mit ihrer Raffinesse, ihrem Hedonismus und dem Gedanken, daß jedes Vergnügen überbordend sein muß.

Octavianus verfolgte die Ereignisse von Rom aus mit unverhohlener Abscheu. Seine kühle Natur schreckte entsetzt vor dem Feuerwerk der Vergnügungen zurück, das da auf der anderen Seite des Mittelmeers abgebrannt wurde. Sein Hang zur Nüchternheit ließ ihn diese hemmungslose Zurschaustellung von Luxus und Pomp heftig kritisieren. In seiner Ablehnung fand er auch noch die Zeit, das größte aller Übel zu fürchten: Alexandria beherbergte das einzige lebende Wesen, das ihm das Recht streitig machen konnte, sich als legitimer Erbe Cäsars zu bezeichnen. In Alexandria wuchs das Kind heran, das zur Zielscheibe eines Hasses wurde, der den Haß, den Octavianus der Mutter dieses Kindes entgegenbrachte, noch überstieg.

»Zu viele Cäsaren schaden nur!« pflegte er auszurufen.

Obwohl ihn seine Anhänger mit der Versicherung zu beruhigen suchten, Kleopatras Klugheit würde bestimmt über ihre Vermessenheit siegen, so erstarkte in Alexandrias Herz doch ein bislang nie dagewesener, heißer Wunsch: die Inthronisation von Cäsarion.

Was das Herz des Prinzen anbetraf, so wollte es Kleopatra höchstpersönlich darauf vorbereiten und ihm zugleich die Regungen ihres eigenen Herzens offenbaren. Dafür hatte sie den offiziellen Rahmen vorgesehen, den sie so liebte. Das Treffen sollte im Thronsaal in Anwesenheit des besonnenen Sosigenes stattfinden. Nie war seine Anwesenheit nötiger als bei dieser Gelegenheit.

Kaum hatte sich der Prinz von einigen anstrengenden sportlichen Übungen auf der Palästra erholt, da teilte man ihm die Entscheidung seiner Mutter mit. Thotmes hielt seinen Freund für bereits informiert und begrüßte seine kluge Reaktion: Er tat, als wüßte er von nichts und beschränkte sich darauf, ein paar scherzhafte Bemerkungen über die Besonderheit seines Stammbaums zu machen. Die fielen jedoch so deftig aus, daß der junge Isispriester erschrak.

Im Thronsaal angelangt, blieb Thotmes an der Tür stehen und wartete dort auf den Prinzen, wie er es immer tat, wenn er seine eigene Anwesenheit für unnötig oder unpassend hielt. Doch dies war ein ganz besonderer Tag. Er hörte die Königin von Ägypten zu Apollodoros sagen:

»Der Isispriester soll auch dabeisein.«

Der Hauptmann bat ihn herein. Er behandelte ihn schroff, obwohl ihm klar war, daß Thotmes den Tod seiner geliebten Balkis letztlich nicht verschuldet hatte. Doch um seinetwillen hatte sie sich umgebracht, und allein seine Gegenwart rief ihm Balkis schmerzhaft in Erinnerung. Aber auch Thotmes fühlte sich gehemmt, weil er davon überzeugt war, sie mit seinen Vorwürfen getötet zu haben, und das war in seinen Augen schlimmer, als hätte er sie mit tausend Dolchstößen durchbohrt.

Als Thotmes die Königin als Isis gekleidet sah, wurde ihm klar, daß es sich um eine hochoffizielle Zeremonie handelte. Zumal auch der Prinz Cäsarion genötigt wurde, sich vor ihr zu verbeugen wie jeder andere Untertan. Nur der treue Sosigenes blieb aufrecht neben dem Thron stehen.

Doch dies war der einzige protokollarische Akt, dem sie sich unterziehen mußten. Kleopatra sprach mit ganz normaler Stimme, obwohl sie sich »als Königin verkleidet« hatte, wie Cäsarion hinterher im Waffenhof unter schallendem Gelächter zu Thotmes sagen würde.

»Ich empfange dich als Prinzen, weil ich als Königin zu dir spreche, als Königin, die dir Befehle erteilen kann, als Königin, die dich gegebenenfalls um etwas bitten kann.«

»Verstanden«, sagte Cäsarion mit einem leichten, fast übermütigen Lächeln auf dem schönen Gesicht. »Obwohl es mir schmeichelt, daß mich meine Mutter um etwas bittet, ist mir der Gedanke, daß Cäsarion erst gebeten werden muß, doch äußerst unangenehm. Was ist es, das meine Zustimmung erheischt?«

Cäsarions feierlicher Ton gefiel Sosigenes, und er nickte zufrieden. Apollodoros empfand ihn als etwas affektiert.

»Das Geheimnis soll endlich gelüftet werden: Cäsarion wird König sein.«

Der Jüngling zeigte keinerlei Regung. Thotmes war einer Ohnmacht nahe.

»Mutter, das war das Ziel meiner Ausbildung, wenn ich richtig annehme.«

»Prinz von Ägypten, gut, daß du weitschweifiges Reden beherrschst, denn heutzutage hat ein König, der sich klar ausdrückt, die Schlacht bereits verloren. Laß dir sagen, deine Ernennung steht unmittelbar bevor.«

»Mutter, ich kann mir nur schwer vorstellen, daß du den Thron von Ägypten an mich abgibst. Das stünde im Widerspruch zu dem Bild, das von dir gezeichnet wird, denn du stehst in dem Ruf die Macht bis ans Ende deiner Tage in der Hand halten zu wollen.«

Kleopatra konnte sich ein Lächeln nicht verkneifen. Sie bewunderte die flinken Antworten und den feinsinnigen Humor ihres Sohnes.

»Du wirst zum König der Könige ernannt, mein Sohn, das heißt jedoch nicht, daß Kleopatra die Macht abgibt. Im Gegenteil, sie muß ihre Macht eifriger ausüben denn je, um sie dir in strahlendem Zustand übergeben zu können. Doch deine Ernennung ist notwendig, weil sie der Sicherung der Dynastie dient. Auf diese Weise wird der Welt mitgeteilt, daß der wahre Sohn Cäsars sich nicht nur damit begnügt zu existieren, sondern willens ist, sein Erbe anzutreten.«

Nun folgte eine lange Stille. Kleopatra wechselte ein paar leise Worte mit Sosigenes, während Cäsarion dem Thotmes etwas ins Ohr flüsterte.

Nachdem beide ihre jeweiligen Ratgeber konsultiert hatten, blickten Mutter und Sohn sich wieder in die Augen:

»Nach diesem Geschenk, lieber Sohn, folgen die Bitten.«

»Das Geschenk wäre sicher noch größer, wenn du sie in Befehle kleiden würdest.«

»Was die Gefühle ihres Sohnes angeht, kann Kleopatra unmöglich Befehle erteilen.« Sie schwieg einen Moment. Schließlich wagte sie es: »Deine Mutter bittet dich, die Anwesenheit eines alten Freundes in diesem Palast mit Nachsicht hinzunehmen, wobei es sich um eine zeitlich unbegrenzte Anwesenheit handeln könnte.«

»Bisher hat mich meine Mutter für keine ihrer Freundschaften um Nachsicht ersucht, sondern hielt sie für selbstverständlich. Wen erwartest du, der ihrer so dringend bedarf?«

»Er ist bereits da. Marcus Antonius ist es, den du seit deiner Kindheit kennst.«

Wieder ließ der Prinz keinerlei Regung erkennen, doch Thotmes zuckte zusammen und verriet damit seine Überraschung. Er erinnerte sich plötzlich an das trauertragende Schiff Kleopatras und dachte trotz der vielen Jahre, die inzwischen vergangen waren, mit Schrecken an damals, an ihr erstes Erscheinen an Deck – als eine verzweifelte, hinkende Greisin. Wenn er sie heute sah, in voller Schönheit, auf der Höhe ihrer Macht, fürchtete er, die Beziehung mit Marcus Antonius, dem Römer, könnte die Zeit wieder zurückdrehen, zum Schaden dieser Frau und zum Schaden von Ägypten.

»Die Schatten meiner Kindheit sind vergangen«, sagte Cäsarion. »Sie haben längst keinen Einfluß mehr auf mich. Ich muß mich auf die Logik der Gegenwart besinnen.«

»Du sprichst nicht mit deiner Mutter, sondern mit der Königin, vergiß das nicht.«

»Das veranlaßt mich, nach tausend Erklärungen zu suchen, denn die Mutter geht nur mich etwas an, die Königin jedoch betrifft das ganze Volk, das ich eines Tages regieren werde.«

Diesmal erzitterte der tapfere Apollodoros. Er war einfachere familiäre Beziehungen gewohnt. In einer weniger vornehmen Umgebung hätte sich der Prinz eine derbe Ohrfeige eingefangen, um ihn in seine Schranken zu weisen, dachte er.

Alle Sinne Kleopatras waren nun in Alarmbereitschaft. Sie stand einem würdigen Sproß ihrer Rasse gegenüber, einem Sohn Alexandrias. Einem, der Wortspiele souverän beherrschte. Einem der, jung wie er war, seine Gefühle zu verbergen wußte.

»Laß dir sagen, mein Sohn, daß es nur einen Mann gibt, dessen Popularität in Rom und dessen Ansehen bei allen Völkern des Orients so groß ist, daß er zum Vorkämpfer deiner Rechte taugt …«

»Das ist mir bekannt. Ich weiß aber auch, daß ich zwar der König der Könige bin, er jedoch Autokrator sein wird …«

»Woher weißt du das?« fragte die Königin überrascht. Sosigenes, der neben ihr stand, traute seinen Ohren nicht.

»In einem von Intrigen regierten Palast lernt jeder, der überleben will, zu intrigieren …«

Echter Schrecken legte sich auf Kleopatras Miene.

»Prinz, du gehst zu weit«, protestierte Sosigenes. »Wie kannst du es wagen, so mit deiner Mutter zu sprechen?«

»Mit meiner Mutter oder mit der Königin?«

»Mit beiden«, rief Kleopatra und legte ihre königlichen Insignien ab. »Wobei keine von beiden Kritik verdient. Denn jede Intrige, die in den vergangenen Jahren in diesem Palast angezettelt wurde, war in deinem Interesse.«

»Im Interesse des ägyptischen Throns, Mutter.«

»Nun, gut, das deckt sich. Auch dein Glück ist damit verbunden.«

»In einer Hütte am Nil wäre mein Glück noch größer.«

Kleopatra wandte sich mit zorniger Miene an Thotmes:

»Hast du ihm diese Dinge gelehrt, Diener der Isis?«

»Ich bin so überrascht wie meine Königin. Und bei allem Respekt erlaube ich mir zu sagen, daß ich das Spiel des Prinzen nicht begreife.«

Doch da erschien auf Cäsarions eben noch so ernstem Gesicht ein schalkhafter Ausdruck, der langsam zu dem reizenden Lächeln wurde, mit dem er alle für sich einzunehmen pflegte.

»Wenn ich in die Falle der Intrige tappe, dann weil sie von meiner Mutter und Herrin aufgestellt wurde, anstatt mit aller Klarheit zu sprechen, wie es ihr und ihrem Sohn würdig wäre. Denn sicher ist alles Zeitverschwendung, was hier in bezug auf den Römer Marcus Antonius gesprochen wird …«

Diese Wendung in den Erklärungen des Prinzen ließ alle aufhorchen. Einige verloren jetzt beinahe den Faden.

»Sicher, Antonius ist tapfer und mächtig«, fuhr Cäsarion fort, »aber er ist auch ein Besiegter. Er kann dem König der Könige helfen, doch dieser ihm noch viel mehr, indem er ihn zum Autokraten macht und den ganzen Orient in seine Hände legt … Und nach all den Umwegen wären wir wohl mittlerweile längst am Ziel, wenn mir meine Mutter und Herrin gestanden hätte, daß sie ihn liebt, jenseits aller Intrigen, und mir, dem vaterlosen Jüngling, einen Vater verschafft, der mir seine Erfahrung im Schwertkampf weitergibt, im Hindernisrennen, und andere Fertigkeiten vermittelt, die ein großer Eroberer beherrschen muß …«

Ein erleichterter Seufzer entrang sich Sosigenes' Brust. Die Königin selbst hob die Augen zu den Göttern, nicht aus Verehrung, sondern aus Erleichterung. Doch Cäsarion setzte noch hinzu:

»Schließlich habe ich von meiner Mutter nie Rechenschaft verlangt, wenn sie sich mit diesem schmucken Hauptmann hier ins Bett legte. Und das sind keine Schatten meiner Kindheit.«

Thotmes beeilte sich einzuwenden:

»Diese Geschichte ist nie über meine Lippen gekommen, das schwöre ich, Majestät.«

»Ich weiß«, sagte Kleopatra, »das ist typisch für meine Zofen. Eine Königin, die ihrem Sohn gegenüber keine Geheimnisse hat, war jedenfalls immer ehrbar. Auch darin erweist sie sich als Alexandrinerin.«

»Und ein Sohn, der seine Mutter ersucht, ihn nicht mit Bitten zu beleidigen, verdient es, gewähren zu dürfen ohne gebeten zu werden.«

Kleopatra stieg vom Thron herab und umarmte ihren Sohn, was Sosigenes auf den Gedanken brachte, daß die ganze Zeremonie eigentlich überflüssig war und diese neuen Alexandriner eine ausgesprochene Neigung zum Theaterspielen hatten. Apollodoros jedoch fühlte sich unbehaglich und wagte nicht, den Blick vom Boden zu erheben. Zumal ihm klar wurde, daß der Römer, Gegenstand so vieler unangenehmer Gespräche, nun seinen Platz erobert hatte, und zwar für immer.

AUF IHR WEICHES Daunenlager hingestreckt zauste Kleopatra zärtlich die Locken ihres Geliebten. Der jedoch war in die Lektüre einiger Briefe vertieft, die er eben erhalten hatte.

Sie berauschten sich wieder an der Sinnlichkeit eines alexandrinischen Sommers. Blutrote Wolken, pulsierendes Leben in den Palmenhainen, betäubende Düfte in der Luft, Öle, die über die Körper gleiten und keinen Tatendrang aufkommen lassen …

Antonius unterbrach die Idylle mit schallendem Gelächter. Der ruhige Müßiggang hatte ein Ende. Sein Lachen fuhr wie ein Donner in eine Herde von Pfauen, unterbrach den Flug einer Schar von Möwen und brachte einen Schwalbenschwarm durcheinander.

»Die Neuigkeiten aus Rom versetzen Antonius in gute Laune.«

»Zwangsläufig. Octavianus macht mir Vorwürfe.«

»Die pflegen so bitter zu sein, daß sie nur ungelesen unterhaltsam sind. Was wirft er dir diesmal vor?«

»Zeitverschwendung.«

»Dann ist er also zum Uhrmacher geworden. Hat er sich auf Sonnen-, Sand- oder Wasseruhren spezialisiert?«

»Er wiederholt einmal mehr die Worte des Philosophen: Der größte Schatz des Menschen, ja selbst der Götter, ist die Zeit.«

»So recht hat er damit, daß ich die Zeit verfluche, die ich damit verschwende, einem grünen Jungen wie ihm zu erlauben, über dich zu urteilen.«

»Du wirst nicht lachen, wenn du erfährst, daß er meinen Niedergang meiner Neigung zum Schlangenbeschwören zuschreibt.«

»Die Schlangen des Nil ziehen dich an, ich weiß. Welche außerdem?«

»Ihm zufolge besitze ich ein ganzes Terrarium.«

»Antworte ihm, daß die Schlange vom Nil allen anderen gefährlichen Bissen ein Ende setzt.«

»Bist du eifersüchtig, was mir außerordentlich schmeicheln würde, oder nur entrüstet wegen dieser Anschuldigungen …, was ich annehme?«

»Meine Eifersucht gefährdet unsere Pläne nicht. Doch Octavianus' Anschuldigungen, die zweifellos alle Römer im Mund führen, könnten sie vereiteln. Sie bestätigen alles, was ich in letzter Zeit gesagt habe.«

»Zumindest bestätigen sie, daß mein Schwager recht scheinheilig geworden ist … Er schimpft mich einen Frauenheld, verhält sich selbst aber nicht anders!«

»Gewiß. Aber er ist vorsichtig und tut alles im geheimen. Du selbst hast mir irgendwann einmal erzählt, daß sich der seriöse Octavianus Huren ins Haus bringen läßt, sobald es dunkel wird …«

»Und von noch minderer Sorte, als die, welche ich zu frequentieren pflege …«

»Was schwierig sein dürfte«, seufzte Kleopatra. »Nehmen wir mal an, daß sie genauso schrecklich sind wie die, welche Antonius' Geschmack treffen. Der Unterschied besteht in der Art des Umgangs damit. Was Antonius bei Tageslicht tut, und wovon er lauthals spricht, versteckt Octavianus unter dem Mantel der Nacht und des Schweigens. List gegen Naivität. Ich frage mich, was dieser junge Kerl überhaupt bei Tageslicht tut, abgesehen davon, alle Völker der Erde zu demütigen.«

»Er läßt sich im Namen des Staates scheiden. Jetzt ist die edle Scribonia dran, die Schwester von Sextus Pompejus. Octavianus hat seine erste Gattin verlassen, um sie zu heiraten. Doch anscheinend genügt ihm ihre noble Herkunft nicht. Ein recht vertrauenswürdiger Reisender erzählte mir, Octavianus sei jetzt verrückt nach einer Neunzehnjährigen, von großer Schönheit und energischem Charakter, einer gewissen Livia Drusilla. Außerdem kommt sie aus einer sehr berühmten Dynastie …«

»Aus der Familie des Claudius. Dein Feind hat einen guten Fang gemacht.«

»Du kennst sie?«

»Wir von Rom bedrohten Völker haben die Pflicht, nicht so sehr das Vergnügen, eure Geschichte genau zu kennen. Von Äneas bis Cäsar … und alle künftigen Herrscher. Es ist gut zu wissen, aus welcher Richtung der Schlag kommt und durch wen. Von welchem Nachwuchs welcher illustren Verwandtschaft.«

»Von den neuesten Gerüchten hast du jedenfalls keine Kenntnis …«

»Möglich. Schließlich konsultiere ich die Geschichtsschreiber, nicht meine Zofen.«

»Schade, denn in diesem Fall könnten dir deine Zofen einige Schauergeschichten erzählen. Die mich natürlich amüsieren«, bemerkte er keck, obwohl Kleopatras Gesicht immer ernster wurde. »Du mußt wissen, daß Livia Drusilla, Octavianus' neueste Liebe, bereits mit Tiberius Claudius Nero verheiratet war – wenn dir diese Namen überhaupt etwas sagen – und sogar ein Kind von ihm erwartete. Nun, mit solchen Lappalien hält Octavianus sich nicht auf; er hat diese Ehe eben annuliert. Gleichzeitig löste er seine Ehe mit Scribonia auf, am Tag, als sie ihm eine Tochter schenkte …«

»Und da sagst du, dieser junge Mann sei nicht gefährlich? Antonius, Antonius! Er tut mit Frauen, was ihm paßt und was du mit der Gattin, die er dir aufgedrängt hat, nicht zu tun wagst …«

Jetzt verjüngten sich die Züge des Generals. Er dachte mit Wehmut an vergangene Zeiten, sehnte sich nach dem Freund von damals. Nach dem schüchternen kränklichen Octavianus, der fast bedeutungslosen Gestalt, auf der das Erbe des großen Cäsar wie Blei lastete. Einem Octavianus, der noch liebenswert war.

»Wir waren gute Freunde«, sagte er mit bebender Stimme. »Und ich halte die Freundschaft für eine der heiligsten Aufgaben des Menschen. Sie gehört zum menschlichen Wesen. Ich habe Octavianus beigebracht, wie man trinkt und ein Saufgelage aufrecht übersteht! Ich habe ihm ein Schwert in die Hand gegeben und gesagt: ›Du wirst als gestandener Mann aus dieser Kaserne kommen, oder Antonius selbst ist keiner‹ …« An dieser Stelle gab es eine Mißfallensbekundung der ägyptischen Königin. Doch es gelang ihr nicht, seinen Stolz zu dämpfen und seinem aufgeregten Getue ein Ende zu setzen. »Was haben wir nicht alles zusammen erlebt! Einmal brauchten wir unbedingt Geld. Kein Geldverleiher traute uns … besonders mir nicht, der ich bis zum Hals in Schulden steckte. Doch solche Nichtigkeiten konnten uns damals nicht aufhalten. Heldenhafte Zeiten waren das, meine Königin. Wir entschlossen uns, den Göttern zu vertrauen, wie ich es gewohnt war, und fielen raubend und plündernd in den Tempel der Vestalinnen ein. Du hättest den Schrecken auf den Gesichtern dieser heiligen

Frauen sehen sollen! Sie befürchteten offensichtlich, wir würden mit ihnen das machen, was diese Phönizierin, deine hitzige Balkis, mit dem armen Priester der Isis getan hat. Nun, Octavianus trieb sie in die Ecke des Raums, wo das heilige Feuer verehrt wird und sagte zu ihnen: ›Verehrte Jungfrauen, ihr müßt nicht um eure Reinheit fürchten. Um unsere Begierde zu stillen, stehen uns die schönsten Frauen Roms zur Verfügung. Um unsere Taschen zu füllen, zählen wir auf euch und euer Geld. Gebt es uns also schnell und bewahrt eure Reinheit für die Götter‹. So war Octavianus! Ein toller Bursche, ein großer Freund und darüber hinaus mein ergebenster Bewunderer.«

Er sprach mit so viel Stolz, daß sich Kleopatra einen mitleidigen Blick erlaubte. Sie zitterte bei dem Gedanken, daß zweitausend Jahre alte Länder, weltprägende Kulturen, eines Tages in die Hände solcher Emporkömmlinge fallen könnten.

»Dein Freund Octavianus wechselt dauernd seine Berufe. Gestern ein Dieb, heute ein gewöhnlicher Heiratsvermittler. Er hat dir seine Schwester mit dem einzigen Ziel zugeführt, eine Verbindung zu festigen, die ihm nützt. Er ehelichte diese Scribonia, weil er sich mit ihrem Bruder Sextus Pompejus gut stellen wollte. Jetzt, wo sie verfeindet sind, entledigt er sich seiner Gattin, damit ihn die familiären Bande nicht behindern. Kurz, dieser junge Mann führt einen neuen politischen Stil ein. Seine Verträge sind nur gültig, wenn der Gott der Ehe sie absegnet.«

»Die Königin von Ägypten wittert überall Politik. Ich beschränke mich darauf, den Verlust eines guten Freundes zu beklagen.«

»Das ist der Unterschied zwischen uns beiden. Antonius glaubt, Octavianus hätte Gefühle gehabt, die er im Laufe der Jahre verlor, und weint ihm deshalb nach. Ich jedoch kann mir diesen Luxus nicht erlauben, denn ich halte mich an die Philosophen und weiß, daß die Zeit der größte Schatz ist, den die Götter uns in die Hände gelegt haben. Ich darf ihn nicht verschwenden.«

Das Gespräch brach ab. Mit Kleopatra wurde aus jedem Gespräch ein Kolloquium, aus jedem Wort ein Denkanstoß für ihren Geliebten.

»Es ist immer das gleiche mit dir«, sagte er niedergeschlagen. »Du bist mehr als nur eine streitbare Königin, du bist ein Unglücksvogel. Als ich kam, lachte ich über die Briefe aus Rom. Jetzt gehe ich und sorge mich über das, was du in sie hineingelesen hast.«

»Das ist mein Sieg. Ich will, daß du dir Sorgen machst, denn nur so wirst du zum Sieger.«

Sie schlang die Arme um den Hals ihres Geliebten und küßte ihn mit wohl einstudierter und gut geübter Leidenschaft. Als Marcus Antonius erregt wurde, löste sie sich von seinem Körper, ging zur Tür, zog einen köstlich koketten Schmollmund und sagte:

»Jetzt ist nicht der Moment für die Liebe.« Sie rief nach Carmiana. »Ich habe eine Überraschung für dich, die dir gefallen wird.«

»Was ist es?« fragte Antonius mit der Vorfreude des Kindes, das in ihm schlummerte und jederzeit geweckt werden konnte.

»Du kennst den guten Ruf der ägyptischen Wahrsager, doch die der Kleopatra hast du noch nie konsultiert.«

»Du weißt, daß ich Orakel liebe.«

»Orakeln kann man nicht trauen, weil sie in den Händen der Priester liegen, und die sind überall auf der Welt gleich gewinnsüchtig, kriecherisch und niederträchtig. Außerdem ist alles, was mit dem Dienst an den Göttern zu tun hat, von Natur aus ein Schwindel. Die Götter werden nur gepriesen, damit sie das Schicksal im Sinne der Bittenden wenden. Ein Wahrsager hingegen spricht nur im Namen des Schicksals. Und ist so arm und elend, daß er es sich nicht einmal leisten kann, Bestechungsgeld zu zahlen.«

Carmiana ging den Wahrsager holen, und Antonius war überrascht, wie schnell dieser eintraf. Hatte er im Nebenzimmer gewartet? Doch er forschte nicht weiter nach, sondern ließ sich von Aussehen und Auftreten dieses Mannes fesseln.

Er trug die klassische Landestracht – sie war inzwischen von der griechischen Mode fast verdrängt –, wie es auch die ägyptischen Gaukler taten, die bei den römischen Gelagen so gefragt waren. Mit seinem gefältelten Rock, dem Kragen aus Glasperlen und dem

Kopfputz sah er herrlich altmodisch aus. Doch sein Überschwang war typisch für die Scharlatane vom oberen Nil, die Antonius während seiner Reise mit Kleopatra vor längst vergangener Zeit zu sehen und zu hören Gelegenheit gehabt hatte.

Nachdem er fürchterlich gestikuliert und eine lange Reihe von Zaubersprüchen hergesagt hatte, die selbst die Königin von Ägypten nicht verstand, nahm der Wahrsager ein paar verschiedenfarbene Stäbe, kreuzte sie mehrmals, trennte sie wieder und legte sie noch mal übereinander, bis er schließlich seine Meinung kundtun konnte:

»Entschuldige, Königin, aber heute sprechen die heiligen Stäbe nur vom hier anwesenden römischen Prokonsul.«

»Gut aufgemerkt also«, sagte Kleopatra. »Deine Stäbe passen sehr gut, weil das, was ich heute wissen möchte, direkt den Prokonsul betrifft.«

»Darf ich ganz offen sprechen, meine Königin?«

»Ich weiß nicht, ob ich es dir gebieten oder dich darum bitten soll. Tu es nur, und zwar schnell.«

»Ich sehe hier eine bislang unbekannte Aktivität des Prokonsuls. Sehr seltsame Tiere kommen dabei vor.«

»Wenn es eine Schlange ist, dann stellt sie sicher Kleopatra dar«, lachte die Königin. »Sollten es mehrere sein, schweig, sonst findest du deine Knochen im finstersten Kerker wieder.«

»Möge es ein Kerker in Alexandria sein, um mir die Strafe leichter zu machen. Doch das wird nicht geschehen, weil meine Stäbe keine Schlangen zeigen. Es sind … es sind … Wachteln!«

Antonius lachte:

»Solltest du außerdem noch Kampfhähne sehen, dann beziehen sie sich sicher auf meine Spiele mit Octavianus.« Und zur Königin gewandt erklärte er: »Wenn wir nicht Würfelspiele machten, organisierten wir Hahnen- und Wachtelkämpfe. Dein Wahrsager ist ein Genie und hat darüber hinaus die Gabe, mir unvergeßliche Augenblicke wieder in Erinnerung zu rufen.«

»Sachte, mein Herr, sachte. Denn ich sehe in deinen Stäben, daß du oft wütend wurdest, weil dieser Octavianus, den das schwarze Stäbchen darstellt, ein besserer Spieler war als du.«

Antonius Miene verfinsterte sich. Er hatte keine Lust, seine Geliebte mit den Geschichten seiner Niederlagen aus längst vergangenen Zeiten zu unterhalten.

»Du hast großes Glück vor dir«, fuhr der Wahrsager mit ernster Stimme fort. »Ein großes Glück steht dir ins Haus. Doch sei auf der Hut, mein Herr, denn dieser Bursche, der dich beim Würfelspiel besiegte, dieser große Bändiger der Kampfhähne, kann dir jederzeit wieder gefährlich werden. Ich gehe sogar noch weiter: Halte dich von diesem Octavianus fern, komm nicht in seine Nähe, denn seine Hände umklammern eine Lanze.«

»Um mich zu töten?«

»Um alles, was du erreichen möchtest, zu vereiteln. Die Lanze dieses jungen Mannes ist heilig. Er kommt mit einer gewaltigen Menschenmenge und schreit: ›Gegen Ägypten!‹.« Er dachte einige Augenblicke nach. Etwas Unerklärliches schien ihm begegnet zu sein. »Seltsam. Sehr seltsam. Warum richtet sich sein Schrei nicht gegen dich?«

»Das kann ich dir sagen, ohne Wahrsager zu sein. Die Lanze in Octavianus' Faust ist die Lanze des Mars, unseres Kriegsgotts. Sie wird üblicherweise gegen das Land gerichtet, das Rom anzugreifen gedenkt.«

Antonius hatte eine komische Vorahnung. Er richtete sich langsam auf und ging nachdenklich im Zimmer hin und her. Nach einer Weile sagte er:

»Die Sache bleibt rätselhaft. Warum richtet er die Lanze des Mars gegen Ägypten?«

»Das weiß ich nicht, mein Herr. Ich kann dir nur in aller Bescheidenheit raten, dich von diesem jungen Mann fernzuhalten.«

»Mehr will ich nicht erfahren«, entschied Antonius. »Octavianus mag Würfelspiele gewinnen gegen wen auch immer. Meine Aufgabe ist es, mich mit der Eroberung des Orients zu befassen. Und zwar so bald wie möglich.«

Er verließ das Zimmer in höchster Eile, als habe eine geheimnisvolle Triebfeder seinen Ehrgeiz angespornt und als müßte dieser heute noch befriedigt werden.

Königin Kleopatra schenkte dem Wahrsager einen Beutel mit

Münzen, die ihr Bild trugen. Eines Tagen werden sie Cäsarions Bild tragen, dachte sie, des Königs der Welt.«

DIE ZEIT GING über Ägypten hinweg. Das war nicht weiter überraschend. Sie tat es schon seit Jahrhunderten.

Jeden Tag wurde das Land dafür bestraft, daß es den vorigen Tag umgebracht hatte. Jede Nacht wurde es mit einem Morgen bestraft, weil es gewagt hatte, den Abend umzubringen. Allein die Zeit wurde nicht bestraft, obwohl sie die Mörderin aller Dinge ist.

Da faßte Kleopatra den Entschluß, sich für das ausgedehnte Nichtstun des vergangenen Winters selbst zu bestrafen. Ihren eigenen Maßstäben zufolge hatte sie Zeit verschwendet, indem sie sich ausruhte und ihr viertes Kind erwartete. Doch um diese Geburt wurde nicht soviel Aufhebens gemacht wie um die der Zwillinge und zuvor des Prinzen Cäsarion. Die Mutter war mit anderen Dingen beschäftigt. Ein passender und protokollarisch richtiger Name wurde gesucht – Ptolemaios Philadelphos, nach dem zweiten König der Dynastie –, dann stellte man ihn bei seinen kleinen Geschwistern in einer Ecke des königlichen Gynäkeions ab.

Kleopatra war mit höheren Dingen beschäftigt. Das Ausmaß ihres jüngsten Plans war so ungewöhnlich, daß er erst ihren Geliebten in Erstaunen versetzte, dann die Chronisten beeindruckte.

Die ägyptische Königin hatte sich vorgenommen, einen Kanal an der Stelle zu bauen, wo eine Landenge Ägypten vom Roten Meer trennte, just in der Gegend, die als Grenze zwischen Asien und Libyen galt.

An der engsten Stelle des Isthmus betrug die Entfernung zwischen den beiden Meeren wohl nicht mehr als dreihundert *Stadien*. Um die Schiffahrt in einer Gegend zu fördern, die schon immer von lebenswichtiger Bedeutung für Ägypten war und nicht nur wegen der Ausbeutung der Minen des Sinai, sondern auch als natürlicher Zugang zu den Ländern Asiens, wollte Kleopatra den Isthmus öffnen.

So gewagt und gewaltig das Unternehmen auch war – so wurde

es später in den Chroniken beschrieben – die Königin war mehr an den Experten interessiert, die mit seiner Durchführung beauftragt waren. Die Architekten und Baumeister ahnten nicht, daß ihre Kenntnisse gefragt waren, um Kleopatras Horizont zu erweitern. Sie beschränkte sich nicht darauf, die vorhandenen Möglichkeiten ihrer Zeit auszuloten, sondern erwarb sich darüber hinaus das Wissen, die Geheimnisse der Vergangenheit zu entschlüsseln.

Mit großem Vergnügen widmete sie sich allen Zweigen der Wissenschaft und informierte sich über die Methoden der Baukunst, die bei den alten Tempeln am Nil angewandt worden waren. Was dort ihr Volk in der Vergangenheit geschaffen hatte, war für sie der Höhepunkt handwerklichen Könnens und künstlerischer Perfektion, den es um jeden Preis wieder zu erreichen galt. Sie teilte nicht die Einschätzung, daß die prachtvollen Bauten der Pharaonenzeit einzig aufgrund einer religiösen Eingebung errichtet worden waren. Im Gegenteil, sie hielt es mit denen, die behaupteten, dieses außerordentliche Erbe sei einer hervorragenden wissenschaftlichen Bildung zu verdanken, die sich auf die Intelligenz gründete und mit Aberglauben nichts im Sinn hatte.

Vom alten Wissen des Landes am Nil fasziniert, wurde ihr schnell klar, daß es zwischen dem geplanten Kanal zum Roten Meer und den jahrtausendealten Pyramiden eine gedachte Linie gab. Und diese Linie konnte kein Erdbeben zerstören. Kleopatra war sich des revolutionären Charakters ihres Unterfangens sehr wohl bewußt, vergaß dabei aber nicht, daß viele Verbesserungen bereits in der Vergangenheit erdacht worden waren. Wenn einer ihrer Architekten daherkam und einen Plan zur Bewässerung der Gegend von Memphis oder Theben vorschlug, mußte sie zu ihrer Überraschung feststellen, daß sich irgendein inzwischen vergessener Pharao schon vor tausend Jahren damit befaßt hatte. Und wenn das nicht der Fall war, hatten die Bauern auf eigene Rechnung und eigenes Risiko gehandelt, von den alltäglichen Bedürfnissen getrieben und der Logik der Naturgesetze geleitet.

Wenn sie sich in solche Streitgespräche verwickelte, sei es mit den Architekten, den Philosophen des Museions oder den Geschichtsschreibern des Palastes, fühlte sich Kleopatra sehr alt. Doch dieses Gefühl hatte nichts mit ihren Lebensjahren zu tun, es hing mit dem Land zusammen. Der Nil, so fern, so weit hinter der Stadt, rief sie unablässig mit einer Kraft, die sich von der des Zwitterwesens Alexandria deutlich unterschied. Der Nil war eine Urkraft, die den fortdauernden Teil in ihr nährte. Der Ruf, der an sie erging, war der Ruf der Ewigkeit.

In Richtung dieser Ewigkeit hatte sie auch Cäsarion geschickt, denn sie war überzeugt davon, daß die Ewigkeit einen unverzichtbaren Teil seiner neuen Stellung in der Welt ausmachen würde. Der König der Könige mußte zuvörderst Pharao von Ägypten sein, und nur wenn er verstand, was er damit verkörperte, würde er die Welt verstehen. Deshalb schickte sie Cäsarion zusammen mit Thotmes mit der königlichen Galeere den Fluß hinauf bis zu seinen Quellen.

Der Prinz reagierte wie erwartet. Aus seinen Briefen von den verschiedenen Stationen der Reise sprach eine solche Begeisterung, wie sie seine Mutter bei ihm bislang nur in bezug auf sportliche Aktivitäten kannte. Obwohl er in allen Disziplinen der griechischen und römischen Wissenschaften bestens bewandert war, wie es einem guten Alexandriner ansteht, war es keiner Diziplin gelungen, ihn so tief zu bewegen wie die Bestätigung, daß seine Wurzeln weit in die Vergangenheit reichten, weiter als sein Gedächtnis und viel weiter als die Aufzeichnungen der Chronisten im Dienste seiner Vorfahren.

»Er hat einen guten Lehrer«, sagte die Königin wehmütig seufzend. »Thotmes, der Isispriester, wird aus unserem König der Könige den Cäsarion von Ägypten machen.«

Cäsarion trat in die Fußstapfen seines Meisters und entwickelte sich seinem Vorbild gemäß. Thotmes Blick war zwar vom Schatten des Zweifels getrübt, wohl durch den Zusammenbruch so vieler Dinge, an die er geglaubt hatte, trotzdem brannte in ihm immer noch die Flamme, die ein Mann namens Epistemus vor Jahren auf der Terrasse jenes Tempels der Hathor entzündet hatte. Es war eine Flamme, die von einem unbestimmten Gefühl am Leben gehalten wurde, das der Liebe glich, doch gleichzeitig die Liebe transzendierte. Dieses Gefühl war nicht Fron, sondern Freude. Je mehr er davon verschenkte, desto größer wurde es. Er wuchs mit den Aufgaben, und jede neue Anforderung erfüllte ihn mit Stolz.

Thotmes war viele Monate nicht mehr im Heiligtum der Isis gewesen, obwohl seine Vorgesetzten ihn wiederholt gerufen hatten. Seit jener Nacht, als das Feuer Alexandrias in seinem Blut erwachte und ihm seine Bereitschaft zum Bösen aufzeigte, seit dem Augenblick, als sich alles Wissen der Götter als nutzlos erwiesen und die Versuchung nicht gemindert hatte, war ihm klargeworden, daß ihn dieser neu entdeckte Zustand dazu zwang, die Wege der Welt fortan ganz allein zu gehen. Wenn er um sich blickte und nach der Hand eines Freundes suchte, fand er nur die des jungen Prinzen. Doch diese Hand war schließlich nicht da, um ihm zu helfen, sondern umgekehrt, sie bat ihn um Hilfe. Da spürte Thotmes, daß ihm diese bittende Hand viel mehr nützte als alle Anweisungen der Götter und alle Ratschläge der Menschen.

Jung wie er war, lernte er nun eine Glut kennen, die ihm völlig neu war. Innerhalb weniger Monate wurde aus der Flamme, die Balkis Begehren in seinem Innern entzündet hatte, ein loderndes Feuer. Es wurde von den alexandrinischen Nächten genährt und fing an ihn zu verzehren. Der ganze Hof staunte, als man unter den Mitgliedern der »Gesellschaft derer vom unnachahmlichen Leben« diesen jungen Mann entdeckte, der sonst eher mürrisch, ein Ausbund an Zurückhaltung und ein Wunder an Sittsamkeit war. Die lebenslustigsten Genießer fanden in ihm einen Ebenbürtigen, der sie manchmal sogar noch übertraf. Er gab sich hinter dem Rücken seiner Götter den Lustbarkeiten hin, und zwar mit solcher Intensität, daß er fast an den Rand des Wahnsinns geriet.

Wenn ihn eine für ihre hitzige Art bekannte Dame lachend nach seiner früheren sprichwörtlichen Keuschheit fragte, erwiderte Thotmes zwischen zwei Schluck Wein:

»Eigentlich ist die Keuschheit eine Beleidigung der Götter, doch sie sind falsch und tun als wären sie nicht beleidigt. Sie ist ein Verbrechen gegen die Natur und das einzige Verbrechen, das ich je begangen habe.«

In der Zeit seiner Tollheit wollte sich Thotmes völlig vergessen. Das ging so weit, daß er auch sein Aussehen komplett veränderte.

Wenn er an den nächtlichen Gelagen Kleopatras teilnahm, machte er sich unkenntlich. Hatte er früher makellose Kleider getragen, weiß wie die Seele der Isis, so zeigte er sich nun in prächtigen Tuniken aus teuerstem Stoff, der aus dem Fernen Osten kam und nur einigen wenigen privilegierten Höflingen zustand. Er ließ sich das Haar wachsen, so daß man ihn nach wenigen Monaten mit einer Lockenmähne sah, einem persischen Satrapen gleich. Sein Bart war sorgfältig gestutzt und immer mit kostbarem Öl gepflegt. Darauf beklagten sich einige Damen, daß er das erregende Aussehen eines keuschen Priesters abgelegt habe, andere dagegen freuten sich über sein verführerisches Auftreten als Lebemann.

Als er schließlich alle Formen des Vergnügens, die Alexandria ihm bot, ausprobiert hatte, wandte Thotmes seinen Blick zurück in die Vergangenheit. Er erinnerte sich daran, daß ein unschuldiges Wesen irgendwo im Palast darauf wartete, daß seine von den Leidenschaften getrübten Augen wieder klar wurden und er ihm wieder zum Führer taugte. Als er sich dessen bewußt wurde, hatte Thotmes bereits einen Weg zurückgelegt, wie ihn viele Menschen in ihrem ganzen Leben nicht bewältigen. Wieder sagte er Dank dafür, daß sich sein Lebensweg nicht nur an Cäsarion orientierte, wie er anfangs geglaubt hatte, sondern, weitgehend unbemerkt, ebenso am Tempo der historischen Epoche, in die er hineingeboren war.

Das Tempo, das Thotmes' Lebenslauf prägte, fand in den Ereignissen der Umgebung seine Entsprechung. Seit Cäsarion zum Erben des ägyptischen Thrones eingesetzt und seine jüngeren Geschwister zu Herren der orientalischen Besitztümer gemacht worden waren, hatte sich das Leben Alexandrias grundlegend verändert. Jeder Tag war ein neues Abenteuer, brachte andere aufregende Ereignisse mit sich. Da tauchte eines Tages der Tod in diesem wilden, unaufhaltsamen Wirbel auf. Der Tod, den Völkern des Nil durchaus vertraut, ist dennoch im Leben eines jeden jungen Menschen ein Überraschungsgast.

Der Tod kam von weit her, doch sein Auftreten wurde durch die Entfernung nicht weniger bedrohlich. Nicht einmal politische Erklärungen, die oft genug einen Tod in Kauf nahmen, vermochten den Schock zu lindern, der erst Thotmes, dann Cäsarion erfaßte.

Kleopatra versuchte, ihre Gefühle zu verbergen und verkündete mit großem Pathos und harter Stimme:

»Schlechte Nachrichten erreichen uns aus Judäa. Prinz Aristobulos ist ertrunken. Die Umstände seines Todes sind sehr verdächtig. Man sagt, es sei im Schwimmbecken passiert, während er trainierte. Da er aber als guter Schwimmer galt, vermutet man eine Intrige seitens des Königs Herodes.« Sie schwieg und fuhr nach einer Weile fort: »In Kenntnis seines Rufs und seines Bestrebens, den Interessen Roms in Judäa zu dienen, erlaube ich mir, ihn für den Tod einer weiteren Person verantwortlich zu machen, die nicht weniger beliebt war als der schöne Prinz. Ich spreche von unserem Botschafter Epistemus. Sein Tod wird einer natürlichen Ursache zugeschrieben, doch der Thron von Ägypten ist sich darüber im klaren, daß am Hofe des Herodes die natürlichste Todesursache das Gift ist, wenn nicht gar der Dolchstoß.«

Diese Nachricht erschütterte Thotmes und erinnerte ihn an ein weit zurückliegendes Ereignis, nämlich an seine eigene Geburt. Denn obwohl er den edlen Epistemus seit jenen fernen Tagen, als Kleopatra Trauer trug, nicht mehr gesehen hatte, erinnerte er sich oft an die Worte, die Epistemus auf der Terrasse des Hathortempels gesprochen hatte. Und wenn er über sein Leben nachdachte – was häufig der Fall war –, wanderten seine Gedanken immer wieder zu dem Mann, der ihm dieses Leben bestimmt hatte. Epistemus dort in seiner weit entfernten, unerreichbaren Botschaft in Judäa war für ihn der Schöpfer jenes Monstrums, wofür er sich selbst hielt, und Auslöser für den seltsamen Verlauf seines weiteren Lebens.

Erst als er das Forschen nach seiner Herkunft endgültig einstellte, verlor die Rolle des Epistemus an Bedeutung, und er begriff, daß ihn niemand, sondern nur er sich selbst, zum Monstrum gemacht hatte.

Die Höflinge spannen eine komplizierte Spionagegeschichte, in welcher das ägyptische Herrscherhaus auf geheimen Wegen der Familie der *Makkabäer*, die Ansprüche auf den Thron des Herodes hatte, zuarbeitete. Herodes, hieß es, knüpfte auf nicht weniger geheimen, womöglich noch bedrohlicheren Wegen sein eigenes Netz, das ihn schützen sollte. Einige Mitglieder dieser adligen Familie hatten ihre Auflehnung mit der Verbannung nach Rom oder einer unehrenhaften Hinrichtung bezahlt, doch der letzte Sproß, Prinz Aristobulos, wurde vom Volk so sehr geliebt, daß man hoffte, der Usurpator, der Tyrann, der Diener römischer Interessen, würde nicht wagen, die Hand gegen ihn zu erheben. Er mußte durch einen Unfall, einen fingierten oder einen echten, vorzeitig von der Bühne verschwinden und einen Glorienschein hinterlassen. Die Dichter, die zu seinen Lebzeiten seine Schönheit besungen hatten, beweinten nun seinen Tod und wünschten, Aristobulos' schönes Antlitz möge sich in einen Stern verwandeln, der vom Firmament aus Judäas schwierige Wege beschützt.

Dieser Tod, bemerkte Thotmes, legte einen bleibenden Schatten von Traurigkeit auf das Gesicht seines Prinzen. Mehrere Wochen lang verlor Cäsarion das Interesse am Palästraspiel und stellte die Besuche bei seinen Geschwistern ein. Wenn er sich unbeobachtet glaubte, traf man ihn allein und stumm vor sich hin weinend in seinen Gemächern an. Der Tod war in seine sonst so fröhliche Seele eingedrungen und hatte ihm eines seiner Gesichter gezeigt, das sich deutlich von dem unterschied, welches Thotmes ihm beschrieben hatte oder das er aus den Reden der Priester anderer Kulte kannte. Während Ägyptens Geschichte lehrte, den Tod als eine Verlängerung des Lebens in die Ewigkeit zu betrachten, zeigten die Nachrichten aus Judäa den Tod als einen brutalen Einbruch, der jederzeit im Laufe des Lebens geschehen konnte. Nicht am Ende des Lebens, wie er immer gehofft hatte, sondern in jedem Abschnitt, ja selbst am Morgen des Lebens, wie bei einer Frucht, die nicht reif werden durfte.

Als Thotmes merkte, daß der Prinz von diesen düsteren Vorahnungen heimgesucht wurde, ließ er alle Vergnügungen, denen er sich bislang schrankenlos hingegeben hatte, fahren und nahm sich des Prinzen väterlich an. Er war ihm mehr wert als eine Geliebte. Epistemus' Prophezeiung in jener fernen Nacht der Hathor hatte sich erfüllt: Ein anderes Wesen hatte seinen Geist in sich aufgenommen, und das verlieh ihm eine große Würde, größer als die

Würde, die ihm die Liebe zu den Göttern verschafft hatte. Er war ganz erfüllt von diesem köstlichen Gefühl und überzeugt, daß Cäsarion in dem Leben, das man ihm, Thotmes, zugewiesen hatte, das Beste verkörperte. Sollte er ein Monstrum sein, dann nur eines der absoluten Liebe. Dessen war er sich sicher.

Die Tage gingen dahin, die Monate, und das Band zwischen ihm und dem Prinzen wurde so eng, daß selbst Kleopatra eifersüchtig wurde. Doch diese Eifersucht war nicht unbegründet. Sie entsprang einer praktischen Überlegung, die ganz ihren alexandrinischen Wurzeln und ihrem politischen Geschick entsprach. Seit ihre Liebe zu Antonius wieder erwacht war, strebte sie danach, für Antonius das zu sein, was Thotmes für Cäsarion war. Offene Augen, die dem anderen die Augen öffneten. Geschickte Hände, die dem anderen aufgelegt wurden und in ihm eine ungeheure Kraft erweckten. Ein kluger Kopf, der unablässig fruchtbare Gedanken hervorbrachte und den anderen befruchtete, wie die regelmäßigen Überschwemmungen des Nils das grüne Tal Ägyptens befruchten.

Kleopatra wollte die unendlichen kreativen Möglichkeiten, die ihr die Rolle der Isis ermöglichte, zu Antonius' Gunsten einsetzen. Das war natürlich keine neue Idee. Sie nahm nur auf, was den Menschen in der langen Kette vom Anbeginn der Zeiten ermöglichte, das Stückchen Göttlichkeit zu erhalten, das auf dem Grund ihrer Seelen lebendig ist.

Nur besondere Menschen können diese Göttlichkeit nach außen zeigen, nur wenige besitzen die Gabe, sie dann wahrzunehmen. Mag man diesen, jedem Menschen eigenen göttlichen Anteil Liebe, Kunst oder Barmherzigkeit nennen, er ist das einzige Licht, wonach zu suchen und das weiterzugeben sich lohnt.

Kleopatra, Hand in Hand mit Antonius und vor dem Angesicht Ägyptens, wollte zu einem dieser besonderen Wesen werden, die die ewige Botschaft weitertragen.

OCTAVIANUS, DER KEIN besonderes Wesen war, wie etwa die Königin von Ägypten, besaß dafür eine andere, unschätzbare Gabe: die der Geduld. Ob sie ein Geschenk der Götter war, wie das Volk behauptete, wußte er nicht, hatte aber auch wenig Interesse daran, es herauszufinden. Seine Beziehungen zu den Göttern waren direkt und ohne Umwege. Wie sollten sie auch anders sein, hatte er doch selbst die Vergöttlichung des Julius Cäsar befohlen, und hoffte doch auch er eines Tages Teil des römischen Götterhimmels zu werden. Octavianus war in dieser Hinsicht ganz nüchtern: Wollte er den Göttern von Angesicht zu Angesicht begegnen, mußte er nicht erst das andere Leben abwarten. Das blieb den Ägyptern und anderen abergläubischen und ungebildeten Völkern vorbehalten. Er konnte im Senat einem Adeligen begegnen, den er dann nach einigen Jahren in irgendeinem Tempel auf dem Forum als Gott verehren würde. Dort hatte er bereits einige Männer untergebracht, die seinem Großvater hilfreich die Hand gereicht ... oder ihn zu einem mehr oder weniger vornehmen Hurenhaus begleitet hatten.

Sein einziger Gott war die Geduld, wer auch immer sie geschaffen hatte, woher sie auch kommen und ihm verliehen sein mochte. Obwohl er Tiere verabscheute (vielleicht weil es lebendige Wesen waren?) kannte er sich in der Zoologie genügend aus um zu wissen, daß die Kobra zwar unendlich gefährlicher ist als der Mungo, dieser aber früher oder später die Schlange besiegt. Das geschieht manchmal eher als die Kobra ahnt, denn oft ist sie sich ihrer Überlegenheit so sicher, daß sie eine unvorsichtige Bewegung macht, die der Mungo ausnützt, um sich auf sie zu stürzen und ihr das Genick zu brechen. Eine Frage der Geduld eben.

Die Kobra ist ein schönes, geheimnisvolles, königliches Tier, doch allzu selbstsicher. Der Mungo ist gewöhnlich, schlicht, verachtet, doch wenn er siegt, wächst er über diese Eigenschaften hinaus, wird wichtig und groß.

Octavianus wartete ruhig ab, bis die große ägyptische Kobra, von gefährlicher Selbstüberschätzung verführt, eine falsche Bewegung machte. Sich selbst überschätzte er nicht, hielt sich aber für treffsicher. Er ließ sich ungern auf Abenteuer ein und mied das

Risiko. Es schreckte ihn geradezu ab. Er wußte, daß in diesem von Rom angezettelten Spiel die Königinnen mehr zu verlieren hatten als ihre Vasallen.

Warum sollte er schlecht über Antonius sprechen? Er hatte es nicht nötig, sich so weit herabzulassen; dieses Schauspiel brauchte er dem Volk nicht zu bieten. Jeder Schritt in diese Richtung wäre ein falscher gewesen, der arroganten Bewegung der königlichen Kobra gleich. Der Mungo jedoch, in seiner abwartenden Haltung, machte andere davon reden, daß Antonius' Verhalten in Ägypten zu weit ginge. Äußerte jemand eine entsprechende Bemerkung, zuckte Octavianus nur die Schultern und setzte ein neutrales Lächeln auf, das den anderen jedoch deutlich genug seine Zustimmung und sein Einverständnis signalisierte.

Ein bewundernswerter junger Mann, der den Älteren ihre scharfen Äußerungen verzeihen konnte, in der Hoffnung, daß sie wieder auf den rechten Pfad finden! Bewundernswert noch viel mehr angesichts der vielen Demütigungen, die er zur Person seiner Schwester einstecken mußte.

Octavias Verhalten war nach wie vor tadellos. Manche Böswillige (insbesondere ihre Freundinnen) fragten sich inzwischen, ob es Resignation oder einer heimlichen Berufung zur vestalischen Jungfrau zugeschrieben werden mußte. Sie war im Laufe der Jahre zu einer reifen Schönheit geworden, die Kleopatras in nichts nachstand, ja deren Schönheit vielleicht noch übertraf. Doch ihr Leben stagniere, sagten die Leute. Manche meinten scherzhaft, ihr Leben sei eine Sonnenuhr für Regentage geworden, andere verglichen sie mit einer Wasseruhr an einem kalten Januarmorgen, wenn das Wasser zu einer bestimmten Stunde einfriert, als wäre die Zeit stehengeblieben.

Aber auch Leute, die sich Scherze über Octavia erlaubten, verehrten sie bis zur Verzückung, ohne daß sie auch nur das Geringste dafür tat, weder um bewundert noch um gehaßt zu werden. Sie beschränkte sich darauf, eine tadellose Haltung zu bewahren und zu verkünden, daß sie Octavia heiße und Römerin sei.

Bei ihrer letzten Reise nach Athen, als sie ihren Gatten aufsuchen und ihm beistehen wollte – was ihr viel öffentliche Kritik eintrug –, erkannte sie ganz klar, daß sie bei ihm vergeblich auf würdiges Benehmen hoffte. Sie wußte, daß seine Reise nach Alexandria nicht von der Suche nach einem vorübergehenden Zeitvertreib ausgelöst wurde, er sie aber auch nicht nur wegen der Sinnenlust, mit der Kleopatra ihn betörte, unternommen hatte. Das Motiv der Reise konnten die Römer nicht verstehen: Antonius und Kleopatra verband mehr als eine gegenseitige Liebe. Sie hatten ein gemeinsames *Projekt,* sie teilten einen Traum.

Antonius brauchte für sein Projekt keine Frau wie Octavia, sondern eine Amazone, wie die ägyptische Königin eine war. Außerdem begegnet einem das Wort »teilen« im Leben nur ganz selten. Doch wenn es tatsächlich auftaucht, muß man sich daran festklammern, mag es auch letztlich zu Verrücktheiten führen.

Octavia war nicht verrückt. Sie litt aber, weil sie nie mehr Gelegenheit haben würde, es zu sein.

Als sie von ihrer zweiten Griechenlandreise zurückkam, verweigerte ihr Bruder jede Diskussion über ihren künftigen Wohnsitz. Er tat dies auf die einfachste Art, indem er ihr befahl, das Haus ihres Gatten zu räumen, das Haus Antonius', der sie – und damit auch ihn – durch die dreiste Abfuhr beleidigt hatte.

Octavia blieb trotzdem dort wohnen, als käme er jeden Abend heim und ginge jeden Morgen wieder fort. Mit großartiger und nobler Sorgfalt kümmerte sie sich um die Kinder, die das Leben ihr anvertraut hatte: die Kinder aus ihrer ersten Ehe, die drei von Antonius und die Kinder aus seiner Verbindung mit der unglücklichen Fulvia. Damit erfüllte sie auch das Versprechen, das sie ihrem freigelassenen Sklaven Adonis gegeben hatte: Es gab für ihn und den Gärtner Phaidros genügend Arbeit, um einen guten Lohn zu rechtfertigen.

Sie empfing Antonius' Freunde und half ihnen, beim täglich mächtigeren Cäsar Octavianus ihre Wünsche durchzusetzen. Doch mit dieser Handlungsweise – indem sie zur Personifizierung der Vollkommenheit wurde – schadete sie Antonius, ohne es zu wollen. Denn das Volk von Rom, das bereits die Inthronisationsfeier von Cäsarion, die Antonius in Ägypten veranstaltet hatte, mit Widerwillen aufgenommen hatte, sah mit noch größerem Abscheu, wie gemein er sich einer außergewöhnlichen Dame gegenüber betrug – und noch dazu einer so durch und durch römischen.

Das Warten des Mungos wurde mit Erfolg belohnt. Dies ging allerdings bedauerlicherweise auf Octavias Kosten, die zwar nicht verrückt war, aber auch nicht taub, wenn sie Kunde von der beneidenswerten Verrücktheit Kleopatras erreichte. Ganz Rom war ein brodelnder Kessel voller »neuester Nachrichten aus Ägypten« oder was dafür ausgegeben wurde. Octavianus handelte immer noch nicht. Merkur, der Gott der Botschaften, hatte die Anzahl der Flügel an seinen Füßen vermehrt, um an allen Orten, wo die öffentliche Meinung gemacht wurde, dabeisein zu können. Nach wenigen Tagen war selbst Rom erstaunt darüber, wie viele klatschsüchtige Mäuler die Stadt beherbergte, wie viele böse Zungen und wie viele Ohren, die nach Verleumdungen lechzten.

Es ging das Gerücht, Kleopatra, die ägyptische Königin, sei sehr eifersüchtig geworden, und mehr als eine Dame erklärte ohne Umschweife, das habe mit ihrem fortgeschrittenen Alter zu tun. Andere meinten, daß in Ägypten die Grundstoffe zur Herstellung ihrer Kosmetika ausgegangen wären, sie also gezwungen sei, ihr Gesicht ungeschminkt zu zeigen und deshalb langsam Antonius' Gunst verlieren würde. Ja, man behauptete gar, Kleopatra sei eigentlich ein Mann. Er habe sich in eine Frau umwandeln lassen, besitze aber immer noch die männlichen Attribute. Was erklären würde, warum sie in ihren jungen Jahren Julius Cäsar fasziniert hatte – der in seiner Jugend wie wild hinter den Epheben her gewesen war – und dann, Jahre danach, Antonius zu fesseln vermochte. Denn schließlich erinnerten sich alle, daß nicht immer nur Frauen das Objekt seiner ungezügelten Begierden waren. Das hatte insbesondere jener Patrizier nicht vergessen, dessen Sohn sich nicht nur mit Leib und Seele Antonius hingegeben, sondern darüber hinaus beinahe sein ganzes Erbe vergeudet hatte, indem er ihm beim Abzahlen seiner üppigen Schulden half.

Doch die Legende, die aus Kleopatra einen Mann machte, fand keinen rechten Glauben, weil sich täglich zehn junge Römer meldeten und damit brüsteten, während ihres Aufenthalts in Alexandria das Lager mit ihr geteilt zu haben. Als der scharfsinnige

Polindus die Zahl der Eroberer Kleopatras nachrechnete, kam er auf eine unmögliche Summe. Alle Stunden ihres Lebens zusammengenommen hätten dafür nicht ausgereicht.

In Rom hörte das Gerede nicht auf, während Cäsar Octavianus sich darauf beschränkte, mit den Schultern zu zucken und großmütig festzustellen, daß die öffentliche Meinung übertrieb und man keine einschneidenden Maßnahmen ergreifen sollte, die Antonius noch mehr von seinem Land entfernen würden, sondern ihm Freundlichkeit, ja liebevolle Zuneigung entgegenbringen möge, damit er sich Rom wieder nähere.

Ja, Octavianus ging sogar mit gutem Beispiel voran und ließ auf dem Forum Statuen von Antonius errichten, womit er sich dafür bedankte, daß er ihm bei der Gefangennahme und Hinrichtung des Rebellen Sextus Pompejus eine gewisse Hilfe gewesen war. Ferner sollte diese öffentliche Ehrung das Volk daran erinnern, daß Antonius immer noch Römer war, der seinem Volk von Ägypten aus diente, und immer noch Teil des Triumvirats, das Rom in der Vergangenheit vor Tumulten und Chaos bewahrt hatte.

Der Sieg über Sextus Pompejus hatte ihn zu einem beliebten, wenn nicht gar zum populärsten Volkshelden gemacht, weil diese Ruhmestat das Land von einer seiner größten Sorgen befreite: von den Seeräubern nämlich, die es von der Küste her bedrohten und weder die Hauptstadt noch die entlegenen Gebiete verschonten. Darüber hinaus hatte er es geschafft, sich von einem anderen Mitglied des Triumvirats zu befreien, von diesem Lepidus, der als »dritte Säule der Welt« bezeichnet wurde. Lepidus, ein eher unscheinbarer, wankelmütiger Mann, trat von der Bühne ab und überließ sie den beiden Jüngeren … sofern man Antonius noch in dieses Konstrukt einschließen konnte. Der seines Amtes und seiner Regierungsverpflichtungen enthobene Lepidus beschränkte sich darauf, die Ereignisse mit der gleichen Passiviät zu beobachten, wie Octavia es tat, allerdings mit einem großen Vorteil: Er hatte eine Villa bei Neapel gekauft und konnte bei der Betrachtung der schönsten Landschaft Italiens die politischen Wechselfälle vergessen.

Vermochte sich Lepidus durch einen simplen Ortswechsel von

der Politik abzusetzen, war dies für Octavia nicht so einfach, denn die Politik hatte sich in ihrem Haus festgesetzt, und zwar für immer. Eines Tages begriff sie, daß sie zu einem politischen Instrument geworden war, ohne jede persönliche Entscheidungsfreiheit. Wenn sie sich im Spiegel betrachtete, sah sie dort keine Person mehr, sondern eine Statue, die zwar Bewunderung auslösen, aber selbst keine Gefühle mehr ausdrücken konnte. Sie war für jede Machenschaft zu benutzen und von jeder Partei zu vereinnahmen. Man ließ ihr keine Zeit, Zustimmung oder Verweigerung zu äußern.

Rom legte sie in Ketten. Rom gemahnte sie pausenlos an Geschichten, die sie lieber vergessen hätte. Rom und seine Bewohner erinnerten sie permanent an das Gefängnis, in dem sie steckte!

Das Gefängnis bestand nicht aus den verwinkelten, schmutzigen Gassen, in welchen sich die gemeinen, oft verzweifelten Menschenmassen drängten, und nicht aus Roms prächtigen Palästen, die von üppigen Gärten umgeben waren, geschmückt mit Brunnen von vollkommener Schönheit. Es bestand nicht aus den Promenaden im Stadtzentrum, wo sämtliche Kloaken der damals bekannten Welt einmündeten. Es bestand einfach aus dem Gerede, das alle Bürger im Mund führten, vom einfachsten bis zum mächtigsten, vom schmutzigsten bis zum parfümiertesten. Und dieses Gerede lautete:

»Marcus Antonius und Kleopatra haben gestern …«

Es war immer da und hämmerte in ihrem Bewußtsein. Es war immer da und hinderte sie daran Freiheit zu erlangen. Immer war sie von Leuten umgeben, die sie mit dieser Erinnerung konfrontierten, mit diesem Gedanken an Gestern, mit diesem Geschwätz, das zur Belastung geworden war.

»Wenn das Echo von Antonius' Ausschweifungen nicht in die Tiefen deiner Abgeschiedenheit gedrungen ist, so erreicht dich auch nicht die Kunde seiner Verschwendungssucht. Er erfüllt Kleopatra sämtliche Wünsche, und zwar so, daß ihn niemand der Kleinlichkeit beschuldigen kann. Seit Jahren schon legt er ihr Weltreiche und eroberte Throne zu Füßen. Auch was Bücher anlangt, zeigt sich Antonius höchst freigebig. Da er weiß, daß die

Große Bibliothek von Alexandria Kleopatras größter Stolz ist und ein Teil ihrer gigantischen Bestände in den Tagen des ägyptischen Bürgerkriegs von Cäsars Truppen verbrannt wurde, hat Marcus Antonius beschlossen, den Schaden wiedergutzumachen, indem er ihr fünf Galeeren voller Bände schenkt, die er der königlichen Bibliothek von Pergamon geraubt hat.«

»Kleopatra ist nicht meine Feindin«, stellte die noble Octavia immer wieder fest. »Soviel ich weiß, ist sie sehr bildungsbeflissen. Dessen ist sich wohl auch Antonius bewußt, wenn er aus seiner Kriegsbeute Bücher auswählt, um sie damit zu beschenken, und nicht Edelsteine ...«

Doch ihre Lobreden verstärkten nur den Teufelskreis, in dem sie gefangen war. Denn schließlich behaupteten alle einstimmig, es sei ewig schade, daß sie in ihrer beispielhaften Vollkommenheit einen so unwürdigen Mann geheiratet hatte. Somit verschlechterte sich einmal mehr die Position dessen, dem sie eigentlich helfen wollte.

Und Rom hörte nicht auf zu reden, zu reden, zu reden ...

Bis Octavia eines Tages vor dem ganzen Durcheinander kapitulierte, zum ersten Mal in ihrem Leben alle Regeln der Etikette durchbrach, den treuen Adonis umarmte und in verzweifeltes Schluchzen ausbrach:

»Was haben sie mit mir gemacht, süßer Adonis? Was ist nur aus mir geworden?«

DER LAUF DER Zeit bestätigte Octavia nur noch in ihrer Haltung. Sie sah sich als helle Kerze, aus unverwüstlichem Material gemacht, stark genug, allen Stürmen zu trotzen. Schließlich kam der Tag, an dem sich der höchste Magistrat der Republik persönlich in ihrem Haus einfand, um ihr eine Entscheidung Antonius' mitzuteilen – die schmerzlichste, wenngleich nicht die am wenigsten erwartete.

Endlich wagte er es, von ihr die Scheidung zu verlangen und sie ganz offen aufzufordern, sein Haus zu verlassen.

Die edle Octavia gestattete sich kein Schwanken, kein Wimperzucken. Niemand sollte das leichte Zittern ihrer Hände bemerken. Es war Rom gelungen, eine Statue aus ihr zu machen, deshalb wurde sie durch Antonius' Tat niemals zu einem gedemütigten Opfer. Sie verharrte gerade aufgerichtet, die Hände ruhig in den Schoß gelegt, ein ironisches Lächeln auf den Lippen, als wolle sie damit allen versichern, daß sie noch am Leben und unbesiegt war. Sie übertraf die Königin von Ägypten an majestätischer Haltung, denn sie brauchte keinen Thron, um ihre Größe zu bestätigen.

»Und wenn ich mich weigere, dieses Haus zu verlassen?« fragte sie trocken.

»Dann sähe ich mich gezwungen, dich hinauszuwerfen, edle Octavia«, sagte der Magistrat mit schweißnassen Händen und ängstlich zitternder Stimme. »Zwinge mich nicht dazu, ich bitte dich. Ich könnte es mir nie verzeihen.«

Doch schließlich hatte er es mit Octavia zu tun, und die zwang niemand, zum Äußersten zu gehen. Es gab keine peinlichen Situationen in einer von Natur aus bereits peinlichen Angelegenheit. Die Scheidungsformalitäten wurden so einfach und schnell abgewickelt wie ein Handel zwischen zwei Bauern, wie der Kauf eines Schweines oder eines Pferdes. Als es dann soweit war und Octavia das Haus ihres Gatten verlassen mußte, gab sie nicht das geringste Anzeichen von Schmerz zu erkennen und äußerte keinerlei Wehmut.

Sie ging wie sie gekommen war: unauffällig und geräuschlos. Mit ihrer Mitgift, ihren Besitztümern, ihrem Vermögen und allem, was das römische Recht einer Geschiedenen zu behalten erlaubte. Sie ging mit ihren Kindern und denen von Antonius, mit ihren Kleidern, ihren Möbeln und Lieblingssklaven. Niemand, nicht einmal der schöne Adonis konnte sagen, ob sie nicht auch mit einem kleinen Schmerz ging.

Doch die Römer, die sie so sehr bewunderten, verfolgten die Wendung ihres Schicksals mit dem gleichen Interesse, mit dem sie Zirkusspiele und die gebildeteren unter ihnen Theatervorstellungen verfolgten. Sie nahmen großen Anteil und waren voller Mitgefühl. Allerdings nicht für sie, sondern für Antonius. Zumindest behaupten das die Chronisten dieser traurigen Tage.

Octavianus nahm die Beleidigung, die seiner Familie zugefügt wurde, mit ruhiger Selbstsicherheit und einer Würde auf, die der seiner Schwester in nichts nachstand. Ganz Rom kannte seine liebevolle Zuneigung zu Octavia, obwohl sie nicht von der gleichen Mutter abstammten. Es gab manche Lästerzunge, die soweit ging zu behaupten, daß er gern nicht nur ihr Bruder, sondern auch ihr Geliebter gewesen wäre.

Doch all diese Überlegungen waren müßig, wenn es galt, die neue Lage zu bewältigen. Octavianus' Verachtung für diesen armen Narren, der den billigen Flitter einer Hure den dezenten Reizen seiner edlen Schwester vorzog, steigerte sich ins Unermeßliche. Er schwieg und ertrug die Sache wie ein Philosoph, den die Unberechenbarkeit menschlicher Gefühle ernüchtert hatte.

Doch der Schein trog. In seinem Innern schrie Octavianus nach Krieg, Blut und Feuer. Dennoch war er sich sehr im klaren über die Macht des äußeren Scheins, der in der Politik oft wichtiger war als Ideen. Deshalb wollte er unbedingt verhindern, daß die Römer sein Verhalten in naher Zukunft mit einem Wutanfall in Verbindung brachten, zu dem er sich an dem Tag hinreißen ließ, als seine Schwester aus Antonius' Haus hinausgeworfen wurde.

Sein Blick beschränkte sich darauf zu sehen, ohne beobachtet zu werden und zu beobachten, ohne gesehen zu werden. Er wußte, daß Antonius und Kleopatra, während seine Familie von diesen traurigen Ereignissen heimgesucht wurde, auf einer vergoldeten Galeere, von der Königin auf den bezeichnenden Namen *Antoniada* getauft, die Küsten Griechenlands bereisten. Doch er wußte ebenfalls, daß keine Galeere schnell genug war, um die beiden Liebenden vor seinem Zorn zu retten. Er schickte ihn in alle Winde und über alle Meere, und zwar genau am Tag des achtunddreißigsten Geburtstags der Königin von Ägypten, an dem Antonius bitterlich weinte, weil die Uhr seines Lebens schneller ablief, als es seinem Wunsch entsprach.

ALS OCTAVIANUS ENTSCHIED, daß der Zeitpunkt gekommen war, sich direkt gegen Antonius auszusprechen, tat er es unter Beachtung der strengsten Vorsichtsmaßnahmen, wie sie für alle öffentlichen Handlungen galten. Er überließ nichts dem Zufall. Im Gegenteil, er spann seine feinen Fäden mit geradezu künstlerischer Sorgfalt und glich dabei mehr einem Weber als einem Politiker.

Grundsätzlich hatte er erkannt, daß es ungünstig war, die Kriegslust des Volkes zu einer Jahreszeit anzustacheln, in der die Steuereintreiber ihrer undankbaren Arbeit nachgingen und sowohl bei der Masse des niederen Volkes als auch bei den Handwerkern und Patriziern unschöne Reaktionen auslösten. Schließlich müssen die großen heroischen Unternehmungen, die großen patriotischen Aufwallungen, beim Volk auf günstige Bedingungen treffen. Das Herz des Volkes entzündet sich jedoch nicht so leicht, wenn der Kopf mit ökonomischen Fragen beschäftigt ist.

Doch die göttliche Vorsehung hatte ihn von einer Sache unterrichtet, die ihn schneller handeln ließ als ursprünglich geplant: das Eintreffen von Marcus Antonius' Testament in Rom. Octavianus sah in seinem Vorgehen keine Unvorsichtigkeit, keine übereilte Handlung, denn diese Nachricht rechtfertigte ihn mehr als genug.

Durch eine Indiskretion des Mannes, der den Auftrag hatte, das Testament im heiligen Tempel der vestalischen Jungfrauen zu deponieren, wußte Octavianus, daß diese Schrift unwiderlegbare Beweise für die Untreue seines alten Freundes enthielt. Beweise, die der Senat und das Volk von Rom endlich als absoluten Verrat betrachten würden.

Zum Handeln entschlossen rief er eilends Dolabella herbei, einen seiner treuesten Anhänger in der Armee.

»Du wirst mit deinen Soldaten zum Tempel der Vestalinnen gehen und in meinem Namen die Herausgabe von Antonius' Testament fordern.«

Doch Dolabella reagierte nicht so eifrig, wie Octavianus erwartet hatte.

»Habe ich deinen Befehl vielleicht nicht richtig verstanden?« fragte er zögernd. »Wenn Antonius sich der Geheimhaltung versichern wollte, den dieser heilige Ort den Römern garantiert, haben wir nicht das Recht, sie ihm zu verweigern.«

»Antonius selbst war es, der mich bei einer gewissen unvergeßlichen Gelegenheit aufforderte, den Vestalinnen ihre vielgepriesenen Geheimnisse zu entreißen, vergiß das nicht. Die Hohepriesterin wird mir ein kleines Geschenk im Andenken an jene denkwürdige Nacht nicht verweigern, da bin ich mir ganz sicher ... vielleicht aus Angst vor weiteren, noch denkwürdigeren Nächten. Und weil sie mir einen Gefallen schuldig ist, bestelle ihr einen Gruß von mir und erbitte Antonius' Testament als Geschenk.«

Dolabella beeilte sich den Befehl auszuführen, hielt ihn aber insgeheim für eine unbedachte Laune seines Freundes und Verbündeten. Er führte ihn mit Sorgfalt aus, wie es seiner Art und seinem Ruf entsprach, doch, sehr verständlicherweise, nicht ohne einige Skrupel. Gewisse Traditionen waren in seiner Seele fest verankert, wie in der Seele eines jeden vernünftigen römischen Bürgers. (Inzwischen war nämlich die Vernunft mit der Idee des Bürgertums untrennbar verbunden.) In Wirklichkeit ließ sich Dolabella von einer alten Überlieferung leiten: Es war durchaus möglich, im Laufe des Lebens öfter den Göttern zuwider zu handeln, ohne daß man dadurch zu einem Verdammten wurde, doch jeder Verstoß gegen die Regeln der großen Vesta konnte ihm den Unwillen des Volkes eintragen, darüber hinaus allerhand Flüche und sogar das eine oder andere Unglück über sein eigenes Haus bringen.

Eine Beleidigung der Vestalinnen war eine Beleidigung des Urquells des Lebens, der Grundfesten, auf die sich Roms Macht von Beginn an stützte. Die Bewahrung des heiligen Feuers war eine ernsthafte Angelegenheit, die keinerlei Frivolitäten duldete. In allen Haushalten brannte ununterbrochen eine Flamme, von den ehrbaren Matronen regelmäßig durch Kontakt mit der ursprünglichen Flamme, die im Tempel gehütet wurde, erneuert.

Dolabella fürchtete zu Recht, eine Kränkung der großen Hohepriesterin würde eine Unzahl von Verhängnissen über seine ganze Familie bringen. Einschließlich der Toten.

Als er von seinem undankbaren Auftrag zurückkam, hatte sich Octavianus eben an einem Mittagessen aus getrockneten Früchten,

Mandeln und Oliven gütlich getan. Ein nicht nur spärliches, sondern auch mittelmäßiges Essen. Dolabella fragte sich einmal mehr, wie dieser junge Mensch einen so ungeheuren Berg von Verantwortung mit einem so wenig angeregten Magen bewältigen konnte.

Daß sich Octavianus an diesem Tag den Exzeß eines Bechers Wein gestattete, überraschte ihn nicht minder. Als er ihm über den Becherrand hinweg zulächelte, merkte Dolabella, daß er ihn zwar leerte, den Inhalt aber nicht genoß.

»Vergebliche Mühe«, berichtete der General. »Die Hohepriesterin entspricht deiner Bitte, das Testament herauszugeben, nicht. Mehr noch, sie war über die schlichte Tatsache, daß ich es wagte, sie darum zu bitten, sehr ungehalten und bemerkte in hochfahrendem Ton: ›Bestelle Octavianus, wenn er das Testament haben möchte, muß er es mit seinen Soldaten holen kommen …‹«

»Das ist immerhin eine Einladung …«, erwiderte Octavianus in aller Ruhe. Dann stellte er den Becher ab und verkündete: »Haltet einen bewaffneten Trupp Soldaten bereit. Er soll aus nicht besonders frommen Männern bestehen.«

Sein Adlerblick war in die Zukunft gerichtet. Seine Krallen scharrten in der Gegenwart. Und an seinen Ohren prallten Dolabellas Klagen ungehört ab:

»Was bleibt uns, wenn nicht einmal mehr das heilige Feuer der Vertraulichkeit Schutz bietet?«

»Wenn sich das heilige Feuer zwischen Octavianus und die römischen Interessen stellt, bedeutet das, daß Rom ohne dieses Feuer auskommen kann. Das wahre Gesicht eines Verräters kennenzulernen dient den Interessen Roms mehr.«

Octavianus machte sich also auf Richtung Tempel, zweckmäßig angetan mit einem Brustpanzer, der ihm etwas zu weit war, ging auf die Nische zu, in der das heilige Feuer brannte, der Segen des Hauses, und kippte einen Eimer Wasser über die Flammen. Dolabella erstarrte. Doch das Gebäude blieb stehen, und unter den Füßen Octavianus' tat sich die Erde nicht auf.

KAUM HATTE ER seinen hervorgehobenen Platz im Senat eingenommen, begriffen alle Anwesenden, daß Octavianus' Faust zum
ultimativen Schlag ausholte. Seine gewohnte Zurückhaltung war
einem herrischen, energischen Ausdruck gewichen. Sein Blick,
sonst oft so ausweichend, versprühte den Willen zur Gewalt, die er
nicht nur gegen seine Feinde einzusetzen bereit war, sondern auch
gegen alle ihre Anhänger. Und um ganz sicher zu gehen, hatte der
vermessene junge Mann allen seinen Mitstreitern geboten, unter
ihren offiziellen Togen Schlagwaffen mitzuführen. Deshalb sprachen manche von »Octavianus' persönlicher Polizei«.

Doch er wollte den Senat nicht einnehmen, nur einschüchtern.
Er war schlau genug, um aus der Vergangenheit Lehren zu ziehen,
darunter die allerwichtigste: Jeder Versuch, die Republik zu beleidigen und über ihre Repräsentanten hinwegzugehen, war von
vornherein zum Scheitern verurteilt. Eines Tages würde er es
vielleicht schaffen, im Augenblick war es jedoch ratsam, die Senatoren mit einzubeziehen. Sie sollten sich in dem Glauben wiegen,
daß die Entscheidungen, die er ihnen nahelegte, ihre eigenen
waren.

Mittels seiner Repräsentanten hielt das Volk von Rom die
Augen fest auf Octavianus gerichtet. Dieser wußte mit allen Möglichkeiten seiner Stimme zu spielen, mit wechselnder Modulation
und verschiedenen Rhythmen, je nachdem, welches Gefühl er ausdrücken wollte, um größtmögliche Wirkung zu erreichen:

»Bei dem, was ich nun enthüllen werde, geht es um einen
großen Freund, der mein Lehrer war. Es betrifft jedoch insbesondere Rom, weil es zeigt, wie gefährlich es ist, seine jüngsten Söhne
in die Hände falscher Lehrer zu geben. Ich weiß, daß mich manche
dieser Aussage wegen für undankbar halten könnten. Ich ent-
gegne, daß man mich für feige halten könnte, würde ich diese
schmerzliche Aufgabe an einen anderen delegieren. Vor die Wahl
gestellt, entscheide ich mich für das Gesetz, das Octavianus' Verhalten schon immer bestimmt hat. Um kein Feigling zu sein, ziehe
ich mir den Zorn aller Anhänger des Antonius zu. Um nicht undankbar zu sein, raube ich den anderen die Möglichkeit, gegen
meinen Freund zu sprechen und übernehme selbst diese schmerz-

liche Pflicht. Ich tue dies in der Überzeugung, daß meine frühere Zuneigung eine mildernde Wirkung auf meine Anschuldigungen gegen Antonius haben wird, die ein anderer kalt und leidenschaftslos vortragen würde. Sobald ihr den Inhalt dieses Testaments kennt, werdet ihr meine Befürchtungen verstehen ...«

Er hob den Arm und zeigte der Versammlung einen versiegelten Packen Papier. Dieser Beweis löste erregtes Murmeln unter den Repräsentanten Roms aus.

Einer von Antonius' Anhängern erhob sich voller Unmut:

»Dieses Dokument war im Tempel der Vestalinnen hinterlegt. Durch welche List hast du es in deinen Besitz gebracht?«

»Die Vestalinnen fühlen sich dem Wohle Roms verpflichtet«, antwortete Octavianus gelassen, »sie stellen deshalb die zu diesem Zweck notwendigen Mittel zur Verfügung.«

Die Schreie, Ausrufe und Schmähungen der Anhänger Antonius' bündelten sich zu einer großen Kraft. Verzweifelt kämpften sie um Geheimhaltung des Dokuments, wie es recht und billig war.

Octavianus wies die Petition eilends mit einem neuen Manöver zurück:

»Wäre Antonius noch immer ein Freund, würde es Octavianus nie wagen, sein Testament zu öffnen, weder öffentlich noch privat. Doch Antonius hat sich dem Volk von Rom entfremdet. Seit wie vielen Jahren hat er keinen Fuß mehr in sein Vaterland gesetzt? Wie viele Jahre sind vergangen, seit wir ihn zum letzten Mal in diesem Senat gesehen haben? Fünf lange Winter ist es her, seit Antonius ins unselige Alexandria gereist ist! Um uns mit ihm in Verbindung zu setzen, sind wir gezwungen, auf Zauberei zurückzugreifen. Ja, auf Zauberei, denn nicht er ist es, der aus der Ferne zu uns spricht, sondern sein Geist!« Als sich Octavianus an einen der jüngsten Senatoren wandte, der in der ersten Reihe saß, und ihn auf die Tribüne holte, wurde das Gemurmel lauter. »Der edle Calvisius, an dessen Objektivität niemand zweifeln kann, wird euch berichten, was er auf seiner letzten Reise nach Alexandria sehen mußte. Lauscht seiner Erzählung und wenn ihr danach noch immer der Meinung seid, Octavianus solle Antonius' Testament nicht lesen, werde ich eurem Wunsch entsprechen und mir dann eine strenge Strafe auferlegen, dafür, falsch gehandelt und mich im Recht geglaubt zu haben …«

Die Spannung stieg und alles konzentrierte sich auf den besagten Calvisius. Er war ein junger, milchbärtiger Mann, ziemlich fett und recht bekannt wegen seiner unerschütterlichen Treue zu Octavianus. Woraus die Anwesenden schlossen, daß er unter seiner Toga eine Waffe verborgen hielt und man ihm deshalb besser nicht widersprechen sollte.

»Wenn man mich bittet, von Antonius zu sprechen, muß ich sagen, daß ich in Alexandria keinem begegnet bin, der dieses Namens würdig gewesen wäre. Ich bin nur einem römischen General begegnet, der sich in den Schoßhund einer prunksüchtigen Ägypterin verwandelt hat. Einer so hitzigen Ägypterin, daß sie mit dem Atem des Römers das Feuer löscht, das unter ihrem Venushügel brennt.«

Die affektierte Stimme dieses Gecken erheiterte seine Zuhörer. Worauf ein anderer Anhänger von Octavianus rief:

»Nenne uns den Namen dieses Generals, Calvisius!«

»Nun, er schwört Stein und Bein, er sei Antonius, aber ich kann es einfach nicht glauben. Würde Antonius einer Hure die ganze Bibliothek von Pergamon schenken? Nein, meine Herren. Der Antonius, den wir kennen, hätte sie Rom übereignet und damit die öffentlichen Bibliotheken bereichert. Hätte Antonius gestattet, daß die Adligen von Ephesus Kleopatra während ihres Aufenthalts in dieser Stadt mit dem Namen ›Herrscherin der Welt‹ begrüßten? Nein. Weil unser Antonius wüßte, daß dieser Titel Rom allein gebührt. Möchtet ihr noch mehr über diesen betrunkenen, verweichlichten General erfahren, der die Titel des Antonius usurpiert? Während eines Festmahls erhob er sich schwankend, kniete dann vor seiner Ägypterin nieder und wusch ihr in einem silbernen Becken die Füße. Während einer Versammlung des hohen Tribunals, bei der Recht gesprochen und Dinge von lebenswichtigem Interesse für Rom verhandelt wurden, unterbrach er immer wieder die Sitzung, weil ihm seine Geliebte Liebesbriefe schickte, wie es Dienstboten untereinander tun, wenn sie sich von der Herrschaft unbeobachtet fühlen. In meinen letzten Tagen in Alexandria konnte ich mit Entsetzen beobachten, daß Kleopatras Sänfte über das Forum getragen wurde und dieser römische General hinterher, gekleidet wie sein Gott Dionysos, laut seine extravagante Leidenschaft proklamierend. Wenn das Antonius sein soll, meine Herren, schäme ich mich hier dafür. Denn dem, was ich eben erzählt habe, könnte ich noch viel schlimmere Dinge hinzufügen, die ihn zum Gespött der Alexandriner gemacht haben. Das geht so weit, daß folgender Satz in Alexandria umgeht: ›Antonius ist ein Schauspieler, der in Rom die Maske der Tragödie trägt, sich in Alexandria aber mit der Maske der Komödie schmückt.‹ Ich würde noch hinzusetzten: mit der Maske der Posse, denn ich kann immer noch nicht glauben, daß dieser aufgedunsene, betrunkene, vorzeitig gealterte und lächerliche General jener Marcus Antonius ist, den Rom verehrt hat und den seine vorzüglichsten Bürger geliebt haben.«

»Du lügst!« schrie einer der Senatoren. »Du bist ein Freund von Octavianus', deshalb sprichst du so!«

Da drängte Octavianus Calvisius von der Tribünenmitte und erwiderte ruhig, aber bestimmt:

»Und die Antonius verteidigen, was sind dann die? Nur die Liebe rechtfertigt eure Blindheit. Denn man muß schon blind sein, um einen, der leugnet ein Römer zu sein, weiter zu verteidigen.«

Die letzten Worte waren entscheidend. Die edlen Senatoren, deren Beschlüsse sich sonst an der Vernunft orientierten, ließen sich einfangen von dem Netz, das Octavianus für sie ausgeworfen hatte. Was alle Niederlagen Antonius', die Krönung Cäsarions und die Ägypten vermachten Territorien nicht vermocht hatten, schaffte in wenigen Augenblicken der schlichte Zweifel am Patriotismus eines Römers.

Die Zweifel siegten über die Gesetze. Man gestattete Octavianus das heikle Dokument zu verlesen, das er immer noch triumphierend in die Luft hielt.

»Früher, als Antonius zu den edelsten Repräsentanten römischen Fühlens und Denkens gehörte, verlas er bei einer bestimmten Gelegenheit dem aufgebrachten Plebs Cäsars Testament. Seine Beredsamkeit trug dazu bei, das Volk gegen die Verschwörer aufzubringen. Heute fällt mir die schmerzliche Verantwortung zu, eure Herzen gegen Antonius aufzubringen, doch nicht gegen den Antonius eurer glorreichen Erinnerungen, sondern gegen den anderen, der den Verlust seiner Ehre in diesem Testament dokumentiert. Bittet er darin doch, man möge ihn nach seiner Todesstunde in ägyptischer Erde ruhen lassen. Das wünscht sich Antonius, anstatt um die Rückführung in sein Vaterland zu ersuchen. Und sollte er sich dann zufälligerweise in seiner Heimat befinden – denn von jetzt an wird jeder Besuch Antonius' ein Zufall sein –, möchte er, daß sein Leichnam nach Alexandria gebracht wird, wo er bereits die Errichtung seines Grabmals angeordnet hat.«

»Er läßt sich zu Lebzeiten ein Grabmal bauen!« rief einer der ältesten und am meisten geachteten Senatoren der konservativen Partei. »Selbst darin ahmt er die Ägypter nach!«

»Es ist kein Grabmal!« entgegnete Octavianus mit lauter Stimme, »es ist ein Monument des Treubruchs, eine Beleidigung dieses Senats und darüber hinaus des ganzen römischen Volkes!«

Das Gift hatte bereits seine Wirkung entfaltet, und er brauchte nicht länger zu reden. Der Trunk war kräftig und wirkte im Nu. Er erhitzte nicht nur die Gemüter der Senatoren, er verwandelte sie in wahre Bestien, die ihren Zorn an den Anhängern Antonius' auslassen wollten. Diese waren so verwirrt, daß sie dem Angriff völlig wehrlos gegenüberstanden.

Doch Octavianus setzte noch einmal seine List ein, damit niemand auf den Gedanken kam, seine Handlungen könnten von Feindschaft gegen den Mann geleitet sein, der seine Schwester und damit ihn persönlich beleidigt hatte. Das Testament des Antonius noch immer in die Luft streckend verkündete er:

»Denkt vorerst noch nicht an Krieg. Unternehmt nichts gegen unseren ehemaligen Freund. Bedenkt, daß er nicht Herr seiner Sinne ist. Bedenkt, daß der ägyptische Hof für seine Zauberer bekannt ist. Vielleicht steht unser Freund unter dem Einfluß eines Liebeszaubers. Rom begehe nicht den gleichen Fehler wie diejenigen, die sich von seiner glorreichen Bestimmung abgewandt haben. Die Vernunft soll siegen. Denn wenn ihr jetzt den Krieg erklärt, kämpft ihr nicht gegen Antonius, nicht einmal gegen Kleopatra. Ihr kämpft gegen ihre Zofen, ihre Magier und ihre Eunuchen, denn sie sind es, die Ägypten letztlich regieren.«

Doch im Schutz seines Amtszimmers zählte Octavianus die Tage, bis die Steuereintreiber ihre Arbeit erledigt hatten. Er rechnete nach, wie viele Wochen vergehen mußten, bis das Volk den schmerzhaften Aderlaß, den seine Geldsäcke erdulden mußten, vergessen hatte und wieder in normaler Stimmung war.

GROSSEN EREIGNISSEN AUF der Erde gehen immer furchterregende Zeichen am Himmel voran. Schreckliche Prophezeiungen, bestürzende Botschaften künden den Sterblichen an, daß die Götter den Beschluß gefaßt haben, mit ihrem Schicksal zu spielen. Und kein Gott macht früher auf sich aufmerksam als der Kriegsgott Mars und die gefürchtete Sachmet der Ägypter. Denn beide brauchen zu ihrem Wohlbefinden und ihrer vollen Befriedigung den Ausbruch eines Krieges.

Im Laufe der Zeit bekam der Name Antonius eine Aureole schicksalhafter Verstrickung. Düstere Anzeichen kündeten vom Kommen noch schlimmerer Dinge! An den Ufern der Adria tat sich plötzlich ein gewaltiger Krater in der Erde auf und verschlang eine von Antonius eroberte Stadt. Einige Standbilder, die von den Bürgern Albas Antonius zu Ehren errichtet worden waren, sonderten an mehreren Tagen einen eigenartigen Schweiß ab, der nicht zu trocknen und abzuwischen war. In Athen stürzte ein gräßliches Unwetter die steinernen Riesenstatuen von *Eumenes* und *Attalos* von ihren Sockeln, die Antonius' Inschriften trugen. Ja selbst die Schutzgötter wurden von einem widrigen Geschick heimgesucht: Zwei Blitze schlugen aus heiterem Himmel im Herkulestempel in Patras ein, und in Athen riß ein vernichtender Orkan die Statue des Dionysos aus ihrer festen Verankerung.

Doch all das waren die Werke der Götter, die über den Wolken wohnen. Der Zorn Roms zeigte sich unmittelbar, direkt und ohne Umwege. Rom hatte dergleichen nicht nötig, wachte doch Octavianus selbst Tag und Nacht über der Stadt. Er traf alle möglichen Vorbereitungen und jede denkbare Vorsichtsmaßnahme und schlug keinen Rat in den Wind. Während Antonius die ersten Schritte zur Verwirklichung seines orientalischen Traums unternahm und die Nächte Alexandrias mit Festen und Paraden füllte, berechnete Octavianus die materiellen Erträge, die der Orient Rom bringen könnte. Er dachte nicht im entferntesten an eine Dynastie von Titanen in Gestalt von vier göttlichen, auf goldenen Thronen sitzenden Kindern, sondern stellte sich nach Art eines Kaufmanns folgendes vor: Schiffe, vollbeladen mit Weizen, Karawanen mit Gewürzen, Sklaven, die Tag und Nacht in den Zinnminen arbeiten, Holzarbeiter, die Edelholzbäume fällen und andere Vorteile, die ein Reich einbringen konnte, das nicht nur ein Hirngespinst, sondern mit dem Schwert errungen war.

In dieser Zeit genossen Antonius und Kleopatra am Meer von Alexandria ihre Liebe.

ALS OCTAVIANUS SCHLIESSLICH die heilige Lanze ergriff, tat er es nicht mehr nur als Sprachrohr eines Teils des Senats, sondern wußte ganz Rom hinter sich. Er verkörperte das Herz des Volkes, das nur eine einzige Losung kannte: Rache für jede Kränkung, die Rom durch den Hochmut eines widernatürlichen, grausamen und despotischen Weibes zugefügt worden war.

Je näher der von Octavianus angeführte Zug dem Marsfeld kam, dem wichtigsten Aufmarschgebiet der Stadt, und je mehr Passanten sich dem Zug anschlossen, desto besser verstanden die Römer den wahren Sinn dieses Krieges. Und dieses Verständnis war auch ein Ergebnis von Octavianus' geduldiger Arbeit, seiner durchwachten Nächte, seines gekünstelten Lächelns und seiner versteckten Anschuldigungen. Es war der Triumph des bescheidenen Mungos über die hochmütige ägyptische Kobra.

Als Octavianus die Lanze des Krieges ergriff und sie mit außerordentlicher Präzision auf die Seele Alexandrias richtete, wandte er sich an die versammelte Menge, um sie von der Richtigkeit seiner Kriegserklärung zu überzeugen. Er legte großen Wert darauf, genau verstanden zu werden.

»Dies ist kein Bürgerkrieg«, rief er, jedes Wort einzeln betonend. »Es steht nicht Rom gegen Rom. Sondern Rom gegen Ägypten. Rom gegen Kleopatra. Es ist der große Feldzug Roms zur Befreiung eines Römers. Antonius soll dem Einfluß des orientalischen Zaubers entzogen und aus dem Gefängnis der Sittenlosigkeit befreit werden!«

Das Volk feierte lautstark seine Worte; sie wurden über Wochen hinweg zur Siegeshymne, die in den Häusern und Straßen erklang, bis sie fest in allen Herzen verwurzelt war. Da trat plötzlich dieser junge, kränklich wirkende Mann, dieser Patrizier, der sich allzu streng gab, mit den gewagtesten Attributen des Heldentums auf, als habe er auf einmal zu einem recht günstigen Preis die Aureole des großen Eroberers erworben, die bislang Marcus Antonius geschmückt hatte.

Während sich die Lanze des Krieges ins Herz Alexandrias bohrte, waren die beiden Liebenden als Götter verkleidet und die goldene Galeere, die *Antoniada*, erhob sich langsam aus den Wellen und stieg, angetrieben von einer wirklichkeitsfernen Hoffnung, zu den Wolken auf. Sie schwebte dahin und zog eine Kielspur von Träumen hinter sich her, die sich keineswegs auflöste, sondern im Gegenteil immer tiefer wurde. In diesem, vom Trubel der Ereignisse völlig abgeschirmten Paradiesgarten feierte Antonius seinen Geburtstag. Er war dabei so hoffnungsvoll, daß er seiner Geliebten völlig verrückt erschien. Doch auch diesmal segnete sie seine Verrücktheit.

Kleopatra begegnete Marcus Antonius' einundfünfzigstem Geburtstag mit großer Gelassenheit. Sie weigerte sich, über dieses Gefühl nachzudenken, wie sie sich früher in ihrem Leben geweigert hatte zu ergründen, warum die große Reife des Julius Cäsar sie so angezogen hatte. Diese Beziehung hatte der jungen Kleopatra jedoch viele und anhaltende Vorteile gebracht, die ihrer eigenen Reife sehr zugute kamen. Deshalb erhoffte sie sich von Antonius' Altersweisheit einen günstigen Einfluß nicht nur auf ihre Liebe, sondern insbesondere auf ihr Zusammenleben und den

Thron von Ägypten. Als sie ihn nach dem Essen im tiefen Schlaf beobachtete – üppige Mahlzeiten ermüdeten ihn mittlerweile –, hatte sie das Gefühl, daß beides sich der Vollendung näherte. Bald schon würde sie alle Macht in Antonius' Hände übergeben können, und dann würden sie beide ihren Kampfgeist vor Cäsarions Thron niederlegen. Von dem Augenblick an würde sich ein neuer, völlig leerer Raum auftun, weder von Handlungen noch von Projekten entweiht, einzig den Mußestunden gewidmet, den wunderbaren Abenden und grenzenlosen Genüssen aus dem üppigen Angebot, das Alexandria an jeder Ecke bereithielt.

Doch gleichzeitig rebellierte die Amazone im Innern Kleopatras und erinnerte sie an ihre tief verwurzelten Ambitionen: Sie sah sich als Haupt einer mächtigen Dynastie, die ganze Welt beherrschend und Rom unterwerfend.

»Diesmal wird ein anderer Cäsar meinem triumphalen Einzug nach Rom vorangehen«, pflegte sie zu ihren Hofdamen zu sagen. »Es wird mein Sohn sein, auf der Höhe seines Ruhmes. Cäsarion, der König der Könige, wird Octavianus vor mir in die Knie zwingen.«

Doch die Liebe, die alle Meere überwindet und sie mit Hoffnung erfüllt, vergißt, daß unser Glück leichtfertig und treulos ist wie eine Witwe, die alle Freuden intensiv genießen will, die ihr zu Lebzeiten ihres Gatten versagt waren. Fortuna ist die schlechteste aller Göttinnen, denn sie verlangt für die Gunst, die sie den Menschen gewährt, den höchsten Preis. Das Glück kennt keine ruhigen Gewässer, immer muß es mit Blut und Feuer teuer bezahlt werden.

Fortuna verbündete sich mit den Göttern des Krieges, um den Liebenden von Alexandria – sowie der Stadt selbst und dem Land Ägypten – jede nur denkbare Widrigkeit zu bescheren. Die Pfeile wurden von Rom aus abgeschossen, sie trafen sicher, durchschlugen die stärksten Brustpanzer und bohrten sich tief in die Seele.

Viele böse Götter wirkten zusammen, um den unheilvollen Stern hervorzubringen, der das Leben der beiden schönen Liebenden veränderte! Wer hätte ihnen gestern, auf der Höhe ihrer Freuden gesagt, daß sie, vom Glück verlassen, in die Hände ihrer schlimmsten Feinde fallen würden?

Da erwachten die Liebenden von Alexandria aus ihrem Traum, blickten um sich und mußten feststellen, daß die Welt sich verändert hatte. Das helle Blau des Himmels spiegelte sich nicht mehr in den Tiefen des Meeres. Das ewige Lächeln Alexandrias verzog sich zu einer Schreckensmiene. Von den Standbildern fielen die Girlanden ab, und in den Tempeln erloschen die Feuer, denn die glücklichen Götter von früher wurden durch die furcherregenden Göttinnen der Rache ersetzt, die Zerstörung verbreitend über die Welt kommen.

Das Schicksal der Welt entschied sich an einem fernen Ort, einem unwirtlichen Küstenstreifen Griechenlands. Die Welt wußte, daß die Tragödie in *Actium* ihren Anfang nahm und zitterte davor. Von dort würden die Blitze ausgehen, die nach und nach alle Schutzmauern Alexandrias und alle Bollwerke der Liebe zerstören würden.

Zwei Kriegsgötter aus verschiedenen Ländern fielen kampfeslustig über Actium her: Aus Rom kam Mars, der mächtige Athlet, unverwundbar mit seinem Helm, der den Sterblichen Kampfesmut einzuhauchen vermochte. Aus Ägypten kam Sachmet, die gefürchtete, löwenköpfige Göttin, die niederträchtige Urheberin aller Katastrophen, das abscheuliche Wesen, das den Blutdurst der Sterblichen anstachelt und sie zu Morden und Raubzügen verleitet.

Die schrecklichen, himmlischen Gottheiten spornten ihre jeweiligen Anhänger an, herabzusteigen an die steilen Küsten Actiums und dort Unheil zu stiften. Da hielt das sonst so lebhafte Alexandria den Atem an, die Götter jedoch fachten mit ihrem Odem den Haß an.

Während Octavianus seine Nächte durchwachte und bis ins kleinste Detail eine Operation vorbereitete, die weit über das hinausging, was mit einem Krieg zu entschuldigen und von ihm zu erwarten war, machten die beiden Liebenden aus ihren Nächten eine prachtvolle Fortsetzung ihrer alexandrinischen Feste. Die ägyptische Flotte näherte sich, zusammen mit Antonius' Schiffen dem Kriegsschauplatz, doch die beiden Liebenden wollten die Zeit genießen und an den schönsten Orten verweilen. Die Insel Samos erlebte dadurch ihre besten Tage und vergnüglichsten Nächte. An keinem Meerufer hatte man je größeren Luxus, mehr Vergnügungen und üppigere, verrücktere Lustbarkeiten gesehen. Antonius schien die Zukunft des Krieges seinem Gott Dionysos zu opfern.

»Sie sind sich ihrer Stärke wahrlich sicher«, bemerkten die Inselbewohner. »Wenn sie schon vor Beginn der Schlacht so ausgelassen feiern, wie mögen sie erst den errungenen Sieg begehen?«

Doch an den Schauplätzen des Krieges wurde die Ausgelassenheit zum Schmerz. Deshalb sagten die Ägypter: »Actium, für immer verflucht sei dein Name an den Altären Alexandrias. Actium, finstere Küste, verhexte Ufer, schwarzes, vom Blut der Leichen gerötetes Wasser, vom schrecklichen Fluch der heiligen Kriegslanze Roms verdunkelter Himmel. Actium, gewaltiges Blutbad, wo die Liebenden überraschend die Karte ausspielen, die den Gang ihrer Liebe nicht mehr beeinflussen kann, sondern den Untergang der Welt, die sie bislang beschützte, besiegeln wird.«

Alexandria, die heitere, selbstbewußte Stadt fing an zu zittern. Drei Monate lang standen die Heere einander bei Actium gegenüber und bereiteten sich auf die entscheidende Schlacht vor.

Cäsarion stand auf der Terrasse des königlichen Palastes und betrachtete von dort aus den Horizont, als könnten über dieser bernsteinfarbenen Linie, wo das Blau des Meeres mit dem Blau des Himmels verschmolz, jeden Augenblick andere Bilder auftauchen, Bilder der Schlachten, die seine Seele mit Sorge erfüllten. Vergeblich versuchten die Ratgeber seiner Mutter ihn zu beruhigen. Vergeblich setzten die Magier des Palastes alle möglichen Zaubermittel ein. Eine Kraft in seinem Innern, stärker als alle Prophezeiungen, weiser als alle Ratschläge der Erwachsenen, sprach von blutigen Ereignissen und furchtbaren Racheakten der Unglücksgötter und Geister der Zerstörung.

Die Seeleute, die im Hafen von Eunostos Zwischenstation machten, brachten zwar keine hoffnungslosen Nachrichten, doch pessimistisch waren sie allemal. An vielen Orten Griechenlands hatte das aufgebrachte Volk die Standbilder von Antonius und Kleopatra mit Hammerschlägen zerstört. An anderen Stellen, näher am Kriegsschauplatz, hieß es, Antonius' Offiziere würden zu den

Truppen von Octavianus überlaufen, weil sie es satt hatten, daß sich die ägyptische Königin fortlaufend in die Schlachtpläne und die Beziehungen zu den Soldaten einmischte. Von allen Seiten erfuhr man von dem Durcheinander, das innerhalb der Truppen herrschte … einem Durcheinander, das in krassem Gegensatz zu der perfekten Ordnung in Octavianus' Reihen stand.

Auch wenn keine Nachrichten eintrafen, blieb Cäsarion an die magische Balustrade gelehnt, die sich über dem emsigen Hafen und dem prachtvollen Alexandria erhob. Er atmete die saure, stechende Luft, die von den fauligen Seen herüberwehte, wobei die entsetzliche Augusthitze den Gestank noch verstärkte. Dabei empfand der junge Prinz die Stadt, ja das ganze Land als einen Fluch, den ihm das Schicksal unverhofft in die Hand gelegt hatte. Seine Augen sogen die vollendeten Formen Alexandrias ein, der Stadt, von welcher ein Reisender gesagt hatte, man könne ihr nur mit allzeit geschlossenen Lidern begegnen, so blendend weiß sei der sonnenbeschienene Marmor der unzähligen Paläste.

Das Schicksal all dieser Schönheit wurde jedoch an einer fernen Küste entschieden, von der Cäsarion bis zu diesem Zeitpunkt noch nicht einmal gehört hatte!

»Mein Schicksal ist mit dem Alexandrias verbunden«, flüsterte er traurig eines Abends, als kein Schiff mit Nachrichten anlegte. »Mein Schicksal gleicht deinem Leben, guter Thotmes: Andere habe es für mich entschieden, und die setzen es jetzt an der Küste von Actium bei einem tödlichen Spiel ein.«

Er sprach mit solcher Bitterkeit, daß Thotmes ihn einfach streicheln mußte. Ja, wir leben beide ein fremdbestimmtes Leben, dachte er.

»Dein Schicksal ist das Schicksal Ägyptens, mein Prinz. Meines bestand darin, dir diese Tatsache zu vermitteln. Die Ereignisse in Actium werden uns beide mit sich reißen.«

»Am Tag, als wir uns in jenem Grab am Sitz der Schönheit begegneten, las ich laut die Geschichte eines kleinen Prinzen vor, der nicht zum Mann heranreifte …«

»Und ich habe dich bewundert, weil du mitten im Niedergang Ägyptens Worte der Tradition gebrauchtest.«

»Die Erinnerung an jenes früh verstorbene Kind hat mich mein ganzes Leben lang nicht verlassen. Ebenso der Gedanke an Prinz Aristobulos von Judäa. Deshalb sage ich dir: Ägypten ist eine allzu schwere Last und Alexandria ein Fluch. Beide sind Gewichte, die mich am Fortkommen hindern und hier festnageln, während in Actium zwei Heere über mein Schicksal entscheiden.«

»Und dennoch kannst du der Bestimmung Ägyptens nicht entfliehen. Schließlich haben wir uns alle darum bemüht, dich ihrer würdig zu machen. Eine schwierige Bestimmung, sicher, doch sehr erhaben.«

»Noch ist es Zeit für dich zu fliehen, Thotmes. Das Leben, das du mir opferst, ist etwas Künstliches, ein Gelübde, das du jederzeit aufheben kannst, weil nicht du es abgelegt hast. Andere taten es in deinem Namen. Du kannst neu beginnen, an deine Vergangenheit anknüpfen, deine Eltern suchen ...«

»Ich habe keine andere Vergangenheit als die an deiner Seite. Wer kann schon einen zurückgelegten Weg ungeschehen machen? Ich habe festgestellt, daß sich das Schicksal nicht an seine eigenen Vorgaben hält. Sollte ich als Kind ein vorherbestimmtes Schicksal gehabt haben, so wurde es von Epistemus und deiner Mutter beiseite geschoben. Heute besteht mein Schicksal darin, an deiner Seite zu leben und den Traum zu verwirklichen, der mich an diesen Platz stellte. Ägyptens Ewigkeit, verstehst du? Sie wird uns überdauern. Sie wird den Fall Alexandrias überleben, weil sie schon viel länger existiert als diese Stadt mit ihren prachtvollen Marmorpalästen und dem ganzen Wissen ihrer Akademien.«

Drei Monate lang kam der künftige König von Ägypten jeden Abend auf die Terrasse, wie ein Matrose zum Ausguck, unerschütterlich, einem Leuchtturm gleich, den berühmten Willkommensgruß des alten Hafens im wehen Herzen: »Eunostos, Soldaten von Alexandria. Gute Heimkehr, glückliche Ankunft, ein herzliches Willkommen den Siegern von Actium ...«

Täglich kamen verwirrendere Nachrichten über das Meer, eine allerdings so pessimistisch wie die andere.

Octavianus würde siegen. Octavianus war dabei den vollen Sieg zu erringen. Octavianus hat sich beinahe zum Sieger erklärt.

Ganz Alexandria lief zusammen, als Kleopatras Galeere eines Tages am Horizont auftauchte und die Nachricht kam, die Königin kehre in ihren Marmorpalast zurück. Ganz Alexandria fühlte sich nun besser beschützt, doch der übelriechende Wind verlieh der blumenbekränzten Menschenschar und den Triumphchören eine unheimliche Note. Doch schließlich obsiegte der Gestank, denn die luxuriöse Galeere wurde vom üblen Wind der Niederlage angetrieben.

Cäsarion versammelte die Berater, befahl den Zofen, seine drei Geschwister festlich zu kleiden, forderte den ganzen Hofstaat auf, die guten Gewänder anzulegen und stattete sich selbst mit allem Pomp aus. Die Augen seiner Mutter sollten bei ihrem Einzug nach Alexandria vom Blitzen des Goldes und dem Glitzern der Edelsteine geblendet werden. An ihre Ohren sollte das weiche Rascheln von Seide dringen, nicht das Brausen des Wüstenwindes.

Die Abordnung versammelte sich auf der Mole und wartete dort auf das Erscheinen der Königin, der Zierde der Meere, hoch oben auf ihrer stolzen Galeere. Doch der Name – *Antoniada, Antoniada!* – den sie bisher mit Stolz getragen hatte, war blutbefleckt. Die Abendluft war so drückend schwül, daß dem Hofstaat die Seide an der feuchten Haut klebte. Selbst der große Leuchtturm, mit seinen gelöschten Lichtern, machte einen schäbigen Eindruck.

Kleopatras Erscheinung ließ auf eine schlimme Wendung des Schicksals schließen. Sie trug von Kopf bis Fuß Trauer und hatte nur ihre Damen um sich. Der stattliche Begleiter früherer Tage, der Geliebte, der versprochen hatte, die Welt zu erobern und auf Alexandrias Altären niederzulegen, war irgendwo auf dem unendlich weiten Meer der Niederlage zurückgeblieben. Und einige Monate lang hatte Alexandria keine Nachricht von dem Mann, der alles für diese Stadt gegeben hatte.

WENN EIN KRIEG die Geschicke der Welt verändert, so verändert diese die Liebe der Liebenden. Die heitere Gelassenheit idyllisch verbrachter Stunden wird zur Qual, der strahlende Traum einer Eroberung löst sich auf, und die Liebenden werden wieder bescheiden, ziehen sich in eine versteckte Ecke zurück und warten dort auf das Grab. Mehr bleibt ihnen nicht.

Die Zeit vergeht schneller, als ein Sturm vorüberzieht. Das Elend aber schleppt sich dahin, der Schmerz wird zur Gewohnheit, die Niederlage zu einem Seelenzustand. Die Zeit hat ihr Werk vollbracht, unumkehrbar. Die Helden sind angeschlagen.

Marcus Antonius wollte nicht ein zweites Mal in seinem Leben vernichtet nach Alexandria zurückkehren. Diesmal wußte er, daß sein Schicksal besiegelt war und er die Stadt und seine geliebte Königin mit in den Abgrund reißen würde. Daß sich eines Tages, ob über das Meer oder auf dem Landweg, Octavianus' Armee hier auf heiliger Erde versammeln und das systematische Werk der Vernichtung, das sie in Rom begonnen hatte, zu Ende führen würde. Octavianus stürzte sich wie ein Adler auf seine Beute, grausam und schonungslos ließ er sich weder von dem Flehen noch von der Erinnerung an die frühere Zuneigung aufhalten.

Marcus Antonius suchte die Einsamkeit und floh die Gesellschaft der Menschen weil er merkte, wie sehr er ihrer überdrüssig war. Er suchte an einer entlegenen Stelle der libyschen Küste Zuflucht, dem ruhigsten Ort, den er finden konnte. Dort verbrachte er mehrere Monate, lebte ganz auf sich gestellt in einer einfachen Hütte, blickte stundenlang übers Meer und sehnte sich nach der Zeit, als er noch fähig war, das Meer zu erobern.

In seinem Exil an diesem menschenleeren, vom glühenden Sommerwind heimgesuchten Strand dachte er oft an die Geschichte eines Patriziers aus Athen, eines gewissen Timon, der auch keinen Kontakt mit den Menschen wollte und der, je länger er in der Einsamkeit lebte, desto weniger in ihre Gesellschaft zurückkehren wollte. Seine Motive waren philosophischer als die von Aristophanes und Platon, die sich über ihn lustig machten: Timon hatte sein Leben lang anderen Gefallen getan, als er jedoch selbst Zuwendung brauchte, ließen ihn alle allein. Da zog er sich ganz aus der Öffentlichkeit zurück und lebte allein auf einem Hügel bei Athen, um für den Rest seiner Tage alle Menschen zu hassen.

Antonius haßte nicht die Menschen, sondern seine eigene Schwäche. Er hatte sich von Kleopatra zu einem Unternehmen hinreißen lassen, dem er nicht gewachsen gewesen war. Dieser Gedanke war ihm vorher, als er nur ein Soldat unter anderen war, nie gekommen. Der Ehrgeiz hatte ihm einen Spiegel vorgehalten, in dem er sich überlebensgroß sah, und dieses Bild war falsch. Bei seinem Sturz hatte er das Beste seiner selbst mitgerissen: seine Lebensfreude – den Drang, die elementaren Dinge, die kleinsten Freuden bis zur Neige auszukosten. Seine einzigartige Fähigkeit, ein Mensch zu sein wie jeder andere auch und nicht pausenlos die unbequeme Rolle des Helden zu spielen, den Ägypten, Rom und Kleopatra brauchten.

Während der Monate seiner Abwesenheit war Kleopatra gezwungen, diese Rolle zu übernehmen. Sie war reif genug, keine Zeit mit Selbstbespiegelung zu verschwenden. Sie betrachtete sich nicht als Heldin, allenfalls als große Meisterin internationaler Intrigen. Zwar hatte sich auch Antonius in seinen letzten Jahren in Alexandria darin nicht ungeschickt gezeigt, doch nun bewies die Königin nur allzu deutlich, daß sie sehr gut ohne Hilfe zurechtkam. Oder vielleicht nur mit einer schon lange zurückliegenden Hilfe, die ihr in ihrer Jugend ein außergewöhnlicher Lehrer namens Julius Cäsar geleistet hatte. Er hatte sie viele Ränke und Tücken gelehrt und aus dem königlichen Lager eine Unterrichtsstätte für hohe Politik gemacht.

Als sich Kleopatra an ihren ersten Geliebten erinnerte, versetzte sie sich wieder in ihre Jugend zurück, versuchte ihren Geruch zu atmen und merkte nicht, daß auch diese Zeit zu einem künstlich konservierten Traum geworden war. Eben war sie neununddreißig Jahre alt geworden. Diese Tatsache hätte sie in früheren Tagen sicher beunruhigt, heute verschwendete sie keinen einzigen Gedanken daran. Sie war nicht mehr jung, dafür reif genug, um ihre Intrigen erfolgreicher zu spinnen als früher. Sie war nicht mehr die vermessene, kühne Kriegerin, beherrschte aber die Künste einer Politikerin. Durch geschickten Einsatz dieser Fähigkeiten versuchte sie die Geschicke der benachbarten Königreiche zu beeinflussen, um so Octavianus' Vordringen zu verhindern. Vergebliche

Mühe! All ihre Verbündeten standen unter dem gleichen Druck Roms. Octavianus rückte näher.

Diese schreckliche Angst lag bereits über Alexandria, als Octavianus' Reiterei die kleinen Königreiche Asiens verwüstete. Die einst so quirlige Stadt zog sich in sich selbst zurück. Alle verschiedenen Stämme, die sich auf den Märkten trafen, alle Philosophen, die in den Akademien stritten, alle Schauspieler, die in den großen Theatern das Volk zu Tränen rührten, sprachen nun mit gedämpfter Stimme. Die Stadt war sich klar darüber, daß sie früher oder später Rom in die Hände fallen würde. Kleopatra wußte, daß die Vielfalt ihrer Stadt auch ihre Schwäche darstellte. Sie würde dem Angriff der hervorragend ausgestatteten Armee eines Feldherrn mit sehr klaren Vorstellungen nicht standhalten können.

Als sie sich dessen bewußt wurde, erinnerte sich Kleopatra der Ewigkeitsschwüre, die Antonius so oft abgelegt hatte, wollte diese nun mit ihren Schwüren in Einklang bringen und schickte nach Antonius. Da fühlte er in seinem Innern wieder die heilige Flamme auflodern, den Wunsch, Alexandrias Fieber noch einmal am eigenen Leib zu spüren und sich zusammen mit Kleopatra der Glut hinzugeben. Und wenn ihn jemand fragte:

»Haßt Antonius, der Misanthrop, die Menschen nun nicht mehr?« antwortete er:

»Die Menschen noch immer, doch die Schlangen vom Nil hasse ich nicht.«

So kam es, daß sich die Liebenden unter dem schlechten Stern, der seit der Niederlage von Actium am Himmel stand, wieder vereinten. Doch diesmal war es eine nüchterne Begegnung, das angenehme Zusammentreffen zweier Menschen, die ein großes gemeinsames Projekt hatten, mehr nicht.

Dieses Projekt hieß nun nicht mehr der Orient. Sondern der Tod.

Umgeben von den Widrigkeiten der Welt besannen sie sich auf die verhängnisvollste aller Widrigkeiten und orientierten sich an dieser. Das jahrtausendealte Ägypten hatte sie gelehrt, daß die Liebe zum Tod die sicherste ist, denn der Tod verläßt die Sterblichen nie und ist immer präsent. Antonius, der sich nun wieder den orgiastischen Genüssen hingab, die seine Jugend bestimmt hatten, mischte nun mit Wollust den Gedanken mit in den Wein, daß es sein letzter Becher sein könnte.

Sie wußten, daß sie für den Selbstmord bereit sein mußten. Ihre hohe Stellung erlaubte keinen gewöhnlichen, von anderen verfügten Tod. Von diesem Gedanken geleitet gründeten sie die bislang weltweit seltsamste Vereinigung: die »Gesellschaft derer vom gemeinsamen Tod«. Alle ihre Mitglieder, samt und sonders glühende Anhänger des guten Lebens, schwelgten im geheimen Wissen um das unvermeidliche Ende, das von ihnen selbst gestaltet und selbst bestimmt wurde. Und diese persönliche Aneignung des Endes verlieh den Bacchanalien auf den Terrassen Kleopatras eine köstliche Intensität, die nicht nur dem ekstasefördernden Konsum von Wein oder Drogen zuzuschreiben war. Im Gegenteil: Es war eine völlig neue Form der Lust, ein Doppelspiel, weil jede Speise, jede Droge oder jedes Getränk das unbekannte Gift enthalten konnte, die verderbliche Substanz, die den Gang des Lebens in wenigen Sekunden beenden konnte.

Im Laufe der endlosen Gelage mit dem Tod als Ehrengast bekam Antonius wieder Lust auf das Leben. Und diese Lust war, seiner göttlichen Abstammung angemessen, eine gewaltige. Der Abkömmling des Herkules, der Schützling des Dionysos, stürzte sich mit übertriebener, doch gleichzeitig angstvoller Vehemenz ins Vergnügen. Er genoß jeden Augenblick, mehr noch, er klammerte sich an die Momente des Glücks und schöpfte sie mit einem an Verrücktheit grenzenden Eifer bis zur Neige aus. Er fieberte danach, ein Erlebnis ans andere zu reihen, wohl wissend, daß sie unwiederholbar waren.

Die Augenblicke sollten nicht verweilen, jeder Genuß sollte Ausgangspunkt zu immer neuen Genüssen sein. Er wußte, daß er den Gipfel des Glücks nie erreichen, die Summe der Genüsse nie erleben würde, weil die Fülle, die Vollkommenheit eine Grenze darstellt, hoch angesiedelt und darum quälend.

Der vollkommene Genuß war nicht in Reichweite der Sterblichen; dieser höchste Gipfel blieb den Göttern vorbehalten (falls es einen so glücklichen Gott überhaupt gab). Antonius jedoch beharrte auf seiner göttlichen Abstammung, ja er setzte sich sogar ein noch höheres Ziel als diesen Gipfel: Er ging bis an die Grenzen des Todes. Von hier aus beherrschte er eine düstere Welt mit Augenblicken unvergleichlicher Intensität.

Dort befand sich auch Kleopatra, die geniale Erfinderin des Traumes vom Tod, wie sie einstmals den Traum vom Leben erfunden hatte. Dort, an seiner Seite, am Steuer des Wahnsinnsschiffs, stand Kleopatra, umschlang Antonius mit Trauerflor und überraschte ihn mit einer verzweifelten Sexualität. Sie war erschöpft von ihrer eigenen Qual, und in den flüchtigen Schauern eines unseligen, endgültigen Orgasmus lag bereits die Todesahnung.

Überzeugt, daß der Tod immer an ihrer Seite war und all ihre Handlungen beeinflußte, probierte Kleopatra bei den Gelagen die verschiedenen, meist hochwirksamen Gifte aus. Während sich die Tänzerinnen dem wilden Taumel hingaben und die Artisten die tollsten Luftsprünge vollführten, reichte Kleopatra ihre Gifte einem zum Tod Verurteilten zu trinken. Das war keine exzentrische Laune, auch keine willkürliche Grausamkeit. Schließlich war Kleopatra eine geborene Wissenschaftlerin und im Kult der Vernunft und Philosophie erzogen worden. Deshalb hatte sie bei diesen Versuchen eine praktische Anwendungsmöglichkeit im Sinn.

Als Tochter des Nils verfügte sie über ein ausgedehntes, in Jahrhunderten bewährtes Repertoire. Sie probierte die Gifte erst an Menschen, dann an Tieren aus, erschrak aber vor den entsetzlichen Qualen des Todeskampfes. Sie wollte ein Gift entdecken, das sanft tötet. Das fand sie jedoch nur im Biß der ägyptischen Natter, die das Opfer angeblich in einem süßen Traum tötet, in ruhiger Ermattung und wohliger Schläfrigkeit ...

Schließlich war die ägyptische Königsnatter mit Kleopatra Septima verwandt, wie die Römer behaupteten.

ALS KLEOPATRA SPÜRTE, daß die Götter des Krieges Alexandria allzu nahe kamen, erinnerte sie sich der Alpträume, unter denen sie früher gelitten hatte. Sie gedachte ihrer schwärzesten Träume und der Gefahren, die dem Kind Cäsarion darin drohten. Das führte sie zu dem fatalen Schluß: Wenn schon das Kind Cäsarion den Haß Octavianus' auf sich gezogen hatte, stellte ein Cäsarion von siebzehn Jahren sicher eine noch geeignetere Zielscheibe dar, zumal die jüngsten Siege in Asien seinem Feind eine Autorität und Macht verliehen hatten, die er damals noch nicht besessen hatte.

Sie beschloß, Cäsarion an die entferntesten Grenzen von Alexanders Reich zu schicken, nach Indien. Doch sie wollte dies nicht unter einem Vorwand tun. Deshalb informierte sie ihn über die Gefahren, die Ägypten drohten und die Möglichkeit, daß ein Angriff von Octavianus womöglich das endgültige Ende der Unabhängigkeit des Landes und den Untergang der Königsfamilie bedeuten könnte.

»Du darfst mich nicht bitten, dich in diesem Zustand zu verlassen!« rief der Jüngling aus und versuchte eine heroische Haltung einzunehmen, die wegen der allgemein verbreiteten Angst inzwischen selten geworden war in Alexandria.

»Die Königin ist es, die dir den Befehl erteilt. Die Königin wird dich mit Gewalt dazu zwingen, wenn du ihr nicht gehorchst. Du wirst vor Octavianus fliehen, wie ich es anordne und eine Karawane mit dir führen, die mit Schätzen beladen ist, wie sie dir als Prinz gebühren.«

»Ich verzichte darauf«, erwiderte Cäsarion mit unangemessenem Hochmut.

»Das wirst du nicht. Wenn dir schon nicht an deinem eigenen Wohl gelegen ist, dann denke wenigstens an das Mitglied deiner Familie, das dir womöglich ins Exil folgen muß.«

Man verständigte sich darauf, daß Thotmes ihn begleiten sollte. Die Königin von Ägypten bestand darauf, eine schmerzliche Tatsache beim Namen zu nennen: Diese Begegnung war womöglich ihre letzte. Das zu leugnen wäre Feigheit gewesen.

Cäsarions Abreise ging diskret und unauffällig vonstatten, denn schließlich sollte sie geheim bleiben. Kein Alexandriner vermutete auf den beiden Kamelen, die zufällig durch die Straßen hinter dem Palast trotteten, etwas anderes als zwei junge arabische Kaufleute.

Selbst ihre dichte Verhüllung erregte keinen Verdacht. So kleideten sich nun einmal Wüstenbewohner, die dem schneidenden Wind ausgesetzt sind, denen sonst nur die Dünen Schutz bieten und nachts das Licht der Sterne als Decke dient.

Auch die bescheidene Sänfte, die den beiden vermeintlichen Arabern folgte, ließ nicht darauf schließen, daß sich in ihrem Innern die ägyptische Königin in Begleitung einer ihrer Hofdamen befand. Man konnte sie für zwei Kurtisanen halten, die nach einer überlangen, vergnügt verbrachten Nacht nach Hause zurückkehrten. Nichts könnte unauffälliger und typischer sein für Alexandria.

Kaum hatten sie das große Tor der Stadtmauer hinter sich gelassen, kamen sie in die Wüste und hielten nach wenigen Meilen im ersten Palmenhain an (dem letzten, der zur Stadt Alexandria gehörte). Dort erwartete sie ein stattlicher Reiter, wie die beiden jungen Männer nach Art der Nomaden gekleidet. Diesmal handelte es sich um einen echten Kaufmann. Es war ein Nabatäer, der Kleopatra seit der Zeit, als sie einen Kanal am Isthmus des Roten Meeres geplant hatte, in freundschaftlicher Treue verbunden war.

Zehn Kamele, die ruhend im Sand knieten, trugen in ihren Packtaschen die kostbarsten Schätze des Herrscherhauses. Um diese zu bewachen und zum sicheren Geleit ihres Sohnes hatte die Königin persönlich eine Truppe von zehn Soldaten ausgewählt, auf deren Loyalität sie sich verlassen konnte. Auch sie waren als Araber verkleidet, obwohl ein aufmerksamer Beobachter hätte merken können, daß ihre Gesichtszüge unverwechselbar ägyptisch waren.

Als die Karawane aufbrach, küßte die Königin die Stirn ihres Sohnes. Er ihre Hände.

»Was für ein schöner König du gewesen wärst!« rief sie aus und versuchte ihre Gemütsbewegung zu verbergen. »Das Reich Alexanders, von einem Nachkommen Julius Cäsars regiert!«

Als Kleopatra Thotmes' Hände mit den ihren umfaßte, wurde aus der Feierlichkeit, mit der sie ihren Sohn zu behandeln pflegte, pure Zärtlichkeit:

»Vor vielen Jahren habe ich dir meinen Sohn anvertraut. Wie lange ist das schon her! Wir wollten in seiner Zukunft das Schicksal Ägyptens sehen. Es war die Vision einer Königin. Und diese

Vision läßt mich heute erschaudern, denn ich sehe ein Ägypten ohne Zukunft. Mag auch die Königin im Schmerz sprechen, gestatte der Mutter Worte der Hoffnung. Ich vertraue dir einen Menschen an. Wache über sein Geschick, denke an nichts anderes.«

»Mit dieser Bitte vertraust du mich auch dem Prinzen an. Denn mein Leben hängt von dem seinen ab. Du, die mir mein Leben vorgezeichnet hat, weißt das sehr wohl.«

Kleopatra lächelte wehmütig. Die Person des Thotmes war das Ergebnis einer ihrer besten Intrigen, dachte sie, wagte jedoch nicht, es laut auszusprechen.

»Ich habe dein Leben vorgezeichnet und dabei deinen eigenen Lebensentwurf ausgelöscht. Grollst du mir, daß ich mir die edle Aufgabe der Götter angemaßt habe?«

»Im Gegenteil, ich danke dir für die vortreffliche Entscheidung. Ich kümmere mich schon längst nicht mehr um das, was ich hätte sein können. Ich will nichts anderes sein als die Augen meines Prinzen und die Stütze seiner Seele.«

Der Nabatäer drängte zum Aufbruch, und einer der Soldaten bemerkte, jeder weitere Aufschub wäre unvorsichtig, weil sich am Horizont die Sonne bereits deutlich bemerkbar machte. Da nahm Kleopatra Septima zur Verabschiedung von König Ptolemaios Cäsarion eine überaus würdige Haltung ein, wie es der letzten Nachfahrin eines altehrwürdigen Geschlechts angemessen war:

»König der Könige: Mag kommen was will, blicke nicht zurück. Auch wenn du mich schreien hörst, auch wenn du glaubst, ich hauche mein Leben aus, blicke nicht zurück. Gehe weiter auf deinem Weg. Mögest du eines Tages dem Glück begegnen, auch wenn es nicht den erträumten Königreichen entspricht, die wir für dich vorgesehen hatten.«

Dann ertönte der Ruf des Nabatäers. Er erteilte ein paar Befehle und wies mit dem Arm Richtung Orient, zu den wunderbaren Ländern, die zu erobern sie geplant hatte, um sie eines Tages Cäsarion übergeben zu können.

Da fühlte sie sich plötzlich sterbenselend.

Würde, Hoheit, Stolz, Bildung, Reichtum … mit einemmal nur noch Worthülsen, die in ihrem Kopf verschwammen und sich vor dem Ansturm eines neuen und schrecklichen Gefühls Stück für Stück auflösten. Cäsarion entschwand! Nicht der König der Könige. Nicht der junge Titan, dazu bestimmt, Ägypten zu retten und dem Land seine Würde zurückzugeben. Nur Cäsarion. Cäsarion, das Kind. Cäsarion, der Jüngling, der die riesigen Säle des Palastes mit seinem Lachen und seiner Schönheit erfüllt hatte ...

Die Königin von Ägypten stieß einen furchtbaren Schrei aus, rannte aus dem Schatten heraus und durch den Palmenhain bis zu den ersten Dünen der Wüste. Ihre Schleier flatterten im Laufwind. Sie rannte mit ausgestreckten Armen, mit ausgestreckten Händen und sandte ihr ganzes Herz der Karawane hinterher, die bereits in den Dünen verschwand.

»Cäsarion!« brüllte sie. »Mein Prinz!«

Sie rannte keuchend hinter dem wunderbaren Traumbild her, das der Wind bereits mit Sand verhüllte. Sie schrie wieder und wieder den Namen des Sohnes, jedes Protokoll mißachtend, wie eine Hündin nach ihrem Jungen, das man ihr weggenommen hat.

Cäsarion hörte ihre Schreie bereits nicht mehr. Der Fünfzigtagewind, dessen Gluthauch die einzigen Bewohner der Dünen, diese armseligen Gestalten, erzittern läßt, hatte ihn bereits völlig eingehüllt.

Vollkommen erschöpft ließ sich die Königin fallen, drückte ihr Gesicht in den Sand und zerbiß sich die angeschwollenen Lippen vor Sehnsucht nach diesem König, den der Wind ihr entrissen hatte.

»Vermaledeite Götter!« rief sie. »Ihr laßt euch den schlichten Traum einer Mutter allzu teuer bezahlen! Warum nur, wenn es doch mein letzter Traum war?«

Doch die Träume vermischten sich in ihrem Kopf und verwirrten sie völlig. Während sie zum Palast zurückgetragen wurde, von den dichten Vorhängen ihrer Sänfte beschützt, begriff sie, daß es jetzt kein Erwachen mehr gab. Daß mit Antonius' Traum auch ihr Leben zu Ende ging, der Traum von Ägypten und der innigste Traum vom kleinen Cäsarion ...

Es gab nur wenig furchterregendere Feinde als die, die Marcus Antonius in jenen Morgenstunden heimsuchten. Es waren die fleischfressenden Gespenster, die in weingefüllten Leibern hausen: Schlangen mit dreifach gespaltenen Zungen, die durch den ganzen Körper kriechen und sich im Gehirn einnisten, wo sie Stück für Stück den Willen auffressen und schlimme Trugbilder auslösen. Phantasiewesen, die bis in die tiefsten Tiefen des Geistes hinabsteigen, und vor denen selbst die Vorstellungskraft angstvoll zurückschreckt.

Niemand vermochte mit Sicherheit zu sagen, ob Antonius im Morgengrauen des vorigen Tages oder in der Abenddämmerung des folgenden lebte. Die Tage waren zu einer gleichförmigen und deshalb eintönigen Zeitspanne geworden. Sie brachten die gleichen Gesichter, die gleichen Melodien, die gleiche Abfolge von Vergnügungen. Nur manchmal entfernte sich Marcus Antonius von dieser sich ewig wiederholenden Prozession und verlor sich an den entferntesten Stränden der Stadt, zu Fuß, ganz allein. Er dachte an seine Zeit in Libyen zurück und an das Beispiel von Timon, dem Athener.

Als Kleopatra von der Verabschiedung ihres Sohnes zurückkam, fand sie ihr Badebecken von Antonius und seiner bacchischen Anhängerschaft besetzt. Meist bestand diese aus Jungfrauen und Epheben adliger Familien, die sich gerne malerisch verkleideten und der Truppe des neuen Dionysos anschlossen, der trunken jeden Tag mehr in seiner Rolle aufging, sofern er sich nicht gefährlicheren Genüssen hingab.

Die ordinären Lachsalven ihres Geliebten, die entfesselten Gesänge der Gäste seiner Orgie und die typischen Geräusche einer Wasserschlacht drangen bis ins Zimmer der Königin. Sie lächelte bei dem Gedanken, daß diese Satyren in ihrem bequemen und geräumigen Badebecken Alexandrias neuen Tag begrüßten und damit die Wasserspiele nachahmten, die dem römischen Plebs so gut gefielen. Ihr kam der Gedanke, daß manche Völker durch ein starkes geistiges Band zusammengehalten werden, andere durch den gemeinsamen schlechten Geschmack. In diesem Jahrhundert schien sich die Tendenz des schlechten Geschmacks durchzusetzen, was sich in den öffentlichen Darbietungen und den großen Zeremonien zeigte und vielleicht von der Machtübernahme durch Neureiche und Emporkömmlinge ausgelöst worden war.

Sie versuchte zu schlafen, trotz des Lärms und obwohl die Sonne schon sehr hoch am Himmel über Alexandria stand. Als dann ein total betrunkener, bereits besinnungsloser Marcus Antonius neben ihr niederplumpste und ohne jedes Zartgefühl einen Arm auf sie drückte, enthielt sich die ägyptische Königin jeden Kommentars, weil sie wußte, daß er womöglich heftig ausfallen würde. Vielleicht fiele aber auch Antonius' Erwiderung heftig aus, worauf sie sich dann verteidigen würde …

Mit Staunen stellte sie fest, daß der gefürchtete Moment gekommen war: Der Geliebte mußte sich gegen die Geliebte verteidigen. Oder diese gegen jenen. Oder beide gegeneinander.

In letzter Zeit hatten sich alle ihre Gespräche auf diesen doch recht unfeinen Streit reduziert. Ein fortlaufender Zweikampf auf der Suche nach einem seltsamen Sieg, nach Unterwerfung des Gegners, der nur einen kleinen Augenblick des Triumphs verschaffte und dann die Erinnerung aufs äußerste belastete.

Im Laufe einer dieser heftigen Diskussionen wurden sie unvermittelt von einem Anfall heftiger Leidenschaft gepackt. Sie fielen sich in die Arme, waren im Grunde aber verzweifelt. Sehr verzweifelt. Als wäre die Umarmung ein Ruf nach Hilfe, die jeder beim anderen erhoffte und nur in Form einer Zurückweisung geäußert werden konnte.

Sie hatte Angst. Nicht davor, Antonius zu verlieren (wo sollte der arme Narr schon hingehen?), sondern vor einem Leben ohne die Fülle der Liebe, vor dem Ende einer wunderbaren Zeit, in der ihre Liebe zueinander ein grenzenloses Geben und Nehmen war. Sie fürchtete sich vor der Feststellung, daß ihr Antonius bereits alles gegeben hatte, was zu geben er imstande war und es von Stund an nur noch Abstriche geben würde: weniger Zeit, etwas weniger Schönheit, deutlich weniger Heiterkeit, ein alarmierender Rückgang der Toleranz. Alles würde im Laufe der Zeit verschwinden und abnehmen, auch die Intensität.

Wenn sie jetzt ihren Körper betrachtete, überkam sie ein Gefühl der Enttäuschung, das der Enttäuschung glich, die sie damals in Antiochia empfand, als sie feststellen mußte, daß die Zeit an Antonius' Erscheinung ein grausames Werk vollbracht hatte und er nicht mehr ihr Held war.

Doch dann hatte sie ihn von neuem geliebt, aus einer völlig anderen Haltung heraus und nicht weniger intensiv. Sie hatte seine Niederlage gegen die Parther zum Merkmal einer Liebe gemacht, die sich an der Wirklichkeit des geliebten Menschen erfreute und nicht an seinen idealisierten Tugenden, die er sowieso nie besessen hatte.

Von dieser unwiederholbaren Erfahrung war ihr immer noch viel Zärtlichkeit und das innige, köstliche Gefühl geblieben, daß sie sich an all seine Fehler gewöhnt hatte. Dieses Gefühl war ihr so wertvoll geworden wie das Heldentum und die stolze Erscheinung, die ihr in früheren Zeiten die Sinne geraubt hatten. Sie wollte es sich um jeden Preis erhalten.

Die Gewohnheit schloß auch Antonius' Scheitern mit ein. Er glich einer welken Blume, die er ihr verzweifelt anbot: Sie sollte ihr mit dem Atem der Liebe wieder Leben einhauchen oder, wenn das nicht möglich war, mit einem Hauch der Freundschaft. Das ist der vorgezeichnete Weg, den die Leidenschaft meistens geht. Sie stirbt zwar, weigert sich aber dennoch, sich im Nichts aufzulösen.

Antonius' Scheitern war jedoch eine folgenschwere Tatsache, denn sie berührte nicht nur die Gefühle Kleopatras, sondern auch Ägyptens Bedürfnisse. Es riß das Land, für das er so sehr gekämpft hatte, in den Abgrund. Wenn die Römer sein Scheitern in ihren Vorteil ummünzten und die Eroberung Ägyptens vorantrieben, würde das Land nie mehr das gleiche sein. Ein bestimmter Mann verstand sich bestens auf dieses Geschäft: Octavianus, der vor Alexandrias Toren stand und sich zu einem Besuch anschickte.

Kleopatra war sich der schrecklichen Realität bewußt: Antonius würde sich nicht mehr erholen, und seine Ohnmacht bedeutete das Ende Ägyptens. In diesen kritischen Momenten, als der gemeinsame Tod bevorzustehen schien, klammerte sie sich an ihre alte Handlungsstärke, an ihre Kampfeslust, die in den Tiefen ihrer

Seele noch immer lebendig war. Sie stellte sich vor, wie ihr Schicksal verlaufen wäre, hätte sie Octavianus geliebt anstatt Antonius. Ägypten hätte zweifellos davon profitiert, denn dieser hassenswerte junge Mann, der sich von Asien her mit zerstörerischen Absichten dem Land näherte, dieser Octavianus hätte zwei wichtige, sich widersprechende Elemente, die Ägypten zum Überleben brauchte, verbinden können. Er hätte Pharao und gleichzeitig Cäsar sein können. Der große Regent, der mit der Kraft seines Geistes zu bewahren weiß, was er mit dem Arm erobert hat.

Und einmal mehr sah sich Kleopatra in die Widersprüche der Liebe verstrickt. Sie dachte weniger an die traurige Tatsache der einseitigen Liebe, sondern beschäftigte sich vielmehr mit der Theorie des Widerspruchs. Sie war sich ihrer unendlichen Liebe zu Antonius ebenso sicher wie ihres Hasses auf Octavianus. Keines dieser Gefühle paßte auf den jeweiligen Adressaten. Und sie selbst glich viel mehr Octavianus als Antonius. Bei einem Tischgespräch würde sie sich möglicherweise mit Octavianus sehr gut verstehen und in vielen Punkten übereinstimmen. Unter anderem darin, daß Marcus Antonius ein armer Trunkenbold war, dem nichts anderes mehr übrigblieb, als ruhig auf den Tod zu warten.

DER TOD! KEINER der Religionen anderer Länder, die in Alexandria offen praktiziert wurden und behaupteten, von den Göttern eingesetzt zu sein, war es gelungen, die heftige Angst vor seinem Auftreten zu lindern. Der Tod erschien immer als endgültiger Fluch, den man mit tröstlichen Versprechungen bannen mußte. Doch in Oberägypten, in den Gräbern der Menschen von Theben, war es dem klugen Geist Ägyptens gelungen, den Tod zu einem grellbunten, unzertrennlichen Begleiter des Lebens zu machen. Die frühen Vorfahren Kleopatras setzten sich über alle strengen und rationalen theologischen Schulen hinweg, die sich auch mit den Geheimnissen der Ursprünge des Lebens befaßten, und überlieferten ihr eine Botschaft der Heiterkeit, einer erfreulichen, offensichtlich sorglosen Stimmung, die dem Tod einen Hauch von

Kirmes verlieh – zwischen frivol und kokett. Der Tod schien ein weiterer Luxus privilegierter Sterblicher zu sein.

Im Mausoleum, das Kleopatra in Alexandria hinter dem Isistempel errichten ließ, wurden die Farben des Todes von denen des Lebens verdrängt. Es verwandelte sich langsam in ein Museum für die Ewigkeit, in dem alle Erinnerungen an den Alltag in den Dörfern am Nil aufbewahrt wurden, alle Weisheit Alexandrias, die schönsten Erzeugnisse der Volkskunst, die kostbarsten Arbeiten der Goldschmiede und alle Gottheiten, die der Glaube des ägyptischen Volks im Laufe der Jahrhunderte hervorgebracht hatte, genauestens aufgelistet waren.

In jenen Tagen, als sie sich unablässig von der Anwesenheit des Todes bedrängt fühlte, verbrachte Kleopatra viele Stunden in ihrem Mausoleum und dachte über die wichtigsten Ereignisse in ihrem bisherigen Leben und über das seltsame Geschick Ägyptens nach. Wie immer erschien ihr das Land untrennbar mit ihrem Lebenslauf verbunden. Es war untrennbar mit dem Tod verbunden, wie vorher mit dem Leben. Es war untrennbar mit ihrer geistigen Persönlichkeit verbunden, wie es mit ihren Kriegen verbunden war. Und es war untrennbar mit der Liebe verbunden, denn die beiden Männer in ihrem Leben hatten anfangs sie geliebt, waren dann aber zu Liebhabern Ägyptens geworden.

Im sicheren Wissen, daß ihr Ende nahte, wollte sie sich die verschiedenen Teile ihres Landes noch einmal vor Augen führen. Deshalb unternahm sie eine letzte Reise den Nil hinauf. Marcus Antonius blieb in Alexandria zurück. Er ging völlig in den düsteren Exzessen der von ihm gegründeten Gesellschaft auf. Im Grunde ihres Herzens war sie froh über seine Abwesenheit, denn sie wollte sich ganz allein von Ägypten verabschieden. Ihre langsame Pilgerfahrt zu den Ursprüngen glich einer mystischen Vereinigung mit dem innersten Wesen ihres Landes und dem unsterblichen Teil ihres Selbst.

Als sie wieder in Alexandria war, fühlte sie den Tod unerbittlich näherkommen. Der Kreis schloß sich immer enger, und sie konnte nur noch abwarten. Sie konnte nur noch ausruhen und ihre Schönheit pflegen, damit der Tod sie in guter Verfassung vorfand.

Die Menschen sind jedoch oft schwach und schöpfen wieder Hoffnung, anstatt einsichtig und klug die Pläne des Todes zu akzeptieren. Oft versuchen sie seiner Heimsuchung zu entfliehen und greifen in ihrer Verzweiflung nach Finten und Listen, die geradezu naiv sind. So kam es, daß das erlauchte, unselige Liebespaar die Gelassenheit und Fassung aufbrachte, die Nächte in einer Gesellschaft zu verbringen, die gegründet wurde, um dem Tod mit einem heiteren Lächeln zu begegnen, das gleiche Paar sich jedoch mit der Naivität junger Menschen, die sie längst nicht mehr waren, verzweifelt ans Leben klammerte.

Nichts anderes tat Kleopatra, indem sie in der kindlichen Hoffnung auf Verständnis einen demütig flehenden Brief an Octavianus richtete:

Kleopatra erbittet nichts für sich. Sie setzt sich lediglich für das Wohl und die Sicherheit der Menschen ein, die sie liebt. Wenn du bereit bist, das ägyptische Reich meinen Kindern zu überlassen, wirst du gesegnet sein von all deinen Göttern und – aufgrund meiner dankbaren Fürsprache – auch von den meinen. Was Antonius angeht, so bitte ich dich, ihm zu gestatten als einfacher Bürger, der nie wieder den hehren Gang deines Ruhmes behindern wird, in Alexandria zu leben, oder, falls dies nicht deinem Willen oder deinen Absichten entspricht, in Athen ...

Man sagt, Octavianus sei bei der Lektüre dieses Bittschreibens in Gelächter ausgebrochen, denn er war von dem Gedanken besessen, Antonius, den Abtrünnigen, seinen ehemaligen Freund, zu bestrafen. Er schickte Boten zu Kleopatra, die sie gegen ihren Geliebten einnehmen und ihr raten sollten, Antonius des Landes zu verweisen. Dann würde sie die ganze Großmut eines Heerführers kennenlernen, der sich zu Recht als Erbe Cäsars bezeichnet. Wenn sie ihn jedoch tötete, würde aus dieser Großmut ewige Ergebenheit werden. Er würde es vom Tag des Mordes an nicht an Beweisen seiner Freundlichkeit und Großzügigkeit fehlen lassen.

So erfuhr die Königin, die sich dem Tod entziehen wollte, daß die Möglichkeit, ihn zu beeinflussen in ihren Händen lag. Sie überlegte, welche Vorteile diese niederträchtige Handlung für Ägypten hätte und entschied sich, schonungslos zu sein, gegen ihre Gefühle zu handeln und ihren Geliebten zu opfern.

Doch eines Morgens kam Antonius von einem seiner einsamen Strandspaziergänge zurück, und als sie ihn so von weitem sah, in seinen schwarzen Umhang gehüllt, die Miene von schlimmen Gedanken verdüstert, erinnerte sich Kleopatra daran, wie sehr sie ihn geliebt hatte und wie groß ihr Schmerz war, als dieses Gefühl in ihrem Herzen fehlte. Antonius sah aus wie ein Vagabund, der nur noch möglichst viel Sonnenlicht genießen und die unendliche Vielfalt der Wege ausschöpfen wollte. Sein Antlitz, früh gealtert durch den ergrauten Bart und den täglichen Kontakt mit den Naturelementen, strahlte eine tiefe Weisheit aus, wie sie nur in der Schule des Lebens gelehrt wird. Diese Fülle grundlegender Wahrheiten konnte Kleopatra weder von ihren Philosophen noch durch die Bücher der Großen Bibliothek erwerben.

Dieser Mann hatte sein Geschick in die Hände einer Königin gelegt und sein Leben für einen Traum aufs Spiel gesetzt. Er hatte das Würfelspiel mit Octavianus verloren und mit dem Leben ihres Volkes gespielt. Dieser nun völlig besitzlose, vom Glück verlassene Mann, das Gespött der Götter: Marcus Antonius.

Kleopatra wütete gegen sich, verfluchte dieses Ägypten, das ihr so viele Opfer abverlangte, und zürnte den gefühllosen Göttern. Sie weinte bitterlich, weil sie bereit gewesen war, die Hand gegen jenen Mann zu erheben, der zu einem Nichts geworden war, weil er ganz ihr angehören wollte. Sie lief mit ausgebreiteten Armen den Strand entlang auf ihn zu, war gewillt, Antonius' Niederlage von Herzen anzunehmen und verfluchte diesen neuen Cäsar, diesen Blender, diesen Unmenschen, der ihr alles raubte, wofür sie gelebt hatte. Mehr noch, er schickte sich an, ihr auch noch das Letzte zu nehmen, was einem bedrängten Wesen bleibt, nämlich dem Tod mit Fassung entgegenzusehen. Ja, ihn mit frohem Sinn zu erwarten, in Gesellschaft des Auserwählten, der danach die lange Nacht mit ihr teilen und die Jahre zählen sollte.

ALS DER SOMMER seinen Höhepunkt erreicht hatte und der Wüstenwind die Welt mit seinem Feueratem heimsuchte, lagerten Octavianus' Truppen vor Alexandria. Angesichts der gewaltigen Mauern und ihrer großen, ruhmreichen Geschichte fühlte sich der junge Paladin der Vorsicht schon fast wie ein Gott und dachte über die berühmte Strategie von Alexander dem Großen nach, die es ihm ermöglicht hatte, Ägypten widerstandslos einzunehmen. Damals hatte der göttliche Soldat das Orakel des Amon in der Oase Siwa aufgesucht und erreicht, daß ihn der damals mächtigste aller ägyptischen Götter vor dem Volk zum Sohn und Erben ernannte.

Hatte diese Geschichte die Gründung Alexandrias begünstigt, so mochte eine andere ebenfalls gute Ergebnisse erzielen, jetzt als sich Alexandria und Ägypten anschickten, dem römischen Herrschaftsgebiet beizutreten. Doch die Octavianus eigene, ganz besondere Vorsicht, die ihm immer zu den größten Erfolgen verholfen hatte, riet ihm, abzuwarten. Seine Vergöttlichung würde zu gegebener Zeit kommen. Dann würde er sich und alle seine Nachfolger in den großen Tempeln des Nils einschreiben als unumschränkte Könige und, wie es der Mentalität der Ägypter entsprach, unbestrittene Götter.

Vom höchsten Punkt ihres Palastes aus, wo sie vor Jahren ein Observatorium zum Studium der Geheimnisse der Planeten eingerichtet hatte, beobachtete Kleopatra nun das feindliche Heerlager. Sie erspähte von Ferne die bedrohlichen Formen der Angriffstürme, die gewaltigen Katapulte und die dichten Rauchwolken der Feuer, über denen das Öl für den kommenden Angriff erhitzt wurde. Da wußte sie, daß der Tod bereits sehr nahe war, denn der Fall Ägyptens bedeutete den Tod.

Die ganze Stadt war verstummt. Ihr strahlendes Weiß erinnerte mehr denn je an ein Gräberfeld. Die leeren Straßen kündeten vom Nahen der Katastrophe. Es war, als wollten die großartigen, der Kultur gewidmeten Gebäude vor dem unmittelbar bevorstehenden Einbruch der Barbaren in sich zusammensinken.

Als Marcus Antonius befahl, das Mondtor überraschend zu öffnen, flammte der Heldenmut noch ein letztes Mal auf, heftig und vergeblich wie ein Rausch. Er traf auf eine Vorhut der römischen

Infanterie und errang dabei seinen ersten Sieg seit den tragischen Tagen von Actium. Doch Kleopatra ließ sich nicht täuschen und betrachtete diesen Sieg lediglich als ein kurzes, blitzartiges Aufflackern. Sie wußte, daß Antonius zu einem kraftvollen Zentauren werden konnte, ideal zum Anfeuern der Soldaten während der Schlacht, daß er aber ein zweifelhafter Verteidiger der Stadt sein würde, falls sie einer längeren Belagerung standhalten mußte.

Als sie ihn kommen sah, schwitzend und außer Atem, verspürte sie dennoch zärtliche Gefühle für ihn und nahm ihn liebevoll in die Arme. Zu anderen Zeiten hätte sie ihn vor dem gesamten Hofstaat, umjubelt von einer begeisterten, siegestrunkenen Menge, mit Lorbeer bekränzt.

Doch Antonius war nicht mehr der Mann aus einem Guß, eins mit sich und seinen Gefühlen. Er brach, ungeachtet seines Sieges, in bittere Tränen aus. Da begriff seine Geliebte, daß die letzten Monate ihn Jahre seines Lebens gekostet, sie beide bereits vor der Zeit zugrunde gerichtet hatten und damit Octavianus zuvorgekommen waren. Octavianus verkörperte nicht nur die Bedrohung durch Rom, sondern auch die voranstürmende Jugend schlechthin. Dagegen gab es keine Waffe, dagegen war Alexandria wehrlos.

In der Nacht vor der entscheidenden Schlacht wollte Antonius jedoch lachen und sich vergnügen. Er kleidete sich in seine prächtigste purpurne Tunika und ließ sich von seinen Freunden bewundern. Es sollten die erlesensten Weine auf den Tisch kommen, die Tänzerinnen sollten verführerischer sein denn je, und Ramose sollte mit seiner wunderbaren Harfe die glücklichsten Liebespaare der Geschichte besingen.

Nach und nach trafen die Mitglieder der »Gesellschaft derer vom gemeinsamen Tod« ein. Auch sie hatten sich schöner gemacht denn je: Sie waren in ausgefallene Kostüme gehüllt, in verschiedenen Farben geschminkt und trugen wilde, mit allerlei Tand phantastisch herausgeputzte Perücken.

Als sich alle auf ihren Ruhebetten niedergelassen hatten, ergriff Marcus Antonius seinen Becher aus Perlmutt, hob ihn grüßend zur Skulptur der Aphrodite und sprach:

»Vielleicht ist dies mein letzter Schluck Wein. Ich werde ihn trinken, als wäre er mein eigenes Blut. Er soll mich morgen ins Jenseits tragen, von dem in Ägypten soviel gesprochen wird. Mit meinen Jahren – nicht viele und doch allzu viele – kann ich auf kein besseres Ende mehr hoffen. Die Helden, einmal über Fünfzig, müssen sich zurückziehen. Ich bitte nur um einen rühmlichen Tod, und daß mein Leib in alle Ewigkeit verehrt werde, weil er hier in Alexandria ruht.«

Als seine Freunde diese Worte hörten, weinten sie. Je mehr Treueschwüre über ihre Lippen kamen, desto deutlicher bestand Antonius darauf, daß er sie nicht mit sich ins Verderben ziehen wolle. Nur Kleopatra, auf einem erhöhten, vergoldeten Amtsstuhl sitzend, blieb völlig gelassen wie eine Sphinx, die von alters her die Lösung der großen Rätsel kennt.

Mit einemmal wehte eine himmlische Melodie über die Terrassen und breitete sich langsam über die Dächer von Alexandria aus. Wo Trauer und Furcht die Bewohner beherrscht hatten, war nun verwundertes Staunen. Alle kamen auf die Straße, an die Fenster, auf die Treppenanlagen der großen Tempel, um Zeugen des merkwürdigsten Wunders zu sein, das die Stadt je erlebt hatte.

HERRLICHE VISION, MAGISCHER Traum, göttliches Entzücken!

Eine Prozession zog im Takt einer herrlichen Melodie am Himmel über der Stadt auf die große Mauer zu. Der Zug bestand aus seltsamen Gestalten, die sich an den Händen hielten, als tanzten sie zu Ehren des ungewöhnlichen Wesens, das sie von einem Wagen aus anführte. Der war schwer beladen mit Krügen, aus denen blutroter Wein in Strömen floß.

Behaarte Faune, kecke Satyren, glückbringende Einhörner, stämmige Zentauren und geflügelte Gestalten mischten sich mit den Darstellern der beiden rituellen Theatermasken, mit Tänzerinnen, die Flügel an den Füßen trugen, mit Flötenspielern, in die Felle wilder Tiere gehüllt, mit Dienern, die dem großen Herrn alle Wünsche erfüllten und Mundschenken, die den besten Wein des Olymps genau richtig temperiert zu kredenzen wußten.

Was für ein großartiger Zug! Angeführt und angefeuert wurde er von einem stattlichen Alten, von prächtiger, kräftiger, ja, geradezu rundlicher Erscheinung, der offensichtlich großen Spaß an dieser Sache hatte. Er trug den Thyrsos, einen von einem riesigen Pinienzapfen gekrönten Stab, und sowohl seine Schläfen als auch sein überaus dichter Bart war von Weinlaub umrankt, in dem das silberne Mondlicht spielte.

»Ein Gott!« schrien ein paar Leute von ihren Terrassen aus.

»Es ist Dionysos!« behaupteten andere auf den Straßen.

»Er verläßt Alexandria!« rief ein Priester entsetzt.

Kleopatra rannte zur Balustrade, blickte in die Höhe und stellte fest, daß tatsächlich ein Wunder geschah.

Die Kavalkade des zügellosesten aller Götter bewegte sich zu den Klängen der bezaubernden Musik über die Tempel, die Obelisken und die Säulen der Agora hinweg. Alexandria mit all seiner strahlend weißen Pracht vermochte nicht, ihn zu halten und seine Flucht zu verhindern.

»Der Gott verläßt Antonius …« murmelte Kleopatra und preßte eine Hand auf ihre Brust.

Marcus Antonius, der sich kaum aufrecht halten konnte, streckte die Arme gen Himmel und versuchte, seinem Schutzgott die Zügel des Prunkwagens zu entreißen und ihn umzulenken, hin zum Palast, wo er, sein Sohn, ihn mit den besten Weinen aus den verschiedenen Provinzen bewirten würde. Aber all seine einladenden Gesten waren vergeblich. Die Prozession des Gottes zog ihres Weges.

Dionysos blickte nicht herab auf seinen Sohn, sondern richtete seine ganze Aufmerksamkeit auf die gewaltigen Gefäße mit Wein, die ihm seine Satyren reichten. Dionysos mußte sich mit seiner dicklichen Hand für die Hochrufe der Bacchanten bedanken, die seine Himmelsreise begleiteten. Denn außer von seinen Faunen, Satyren und Einhörnern war er von den schönsten Epheben und Jungfrauen umgeben, die man sich vorstellen konnte. Der ganze Zug war so prächtig, daß die Sterne vor ihm verblaßten. Und der harmonische Zusammenklang der verschiedenen Instrumente erzeugte eine Melodie von solcher Schönheit, daß die Stimme des Meeres verstummte.

Göttlicher Festzug! Er glitt vorüber, langsam wie ein Traum und schien über den weinschweren Wolken zu schweben. Büschel von Trauben wurden anscheinend aus den Wolkenbergen hervorgezogen und herabgeworfen. Ja, der göttliche Hofstaat entfernte sich von Antonius, aus der Reichweite des neuen Dionysos.

»Der Gott verläßt Antonius!« schrien die Alexandriner.

Kleopatra eilte an seine Seite. Sie sah sein verzerrtes Gesicht, seine klappernden Zähne, seine Augen, die fast aus den Höhlen quollen. Seine offene Hand wies immer noch in die Höhe, auf die Prozession seines Gottes. Des Gottes Dionysos, der ihm untreu wurde.

Alle sahen, wie der Zug Antonius endgültig zurückließ, Antonius, den ergebensten Verehrer des Dionysos. Als er sah, daß sich die Prozession über das Stadtzentrum hinweg auf das Haupttor zu bewegte und dieses hinter sich ließ, verwandelte sich seine Verwunderung in Grausen. Die Prozession suchte ihren Weg zum Feldlager des Octavianus.

Die Vernunft des Generals hatte ja schon vor geraumer Zeit ihren Niedergang erlitten, doch nun überwältigte der Zusammenbruch des Mythos auch sein Gemüt. Er sackte auf eine der Marmorbänke, während sich seine Tischgenossen unter irgendeinem Vorwand entfernten. Manche sahen ihn schief an, andere blickten ihm direkt in die Augen, aber in allen Blicken lag der Zweifel. Sie hatten Angst, ihm nahe zu kommen, weil sie seinen Bann fürchteten. Denn es steht geschrieben, daß ein Mensch, der von seinem Schutzgott verlassen wird, für den Rest seines irdischen Lebens verflucht ist.

MARCUS ANTONIUS IN seiner Todesangst suchte bei dem Körper Kleopatras Schutz. Er bettete sein Haupt in ihren Schoß, wie er es so oft getan hatte, in den glücklichsten und verzweifeltsten Stunden, und schlief ein. Kleopatra wußte, das war das letzte Mal. Sie streichelte die ergrauten Locken ihres Geliebten und war sich der vollen Schönheit des Untergangs bewußt. Nun war sie sich ganz sicher, daß sie sich erst in der langen Wartezeit der Ewigkeit wiederbegegnen würden.

Sie küßte ein letztes Mal seine Lippen und sog seinen Atem ein, den Atem des Betrunkenen, als könne er ihr noch den Duft der Jugend vermitteln. Doch er mußte nicht mehr jung sein für sie. Schließlich war klar, daß sie ihn geliebt hatte, mochte Amor sie auch im Laufe der Jahre mit allerhand Verkleidungen gefoppt haben.

Sie selbst weckte ihn auf für die letzte Schlacht, badete ihn eigenhändig, half ihm dann beim Anlegen des goldenen Brustpanzers und setzte ihm den Helm mit dem prachtvollen Federschmuck auf, der über jedem Eroberer und allen Reichen der Welt wehen mußte.

Aus einem ihr unbegreiflichen Grund gab sich Antonius recht leutselig und munter, ja er sprach sogar von seinen großen Plänen für die Zeit nach dem Sieg. Ihn wunderte nur, daß ihn keiner seiner Offiziere aufsuchte, wie sie es sonst getan hatten, maß dem aber keine große Bedeutung bei. Er schien glücklich und fuhr fort, seine Götter anzurufen, obwohl einer, sein Schutzgott, ihn verlassen hatte.

Kleopatra sah ihn aus seinen Gemächern kommen, trunken nicht vom Wein, sondern eher von jenem ungreifbaren Glücksgefühl, das dem eines Selbstmörders glich. Als er außer Hörweite war, richtete sie sich in freundlichem, aber trockenem Ton an ihre Zofen:

»Bereitet alles vor, damit wir uns im Mausoleum einschließen können, denn der Ausgang dieser Schlacht könnte mir eine unwürdige Zukunft bescheren. Es könnte Ägyptens letzte sein. Ich bringe mich lieber um, bevor ich als Sklavin nach Rom gebracht werde.«

»Noch ist die Schlacht nicht verloren …« protestierte Iris.

»Doch, sie ist es. Seit uns die Götter in Actium den Rücken kehrten, ist alles Leben erstorben. Nun bleibt mir nur noch, für die Rettung meiner Kinder zu sorgen. Sie sind zum Glück in Sicherheit, doch die römischen Schnüffler sind instande, jedes Versteck aufzuspüren.«

Sie hüllte sich in einen schwarzen Umhang und betrachtete ein letztes Mal die persönlichen Dinge, die ihr lieb und teuer waren, die kleinen Wunder, die ihre einsamen Stunden begleitet und ihr Glücksmomente beschert hatten.

»Bald schon werden sie irgendeinen römischen Palast schmücken«, flüsterte sie mit leicht verächtlichem Lächeln. »Doch ohne mich! Ich weiß genau, welches Schicksal die Besiegten erwartet. Rom erspart ihnen keine Demütigung. Als Cäsar den tapferen Keltenfürst Vercingetorix gefangennahm, führte er ihn dem römischen Pöbel vor, und dieser stolze Krieger mußte sich wie ein wildes Tier behandeln, vom gewöhnlichen Volk beleidigen und von Feiglingen schlagen lassen. Einst bin ich im Triumph durch Rom gezogen. Octavianus wird mich nicht besiegt und gedemütigt wieder nach Rom schleppen ...«

Doch Antonius schien diese pessimistische Einschätzung nicht zu beeindrucken. Er durchquerte die weitläufigen Säle des Palastes und wurde dabei immer vergnügter. Das seltsame Glücksgefühl, das ihn seit dem Erwachen im geliebten Schoß der Königin erfüllt hatte, steigerte sich.

Seine Gestalt strahlte wider, als bedecke der goldene Brustpanzer seinen ganzen Körper. So betrat er den Waffenhof, wo sich alle Mitglieder seines Generalstabs versammeln sollten, um ihre Kräfte mit denen des ägyptischen Heeres zu vereinen.

Welch frohe Erregung! Dieser außergewöhnliche Schwung war zwar seinem Alter nicht angemessen, paßte aber zu seinem Seelenzustand. Er entführte ihn von diesem Schauplatz zu einem völlig anderen, zu dem seiner ersten Schlacht, seines ersten, in früher Jugendblüte errungenen Triumphs. Und der goldene Brustpanzer, den Kleopatra ihm geschenkt hatte, bestärkte sein Gefühl.

Marcus Antonius Triumphator! Aus tausend Kehlen erscholl dieser Ruf, drang tief aus dem Innern Alexandrias hinaus in die Welt. Die schönsten Frauen des Orients winkten ihm hinter sicheren Fenstergittern zu, die vortrefflichsten Epheben der Wüste senkten ihre silbernen Säbel wenn er vorüberschritt, die edelsten Stoffe, die zartesten Blumen bildeten einen üppigen Teppich, damit seine Füße vom Staub verschont blieben. Antonius, die Glorie des Orients! Der große Krieger und Autokrator.

Da starb auf einmal sein Traum, und er blieb stehen. Der Lärm, der von Alexandria herüberdrang, rührte nicht von Siegestrompeten, die Schreie waren keine Siegesrufe, das Brüllen kam nicht von einem gezähmten Leoparden, der das Lager einer launischen Herrscherin bewachte.

Es war das Getöse der Schlacht, die schaurige Klage des Krieges, der die Straßen Alexandrias erreicht hatte. Es war das schreckliche Heulen der Katapulte, die ihre tödliche Ladung durch die Luft schleuderten, das Krachen der Rammböcke, die wieder und wieder gegen die gewaltigen Tore der Tempel und Bibliotheken stießen, das schaurige Knarren der riesigen hölzernen Türme, die sich den Mauern näherten, mit Römern beladen und bereit, dem was noch übrig war von Alexandria, den letzten, vernichtenden Schlag zu versetzen. Zahllose gewaltige Feuer schlugen zum Himmel, und die Gebäude fielen in sich zusammen, als schämten sie sich ihrer früheren Pracht.

Er rannte zum Waffenhof … fand ihn aber völlig leer, nur vom Schein der Feuer und einer Fackel erhellt, die der Hauptmann Apollodoros aufrecht hielt.

Marcus Antonius hielt im Lauf inne und blickte suchend um sich. Gab es eine Spur, irgendeinen Hinweis auf den Verbleib seiner Truppen? Doch da war nur Apollodoros. Seine schöne blaue Uniform, mit Gold an Rock und Schulterklappen, verlieh der traurigen, einsamen Gestalt eine kleine freundliche Note. Vielleicht sollte sie an die Schönheit dieser Stadt erinnern, die heute von den Flammen zerstört wurde.

»Sie sind weg …«, murmelte er, als er Antonius erblickte. »Alle deine Männer. Ausnahmslos. Sie haben dich allein gelassen.«

»Das ist nicht wahr. Sie erwarten mich an anderer Stelle. Sie wollen Octavianus' Flanke von einer anderen Seite her angreifen und warten irgendwo versteckt auf ihren Kommandanten, der sie zum Sieg führt …«

»Sie sind weg …«, wiederholte Apollodoros, und die ganze Trauer über das sichere Ende stand ihm ins Gesicht geschrieben. »Sie sind Römer und wollen auf der Seite der Römer kämpfen.«

Marcus Antonius suchte weiter, schlug mit der Hand in die Luft, tastete herum als wären seine Männer Gespenster geworden, die nur durch die Berührung einer befreundeten Hand wieder Gestalt annehmen können.

»Enobarbus ... Rufius ... Marcellus ...«

»Alle deine Offiziere, ja. Auch alle deine Soldaten. Sie wollten nicht gegen Rom kämpfen. Sie wollten nicht für die Sache einer ägyptischen Königin sterben. Was kümmert es sie, wenn diese Nacht unserer Welt ein Ende setzt?«

Mitten im Getöse, mitten unter den wirren Geräuschen der Zerstörung fühlte Marcus Antonius, wie seine Energie wieder lebendig wurde und ihn zu wilden Taten trieb. Er ließ den Hauptmann hinter sich und kletterte auf die Mauer. Auf den Zinnen stehend beobachtete er von weit oben den Gang der Schlacht, als sei er Mars, ihr Anführer. Mit dem Schwert in der Hand rief er mehrmals Octavianus' Namen, hieß ihn einen Feigling und riet ihm, seine Herausforderung anzunehmen.

Plötzlich erkannten ihn die Soldaten. Diese Männer hatten unter seinem Kommando gekämpft, hatten seine Tugenden gepriesen und ihn verehrt. Sie glaubten einen der ihren zu erkennen, hielten augenblicklich inne und senkten die Waffen.

Ein glänzendes Streitroß reitend, das er von seinem syrischen Feldzug mitgebracht hatte, erstarrte auch der junge Octavianus beim Anblick seines früheren Freundes vor Schreck. Die hoch aufgerichtete Gestalt oben auf der Mauer wirkte so majestätisch, ihre Verzweiflung war so eindrucksvoll, daß sich Octavianus für einen Augenblick in die Vergangenheit versetzt fühlte und in Antonius wieder den Helden sah, den er so sehr verehrt hatte.

Doch seine Schreie waren die eines armen Irren:

»Hector, der bedrängte, fordert den gemeinen Achilles heraus!« brüllte er. »Warum antwortest du nicht? Hast du Angst, deine Ferse zu zeigen?«

Da lachte Octavianus:

»Armer Angeber! Er ist älter als Achilles und Hector zusammen und bildet sich noch immer soviel ein ...«

Da brachen die Soldaten in Octavianus' unmittelbarer Nähe in wilde Lachsalven aus, was dem Zauber und der Kraft des Augenblicks ein jähes Ende bereitete. Sie steckten nach und nach alle an, bis das ganze Heer lachte und auch die jüngsten Soldaten Schmähungen gegen Antonius ausstießen.

Kein Pfeil gegen seine Brust geschleudert, keine stählerne Keule auf seinen Kopf gezielt hätte dem General mehr Wunden zufügen können als die Beleidigungen der Männer, die einst seine Soldaten gewesen waren. Sie ließen keinen Schimpf und keine Demütigung aus und hießen Antonius einen lächerlichen Greis, einen Hampelmann Kleopatras, ein verräterisches Schwein, einen besiegten Hund. Trotz allem rief er noch Octavianus zu:

»Von Spieler zu Spieler. Setzen wir ganz Alexandria auf eine Karte. Im Zweikampf. Octavianus gegen Antonius um den Besitz von Alexandria!«

»Nicht nötig«, schrie Octavianus, ohne sein Lächeln abzulegen, »Alexandria ist bereits gewonnen.«

Die Soldaten reagierten auf die Worte von Octavianus mit lautstarkem Beifall und fuhren fort, Antonius zu verwünschen, zu verlachen und mit Steinen zu bewerfen.

Apollodoros zog ihn von der Mauer weg. Der General ließ sich erschöpft, ohne jegliche Scham, in seine Arme fallen.

»Kleopatra«, flüsterte er. »Wo ist meine Königin?«

Apollodoros' Miene verdüsterte sich, sein Blick war geheimnisvoll und verschlossen.

»Sie weilt nicht mehr unter uns«, raunte er. »Die Königin von Ägypten ist nicht mehr von dieser Welt. Sie befindet sich in ihrem Mausoleum im Angesicht der Ewigkeit.«

Antonius fühlte sich wieder sehr allein, und diesmal gab es keine Rettung. Seine Männer hatten ihn verlassen. Seine Königin war ihm in den Tod vorausgegangen. Er mußte sie finden!

In einer Anwandlung von Wut riß er sich den goldenen Brustpanzer vom Leib und schleuderte ihn über die Mauer, als wäre er seine letzte verfügbare Waffe. Bereits völlig erschöpft rannte er ins Innere des Palastes und brüllte wie ein Stier nach Kleopatra.

Er kam bis in den großen Audienzsaal. Dort herrschte gedämpftes Licht, er schien einer Traumwelt anzugehören, deren Frieden nicht gestört werden durfte. Doch dort, auf dem Thron sitzend, unter der riesigen Figur des vergoldeten Falkens, bewegte sich ein Schatten, der röchelte und ergreifende Klagelaute ausstieß.

Es war nicht Kleopatra, sondern Sosigenes.

»Lebt deine Königin noch?« fragte Antonius und klammerte sich an seinen Arm.

Der Alte riß sich mit einer schnellen Bewegung los. Hinter den Tränen zeigte sich Haß auf seiner Miene.

»Laß mich weinen, Römer. Geh endlich und laß Alexandria in Ruhe. Das Maß ist voll. Du hast hier genug Unheil gestiftet …«

»Und mein Unglück?« rief Antonius. »Ihr denkt alle an den Fall Ägyptens. Keiner bemitleidet den Fall von Antonius.«

Er machte sich wieder auf die Suche in allen Ecken und Winkeln des Palastes. Mit seinem Säbel zerschnitt er die zarten Seidenvorhänge, die die einzelnen Zimmer unterteilten, stürzte in rasender Eile die prächtigen Treppen hinunter und stampfte über die kostbaren Mosaiken als wolle er sie zertreten. Doch seine Schreie blieben ohne Antwort. Niemand tauchte aus der glorreichen Vergangenheit auf, um ihm in seiner Einsamkeit beizustehen. Da reckte er die Arme zum Himmel und brüllte ein letztes Mal:

»Kleopatra, geliebte Königin! Wo habe ich meinen Lorbeerkranz verloren?«

Er trat auf die Terrasse der Königin, auf der er so viele glückliche Stunden verbracht hatte. Vor ihm lag das ewige Meer, das heute von römischen Kriegsschiffen wimmelte, dort der Hafen der Guten Heimkehr, gedrängt voll mit Legionären, die den letzten Resten des einst so stolzen ägyptischen Heers den vernichtenden Schlag versetzten. Und hier stand Antonius, der letzte Zeuge des Niedergangs und der letzte Auswurf der Stadt.

Er umklammerte sein Schwert mit beiden Händen, hob es und rief mit starker, gleichzeitig bebender Stimme:

»Ich grüße dich, unglückliche Stadt! Einen Augenblick lang glaubte ich dich zu besitzen. Für dich habe ich mein ganzes Leben aufs Spiel gesetzt. Ich spielte entschlossen, ohne zu zögern, wie es einem guten Spieler ansteht, und habe dich verloren, Alexandria. Dich und meinen Traum vom Orient.«

Nun überwältigte ihn die Angst. Sie trieb ihm den kalten

Schweiß ins Gesicht und überzog seine Lippen mit einer Kruste, die er bei den aufgedunsenen Leibern seiner Männer beobachtet hatte, als sie von der Kälte Armeniens vernichtet wurden. Das Schwert schwankte, als hätte es ein Eigenleben angenommen und fürchte sich vor dem Willen, der es eigentlich lenken wollte. Schließlich preßte Antonius mit aller Kraft die Augen zu.

»Orient!« rief er aus. Antonius hatte den Traum vergeblich geträumt.

Den Namen Alexandrias auf den Lippen, stieß er sich mit einem Ruck das Schwert in den Leib.

Geliebtes Alexandria, das sich dort in der Ferne auflöste, bis nicht einmal mehr ein Traumbild übrigblieb. Bis es ganz mit dem Chaos verschmolz, aus dem die Welt hervorgegangen ist.

DIE GESCHICHTSSCHREIBER BERICHTEN, die Agonie des Generals habe viele qualvolle Stunden lang gedauert. Als Sosigenes ihn in der Morgendämmerung entdeckte, verriet er ihm – vielleicht bereute er seine harten Worte vom Abend zuvor –, daß Kleopatra am Leben sei und sich in ihrem Mausoleum befinde. Da bat Antonius um die Erlaubnis, an ihrer Seite sterben zu dürfen, weil sie sich in glücklicheren Tagen ewige Treue versprochen hatten.

Er wurde zum Mausoleum gebracht, doch Kleopatra wollte aus Furcht vor den Römern die Türen nicht öffnen. Sie und ihre Hofdamen warfen Ketten und Seile aus einem genügend breiten Fenster, die Sklaven banden Antonius daran fest, und so wurde der Sterbende hochgezogen. Nur seine Geliebte und die beiden Zofen Carmiana und Iris hielten die Seile, denn der blinde Ramose wäre dabei sicher keine Hilfe gewesen.

Die Geschichtsschreiber berichten weiter, es habe nie einen mitleiderregenderen Anblick gegeben als Antonius' blutverschmierten, fast nackten Leib mit dieser klaffenden Wunde. Er schwebte seiner Geliebten entgegen und streckte verzweifelt die Arme nach ihr aus, weil es ihm nicht schnell genug gehen konnte. Als Kleopatra ihn schließlich bei sich im Innern des Mausoleums hatte, bettete sie ihn eigenhändig auf einen Alabastertisch, der für die Ewigkeit vorgesehen war, weinte über seine Wunden und raufte sich die Haare wie die Witwen bei den großen Totenfeiern in Theben.

»Bemitleide mich nicht ob des Unglücks meiner letzten Jahre«, sagte der Sterbende. »Im Gegenteil, beglückwünsche mich, denn ich war ein berühmter Mann und habe ihm Laufe meines Lebens viele schöne Dinge genossen. Und wenn ich jetzt besiegt wurde, dann nicht auf erniedrigende Weise, denn es geschah durch einen Römer.«

Dann bat er um etwas Wein, und die Zofen Kleopatras holten welchen aus den Krügen, die ebenfalls für die Ewigkeit bestimmt waren.

»Streitbare Königin, willst du mich jetzt etwa schelten?«

»Mehr denn je«, sagte Kleopatra leise schluchzend. »Denn du gehst voran auf dem Weg, den wir gemeinsam beschreiten wollten.«

Er sah sie durch den Nebelschleier vor seinen Augen an, erfühlte sie durch seine Todespein hindurch und lauschte ihren mühsam unterdrückten Seufzern.

»Diese Wunde brennt wie eine offene Kalkgrube! Doch ich bin zufrieden, daß mein Arm noch stark genug war, das Schwert zu führen.«

»Dein Arm ist der des Helden, von dem ich als Kind geträumt habe.«

»Als ich dich zum erstenmal erblickte, Kleopatra. Als du die schönste unter Cäsars Blumen warst.«

»Und wie schön du warst, Antonius! Wie für Alexandria gemacht.«

»Kleopatra und Alexandria. Beide haben mich bis in den Tod gequält. Wie konnte ich ahnen, daß mich alle meine Götter verlassen und nur ihr Frauen über meinen ewigen Schlaf wachen würdet?«

»Liebende haben immer durchwachte Nächte.«

»Niemand sage, die Liebe sei ein Traum. Alle meine anderen Träume scheiterten, dieser blieb so deutlich, daß ich mich in meiner Todesstunde an ihn klammere wie an den einzig wahren Gott, der meine Wege bestimmt hat …« Er stieß ein kräftiges Lachen aus, und sein Körper wurde von heftigen Krämpfen geschüttelt. »Schließe du mir die Augen, streitbare Königin! Diesmal mußt du mir das letzte Wort lassen …«

Er hob den Kopf, Kleopatra stützte ihn mit ihren Händen, und ihre Lippen vereinten sich in einem Kuß. Er währte so lange wie alle vergangenen Jahrhunderte.

Mit einemmal merkte sie, daß Antonius hinübergegangen war.

»Ungeschliffener Römer!« protestierte sie. »Einmal hast du mich verlassen, und heute gehst du mir voraus …! Du wußtest nie, wie man sich einer Dame gegenüber benimmt!«

Sie ließ den Kopf auf die blutbefleckte Brust ihres Geliebten sinken. Iris und Carmiana standen schluchzend hinter ihr. Eine der beiden wandte sich an den Harfner und bat ihn: »Spiele, Ramose, spiele sein Lieblingslied …«

Da erklang eine unendlich traurige Melodie, sanfte Töne erinnerten an vergangene Liebe, die Kadenzen an romantische Stunden am Ufer des Nils, muntere Arpeggien an das Geräusch des Windes …

»Zeit, halte inne. Hör meine Botschaft, süßer Antonius. Nie wirst du erfahren, wie sehr die Königin von Ägypten dich liebte. Nie wird die Welt erfahren, wie dankbar ich für diese Liebe war. Durch dich habe ich alle Formen der Liebe kennengelernt. Welche Sterbliche kann das schon sagen? Ich liebte dich jung und hochmütig, ich haßte dich, als du mich verlassen hattest, ich begehrte dich als Sieger, ich ließ mich rühren, als du besiegt wurdest. Ich kannte Erregung und Leidenschaft, das Feuer der Begierde, die Zärtlichkeit der Resignation, die Gelassenheit des Erbarmens. All diese Gefühle hegte ich für dich. Nun bleibt nur noch eine Form der Liebe und die liegt in den Händen der Götter. Die suche ich, Antonius. Es ist die Liebe, die sich zu den Gestirnen aufschwingt, wo die Liebenden für immer vereint sind …«

Sie erhob sich, den Blick verloren in die Ferne gerichtet. Dann gab sie ihren Zofen mit den Händen ein Zeichen, sie keinesfalls an ihren Handlungen zu hindern. Am Tisch mit den Opfergaben angekommen, ergriff sie den Dolch, der neben den großen Gefäßen mit Früchten lag, die sie im Jenseits brauchen würde.

»Spiele weiter, Ramose! Spiel das Lied des Marcus Antonius! Laß dich nicht unterbrechen!«

Sie öffnete die Tunika, und ihre Brüste zitterten wie beim Liebesspiel.

»Ihr ruchlosen Götter! Das ist Kleopatras Protest!«

Sie packte mit der einen Hand ihre linke Brust und setzte mit der anderen den Dolch an. Dann warf sie den Kopf nach hinten, stieß ihn tief hinein und drehte ihn dabei kräftig um, bis ein Teil der Brust abgeschnitten ihr zu Füßen fiel.

Sie warf sich zu Boden, wälzte sich im eigenen Blut und heulte dabei mit der ganzen Verzweiflung, die sie bislang schamhaft und tapfer unterdrückt hatte.

»Zu Antonius!« schrie sie. »Bringt mich zu ihm, Schwestern!«

Sie schleppten sie zu seinem Leichnam. Trotz ihrer Schmerzen warf sie sich über ihn und ließ das Blut, das ununterbrochen aus ihrem Körper quoll, in seine Wunde fließen. Als sie ihr Blut mit dem seinen vermischt hatte, fiel sie in Ohnmacht.

Die Tage gingen dahin, und das Leben wurde zu einer grausamen Fortsetzung dieser Ohnmacht. Blieb nur noch, die Befehle des neuen Herrschers von Alexandria zu erwarten.

ALS OCTAVIANUS VOM Tod seines einstigen Freundes und Kameraden hörte, weinte er. Es störte ihn nicht im geringsten, daß ihn seine Männer dabei beobachteten und die letzten Regungen einer Liebe erlebten, die er sich selbst nicht recht erklären konnte.

»Gestern noch hätte ich ihn als Wüstling beweint«, murmelte er, »heute beweine ich ihn als Römer.«

Doch es blieb ihm wenig Zeit zur Trauer. Er trat in sein Zelt und beauftragte einen seiner Männer, ein Treffen mit Kleopatra zu vereinbaren. Er wollte sie schon am nächsten Tag empfangen.

»Wir haben wichtige Nachrichten für dich, Cäsar«, sagte Cajus Ligurius, Leutnant zweiten Grades. Und als er merkte, daß

Octavianus abwartete, ohne nachzufragen fügte er hinzu: »Wir haben Nachrichten über Cäsarion, den Bastard. Eine unserer Legionen hat ihn als Kaufmann verkleidet in der Nähe des Hafens der Berenike entdeckt. Er wollte Ägypten verlassen, dieser Narr.« Dabei lachte er flegelhaft und schien sich darauf auch noch etwas einzubilden. »Als wir ihm sagten, daß du ihm den Thron seiner Mutter anbietest, kam er sofort mit uns. Sein Begleiter, ein junger bärtiger Mann, der ebenfalls als Araber verkleidet war, wohl aber ein ägyptischer Priester ist, riet ihm zwar ab, aber Cäsarion zögerte nicht lange.«

»Wo befindet er sich jetzt?«

»In Memphis, unter militärischer Bewachung. In der Nähe der Pyramiden, oder wie sie diese geheimnisvollen Schlösser nennen.«

Da kam ein Soldat herein und kündigte Kleopatra an.

»Sie ist meinem Wunsch zuvorgekommen!« rief Octavianus erstaunt und fügte leise hinzu: »Sie soll nicht erfahren, daß ihr Sohn sich in unserer Macht befindet.«

»Wir haben auch Antonius' ältesten Sohn …«

Octavianus heuchelte große Trauer.

»Er ist volljährig und könnte daher eine Gefahr darstellen. Man schneide ihm unverzüglich den Kopf ab.«

Dann ordnete er sein Gewand und kümmerte sich um seine Toilette. Das war nicht schwer, denn er war ein reinlicher, ja eleganter junger Mann. Ein würdiger Gegner der berühmten Kleopatra.

Diese aber betrat das Zelt in das schlichte schwarze Tuch der Nilbäuerinnen gehüllt. Ihr Haar war schmutzig und ungekämmt, ihr Antlitz totenbleich.

»ICH BIN EINE Überlebende tragischer Ereignisse …«, sagte die trauertragende Frau. Trotz ihres elenden Zustands, trotz des völlig fehlenden höfischen Protokolls wußte Octavianus sofort, daß er sich in Gesellschaft der Herrscherin befand.

»Königin von Ägypten, fürchte dich nicht. Man wird dich angemessen behandeln.«

»Für die Römer bin ich Abschaum, deshalb behandle mich bitte wie eine Diebin. Doch ich bin in der Tat Kleopatra, Herrin beider Länder.«

Octavianus sah ihr fest in die Augen. Sie war es. Das Monsterwesen. Nicht nur die Schlange. Nein, auch das Ungeheuer, die Gigantin, die Gorgo. Diese Frau im Büßerkleid verkörperte die Bedrohung schlechthin.

Aber auch sie sah ihm offen ins Gesicht und studierte seine Züge genau. Der Feind, der sich jahrelang im Schatten versteckt gehalten hatte, nun war er der Herr über ihr weiteres Schicksal. Der Feind von Antonius, von Cäsarion, von Ägypten, des Orients, der Lust und der Liebe, aller Dinge, die ihr im Leben wichtig waren.

Er entsprach nicht den Beschreibungen der vielen Spione oder mancher Erinnerungen des Antonius. Er war gar nicht der kränkliche, schüchterne, ernste, hinlänglich gebildete junge Mann. Im Gegenteil, dieser Mann war anmaßend, wirkte tatkräftig und bereit, seine Macht jederzeit unter Beweis zu stellen. Kleopatra bemerkte es und lachte.

»Weshalb lachst du?« fragte er mißtrauisch.

»Weil mir deine Person den Nachweis liefert, wie sehr die Macht einen Menschen verändert.«

»Das ist bei dir sicher nicht anders gewesen.«

»Ich war von Anfang an eine Prinzessin.«

Sie sagte das mit solchem Hochmut, als wäre sie erhaben über jede Situation, in die sie ein Römer bringen konnte.

»Bevor wir unsere Unterredung beginnen, möchte ich dir eine Warnung zukommen lassen«, sagte Octavianus trocken.

»Rom warnt Ägypten!« lachte sie. »Wahrlich, die Zeiten haben sich geändert. Früher kamen die griechischen Gelehrten und wollten von uns lernen. Heute will Rom uns warnen.«

Die karge Umgebung war der Redekunst nicht eben förderlich und rechtfertigte keine rhetorische Spielerei. Der Gegenstand im Zelt des Römers, der noch am ehesten als schön bezeichnet werden konnte, war ein Schwert mit kunstvollem Elfenbeingriff. Alles andere war aus gewöhnlichem Eisen, billigem Kupfer und abgeschabtem Leder.

Als Kleopatra auf ihn zutrat, durchzuckten plötzlich alle Geschichten, die er je über sie gehört hatte, sein Gehirn. Die faszinierende Frau. Die gefährliche Frau. Die dämonische Versuchung.

»Probiere nicht, mich zu verführen«, rief Octavianus und wich einen Schritt zurück, »deine Künste sind berühmt.«

»Das redet man in Rom, ich weiß. Die Schlange vom Nil, verhext die Männer mit ihrem Blick. Was würdest du sagen, vorsichtiger Octavianus, wenn meine abgefeimten Augen länger in die deinen blickten, als es ein ehrlicher Mann ertragen kann?«

»Das wäre vergeblich. Frauen, die älter sind als ich, ziehen mich nicht an.«

Diese Worte trafen Kleopatra schwer. Sie senkte die Lider, um ihre Gefühle zu verbergen. Das war der letzte Schlag gegen ihren Stolz. Der gefürchtete Augenblick war gekommen, ihre Schönheit nur noch ein Schatten, der kein Begehren mehr auszulösen vermochte.

»Verzeih mir, Königin. Ich wollte dich nicht kränken.«

»Kann ein Sohn Roms die Königin von Ägypten kränken, wenn sie nicht gekränkt sein möchte? Im übrigen weiß ich sehr wohl, daß ich alt bin. Ich bin so alt wie die Große Sphinx. Mehr als tausend Jahre.«

Octavianus antwortete nicht. Er wollte kühl bleiben, um jeden Preis.

»Ich wurde sehr geliebt«, fuhr sie fort, »mehr als du dir je vorstellen kannst. Wenn ich jetzt auf dich zugehe, jagt meine Schönheit dir noch immer Angst ein. Doch du hast nichts zu befürchten. Ich trage Trauer, wie du siehst. Sieht so eine Hure aus, die anziehend wirken möchte? Außerdem … ich bin nicht mehr vollständig.«

Sie riß sich mit einer heftigen Bewegung den Umhang herunter, dann auch den Verband von ihren Wunden. Octavianus mußte seinen ganzen Mut zusammennehmen, um bei dem Anblick des verstümmelten Körpers nicht seine Augen zu bedecken.

»Was hast du getan? Du behandelst dich selbst grausamer als jeder römische Folterknecht seine Opfer.«

»Ich habe mir die Brust abgeschnitten, um sie dir auf einem goldenen Tablett zu servieren. Solltest du eines Tages ein Kriegsmuseum gründen wollen, das an all deine Taten erinnert, kannst du die Brust der ägyptischen Königin ausstellen. Sie war früher sehr hochgeschätzt, das kann ich dir versichern.«

Octavianus ergriff den Umhang und bedeckte damit eigenhändig die gräßliche Wunde.

»Doch ich habe mich anders besonnen. Ich werde sie dir nicht schicken, sondern für das ewige Leben aufbewahren. Ich möchte das Jenseits des Osiris im Zustand meiner schönsten Frühlingsblüte betreten. Meinem Körper soll nichts fehlen, wenn Antonius ihn umarmt.«

»Über Antonius reden wir später.«

»Du wirst über ihn reden. Ich mit ihm. Du bemerkst den Unterschied.«

»Sprich mit wem du willst und wo du willst. Was du nach deinem Tod machst, kümmert mich nicht. Im Augenblick brauche ich dich lebend.«

Ein Schauder durchfuhr Kleopatras Körper.

»Willst du mit mir tun, was Cäsar mit Vercingetorix tat? Mich in meiner Schande dem ekelhaften Plebs deiner kleinen Stadt vorführen! Willst du, daß die letzte Repräsentantin der Größe Ägyptens an deinen Wagen gebunden durch Rom geführt wird?«

»Ich will nur, daß du mit mir nach Rom kommst. Die Behandlung, die dir dort zuteil wird, ist von deinem Verhalten abhängig … oder von deiner Gewogenheit. Ich möchte zum Beispiel wissen, wo die Schätze Ägyptens verborgen liegen …«

»Sie liegen in seinem klaren Himmel, im Blau des Nils zur Morgenstunde, sie sind in der Weisheit zu finden, die in die Tempelwände eingraviert ist.«

»Schluß mit dem Theater!« protestierte Octavianus und schlug mit der Faust auf den Tisch. »Wo sind deine sagenhaften Schätze, Kleopatra?«

»Du hast um eine Aufzählung gebeten, und ich habe sie dir geliefert, ohne etwas zu verbergen. Du mußt meinem Wort Glauben schenken. Es ist das Wort einer Königin.«

»Du bist nicht hier, um etwas zu fordern. Du kannst nicht einmal etwas anbieten.«

Da bemerkte Kleopatra ihren Fehler. Dieser junge, machtbewußte Mann durfte weder mit Stolz noch mit Hochmut behandelt werden. Außerdem hatte er keinen Sinn für Humor.

Deshalb spielte die Königin von Ägypten nun Unterwerfung vor, verbeugte sich tief und sagte:

»Jetzt erkenne ich meine Lage. Du mußt mir etwas Zeit lassen, mich daran zu gewöhnen. Im Frühling meines Lebens hättest du dich vor meinem Thron verneigen müssen. Heute hast du das Recht, mich auf die Knie zu zwingen und dir mit meinem Haar die Füße abwischen zu lassen.«

»Du hast meinen Befehlen nur mit ja zu antworten. Ich habe keine Zeit mit irgendwelchen Launen zu verlieren.«

»Noch hast du mich nicht in Ketten gelegt, doch ich spüre bereits ihr Gewicht.«

»Liefere mir all deine Schätze aus.«

»Ich werde den Nil in einen Tonkrug füllen, damit du ihn mit nach Rom nehmen kannst.«

»Du wirst mitkommen, als Gefangene.«

»Wenn du mich nicht allzu kurz an deinen Wagen anbindest, werde ich den Mob mit einem Bauchtanz ergötzen.«

»Du wirst mir alle asiatischen Territorien überlassen. Einschließlich Zypern und Kreta.«

»Du hast sie dir selbst genommen, indem du Ägypten eingenommen hast. Ansonsten sind es Territorien, die kommen und gehen.«

»Von heute an ist Ägypten eine römische Provinz.«

»Das sind bereits so viele Länder, daß mein armes Ägypten schon neidisch war, nicht auf der Liste zu stehen.«

»Du wirst deinem Leben nicht selbst ein Ende setzen.«

»Wie auch? Niemand bei klarem Verstand kann dies ein Leben nennen.«

»Und du wirst mir Antonius' Leichnam herausgeben.«

Da stürzte ihre ganze majestätische Fassade mit einem Schlag ein. Es war als brächen ihre Knochen, von einer Horde winziger Ratten zerfressen, alle auseinander. Eine unförmige Gestalt wand sich vor Octavianus' Füßen.

»Laß mir den Leichnam, das ist meine einzige Bitte! Reiß ihn nicht von meiner Seite. Gestatte, daß meine Priester ihn einbalsamieren. Ich flehe dich an, laß ihn hier in diesem Land, damit wir die lange Nacht zusammen verbringen und gemeinsam die Jahre zählen können.«

»Was kümmert dich das, wenn du doch in Rom stirbst? Ihr werdet in keinem Fall zusammensein.«

Kleopatra erfaßte die Lage genau und begriff, daß sie dem Barbaren Gehorsam vorgaukeln mußte.

»In Rom sterben! Sicher werde ich dort sterben. Sicher werde ich das Meer von Alexandria nie wiedersehen, noch das Zwitschern der Tempelschwalben am Nil hören ...«

Plötzlich erschien ein Bild vor ihrem inneren Auge, das fürchterlicher war als alle anderen, eine Pein, die alles andere überstieg: »Und meine Kinder, Octavianus? Was wirst du mit meinen Kindern machen?«

»Die drei, die du mit Antonius hattest, werden bei meiner Schwester Octavia leben.«

»Die edle Octavia!«

»Schmerzt es dich, daß deine Feindin sie aufziehen wird?«

»Im Gegenteil, es beruhigt mich, weil ich große Bewunderung für sie hege. Segne sie in meinem Namen.«

Octavianus nickte, allerdings ohne rechte Begeisterung. Da stellte die Königin stammelnd ihre letzte Frage:

»Und Cäsarion?«

»Das wirst du selbst wissen«, erwiderte Octavianus mit seinem allerzynischsten Lächeln. »Du hast ihn nach Indien geschickt, wie man mir berichtete.«

»Der Arm Roms reicht weit. Versprich, meinem Prinzen kein Leid anzutun.«

»Ich kann nichts versprechen.«

»Laß nicht zu, daß ich ohne diesen Trost sterbe!«

Da ließ Octavianus seinem Zorn freien Lauf:

»Sprich nicht vom Tod, ägyptische Hure! Schon morgen will ich dich auf meinem Schiff sehen, um mit mir zusammen in dein neues Vaterland zu reisen.«

»Sicher«, erwiderte sie mit gespielter Demut. »So sicher wie meine Augen den neuen Tag sehen werden.«

Er blickte ihr nach, wie sie sich langsam entfernte, unter stoßweisen Seufzern, mit müdem Schritt, das Haupt mit dem schwarzen Schleier verhüllt. Doch als sie zum Ausgang kam, wo sie von zwei Hundertschaften erwartet wurde, wandte sie sich ein letztes Mal um und fragte:

»Warum hast du es nötig, grausam zu sein, wo du doch mächtig bist?«

WENN UNS NICHTS mehr im Leben gelingt, müssen wir begreifen, daß es uns nicht mehr liebt. Nicht wir verwerfen das Leben, das Leben verwirft uns. Das zu ertragen braucht Mut und Feingefühl für den richtigen Zeitpunkt des Abgangs.

Kleopatra und ihr engstes Gefolge blieben nicht im Palast eingesperrt, sondern gingen ins Mausoleum zurück. Octavianus hatte befohlen, die Wache am Haupttor zu verstärken und seine Offiziere ausdrücklich angewiesen, der Königin den Zugang zu verwehren. Doch Kleopatra und ihre Hofdamen kannten sämtliche Geheimgänge, die das Grabmal mit den verschiedenen Teilen des Palastes verbanden, und verfügten ferner über eine treue Dienerschaft, die dafür sorgte, daß sich die römischen Wachen betranken. Deshalb war es ihr ein leichtes, die Grabkammer durch eine schmale, von einem Wandschirm verdeckte Öffnung zu betreten.

Da ertönten die schmachtenden Klänge einer wohlbekannten Harfe, und sie entdeckte Ramose in einer Ecke, wo die Feuer zu Ehren Hathors brannten.

»Stern von Ägypten«, seufzte der Blinde, »solange meine Musik ertönt, darf dein Licht nicht erlöschen.«

»Laß uns allein, Ramose, ich bitte dich. Denn dieses Zeremoniell ist wirklich sehr intim.«

»Wie egoistisch, liebe Königin. Du schämst dich meiner armen Harfe, weil du schon bald der himmlischen Musik lauschen wirst. Doch ich habe immer gespielt, so gut ich es vermochte, und du warst mir dabei eine große Inspiration. Ich hatte nie ein anderes Heim als diesen Palast, in dem ich zu Lebzeiten deines Vaters geboren bin. Mit deinem Leben endet auch das meine, und wenn Alexandria stirbt, sterbe auch ich.«

»Die Musik im Himmel droben kann nicht schöner sein als deine. Sie war das erste Geräusch, das ich vernommen habe, ihr Klang durchweht all meine Erinnerungen wie das Brausen der Wellen und des Windes vom Nil. Doch heute, Ramose, wartet ein so eifersüchtiger Geliebter auf mich, daß ich allein sein muß. Gehe nun, und fürchte dich nicht, denn ich habe treue Freunde beauftragt, sich um dich zu kümmern und dir einen Besitz vermacht, der dir einen angenehmen Lebensabend sichert.«

Ramose wurde zur Tür geführt, und die Königin schrieb eilends einen Brief an den großen Octavianus. Sie teilte ihm ihren Entschluß zum Selbstmord mit und bat noch einmal um gute Behandlung für den Prinzen Cäsarion.

Als Carmiana der Dienerschaft den Brief übergeben hatte, ließ sie das Abendessen für die Herrscherin bringen und bat, nichts zu vergessen, denn die Türen sollten dann von innen verschlossen werden.

»Schließt sie aber erst, wenn der Mann gekommen ist, der mir den sanften Tod bringt«, sagte Kleopatra.

Carmiana, die Blonde und Iris, die Schwarzhaarige knieten vor Kleopatra nieder, klammerten sich an die Falten ihrer Tunika und flehten unter Schluchzen:

»Wir wollen dich nicht überleben! Überlasse uns einen Platz in deiner goldenen Barke, denn die Reise durch die Schattenwelt wird an deiner Seite fröhlicher sein.«

»Das wird Antonius' Freude verdoppeln. Denn wenn er mich in so guter Gesellschaft kommen sieht, beweist ihm dies, daß es in dieser Welt noch Schönheit und Treue gab.«

Bald darauf saßen sie bei einem opulenten Mahl. Kleopatra dankte ihrem Koch, der sich, ohne einen Befehl erhalten zu haben, an ihre Lieblingsspeisen erinnert hatte. Es gab weißen Fisch vom Nil, Entenbraten, Gänsefleisch mit Feigen, viele verschiedene Früchte, blaue und weiße Trauben und, damit der Tod angemessen begossen werden konnte, Wein aus den Weinbergen Galiläas.

Nach dem Abendessen begab sich die Königin wieder zu Antonius' Leichnam, den man zu Füßen eines gewaltigen Abbilds des Anubis in Gestalt eines Schakals niedergelegt hatte. Jetzt, unter dem schützenden Schatten des göttlichen Wächters der Nekropole, lag auf seinem Antlitz eine große Ruhe, ein Ausdruck verklärter Reife.

»Wir werden nicht gleichzeitig sterben, liebe Freundinnen. Schiebt eure Reise noch ein wenig auf, um mir zu dienen, wie ihr es immer getan habt. Laßt mich in Antonius' Armen sterben. Wenn ich dann mein Leben ausgehaucht habe, setzt mich auf diesen Thron, den ich aus dem Grab eines Königs vergangener Zeiten geraubt habe. Die List der Lebenden läßt den Toten keine Ruhe!« setzte sie fast schelmisch hinzu. »Ich will, daß mich die Römer auf einem Thron sitzend vorfinden, wie es meiner hohen Stellung angemessen ist. Er soll ihnen die Pracht vor Augen führen, die Ägypten bereits Jahrhunderte vor der Gründung Roms besaß.«

Sie legte ihren Umhang ab. Von einer seltsamen Scham erfaßt versuchte sie die Verbände auf ihren Wunden vor dem Leichnam Antonius' zu verbergen.

»Legt mir meine liebsten Festgewänder an. Die Zeichen meiner Königswürde. Die Zeichen meiner Göttlichkeit. Die Zeichen der Liebe. Obwohl ich diese nicht nötig habe, denn sie sind bereits da, am Leib Antonius' ...«

Jetzt umarmte sie ihn wieder, ohne auf ihre Wunden zu achten.

»Unglücklich der Mensch, der den Tod als Abschied begreift! Er ist das Gegenteil, Marcus Antonius. Mit jeder Umarmung verkünde ich dir meine Ankunft.«

Iris frisierte ihr Haar im ägyptischen Stil, Carmiana half ihr beim Schminken. Dann kleideten sie sie in die goldenen Zeremonialgewänder. Die Krone von Ober- und Unterägypten setzte sie sich selbst aufs Haupt. In den Händen trug sie die königlichen Insignien.

»Legt mir eine Münze mit dem Abbild Cäsarions auf die verwundete Brust. Er soll Antonius nahe sein. Ich will ihn mir als

Reiter vorstellen, der die Wüsten durchquert, als Feldarbeiter, als Triton der Ozeane. Ich will ihn mir frei vorstellen, fern der Paläste, fern der Bedrohung durch Rom, von einer Freiheit erfüllt, die Kleopatra nie gekannt hat!«

Sie küßte das Antlitz des Göttlichen Kindes und entzündete Räucherwerk vor der Statue der Isis. Dann streichelte sie das Gesicht der einzigen Skulptur des Mausoleums, die nicht dem klassischen ägyptischen Stil entsprach. Die Büste eines berühmten Römers.

»Ich will Julius Cäsar nicht vergessen. Er hat mich zur Königin und zur Frau gemacht, denn ohne das eine wäre ich das andere nicht geworden. Er hat mich klares Denken und sicheres Urteilen gelehrt, die Regierungskunst, das Spinnen von Intrigen und vorsichtige Taktieren. Großer Julier! Wo immer du bist, erinnere dich dieses jungen Mädchens.«

Sie blickte nun auf die goldverkleideten, mit den Symbolen des Todes und der Auferstehung bemalten Wände. Dort waren alle Figuren versammelt, die das Schicksal ihres Volkes begleitet hatten, von den glorreichsten Zeiten bis zur langen Nacht des Niedergangs. Dort an den Wänden waren die Götter verewigt, die Geister, die Landschaften des Jenseits und die köstlichen Erinnerungen an die Vergnügungen der Menschen am Ufer des Nils. Dort war das Schönste, was ägyptischer Lebenswille je hervorgebracht hatte.

Kleopatra hob in einem feierlichen Akt der Anrufung die Arme zu ihren Göttern:

»Wir nehmen Abschied von Ägypten. Seht es euch gut an, denn alles befindet sich hier innerhalb dieser Mauern. Alles was uns auf der langen Reise durch die Millennien begleiten wird. Betrachtet mein Ägypten, wie es in seiner Blütezeit war. Alles, was starb, ist hier dargestellt, damit es eines Tages mit uns zusammen in der Ewigkeit leben wird. Öffnet die Augen und betrachtet Ägypten, denn selbst in der anderen Welt gibt es keinen schöneren Ort! Und sollte euch die Erinnerung an den Nil nicht genügen, richtet euren Blick auf einen beliebigen Gegenstand hier, um trunken vor Schönheit zu sterben.«

Sie streichelte langsam jeden Gegenstand ihrer Grabausstattung, fühlte die Kälte des Alabasters, die Glätte des Marmors, das feingeschwungene Ebenholz …«

»Man bringe mir den Tod, wie befohlen!«

Die beiden Zofen fielen ihr zu Füßen und benetzten sie mit ihren Tränen.

»Keine einzige Träne, Schwestern. Seht ihr nicht, daß ich des Überlebens müde bin? Gehen wir heim zu den Unseren.«

Der Tod ereilte sie wie ein Seufzer. Sie hielt den Leichnam ihres Geliebten umarmt und stellte mit Genugtuung fest, daß der Tod, den man ihr gebracht hatte, sehr sanft war.

»Gelobt sei das Wissen meines Volkes, verschafft es mir doch einen Tod, so lieblich wie meine beste Freundin. Ich überwinde die Zeit, Marcus Antonius! Meine ganze Lebensspanne konzentriert sich in diesem unvergleichlichen Augenblick. Der Raum weitet sich. O ewiger Frühling der Sinne!«

Carmiana klammerte sich an Kleopatra und bat sie um einen Gefallen:

»Herrin, gib uns ein wenig von diesem Tod, der deine Züge verschönt!«

Iris kniete vor Kleopatra nieder und ließ den Kopf in ihren Schoß sinken:

»Gib uns diesen Frieden, der auf deinem Antlitz liegt, Stern von Ägypten!«

»Schwestern … Diese verächtliche Erde liegt bereits weit hinter mir. Ich gehe! Ich verlasse die Welt. Mein Königreich ist die Vollendung.«

UND AUCH DER Tod ging vorbei, denn selbst er ist der Zeit unterworfen. Er ging vorbei wie ein kurzer Seufzer, wie ein feiner Duft, wie der Höhepunkt einer Liebe und hinterließ dabei eine Spur von Gold: auf dem Isiskleid der Königin, den Miedern ihrer Zofen, den Statuen der Götter des ewigen Ägyptens, auf den Reliefs der ebenso goldenen Mauern …

Als Octavianus und seine Legionäre in das Mausoleum eindrangen, fanden sie ein prachtvolles Bild vor, auf das sie nicht vorbereitet waren und das sie als Römer nicht begreifen konnten: eine tote Königin, auf einem altehrwürdigen Thron sitzend, zu ihren Füßen zwei schöne Frauen, die den ewigen Schlaf empfangen hatten wie die sanfte und zärtliche Umarmung eines Verliebten an einem Sommerabend in Memphis.

Die zweitausendjährige Kultur war von einer unerschütterlichen Gelassenheit dem Tod gegenüber geprägt.

Doch die Herrlichkeit beschränkte sich nicht nur auf diese in Gold getauchte Gruppe der drei toten Frauen. Die ganze Grabkammer war ein ungeheurer Luxus, ein einziger Exzeß. Die Gegenstände, die die Königin mit ins andere Leben nahm, waren prachtvoll, die Ansammlung der Speisen auf den Opfertischen war erlesen, die Fülle der über Antonius' Leichnam verteilten Edelsteine unglaublich …

Octavianus konnte angesichts dieser orientalischen Version des Todes eine verächtliche Geste nicht unterdrücken. Diese überflüssige Prunksucht stieß ihn ab. Doch er war Römer genug, um jedes persönliche Gefühl dem Wohl der Allgemeinheit unterzuordnen. Dieses Wohl war viele Meilen weit entfernt und machte die schnelle Erfassung aller in diesem Mausoleum angehäuften Schätze notwendig.

Dolabella verbarg nicht eine gewisse Rührung. Die Legionäre zeigten sich ehrlich erstaunt.

»Als ich ihren Brief bekam, wußte ich, daß sie mich getäuscht hatte«, sagte Octavianus. »Vielleicht hat sie mich aber auch verhext, wie sie es mit so vielen anderen gemacht hat. Ich muß mich damit zufrieden geben ihr Bildnis mitzuführen, wenn ich im Triumph durch Rom ziehe. Sucht herauszufinden, wie sie gestorben ist, denn wir müssen den Senat darüber informieren.«

Doch der Senat von Rom hat nie erfahren, wie die Königin von Ägypten starb. Es gingen viele Gerüchte darüber um, und die Wächter erklärten, daß nur ein Bauer mit einem Korb voller Feigen das Grab betreten habe. Man sagte, unter den Früchten sei eine Natter versteckt gewesen, man sprach von einer goldenen, giftgefüllten Nadel, die die Königin immer im Haar trug. Man munkelte von einem Fluch der geheimnisvollen ägyptischen Götter. Sicher war aber nur, daß der Tod wie ein Augenblick höchster Wonne eingetreten war.

Schließlich einigte man sich darauf, daß es eine Giftschlange war, zweifellos eine Verwandte der Königin. Und so wurde auch die Puppe ausgestattet, die dem großen Triumphzug des Octavianus auf der Via Sacra vorangetragen wurde: eine ägyptische Hexe mit einer riesigen Schlange um den Hals gewunden. Doch im Mausoleum fand man von dem Tier keine Spur. Nur draußen, fast schon im Sand des Strandes, meinten die Soldaten eine leichte Schlangenspur gesehen zu haben.

Da nicht sein durfte, daß Octavianus ohne logische Erklärung der traurigen Ereignisse von Alexandria schied, ließ er einen Sklaven oder einen zum Tod Verurteilten herbeischaffen. Als ein Mann vor ihm stand, der beides war, befahl er:

»Beiße die Venen Kleopatras an. Trinke ihr Blut. Wenn du die Probe überlebst, läßt Rom dich frei.«

Das war die letzte Demütigung, die der Stern von Ägypten ertragen mußte. Nachdem ihr Leib von den Bissen des verängstigten Mannes geschändet worden war, ließ man sie in Frieden ruhen. Octavianus befahl, sie zusammen mit Antonius zu begraben und eine ihrem Rang entsprechende, ehrenvolle Beerdigung auszurichten.

Er dehnte seine Pietät auch auf die Statuen aus. Nur die Abbilder von Antonius sollten zerstört werden, die Kleopatras erhalten bleiben. Sie sollten das Volk an die Dynastie erinnern, die mit ihrer Person starb.

Bei seinem siegreichen Einzug in Alexandria versprach er der Bevölkerung Gnade. Er würde die Größe der Stadt achten, denn schließlich ging ihre Gründung auf einen Einfall Alexanders zurück.

DOCH IN DER gleichen Nacht, während die Soldaten alle im königlichen Mausoleum zusammengetragenen Schätze inventarisierten, gefiel es Octavianus, am Strand einen Spaziergang zu machen und von dort aus die Pracht der großen Paläste, die phantastischen Tempel und vielgerühmten Bibliotheken zu betrachten.

Als er neben Dolabella einherschritt, näherte sich ihm ein Zenturio von plumper Gestalt. Man nannte ihn Marcus, um ihm keinen schlechteren Namen zu geben.

»Was machen wir mit Cäsars Sohn?«

»Mit Kleopatras Bastard willst du wohl sagen.«

»Richtig, mit diesem Cäsarion.«

»Er soll noch vor dem Morgengrauen sterben. Überbringe du selbst meine Befehle nach Memphis.«

Octavianus verstummte unter Dolabellas schmerzlichem Blick. Schließlich sagte er:

»Es darf nicht zu viele Cäsaren geben, das ist nicht gut.«

»Richtig, Cäsar«, antwortete Dolabella kurz angebunden.

Das Meer war ruhig, und am Nachthimmel standen unendlich viele, ewige Sterne. Doch das Haar der Berenike wachte noch immer über der Stadt, obwohl es keine Ptolemäer mehr zu beschützen gab.

Nach der letzten Schlacht schien die Stadt in einen resignierten Schlaf versunken. Nur ein leichter Brandgeruch erinnerte daran, daß sie sich nicht kampflos ergeben hatte. Nur das Klagen einer alten Mutter kündete davon, daß es auf den Straßen Tote gegeben hatte, die dann zur Vermeidung von Epidemien von den römischen Karren in die Wüste transportiert wurden.

»Heute setzen wir einer Dynastie von eitlen Gecken ein Ende. Cäsarion wird der letzte sein. Sein Tod ist eine Notwendigkeit. Um die Tollwut auszurotten, muß man den Hund erschlagen. Und Ägypten litt, einer Familie von Narren wegen, unter der Tollwut.«

Er ging wieder zurück in die Stadt. Ihre marmornen Mauern erstrahlten im schimmernden Licht der nächtlichen Gestirne. Es gab nichts Weißeres als diese Stadt, die sich als Bastion der ganzen zivilisierten Welt verstand!

»Es wäre mir eine große Freude, wenn Alexandria mir einen Tempel weihen würde. Wenn die Bewohner der Stadt es nicht tun, soll der Senat die nötigen Mittel dafür bereitstellen. Das ist kein übertriebenes Ansinnen, denke ich. Schließlich habe ich Ägypten für Rom erobert. Cäsar und Antonius haben beide nur ein kleines Stückchen errungen, viel zu wenig für unsere Expansionsbedürfnisse. Cäsar Octavianus Augustus jedoch unterwirft ganz Ägypten! Dieses Land wird fortan nur noch im Interesse Roms existieren …«

»Verstehe«, flüsterte Dolabella mit Tränen in den Augen. »Das Beste von Ägypten für das Beste von Rom …«

»Ägypten ist ein erobertes Gebiet, wir werden es natürlich besetzen. Um Mißbrauch zu verhindern, werde ich persönlich es verwalten. Dieses Land besitzt so große Reichtümer, daß es nicht irgendwelchen Individuen überlassen werden darf, die sich ihrer skrupellos zum Schaden des Staates bedienen. Der römische Adel wird nicht mehr so leicht nach Ägypten reisen können wie bisher. Schluß mit den Lustfahrten auf dem Nil. Niemand soll diese Gegend ohne eine von mir schriftlich gewährte Erlaubnis bereisen.«

Doch Dolabella hörte nicht auf vor sich hin zu murmeln:

»Ägypten ist erobertes Gebiet. Die ganze Welt ist ein erobertes Gebiet.«

»Was die einheimische Bevölkerung betrifft, so zeigt kein Mitleid. Macht keinen Unterschied zwischen Reichen und Armen, Freien und Sklaven. Jeder, der sich Roms Macht entgegenstellt, wird kurzerhand getötet. Beginnt, zur allgemeinen Abschreckung, mit einer großangelegten Kreuzigungsaktion. Wir haben in den letzten Tagen viele Rebellen gefangengenommen. Bei Tagesanbruch will ich sie alle gekreuzigt sehen. Das Feld der Kreuze wird sich bis an den Rand der Wüste erstrecken. Und diesem Beispiel soll an allen Orten Ägyptens, wo eine römische Garnision stationiert ist, gefolgt werden.«

Dolabella bewahrte die Fassung. Er hatte viele Tage des Sieges wie diesen erlebt und gleichmütig zugesehen, wie Rom jeden Einmarsch in eine Stadt, jede Unterwerfung eines Landes mit Strafgerichten feierte. Die riesigen Felder mit Kreuzen erinnerten die Besiegten an das unerbittliche Gesetz des Siegers.

»Mit Blut und Feuer …«, sagte Octavianus. Er stand am Strand und erfreute sich des herrlichen Anblicks von Alexandria. Nach einer kleinen Weile setzte er hinzu: »Diese Stadt erhob den Anspruch, Rom gleich zu sein. Das war der Traum eines Trunkenbolds! Solange ich am Leben bin, wird das nicht wieder vorkommen. Ich will etwas tun für Rom, Dolabella. Ich will es zum Zentrum eines Reiches machen, das unendlich viel ausgedehnter ist, als so viele kranke Köpfe zu träumen wagten. Alle Epochen werden Rom bewundern, und gleichzeitig wird es unsere Epoche verkörpern. Vielleicht werden eines Tages die Chroniken berichten, daß in jener Nacht, im eroberten Ägypten, die Ära des Augustus begann, wer weiß?«

Von fern war der Befehl des Zenturio Marcus zu hören:

»Tod dem Prinzen Cäsarion. Bringt diese Botschaft nach Memphis!«

DIE HAUPTMÄNNER DER in Memphis stationierten Legion hatten die unterirdischen Räume eines Tempels des Gottes Ptah zu einem Kerker umfunktioniert, wo sie Ägypter gefangenhielten, die in den Tagen der Eroberung Widerstand gewagt hatten. Es gab keine sichereren Verliese als diese Keller, die in längst vergangener Zeit als Käfige für die heiligen Tiere gedient hatten. Auf verschmutzem Stroh, zwischen vertrockneten Exkrementen lagerten die Unglücklichen, die beim Morgengrauen mit der Kreuzigung bestraft werden sollten.

Thotmes und Cäsarion wurden ebenfalls in ein finsteres Loch gesteckt, das jedoch durch verschiedene Felsengänge von den anderen Verliesen getrennt war. Der Anführer der Garnison hatte beschlossen, die Anonymität der beiden Gefangenen zu wahren, um einen Volksaufstand zu vermeiden. So erfuhr niemand, daß der letzte Ptolemäer im Untergrund einer Stadt sterben würde, in der sich vor vielen Jahrhunderten die ersten Feuer des ägyptischen Geistes entzündet hatten.

Die Befürchtungen des römischen Offiziers waren eigentlich unbegründet. Denn es wäre schwierig, wenn nicht gar unmöglich gewesen, in diesem jungen Kaufmann, dessen kostbare arabische Gewänder nach einem harten Marsch durch die Wüste zu schmutzigen Lumpen geworden und dessen Hände an den Gürtel seines Freundes gekettet waren, den ägyptischen Thronerben zu erkennen. Den Freund wiederum hätte niemand dem heiligen Orden der Isis zugeordnet, so lang war sein Haar, so dicht seine Brustbehaarung und so üppig sein schwarzer Bart. Beide lagen in der Dunkelheit auf Stroh und Mist und erwarteten ihre letzte Stunde. Die würde, den Wächtern zufolge, nicht mehr lange auf sich warten lassen.

Cäsarion weinte verzweifelt:

»Thotmes, mein Freund. Du hast mich gelehrt, ein Mann zu sein und ein König. Warum hast du mich nicht gelehrt zu sterben?«

»Weil es den Tod nicht gibt, mein Prinz. Weil uns die Jahrtausende Ägyptens gelehrt haben, den Tod als Verlängerung unserer irdischen Empfindungen zu verstehen. Als einen Ort, an dem aus Freunden Geschwister werden.«

Thotmes rief seinem Prinzen die schönen Dinge der Vergangenheit ins Gedächtnis, die angenehmen Zeiten, die sich nun im anderen Leben wiederholen würden. Doch Cäsarion hörte nicht auf bitterlich zu weinen, denn er erinnerte sich an jenen Prinzen im Sitz der Schönheit, dessen Leben durch einen vorzeitigen Tod ein Ende gesetzt wurde. Er wußte, alle Schönheit, die Thotmes beschwor, würde mit ihnen sterben und von der Menschheit vergessen werden.

Das Schicksal, das sich über alle Jahrhunderte hinweg gern über das Menschenvolk lustig macht, spielte ihm, hinter der Maske schonungsloser Grausamkeit, einen neuen Streich. Vor vielen Jahren – die irgendwo im Laufe der Zeitrechnung verlorengegangen sind – kam der Hofstaat Alexanders an die Tore von Memphis. Das Gefolge trug seinen Leichnam auf den Schultern, als wäre er ein Gott. Sie wollten den vergöttlichten Helden in dieser Stadt, deren religiöser Ruhm den Gang der Zeiten überdauert hatte, zur ewigen Ruhe betten. Doch die Priester von Memphis verweigerten seinem Leib die Ruhestätte, weil geschrieben stand, daß er Unglück, Kriege, Streit und Mißgeschicke bringen würde. Sie schickten ihn nach Alexandria, in die Traumstadt, das Zwitterwesen, das am Ufer des ungeliebten Meeres entstanden war.

Und nun würde der letzte Regent dieses fragwürdigen Geschlechts, das einer Laune Alexanders entsprungen war, in Memphis sterben, das so verwüstet war wie Alexandria selbst und genau wie dieses der völligen Zerstörung und dem Vergessen anheimfallen sollte.

Mit solchen Gedanken war der Prinz befaßt, als sich die Tür des Verlieses öffnete und zwei schläfrig wirkende Soldaten eintraten. Sie trugen jeder eine Fackel in der Hand, deren Schein – noch unheimlicher als die eigentliche Dunkelheit – die beiden Verurteilten beleuchtete.

Weitere Männer folgten, andere drängten nach, und es schien, als genüge eine ganze Legion nicht, um einen siebzehnjährigen Jüngling zu überwinden. Doch sie begriffen sofort, daß keine Vorsichtsmaßnahmen notwendig waren. Dem Gefangenen stand das blanke Entsetzen im Gesicht, und er bebte am ganzen Körper. Ja, er hatte sogar die Scham verloren und machte sich naß.

Cäsarion sprach zu seinem Begleiter:

»Lehre mich in Würde sterben, Thotmes! Ich flehe dich an!«

»Ich kann es nicht. Weil weder ich noch sonst irgend jemand das von dir verlangt. Weil es nicht nötig ist. Weil diese Stunde jede Würde Lügen straft.«

Ein Zenturio mit hagerem Gesicht und plumpem Benehmen nahm ein riesiges Schwert mit schwarzer Klinge zur Hand und befahl den anderen, sich dem Verurteilten zu nähern.

Cäsarion warf sich in die Arme seines Freundes. Trotz der spöttischen Blicke der Römer fuhr er fort zu weinen und sich fieberhaft auf die Lippen zu beißen, als versuche er, sich aus einem schlimmen Alptraum zu wecken.

»Ich gehe mit dir«, raunte ihm Thotmes zu. »Ich werde an deiner Seite sein. Ich werde noch mehr Angst haben als du, und meine Tränenströme werden die deinen übertreffen. Und wenn du stirbst, bin ich längst gestorben.«

»Reich mir deine Hand, Thotmes, denn du bist in der Tat mein Bruder gewesen.«

Die Soldaten bildeten eine Gasse, und die beiden durchschritten sie mit unsicherem Gang. Es war eine Gasse aus abgeschabten

Brustpanzern, gewöhnlichen Gesichtern und Weingestank, der nicht erst von diesem Morgen, sondern von vielen anderen herrührte. Als einer der Soldaten das Entsetzen im Gesicht Cäsarions sah, bemerkte er, die Ägypter wüßten nicht mit Haltung zu sterben.

»Dieses Häufchen Elend ist der Sohn von Julius Cäsar und der großen Königin Kleopatra!« rief ein anderer Soldat und spuckte gegen die Mauer. Als Cäsarion das hörte, suchte er den Blick seines Freundes:

»Was soll ich erwidern, Thotmes … Ich finde keine Worte …«

»Wie auch, mein armer Bruder! Wie denn auch …!«

Nun überfiel ihn ein so großer Schmerz, daß er seine Nägel in den nackten Arm des Prinzen grub, so fest bis Blut kam. Dieser Schmerz sollte Cäsarion einen Augenblick lang von dem ungeheuren Schmerz ablenken, der ihnen bevorstand.

Das Schwert des Zenturio köpfte den Prinzen mit einem einzigen Hieb. Das Haupt fiel in den Schmutz und der kopflose Leib sackte in Thotmes' Armen, die ihn gehalten hatten, zusammen. Er hielt das blutende Bündel Fleisch umfangen, bis er ganz mit ihm verschmolz.

Der Himmel leerte sich. Der Himmel wurde einsam. Der Himmel war eine Ungerechtigkeit, die sich höhnische Götter ausgedacht hatten. Ägyptische Götter, griechische Götter, Asiens Götter. Egal woher sie kamen. Der Himmel war nur mehr der unfähige Mund eines armen Stummen.

»O ihr Grausamen!« protestierte Thotmes. »Wollt ihr mich am Leben lassen, wenn meine ganze Welt um mich herum stirbt?«

Am anderen Ufer des Flusses wurde es langsam Tag. Das große, goldene Schiff des Ra hatte die Dämonen der Nacht besiegt und erweckte nun mit seinen Strahlen die Welt wieder zum Leben. Doch in Thotmes' Seele war nur Tod, und in seinen Ohren tönten nur die gemeinen Flüche der Legionäre, die jetzt auch die anderen Verurteilten packten und hinaus an den Rand der Wüste führten, wo die Kreuze aufgerichtet waren.

Thotmes wurde in die linke Schlange gezerrt. Und in der dunklen Haut dieser Männer und ihren von Todesangst gezeichneten

Zügen erkannte er das Gesicht Ägyptens. Da wußte er, daß er zu ihnen gehörte. Zusammen mit den anderen ging er in die weite Wüste hinaus, der Hinrichtungsstätte entgegen, von römischen Legionären gestoßen, bei jedem Anzeichen von Schwäche geschlagen und beleidigt.

Sie durchwanderten die sandige Ebene. Die Sonne, im Tal sonst so angenehm, war so heiß, daß sie die nackten Schultern der Männer verbrannte und die Haut in Fetzen abging, wie von Lohgerbern zerschnitten. Thotmes fiel mehrmals in den Sand und mußte den Schmerz der Peitsche auf seinen Schultern ertragen.

Als sie zur Richtstätte kamen, hob er die Augen zum Himmel und hoffte auf eine Antwort. Doch er hörte nur das Klagen der Opfer und die Hammerschläge der Soldaten, die mit der Kreuzigung begannen. Der Himmel aber blieb stumm. Andere Soldaten hatten bereits alle Löcher gegraben, in denen die Kreuze aufgerichtet werden sollten.

Die Sonne ließ zwischen Thotmes und der Welt einen Vorhang aus feurigem Nebel niedergehen, der die Konturen verwischte. Die Gegenstände wirkten verschwommen, wie auf dem Grund eines Wasserbeckens. Doch in der ungeheuren Einsamkeit der Wüste, die nur von den Verdammten und Henkern belebt war, bildeten sich nun vage, doch irgendwie bekannte Formen heraus.

Es waren abstrakte Linien, die langsam Gestalt annahmen und eine Art Stufen zum Himmel bildeten. Drei aufsteigende, riesige Formen, so alt wie die Götter.

Doch dann sah Thotmes nichts mehr. Die Soldaten entkleideten ihn, und er mußte sich auf ein Kreuz legen. Schon trieben sie ihm mit flinker Routine zwei Nägel durch die Handgelenke, und während er sich noch unter diesem grausamen Schmerz wand, wurde das Kreuz mit kräftigen Seilen aufgerichtet. Dann nagelten sie die Füße daran fest und lobten sich für die gute Arbeit.

In der grenzenlosen Einsamkeit seiner Marter suchte Thotmes nach einer Erinnerung, an die er sich klammern konnte. Doch rundum war alles öde. Die Einsamkeit überstieg noch die Todesangst. An wen konnte er sich wenden? Er hatte niemanden mehr: Die Menschen, die bislang sein Leben bereichert hatten, verschwanden im Abgrund der Zeit, wurden zu ihren Opfern, waren für immer dem Vergessen anheimgefallen. Als er begriff, daß das Nichts über seine Welt triumphieren würde, weinte er noch bitterlicher.

Er versuchte den Kopf zu heben und die Augen auf die göttliche Sonne zu richten, um ihre Kraft in sich aufzusaugen, bevor er seine Reise in die dunklen Höhlen antrat, aus welchen es keine Wiederkehr gibt. Doch die Sonne brannte so hell, daß er völlig erblindete. Nach einigen Stunden glich sein gequälter Körper einer glühenden Masse, einer riesigen Brandblase kurz vor dem Platzen.

Plötzlich zeichneten sich in der Ferne wieder die drei gewaltigen Formen ab, die er vor seiner Kreuzigung undeutlich wahrgenommen hatte. Sie waren ihm nicht unbekannt. Im Gegenteil, sie weckten in ihm eine alte Erinnerung an etwas, das ihm in seiner unschuldigen Jugend erschienen war, als ihm die Priester die Große Offenbarung anvertrauten. Es war ein Licht, stärker als die Sonne, zweideutiger als die Götter: ein Licht, das von den Menschen unabhängig war und dem selbst die Schwankungen der Zeit nichts anhaben konnten.

Gerne wäre er auf diese letzte, vage Manifestation des Lebens zugerannt. Er unternahm gigantische Anstrengungen, wollte die Hände bewegen, sich vom Kreuz losreißen und seinen neuen Weg beschreiten. Vergeblich. Er blieb an den Marterpfahl genagelt und konnte nur seinen Körper nach vorne werfen im verzweifelten Versuch, die Brust dem Licht entgegenzurecken und sie von den ewigen Strahlen streicheln zu lassen.

Erinnerungsfetzen blitzten in seinem Gedächtnis auf: das Gesicht Cäsarions, das Lächeln der Königin Kleopatra, die leeren Augen des Harfners Ramose, die friedlichen Abenddämmerungen Alexandrias mit dem zarten Rascheln der Seidengewänder …

Je mehr die Welt vor seinen sterbenden Augen verschwamm, desto deutlicher wurden die Linien am Horizont, und die himmelwärts weisenden Stufen nahmen vollständig Form an. In einem einzigen Moment wurde ihm die ganze Geschichte Ägyptens konzentriert vor Augen geführt. Denn es waren drei Pyramiden, die seit urdenklichen Zeiten dort in der Einsamkeit standen.

Ein Erinnerungsblitz durchzuckte ihn, und er befand sich wieder auf der Terrasse eines ägyptischen Heiligtums, hörte die Worte eines noblen Herrn, der sein Leben plante und ihm eine Mission auftrug. Dieser Tod war sein Leben, und die Mission bestand darin, die ewige Zeit Ägyptens auf seinen Schultern zu tragen.

»Nicht alles ist Vergessen!« schrie er, ungeachtet seiner früheren Worte. »Nicht alles ist Vergessen in den Händen der Zeit!«

Er sprach ein letztes Mal die heiligen Worte, vereinte seine Stimme mit den Harfenliedern des Ramose, mit dem leisen Rauschen der roten Blumen, wenn der leichte Wind vom Nil ihre Blütenblätter küßt …

Endlich schloß er die Augen, allein am Kreuz mit seinen Erinnerungen. Doch seine arme, umherirrenden Seele bewahrte in diesem letzten Augenblick den Anblick der drei Pyramiden, Zeugen der Ewigkeit, Garanten der Erinnerung. Dann starb er mit einem so schönen Lächeln auf den Lippen, daß selbst die Große Sphinx ihn sehen und von ihm das Lächeln lernen wollte.

Er ließ etwas hinter sich, was lange vor ihm gewesen war. Etwas, was Zerstörung und Tyrannei überleben würde: Ägyptens Präsenz, die Bestand haben sollte, wenn die Macht Roms zu Staub zerfallen war. Eine Präsenz im ewigen Gedächtnis der Völker und den Sieg des Menschen über die Verbrechen der Zeit.

Denn seit Jahrtausenden steht geschrieben:

Der Mensch fürchtet die Zeit,
die Zeit aber fürchtet nur die Pyramiden.

Oberer Nil–Ventalló–Barcelona, 1986.

Glossar der wichtigsten historischen Persönlichkeiten, Orte und Begriffe

Actium: Vorgebirge im Süden von Epirus an der Westküste Griechenlands. Dort besiegte die Flotte des Octavianus am 2. September 31 v. Chr. die Seemacht von Antonius und Kleopatra. Die Schlacht bedeutete das Ende der römischen Republik und den Beginn des Kaiserreiches.

Agrippa: Marcus Vipsanius Agrippa (64–12 v. Chr.) war Freund und Feldherr des Octavianus. Er führte die Kriege Octavianus' gegen Sextus Pompejus und gewann den entscheidenden Sieg von Actium.

Alexander Helios: Sohn des Marcus Antonius und der Kleopatra. Zwillingsbruder von Kleopatra Selene.

Alexandria: Stadt an der Nordküste Ägyptens bei der wesentlichen Nilmündung. Von Alexander dem Großen 331 v. Chr. in einer bis auf ein Dorf und die Festung Rhakotis unbewohnten Gegend gegründet. Die neue Stadt nahm rasch an Bevölkerung zu, wurde ein wichtiges Zentrum des Handels, der Künste und Wissenschaften und schließlich zum Mittelpunkt der hellenistischen Welt. Noch zu Alexanders Lebzeiten wurde der Regierungssitz von Memphis nach Alexandria verlegt. Der Königspalast, in dem auch Kleopatra residierte, lag vermutlich auf einer Landzunge des Hafens, die heute nicht mehr existiert. Auf der vorgelagerten Insel Pharos, die Alexander durch einen Damm mit dem Festland verbinden ließ, befand sich der berühmte gleichnamige Leuchtturm. Weitere bedeutende Bauwerke waren das Museion und die Bibliothek von

Alexandria, die zur Zeit Cäsars teils oder nach anderen historischen Quellen völlig durch einen Brand zerstört worden sein soll.

Antigonos: Hier Antigonos II. (40–37 v. Chr.). Er eroberte mit Unterstützung der Parther 40 v. Chr. Jerusalem. Antigonos wurde von Herodes gestürzt und von den Römern in Antiochia hingerichtet.

Antiochia: Das heutige Antakya. Die 300 v. Chr. von Seleukos I. gegründete Hauptstadt des Seleukidenreiches und nach dessen Vater Antiochos benannt. Beim Einfall der Perser 538 n. Chr. wurde die Stadt zerstört und erholte sich nie wieder ganz.

Arsakiden: Dynastie der Parther, die vom 3. Jh. v. Chr. bis 224 n. Chr. im Iran herrschte.

Arsinoe: (3. Jh. v. Chr.). Tochter von Ptolemaios I. Soter.

Auletes: Ptolemaios XII. Auletes (112-51 v. Chr.), Vater von Kleopatra Septima.

Berenike: Berenike II. (221 v. Chr. ermordet), Gattin von Ptolemaios III. Sie opferte der Aphrodite für die Heimkehr ihres Gatten aus dem syrischen Krieg (246–241) ihr Haar. Nach ihr ist ein Sternbild – Haar der Berenike – benannt.

Bithynien: In der Antike die Bezeichnung für eine Region im Nordwesten Kleinasiens. Dort lebten Myser, Phryger und die aus Thrakien eingewanderten Thyner und Bithynier. Nach Alexanders Tod gründete Zipoetes 297 v. Chr. das bythinische Königreich.

Byblos: Das heutige Djebeil. Alte Hafen- und Handelsstadt im Libanon, nördlich von Beirut.

Cajus Claudius Marcellus: Octavia, die Schwester des Octavianus, war in erster Ehe mit Cajus Claudius Marcellus bis zu dessen Tod 40 v. Chr. verheiratet.

Calpurnia Piso: Dritte Ehefrau von Julius Cäsar, den sie 59 v. Chr. heiratete. Sie versuchte ihren Mann am Tag seiner Ermordung vom Besuch des Senats abzuhalten.

Cäsarion: Ptolemaios XV. (47–30 v. Chr.). Sohn Kleopatra Septimas und von ihr als Kind Cäsars ausgegeben. Octavianus, Cäsars Adoptivsohn und Erbe, sah in ihm einen Rivalen und ließ ihn hinrichten.

El Faijum: Oasensenke und Ackerbauprovinz Oberägyptens in der Libyschen Wüste. Nördlich der gleichnamigen Hauptstadt liegen die Ruinen der altägyptischen Stadt Schedet, von Ptolemaios II. nach seiner Frau Arsinoe benannt.

Eumenes und Attalos: Eumenes I. (gest. 241 v. Chr.) stammte aus dem Geschlecht der Attaliden. Er sicherte die Unabhängigkeit der Stadt Pergamon vom Seleukidenreich. Nach seinem Tod trat Attalos I., sein Vetter zweiten Grades, die Nachfolge an. Er stand in hohem Ansehen, weil er die Galater in ein begrenztes Gebiet von Phrygien zurückgetrieben hatte, und er nahm schließlich den Königstitel an. Eine Zeitlang hatte Attalos I. fast das ganze seleukidische Kleinasien in seiner Gewalt. Unter seiner Regentschaft wurde Pergamon zum Bundesgenossen Roms.

Evoe: Freudiger, ermutigender Ausruf im Rahmen des Dionysoskultes.

Fulvia: Von 45–40 v. Chr. erste Frau des Marcus Antonius. Dieser bezichtigte sie am Perusinischen Krieg schuld gewesen zu sein, weil sie zwischen ihm und Octavianus Zwietracht gesät habe. Aus Kummer über diese Anschuldigung soll Fulvia gestorben sein.

Gesellschaft derer vom unnachahmlichen Leben: (altgr. animetóbioi). Von Marcus Antonius in Alexandria gegründete Gesellschaft zur Huldigung des Dionysos und der Sinnenlust. Ihre Mitglieder, zu denen die angesehensten Bürger und Adligen Alexandrias zählten, vergnügten sich mit Schwelgereien und extravaganten Ausschweifungen.

Gesellschaft derer vom gemeinsamen Tod: (altgr. synapothanoúmenoi). Nach der Niederlage bei Actium wandelten Kleopatra und Marcus Antonius die »Gesellschaft derer vom unnachahmlichen Leben« in die »Gesellschaft derer vom gemeinsamen Tod« um. Auch diese veranstaltete dionysische Gelage, allerdings unter dem Vorzeichen und Bewußtsein des nahen Todes. Nun wurden noch exzessiver als zuvor alle Finessen der Sinnlichkeit inszeniert. Der Frage nach einem leichten, würdigen Tod soll durch das Experimentieren mit verschiedenen Giften und Rauschdrogen nachgegangen worden sein.

Gynäkeion: (altgr.) Frauengemach.

Herodes: (73–4 v. Chr.). Er erhielt 43 v. Chr. von den römischen Triumvirn den Titel König von Judäa. 37 v. Chr. eroberte eine römische Streitmacht Jerusalem und schuf damit für Herodes' Herrschaft eine sichere Grundlage.
Er regierte Judäa wie ein hellenistisches Königreich, baute und verschönerte Städte, doch er war auch für seine Grausamkeit und Tyrannei bekannt. Er ließ seine Gattin, deren beiden Söhne und seinen ältesten Sohn umbringen. In seiner Politik gegenüber Octavianus Augustus erwies er sich als geschickter Diplomat.

Hethiter: Indogermanisches Volk, das im 2. Jahrtausend im östlichen Kleinasien lebte. Das Reich der Hethiter ging 1220 v. Chr. in der großen Völkerwanderung der Seevölker und an inneren Feindseligkeiten zugrunde.

Hurriter: Bedeutendes Kulturvolk des alten Orients im 2. Jahrtausend v. Chr. Der von ihnen beherrschte Staat Mitanni, der im Euphratbogen lag, entfaltete um 1400 v. Chr. seine größte Macht. Bald danach wurde Mitanni von den Hethitern vernichtet.

Julius Cäsar, Julier: Gaius Julius Cäsar (100–44 v. Chr.) stammte aus dem alten patrizischen Geschlecht der Julier, das als Stammvater Julius, den Sohn des Aeneas, und als Stammutter Aphrodite verehrte. Cäsar schlug zunächst die Ämterlaufbahn ein. Wegen seiner plebsfreundlichen Politik und als erfolgreicher Feldherr erwarb er sich hohes Ansehen beim Volk.

In Ägypten entschied er den Thronstreit zwischen Kleopatra und ihrem Bruder Ptolemaios zu Gunsten von Kleopatra, mit der er einen Sohn, Cäsarion, gehabt haben soll. Seit seinem Sieg über Gnaeus Pompejus bei Pharsalos (84 v. Chr.) verfügte er in Rom über außerordentliche Vollmachten: Er war Diktator auf unbestimmte Zeit, Konsul für fünf Jahre und Tribun auf Lebenszeit. Der Versuch, den Königstitel anzunehmen, scheiterte jedoch. Wegen seiner hellenistischen Tendenzen in Regierungsangelegenheiten – sein Ziel war ein Weltreich nach dem Vorbild Alexanders des Großen – machte er sich in Rom schließlich verhaßt. Es kam zu einer Verschwörung gegen ihn, an der 60 Senatoren mit Cassius und Brutus als Anführer, teil hatten. Am 15. März 44 v. Chr. wurde er in der Senatssitzung ermordet.

Khabirer: Bewohner des Landes Punt (auch Somaliland), mit denen Ägypter im 3. Jahrtausend v. Chr. Handelsbeziehungen unterhielt.

Kleopatra Selene: Tochter von Kleopatra Septima und Marcus Antonius, Zwillingsschwester von Alexander Helios.

Kleopatra Septima: (69–30 v. Chr.). Tochter des Ptolemaios XII. Auletes und von diesem gemeinsam mit ihrem Bruder Ptolemaios XIII. zum Nachfolger ernannt. 48 v. Chr. wurde sie von den Anhängern ihres Bruders aus der Regierung verstoßen, aber von Julius Cäsar wieder eingesetzt. Als Ptolemaios XIII. im darauffolgenden Krieg ums Leben kam, heiratete Kleopatra einen weiteren ihrer Brüder: Ptolemaios XIV. Die Regierungsgewalt lag allerdings allein in ihren Händen. Zu dieser Zeit war sie Cäsars Geliebte. 47 v. Chr. brachte sie einen Sohn zur Welt, den sie Cäsarion nannte und Cäsar zu seinem Vater erklärte. 46 v. Chr. folgte sie Cäsar nach Rom, kehrte aber nach dessen Ermordung nach Ägypten zurück. Als kurze Zeit später auch Ptolemaios XIV. starb, möglicherweise von seiner Schwester vergiftet, ernannte sie ihren Sohn zum Mitherrscher. 41 v. Chr. traf sie in Tarsus Marcus Antonius, der mit ihr den Winter 41/40 v. Chr. in Alexandria verbrachte. Sie gebar ihm die Zwillinge Kleopatra Selene und Alexander Helios. Nach 37 v. Chr. lebte sie mit Antonius ständig zusammen. Rom sah in dieser Verbindung eine Gefahr für Octavianus und sein Weltreich. Daher erklärte es 32 v. Chr. Kleopatra (nicht Ägypten!) den Krieg. Nach der Niederlage bei Actium 31 v. Chr. bemühten sich Kleopatra und Antonius erfolglos um einen Frieden mit Octavianus. Alexandria mußte sich 30 v. Chr. dem römischen Heer ergeben. Antonius verübte Selbstmord. Kleopatra, die nach Rom gebracht werden sollte, nahm sich das Leben, um dieser Demütigung zu entgehen. Von den römischen Geschichtsschreibern wurde verbreitet, daß sie sich durch den Biß einer Natter tötete.

Lepidus: Marcus Aemilius Lepidus schloß am 27. November 43 v. Chr. das Triumvirat mit Antonius und Octavianus, blieb aber ohne politischen Einfluß. Nachdem 36 v. Chr. seine Truppen zu Octavianus überliefen, wurde er gezwungen sich in einer italischen Stadt zur Ruhe zu setzen. Er starb 13 oder 12 v. Chr.

Livia Drusilla: Später Julia Augusta, (58 v. Chr.–29 n. Chr.), war zunächst mit Tiberius Claudius Nero verheiratet, dem sie den späteren Kaiser Tiberius und Claudius Drusus gebar. Als sie 39 v. Chr. mit ihrem zweiten Kind schwanger war, wurde Nero von Octavianus zur Scheidung gezwungen. Livia heiratete Octavianus. Ihre langjährige Ehe mit Octavianus, der bis zu seinem Tod mit ihr verheiratet blieb, war kinderlos.

Luperkalien: Altes römisches Hirtenfest, das am 15. Februar gefeiert wurde. Die Luperci (Wolfabwehrer) töteten an diesem Tag einen Hund und liefen mit einem Ziegenfell bekleidet um den Palatin. Während des Laufs teilten sie mit Riemen aus dem Fell geopferter Ziegen Schläge aus, die Frauen fruchtbar machen sollten.

Makkabäer: Jüdisches Priestergeschlecht, das seit dem Aufstand des Judas Makkabi gegen den Seleukiden Antiochos IV. (161 v. Chr.) über das jüdische Volk herrschte. Um 63 v. Chr. geriet ihr Gebiet in römische Abhängigkeit.

Marcus Antonius: (82–30 v. Chr.). Parteigänger und Offizier Cäsars. Er war mit Cäsar Konsul als dieser ermordet wurde. Durch seine rhetorischen Fähigkeiten gewann er das Volk für sich und übernahm die Führung der Cäsarianer. Dem Senat gegenüber, von dem ein Großteil an der Ermordung Cäsars beteiligt war, zeigte er sich versöhnlich. Am 27. November 43 v. Chr. schloß Octavianus mit ihm und Lepidus des Triumvirat auf fünf Jahre. Im Jahr darauf besiegten Antonius und Octavianus die Cäsarmörder bei Philippi. Bei der Beuteverteilung erhielt Antonius den Osten und Octavianus den Westen des römischen Reiches. Seit 41 v. Chr. hatte Marcus Antonius eine Beziehung mit Kleopatra Septima. Als es zu Streitigkeiten zwischen ihm und Octavianus kam, wurden diese durch eine Hochzeit mit Octavianus' Schwester Octavia und dem Abkommen von Brundisium 40 v. Chr. zunächst beigelegt. Die Beziehung zu Kleopatra, mit der Marcus Antonius zwei Kinder hatte, war dadurch vorerst unterbrochen. 37 v. Chr. nahmen beide die für sie auch in politischer Hinsicht vorteilhafte Verbindung wieder auf. Marcus Antonius standen dadurch die ägyptischen Machtmittel zur Verfügung, die er benötigte, um den gesamten Osten zu erobern. Kleopatra sah ihre keineswegs unumstrittene Position als Königin von Ägypten gesichert. 37 v. Chr. wurde zwar das Triumvirat um weitere fünf Jahre verlängert, doch die Gegensätze zwischen Octavianus und Marcus Antonius verschärften sich, u. a. wegen dem Ausschluß des Lepidus aus dem Triumvirat und Marcus Antonius' erfolglosem Feldzug gegen die Parther. Nach der Unterwerfung Armeniens im Jahre 34 v. Chr. gebärdete sich Antonius in Alexandria wie ein orientalischer Herrscher. Er verschenkte große Teile der östlichen Provinzen an Kleopatra und ihre Kinder.

Die Scheidung von Octavia brachte ihn in Rom um die letzten Sympathien. Doch als eigentliche Ursache des Übels sahen die Römer Kleopatra. Als der Senat der ägyptischen Königin den Krieg erklärte, zog Marcus Antonius mit ihr gegen Rom. Nach der verlorenen Schlacht bei Actium stürzte er sich in sein Schwert.

Mitanni: Staat der Hurriter (2. Jahrtausend v. Chr.).

Moeris-See: An seiner Stelle befindet sich heute der kleinere Quarun-See.

Museion: (altgr. für »das unter dem Schutz der Musen Stehende«). Eine wissenschaftliche Forschungseinrichtung in der Antike. Das berühmteste Museion befand sich in Alexandria. Es wurde von den ersten Ptolemäern gegründet und umfaßte u. a. eine riesige Bibliothek, einen botanischen und zoologischen Garten sowie ein astronomisches und anatomisches Institut. Mit einer Universität ist das Museion insofern nicht zu vergleichen, da die etwa 100 Gelehrten, die ein sehr hohes Gehalt bezogen, nicht zur Lehre verpflichtet waren.

Nabatäer: Nordwestarabischer Volksstamm, der im 5./4. Jh. v. Chr. auf dem Gebiet der Edomiter seßhaft wurde. Die Nabatäer dehnten ihre Macht im 2./1. Jh. v. Chr. nach Syrien aus und eroberten Damaskus. Hauptstadt des Nabatäerreiches wurde Petra. Trajan machte das Königreich 106 n. Chr. zur römischen Provinz Arabia Petrae.

Nikomedes: Nikomedes IV. (94–74 v. Chr.), König von Bithynien.

Niobe: Tochter des kleinasiatischen Königs Tantalos, die Amphion von Theben heiratete. Nach mythischer Überlieferung prahlte sie vor Leto, die nur zwei Kinder hatte, mit ihrem Kinderreichtum. Daraufhin wurden alle ihre Kinder von Artemis und Apollo erschossen.

Octavia: Schwester des Octavianus. Sie war in erster Ehe mit Cajus Claudius Marcellus verheiratet, mit dem sie drei Kinder hatte. Als ihr Mann 40 v. Chr. starb, wurde sie aus politischen Gründen sofort mit Marcus Antonius verheiratet. 32 v. Chr. ließ sich Marcus Antonius von ihr scheiden. Dennoch erzog sie nicht nur ihrer beider Töchter, sondern auch alle überlebenden Kinder, die Marcus Antonius mit Fulvia und Kleopatra hatte, sowie ihre drei Kinder von Marcellus. Wegen dieser Fürsorglichkeit stand sie beim römischen Volk in hohem Ansehen. Octavia starb 11 v. Chr.

Octavianus Augustus: (63 v. Chr.–14 n. Chr.). Er stammt aus dem Geschlecht der Octavier. Von seinem Großonkel Julius Cäsar testamentarisch adoptiert und zum Haupterben eingesetzt, trat er im April 44 v. Chr. Cäsars Erbe an. Auf Vorschlag Ciceros ließ er sich in den Senat aufnehmen und als Heerführer mit prätorianischem Rang anerkennen. Er wurde zum Konsul gewählt und schloß mit Marcus Antonius und Lepidus ein Triumvirat, das den Triumvirn für fünf Jahre die oberste Macht im Staat übertrug. Nach dem Sieg über die Cäsarmörder bei Philippi begann der Machtkampf der drei Triumvirn untereinander. Eine vorübergehende Einigung kam 40 v. Chr. in Brundisium, dem heutigen Brindisi, zustande. Sie wurde besiegelt durch die Verheiratung von Octavianus' Schwester Octavia mit Marcus Antonius. 37 v. Chr. erneuerten sie das Triumvirat. Im Herbst 36 v. Chr. wurde allerdings Lepidus ausgeschaltet, was Marcus Antonius verstimmte. 40–39 v. Chr. war Octavianus mit Scribonia verheiratet, dann mit Livia Drusilla. 32 v. Chr. schließlich eskalierten die Gegensätze zwischen Octavianus und Marcus Antonius, der sich inzwischen von Octavia getrennt hatte und mit Kleopatra zusammenlebte. Octavianus ließ durch den Senat Kleopatra den Krieg erklären. Der Sieg bei Actium, die Eroberung Ägyptens und der Selbstmord des Marcus Antonius machten Octavianus zum Alleinherrscher. Nach dem Tod des Lepidus wurde er Pontifex maximus. 2 v. Chr. erhielt er den Titel Pater patriae. Octavianus Augustus gilt als der Begründer des römischen Kaisertums. Er verfügte über Rechte von denen keines einzeln der republikanischen Verfassung widersprach, die jedoch zusammengefaßt betrachtet eine Monarchie konstituierten. An der Spitze seiner Macht bemühte sich Octavianus Augustus altrömische Lebensart und Religion zu bewahren. Er förderte römische Kunst und Dichtung. Als Nachfolger adoptierte er Tiberius.

Omphale: Königin von Lydien. Nach mythologischer Überlieferung kaufte sie auf Veranlassung des Zeus von Hermes den Herakles als Sklaven, tauschte mit ihm die Kleidung und ließ ihn ein Jahr lang Frauenarbeit verrichten.

Palästra: Waffenhof, Ringplatz. Der Ort, an dem Knaben ihre Kampfausbildung erhielten und trainierten. Im Gegensatz zum Gymnasium befand sich die Palästra in Privatbesitz.

Phaidra und Hippolytos: In der griechischen Mythologie ist Phaidra die Tochter des Königs Minos und der Mondgöttin Pasiphaë und somit eine Halbgöttin. Sie verliebte sich in ihren Stiefsohn Hippolytos, den Sohn ihres Mannes Theseus und der Ariadne. Als Hippolytos sie zurückweist, begeht Phaidra Selbstmord.

Philotas von Amphissa: Freund des Großvaters von Plutarch. Sein Bericht ist die Grundlage für Plutarchs Biographie des Marcus Antonius.

Ptolemaios Philadelphos: Der jüngste Sohn von Marcus Antonius und Kleopatra.

Ptolemäer: Makedonische Dynastie, die seit Alexander dem Großen Ägypten beherrschte. Ptolemaios I. Soter erhielt 323 v. Chr. die Satrapie Ägypten, die er zielstrebig zu einem selbständigen Territorialstaat ausbaute. Das Ptolemäerreich war eines der großen Reiche der hellenistischen Staatenwelt. Es erlosch mit der Besetzung Ägyptens durch Octavianus im Jahr 30 v. Chr. Kleopatra Septima und ihr Sohn Cäsarion waren die letzten Vertreter dieses mächtigen Herrscherhauses.

Punt: In altägyptischen Inschriften häufig erwähntes Land an der Somaliküste. Im 3. Jahrtausend v. Chr. unternahmen die Ägypter dorthin Handelsfahrten.

Saturnalien: Altrömisches Fest zu Ehren des Saturn. Es fand alljährlich am 17. Dezember statt. An diesem Tag waren die Standesunterschiede aufgehoben. Man beschenkte sich gegenseitig mit Kerzen und kleinen Tonfiguren und feierte öffentliche sowie private Gelage.

Scribonia: Schwester des Sextus Pompejus und erste Frau des Octavianus. Dieser verheiratete sich 40 v. Chr. aus politischen Erwägungen mit ihr, ließ sich jedoch schon 39 v. Chr. kurz nach der Geburt ihrer gemeinsamen Tochter Julia wieder von ihr scheiden.

Sextus Pompejus: (um 67–35 v. Chr.). Er entstammte einem altrömischen Geschlecht. Nach der Ermordung seines Vaters Gnaeus Pompejus schloß er sich den Gegnern Cäsars an. Er wurde vom Senat zum Flottenkommandanten ernannt und leistete auch den Triumvirn Widerstand. Nach langen politischen und militärischen Auseinandersetzungen wurde er 36 v. Chr. von Agrippa bei Mylae geschlagen und 35 v. Chr. in Milet hingerichtet.

Sistrum: (von altgr. seiein: schütteln). Dabei handelt es sich um eine altägyptische Rassel. Sie besteht aus einem Handgriff mit Metallbügel gegen den beim Schütteln lose Querstangen ohne oder mit daran befestigten Metallplättchen klirren.

Sitz der Schönheit: Das heutige Tal der Königinnen.

Smyrna: Das heutige Izmir.

Soma: Das Grab Alexanders des Großen, dessen Leichnam von Ptolemaios I. Soter nach Alexandria gebracht und in einem prunkvollen Sarkophag beigesetzt wurde.

Sosigenes: (1. Jahrhundert v. Chr.). Astronom und Mathematiker. Er wurde von Cäsar zur Reform des Kalenders herangezogen. Im Roman ist er der Erzieher und Berater Kleopatra Septimas.

Stadion: Antikes Maß. Ein Stadion entspricht etwa 180 Metern.

Talent: Antikes Gewicht sowie Rechnungsmünze. Ein mittleres Talent entspricht 26,196 kg, ein kleinstes (syrisches oder ptolemäisches) Talent etwa sieben Kilogramm, ein größtes (ägäisches) Talent etwa 45 Kilogramm.

Tarsus: Eine der ältesten Städte Vorderasiens, heute Kreisstadt einer türkischen Provinz. Dort fand die erste Begegnung zwischen Kleopatra und Marcus Antonius statt. Tarsus gehörte zum Reich Alexanders und der Seleukiden. In römischer Zeit wurde Tarsus Hauptstadt der Provinz Kilikien.

Tintiris: Das heutige Dendera.

Triton: In der griechischen Mythologie Sohn des Poseidon und ebenfalls ein Meeresgott.

Typhon: (altgr. für Dampfender). In der griechischen Mythologie ein Riesenungeheuer mit hundert Drachenköpfen und Schlangenfüßen. Es verkörpert zerstörerische Naturkräfte wie beispielsweise Vulkantätigkeit.

Tyros: Das heutige Sur.

Inhalt

Valerio Massimo Manfredi
Alexander
Der makedonische Prinz. 448 Seiten. Geb. Aus
dem Italienischen von Claudia Schmitt.

Er wurde nur dreiunddreißig Jahre alt, doch sie
reichten aus, um seinen Namen unsterblich zu
machen: Alexander der Große, König von Asien
und Herrscher über die ganze Welt.
Im ersten Band dieser spannenden Roman-
Biographie erleben wir Kindheit und Jugend des
außergewöhnlich schönen, klugen und charismatischen Prinzen. Als Alexanders Vater Philipp
ermordet wird, besteigt der knapp Zwanzig-
jährige den Thron und beweist auf Anhieb seinen
Mut und sein politisches Geschick. Es gelingt
ihm, das instabile Reich zusammenzuhalten und
die aufständischen Griechen zu bezwingen.
Freunde wie Feinde schauen ungläubig auf den
jungen Regenten. Da rüstet Alexander auch
schon zum Zug in den Fernen Osten …

»Alexanders Leben war so aufregend, daß ich
nichts mehr dazuerfinden mußte.«
Valerio Massimo Manfredi

»Ein eindrucksvolles Epos, das Christian Jacqs
›Ramses‹ Konkurrenz macht.« La Repubblica

KABEL

Valerio Massimo Manfredi
Alexander
König von Asien. 464 Seiten. Geb.
Aus dem Italienischen von Claudia Schmitt.

»Das größte Abenteuer, das je ein Mensch erlebt
hat« *(Il Messagero)*, nimmt seinen Lauf: Von
unbändigem Eroberungswillen getrieben zieht der
strahlende junge Makedonenkönig Alexander
nach Asien. Dort gelingt es ihm nicht nur,
im Kampf der Titanen den persischen Feldherren
Memnon zu besiegen und Halikarnassos einzunehmen. Er gewinnt auch das Herz Barsines,
der atemberaubend schönen Frau Memnons.
Der geheimnisvollen Macht des Orakels trotzend
löst Alexander den Gordischen Knoten mit einem
einzigen Schwertstreich. 333 bezwingt er in der
legendären Schlacht von Issos den persischen
Großkönig Darius. Er unterwirft Syrien,
Palästina und Ägypten, wo er wie ein Pharao
empfangen wird, und gründet an der Mündung
des Nils Alexandria, die erste Stadt, die seinen
Namen trägt und zur blühenden Metropole des
Altertums aufsteigt. Nichts und niemand scheint
Alexander auf seinem Siegeszug um die Welt
aufhalten zu können …

»Man verschlingt dieses Buch mit derselben
Leidenschaft, die auch den jungen
Alexander trieb.«
L'Indépendant

KABEL

Valerio Massimo Manfredi
Alexander
Der Herrscher der Welt. Roman. 480 Seiten.
Geb. Aus dem Italienischen von
Claudia Schmitt.

Alexander der Große, der Sohn der Götter, krönt
sein Lebenswerk: Von Ägypten setzt er seinen
Triumphzug fort und besiegt bei Gaugamela den
persischen Großkönig Dareios. Stadt um Stadt
erobert Alexander das Reich der Perser –
Babylon mit seinen prächtigen Hängenden
Gärten, Susa und schließlich das unermeßlich
reiche Persepolis.
Er vermählt sich mit der betörend schönen
Prinzessin Roxane und dringt bis nach Indien
vor. Doch als Alexanders Reich am gewaltigsten
ist, beginnen seine Vertrauten, die ihm mehr als
zehn Jahre treu gefolgt sind, sich von ihm
abzuwenden. Da, mit 33 Jahren auf dem Gipfel
seiner Macht, befällt Alexander plötzlich ein
geheimnisvolles Fieber …

Erfolgsautor Valerio Massimo Manfredi zeigt
Alexander in all seinen Facetten – den Freund,
Ehemann und Geliebten wie den Staatsmann,
Feldherrn und Visionär – und setzt ihm ein
beeindruckendes Denkmal.

KABEL

PIPER ORIGINAL

Edith Pargeter
Der Baumeister von Albion

Roman. Aus dem Englischen von Marcel Bieger.
527 Seiten. Klappenbroschur

England zu Zeiten von King John – eine Zeit von Schönheit
und Niedertracht, von Verschwörung und Loyalität. Vor
dem Hintergrund des abenteuerlichen Mittelalters entfaltet
sich die Geschichte von Harry Talvace, dem genialen Baumeister. Der junge Harry und sein Freund Adam werden
unrechtmäßig angeklagt und müssen aus ihrer walisischen
Heimat nach Paris fliehen, wo sie Harrys Talent mit dem
charismatischen Lord Isambard und der begehrten venezia-
nischen Schönheit Benedetta zusammenbringt. Für Isambard soll Harry eine nie dagewesene Kirche bauen, einen
Baum, der bis zum Himmel reicht. Doch während das Bauwerk wächst, fällt der Schatten von Eifersucht, Rache und
Tod auf das Leben des jungen Künstlers.

Edith Pargeter
Das Erbe des Baumeisters

Roman. Aus dem Englischen von Marcel Bieger und
Barbara Röhl. 383 Seiten. Klappenbroschur

Der junge Harry Talvace wächst wohlbehütet im grünen
walisischen Hügelland am Hof von Fürst Liewelyn auf.
Schon als kleiner Junge ist er von dem kühnen Wunsch
beseelt, den Mord an seinem Vater zu rächen. Als er Isambard endlich gegenübersteht, erblickt dieser in ihm die
Gesichtszüge des legendären Baumeisters und hält ihn auf
seiner Burg am Ufer des Severn fest. Voller Staunen sieht
Harry dort zum ersten Mal das imposante Bauwerk seines
Vaters, Isambard, der erkennt, daß Harry dessen Talent ge-
erbt hat, läßt ihn zum Baumeister ausbilden. Obwohl sie
sich als Feinde begegnen, können beide nicht umhin, fast
widerwillige Achtung voreinander zu empfinden. Liewelyn
aber schwört, Harry aus den Händen des unerbittlichen
Widersachers zu befreien...

PIPER ORIGINAL

PIPER

Jan Guillou
Die Frauen von Götaland

Ein Roman aus der Zeit der Kreuzfahrer. Aus dem
Schwedischen von Hans-Joachim Maass. 478 Seiten. Geb.

Man schreibt das Jahr 1150. Und während die ersten Kreuz-
ritter sich aufmachen ins Heilige Land, wächst der junge
Arn Magnusson auf dem väterlichen Gut im fernen Götaland heran. Eine Offenbarung will es, daß Arn ein
geweihtes Leben führt. Doch dann begeht er eine unverzei-
liche Blutschande ...

Die Büsserin von Gudhem

Ein Roman aus der Zeit der Kreuzfahrer. Aus dem
Schwedischen von Holger Wolandt. 478 Seiten. Geb.

Im Heiligen Land führt der Tempelritter Arn Magnusson
einen scheinbar aussichtslosen Kampf gegen das übermächtige Heer Saladins – doch noch immer glaubt Cecilia an die
Rückkehr ihres Geliebten nach Grötaland ...

»Jan Guillous Romane über die Kreuzzüge des 12. Jahrhunderts sind große Erzählkunst. Selten habe ich historische
Romane gelesen, in denen mir Menschen so nahe gekommen sind.«
Henning Mankell

Jan Guillou
Die Krone von Götaland

Ein Roman aus der Zeit der Kreuzfahrer. Aus dem
Schwedischen von Holger Wolandt. 479 Seiten. Geb.

Man schreibt das Jahr des Herrn 1192. Nach zwanzig Jahren im Heiligen Land kehrt Arn Magnusson zurück in seine
Heimat Götaland. In prachtvollem weißen Gewand und mit
großem Gefolge begibt er sich zur Königsburg im Norden
des Landes und kann endlich seine Geliebte Cecilia in die
Arme schließen. Doch das Glück der beiden wird getrübt,
den Cecilia fällt einer Intrige zum Opfer und soll Äbtissin
des entlegenen Klosters Riseberga werden. Auch für Arn
scheint es aus machtpolitischem Kalkül ratsam, auf eine
Hochzeit mit Cecilia zu verzichten. Das wiedervereinte Paar
aber riskiert, das Land in Krieg und Verwirrung zu stürzen,
um seine Liebe zu retten.

»Die Krone von Götaland« erzählt von der glanzvollen
Heimkehr des großen Templers Arn Magnusson. Reich an
historischen Details und lebendigen Figuren versetzt uns
Jan Guillous Roman in die schicksalhaften ersten Tage der
schwedischen Geschichte.